SIBA SHAKIB

Eskandar

Buch

Eskandar hat eine Begabung. Er kann erzählen und er gewinnt mit seinen Geschichten die Gunst der Menschen. Als das Wasser nicht mehr fließt und in seinem Dorf ohne Namen einer nach dem anderen stirbt, klettert Eskandar über den verbotenen Berg. Auf der anderen Seite landet er im Lager einer britischen Expedition. Es ist das Jahr 1908, die Fremden mit dem gelben Haar suchen nach Petroleum. Eskandar weiß nicht, was das ist, er weiß nur, die Fremden haben alles, Wasser, Nahrung, einen sicheren Schlafplatz. Glücklich, in diesem abgelegenen Winkel des Iran nach Jahren endlich Unterhaltung zu bekommen, behält ein kanadischer Ingenieur den Jungen bei sich. Bis er ihn in die Stadt schickt, wo Eskandar zum Mullah in den Unterricht geht und sich um das uneheliche Kind des Ausländers kümmert.

Eskandar wird ein begnadeter Geschichtenerzähler. Er versteht es, die Freiheitskämpfer zu motivieren, zieht mit ihnen in die Hauptstadt und erobert später seine Herrin, die schöne Mahrokh-Khanum, die Frau des berühmten iranischen Stammesfürsten.

Eskandars märchenhafte Odyssee erzählt von seiner Liebe zu ihr, von der ersten Ölquelle, dessen Fundstelle er vorausgesagt hat; dabei wird Eskandar Zeuge von Kriegen, Besatzungen, und Revolutionen. Und er ist dabei, als das iranische Petroleum nationalisiert wird und die Amerikaner mit einem geheimen Staatsstreich den Verlauf der Geschichte des Iran und so auch der Welt umschreiben.

Damit die Erinnerung nicht verloren geht, schreibt Eskandar seine eigene Geschichte auf, die eng mit der seiner Heimat verbunden ist.

Autorin

Informationen zu Siba Shakib sowie weiterführende Materialien zum Roman finden sie im Anhang ab Seite 599.

Von Siba Shakib außerdem lieferbar

Nach Afghanistan kommt Gott nur noch zum Weinen. Die Geschichte der Shirin-Gol (45515)

Samira & Samir (45853)

Siba Shakib

ESKANDAR

اسکندر

Roman

GOLDMANN

Die Schreibweise der persischen Namen entspricht der ortsüblichen Aussprache und richtet sich bewusst nicht nach westlicher Schreibart.

MIX
Papier aus verantwortungsvollen Quellen
FSC® C014496
FSC
www.fsc.org

Verlagsgruppe Random House FSC-DEU-0100
Das FSC®-zertifizierte Papier *München Super* für dieses Buch liefert Arctic Paper Mochenwangen GmbH.

1. Auflage
Taschenbuchausgabe April 2011
Wilhelm Goldmann Verlag, München,
in der Verlagsgruppe Random House GmbH

Dieses Werk wurde vermittelt durch die
Literarische Agentur Thomas Schlück GmbH, 30827 Garbsen.
Umschlaggestaltung: UNO Werbeagentur München
Umschlagmotiv: Trevillion Images/James Walker
unter Verwendung der Umschlaggestaltung
der Agentur R•M•E, Roland Eschlbeck und Rosemarie Kreuzer
IK/Th · Herstellung: Str.
Druck und Bindung: GGP Media GmbH, Pößneck
Printed in Germany
ISBN: 978-3-442-47108-9

www.goldmann-verlag.de

Für Tarek und Julian
für Arian und Omid

und alle anderen Töchter
und Söhne des Iran

damit die Erinnerung
nicht verloren geht;
möget ihr frei sein und
selber bestimmen

خدا اگر ز حکمت ببند د د ری
ز رحمت گشا یاد صد د ر دیگری

Schlägt Gott aus Weisheit eine Tür zu
so öffnet er aus Gnade hundert andere

بنـی آدم اعضـای یکـدیـگرنـد   که در آفرینش زیک گوهرند
چو عضوی بدرد آورد روزگار   دگـر عضوها را نمـاند قرار
تو کز محنت دیگران بی غمـی   نشـاید که نامت نـهند آدمـی

Die Menschenkinder sind alle verbunden miteinander
Denn in der Schöpfung sind sie alle aus der gleichen Kostbarkeit

Welches Glied auch immer vom Schicksal
mit Schmerz beschert wird
Bleibt den anderen Gliedern keine Ruhe

Sollte der Schmerz anderer dich nicht betrüben
Hast du es nicht verdient, Mensch genannt zu werden

Präsident Obama hat in einer öffentlichen Rede
mit diesen Versen des persischen Dichters Sa'di
dem iranischen Volk und der Regierung
zum persischen Neujahr gratuliert

ARMENIEN
ارمنی
ASERBEI-DSCHAN
آزربایجان
ASERBEI-DSCHAN
آزربایجان
Van-See
دریاچه وان
TÜRKEI
ترکیه
Urmia-See
اورومیه
Tabriz
تبریز
Ardabil
اردبیل
KASPISCHES MEER
دریای خزر
Bandar-e Ansali
بندر انزلی
Zab al-Kabir (Großer Zab)
زاب بزرگ
Rud-e Qezel Uzun
رود قزل‌اوزن
Sefid Rud
سفید رود
Shah Rud
شاهرود
Mosul
مسول
Kuh-e Damawand
کوه دماوند
Djadj Rud
جاجرود
Teheran
تهران
Zab al-Saghir (Kleiner Zab)
زاب کوچک
Diyala
دیالا
Hamadan
همدان
Qom
قم
Rud-e Seymareh
رود زیماره
Zagros-Gebirgsketten
کوه زاگرس
Kermanschan
کرمانشاه
Tigris
تگریس
Bagdad
بغداد
Rud-e Karkhe
رود کارک
Isfahan
اصفهان
IRAK
عراق
Rud-e Dez
رود دز
Zayande Rud
زاینده رود
Dorf ohne Namen
رود کارون
Rud-e Karun
Euphrat
آبادان
Abadan
Basra
بصره
Schatt al-Arab
شت العرب
Schiras
شیراز
KUWAIT
کویت
Kuwait
Khark
خارك
SAUDI-ARABIEN
عربستان
PERSISCHER GOLF
خلیج فارس
QATAR
قطر
0 100 200 300 km

Karakum
کاراکوم
Aschqabad
عشق آباد
TURKMENISTAN
ترکمانستان
Rud-e Atrak
رود اترک
Maschhad
مشهد
Herat
هرات
oße Salzwüste
ascht-e Kavir
دشت کویر
AFGHANISTAN
افغانستان
Wüste Lut
Dascht-e Lut
دشت لوت
Kandahar
قندهار
Rud-e Hilmand
رود هیلمند
Kerman
کرمان
Kuh-e Laleh Zar
کوه لاله زار
Bam
بم
Kuh-e Taftan
کوه تفتان
PAKISTAN
پاکستان
Halil Rud
رود هلیل
بندر عباس
Bandar-e Abbas
Straße von Hormuz
کانال هرمز
OMAN
عمان
OMAN
عمان
ARABISCHES MEER
دریای عربستان

1908, ein kleines Dorf ohne Namen im Süden des Iran

Seit Neustem rennen die Kinder, die Dürre und Hunger übrig gelassen haben, durch das kleine Dorf ohne Namen und rufen faack. Sie haben es von Eskandar gelernt, und der hat es von den Männern, die er gefunden hat, als er über den verbotenen Berg geklettert ist.

Am nächsten Tag schickt der Arbab, der mächtige Besitzer von allen Dörfern, Feldern, Tieren und Menschen, seinen Mullah, um die Leibeigenen zu warnen.

Der Geistliche weiß, wie er den Leuten Angst einjagen kann. Böse Geister, Jinn und Div, stehen im Dienst des Arbab, sagt er. Sie leben in den Ritzen der Felsen und in Höhlen. Dieses Mal haben sie den Jungen verschont, das nächste Mal aber werden sie ihn verschlingen, bestenfalls werden die Reiter des Arbab ihn fangen und auf den Boden pflocken, damit er in der sengenden Sonne verbrennt und die Geier ihn in Stücke reißen und auffressen.

Eskandar verkriecht sich hinter seiner Mutter Sahra, und auch die Erwachsenen weichen einen Schritt zurück.

Der Mullah grinst zufrieden. Die Männer hinter dem Berg sind Fremde, Farangi, erklärt er. Und weil die Bauern außer ihrem Dorf nichts kennen und es keinen Sinn hat, ihnen zu sagen, wo Farangestan liegt, sagt er, das ist so weit, dass ihr es euch nicht vorstellen könnt. Wir nennen sie auch Kafar, Ungläubige, jedenfalls ist es verboten, ihre Arbeit zu stören, und erst recht, ihnen etwas zu klauen.

Der Junge behauptet, die Fremden haben Wasser, sagt der Dorfälteste. Und wir? Wir zweifeln nicht an Gott; sogar jetzt sind wir dem Arbab treu ergeben; wir haben unsere Arbeit getan, unsere

Abgaben geleistet. Trotzdem sitzen wir auf dem Trockenen und sterben einer nach dem anderen.

Das da oben ist die Kante des Todes, raunt der Mullah.

Erklär uns lieber, warum wir kein Wasser haben, bedrängen die Leibeigenen den Akhund.

Hast du mich verstanden?, knurrt der Akhund Eskandar an. Und hat dein Vater dir nicht beigebracht, ältere Menschen, zumal wenn sie im Dienste Gottes und des Arbab stehen, nicht so frech anzustarren?

Eskandar bekommt so viel Angst, dass er sogar vergisst, dass es verboten ist, an ein bestimmtes Ereignis zu denken, geschweige denn, dass er darüber spricht. Mein Vater hat die meiste Zeit seines Lebens im Opiumrausch verbracht, rutscht es Eskandar heraus. Er zieht den Kopf ein und sagt kleinlaut, ich meine, ich habe so gut wie nichts von ihm gelernt.

Opium? Wo hatte er denn das nun wieder her?, schimpft der Mullah.

Eskandar spult seine Antwort hinunter, als würde er einen Spruch aus dem Koran aufsagen. Er hatte noch welches von früher, sagt Eskandar, und kurz nachdem er es verbraucht hat, ist er gestorben. Jetzt liegt er ohne Kaffan unter der Erde, und wir beten für seine sündige Seele.

Der Mullah spuckt aus. Wie ist dein Name, du Unglückskind?

Eskandar.

Das soll ein Name sein? Verflucht sollen dieser Name und sein Träger sein. Dein nutzloser Vater hätte dir wie jeder gottesfürchtige Mensch den Namen des Propheten oder den eines der zwölf Emame geben sollen.

Eskandar weiß nicht mehr, was er sagen soll, und starrt auf den Boden wie seine Mutter.

Die Bauern nutzen das Schweigen. Wovon sollen wir leben?, rufen sie durcheinander. Warum hilft der Arbab uns nicht? Es trifft den Grundbesitzer doch selbst, wenn die Felder trocken bleiben, die Bäume keine Früchte tragen und sein Vieh und seine Leibeigenen sterben. Wir sind viele kräftige und hart arbeitende Menschen gewesen, jetzt ist nur noch ein kümmerlicher Rest von uns übrig.

Es ist beschämend, schnaubt der Mullah und schüttelt den Kopf. Ich bin enttäuscht. Eure Dreistigkeit und euer Gejammer ekeln mich an, ruft er und wedelt so heftig mit dem Arm, dass ein Schwarm lästiger schwarzer Fliegen von den Rändern von Augen und Mündern der Leibeigenen auffliegt und auf die neue und wohlgenährte Beute aufmerksam wird. Sie fliegen brummend auf und stürzen sich gierig zuerst auf den Esel und dann auf den Mullah. Damit sie ihm nicht auch noch in den Mund fliegen, hält der Mullah sich den Zipfel seines Turbans vors Gesicht, und er schlägt wild nach den dicken, schwarzen Fliegen.

Damit machst du es nur noch schlimmer, sagen die Leibeigenen. Sie werden wütend und beißen sich in deiner Haut fest.

Plötzlich schreit der Esel, tritt und rennt los in die Richtung, aus der er gekommen ist. Ohne ein weiteres Wort läuft der Mullah ihm hinterher, steigt auf, und sie trippeln davon.

Die Beine des Agha sind so lang, und der Esel ist so klein, dass es aussieht, als hätte das Tier sechs Beine, sagt Eskandar und bringt alle zum Lachen.

Eskandar macht es wie der Mullah, zeigt mit ausgestrecktem Arm zum Berg und genießt den Moment, als alle Augen seinem Finger folgen. Da, das da oben, sagt er, ist keine Kante, und sie ist nicht scharf, und man kann sich nicht über sie lehnen und hinunterblicken.

Morad-kadjeh, der Dorfvorsteher, der so krumm ist, dass er ohne Stock vornüberkippen würde, hat Mühe, zum Berg hinaufzusehen. Junge, warnt er, du weißt, Gott mag Lügner nicht und straft sie.

Agha, bei meinem Leben, schwört Eskandar, ich bin doch dort gewesen. Es ist flach wie das Messingtablett meiner Mutter, das sie bei dir für einen kleinen Beutel Rosinen eingetauscht hat.

Der Krumme ignoriert die Anspielung auf den Tausch zu seinem Vorteil. Stimmt es, dass diese neuen Menschen ohne Frauen in ihrem Dorf leben? Haben sie wirklich so viel zu essen? Morad-kadjeh stampft mit dem Stock auf. Ist es wahr, dass sie Wasser haben? Und ist ihr Haar wirklich gelb?

Ihre Rücken sind gerade, und sie brauchen keinen Stock zum Gehen, erzählt Eskandar, und freut sich, weil die Erwachsenen ihm zuhören. Und die Fremden haben andere Worte als wir, sagt er.

Faack, murmelt ein Mann.

Ssst, sei still, zischen andere. Lass den Jungen erzählen.

Es ist wahr, ihr Haar ist gelb, ihre Gesichter sind weiß wie Käse, und kein Bart wächst darin. Essen haben sie so viel, dass sie sogar ihre Hunde mit Fleisch füttern.

Morad-kadjeh stampft wieder mit dem Stock auf, und auch die anderen sehen Eskandar zweifelnd an.

Bei der Seele meines toten Vaters, das ist die Wahrheit. Außerdem gibt es doch sowieso keine Strafe mehr, die irgendein Gott uns noch auferlegen könnte.

Alle lachen, und auch der Krumme kann sein Lächeln nicht verbergen.

Die Fremden bestellen keine Felder, hüten keine Tiere und tun den ganzen Tag nichts, als Löcher in die Erde zu graben.

Sicher suchen sie etwas, sagt der Krumme-Morad.

Eskandar zuckt die Schultern. Auf ihren Köpfen tragen sie einen umgedrehten Topf. Das tun sie, damit sie schwitzen, denn ihr Schweiß ist wertvoll. Sie sammeln ihn in weißen Tüchern, die sie in ihren Hosen aufbewahren. Sie haben Hosen und Hemden, die nicht dünn wie unsere sind, sondern so dick, dass nicht einmal der Wind durch sie hindurchkommt. Und kein einziger dieser Männer geht barfuß. Ihre Schuhe sind schwer und groß. Eskandar macht nach, wie die Farangi gehen, mit geradem Rücken und als hätten sie Klötze an den Füßen.

Erst als seine Mutter, Morad-kadjeh und die anderen nicht mehr lachen, beantwortet Eskandar die wichtigste Frage: Es stimmt. Sie haben Wasser, sagt er. Und zwar so viel, dass sie sich damit sogar die Füße waschen.

Eskandar findet heraus, dass Gott einen Plan für ihn bereithält

Der Mullah hat gelogen, sagt Eskandar zu seiner Mutter, weil ihm auch die zweite Überquerung des verbotenen Berges mit heiler Haut, samt der kostbaren Beute, einem richtigen Stück Fleisch, gelingt.

Seine Mutter antwortet nicht, hat nur Augen für das Fleisch.

Ich weiß jetzt, dass ich noch lange in dieser Welt sein werde, erklärt Eskandar. Wie du siehst, haben weder Div noch Jinn mich verschlungen, noch haben die Reiter des Arbab mich erwischt.

Sahra starrt das Stück Fleisch an, das sie versucht gar zu bekommen. Das Feuer ist mickrig, kalt und tot wie ich, murmelt sie.

Eskandar hat genug gesehen, und er weiß, wie jemand aussieht, der diese Welt verlassen muss, und ihm ist klar, seine Mutter wird bald an der Reihe sein. Das nächste Mal werde ich von den Kafar Feuerholz und noch mehr zu essen mitbringen. Eskandar stampft mit dem Fuß auf und sagt: Ich habe Hunger, faack.

Junge, sprich nicht so. Wenn Gott gewollt hätte, dass wir die gleichen Worte benutzen wie diese Lochbuddler, hätte er sie auch uns gegeben, schimpft Sahra und weiß nicht, ob es Hunger oder der dichte Rauch ist, der sie schwindlig macht.

Als ob du etwas von Gott und Schuld verstehen würdest, sagt Eskandar in der gleichen Art, wie er sie von seinem Vater kennt.

Und du sollst auch nicht sprechen wie dein Vater, sagt Sahra.

Eskandar vermisst seinen Vater nicht, jetzt aber bedauert er, dass er nicht da ist, um zu sehen, wie männlich er sich benimmt. Ich kann sprechen, wie ich will, sagt Eskandar. Schließlich bist du nur eine Frau.

Wäre ich keine Frau, hätte ich dich nicht in diese Welt setzen können, sagt Sahra, legt die Hand auf ihren eingefallenen Bauch und genießt die Erinnerung daran, wie sie ihren Eskandar darin getragen hat. Als du in meinem Bauch warst, sind die Felder noch grün gewesen, sagt Sahra leise.

Eskandar erinnert sich an den Bach, an die Felder, an die hohen Wiesen, in denen er sich versteckt, in den blauen Himmel gestarrt und sich in seinen Träumereien verloren hat. Erzähl mir von den Zeiten, als das Wasser noch gekommen ist, sagt Eskandar. Solange du sprichst, können wir sicher sein, dass du noch in dieser Welt und bei mir sein wirst.

Ich will, dass du dich erinnerst, sagt Sahra. Solange du die Bilder von unserem schönen Dorf in deinem Herzen bewahrst, wird es schlagen. Weißt du noch, wie der Bach in der Mitte der Gasse geflossen ist?, fragt sie.

Natürlich weiß ich das.

Und weißt du noch, wie er für jedes Haus abgezweigt und durch die Öffnungen in den Lehmmauern in die Gärten und in jedes Feld geleitet wurde?

Natürlich weiß ich das, antwortet Eskandar stolz. Und ich weiß auch, woher das Wasser gekommen ist. Eskandar schließt die Augen, streckt die Nase in die Luft und sagt, das Wasser hat die Luft gekühlt.

Sahra lächelt. Das hat es, sagt sie.

Erzähl weiter, sagt Eskandar.

Das Wasser hat geplätschert und gegurgelt, als wäre es glücklich. Überall im Dorf konnte man es hören; es hat sich mit den Stimmen und dem Gesang der Frauen und Männer auf den Feldern vermischt. In den Gassen hat sich der süße Duft der Blüten gesammelt und mit dem Duft des Korns vermengt. Im ganzen Dorf hat es nach Ziegen, Kälbern, Kühen und Pferden gerochen. Damals. Sahra beißt die Zähne zusammen und kann nicht weitersprechen.

Eskandar kennt die Geschichte seiner Mutter und weiß, wie sie zu Ende geht. Das Dorf hat nach Leben gerochen, sagt er.

Was seine Mutter ihm nicht erzählt hat, ist, dass damals auch der Reiter in ihr Dorf und in Sahras Leben gekommen ist. Und es ist auch seine Schuld gewesen, dass ihr Ruf ruiniert und das Dorf verflucht wurde; das Wasser aufhörte zu fließen und das große Sterben begonnen hat.

Allmächtiger, der du alles siehst, flüstert Sahra und blickt über sich, als würde Gott höchstpersönlich dort sitzen und darauf warten, dass ausgerechnet sie ihr Wort an ihn richtet. Du, der du alles zwischen Himmel und Erde erschaffen hast, verschone meinen Jungen, betet sie. Schenke ihm das Leben, das du seinem Vater und mir verwehrt hast.

Eskandar schielt auf die Stelle über dem Kopf seiner Mutter, wo der unsichtbare Gott sitzt. Noch nie hat seine Mutter auch nur die geringste Antwort von Allah bekommen, schließlich hat er Wichtigeres zu tun, als ausgerechnet jemandem wie ihr zuzuhören, geschweige denn zu antworten. Aber jetzt bekommt er es doch mit der Angst zu tun, denn seine Mutter verdreht die Augen, schnappt nach Luft und sieht aus, als würde der Herrgott ihre Seele zu sich holen.

Eskandar stampft auf und sagt das Wort, von dem er weiß, dass es seine Mutter garantiert ins Leben zurückbringen wird: faack!

Hodjat der Reiter kommt in Eskandars Leben

Nur um ihre Pflicht zu tun, legt Sahra den vierzigsten und letzten Stein auf den Haufen Erde, unter der ihr toter Mann, Habiballah, begraben liegt. Erwarte nicht auch noch, dass ich um dich weine, sagt sie und schüttelt sich, weil sie den Toten nicht waschen konnte und ihn ohne Leichentuch und auch ohne letztes Gebet in Gottes Erde betten, vielmehr schieben und hineinfallen lassen musste.

Aber es ist nicht meine Schuld, sagt sie. Wasser und Totentücher gibt es längst nicht mehr, und von den Männern ist keiner mehr kräftig genug, um hierher zu den Gräbern zu kommen, einen Toten ordentlich ins Grab zu legen und das letzte Gebet für ihn zu sprechen.

Sahra kennt kein richtiges Gebet, aber selbst wenn, hätte das ihrem Mann auch nichts genutzt; schließlich ist sie nur eine Frau, die an bestimmten Tagen blutet und deswegen unrein ist, najess wie Hunde, wie Schweine, najess wie jegliche Art von Unrat. So war das Einzige, was sie für ihren toten Mann tun konnte, ihm den Stofffetzen um den Kopf zu binden, damit sein Mund nicht aufklafft.

Faack, murmelt sie unwillkürlich und muss lachen. Sie rückt zur Seite, damit ihr Schatten nicht auf ihren toten Mann fällt und es aussieht, als wollte sie ihn vor der heißen Sonne schützen. Sogar einen der vierzig Steine stößt sie mit dem Fuß vom Haufen, legt ihn aber rasch wieder zurück. Verdient hättest du es ja, sagt sie. Du hast mir und deinem Sohn das Leben zur Hölle gemacht, nur weil damals dieser Reiter im Dorf aufgetaucht ist und mich angesehen hat. Was konnte der arme Junge dafür? Er musste für etwas büßen, das nicht seine Schuld gewesen ist. Du bist schuld, dass er es nicht leicht haben wird, bis zum Ende seines Lebens; Menschen sind nämlich wie Bäume und Tiere, sagt Sahra. Nur wenn man sie am Anfang hegt und pflegt, werden sie später kräftig und haben einen Nutzen für sich und die Welt.

Auf dem Weg zurück ins Dorf bedauert Sahra, dass ihr Mann nicht zu einer Zeit gestorben ist, als das Wasser noch geflossen ist. Denn damals hätten die anderen Bauern sie nach der Feldarbeit, dem Tieremelken, dem Säen, Ernten und Bündeln in ihrer Hütte aufgesucht, damit sie nicht allein wäre. Weil sie jetzt ohne Ernährer ist, hätten sie ihr Brot und Honig, Joghurt, Aprikosen, Milch mitgebracht und mit ihr Tee mit Rosinen getrunken, um den bitteren Geschmack des Todes und des Schmerzes mit etwas Süßem zu verscheuchen. Die Frauen hätten Sahra die Hand gehalten, ihr den Schmerz aus dem Rücken gestrichen, damit sie am vierzigsten Tag nach dem Tod ihres Mannes leichter über den Verlust hinwegkommt. Heute aber hat niemand mehr Arbeit und nichts zum Mitbringen, und es gibt auch keine Tiere mehr, weil der Arbab sie bis auf einen kümmerlichen Rest, der verdurstet und verhungert ist, längst hat abholen lassen.

Sahra ist so sehr mit ihren Gedanken beschäftigt, dass sie nicht aufpasst, mit dem Fuß rutscht und in einem Spalt in der rissigen Erde stecken bleibt. Sie zieht und zerrt, macht es nur noch schlimmer, verdreht den Fuß so sehr, dass sie sich vor Schmerzen kaum noch rühren kann.

Das ist die gerechte Strafe Gottes für die Gemeinheiten gegen meinen toten Mann, schimpft sie und reibt ihr schmerzendes Bein, als plötzlich wie aus dem Nichts ein fremder Mann vor Sahra auftaucht. Das heißt, eigentlich ist er nicht fremd, und Sahra erkennt ihn sofort. Es ist genau jener Reiter, Hodjat, von dem sie gerade noch zu ihrem toten Mann gesprochen hat.

Mit einem Fuß gefangen, steht Sahra vor ihm und weiß, wie erbärmlich sie aussieht. Auf ihren Knochen ist kein Fleisch, ihre Haut ist zerfurcht und aufgerissen wie der Boden ihrer Heimat, ihre Augen haben ihren Glanz verloren, und ihre Zöpfe, die früher wie schwarzes Pech geglänzt haben, sind voller Staub und Schmutz. Von Kopf bis Fuß ist sie mit einer Staubschicht überzogen; sogar die Farben der gestickten Blumen in ihrem Kleid sind verblasst.

Sahra wünscht sich, der Spalt wäre breit genug, um ganz darin zu verschwinden und dem Reiter ihren hässlichen Anblick zu ersparen. Der versucht nicht einmal, seinen Ekel zu verbergen, und nichts in seinem Blick erinnert an damals, als sie das Gefühl gehabt hat, seine Finger würden über ihre Haut gleiten. Überallhin. Auch dahin, wo nur ihr Habiballah sie berührt hatte. Ihr Gesicht, ihre Beine und Arme, ihren Hals und ihre Brüste, ihren Bauch und ihren Schoß. Sahra erinnert sich, wie ihre Brüste unter dem Kleid fest geworden sind und sie sich vor dem unbekannten Verlangen und den Bildern in ihrem Kopf gefürchtet hatte. Es sind Bilder gewesen, von denen sie nicht einmal geahnt hat, dass sie sie in sich trägt. Sie hat sich und ihn nackt gesehen. Er hat sie in die Arme genommen. Sie hat den Kopf an seine Schulter gelegt und sich ihm hingegeben. Sahra hat sich auf die Lippe gebissen, hat ihre Finger in die Schenkel gekrallt, aber sosehr sie auch versucht hat, die sündigen Bilder loszuwerden, sie sind geblieben, und Sahra wusste, sie würde ihre Schuld büßen müssen.

Hodjat hat Sahra in die Augen gesehen und sich die Lippen geleckt, er hat seinen dichten schwarzen Bart glatt gestrichen, sie angelächelt und ihr den Kopf verdreht. Vor den Augen ihres Mannes, der Mutter, dem Vater und den Ältesten ist ihr Gesicht rot angelaufen, sie ist aufgesprungen und davongerannt, den Bach entlang bis zum Ende des Dorfes. Hinter der letzten Mauer ist sie in den Bach gestiegen, um sich abzukühlen. Sie hat sich das Gesicht und den Hals gewaschen. Das kalte Wasser ist in ihr Kleid gelaufen, über ihren Busen hinab zum Bauch und noch tiefer zwischen die Beine, und es hat ihr gefallen. Sahra hat sich geschämt, aber das Verlangen nach ihrem Reiter war so groß, dass sie mit triefnassem Rock und feuchten Ärmeln zurück zum Platz unter dem Baum gerannt ist und sich dem Reiter beinahe in die Arme geworfen hätte, als er ihr entgegenkam.

Weil es die Höflichkeit gebietet, ist sie zur Seite getreten, aber er hat ihren Rock berührt, und sie hat seine Hand gespürt und auch seinen Duft und seine Hitze. Und dann hat er geflüstert, deine Augen sind schöner als die Steine der Krone des Königs in Teheran.

Bis heute weiß Sahra nichts über den König in Teheran, aber sie hat verstanden, der Fremde begehrt sie. Und sie weiß, dass alle es gesehen haben. Am liebsten hätte sie ihre Hand in die des Reiters gelegt und wäre mit ihm davongelaufen, dahin, wo niemand sie kannte. Aber dann hat sie sich an das Kind erinnert und geflüstert: Herr, ich trage ein Kind in meinem Bauch.

Wie die Öllampe, die sie nachts herunterdreht, ist das Licht in den Augen des Reiters verloschen, sein Blick ist kalt und dunkel geworden, und die Hitze ist aus seinem Körper verschwunden. Nur einmal noch hat er sie angesehen. Wenn es ein Junge wird, hat er gesagt, nenn ihn Eskandar.

Eskandar, hat Sahra geflüstert und ist zurück zum Platz unter den Baum, wo die Männer die Säcke mit der Ernte, die Jungtiere, die Teppiche und Stoffe, die Früchte zählen, wiegen und in Körbe und Bündel packen, um den obligatorischen Vierfünftelanteil für den Arbab auf die Wagen und Rücken der Esel und Maultiere der Reiter zu laden.

Bis sie wieder in ihrer Hütte und allein waren, hat Habiballah sich zusammengenommen. Seelenruhig hat er die Tür geschlossen und Sahra angestarrt, als würde er sie zum ersten Mal sehen. Du hast die Ehe gebrochen und Schande über mein Haus gebracht, hat er gesagt und ihr mit seiner schweren, schwieligen Hand in ihr zartes Gesicht geschlagen. Zwei Zähne haben sich gelockert, sie ist gestürzt, und ihr Kopf ist an die Lehmwand gekracht. Er hat sich angefühlt wie eine überreife Melone, die aufplatzen will.

Der Schmerz und das Dröhnen im Kopf sind verschwunden,

Sahras Sehnsucht nach dem Fremden ist geblieben und größer geworden.

Kurz nach Beginn des Frühlings und des neuen Jahres hat Sahra sich an den Djub gehockt und das Kind aus ihrem Bauch gezogen. Wie bei den Lämmern und Kälbern hat sie mit ihrem weißen Stein die Nabelschnur durchtrennt, ihren Sohn gewaschen, ihn sich mit einem Tuch auf den Rücken gebunden und ist wie an allen Tagen zu ihrem Mann aufs Feld gegangen.

Ist der Bastard endlich raus?, hat er gefragt. Mach dich an die Arbeit, die Erde muss aufgelockert werden.

Er ist dein Sohn und kein Bastard, hat Sahra geantwortet.

Halt den Mund, hat ihr Mann gesagt.

Ich werde ihn Eskandar nennen.

Der Teufel hat diesem Harumzade die Seele eingehaucht. Nenn ihn, wie du willst. Es ist ein Kind der Schande. Mir ist gleichgültig, ob er den Tag überlebt, ob er ein kurzes oder überhaupt ein Leben hat.

Sahra hat die Erde gehackt und gelächelt. Bis jetzt musste sie aufpassen, das Kind in ihrem Bauch nicht zu zerdrücken, jetzt lag es auf ihrem Rücken, und sie musste achtgeben, nicht zusammen mit ihm vornüberzukippen.

Und dann ist das Unglück passiert. Kurz nach der Geburt von Eskandar ist das Wasser zum ersten Mal weggeblieben. Als es wieder floss, war es nur noch ein Rinnsal, und in jedem Frühling ist es weniger geworden, bis es nach dem vierten Winter ganz ausgeblieben ist.

Die Leute haben Sahra die Schuld gegeben. Allen voran hat ihr eigener Mann sie als eine Sündige beschimpft, die Gottes Strafe auf sich und das gesamte Dorf gezogen hat. Er hat gebrüllt, damit alle ihn hören konnten und wussten, dass er ein Mann ist, der sich von seiner Frau nicht ungestraft die Ehre nehmen lässt. Er hat sie geschlagen und verprügelt und sie schließlich zusammen mit Eskandar in den Stall zu den Kühen und Schafen verbannt. Und er hat sich eine neue Frau genommen, die er nur bekommen hat, weil auch sie von ihrem Mann verstoßen worden war, weil sie keine Kinder gebären konnte.

Je weniger Arbeit Sahra hatte, je weniger sie aufs Feld gehen und die Ernte holen, je weniger Tiere sie melken, Käse, Butter und Molke herstellen konnte, je weniger Wolle sie spinnen und färben, Decken und Teppiche knüpfen und weben konnte, desto mehr Vorwürfe hat Sahra sich gemacht. Und desto häufiger hat sie sowohl ihren Habiballah als auch den fremden Reiter verflucht und zum Teufel gewünscht. Schließlich haben beide keinen Nutzen für sie gehabt, der eine hat ihr den Jungen in den Bauch gepflanzt, der andere dem Kind seinen Namen gegeben und in ihr Sehnsüchte und Begierden geweckt. Der eine liegt unter der Erde, ungewaschen, ohne Gebet und Kaffan, und der andere ist wie ein Jinn aus dem Nichts aufgetaucht, starrt sie an und bekommt den Mund nicht auf.

Deinetwegen hat mein Mann mich behandelt wie ein Stück lebloses Fleisch, faucht Sahra und spürt noch immer die groben Hände und rücksichtslosen Begierden ihres Mannes.

Ein Kind nach dem anderen hat er ihr in den Bauch gepflanzt, die Hälfte hat Gott ihr genommen, noch als sie in Sahras Körper waren, die anderen hat die Dürre gefressen.

Was willst du von mir?, schimpft Sahra, richtet ihr Kopftuch und schämt sich, weil es nur noch ein zerschlissener Fetzen ist, mit dem sie ihr Haar zu bedecken und ihren letzten Anstand zu wahren versucht.

Bist du dieselbe Leibeigene?, fragt der Reiter Hodjat, dieselbe, die ich vor acht oder neun Sommern gesehen habe?

Nein, fährt Sahra ihn an, wundert sich über ihren Mut, dem Mann ins Gesicht zu sehen und mit ihm zu schimpfen. Nein, sagt sie, damals hatte ich eine Menge zu verlieren. Ich war jung und dumm und hatte vom Leben und Männern wie dir keine Ahnung. Heute, mein Herr, habe ich nichts mehr zu verlieren, aber ich weiß, aus welcher Richtung das Leben kommt und in welche Richtung es geht. Und ich weiß, dass nach allem, was geschehen ist, es deine verdammte Pflicht gewesen wäre, dich um mich und meinen Eskandar zu kümmern.

Wo ist dein Mann?

Ohne den Reiter aus den Augen zu lassen, deutet Sahra hinter sich zum Friedhof.

Hodjat verzieht das Gesicht, als hätte er Schmerzen. Ich habe mir die Begegnung mit dir so oft vorgestellt, dass es mir vorgekommen ist, als hätte ich sie wirklich erlebt.

Hilf mir wenigstens jetzt, sagt Sahra und zeigt auf ihren Fuß.

Es gefällt ihr, wie der ehrbare Reiter vor ihr in die Knie geht und gezwungen ist, ihren schmutzigen Fuß anzufassen, und sie malt sich aus, wie leicht es wäre, ihm mit ihrem weißen Stein den Schädel einzuschlagen.

Als hätte er die Worte geübt, sagt Hodjat, ich wollte mir selbst und der Welt beweisen, dass ich ein gläubiger und anständiger Mann bin, der die Gesetze des Propheten befolgt. Ich wollte anders sein als die anderen Reiter, Mullah und der Arbab.

Anständig? In aller Öffentlichkeit hast du mich angesehen und sogar angefasst. Mein Mann hat seine Ehre verloren, Nachbarn haben hinter seinem und meinem Rücken gesprochen. Zum Teufel mit dir, du hast mein Leben zerstört.

Dein Mann hätte besser auf dich achtgeben sollen, schimpft Hodjat und gerät so sehr in Rage, dass Sahra sich nun doch fürchtet und ihren Stein fester umfasst.

Schließlich ist es das Gesetz Gottes. Der Prophet sagt, der Mann soll seinen Besitz schützen und seine Mutter, seine Ehefrauen, Sklavinnen und Töchter unter der Pardeh, dem Hedjab, dem Schleier, im Zelt, hinter Mauern und Türen halten. Damit der Blick eines Fremden sie nicht treffe, ein Fremder sie nicht berühre oder sich gar mit ihr vereine. Ist ein Mann dazu nicht imstande, verliert sie und somit ihr Besitzer seine Ehre, flucht Hodjat.

Sahra zieht und zerrt an ihrem Fuß, rutscht nur noch tiefer in die Erde und hat noch mehr Schmerzen.

Zum Schutz und zur Aufwertung der Frau hat der Prophet das verkündet. Hodjat fuchtelt mit erhobenem Zeigefinger herum und schimpft. Damit die Männer aufhören, die Frauen zu benutzen, sich mit ihnen zu vergnügen und sie dann in der Wüste auszusetzen, wo sie von wilden Tieren gefressen werden oder anderen Männern zum Opfer fallen. Hodjat sieht Sahra wütend an. Der Mann soll eine Frau ehelichen, bevor er sich mit ihr vereint, selbst wenn es nur für einen Tag ist oder kürzer. Du aber bist verheiratet gewesen und hast sogar ein Kind in deinem Bauch getragen. Was hätte ich tun sollen?

Ich kenne keinen Mann mit dem Namen Prophet, und ich habe genug von allen Männern dieser Erde, schimpft Sahra. Ich warte nur darauf, dass der Barmherzige mich aus dieser Welt und von euch Männern befreit. Und jetzt mach und hol endlich meinen Fuß heraus.

Du bist eine einfache Leibeigene, ich verurteile dich nicht, und Gott wird dir ebenfalls vergeben, dass du keine Ahnung von der Welt, dem heiligen Islam, dem ehrwürdigen Propheten und dem Koran hast.

Was willst du überhaupt von mir?

Ich bin auf der Flucht.

Warum hast du mich damals nicht mitgenommen?

Ich wollte nicht, dass es dir ergeht wie meiner Mutter.

Deine Mutter? Was habe ich mit deiner Mutter zu tun?

Hodjat sieht Sahra nicht an. Sie ist wie du eine Leibeigene gewesen, sagt er. Der Arbab hat sie zu sich in sein Haus geholt, als sie noch ein kleines Mädchen war.

Endlich befreit Hodjat Sahras Fuß, sie sinkt erschöpft zu Boden, reibt sich ihren schmerzenden Knöchel und hat beinah Mitleid mit dem Reiter.

Mit eigenen Augen habe ich gesehen, wie er wieder und wieder in den Dörfern kleine, unschuldige Mädchen zu sich aufs Pferd gehoben hat, er hat seinen Arm um ihre Taille gelegt, ihre Brüste berührt, und er hat gelacht, während er sie fest an sich und seine

Lust gepresst hat. Die Väter der Mädchen haben gebettelt, er soll ihre Töchter verschonen und die Ehre der Familie nicht beschmutzen. Sie haben den Arbab beschworen, dass Gott es nicht gerne sieht, wenn ein Mann ein Kind zur Frau nimmt. Der Arbab aber hat die weinenden Eltern mit Tritten weggestoßen. Und ob es Gott gefällt, hat er gerufen, schließlich ist die schöne Aishe, die Lieblingsfrau des Propheten, auch nur sechs Jahre alt gewesen, als er sich in sie verliebt hat. Der Arbab hat den Hals des Mädchens geküsst, seine Hand unter ihre Röcke geschoben und gerufen, diese scheint bereits im geschlechtsreifen Alter zu sein. Dann hat er seinem Pferd die Sporen gegeben und ist mit ihr davongeritten. Im Winter haben die Reiter das Mädchen wiedergebracht. Sie hat ausgesehen wie eine alte Frau. Die Männer hatten ihr die Zähne ausgeschlagen, um ihre Lust in ihrem Mund zu befriedigen, und ihr Körper war übersät mit Wunden. Div und Jinn haben von ihrer Seele und ihrem Geist Besitz ergriffen, und sie hat nur noch im Schlaf geredet. Ihre Mutter hat gesagt, der Arbab hat mein Mädchen zur Frau gemacht und sie dann an seine Reiter verschenkt.

Verdammt sollt ihr sein, flucht Sahra. Männer sind wilde Bestien.

Verstehst du jetzt?, fragt Hodjat. Ich wollte nicht sein wie er. Der Harem, in dem ich aufgewachsen bin, war voll von Kindern wie mir. Und bis heute hat sich nichts daran geändert. Wenn die Kinder, die er mit den Frauen zeugt, Mädchen werden, verschenkt der Arbab sie entweder gleich weiter, oder sie werden wie ihre Mütter Dienerinnen für seine offiziellen Ehefrauen. Seine Söhne bleiben im Harem, bis sich zeigt, ob sie als Arbeiter oder Reiter zu gebrauchen sind.

Ich habe Hunger, sagt Sahra. Bist du gekommen, um mein Elend zu sehen und mir Geschichten zu erzählen, oder kannst du mir helfen?

Ich bin ein Mann, verteidigt Hodjat sich. Ich hatte und habe Empfindungen und Bedürfnisse. Deine Schönheit hat mich betört, und ich hätte dir die Sterne vom Himmel geholt, sagt er und sieht auf den Boden. Deinetwegen hatte ich schlaflose Nächte.

Schlaflose Nächte?, sagt Sahra lachend. Sie genießt ihren eigenen Mut.

Den Kampf mit Säbel und Messer habe ich gelernt, und ich bin ein meisterhafter Schütze, mit der Schrotflinte treffe ich jedes Ziel. Der Arbab hat jede wichtige Depesche von mir überbringen lassen. Ich bin nach Teheran, in die Hauptstadt, und sogar in den von den Russen besetzten Norden unserer Heimat geritten. Weder die Soldaten der Farangi fürchte ich noch die der Kosakenbrigade des Königs. Seit ich vor dem Arbab und meinen früheren Reiterbrüdern auf der Flucht bin, habe ich mit wilden Tieren gekämpft und Hitze und Kälte ertragen.

Ich habe Hunger, wiederholt Sahra.

Nach alledem hocke ich vor dir, einer schwachen Frau, einer Leibeigenen, und weiß nicht, wie es weitergehen soll mit mir und meinem Leben, klagt Hodjat und sieht Sahra ratlos an.

Von mir kannst du keinen Trost erwarten. Du siehst es ja, in mir ist so wenig Leben wie in diesen ausgedorrten Feldern.

Mit einem Mal erhebt Hodjat sich, nimmt die Hand von Sahra, die so rau und schwielig ist, dass er sich zwingen muss, sie nicht gleich wieder loszulassen, hilft ihr auf die Beine und sagt, es ist nie zu spät.

Genau in dem Moment, als er Sahra auf sein Pferd hilft, selbst aufsteigt und mit ihr davonreitet, kommt Eskandar, bewaffnet mit seiner Steinschleuder, aus dem Dorf, um Jagd auf Nachtvögel und anderes Kleingetier zu machen. Er sieht seine Mutter und kann nicht glauben, dass sie die Unverfrorenheit besitzt, sich mit einem wildfremden Mann davonzumachen. So schnell er kann, rennt er hinter ihr her, stolpert, fällt, steht wieder auf, kann aber nur noch zusehen, wie der Reiter mit seiner Mutter verschwindet. Eskandar läuft zurück in seine halb verfallene Hütte, wirft sich auf das alte Stroh in seiner Schlafecke und weint so lange, bis er einschläft.

Erst als die Schakale der Wüste längst nicht mehr heulen und die Geier am Himmel ihre ersten Schreie ausstoßen, kommt Sahra zurück in ihre verfallene Hütte; und sie hat den Fremden dabei. Eskandar kann nicht glauben, dass es seine Mutter ist, die vor ihm steht. Sie riecht nicht mehr nach Hunger, sie ist gewaschen und trägt ein Kleid mit bunten Blumen, wie Eskandar noch nie eines gesehen hat. Ihre sauberen und geflochtenen Zöpfe liegen auf ihren Schultern, sie trägt ein neues Kopftuch, und ihre Augen sind wach und klar.

Du hast Wasser getrunken, sagt Eskandar. Dein Atem duftet nach Essen, und du siehst so lebendig aus wie die Farangi hinter dem Berg.

Das Beste aber ist, Sahra hat Essen mitgebracht. Richtiges Essen. Nichts Geklautes, keine vertrockneten Wurzeln und auch keine erschlagene Ratte oder Maus. Es ist richtiger Käse und richtiges Brot, was Eskandar sich in den Mund stopft.

Sahra lächelt glücklich, und für Eskandar ist es, als wäre ein Wunder geschehen und die Krankheit seiner Mutter verschwunden. Er sieht den Fremden an, sieht das Essen, das Wasser, fühlt sich wie betäubt von den herrlichen Düften und Farben und beschließt, nicht zu fragen, wer der Fremde ist und mit welchem Recht seine Mutter mit ihm davongeritten ist. Stattdessen lächelt er und sagt, seit ich das Faack von den Farangi mitgebracht habe, bist du gesund, und wir haben Glück.

Zwei Tage, bevor Eskandars Mutter stirbt

Trotzdem ist es für Sahra zu spät. Sowie sie einen Bissen hinunterschluckt, läuft sie hinter die Hütte und spuckt alles wieder aus. In ihrem Erbrochenen und ihrem Urin ist Blut, und die Schmerzen sind so stark, dass sie Lichtblitze sieht.

Bevor es vorbei ist mit ihrem Leben, ruft Sahra die Nachbarn zu sich. Sie haben ein Recht zu erfahren, wer der Fremde ist und wie die Wahrheit über das Wasser, die Dürre und das Sterben aussieht. Mein Sohn soll nicht ein Leben lang die Last der Schuld seiner Mutter tragen müssen, sagt sie.

Zuerst sind die Nachbarn skeptisch gegenüber dem Fremden, schließlich haben sie von ihm und seinesgleichen noch nie Gutes erfahren, aber dann zeigt sich, dass dieser Reiter ein guter Mensch ist. Er hat Tee, Rosinen und Brot mitgebracht, vier Krüge voll frischem Wasser und Holz zum Feuermachen.

Unter dem verfallenen Vordach von Sarahs Hütte ist es still, als die Leute den Tee an den süßen Rosinen im Mund vorbeischlürfen und dabei genussvoll die Augen schließen.

Mein Gewissen ist rein, sagt Hodjat. Ich bin ein Mann der Ehre und des Glaubens.

Komm zur Sache, mahnt Morad-kadjeh. Mit großen Worten kannst du bei uns keinen Eindruck machen. Sieh uns an, der Allmächtige hat uns alles genommen, und so gibt es auch nichts mehr, was wir fürchten.

Bis zum Morgengrauen, bis ihm die Zunge schwer wird und er die Augen kaum noch offen halten kann, erzählt Hodjat den Leibeigenen, dass es außer ihrem noch viele Arbab im Iran gibt, sie gehören unterschiedlichen Stämmen an und sind Besitzer von so vielen Dörfern, Feldern, Menschen und Tieren, von Bergen, Wasser, Wüste und Wald, dass nicht einmal sie selbst wissen, wo ihre Besitztümer anfangen und enden. Sie sind derart mächtig, erklärt Hodjat, dass selbst der König nichts gegen sie ausrichten kann.

Als Hodjat den Leibeigenen berichtet, dass nicht Gott den Bach hat austrocknen lassen, sondern der Arbab den Lauf des Wassers zu den Farangi umgelenkt hat, wollen sie es ihm nicht glauben.

Ein Mullah höchstpersönlich ist den weiten und gefährlichen Weg in unser Dorf gekommen und hat es uns erklärt, sagt Morad-kadjeh. Er hat gesagt, das ist die Strafe Gottes, weil wir gesündigt und Schuld auf uns geladen haben. Gott hat seine Jinn und Div geschickt, die das Wasser ausgetrunken haben. Morad-kadjeh sieht auf den Boden, als er sagt, wir haben uns gegenseitig beschuldigt, Blutsbande sind zerrissen, nun sollen wir glauben, es sei nicht Gott gewesen, der uns das Wasser genommen hat?

Jinn und Div gibt es nicht, sagt Hodjat mit leiser Stimme. Gott ist für vieles verantwortlich, in Angelegenheiten aber, die mit Wasser zu tun haben, mischt er sich nicht ein.

Ich habe es gewusst, sagt Sahra. Wäre er es, der uns das Wasser geraubt hat, an wen hätten unsere Kinder sich dann noch in der Not wenden können?

Eskandar springt auf und ruft, vom Berg aus habe ich es mit eigenen Augen gesehen, das Wasser fließt in die neue Welt, die ich gefunden habe.

Junge, benimm dich, ermahnt seine Mutter ihn. Sei still.

Der Junge hat recht, sagt Hodjat. Der Arbab hat das Wasser zu den Ausländern umgelenkt.

Morad-kadjeh stampft mit seinem Stock auf. Weiß der verehrte Arbab nicht, dass so viele von uns gestorben sind und der Rest auch bald tot sein wird?

Als wäre es seine Schuld, weicht Hodjat dem Blick des Alten aus.

Wenn unser Leben und das unserer Kinder ihm nichts wert

ist, dann sollte er zumindest an den Vierfünftelanteil von unserer Ernte und allem, was wir erwirtschaften, denken.

Vier Fünftel von einem kleinen Dorf wie diesem bedeuten ihm nichts. Die Farangi zahlen gutes Geld, sagt Hodjat beschämt.

Geld?, fragt Morad-kadjeh. Was ist das? Ist es etwas, was einen höheren Wert hat als Wasser oder ein Menschenleben?

Hodjat weiß nicht, was er sagen soll, zuckt nur die Schultern.

Warum teilen diese Fremden das Wasser nicht mit uns? Fürchten sie keinen Gott?

Sie beten zum selben Gott, zu dem auch wir beten, erklärt Hodjat.

Wie es aussieht, gefallen die Gebete der Kafar dem Herrn besser, und wir sollten lernen, unsere Gebete auf ihre Art zu sprechen, sagt Morad-kadjeh bitter.

Sie sind Engelissi, erklärt Hodjat. Und sie haben Kanadier und Polen mitgebracht und zu ihrem Schutz Soldaten aus ihrer Kolonie Indien. Das sind andere Länder, so wie der Iran auch ein Land ist. Der Arbab und der König haben den Farangi den Boden verpachtet und ihnen das Recht verkauft, nach Naft, nach Petroleum, zu suchen. Hodjat erzählt vom Pfauenthron, der Hauptstadt Teheran, von der Verfassung und dem Parlament, das es seit Kurzem im Iran gibt, und vom König, der ein Feigling und ein Versager ist.

Parlament, Petroleum, Geld, sprich von Dingen, die wir verstehen, sagt Morad-kadjeh traurig. Er sieht Hodjat eine Weile stumm an, dann sagt er: Hilf uns.

Ich bin auf der Flucht, antwortet Hodjat, und zwar vor genau denjenigen, die verantwortlich sind für euer Schicksal.

Dann müssen wir die Sache selbst in die Hand nehmen, bestimmt der Krumme und klingt wie einer, der selber nicht glaubt, was er sagt. Die stärksten unserer Männer sollten zu den Farangi gehen und sie bitten, das Wasser mit uns zu teilen.

Die Farangi geben nichts ab, antwortet Hodjat. Nicht nur euer Wasser, ganze Provinzen haben sie in Besitz genommen.

Einmal hat einer unserer Männer einen Bock gejagt, erinnert Morad-kadjeh sich. Da sind die Reiter des Arbab gekommen und haben den Mann verfolgt. Es ist das Wild des Khan, haben sie gebrüllt und den Mann verprügelt, bis er gestorben ist. Seit diesem Tag hat keiner von uns es gewagt, auch nur einen Fuß jenseits der Felder zu setzen. Wir haben nicht einmal gewusst, was sich hinter dem Berg befindet. Jetzt erzählst du uns von einer Hauptstadt, einem König, der sein Volk hasst, und fremden Herrschern, die mit ihren Kriegern in unser Land einfallen und es besetzen. Morad-kadjeh starrt Hodjat an, ohne ihn wirklich zu sehen. Warum schickt Gott dich erst jetzt? Welchen Nutzen hat es, wenn wir jetzt noch die Welt begreifen?

Für unsere Kinder ist es wichtig, lasst ihn sprechen, sagt Sahra und fragt, gibt es nirgendwo einen Ort mit Menschen, die gut sind?

Hodjat muss erst überlegen, dann sagt er, es hat einmal einen guten, großen Mann in unserer Heimat gegeben. Das ist lange vor unserer Zeit gewesen. Sein Name war Zartosht, Zarathustra, und er ist ein Prophet gewesen. Seine Lehre ist einfach. Er predigt die Reinheit von Erde, Wasser, Licht und Luft.

Auch für uns sind Erde, Wasser, Licht und Luft heilig, sagt Sahra.

Nicht einmal der Atem des Menschen durfte das heilige Feuer berühren. Und ihre Toten haben sie nicht im Boden beigesetzt, um ihn nicht zu verunreinigen, erklärt Hodjat. Zartosht sagt, jeder Mensch trägt Gott in sich. Er sagt, das Feuer ist heilig, denn es ist das Symbol der Sonne. Zartosht hat gesagt, wir Menschen sollen uns leiten lassen von gutem Denken, gutem Sprechen und guten Taten.

Unser Denken, Tun und Sprechen sind stets gut gewesen, sagt der krumme Dorfvorsteher.

Kennst du einen Ort, an dem das Wasser noch fließt und die Felder fruchtbar sind?, fragt Sahra.

Mit der Spitze seines Messers kratzt Hodjat den Umriss des

Iran in den Lehmboden. Hier ist Russland, das Reich des Zaren. Das ist das Kaspische Meer, wo es Wälder und Felder gibt und alles grün und fruchtbar ist.

Dort werde ich hingehen, sagt Eskandar mit leiser Stimme.

Sahra streicht ihrem Sohn über den Kopf und sagt, du musst mir versprechen, dass du es tun wirst. Wird mein Sohn es schaffen?, fragt sie den Reiter.

Es ist nicht nah, sagt Hodjat. Aber Eskandar kann es schaffen, lügt er.

Was ist auf dieser Seite unserer Heimat?, fragt Sahra.

Die Heimat unserer afghanischen Brüder, sie sprechen unsere Sprache, und auch um ihr Land haben die Engelissi und Russi-Farangi Jahrzehnte Krieg geführt.

Was ist hier unten?, fragt Sahra.

Das größte Wasser unseres Landes, der Persische Golf, und weiter oben befindet sich das Reich der Osmanen, und hier leben unsere arabischen Brüder.

Sahra sieht den Reiter an. Nimm meinen Sohn mit dir.

Man trachtet nach meinem Leben, ich kämpfe dafür, dass der König die Verfassung anerkennt, ich lebe gefährlich, sagt Hodjat. Aber sei ohne Sorge, wir werden siegen, und schon bald werden dein Sohn und alle Menschen in diesem Land genügend Wasser und Nahrung haben und in Freiheit leben.

Gott hat dich mir und meinem Sohn geschickt, flüstert Sahra.

Hodjat sieht sie an und sagt, Gott oder wer auch immer es gewesen ist, hätte es früher geschehen lassen sollen.

Im Lager der Erdölsucher

Zwei Tage nach dem Tod von Eskandars Mutter haben die stärksten Männer im Dorf sich auf den Weg zur Quelle gemacht, um die Steine des Arbab aus dem Weg zu räumen, damit das Wasser wieder fließt. Weder das Wasser noch die Männer sind zurückgekommen. Stattdessen hat Hodjat in der Ferne eine Staubwolke gesehen und sofort gewusst, es sind seine Verfolger. Er ist auf sein Pferd gesprungen und davongeritten.

Eskandar macht, was seine Mutter ihm aufgetragen hat, nimmt das einzig Wertvolle, das er besitzt, den weißen Stein seiner Mutter, und klettert über den Berg zu den Farangi, die Löcher in die Erde seiner Heimat bohren und faack sagen, Unmengen zu essen und zu trinken haben und ihn und alle anderen noch lebenden Kinder aus dem Dorf damit ernähren könnten.

Erst am zweiten Abend, als alle Männer schlafen und die Hunde müde und satt neben den Zelten liegen und nur noch einer der Ausländer mit seinem gelben Haar am Feuer sitzt und wie ein Div Rauch aus seinem Mund bläst, nimmt Eskandar seinen Mut zusammen, schleicht sich leise wie eine Gazelle an den bewaffneten, schlafenden Wachen vorbei, stellt sich vor den Ausländer und sagt mit ausgestreckter Hand: faack.

Zwei Hunde, ein großer und ein kleiner, wachen auf, schnüffeln mit ihren kaltfeuchten Nasen an Eskandars nackten Beinen und kitzeln ihn.

Der Ausländer packt den großen Hund hinterm Kopf, sagt sit, und beide Hunde setzen sich artig hin.

Sit, sagt Eskandar im gleichen Ton wie der Ausländer.

Das gefällt dem Farangi so gut, dass er lacht und etwas sagt, was Eskandar sich leicht merken kann: Yuspiicklisch. Dann legt er seine schwere Hand auf Eskandars Schulter, pfeift durch die Zähne, und zwei andere Farangi kommen mit gezogenen Säbeln angerannt. Die beiden haben die gleiche dunkle Haut wie Eskandar. Sie verneigen sich, nachdem der Mann mit dem gelben Haar ihnen Befehle gibt, und laufen zum ersten Zelt.

Soldiers from British colony, erklärt der Farangi.

Kolloni, sagt Eskandar.

Die beiden Kolloni bringen einen Iraner mit zerzaustem Haar, der Moteardjem, Übersetzer, heißt und sowohl die Worte der Farangi als auch die von Eskandar kennt.

Ahay. Junge, der gnädige Herr will wissen, woher du das Wort kennst, das du gesagt hast.

Statt zu antworten, streckt Eskandar wieder seine schmutzige Hand aus und sagt dieses Mal: Salam, Friede sei mit dir.

Never mind, sagt der Farangi, sagen Sie dem Jungen, es ist gut, wenn er englische Wörter lernt, nur das eine soll er nie wieder sagen.

Good? Khoob?, fragt der Ausländer.

Gud, sagt Eskandar.

Wie sich herausstellt, heißt der Ausländer Richard, und er hat einen Sohn, der genauso groß ist wie Eskandar. Irgendwann werde ich dir eine Fotografie von ihm zeigen, lässt er übersetzen.

Eskandar sagt nicht, dass er nicht weiß, was eine Fotografie ist. Er sagt, dann bleibe ich bei dir, bis die Zeit gekommen ist und du mir zeigst, was immer du mir zu zeigen hast.

Statt zu übersetzen, haut der Moteardjem Eskandar auf den Hinterkopf. Junge, benimm dich, herrscht er ihn an, worauf Richard mit dem Moteardjem schimpft und der auf den Boden sieht.

Das geschieht ihm recht, denkt Eskandar, streckt abermals die Hand aus und sagt: Salam, Richard.

Der Moteardjem hält sich gerade noch zurück, um Eskandar nicht gleich wieder eine runterzuhauen. Nenn ihn Mister oder Saheb Richard.

Mesterr oder Saheb Richard, Salam.

Nein. Du sollst eins von beiden sagen. Entweder Saheb oder Mister. Und es heißt nicht Mesterr, sondern Mister.

Salam, Mesterr.

Salam, Mister-Eskandar, erwidert Richard und lacht aus voller Kehle, dabei schüttelt er die Hand von Eskandar so kräftig, dass es seinen ganzen Körper durchrüttelt.

Nicht einmal sein Vater hatte so große Hände und so viel Kraft, und hätte er nicht gerade erst von Hodjat gehört, dass es Jinn und Div nicht gibt, würde Eskandar glauben, dieser hier sei ein Geist oder ein Ungeheuer. Wer sonst bläst Rauch aus einem so gewaltigen Mund mit riesigen Zähnen, hat einen derart großen Körper, gelbes Haar und riesige Pranken?

Fragen Sie den Jungen, wo seine Familie ist, wo er lebt und warum er mitten in der Nacht allein herumläuft.

Moder dedd, spricht Eskandar dem Farangi nach.

Statt zu übersetzen, sagt der Moteardjem, wie die einfachen Menschen von Cholera oder Hunger oder beidem dahingerafft werden und wie die Fliegen sterben.

Let the boy speak.

Letteboi spiiikk, letteboi spiiikk, wiederholt Eskandar.

Good boy.

Gudepoi.

You learn quick.

Yuulanqiiick.

Hör auf mit dem Blödsinn, und erzähl, warum du mitten in der Nacht allein herumirrst, sagt der Moteardjem. Und fass dich kurz, deinetwegen bin ich aus dem Schlaf und einem süßen Traum gerissen worden.

Eskandar erzählt von der Trockenheit, dem Hunger und den Flecken und Wunden, die seine Brüder und Schwestern bekommen haben, bevor Gott sie zu sich geholt hat. Der Übersetzer macht einen Schritt zurück. Lepra, ruft er. Wundbrand hat seine Familie getötet. Saheb, mit Verlaub, wir sollten den Jungen so schnell wie möglich loswerden. Die Krankheiten dieser Leibeigenen sind ansteckend und gefährlich.

Are you hungry? Der Ausländer schiebt sich unsichtbares Essen in den Mund.

Eskandar versteht sofort, reibt seinen Bauch und sagt: Goshne.

He is goshne, sagt Richard und erteilt dem Übersetzer einen Befehl.

Der verbeugt sich, rennt ins Küchenzelt und kommt mit Fladenbrot und Schafskäse zurück. Iss, das wird uns den Segen Gottes einbringen.

Während er sich auf den Boden hockt, stopft Eskandar sich den Mund voll und kaut laut schmatzend und mit halb geschlossenen Augen. Dann legt er seine Hand auf seinen vollen Bauch, legt sich neben die Füße von Mesterr-Richard und die Hunde in den Sand, murmelt, letteboi spiiikk, und schläft ein.

Eskandar löst ein Problem von Mesterr-Richard

Am liebsten würde Richard sich gleich neben den Jungen auf den Boden legen und auch schlafen. Sein Kopf, der Nacken, Arme, Beine, alles an ihm fühlt sich müde und schwer an. Sogar das Blut in seinen Adern scheint dick und zäh zu sein wie das verdammte Petroleum, das er sucht und seit acht Jahren nicht findet. Nacht für Nacht liegt er unter seinem Moskitonetz, nickt erschöpft ein, nur um gleich wieder aufzuschrecken. Es ist das schlechte Gewissen, das ihm den Schlaf raubt.

Richard gähnt, streckt sich aber nicht, denn auch das verschlimmert nur das Brennen in seinen Schultern. Stattdessen zündet er seine kalte Zigarre noch einmal an.

Der Koch und die Hilfskräfte werden bald aufwachen und ihre Arbeit beginnen, und die indischen Soldaten, kanadischen und polnischen Ingenieure und Arbeiter und die britischen Vorgesetzten werden nach ihrem Frühstück verlangen. Er selbst muss zurück zu seinen Bohrmaschinen und Bohrlöchern. Es wäre besser, er würde sich hinlegen, selbst wenn er nicht einschlafen kann. Aber Richard bleibt sitzen, deckt den Jungen mit seiner eigenen Decke zu und beobachtet ihn.

Einmal landet Eskandar mit dem Kopf neben dem großem Stiefel des Farangi, und er stellt sich vor, wie er den kleinen Schädel des Jungen zertreten könnte und er mit einem trockenen Knacken platzen würde wie eine reife Wassermelone. Und ausgerechnet in diesem Augenblick geschieht etwas, worauf der Kanadier seit Monaten gewartet hatte. Er wacht auf.

Es ist nur für einen winzigen Augenblick, aber ihm kommt es vor, als würden sich Schleier vor seinen Augen auflösen. Richard atmet die reine Morgenluft tief in seine Lungen, schmeckt den abgestandenen Geschmack von Rauch in seinem Mund und spürt das Pelzige auf der Zunge. Beinah kann er hören, wie die Sonne über den Berg steigt und mit ihrer Hitze alles weckt. Und über alledem liegt der gleichmäßige, beruhigende Atem des Jungen. Als bräuchte er später einen Beweis für diesen Moment der Wachheit und Klarheit, schreibt Richard in sein Notizheft.

15. Januar 1908, vier Uhr morgens, Naftoun, britisches Lager in der Wüste im Süden des Iran. Letzte Glut der Feuerstelle. Zum ersten Mal seit einer Ewigkeit wirklich wach. Selbst das Brennen und Stechen in der Schulter ist schwächer. Die Zelte, die Felsen, der trockene Wüstenboden wirken, als würde ich durch eine Lupe blicken und alles zum ersten Mal sehen. So als würde ich die Dinge klarer, wie von einem hellen Licht angeleuchtet, sehen. Das Schicksal meint es gut mit mir, es hat mir diesen einheimischen Jungen geschickt. Ich werde ihn behalten.

Richard lächelt, und wie damals, als er selbst ein kleiner Junge gewesen ist, laufen Tränen über sein Gesicht, und er lässt sich in das wunderbar leichte Gefühl hineinfallen, als wäre es ein Kissen, in dem er endlich Ruhe findet.

Schuld an seiner Verbitterung, die zu Gift in seinen Adern geworden ist, ist seine Frau Margret und ihre Gleichgültigkeit. Acht Jahre sind eine lange Zeit, und die Briefe brauchen sechs und mehr Wochen von Kanada über England bis hierher. Aber während er ihr stets von seiner Sehnsucht geschrieben hat, sind Margrets Worte mit jedem Brief kälter und leerer geworden. Und das, obwohl sie weiß, wie sehr er ihre Unterstützung braucht für die harte Arbeit in diesem heißen und unwirtlichen Land.

Immerhin lebt Richard seit acht Jahren in primitiven Hütten, Zelten und unter Schilfdächern, schläft in unbequemen Feldbetten und isst mit seinen Kollegen an wackligen Holztischen, und es gibt keinerlei Zerstreuung oder Möglichkeit, sich zurückzuziehen.

Außer natürlich den seltenen Gelegenheiten, wenn der Khan ihn in sein Haus einlädt, wo Richard in einem eigenen Zimmer schläft und nicht nur einen Diener zu seiner Verfügung hat, sondern der Khan ihm ganz selbstverständlich die Dienste von jungen, noch unberührten Mädchen oder, falls ihm das lieber sein sollte, erfahrenen, heißblütigen Frauen aus seinem Harem anbietet. Frauen aus den Dörfern, die Eigentum des Khan sind, und solche aus der Stadt, deren Väter, Männer oder sie selbst dem Großgrundbesitzer Geld schulden. Sogar Mädchen aus Bagdad und Oman, Gastgeschenke für seinen Harem, hat der Khan Richard angeboten. Richard hätte nur zugreifen müssen; es wäre eine wohltuende Abwechslung gewesen zum eintönigen Leben im Lager. Aber er hat immer nur lachend abgelehnt und sich die Mädchen nicht einmal angesehen.

Aber dann, an diesem verdammten Abend vor sechs oder sieben Monaten, ist Richard schließlich doch schwach geworden. Der Khan hatte aus der Stadt Waren und die Post für die Männer mitgenommen und auf dem Weg zu seinem Besitz im Lager haltgemacht. Nach dem Essen haben die Männer mit ihren Zigarren und dem importierten Brandy am Feuer gesessen, sie haben ihre Briefe gelesen und die Fotografien betrachtet, die ihre Frauen ihnen geschickt hatten. Nur Richard hatte keine Post, und er hat nur dagesessen und das Feuer angestarrt.

Richard musste den Khan nicht ansehen, um zu wissen, dass er ihn beobachtete und dabei grinste. Im Gegensatz zu ihm strotzt der Khan vor Kraft. Sein wallendes schwarzes Haar und sein voller Bart, sein Turban, das prächtige Gewand und sein Dolch verleihen ihm ein beneidenswert männliches Aussehen, dem vermutlich sogar eine kühle Frau wie Margret nicht würde widerstehen können.

Ich kann beim besten Willen nicht verstehen, wie ein Mann mit nur einer Frau zufrieden sein kann. Zumal diese eine Frau so weit weg ist und zumal ihm eine Auswahl von hübschen Frauen auf dem Silbertablett geboten werden, hat der Khan an jenem Abend beim Feuer lachend gesagt. Mein Freund, es ist ungesund und gefährlich, es ist ein Schaden für die Gesellschaft, wenn ein Mann, ein richtiger Mann, seine natürlichen Bedürfnisse unterdrückt. Bedürfnisse, die unmöglich von ein und demselben Weib befriedigt werden können, sagte er zufrieden lächelnd und hat seinen Bart glatt gestrichen. Spätestens dann, wenn die Frau Mutter von Söhnen geworden ist, die den Mann eines Tages beerben, Söhne, für deren gute Erziehung die Mutter verantwortlich ist, wie kann sie dann noch die geheimen Wünsche eines Mannes befriedigen?, hat der Khan gefragt und sich zurückgelehnt.

Weil Richard viel zu zerknirscht gewesen ist, um dem Khan zu widersprechen, hat er ihn einfach weiterreden lassen. Gott hat den Mann stark und die Frau aus seiner siebten Rippe, also schwach, geschaffen. Es ist somit der Natur gemäß und dem Propheten gefällig, dass ein Mann so viele Frauen wie möglich besitzt. Als Vorbild für alle Männer hat der Prophet selbst so viele Frauen genommen, dass heute niemand mehr weiß, wie viele es gewesen sind. Ich, mein Freund, hat der Khan gesagt und sich vorgebeugt, ich kann und will mir ein Leben mit nur einer Frau nicht einmal vorstellen.

Richard hat gegähnt und sich vorgenommen, sich bei erstbester Gelegenheit aus dem Staub zu machen, doch der Khan hat sich zu ihm gesetzt und weiter auf ihn eingeredet.

Irgendwann, mein Freund, werden auch Sie Ihre Einstellung ändern, hat der Stammesfürst prophezeit und früher recht bekommen, als sogar er selber vermutet hatte. Noch am gleichen Abend nämlich hat er den Kanadier in sein Zelt eingeladen. Sie haben Wasserpfeife geraucht und jungen Mädchen zugesehen, die für die Männer gesungen und getanzt haben.

Eines der Mädchen hat Richard nicht nur Tee, Rosinen und Datteln angepriesen, sondern hat ihm beiläufig auch einen Blick in ihren Ausschnitt und auf ihre festen jungen Brüste gewährt.

Richard war so sehr in den wunderbaren Anblick vertieft, dass er nicht bemerkt hat, wann der Khan und die anderen Frauen das Zelt verlassen haben. Sie hat sich zu ihm auf die Kissen gesetzt, hat ihn liebkost und es ihm geradezu unmöglich gemacht, ihrem lustvollen Spiel zu widerstehen.

Statt sie wie geplant in seinen Harem mitzunehmen, hat der Khan das Mädchen, Tajelmoluk, zu seiner Mutter in die Stadt zurückbringen lassen, wo der Kanadier sie fortan regelmäßig besuchen konnte. Obwohl sie noch ein halbes Kind war, hat sie den Farangi auf eine Art verführt, wie er es allenfalls aus Geschichten über türkische und griechische Kurtisanen aus Levante oder Bagdad kannte. Dass sie sich mit ihm nur eingelassen hat, weil er ihre Miete und die Schulden beim Khan bezahlt, ist Richard nur recht gewesen, denn Gefühle wollte und will er aus diesem Spiel heraushalten. Auch dass sie ein einfaches Mädchen ist und seine Sprache nicht spricht, hat er als Vorteil empfunden, denn so musste er sich nicht mit ihr und ihrem Leben beschäftigen. Die Befriedigung seiner Lust ist die einzige Verbindung zwischen ihm und dieser kleinen Hure gewesen, und so sollte es auch bleiben.

Doch dann ist geschehen, was niemals hätte geschehen dürfen. Das Mädchen ist schwanger geworden. Sie selber hat behauptet, nicht zu wissen, wie es zu so etwas kommen kann, und ihre Mutter hat gesagt, sie wird einen Skandal machen, wenn der Farangi nicht weiterbezahlt und sich nicht um das Kind im Bauch ihrer Tochter kümmert.

Viele seiner britischen und polnischen Kollegen, sogar die indischen Soldaten nehmen die Dienste iranischer Frauen in Anspruch; manche haben sich sogar mit kleinen Jungen eingelassen, aber auch dieses Wissen entlastet Richards Gewissen nicht. Seit es geschehen ist, leidet er unter Albträumen und Angstzuständen, die ihm diese schlimme Schlaflosigkeit bescheren.

Bis zum heutigen Abend wusste er nicht, wie er seine Schuld sühnen und sich auf einfache Weise des Mädchens und der Brut in ihrem Bauch entledigen könnte. Doch mit dem Erscheinen des kleinen Jungen, der den Namen des großen Griechenkönigs Alexander trägt, hat sich alles geändert. Auch wenn es nur eine leise Ahnung ist, so weiß Richard doch, dass dieser kleine schmutzige Junge der Schlüssel dafür ist, seine Schuld und sein schlechtes Gewissen reinzuwaschen.

Der Junge soll bleiben

Der Saheb sagt, du sollst dich nützlich machen, übersetzt der Moteardjem. Wenn jemand fragt, sagst du, du bist der Boy von Mister-Richard. Kannst du das?

Eskandar grinst und nickt, Boy Mesterr-Richard.

Die Laune des Kanadiers könnte nicht besser sein. Well done, sagt er und grinst ebenfalls. Worauf der Übersetzer die Augen verdreht und dem Ausländer wortlos zu den Bohrlöchern folgt.

Weil er nicht weiß, was sich nützlich machen bedeutet, verkriecht Eskandar sich in den Schatten eines Zeltes und beobachtet das Treiben im Lager. Das Erste, was er begreift, ist, die Engelissi-Farangi sind die Bestimmer und die wichtigsten von allen Männern. Ansonsten kann Eskandar gucken, so viel er will, er versteht beim besten Willen nicht, warum die Männer den ganzen Tag lang den Boden aufgraben, Erde hin und her schaufeln, Stangen stemmen.

Die wichtigen Engelissi-Farangi sehen sich die Eimer mit Erde und Steinen genau an, reiben sie zwischen den Fingern und riechen daran. Sie schieben die Erde unter Gläser, mit denen sie alles größer sehen, und manchmal sagen sie, disis gud. Das ist das Zeichen für die iranischen Arbeiter, weiterzuschaufeln und zu hacken, bis die Engelissi-Farangi sagen, sie sollen aufhören zu schaufeln und an eine andere Stelle ziehen und die iranischen Arbeiter ihnen folgen.

Schon nach ein paar Tagen bringt Eskandar den Engelissi ungefragt Wasser zum Trinken, er klopft den Staub von ihren Jacken, hilft ihnen beim An- und Ausziehen ihrer schweren Stiefel. Er wäscht und putzt sie mit einer so großen Freude, dass die Ausländer manchmal mit Absicht durch öligen Schlamm gehen, um anschließend dem Boy zuzusehen, wie er ihre Stiefel putzt. Sie finden es very amusing, wie er beim Bürsten des Leders den Kopf hin- und herbewegt, seine Zunge zwischen den Zähnen herausguckt, wie er lächelt und glücklich ist, ihnen diesen Dienst erweisen zu können. Sie sagen, dieser Junge ist der beste Beweis dafür, dass Geld nicht alles bedeutet. Er ist arm und allein in dieser Welt, und trotzdem ist er glücklich und lächelt in einem fort.

Eskandar lernt schnell die Namen der Geräte und Werkzeuge im großen Regal. Sextant, Abakus, Fernglas, Wasserwaage, Mikroskop, Meterband, und auf Wunsch bringt er sie den Saheb. Sogar ihre Hefte und Bücher kann er voneinander unterscheiden, obwohl er keinen einzigen Buchstaben kennt, sondern sich nur ihre Formen und Farben merkt. Manchmal trägt Eskandar ein Buch im Lager herum und kommt sich vor, wichtig wie die Farangi zu sein.

Manchmal hockt er vor dem Regal und blättert in den Büchern oder einem leeren Notizbuch. Vorsichtig berührt er die unbeschriebenen Seiten, als wären sie die Haut eines Menschen. Eskandar findet es aufregend, wie die sauberen Blätter ordentlich miteinander verbunden sind und darauf warten, mit Strichen, Kurven und Bildern der Farangi gefüllt zu werden.

Aufgeschriebenes Wissen besitzt einen hohen Wert, sagt Mesterr-Richard und schenkt ihm einen Stift und ein schwarzes Notizheft.

Der Junge hat den Sinn für Ordnung im Blut, finden die Farangi und wollen, dass er mittags und abends den Tisch für sie deckt und das Geschirr spült. Unsere Teller und Gläser sind noch nie so sauber gewesen, sagen sie und verkünden schließlich: The boy shall stay.

Die Gabeln unterzieht Eskandar einer besonders gründlichen Reinigung.

Sie landen jeden Tag im Mund eines anderen Saheb, erklärt er dem verdutzten Mesterr-Richard. Er selbst isst weiterhin mit den Fingern.

Du hast eben keine Kultur, sagt der Moteardjem und schiebt sich einen gehäuften Löffel Reis in den Mund.

Und so beginnt Eskandar zu begreifen, was Kultur bedeutet: mit Besteck essen, statt am bequemen Sofre auf dem Boden an schiefen Holzplatten auf vier Beinen und auf wackeligen Stühlen sitzen; trotz der Hitze Stiefel, Hut und schwere Kleidung tragen; Löcher in die Erde bohren; statt auf dem Boden in Betten schlafen und Gefahr laufen herauszufallen; scharfes Wasser trinken, bis man den Verstand verliert; Herrscher über alle anderen Menschen sein.

Kultur ist auch, dass die Farangi es nicht mögen, wenn Fliegen auf ihren Speisen herumkrabbeln, also bewaffnet Eskandar sich mit einer Fliegenklatsche und verscheucht oder erschlägt die Insekten, damit die Ungläubigen in Ruhe essen können.

Eine ebenso wichtige Kultur der Ausländer ist, dass sie ihre Hunde lieben.

Von seinem Dorf ist Eskandar den Umgang mit Hunden gewohnt, und von der Religion versteht er nicht genug, um zu wissen, dass der Prophet sie ähnlich wie Blut, Schweinefleisch, stehendes Wasser und andere Dinge als najess, als unrein, erklärt hat. So streifen die Hunde, anders als bei seinen Landsleuten, um Eskandar herum und lecken ihn sogar ab.

Eskandar macht es den Farangi nach, wirft einen Stock und lässt ihn von den Hunden zurückbringen, oder er versteckt ein Stück Fleisch hinter seinem Rücken, sagt sit, come, goh, sleeep und gibt es ihnen erst, wenn sie machen, was er will.

What makes my dog happy, makes me happy too, sagen die Farangi.

Dass Eskandar kein Geld für seine Arbeit bekommt, ist keine böse Absicht. Es denkt einfach nur niemand daran, zumal er in der Wüste ohnehin keine Gelegenheit hätte, es auszugeben. Eskandar selbst hat noch nie Geld gesehen, und von Dingen wie Lohn und Verdienst hat er keine Ahnung. Er ist zufrieden, weil er zu essen und mehr Wasser hat, als er jemals trinken könnte. Er hat einen Platz zum Schlafen, und nachts wärmt er sich am Feuer der Ausländer, ohne sich um Brennholz sorgen zu müssen, denn die Männer des Khan liefern ganze Karren davon.

Nach ein paar Wochen ist Eskandar nicht mehr nur Haut und Knochen, sein Haar sieht nicht mehr strohig aus, und seine Arme und Beine sind nicht mehr schorfig. Das freut vor allem Mesterr-Richard. Er prüft die Kraft in den Armen von Eskandar und sagt, real meat, good muscle. Khub, khub, good, good.

Gud, sagt Eskandar und spannt für seinen neuen Freund die Arme an.

Ahay, du siehst aus wie ein Ausländerkind, rufen die anderen Jungen.

Eskandar gefällt es, Batshe-Farangi genannt zu werden, schließlich sind die Farangi wichtig und bestimmen über jeden und alles. Sie sagen, wo Wege, Straßen, Hütten gebaut, Zelte aufgestellt, Löcher gebohrt und in welches Loch Rohre geschoben werden.

Warum tun sie das?, fragt Eskandar den Übersetzer.

Sie suchen Naft, Petroleum, Erdöl, antwortet der Übersetzer. Was das ist und warum sie es haben wollen, erklärt er ihm allerdings genauso wenig wie den Grund, warum in der Erde seiner Heimat angeblich Naft zu finden sein soll, bei den Farangi aber nicht.

Wenn die Engelissi ein Loch besonders gerne mögen, ist Mesterr-Richard an der Reihe, seine Rohre und Bohrer in das Loch zu schieben.

Das ist eine schwierige Aufgabe, man muss höllisch aufpassen, damit der Bohrer nicht bricht, erklärt er. Die Arbeiter müssen in den Händen spüren, wenn der Bohrer auf einen harten Widerstand stößt, dann dürfen sie auf keinen Fall aufhören, im Kreis zu gehen, sondern müssen den Bohrer umso vorsichtiger in die Erde drehen. But veeery careful.

Caaarfuul, sagt Eskandar.

Mit dem Bohren von Löchern ist es wie im Leben, sagt Mesterr-Richard. Man muss spüren, wann es besser ist, nicht gegen Widerstände anzukämpfen, sondern sich ihnen zu ergeben. Merk dir das, sagt der Kanadier und schreibt den Satz in den Notizblock, den er Eskandar geschenkt hat.

Eskandar würde das Sich-im-Kreis-Drehen einem Esel überlassen, so wie sein Vater und die Männer aus dem Dorf früher das Korn von den Eseln haben mahlen lassen. Aber der Übersetzer sagt, er soll den Mund halten und verschwinden. Eskandar gehorcht und verschwindet und sagt leise faack, auch wenn er noch immer nicht weiß, was es bedeutet. Aber außer faack hat er eine Menge anderer Worte in seinem Kopf gesammelt.

Dig the damn hole.

Where is the faacking petroleum?

Open the brandy.

I need to piss.

Bunch of useless rocks.

These bloody boys have lice.

Water.

You are so stupid.

Dumb as a donkey.

I want to faack. Wieder das verbotene Wort.

Eines Abends, nachdem er das Geschirr gewaschen, Tee aufgebrüht und den Männern gereicht hat, hockt Eskandar sich neben Mesterr-Richard und macht seinen ersten vorsichtigen Strich in das Notizheft, einen zweiten, noch einen und noch ein paar mehr.

Boy, du hast einen Tisch gezeichnet, sagt Mesterr-Richard.

Eskandar grinst so, wie er es seinem ausländischen Freund abgeguckt hat, Zähne zusammen und den Mund weit geöffnet. Das ist Morad-kadjeh, antwortet er.

Saheb, der Junge spinnt, er sagt, sein Tisch heißt krummer Morad.

Fragen Sie ihn, wer der krumme Morad ist.

Möge Gott dir die Zunge aus dem Mund reißen, wenn du wieder endlos lange Märchen erzählst, droht der Übersetzer.

Morad-kadjeh ist unser Kadkhoda gewesen. Wieder verzieht

Eskandar sein Gesicht auf die gleiche Art. Morad-kadjeh hat in unserem Dorf das Sagen gehabt und bestimmt, wann das Wasser in welche Gärten und Felder umgeleitet wird. Er hat das Saatgut vom Arbab bekommen, unter den Leibeigenen verteilt und gewusst, welches Korn wann in die Erde muss, damit es gut wächst. Er hat das Schlachtvieh ausgesucht und bestimmt, welcher Käse im Dorf bleibt und welchen sie zum Arbab schicken.

Sagen Sie ihm, er soll weiterreden, sagt Richard. Er ist ein begabter Erzähler, und es ist eine Freude, ihm zuzuhören. In der kurzen Zeit, seit der Junge hier ist, habe ich mehr über dieses Land erfahren als in den ganzen acht Jahren, die ich nun schon hier bin.

Ja, Saheb, er ist begabt. Junge, fass dich kurz, sagt der Übersetzer.

Eskandar nimmt einen Stock und geht krumm wie der alte Dorfvorsteher, dann schiebt er sich den Stock ins Hemd, streckt die Nase in die Luft und geht aufrecht wie die Farangi.

Junge, sei vorsichtig, was du tust, warnt der Übersetzer, wenn du so weitermachst, wachst du morgen früh ohne Kopf auf.

Lassen Sie ihn, beruhigen die iranischen Ingenieure den Übersetzer. Hauptsache, unsere Farangi-Freunde amüsieren sich und haben gute Laune.

Kennst du nur Geschichten aus deinem Dorf oder auch solche von woanders?, lässt der Kanadier übersetzen.

Eskandar zuckt die Schultern und erzählt, was er während des Essens bei den iranischen Ingenieuren und Angestellten aufgeschnappt hat. Es hat eine Tabakrevolution im Iran gegeben, sagt er. Und das Volk hat gegen den Verräterkönig gesiegt, und der musste die Rechte, die er an die Farangi verkauft hatte, wieder zurücknehmen.

Mit einem Mal sind alle still, nur der Übersetzer schüttelt langsam den Kopf und fragt, ist dir keine andere Geschichte eingefallen, die du hättest erzählen können?

Lassen Sie nur, beruhigt ihn der iranische Chefingenieur. Es kann nicht schaden, wenn unsere ausländischen Freunde einen kleinen Einblick in die Geschehnisse unseres Landes bekommen. Was der Junge anspricht, ist die berühmte Tabakrevolte, erklärt der Chefingenieur. Der König hat die Konzession für Tabak an die Ausländer verkauft. Das konnten die Leute sich natürlich nicht gefallen lassen. Und sie haben beschlossen, jeglichen Konsum von Tabak zu boykottieren, erzählt der Chefingenieur. Ich erinnere mich gut daran. Ich muss so alt gewesen sein wie Eskandar, da hat mein Vater mich in den Basar mitgenommen, wo er einen Tabakladen besaß. Er wollte, dass ich sehe, wie er und die anderen Tabakhändler in aller Öffentlichkeit ihre Wasserpfeifen zerschlagen und ihre Läden schließen. Im gesamten Land hat niemand mehr mit Tabak gehandelt, und die Menschen haben aufgehört zu rauchen, bis der König tatsächlich gezwungen war, die an die Ausländer verkaufte Konzession zurückzunehmen.

Obwohl der Gesichtsausdruck der Farangi keinen Zweifel darüber lässt, dass sie darauf verzichten könnten, derartige Geschichten aus ihrem Gastland zu hören, erzählt der iranische Chefingenieur weiter. Es ist wichtig zu verstehen, sagt er, dass dieser Triumph der Anfang gewesen ist für den Kampf, den wir Iraner heute führen, der Kampf für eine Verfassung und ein Parlament.

So you think you are able to build a democracy in your country?, fragt der Kanadier betont freundlich und sieht in die Runde.

Yes, antwortet Chefingenieur Agha-Schahi.

And next thing they will want to get us and the Russians out of their country, sagt ein englischer Saheb.

Wer kann es ihnen verdenken?, erwidert der Kanadier grinsend.

Auf welcher Seite stehen Sie eigentlich?, fragt der Brite, und bevor Richard eine Antwort geben kann, macht der Engelissi eine abfällige Bewegung mit der Hand und sagt, solange wie die Mehrheit der fünfzehn Millionen Einwohner in diesem Land so wie dieser Boy nicht einmal seinen Namen schreiben kann, haben wir nichts zu befürchten.

Eskandar steht mit eingezogenem Kopf da und versteht nur so viel, dass die Stimmung gekippt ist, und zwar seinetwegen.

Ich glaube, Sie haben recht, sagt Richard zu seinen britischen Kollegen.

Richard macht einen letzten kräftigen Zug an seiner Zigarre und wirft den Stummel ins Feuer. Er geht zu Eskandar, kniet sich vor ihn, legt ihm die Hand auf die schmale Schulter und fragt: You want to be engeneer like me?

Eskandar kann seine Angst nicht mehr verbergen und sagt, was er immer sagt, wenn er die Farangi nicht versteht, yes, gudgud Saheb.

You understand? You school Engeneer Saheb?

Yes, yes, gudgud Saheb, wiederholt Eskandar.

Alle sind still, nur der Kanadier fängt an zu lachen, kann gar nicht mehr aufhören damit und steckt ein wenig auch Eskandar damit an, der sich langsam wieder beruhigt.

Ich sehe bereits die Schlagzeile in der Times, ruft Richard. Seine Majestät, der König von England, ist stolz auf seine Untertanen im fernen Persien. Britisches Expeditionsteam, das zu seiner Unterstützung polnische und kanadische Experten und zu ihrem Schutz Soldaten der Kronkolonie Indien in dieses entlegene Land mitgenommen hat, findet seit acht Jahren kein Petroleum, verhilft verarmten Leibeigenen aber zu Bildung.

Goodbye and good luck

Nach tagelangem Marsch durch die Wüste, über Berge und Täler, von Banditen ausgeraubt und um ihr kleines Vermögen gebracht, aber immerhin ohne von wilden Tieren angegriffen worden zu sein, kommen Eskandar und der Übersetzer in der Stadt an. Eskandar hat weder begriffen, warum er das Lager verlassen musste, noch weiß er, wohin seine Reise geht, wie lange er fortbleiben wird und ob er jemals wieder zu seinen ausländischen Beschützern zurückdarf.

Schon alleine der Anblick der Stadt macht ihm so viel Angst, dass er sich unbewusst an den Arm des Moteardjem klammert und sich an ihn drückt. So viele Menschen auf einmal hat Eskandar noch nie gesehen. Es riecht nach Tieren, Kot, schmutzigem Wasser, gegrilltem Fleisch, nach frischem und verfaultem Gemüse, Gewürzen, Feuer, Qualm, feuchtem Lehm und Staub. Die Rufe der Händler, die ihre Waren feilbieten, vermischen sich mit dem Klappern der Hufe auf den steinigen Straßen, dem Klimpern und Rasseln der Gehänge an den Droschken, dem Wiehern der Pferde, den Schreien der Esel, den Rufen der Kinder. Die Tischler klopfen und hämmern, die Kesselflicker schlagen auf Metall, die Schneider rattern mit ihren Handmaschinen, Teejungen singen und klappern mit ihren Gläsern und über all dem liegt das Gebet des Muezzin. Der Basar ist voller Farben, grelle und glitzernde Stoffe, gelbe, grüne, rote, orangefarbene Gewürze, Früchte, Gold, Messing, Eisen, Holz, Stoffe, Kleider; an den Wänden und über den Eingängen der Läden, auf Ständen, Karren und Kisten riesige Zeichnungen und Schriftzüge. Eskandar und der Übersetzer kommen an Ständen mit Kebab, gegrilltem Mais, Khoreshts, Ashs und anderen leckeren Speisen vorbei.

Und als sie am anderen Ende wieder aus dem Basar herauskommen, sagt der Übersetzer, nun riechen wir selbst, als wären wir in einen großen Kochtopf gefallen.

Je weiter sie gehen, desto mehr Frauen sieht Eskandar. Anders als in seinem Dorf sind sie von Kopf bis Fuß in schwarze Tücher gehüllt, und ihre Gesichter verstecken sie unter weißen Tüchern.

Du wirst sehen, sagt der Übersetzer freundlich, hier gibt es alles, sogar Dinge, die man nicht einmal im Lager der Ausländer findet.

Hinter dem Basar verlassen sie die belebte Hauptstraße und biegen in eine schmale Sandgasse ab, die Eskandar an sein Dorf erinnert, wie es gewesen ist, bevor die Trockenheit kam. In der Mitte der Gasse schlängelt sich ein Djub mit gurgelndem Wasser aus den Bergen. Der Übersetzer zieht seine abgetragenen Schlappen aus und hängt seine Füße in den Djub.

Schade, dass die Diebe unsere neuen Schuhe, die der Farangi uns geschenkt hat, geraubt haben, sagt er und genießt mit geschlossenen Augen das kühlende Wasser.

Weiter unten, vor einer in zwei Hälften geteilten Holztür mit je einem eisernen Türklopfer, bleibt der Übersetzer wieder stehen. Der runde Klopfer, erklärt er, der mit dem Loch in der Mitte, wird ausschließlich von den Frauen betätigt. Wir Männer benutzen den länglichen Klopfer, der aussieht wie, na ja – wie ein Stab. Er klingt voll und fordernd wie ein Mann, während sich der Ring weich und sanft anhört, wie eine Saifeh, eine schwache Frau eben. Auf diese Weise erkennen die weiblichen Bewohner, ob eine Frau oder ein Mann um Einlass bittet, und sie können sich verschleiern, zur Waffe greifen oder sich verstecken und gar nicht öffnen. Verstehst du?

Eskandar zuckt mit den Schultern.

Der Moteardjem nickt zufrieden, klopft mit dem Stab, und eine verschleierte Frau öffnet.

Im Zimmer nimmt sie ihren Schleier ab und ruft, Tajelmoluk, bring Tee. Sie tätschelt Eskandars Kopf und sagt, das ist also der Junge, mit dem meine Tochter und ich unser Namuss, unsere Ehre und unseren Ruf, wiederherstellen sollen.

Der Junge, mit dessen Kost- und Logiergeld Sie und Ihre Tochter, statt auf der Straße oder sonstwo zu landen, hier in Ihrem Zimmer bleiben können, korrigiert der Übersetzer.

Eskandar mag die Fremde, seit dem Tod seiner Mutter ist sie die erste Frau, deren Gesicht er zu sehen bekommt und die ihn berührt, und am liebsten würde er sich in ihre Arme schmiegen und einschlafen.

Der Junge ist kein wirkliches Kind mehr, sagt sie. Er wird mir die Haare vom Kopf fressen. Sein Hemd und seine Hose sind ihm schon jetzt zu klein, und er ist barfuß. Hätte der Saheb ihm nicht wenigstens ein paar Schuhe mitgeben können?

Wegelagerer haben sie gestohlen, antwortet der Übersetzer.

Der Unterricht beim Mullah ist nicht umsonst, und in wenigen Wochen wird das Batshe-Harumzade in diese Welt kommen und ebenfalls Kleidung und Essen benötigen.

Batshe-Harumzade? Eskandars Vater hat ihn so genannt, dann bin ich also nicht der Einzige von dieser Sorte?, denkt Eskandar und lächelt.

Der gnädige Herr hat an alles gedacht, sagt der Moteardjem.

Der gnädige Herr hätte ein wenig denken sollen, bevor er dieses Unheil angerichtet hat, antwortet Frau-Rohan.

Weil keiner der beiden ihn beachtet, hockt Eskandar sich an die kniehohe Fensterbank und erinnert sich an die Hütten in seinem Dorf. Auch dort hatten die Zimmer große Fenster, die zum Hof zeigten, und man konnte wunderbar auf der breiten Fensterbank in der Sonne hocken und vor sich hin dösen. Entlang der Wand liegen auch hier Sitzpolster und Kissen. In einer Nische in der Wand sind Teller, Gläser und Tonschalen gestapelt, in der anderen befinden sich ein paar Kleider und in der dritten zwei Öllampen. Die Nische neben dem Fenster ist leer. Eskandar stellt sich vor, wie sein Stein, seine Blechschüssel, sein Notizbuch und sein Stift darin aussehen würden.

Du kannst doch hoffentlich das Schaf melken, fragt ein Mädchen, das wie aus dem Nichts über ihm auftaucht und beinah genauso breit wie hoch ist.

Eskandar nickt.

Für diese Art von Arbeit ist mein Bauch nämlich schon zu groß, flüstert sie.

Die Männer, von denen ich Geld geliehen habe, sind Ungeheuer, sagt die Frau seufzend. Gott ist mein Zeuge, wie hungrige Straßenhunde marschieren sie vor meiner Tür auf und ab, bis ich nachgebe und sie hereinlasse. Schließlich will ich nicht, dass die Nachbarn noch mehr Grund haben, hinter meinem Rücken zu reden. Ich selbst bin alt und verblüht, mein Körper hat bessere Tage erlebt, sagt Frau-Rohan. Aber seit mein Kind mit diesem Bauch herumläuft, will auch sie keiner mehr.

Khanum, ich bin nur der Bote, unterbricht der Übersetzer die Frau und erhebt sich. Er wendet sich Eskandar zu, sagt, sei ein artiger Junge, und verlässt das Zimmer.

Von seinem Platz am Fenster beobachtet Eskandar, wie der Moteardjem im Hof seine alten Schuhe anzieht, durch die Holztür geht und verschwindet.

Eskandar bekommt einen Schlafplatz neben der Fensterbank und der Wand mit der leeren Nische, und sein Wunsch geht in Erfüllung, und er darf seine Sachen in die Nische räumen.

Nenn mich Khanum-Rohan, und meine Tochter heißt Tajelmoluk, sagt Frau-Rohan, dreht die Öllampe herunter, sagt, möge Gott über unseren Schlaf wachen, und fängt an zu schnarchen.

Am nächsten Morgen melkt Eskandar das Schaf, sammelt die Eier der beiden Hühner ein und säubert den kleinen Stall. Er trinkt seinen Tee, isst das trockene Fladenbrot vom Vortag, anschließend bringt Tajelmoluk ihn zum Mullah. Dort soll er den heiligen Koran lernen, was angeblich mehr Nutzen für sein gesamtes restliches Leben haben soll, als im Lager die Schuhe der

Farangi zu putzen, ihnen am Abend den Tee zu servieren und sie zu unterhalten.

Tajelmoluk wendet Eskandar ihr verschleiertes Gesicht zu und sagt, pass auf und merk dir den Weg, denn zurück musst du allein finden.

Ein paar Gassen weiter bleibt sie vor einer grün gestrichenen Tür stehen. Hier ist es. Und bevor sie geht, sagt sie, ich mag deinen Namen, er ist hübsch.

Eskandar und die Wahrheit über Frauen und Männer

Wie der Akhund, der ins Dorf gekommen ist, hat auch dieser Mullah einen dichten schwarzen Bart und langes, gewelltes Haar, das glänzt wie die Federn der Krähen, die sich im Lager versammeln, die Hunde der Ausländer ärgern und ihnen die Knochen und das Fleisch stehlen. Auch sonst hat der Mullah viel Ähnlichkeit mit den schwarzen Diebesvögeln. Mit seinem langen schwarzen Umhang macht er so viel Wind, als würde er jeden Moment seine Arme ausbreiten und auf- und davonfliegen.

Außer Eskandar kommen sieben oder acht andere Jungen in sein Haus, hocken auf ihren Bastmatten am Boden um den Akhund herum und versuchen, nicht einzuschlafen.

Eskandar erfährt, dass der Akhund, wenn er nicht die Jungen unterrichtet, wie jeder andere Felder bestellt. Wobei seine Felder keinem Arbab gehören, sondern ihm selber. Er hat sie als Lohn für seine Dienste als Vorbeter, Lehrer, Schlichter, Richter, Hakim und Ehestifter erhalten.

Anders als die anderen Jungen hört Eskandar dem Mullah gerne zu, und zu seiner eigenen Überraschung lernt er sogar viel Brauchbares. Zum Beispiel, dass Tage sich nicht wie eine Kette hintereinander aufreihen, praktischerweise hat Gott nur sieben davon geschaffen, und die wiederholen sich, und zwar bis zum Tag des Jüngsten Gerichts. Von dem allerdings niemand, selbst der Akhund nicht weiß, wann er kommen wird.

Damit, dass Eskandar sich alle sieben Namen auf Anhieb merken kann, beeindruckt er den Mullah und macht sich die anderen Jungen zu Feinden.

Der Mullah sagt, Eskandar sieht aus, als wäre er vor weniger als zehn und mehr als sieben Jahren in diese Welt geboren. Du bist acht, allenfalls neun Jahre alt, sagt er.

Seit Eskandar weiß, was eine Woche, ein Monat und ein Jahr ist, sagt er nicht mehr damals und bald, sondern vor vier Tagen, in zwei Wochen.

Wenn du in ein oder zwei Wochen ins Lager zurückgehst, sagt Frau-Rohan, bitte deinen Mesterr, er soll dir Geld mitgeben.

Zwei Wochen lang bringt Eskandar jeden Tag aus der Gasse einen neuen Kieselstein mit und legt ihn in seine Ecke auf die Fensterbank. Weil Mesterr-Richard ihn aber noch immer nicht ins Lager abholen lässt, verschiebt und zählt er die Steine so viele Wochen vorwärts und rückwärts durch, bis Tajelmoluk ihm eine runterhaut, ihn am Ohr zieht und zwingt, die Steine wieder in die Gasse hinauszubringen. Du kannst so viele Tage und Wochen zählen, wie du willst, schimpft sie. Niemand wird dich abholen. Schließlich hat einer wie der Mesterr keinen Schaden in seinem Gehirn. Der ist froh, dass er dich los ist.

Eskandar gewöhnt sich an sein neues Leben. Er erledigt seine Aufgaben, ohne sich zu beschweren. Sogar Arbeiten, die ihm keiner aufträgt, macht er. Er beschneidet den Maulbeerbaum in der Ecke des kleinen Hofs. Er pflanzt einen Setzling und bringt von den Feldern hinter dem Haus Blumen mit, die er in Töpfe pflanzt. Er lässt dem Huhn ein Ei, ein Küken schlüpft und wird bald zur Henne, die Eier legt. Abends trinkt Eskandar seinen Tee und isst das restliche Brot vom Morgen, mal mit, mal ohne Joghurt. Noch während er auf dem letzten Brocken kaut, trägt er sein Teeglas hinaus in den Hof und spült es. Dabei versucht Eskandar die Goldfische, die friedlich im Becken hin und her schwimmen, nicht zu erschrecken.

Zünde die Laterne an und bring sie mit ins Zimmer, ruft Frau-Rohan. Sie sitzt auf dem Boden an der Fensterbank, näht oder stopft etwas oder hat ihre Beine ausgestreckt, reibt ihre geschwollenen Knie und starrt ins Leere. Tajelmoluk mit ihrem dicken Bauch liegt da und schnarcht längst. Eskandar hockt sich in seine Ecke auf den Boden an der Fensterbank und malt Striche und Kurven auf seine Zettel, bis seine Finger steif werden. Der Akhund hat nämlich gesagt, wenn er das lang genug macht, wird er eines Tages in der Lage sein, den Namen Gottes und andere nützliche Dinge zu schreiben. Und bis es so weit ist, muss er in seinen Unterricht kommen und kann weder ins Lager noch sonst wohin.

Immer wenn der Akhund Geschichten erzählt, vergisst Eskandar, an seinen Mesterr-Richard zu denken. Die über einen Mann mit Namen Prophetmohammad mag Eskandar so sehr, dass er sich vornimmt, später zu werden wie er. Prophetmohammad ist stets mutig und barmherzig gewesen, er hat viele Feinde gehabt, die er alle besiegt hat, und er hat viele Kriege geführt, die er alle überlebt hat.

Auch die Geschichten von der Verwandtschaft von Prophetmohammad hört Eskandar gerne, und er muss weinen, als der Akhund von der Krankheit und dem Tod von Fateme, der Tochter des großen Mannes, erzählt.

Nehmt euch ein Beispiel an ihm, sagt der Akhund, und die anderen Jungen sehen Eskandar verächtlich an. Sie wollen nach Hause, es ist spät, und der Duft des Gheymeh, das die Akhund-Frau gekocht hat, zieht ins Zimmer, und ihre Magen knurren noch lauter. Aber Eskandar zeigt so viel Interesse an den Geschichten des Mullah, dass der einfach nicht mehr aufhören kann zu erzählen. Selbst dann nicht, als es draußen längst dunkel ist und der Heimweg für die Jungen unheimlich und gefährlich wird; ganz zu schweigen davon, dass sie zu spät zum Essen kommen werden, was für die meisten bedeutet, dass sie hungrig ins Bett gehen müssen.

Der verehrte Prophetmohammad ist fünfzig Jahre alt gewesen, erzählt der Akhund, da hat er im Haus seines Gönners Abu-Bakr dessen schöne Tochter, die sechs Jahre alte Aishe, gesehen.

Ich begehre sie, hat er zu Abu-Bakr gesagt.

Du sollst meine Tochter haben, hat dieser geantwortet. Doch

bitte gedulde dich, bis sie die Geschlechtsreife erlangt. Bis dahin soll kein anderer Mann sie jemals zu Gesicht bekommen.

Prophetmohammad hatte bereits einige Frauen in seinem Harem und willigte ein zu warten. Doch drei Jahre später wollte er nicht mehr warten und hat die schöne und bezaubernde Aishe mitgenommen und sie zu seiner Frau gemacht.

Weil das Nachahmen von Prophetmohammad für jeden gottesfürchtigen Moslem heilige Pflicht ist, müssen wir seinem Beispiel folgen und Frauen, die wir begehren, nicht einfach nehmen, sondern sie ehelichen und alle damit verbundenen Pflichten erfüllen, belehrt der Mullah die Jungen. Als Mann sind wir verantwortlich für die Sicherheit, das Wohlergehen und den guten Ruf der Frauen, die sich in unserem Besitz befinden. Wir haben Sorge zu tragen, dass sie uns gehorchen. Prophetmohammad hat bestimmt, wir sollen Frauen, die nicht gehorchen, züchtigen, wir sollen sie schlagen, einsperren oder sonst wie bestrafen, sagt der Akhund und entlässt die Jungen endlich aus seinem Unterricht.

Auf dem Weg zurück zum Haus von Frau-Rohan kann Eskandar nur an Prophetmohammad und die schöne Aishe denken. Sie muss glücklich gewesen sein, in der Obhut dieses gütigen und mächtigen Mannes zu leben. Eskandar denkt so viel über die schöne Aishe und Prophetmohammad nach, dass es ihm vorkommt, als wären sie nicht nur Gestalten aus einer Geschichte, sondern richtige Menschen. Menschen, denen er jederzeit begegnen könnte, mit denen er sein Brot teilen und die seine Weggefährten sein könnten.

Ich werde mir ebenfalls eine Aishe suchen, nimmt er sich vor. Ich werde für sie sorgen und über sie bestimmen.

Verloren in dieser wunderbaren Vorstellung, bemerkt Eskandar erst im zweiten Augenblick das Licht der Laterne und das leise Klimpern und Rasseln von Zaumzeug der Droschke, die vor dem Haus von Frau-Rohan steht und die gesamte Breite der Gasse ausfüllt. Doch dann sieht er den großen Mann, der an der

Mauer lehnt und eine große ausländische Zigarre raucht, und er weiß sofort, es ist sein Mesterr-Richard.

Ohne dass er jemals zuvor Derartiges gesehen oder gar getan hätte, ohne dass er weiß, aus welchem Grund er es jetzt tut, rennt Eskandar los, wirft sich dem Ausländer in die Arme und klammert sich an ihm fest. Sein Herz hämmert, und sein Körper bebt, und weil der Mesterr lacht und anscheinend nichts dagegen hat, dass Eskandar sich merkwürdig benimmt, drückt er sein Gesicht an das des Farangi und versinkt in seiner festen Umarmung.

How are you?, fragt der Kanadier.

Eskandar lächelt und sagt die neuen Farangi-Wörter, die er von Tajelmoluk gelernt hat.

Woher kennst ausgerechnet du Ausländerworte?, hat Eskandar sie gefragt. Sie hat die Nase in die Luft gereckt und sich wichtig gemacht. Ich habe eben auch meine Verbindungen, hat sie geantwortet. Jedenfalls hat Eskandar sich ihre Worte eingeprägt und findet, jetzt ist der richtige Moment, sie zu sagen: You are mai frend. I loowyuu.

Erdöl ist zäh und stinkt

Dass er nur für ein paar Tage ins Lager darf, findet Eskandar schon schlimm genug. Dann erfährt er aber auch noch, dass es sein letzter Besuch sein wird und er nur dort sein darf, um sich endgültig von seinem Farangi-Freund zu verabschieden. Trotz all der Löcher und all der Jahre haben die Ausländer nämlich das ersehnte Petroleum nicht gefunden. Und nun will der Mesterr, der das alles bezahlt, dass sie ihre Sachen packen und nach Hause kommen.

Ich komme mit und werde der Freund von deinem Sohn, sagt Eskandar und lächelt wie der Kanadier. Ich kann die Schuhe in deinem Haus putzen, den Boden fegen und mein Brot und meinen Schlafplatz verdienen.

Sei nicht frech, sagt der Übersetzer.

Was hat der Junge gesagt?

Er hat gesagt, Sie sind der einzige Mensch, den er hat, übersetzt der Moteardjem.

Wer weiß, sagt der Farangi, um Eskandar aufzumuntern. Vielleicht geschieht ja ein Wunder, und wir finden dieses gottverdammte Naft doch noch. Unser Chef, Mister Reynolds, sagt, wir sollen die Arbeit fortsetzen und unsere Abreise bis zur letzten Minute hinauszögern. Er glaubt, mindestens zwei Wochen kann er herausschinden.

Der Übersetzer verdreht die Augen. Junge, mach dir keine falschen Hoffnungen. Sieh dich um, die sind froh, diese Hölle endlich verlassen zu können. Sie packen längst. Acht lange Jahre schleppen sie nun schon Tonnen von Zeug, Maschinen, Rohre, Bohrer, Zelte, indische Soldaten, iranische Übersetzer, Ingenieure, Arbeiter und jetzt auch noch dich kreuz und quer durch das Land und bohren überall Löcher. Warum sollen sie ausgerechnet jetzt Naft finden? Sei kein Esel, sagt der Übersetzer. Hör auf zu träumen.

Mit verschränkten Armen kämpft Eskandar mit den Tränen. Und er wünscht sich, er wäre groß und unbesiegbar wie Prophetmohammad, dann würde er diesem Übersetzer schon verbieten, so mit ihm zu reden.

Bei Gott, manchmal glaube ich, es ist nicht nur besser für uns und unser Land, sondern für die gesamte Welt, sagt der Übersetzer, wenn diese Kafar nichts finden und dahin zurückgehen, woher sie gekommen sind.

Das Wunder wird geschehen, sagt Eskandar mit zusammengekniffenen Augen. Dann stampft er davon und verschwindet in die Dunkelheit der Wüste.

Als der Kanadier zusammen mit seinen zwei Hunden und dem Übersetzer ihn schließlich findet, liegt Eskandar flach auf dem Bauch, er presst sein Ohr auf den Boden, hält den Atem an und horcht. Als wäre er ein Bohrer, schiebt Eskandar einen Granatapfelstock in den Wüstensand, drückt das obere Ende an seine Brust, sieht in den Himmel und murmelt das Gebet, das er vom Akhund gelernt hat und sagen soll, wenn er unbedingt etwas vom Allah will.

Der Übersetzer schüttelt den Kopf. Saheb, ich glaube, nun hat der Junge den Verstand verloren. Und zu Eskandar sagt er: Ahay, willst du dich und deine Landsleute vor den Farangi blamieren? Was sollen die denn von dir und uns denken?

Richard legt dem Übersetzer die Hand auf die Schulter, please stop calling me a Farangi. Nennen Sie mich nicht Farangi, schließlich bin ich kein Franzmann.

Ich suche Naft, sagt Eskandar, damit du hierbleiben kannst.

Sagen Sie ihm, wir werden ihm bei der Suche helfen, sagt der Kanadier.

Siehst du, was du angestellt hast, du Kind des Teufels? Jetzt ist der Farangi auch verwirrt und hat seinen Verstand verloren, schimpft der Übersetzer. Verflucht sei der Tag, an dem du den Weg ins Lager gefunden hast.

Sogar die Hunde machen es Eskandar und dem Kanadier nach, legen sich auf den Boden, stehen auf, schnüffeln, gehen ein Stück, legen sich auf den Boden, schnüffeln. Eskandar und der Farangi lachen, gehen mal schnell, mal langsam, irgendwann, keiner weiß, warum, sagt Eskandar: veery gudgud. Hier ist es. In diesem Loch ist Naft!

Very good, good, ruft der Kanadier. Er packt Eskandar und wirbelt ihn glücklich im Kreis.

Der Übersetzer beißt sich auf die Lippe. Saheb, mit Verlaub. Das ist doch nur ein kleiner Junge, der hat keine Ahnung von gar nichts, noch nicht einmal was Petroleum ist, weiß er.

Richard stemmt die Arme in die Seite, guckt den Übersetzer auf eine Art an, dass der vor ihm zurückweicht und den Kopf einzieht. Sie sagen es. Er ist nur ein kleiner Junge und im Moment kein besonders glücklicher. Also werden wir ihn verdammt noch mal in dem Glauben lassen, wir kaufen ihm ab, dass es hier Naft gibt. Und im Übrigen haben Sie recht, es ist höchste Zeit, dass wir ihm erzählen, was Petroleum ist.

Wir müssen es bewachen, sagt Eskandar.

Der Übersetzer traut seinen Ohren nicht. Auf sein Abendessen hat er bereits verzichten müssen, und es ist schon dunkel. Gegen seinen Willen muss er freundlich sein zu diesem von allen guten Geistern verlassenen Jungen, einem Bastard, der verrückt geworden ist. Jetzt soll er auch noch auf seinen wohlverdienten Schlaf verzichten?

Ich hole Holz und mache ein Feuer, ruft Eskandar und rennt los.

Seht euch diese prächtigen Sterne an, sagt Richard. Hier draußen werden wir wunderbar schlafen.

Saheb, verehrter Saheb, heißt das, Sie haben vor, die ganze Nacht im Freien zu verbringen?

Sie haben doch nicht etwa Angst?, fragt der Farangi, setzt sich zu Eskandar neben das Feuer und sagt, Petroleum ist eine Flüssigkeit, wusstest du das? Petro bedeutet Stein, und PETROleum bedeutet eben das Öl, was die Steine machen, verstehst du? Stell dir vor, du befindest dich in einem riesigen See oder Ozean.

Was ist ein See oder Ozean?

Ein großes Wasser, erklärt der Kanadier und zeigt mit ausgestrecktem Arm in die Wüste. Alles, was du hier siehst, ist einmal unter Wasser gewesen, und große und kleine Fische und winzig kleine Tiere sind darin geschwommen. Sie sind gestorben, auf den Boden des Wassers gesunken und dort zusammen mit toten Pflanzen von Erdrutschen und Ablagerungen bedeckt worden.

Eskandar starrt den Übersetzer an, will fragen, was ein Fisch, eine Ablagerung, ein Erdrutsch ist, traut sich aber nicht.

Aber dann geschieht etwas, das einem Wunder gleichkommt, sagt der Kanadier mit leuchtenden Augen. Diese tote Materie verwandelt sich unter der Last und dem Druck der Steine und Ablagerungen in Erdöl, und im Laufe der Zeit entsteht ein riesiger unterirdischer Speicher davon.

In dem gleichen Tonfall, wie er übersetzt, sagt der Moteardjem, ich warne dich, denk nur nicht daran, auch nur eine einzige Frage zu stellen.

Das erste Petroleum haben vor ungefähr fünfzig Jahren amerikanische Salzbohrer ganz zufällig gefunden, und sie haben entdeckt, dass man es für alle möglichen Zwecke verwenden kann.

Weil Eskandar sich nicht traut zu sprechen, nickt er umso begeisterter und ermuntert damit seinen ausländischen Freund weiterzuerzählen.

Zum Anzünden von Lampen taugt Petroleum viel besser als tierische und pflanzliche Öle und Fette. Schon in Urzeiten haben die Menschen genau hier, in deiner Heimat, Teer gekannt, und angeblich haben sie schon damals Gas angezündet.

Und lass dir ja nicht einfallen zu fragen, was Gas nun wieder ist, warnt der Übersetzer Eskandar und lächelt freundlich.

Die Griechen haben Flammengeschosse aus Petroleum hergestellt und sind ihrem Feind haushoch überlegen gewesen. Andere haben Teer zum Abdichten von Booten benutzt.

Im Geiste sieht Eskandar Krieger, die von fliegenden Flammen getroffen werden, und Menschen, die sich in Holzschalen auf dem Wasser bewegen, ohne unterzugehen. Am liebsten aber mag Eskandar die Geschichte von dem kleinen Jungen, mit dem Namen Moses, den seine Mutter auf dem Fluss ausgesetzt hat und der nur überlebt hat, weil sie seinen Korb mit diesem mysteriösen Teer wasserdicht gemacht hat.

Ich flehe dich an, sagt der Übersetzer, hör endlich auf zu lächeln und zu nicken, damit der Saheb nicht endlos weitererzählt. Bitte, Junge, hab Erbarmen mit einem armen Landsmann.

Veery gudgud, sagt Eskandar und schenkt Tee in alle drei Gläser.

Der Kanadier freut sich über so viel Interesse an seinen Ausführungen und erzählt, manchmal haben wir großes Glück. Sobald wir mit dem Bohrer auf das unterirdische Öldepot stoßen, platzt es, und das Naft schießt aus dem Boden. Alles, was wir dann noch tun müssen, ist, es aufzusammeln. Es kann Jahre dauern, bis es nicht mehr von alleine an die Oberfläche gedrückt wird.

Gudgud, sagt Eskandar, und zur Freude des Moteardjem fallen ihm vor Müdigkeit die Augen zu. Er sagt nur noch: Ihr werdet das Naft finden. Dann rutscht Eskandar tiefer in sein Kissen und schläft ein.

Am nächsten Tag muss Eskandar enttäuscht mit ansehen, dass die Farangi kaum noch arbeiten, stattdessen packen sie die Sachen, die sie wieder mitnehmen wollen, in Kisten und Koffer und verschenken, was sie nicht mehr brauchen. Ein Arbeiter bekommt sogar ein paar schwere Stiefel geschenkt, zieht sie sofort an und marschiert damit stolz durchs Lager.

Auch Eskandar hofft, dass er vielleicht eine ausländische Hose und Hemden mit den vielen Taschen und Knöpfen bekommt.

Am Mittag, als die Sonne senkrecht über dem Lager steht und alles und jeden mit ihrer Hitze verbrennt, sieht Eskandar, wie ein Engelissi seinen schweren Topfhut vom Kopf nimmt, ihn auf einen Stuhl legt, in sein Zelt geht, gleich wieder herauskommt und ein Gesicht macht, als hätte er einen Geist gesehen. Ein iranischer Arbeiter hat nämlich seinen wertvollen Hut genommen und ihn aufgesetzt. Der Engelissi schimpft und schreit so laut, dass ein paar andere Ausländer und Koloniesoldaten angerannt kommen und den Arbeiter mit vorgehaltener Waffe umzingeln. Der Mann will den Hut zurückgeben, aber nun will der Ausländer ihn nicht mehr, und zur Strafe befiehlt er dem iranischen Arbeiter, den Hut zu tragen und ja nicht auf die Idee zu kommen, ihn auch nur einen Moment abzunehmen.

Der Arbeiter setzt den Hut auf, schaufelt und hackt, bis er schnauft und keucht und keine Luft mehr bekommt und wie ein schwerer Sack umfällt und zu Boden geht. Seine Schaufel lässt er los, den Hut aber hält er fest, damit er ihm nicht vom Kopf fällt.

Das ist eine gute Lektion für dich, sagt der Übersetzer zu Eskandar. Es hat schlimme Folgen, wenn einer wie du und ich die Sachen der Ausländer anfasst oder sie gar benutzt.

Bei mir und Mesterr-Richard ist das anders, antwortet Eskandar und klingt wie einer, der selbst nicht glaubt, was er sagt.

Nach der vierten Nacht, die Eskandar draußen in der Wüste bei seinem vermeintlichen Fundort verbringt, findet er einen Skorpion unter seiner Decke. Er zermalmt ihn mit dem Stein seiner Mutter und schiebt ihn in das Loch, das er mit seinem Stock gemacht hat. Dann nimmt er seine Sachen, geht ins Lager zurück und verliert kein weiteres Wort mehr darüber, dass es an dieser oder einer anderen Stelle Naft oder überhaupt etwas gibt, was für die Farangi von Interesse sein könnte. Ich will in die Stadt zu meinem Unterricht zurück, sagt er.

In ein paar Tagen wird die Droschke dich mitnehmen, und zwar unabhängig davon, was du gerne tun oder nicht tun, haben oder nicht haben möchtest, sagt der Übersetzer mit einer gewissen Schadenfreude.

Doch dann geschieht, wie so oft in Eskandars kurzem Leben,

etwas, womit er nicht gerechnet hätte. Er wacht auf, weil die Erde wackelt. Er hat keine Angst, denn es ist nicht das erste Erdbeben, das er erlebt, und im Lager unter Gottes freiem Himmel gibt es schließlich nichts, was ihm auf den Kopf fallen und ihn erschlagen könnte. Als dann aber das Rumpeln und Rütteln nicht aufhört, es obendrein zischt und kracht, alle aufwachen, Männer, Soldaten, Pferde und Arbeiter durcheinanderrennen, Sachen, Geräte, Töpfe, Rohre, Hüte, Schuhe von der einen zur anderen Seite schleppen, bekommt auch Eskandar es mit der Angst zu tun und schreit, so laut er kann.

Die Hunde knurren und bellen, beißen sich gegenseitig und auch einen der Kollonimänner. Der fette Koch ist unter einem riesigen Kochtopf verschwunden, man sieht nur seinen dicken Bauch und seine Beine, manche Männer knien und beten, andere rennen und verschwinden in der Dunkelheit der Wüste. Jeder brüllt und schreit in seiner eigenen Sprache, und keiner versteht den anderen. Schließlich hat der Herrgott Erbarmen und lässt die Erde wieder zur Ruhe kommen. Nur noch das Zischen und Rauschen bleiben.

Dann kommt ein iranischer Arbeiter angerannt, ruft und deutet in Richtung des kleinen Hügels, springt auf und ab, haut sich auf den Kopf und lacht. Dabei hat er gar keinen Grund zur Freude, denn er ist von Kopf bis Fuß von schwarzem, klebrigem, glänzendem Zeug bedeckt, und man sieht nur noch das Weiße seiner Augen. Alle laufen zu ihm, fassen ihn an und fangen ebenfalls an zu lachen. Sie klatschen in die Hände, springen auf und ab und rennen zusammen hinter den Hügel.

Genau an der Stelle, wo Eskandar die letzten vier Nächte verbracht hat, sieht er nun etwas, das er den Rest seines Lebens nicht mehr vergessen wird: Eine Fontäne dicker schwarzer Flüssigkeit schießt mit aller Kraft, Getöse und Zischen aus dem Boden in den nächtlichen, mit Sternen bedeckten Himmel.

Den Geruch kennt Eskandar. Manchmal ist dieses Zeug auf den Feldern und sonst wo aufgetaucht, hat die Ernte verklebt und unbrauchbar gemacht.

Nun ist es also endgültig aus, murmelt Eskandar und Tränen schießen in seine Augen. Das schwarze Teufelszeug wird alles verkleben und unter sich begraben und die Suche nach Naft endgültig beenden. Am liebsten würde Eskandar schreien, den Männern die schlimme Lage erklären, denn die lassen sich völlig ahnungslos die dicke Brühe auf Köpfe und Gesichter prasseln. Der Arbeiter, der den Farangi-Topfhut tragen muss, dreht ihn um, fängt das schwarze Wasser darin auf und kippt es über sich und andere. Der Ausländer, dem der Hut gehört hat, hüpft wie ein kleines Schaf zu ihm, kippt sich ebenfalls das Zeug über den Kopf und setzt tatsächlich sich selber den Hut wieder auf. Die beiden Männer sehen sich an, fallen sich in die Arme, und andere tun es ihnen gleich. Wie ein Haufen verrückt Gewordener, vom Teufel Besessener benehmen sie sich und rufen Naft, Naft, Naft, Petroleum. Petroleum.

Und da erst dämmert es Eskandar: Das ist es also, wonach sie gesucht haben. All die Jahre, die vielen Maschinen und Geräte, die Männer, Soldaten, Übersetzer, Arbeiter, eine eigens angelegte, überflutete und dann wieder neu gebaute Straße, die ständigen Überfälle der bewaffneten Banditen und Reiter der Stämme, das viele Geld und der ganze andere Ärger, nur um dieses schwarze, klebrige Teufelszeug zu finden?

Mesterr-Richard, dessen schönes gelbes Haar und milchweiße Haut wie bei den anderen voller Naft sind, nimmt Eskandar auf den Arm und hüpft mit ihm unter der schwarzen Fontäne hin und her, damit auch er schwarz wird und klebt und ebenfalls nach dem schrecklichen Zeug stinkt.

Alle sehen gleich aus, schreit Eskandar, damit er gegen den Krach ankommt. Alle riechen gleich, und keiner weiß, wer Farangi und wer Irani ist, wer Lumpen trägt und wer richtige Kleidung, wer Saheb ist und wer Arbeiter.

You're right!, ruft der Kanadier. What ever you say, you are damn right, boy.

You stay?, fragt Eskandar.

Yes. I stay. Bloody sure I will stay.

Nachdem die Farangi ihr Erdöl gefunden haben, findet Eskandar seine Aishe

Nur Tajelmoluks schwere Atemzüge sind in dieser ansonsten stillen Nacht zu hören. Kein Lüftchen weht, nicht einmal die wilden Hunde und Wölfe in der Wüste hinter der Stadt sind auf der Jagd, weshalb die Hunde in der Gasse ebenfalls schweigen.

Tajelmoluk wirft sich hin und her, bis ihr Schmerz so groß wird, dass sie ihre Schreie nicht mehr ersticken kann und brüllt.

Verflucht sollst du sein. Mach schon, komm endlich heraus, ruft Frau-Rohan. Sie hockt zwischen den Beinen ihrer Tochter und ist so beschäftigt und zieht und zerrt an etwas, dass sie nicht einmal mehr mitbekommt, dass Tajelmoluks Kopf zur Seite fällt und sie keinen Ton mehr von sich gibt. Und dann zieht Frau-Rohan etwas Glitschiges aus dem Köper von Tajelmoluk, das Eskandar an die kleine Ziege erinnert, die seine Mutter aus dem Körper der Mutterziege gezogen hat, weshalb Eskandar weiß, was als Nächstes zu tun ist, er nimmt den weißen Stein seiner Mutter und geht zu Frau-Rohan.

Schlag zu, sagt sie und hält die Nabelschnur, die aus dem Bauch des Kindes kommt und zwischen den Beinen von Tajelmoluk verschwindet, auf den Boden.

Wie er es vom Mullah gelernt hat, sagt er ein kurzes be-esme-allah, holt aus und schlägt zu. Frau-Rohan knotet, reibt und klopft, bis das Kind wie ein kleines Kätzchen Laute von sich gibt; dann zieht sie seine dünnen Beinchen straff, wickelt es fest in ein Tuch und in ein zweites, schnürt es mit einer Kordel wie ein Bündel zu und legt es auf die Seite. Tajelmoluk gibt noch immer keinen Laut von sich und sieht aus wie die Leute vom Dorf, deren Seele ihren Körper und diese Welt verlassen haben.

Das Kind schluckt und fängt an, wie ein Katzenkind zu schreien.

Sorg dafür, dass es still ist, befiehlt Frau-Rohan.

Eskandar nimmt das Bündel in den Arm und berührt vorsichtig die winzige Nase. Du siehst aus wie eine große Made, flüstert er und legt sich mit dem Säugling in seine Ecke, kehrt der halb toten Tajelmoluk und der schwitzenden Frau-Rohan den Rücken und flüstert: Der Herrgott hat dich mir geschickt, du bist meine Aishe.

Nimm sie mit, sagt Frau-Rohan, als Eskandar am nächsten Morgen zum Unterricht geht, die Frau des Mullah hat selbst einen Säugling zu ernähren, sie soll ihm für ein paar Münzen die Brust geben.

Gib ihr den Namen der Tochter von Prophetmohammad, nenn sie Fateme, sagt der Mullah.

Das geht nicht, das ist der Name meiner toten Schwester. Ich werde sie Aishe nennen.

Der Mullah überlegt, schüttelt heftig den Kopf. Das geht erst recht nicht, verkündet er. Du wohnst mit ihr unter einem Dach, sie ist gewissermaßen deine Schwester, und dieser Name könnte dich auf falsche Gedanken bringen. Nenn sie Massume. Sie ist ebenfalls eine Heilige gewesen.

Das geht nicht. Ich brauche einen Namen, der Kraft hat.

Mehr Kraft, als der Name einer Heiligen hat, gibt es nicht, sagt der Akhund. Lebt sie überhaupt? Sie ist so still.

Sie ist zufrieden, sagt Eskandar und küsst die zarte Stirn seines Mädchens ohne Namen.

Als er nach dem Unterricht in das Zimmer der Mullah-Frau kommt, zieht sie gerade ihre Brustwarze aus dem Mund des Kindes, und es macht ein lautes Schmatzgeräusch. Eskandar hat genug beim Mullah gelernt, um zu wissen, dass es eine Sünde ist, eine Frau, erst recht, wenn sie nicht vollständig verschleiert ist, anzusehen, und kehrt ihr den Rücken zu.

Zerbrich dir nicht deinen Kopf darüber, sagt die Frau des Mullah lachend, Prophetmohammad hat die Brust einer Stillenden zur Ausnahme erklärt und verkündet, es ist keine Sünde, wenn ein Fremder sie zu sehen bekommt.

Das gefällt Eskandar, und er lässt sich extra viel Zeit, um der Mullah-Frau sein Mädchen ohne Namen abzunehmen, genauso wie auch sie sich extra viel Zeit lässt, um ihre wunderschönen Brüste wieder in ihre Kleider zurückzuschieben. Und weil es keine Sünde ist, versucht Eskandar sich diesen wunderbaren Anblick ganz genau einzuprägen, damit er sich an der Erinnerung erfreuen kann, wann immer er ihm danach ist.

Eskandar ist so glücklich über sein kleines Mädchen, dass selbst die Pöbeleien der Jungen, die in der Gasse auf ihn warten, um sich über ihn lustig zu machen, ihm egal sind.

Gewöhn dich nicht zu sehr an das Mädchen, warnt der Mullah, immerhin ist es ein Harumzade-Kind. Ihre Mutter wird sie weggeben müssen, denn mit dem Kind im Haus wird sie nie einen Mann finden. Wer will schon eine Frau, die ein Kind vom Samen eines anderen Mannes geboren hat? Weil Eskandar nichts sagt und einfach nur vor sich hin lächelt, sagt der Mullah, das wirst du verstehen, wenn du größer bist.

Ich bin auch ein Harumzade, sagt Eskandar stolz und geht mit dem Säugling auf dem Arm nach Hause, wo zu Eskandars Überraschung und Freude schon wieder die Droschke des Kanadiers vor der Tür steht.

Girl, sagt Eskandar stolz und zeigt das Kind seinem Farangi-Freund. Der zieht seine staubige Jacke aus, lässt sie auf den Boden fallen, nimmt das Mädchen und drückt es fest an sich, so, als würde sie ihm höchstpersönlich gehören.

So hatte Eskandar sich das allerdings nicht vorgestellt. Und wenn er hundertmal den Unterricht beim Akhund und die Unterkunft bei Frau-Rohan bezahlt, das Kind gehört schließlich nicht ihm. Nach dem Petroleum in seiner Heimat zu suchen ist eine Sache, aber kleine Mädchen einfach so auf den Arm zu nehmen, als gehörten sie einem, das geht zu weit.

Wie geht es seiner Mutter?, fragt der Kanadier.

Eskandar versteht nicht. Wessen Mutter?

Du bist wirklich ein Trottel, sagt der Übersetzer. Er meint die Mutter von diesem Bastard hier.

Woher kennt der Saheb Tajelmoluk? Gib mir mein Mädchen zurück, ruft Eskandar schrill und reißt sie dem Ausländer so plötzlich aus dem Arm, dass sie erschrickt und laut zu weinen anfängt.

Eskandar speak. How is the mother?

Slipping.

Sie schläft, übersetzt der Moteardjem, und ärgert sich, weil Eskandar englische Worte benutzt.

Why sleeping?

Eskandar zuckt die Schultern.

Go get a doctor, sagt der Kanadier zum Übersetzer und setzt sich mit Eskandar und dem Kind auf die Stufe vor der Holztür.

Wüsste Eskandar, was Verräter in Farangi-Sprache heißt, würde er es jetzt sagen.

What is her name?

Noname.

No name? Why?

Noname.

We need a name for her. A beautiful Iranian name.

Eskandar versteht name und iranisch und schön und sagt, yes.

Eskandar means Alexander, sagt der Farangi. Alexander der Große war ein König, der das Reich der Perser erobert und die iranische Prinzessin Roxana geheiratet hat. Roxana. Good name?

Eskandar versteht nichts.

Roxana?, fragt der Ausländer und tippt dem Kind auf die Brust.

Roxana, wiederholt Eskandar. Gud, sagt er. Gudgud name.

Eskandar küsst sein Mädchen und grinst wie der Kanadier: Zähne zusammengebissen und die Lippen weit auf. Wer so heißt, lässt sich von niemandem so leicht unterkriegen, sagt er. Und auch nicht einfach so von einem dahergelaufenen Farangi mitnehmen.

Alexander and Roxana, sagt der Farangi.

Es ist aber kein islamischer Name, sagt der Übersetzer, als er mit dem Hakim, dem Heiler, zum Haus von Frau-Rohan zurückkommt.

Er trägt Leben in sich, sagt der Hakim. Und als Alexander der Große vor mehr als zweitausend Jahren unsere Heimat erobert und Roxana, die Tochter des Königs, geheiratet hat, ist sie es gewesen, die mit ihrer Klugheit und Schönheit erreicht hat, dass Alexander unser Land und seine Menschen lieben und schätzen lernte, statt mehr als nur den Palast in Schutt und Asche zu legen.

Der Hakim hält Tajelmoluk alle möglichen Fläschchen und Kräuter unter die Nase, träufelt ihr Sud in den Mund, legt Umschläge auf ihre Stirn, bis sie endlich aufwacht.

Sie fängt gleich an zu weinen. Ich bin müde, sagt sie, lasst mich in Ruhe, ich will schlafen.

Du hast acht Nächte und Tage geschlafen, sagt Frau-Rohan. Dein Rücken wird steif, deine Beine werden schwach, du musst essen. Steh auf, setz dich, du musst deinem Kind die Brust geben.

Das wird sie nicht können, ihre Milch ist ausgetrocknet, sagt der Hakim zu Eskandars Bedauern. Er hätte nichts dagegen, nach den Brüsten der Akhund-Frau auch die von Tajelmoluk zu sehen.

Der Junge hat deiner Tochter einen hübschen Namen gegeben, sieh sie dir wenigstens an, sagt Frau-Rohan. Aber Tajelmoluk vergräbt ihr Gesicht in den Händen und weint noch mehr.

Junge, geh hinaus, sagt Frau-Rohan. Es ist nicht gut für das Kind, wenn es das Weinen seiner Mutter hört.

Der Übersetzer hockt an der Lehmmauer und beobachtet den Kanadier, wie er vor der Tür auf und ab geht, seine dunkle Zigarre raucht und Worte in seiner eigenen Sprache murmelt. Als Eskandar aus der Tür tritt, bleibt der Ausländer stehen und starrt ihn an.

Slipping finisch, sagt Eskandar.

Good. Good, sagt Richard.

Sag dem Mesterr, Roxana bleibt hier, sagt Eskandar schüchtern.

Wie meinst du das?, fragt der Kanadier.

Wie ich es sage. Sie bleibt hier bei mir. Ich behalte sie.

Junge, sei nicht so frech, warnt der Übersetzer.

Eskandar drückt Roxana noch fester an sich. Ich bin nicht frech. Ich verhandle. Ich will nicht der Freund von jemandem sein, der mir meine Roxana wegnehmen will.

Was hat er gesagt?, fragt Richard.

Der Übersetzer druckst herum, statt zu übersetzen sagt er, er meint es nicht so, Saheb.

Als er schließlich erfährt, was Eskandar gesagt hat, wundert der Ausländer sich. Natürlich bleibt das Kind hier. Niemand hat die Absicht, es mitzunehmen.

Bis zum letzten Tropfen Blut

In derselben Nacht, als Eskandar erfährt, dass er Roxana behalten darf, dringen von der Gasse her Schritte und gedämpfte Stimmen in seinen Schlaf, und er denkt, der Ausländer hat es sich überlegt und kommt nun doch seine Roxana abholen.

Geh hinaus und sieh nach, was geschehen ist, sagt Frau-Rohan und bleibt im Hof hinter der Tür stehen.

Es ist die Rede von Reitern, berichtet Eskandar. Nationalisten sind aus der Hauptstadt zurückgekehrt, es hat Verletzte gegeben, der König und die russischen Besatzer haben das iranische Parlament bombardiert.

Was sind Nationalisten?, flüstert Frau-Rohan.

Mein Freund, der Reiter Hodjat, ist auch Nationalist, antwortet Eskandar. Und wenn ich ein richtiger Mann bin, werde auch ich mein letztes Blut geben.

Schon gut, schon gut, flüstert Frau-Rohan. Sobald die Sonne aufgegangen ist, gehst du zum Haus vom Akhund. Ich will wissen, was los ist.

Vor dem Haus des Mullah sind so viele Pferde angebunden, dass Eskandar kaum zur Tür kommt. Im Hof liegen zwei Tote, sie sind mit ihren Schals bedeckt. Frauen haben ihre weißen Gesichtstücher zurückgeschlagen und versorgen Verletzte. Statt der üblichen Schlappen von Schuljungen stehen schwere Reiterstiefel mit Absätzen vor der Tür zum Zimmer des Mullah. Drinnen ist die Luft schwer vom Geruch der abgekämpften Männer. Dicht an dicht hocken sie am Boden, wirken müde und niedergeschlagen. Manche haben den Turban abgenommen, manche halten ihre Gewehre, Dolche, Säbel fest in Händen, als müssten sie gleich wieder in die Schlacht zurück. Eskandars Herz schlägt schneller, denn die tapferen Krieger sehen genauso aus wie die Männer aus den Geschichten, die der Mullah über Prophetmohammad und seine Weggefährten erzählt. Und genauso wie Prophetmohammad sind auch diese Männer bereit, für ihren Glauben und ihre Überzeugung zu töten und selbst getötet zu werden.

Eskandar?, fragt einer der Männer. Mein Eskandar? Der Junge aus dem Dorf ohne Namen?

Eskandar erkennt den Mann sofort. Es ist Hodjat der Reiter. Du lebst, sagt er, springt auf, umarmt und küsst Eskandar. Das ist das schönste Geschenk, das Allah mir hätte machen können.

An der Art, wie der Mullah und die anderen Kämpfer Hodjat ansehen, erkennt Eskandar, sein Freund muss ein wichtiger und respektierter Mann sein. Und als Hodjat ihm Platz macht, damit er neben ihm und im Kreis der Männer sitzen kann, ist Eskandar so stolz wie noch nie.

Während alle Augen auf Hodjat gerichtet sind, berichtet er, die Abgeordneten haben dem König vertraut und ihm geglaubt, dass er mit ihnen über die Verfassung verhandeln will. Aber als sie allesamt in seinem Garten versammelt waren, hat er sie mit Hilfe von Soldaten der Farangi-Besatzer verhaften und in Ketten legen lassen. Als wenn diese Erniedrigung nicht schon genug gewesen wäre, hat er dann auch noch mit einem dieser neuartigen Apparate aus Farang ein Bild von ihnen gemacht und es im Basar und in der Stadt aushängen und herumzeigen lassen, damit das Volk sieht, dass er und niemand anderer die Macht besitzt.

Der Mann neben Hodjat, in dessen Schärpe ein prächtig funkelnder Dolch steckt, wie Eskandar noch nie einen gesehen hat, richtet sich auf. Lasst uns aufbrechen, ruft er, sobald unsere Verletzten versorgt sind und unser Proviant aufgestockt ist. Lasst uns in die Hauptstadt reiten und den Verräter, den Hundesohn von König, zur Rechenschaft ziehen.

Ich bin bereit, ruft Hodjat. Möge Allah geben, dass ich wie

meine tapferen Brüder mein letztes Blut für die Heimat opfere und als Märtyrer vor meinen Gott trete.

Die anderen Männer stimmen dem Reiter zu, manche strecken die Faust in die Luft. Wohl gesprochen Bruder, sagen sie und schicken ein Stoßgebet gen Himmel.

Am liebsten würde Eskandar aufspringen, ebenfalls die Faust in die Luft strecken und irgendetwas rufen.

Drei Wochen lang haben wir Reiter und Nationalisten uns im Parlament verschanzt. Es ist im Morgengrauen gewesen, erzählt Hodjat mit gesenkter Stimme. Als wir zusammen mit den tausend und mehr Soldaten und Offizieren uns todesmutig den russischen Kosakenbrigaden gestellt haben. Sie haben das Gebäude umzingelt, erzählt Hodjat, und sind mit ihren Kanonen in Stellung gegangen. In der ganzen Hauptstadt haben Männer ihre Läden und Buden geschlossen und sind in großen Gruppen zum Parlament gezogen, um uns und ihre Volksvertreter zu unterstützen. Hinterhältig haben die Russen jedem gestattet, das Gelände zu betreten.

Erzähl uns von dem Colonell, sagt der Mann mit dem Dolch.

Ein russischer Offizier ist auf einem weißen Pferd angeritten, hat Befehle erteilt und ist wieder verschwunden. Und dann, Hodjat schlägt die Hände vors Gesicht, und Eskandar bekommt eine Gänsehaut, dann haben sie das Feuer auf uns eröffnet. Aus sechs Kanonen haben sie geschossen.

Eskandar starrt den Reiter an und wagt kaum Luft zu holen.

Junge, geh hinaus, und bring frischen Tee, befiehlt der Mullah. Aber Eskandar bleibt wie angewurzelt hocken und kann sich nicht rühren.

Die Ausländer haben unser Land besetzt, sagt Hodjat. Sie verhaften und töten jeden, der sich für die Verfassung und ein freies Parlament einsetzt. Ohne die Unterstützung der gottlosen Farangi hätte der König weder den Mut noch die Macht, den Willen des Volkes zu brechen und sein Volk ermorden zu lassen.

Junge, was ist mit dem Tee?, fragt der Mullah.

Los, erzähl schon, sagt die Akhund-Frau.

In den Provinzen geht es drunter und drüber, berichtet Eskandar in einem Ton, als hätte er es mit eigenen Augen gesehen. Männer aus dem gesamten Land sind auf dem Weg in die Hauptstadt. Tausend und mehr Russen haben das Parlament umzingelt, sagt Eskandar mit bebender Stimme, und der Mullah-Frau stellen sich die Haare auf.

Los, beeil dich, sagt sie, bring den Tee ins Zimmer, und komm gleich wieder heraus, um mir zu erzählen, worüber die Männer reden.

Eskandar bekommt ein Geschenk

Vierzig Nächte und Tage vergehen, bis Tajelmoluk ihr Schweigen bricht und zum ersten Mal, seit sie Roxana geboren hat, wieder sprechen will, und zwar nur mit Eskandar, weshalb er sich in gewisser Weise wichtig vorkommt. Mit Roxana auf dem Schoß hockt er neben Tajelmoluk auf dem Boden und versucht, ihre traurigen Augen nicht zu sehen.

Meine Mutter will nicht, dass ich dir die Wahrheit über das Kind erzähle, sagt Tajelmoluk. Sie fürchtet, du wirst dich dann nicht mehr um sie kümmern, und sie selbst wird das Kind am Hals haben. Aber ich finde, du musst wissen, auf was du dich einlässt, schließlich fließt in ihren Adern nicht das gleiche Blut wie deins, und es ist nicht deine Schuld, dass das arme Bastardkind in dieser Welt ist.

Eskandar will fragen, was Bastard bedeutet, er will sagen, dass er selber auch einer ist und dass er froh ist, dass Roxana in dieser Welt ist, aber er traut sich nicht.

Als meine Mutter und ich nicht mehr wussten, wovon wir uns ernähren sollten und der Arbab, der Besitzer unseres Zimmers, der große Khan, uns auf die Straße setzen wollte, hat meine Mutter gesagt, er soll statt der Miete sie zur Frau nehmen. Aber der Besitzer wollte nicht meine Mutter, sondern mich, sagt Tajelmoluk. Ich habe geweint und gebettelt, aber er hat mich trotzdem mitgenommen. Auf dem Weg zu seinem Haus hat die Karawane bei den Farangi haltgemacht, und der Khan hat gesagt, es gibt einen Weg, wie ich wieder nach Hause zu meiner Mutter kann, nämlich wenn ich es schaffe, diesen Farangi-Mesterr zu verführen.

Eskandar weiß nicht, wovon Tajelmoluk redet, aber er weiß, ein Mucks von ihm, und sie wird aufhören zu sprechen.

Irgendwann ist mein Blut gekommen, sagt Tajelmoluk. Da hat meine Mutter gesagt, jetzt bist du eine Frau. Dann ist mein Bauch dick geworden, und meine Mutter hat gesagt, jetzt ist ein Kind in deinem Bauch. Ich hatte Angst, ich wollte nicht, dass ein anderer Mensch in meinem Bauch ist, und ich wusste nicht, wie er da hineingekommen ist, und auch nicht, wie ich ihn wieder herausbekommen könnte, sagt Tajelmoluk, wendet sich ab und spricht nicht mehr.

Eskandar hockt da, wartet und wartet, bis ihm zuerst das eine, dann das andere Bein einschläft. Draußen ist es bereits dunkel, Roxana wird unruhig, da nimmt Eskandar seinen ganzen Mut zusammen und sagt, ich will Roxana behalten.

Ist mir egal, sagt Tajelmoluk. Du kannst sie haben. Ich schenk sie dir. Mach mit ihr, was du willst.

Eskandar wird Geschichtenerzähler

Der Junge kann von großem Nutzen für uns sein, sagt der Akhund. Wir sollten ihn nach Esfahan mitnehmen. Ich werde die Verse aus dem Koran über den heiligen Krieg so lange mit ihm üben, bis er sie auswendig rezitieren kann. Mit seiner jugendlichen Unschuld und seiner Stimme, die einer Nachtigall gleicht, wird er jeden Zweifler davon abhalten zu desertieren.

Ich will Roxana mitnehmen, jammert Eskandar. Aber er kann so viel betteln, wie er will, er muss sie bei der Akhund-Frau zurücklassen.

Mehr als tausend Mann, Hodjat, der Mullah, Reiter und Führer verschiedener Stämme, zwangsweise rekrutierte Leibeigene, Bedienstete, Freiwillige zu Pferd, mit dem Esel, dem Maultier und sogar zu Fuß bewegen sich im riesigen Tross, und mittendrin hockt Eskandar auf dem Rücken eines alten Esels und lernt den ganzen Tag Verse des Koran. Abends, wenn er im Lager, das so groß ist, dass er das Ende nicht sehen kann, ankommt, geht er von Feuerstelle zu Feuerstelle und trägt vor, was der Mullah ihm tagsüber eingebläut hat.

Doch schon nach Kurzem stellt sich heraus, die Rechnung des Mullah geht nicht auf. Die Männer interessieren sich nicht im Geringsten für die unverständlichen arabischen Verse, die der Junge aufsagt. Und sie finden, mit dem Gezwitscher einer Nachtigall hat sein Geschrei auch nichts zu tun.

Aber ich muss so schreien, damit ich gegen die Männer ankomme, verteidigt Eskandar sich.

Nach vierzehn Stunden anstrengendem Ritt, nach Staub schlucken, Durst, Hunger, Holz suchen, Feuer machen und für die Herrschaft die Zelte aufbauen und für uns selbst eine Schlafstelle einrichten, sagen die Männer, ist es eine Belästigung, dass ein Junge, selbst wenn er wie sonst ein Vogel klingen würde, uns auch noch die müden Ohren vollzwitschert.

Der Mullah ist empört und schweigt beleidigt.

Eskandar ist erleichtert, dass er nicht mehr gegen den Unwillen der Männer anschreien muss.

Hodjat, der für eine Gruppe von etwa hundert Männern verantwortlich ist und sie zu Kriegern ausbilden muss, hat einen guten Einfall. Statt die Verse des Koran aufzusagen, dessen Bedeutung niemand versteht, soll Eskandar Geschichten von Kämpfern, Helden und Pahlewan, wie die Männer selber es sind und werden wollen, erzählen.

Ich kenne nur Geschichten aus dem Koran und dem heiligen Islam, antwortet der Mullah, stimmt widerwillig zu und bringt Eskandar bei, was sich bei der Schlacht von Ashura ereignet hat.

Der verehrte, heilige Emam-Hossein ist wie ihr, verehrte Reiter, in die Schlacht gezogen, ruft Eskandar. Doch anders als ihr Kämpfer, die ihr furchtlos und mutig seid, haben die Männer in jener Zeit ihren Glauben vernachlässigt und den heiligen Hossein im Stich gelassen.

Was hat der Emam gemacht?, fragen die Männer und sind tatsächlich still, um die Antwort zu hören.

Der bemitleidenswerte Emam hat nicht aufgegeben, sagt Eskandar.

Also sag schon, was hat er getan?, fragen die Männer.

Er hat seine Angehörigen und Verwandten, zweiundsiebzig an der Zahl, darunter auch Frauen und Kinder, in den Kampf gegen den Feind mitgenommen.

Und dann?, fragen die Männer.

Sie alle sind den Märtyrertod gestorben, sagt Eskandar und zieht weiter zum nächsten Feuer und zur nächsten Gruppe. Und mit jedem Mal, das er die Geschichte vom bedauernswerten

Emam erzählt, bekommt er mehr Mut und schmückt sie ein wenig mehr aus.

Beim vierten oder fünften Mal erfindet er so viel dazu, dass er selber weint und jammert, weil er von seinen eigenen Schilderungen hingerissen ist. Die Moslems haben den Heiligen im Stich gelassen, ruft Eskandar, springt auf, sackt dramatisch in sich zusammen und verbirgt das Gesicht in den Händen. Feige haben sie sich die Schleier ihrer Frauen übergezogen, sagt Eskandar, damit sie nicht als Männer erkannt werden und sich unbemerkt aus dem Staub machen können. Der Feind hat sich den Sohn des Emam gegriffen und ihn in Stücke gerissen, erfindet Eskandar und bringt ein paar Männer zum Weinen, andere springen auf, schwingen ihre Säbel und rufen: Tod dem Feind.

Der Mullah ärgert sich über Eskandar, weil er Dinge erfindet, die er ihm nicht beigebracht hat.

Aber er macht es richtig, sagt der große Arbab, der Khan. Genau damit stachelt er die Männer an und bringt sie in die richtige Stimmung für den bevorstehenden Kampf.

Aber ich habe keine andere Geschichte aus dem Koran parat, sagt der Mullah. Dann bringt dem Jungen Geschichten aus dem Schah-nameh, dem Buch der Könige von Ferdowssii, bei, befiehlt der Stammesführer, bevor er sich erhebt, um das Quartier des Mullah zu verlassen.

Der Mullah beeilt sich, auf die Füße zu kommen, stolpert über seinen eigenen Umhang und fällt beinah zu Boden und dem Khan vor die Füße. Wie Sie befehlen, sagt er unterwürfig.

Junge, komm mit in mein Zelt, befiehlt der Khan, dreht sich auf dem Absatz um und eilt mit einer solchen Geschwindigkeit voraus, dass Eskandar Mühe hat, ihm zu folgen.

Kennst du meinen Namen?, fragt der Stammesführer, als sie vor seinem Zelt auf bequemen Kissen sitzen.

Eskandar schüttelt den Kopf.

Man nennt mich Palang-Khan, Führer der Tiger, sagt der Khan. Weißt du, was ein Tiger ist?

Wieder schüttelt Eskandar den Kopf.

Der Führer greift nach einem Bilderrahmen, der hinter ihm steht, und zeigt Eskandar das Bild einer riesigen Katze.

Noch immer bringt Eskandar kein Wort über die Lippen, stattdessen starrt er das Bild einfach nur an.

Falls du eines Tages nach Teheran kommen solltest, werde ich dir zeigen, was ein echter Tiger ist, sagt der Tiger lächelnd und in einem Ton, als würde er mit einem Freund sprechen. In meinem Anwesen habe ich einen männlichen und einen weiblichen Tiger, du wirst beeindruckt von ihnen sein.

Was Eskandar angeht, ist er bereits jetzt und vom Khan selber beeindruckt wie von keinem anderen. Noch nie hat er einen Mann gesehen, der so vor Kraft strotzt und so groß ist. Nicht einmal Mesterr-Richard ist so groß und kräftig, und je länger Eskandar Palang-Khan ansieht, desto mehr Ähnlichkeit erkennt er tatsächlich zwischen dem Khan und dem Tier mit seinen funkelnden Augen auf dem Bild.

Der Khan streicht seine schwarzen Locken zurück, zieht seinen Dolch mit den glitzernden Steinen aus der Schärpe, und sofort sind drei oder vier Diener zur Stelle, die um ihn herumwirbeln, als würden sie einen Tanz aufführen. Der erste nimmt ihm den Dolch ab. Ein anderer wickelt die lange Bauchbinde auf und hilft dem Khan aus seinem schweren Rock mit den bunten und glitzernden Stickereien. Ein dritter bringt einen Krug und gießt Wasser in eine Schüssel, damit Palang-Khan sich die Hände waschen kann, während der erste Diener ihm fünf oder sechs schwere und funkelnde Ringe von den Fingern beider Hände zieht und vorsichtig eine Kette vom Hals des Khan nimmt, die aussieht wie ein Mann mit Flügeln.

Gut, gut, sagt Palang-Khan, und nun wollen wir uns setzen und essen und ich werde dir die Geschichte von Rostam, dem mutigsten aller unserer persischen Helden, erzählen.

Am nächsten Abend geht Eskandar von Feuerstelle zu Feuerstelle und ruft aus: Es war einer, es war keiner, außer Gott gab es niemanden. Eskandar schließt die Augen und stellt sich vor, Palang-Khan wäre jener Rostam, dessen Geschichte er den Männern erzählt.

Es gab einen Pahlewan mit Namen Rostam, ruft Eskandar. Er war kräftiger und stärker als jeder andere Mann und sogar stärker als die Div und Jinn. Rostam konnte einen Felsen, der größer war als er selber, vom Boden heben und ihn gegen seinen Feind werfen. Und er besaß einen Hengst, den er Rakhsh nannte, mit ihm zog er los und kämpfte gegen das Böse und Ungerechte. Und er ist stets der Sieger gewesen, selbst gegen den gefährlichsten aller Div, dem weißen Ungeheuer.

Manche Männer sind so beeindruckt von Eskandar und seiner Geschichte, dass sie vergessen weiterzukauen und ihn mit halb offenem Mund und Essen darin anstarren.

Der nächste iranische Held, dessen Geschichte Eskandar erzählt, ist Arash-Kamangir, Arash der Bogenschütze.

Als der König zum Kämpfen zu alt war, keinen Krieg mehr wollte und sich mit seinem Feind geeinigt hatte, dass ein Pfeil die neue Grenze zwischen seinem Land und dem des Feindes bestimmen soll, hat er Arash-Kamangir zu sich gerufen und ihn beauftragt, vom Gipfel des Berges seinen Pfeil abzuschießen.

Arash hat die Kämpfer um sich versammelt und ist mit ihnen im Gebet versunken, dann hat er seine Brust entblößt, hat all seine Kraft aufgeboten und seinen Pfeil abgeschossen. Und der Pfeil ist geflogen und geflogen, weiter, als die Männer ihn sehen konnten. Und während der Pfeil noch geflogen ist, ist Arash selber zu Boden gesunken, und er hat seinen letzten Atemzug getan und sein Leben für die Heimat gegeben.

Wie bei der Geschichte über den Emam-Hossein weinen manche Männer, andere entblößen ihre Brust, greifen zum Bogen und schießen ihre Pfeile ab.

Als Nächstes erzählt Eskandar die Geschichte von Sahhak, dem gnadenlosen König. Jeden Tag musste er zwei seiner Untertanen töten. Denn zur Strafe für seine Maßlosigkeit und Ungerechtigkeiten hat Gott ihn bestraft und auf jeder seiner Schultern eine Schlange wachsen lassen, damit sie ihn auffressen. Aber so leicht hat Sahhak sich nicht kleinkriegen lassen. Er hat einen Weg gefunden, damit die hungrigen Bestien seinen Kopf verschonen. Jeden Tag hat er sie mit den Gehirnen von zwei Menschen aus seinem Reich gefüttert, damit ihr Hunger gestillt war, erzählt Eskandar auf eine Art, dass sich ihm selber die Nackenhaare aufrichten und er sich bei den Männern eine Menge Respekt verschafft.

Eskandar erzählt Geschichten und Märchen von Heiligen, Helden, echten und erfundenen Wesen. Er sagt Verse und Gedichte von persischen Denkern und Dichtern wie Hafez, Rumi und Khayyam auf. Er erzählt Begebenheiten aus der Vergangenheit des Iran. Und er erfindet wunderbare Bilder für eine Zukunft, in der die Verfassung endlich wirklich in Kraft tritt und der Iran ein Parlament haben wird.

Die Leibeigenen und Reiter drängen sich um ihn, spenden ihm Applaus und lassen ihn hochleben. Auf Stroh und Kissen richten sie ihm einen erhöhten Platz ein, damit sie ihn besser sehen und hören können, und wer kann, entlohnt Eskandar sogar. Mit Fleisch von gejagtem Wild; mit hübschen Nomadensteinen, die sie unterwegs finden; mit Brot, Tee, Salz und sogar mit Münzen.

Eskandar springt auf und schwingt sein imaginäres Schwert, als er erzählt, wie der heilige Prophet persönlich in Kerbela den vierzig heidnischen Göttinnenstatuen die Köpfe von den Schultern geschlagen und stattdessen seine eigene heilige Religion verkündet hat. Eskandar hebt die Hände zum Himmel und ruft: All jene, die an den einzigen und allmächtigen Gott, an den Propheten und den verborgenen zwölften Emam und dessen Rückkehr sowie an die Schlacht und den Sieg glauben, erhebt euch.

All-allah o wa aale wa sallam, rufen die Männer mit einer Stimme, dass das Tal bebt. Sie strecken ihre Schwerter, Stöcke oder auch nur Fäuste in die Luft, und Eskandar bekommt eine Gänsehaut.

Zum ersten Mal fühlt er sich wichtig, aber es ist mehr als das:

Eskandar erfährt, dass selbst ein unbedeutender kleiner Mensch wie er, der aus einem Dorf ohne Namen kommt, etwas hat, was er anderen geben kann.

Als sie die Berge hinter sich lassen und die Salzwüste erreichen, liegen Tage und Wochen voller Hitze und Staub vor ihnen. Und dann eines Morgens, gerade als die Sonne den Horizont emporsteigt, tauchen zwei Türme auf. Wie zwei Arme recken sie sich in den Himmel.

Manche Männer lassen sich auf die Knie fallen und beten in Andacht, andere treiben ihre Pferde an, um schneller bei ihnen zu sein.

Das sind die Minarette der Schah-Moschee. Du wirst es selbst erleben, sagt der Mullah, nirgendwo sonst ist man Gott näher, wenn man sein Gebet spricht.

Und wer Esfahan, den Platz der Welt und die Brücke mit ihren dreiunddreißig Bögen und Kuppeln gesehen hat, sagt Hodjat, der muss nicht mehr weit reisen, denn Esfahan ist die halbe Welt.

Große Könige haben hier geherrscht, und viele Völker haben ihr Wissen und ihre Erfahrung hinterlassen, sagt der Khan.

Die schönsten aller Teppiche und Töpferwaren, aller Malereien, Stoffe und Hölzer werden hier hergestellt, schwärmt Hodjat.

Und in den Badehäusern der Stadt gibt es die besten aller Dallack, schwärmt der Akhund, schiebt seinen Turban zur Seite und kratzt sich am Kopf. Sie schrubben und rubbeln deine Haut so lang, kneten und reiben deine Muskeln so fest, dass du danach das Gefühl hast, neugeboren zu sein, sagt er und treibt seinen Esel an.

An diesem Abend sind alle, ob Reiter oder Bauer, ob Alt oder Jung, aufgeregt. Eskandar hat ein leichtes Beben in der Stimme, die Männer verdoppeln freiwillig die Wachen. Heftiger denn je, bis zur Ekstase spielen sie auf ihren Trommeln und Instrumenten, singen und tanzen sie um ihre Feuer, als wären sie nicht im freien Feld, sondern im Zurkhane in ihrem Viertel, wo sie ihre

Kraft trainieren. Mit Übungen und Ritualen kräftigen sie ihre Körper. Sie heben Gewichte; machen Liegestützen; drehen sich wie Derwische um die eigene Achse; lassen den eisernen Bogen mit seinen rasselnden Ketten rhythmisch und kraftvoll über ihre Köpfe kreisen; liegen auf dem Rücken und heben die Schilde aus Eichenholz; schwingen ihre schweren Keulen, werfen sie in die Luft und fangen sie wieder auf. Der Morsched gibt auf der Trommel den Takt für ihre rhythmischen Übungen und Bewegungen vor, und Eskandar zählt laut mit und läutet mit der Glocke die jeweils neue Runde ein.

Der Einzug der Truppe in Esfahan gleicht einem Fest. Lange bevor sie die Tore der Stadt erreichen, kommen ihnen Männer mit und ohne Waffen, manche nur ausgestattet mit Stöcken, Schaufeln und Heugabeln, entgegen, bejubeln die Kämpfer und schließen sich ihnen an.

Eskandar und andere Laufburschen, die Köche, die Hakim und ihre Helfer, die einfachen Schlepper und ein paar Morsched, die für den Kampf zu alt sind, bleiben vor den Toren der Stadt zurück. Dann und wann trägt der Wind die Schreie der Männer, das aufgeregte Wiehern der Pferde, das Zusammenprallen der schweren Schilde, die Schüsse der Gewehre, das Krachen und Poltern der Kanonen und ihre Einschläge hinter die Mauern der Stadt ins Lager. Und es dauert nicht lang, da werden die ersten Verwundeten zum Hakim gebracht.

Eskandar kneift die Augen zusammen, um das Blut, die abgeschlagenen Hände und durchbohrten Rümpfe nicht zu sehen, und er hält sich die Ohren zu, um die Schreie der Männer nicht zu hören. Manche sind schwer verletzt und müssen im Lager bleiben. Andere sterben. Ein paar Männer lassen sich die Wunden versorgen, trinken, essen und kehren gleich wieder zurück in die Schlacht.

Eskandar bringt den Verwundeten frisches Wasser, Essen, Tee und Salben. Er versorgt Pferde, fegt Zelte, schaufelt Erde in die Gräber der Toten. Am Abend endlich kehrt sein Freund Hodjat zurück. Müde und nur mit kleinen Verletzungen, aber erschüttert und entsetzt.

Wie viele hast du getötet?

Ich wünschte, ich hätte keinen getötet. Jeder von ihnen hat wie du und ich eine Mutter, einen Vater, eine Frau und Kinder.

Ich will zu meiner Roxana, sagt Eskandar, weiß aber, er wird bleiben müssen.

Einige Tage später kommt Hodjat mit einer großen, blutenden Schnittwunde am Oberschenkel aus der Schlacht zurück, doch er strahlt. Es ist vollbracht, sagt er. Wir haben die russischen und königlichen Truppen besiegt, wir selbst haben, Allah sei es gedankt, nicht so viele Verluste zu verzeichnen, und die Stadt ist in unserer Gewalt. Es lebe der Kampf für die Verfassung und das Parlament, ruft Hodjat unter Schmerzen, dann verliert er das Bewusstsein.

Zusammen mit dem Mullah, den zwei besten Morsched und kräftigsten Pahlewan und einer Handvoll Reiter zu ihrem Schutz, darf am nächsten Morgen endlich auch Eskandar in die Stadt. Und er bekommt zu sehen, wovon Hodjat, der Stammesfürst, der Mullah und jeder andere, der dort war, auf seine Art geschwärmt hat. Der Platz der Welt, wie er genannt wird, ist prächtig. Die blauen Moscheen, die wunderbaren Fassaden und riesigen Kuppeln, der überdachte Basar und die Paläste mit ihren großzügigen Eywan, den Terassen, auf denen die Könige und Königen gesessen haben, findet Eskandar so schön, dass er nicht glaubt, dass Menschen alles das gebaut haben.

Ja, wer soll es denn dann gebaut haben?, fragt Hodjat verwundert.

Allah höchstpersönlich hat es gebaut, haucht Eskandar in Ehrfurcht, und dann sagt er etwas, mit dem er besonders den Mullah erfreut: Ich spüre seine Anwesenheit.

Während immer mehr Leute sich um sie versammeln, schlagen die Morsched ihre Trommeln, und die Pahlewan machen ihre Übungen und demonstrieren ihre Kraft, schwingen die schweren

Schilde und Bogen und tanzen im Rhythmus zum Gesang der Morsched.

Dann ist Eskandar an der Reihe. Wie der Mullah und Hodjat es ihm beigebracht haben, ruft er aus: Wir werden unsere Verfassung wieder in Kraft setzen und ein Parlament haben, und fortan werden wir frei sein und keinerlei Not leiden.

Die Männer aus der Stadt umarmen die Kämpfer dankbar, klopfen ihnen auf die Schultern, küssen ihre Hände, schenken ihnen Blumen, Essen und sogar kostbare Steine und Stoffe.

Die Stammesführer lassen aus den umliegenden Teehäusern, Bäckereien und Gaststuben Tee, Süßspeisen, Reis, Fleisch am Spieß und andere Köstlichkeiten bringen und teilen es großzügig mit ihren eigenen Männern und den Jungen und Männern der Stadt. Sie lassen die Stadtschreiber kommen und registrieren jeden, der sich freiwillig ihrer Truppe anschließt und bereit ist, mit ihnen weiter in die Hauptstadt Teheran zu ziehen.

Der König und seine Lakaien haben verkündet, sie werden Dieben die Hand abhacken, singt Eskandar aus voller Kehle. Dieb ist aber nicht, wer Hunger hat und nicht zusehen will, wie seine Kinder sterben. Ihr edlen Bürger der Stadt Esfahan, Dieb ist, wer einen vollen Bauch hat, in einem Palast wohnt und trotzdem stiehlt. Ihm sollte man die Hand abhacken.

Möge Gott dein Leben beschützen, rufen die Esfahani in ihrem typischen Singsang und lassen Eskandar hochleben.

Diese Begeisterung müssen wir für uns nutzen, sagt der Khan zufrieden und befiehlt gegen den Willen des Mullah, Eskandar soll am nächsten Tag statt auf dem Esel auf einem prächtigen Pferd auf den Platz der Welt einreiten.

Der schwarze Hengst ist mit Glöckchen, Perlen und Tüchern geschmückt. Es ist ein kraftvolles Tier, und zwei Männer müssen es halten, um es daran zu hindern, mit Eskandar auf dem Rücken über den großen Platz davonzugaloppieren.

Eskandar hat Angst, andererseits fühlt er sich großartig. Die Leute eilen zu ihm, berühren das Pferd, Eskandars Beine, seine

Hand, wollen ihn küssen. Der Junge erinnert an den heiligen Emam-Hossein, sagen sie ehrfurchtsvoll. Am vierten Tag kommen sogar Frauen zum Märchenerzähler, denn es heißt, wer ihn gesehen, seine Stimme gehört oder ihn gar berührt hat, der wird mit dem Segen Allahs beschenkt werden.

Ein paar Tage schwelgt Eskandar in der Begeisterung und Verzückung der Menge, aber so schnell, wie sich das Gerücht von seiner mysteriösen Kraft verbreitet hat, verblasst es auch wieder. Am liebsten würde er sich jedem, der achtlos an ihm vorbeigeht, in den Weg stellen und rufen: Ich bin es, der Junge aus dem Dorf ohne Namen, der euch den Segen Gottes bringt.

Hodjat sagt nichts.

Der Khan verlangt seinen Hengst zurück.

Und mit einer gewissen Schadenfreude sagt der Mullah, ich habe es gleich gesagt, es ist vermessen, sich auf eine Stufe mit Heiligen zu stellen. Und er befiehlt Eskandar, im Lager zu bleiben und dort Wasser zu schleppen, das Zelt des Mullah zu putzen, die Ziegen und Schafe zu melken, Tee zu kochen, die Kleider zu waschen und zu tun, was immer getan werden muss, damit für den Mullah das Leben fern der Heimat möglichst angenehm wird.

Ich will zurück zu meiner Roxana, sagt Eskandar. Doch davon will keiner der Männer etwas hören. Ein paar Tage später bekommt Eskandar Fieber, heftigen Husten, Schüttelfrost und lauter kleine, rote Punkte im Gesicht, auf dem Hals und den Armen. Vier Nächte und Tage verabreicht ein Hakim ihm alle möglichen Kräuter und Arzneien, Eskandar aber geht es immer schlechter.

Der Junge hat für niemanden einen Nutzen, sagt Hodjat. Wir sollten ihn nach Hause schicken.

Gott gibt, Gott nimmt, sagt der Mullah.

Was macht ihr so viel Wind um das Leben eines einfachen Jungen?, fragt der Khan.

Es ist in unserem eigenen Interesse, antwortet Hodjat. Er hat uns gute Dienste erwiesen, und wenn er wieder gesund wird, können wir ihn für den Kampf um die Hauptstadt einsetzen.

Also gut, willigt der Khan ein. In Gottes Namen, dann schicken wir ihn eben mit der nächsten Depesche zurück in den Süden.

Kaum haben die Männer Eskandar ihren Entschluss mitgeteilt, da wird er so plötzlich, wie er krank geworden ist, auch wieder gesund. Das führt dazu, dass nicht nur er selbst, sondern auch die Männer um ihn herum nun glauben, dass vielleicht doch Allah ein Auge auf den Jungen hat und seine schützende Hand über ihn hält.

Wenn das hier alles vorüber ist, sagt der Mullah, und, so Gott will, unser Kampf erfolgreich gewesen sein wird und wir eine Verfassung und ein Parlament haben, werde ich dich als meinen speziellen Schüler aufnehmen und zum Mullah ausbilden.

Gottes Wille wird geschehen, antwortet Eskandar, streckt und reckt seine vom Liegen steifen Knochen und freut sich auf das Wiedersehen mit seiner Roxana.

Ich will nicht, dass die Männer davon erfahren, befiehlt der Khan. Am Ende kommen sie auf den Gedanken, ebenfalls nach Hause zu wollen, und laufen davon.

Jetzt, da du wieder gesund bist, kannst du bis zu deiner Abreise arbeiten, sagt der Mullah, und dein Brot und deinen Schlafplatz ehrlich verdienen.

Wir werden ihn zur Feier des neuen Jahres die Geschichte des ältesten aller persischen Feste erzählen lassen, schlägt Hodjat vor. Auf diese Weise werden die Männer bei Laune gehalten und nebenbei auch noch ermutigt, sich und das Lager sauber zu halten und ohne Streit zusammenzuleben.

Hört, hört, Männer, heute bringe ich euch eine Geschichte aus einer Zeit, als die Könige noch gerecht waren, ruft Eskandar. Auf zwölf Säulen, die sich dem Himmel und der Sonne entgegengestreckt haben, hat der Herrscher zwölf Sorten Korn anpflanzen lassen. Jene Saat, die bis zum Tag des neuen Jahres am besten aufgegangen und gewachsen war, hat der König unter sein Volk und den Bauern verteilt, sodass sie es auf allen Feldern der geliebten Heimat anpflanzen. Mit ihrer reichen Ernte haben sie die Kammern des

Landes gefüllt, und in der kalten Zeit des Winters hat niemand Hunger leiden müssen. Damals wie heute, erzählt Eskandar, als hätte er selber es unzählige Male getan, damals wie heute zerschlagen die Menschen dem Brauch nach ihre alten Wasserkrüge aus Ton, werfen das alte Stroh ins Feuer und richten sich neue Schlafplätze ein. Sie reinigen ihre Hütten und sich selbst, legen sich neue Gewänder zu, beten und zünden an allen Orten Feuer an, um rein und geläutert in das neue Jahr zu wechseln.

Wunderbar, ruft Hodjat, als er sieht, dass seine Rechnung aufgeht. Seine Männer säubern ihre Schlafplätze, beseitigen ihren Unrat, gehen an den Fluss, waschen sich selbst und ihre Kleider, schmücken ihre Zelte und provisorischen Dächer aus Reisig und Stroh mit Girlanden aus Gras und Blumen aus den umliegenden Feldern, und sie waschen und schmücken sogar ihre Pferde.

Am letzten Dienstag vor dem Jahreswechsel verbrennen sie, wie Eskandar ihnen den alten Brauch beschrieben hat, ihr altes Stroh, und während sie über die Feuer springen, singen sie: Das Gelb deiner Flamme bekommst du von mir, mein lebendiges Rot bekomme ich von dir.

Dreizehn Tage nach dem Beginn des neuen Jahres, dem Tag des Ssiesdah-bedar, tut Hodjat geheimnisvoll und will, dass Eskandar ihn zum Fluss begleitet. Aber erzähl den Männern nichts davon, denn wir wollen sie nicht verwirren und auf falsche Gedanken bringen.

Was tun wir am Fluss?, fragt Eskandar.

Wir werden uns nach einer unverheirateten Saifeh umsehen, klärt Hodjat ihn auf.

Das ist verboten, solange eine Frau nicht dir gehört, sagt Eskandar im gleichen Ton, wie er es vom Mullah gelernt hat.

So würde ich das nicht nennen, antwortet Hodjat verärgert und streicht seinen mit Henna rot gefärbten Bart glatt. Wenn man die Absicht hat, die Saifeh zur Frau zu nehmen, ist es sogar mehr als anständig.

Du willst eine Frau nehmen?

Jeder Mann muss irgendwann den Bund der Ehe eingehen, sagt Hodjat.

Eskandar traut sich nicht, seinem Meister zu widersprechen, nimmt sich aber vor, seiner Roxana später, wenn sie ein junges Mädchen ist, jeglichen Besuch irgendwelcher Flüsse zu verbieten.

Hör auf, mich anzustarren, brummt Hodjat. Und erzähl nur dem Mullah und den anderen nichts davon.

Hodjats Miene hellt sich auf, als eine Gruppe junger Frauen am Fluss auftaucht. Die Mädchen lachen und kichern, und die meisten von ihnen tragen einen Teller oder eine Schale mit selbst angesetztem Ssabsi, Korn oder Reis, vor sich her. Obwohl ihre Gesichter mit dem weißen Gesichtstuch bedeckt sind, erkennt Eskandar, dass sie zu ihm und Hodjat herübersehen.

Das ist verboten, sagt Eskandar wieder.

Das wirst du verstehen, wenn du älter bist. Der Reiter grinst und sagt, das Grünzeug ist ein eindeutiges Zeichen dafür, dass ihre Väter die Absicht haben, ihre Töchter im gerade begonnenen Jahr zu verheiraten. Siehst du?, sagt Hodjat. Die jungen Saifeh machen Knoten in ihr gesprossenes Korn und beten zu Gott, dass er ihnen den ersehnten Mann schickt. Wer weiß, ruft Hodjat und springt auf, genau in dem Moment, als eines der Mädchen ihr Ssabsi auf das Wasser setzt. Vielleicht bin ich dieser Ersehnte. Hodjat rennt zum Fluss und dem Ssabsi, das auf dem Wasser auf und ab hüpft, hinterher. Er stolpert, fällt beinah in den Fluss, fängt sich und hastet weiter. Das Ssabsi gerät in eine stärkere Strömung, und da stürzt Hodjat sich in die Fluten. Er taucht unter und wieder auf. Eskandar läuft seinem Freund hinterher; halb ist er begeistert, halb hat er Angst um ihn. Aber dann holt Hodjat das Ssabsi ein, fischt es aus dem Wasser und bringt es zum Ufer. Er ist triefnass, aber so glücklich, wie Eskandar es noch nie bei ihm gesehen hat. Hilf mir die Stiefel auszuziehen, sagt er lachend.

Eskandar leert das Wasser aus den Schuhen und hilft Hodjat, sie wieder anzuziehen.

Komm, sagt er, begleite mich, dann wird es mir leichter fallen.

Was wird dir leichter fallen?, fragt Eskandar.

Hast du noch immer nicht begriffen?, fragt Hodjat. Ich werde zum Vater des Mädchens gehen und ihn um die Hand seiner Tochter bitten.

Woher weißt du, ob sie dir gefällt? Sie ist von Kopf bis Fuß verschleiert.

Sieh genau hin, sagt Hodjat. Und sag mir, was du siehst.

Sie hat einen aufrechten und kräftigen Gang, antwortet Eskandar, und trotz ihres Schleiers kann ich sehen, dass ihre Arme und Beine lang und beweglicher sind als die der anderen Saifeh. Sie hält ihren Kopf hoch, irgendwie stolz, und sie ist nicht so verspielt wie die anderen. Und sie sieht dich andauernd an, sagt Eskandar grinsend und hebt kurz seine Hand, worauf das Mädchen unter ihrem Schleier ebenfalls die Hand bewegt und seinen Gruß erwidert.

Was denkst du?, fragt Hodjat.

Nimm sie, antwortet Eskandar. Sie ist die Beste.

Frühjahr 1909, Anglo Persian Oil Company

Das Mädchen heißt Zarrin, und ihr Vater ist glücklich, seine Tochter einem anständigen, ehrenhaften und mutigen Mann wie diesem Reiter zur Frau zu geben, und das nicht nur, weil Hodjat den Großteil seines jüngst verdienten Solds für das Mädchen bezahlt. Eine gute Investition, wie sich herausstellt, denn als Zarrin nach der Hochzeit beim Mullah ihren Schleier lüftet und Hodjat ihr Gesicht sehen kann, stellt er fest, dass sie sogar noch hübscher ist, als er jemals zu träumen gewagt hätte.

Wenn sie lächelt, ist es, als würde die Sonne aufgehen, und wenn sie mit ihren großen dunklen Augen und mit den langen, dichten Wimpern zu ihm aufblickt, kommt es Hodjat vor, als würden zwei Schmetterlinge auffliegen, sich auf sein Herz setzen und es küssen.

Eskandar mag Zarrin sofort, und er freut sich, dass sie mit derselben Karawane wie er in den Süden zurückreitet und er in gewisser Weise die Verantwortung dafür trägt, dass kein fremder Mann sie ansieht und ihre Ehre nicht beschädigt wird. Eskandar erzählt ihr von seinem Dorf ohne Namen, seinem Mesterr-Richard und wieder und wieder von seiner kleinen Roxana.

Anders als auf dem Weg nach Esfahan sind außer Zarrin dieses Mal eine Menge anderer Frauen in der Karawane dabei; denn wie Hodjat haben auch andere Männer in den Monaten fern der Heimat neue Frauen genommen und schicken sie nun in die Heimat zu ihren Eltern oder ersten Ehefrauen.

Weil niemand weiß, ob und wann die Stämme aus den anderen Teilen des Landes sich ihnen anschließen und sie weiter in die Hauptstadt Teheran ziehen werden, reisen außerdem zwei

Stammesführer in den Süden zurück, weswegen zu ihrem Schutz eine Menge Reiter die Karawane begleiten. Zum größten Teil aber besteht der Tross aus Männern, die verletzt oder zu schwach sind, um weiterzukämpfen, und aus Kamelen und Maultieren, beladen mit Korn und anderen Gütern, die die Männer von ihrem Sold gekauft haben und zu ihren Familien nach Hause schicken.

Als Eskandar endlich das Haus des Mullah erreicht und seine Roxana in die Arme schließt, will sie sofort wieder zurück in den schützenden Arm der Mullah-Frau, und sie schreit und weint so lang, bis sie einen roten Kopf bekommt und Eskandar befürchtet, dass er ihr platzen könnte.

Mach dir nichts draus, sie wird sich wieder an dich gewöhnen. Ich werde ihr die Brust geben, das beruhigt sie, sagt die Mullah-Frau und entblößt ihren wunderbar weichen, weißen Busen.

Entzückt starrt Eskandar die Brust der Mullah-Frau an, schließlich hat sie selbst gesagt, es ist keine Sünde, einer Frau beim Stillen zuzusehen. Und wie es scheint, erinnert auch sie sich daran, denn sie lächelt Eskandar freundlich an und wendet sich ihm zu, damit er ihre Brust sogar noch besser sehen kann.

Eskandar ist kaum wieder zurück, da schickt sein kanadischer Freund eine Droschke und lässt ihn ins Lager abholen.

Ich will nicht weg, sagt Eskandar. Ich bleibe bei meiner Roxana.

Die Farangi feiern ein wichtiges Fest, erklärt der Übersetzer. Die Gründung der Anglo Persian Oil Company. Sie und der verehrte Khan wollen, dass du ihre Gäste bedienst. Und wenn ich du wäre, rät der Moteardjem, würde ich es mir nicht verscherzen mit denen, sonst wirst du deine Roxana am Ende gar nicht mehr sehen.

Es ist eine kleine Feier, und weder das Essen noch die Dekoration können mit den Festen mithalten, die die Verfassungskämpfer gefeiert haben, findet Eskandar. Niemand tanzt, und die Musik wird nicht von richtigen Männern auf richtigen Instrumenten gespielt, sondern kommt aus einem Kasten mit einer Kurbel.

Dabei ist der Anlass der Feier so wichtig, dass die Farangi vom Schneider extra eine weiße Jacke für Eskandar haben nähen lassen, die er zusammen mit weißen Handschuhen zum Bedienen der Gäste tragen muss.

Drinksir, pleeess, taankyu, mehr darf Eskandar nicht sagen, und er soll es unter allen Umstanden vermeiden, die Gäste anzustarren. Aber inzwischen ist Eskandar geübt darin, sich einen Reim aus dem zu machen, was er hört. Und auch ohne zu fragen bekommt er mit, die Engelissi-Farangi feiern mit dem Fest ein großes Geschäft, das mit dem iranischen Petroleum zusammenhängt und ihnen eine Menge Geld einbringen wird.

Alles, was in Engelesstan einen Motor hat, sagt Palang-Khan, wird mit iranischem Petroleum angetrieben. Ihre Automobile, die Maschinen in den Fabriken und erst recht die gesamte Flotte, mit der die Engelissi ihre Macht in der Welt und ihre Kolonien ausweiten, wird mit unserem Naft gespeist. Nur deswegen sind die Engelissi allen anderen Armeen weit überlegen, sagt der Khan.

In den Gesichtern der Farangi erkennt Eskandar, dass es ihnen nicht gefällt, was der Khan zu sagen hat, trotzdem spricht er einfach weiter.

Er sieht in die Runde und sagt, die Engelissi verdienen einen Haufen Geld, denn beinah alles Erdöl, das Europa braucht, kommt aus dem Iran. Und den Gewinn, sagt der Khan und sieht plötzlich Eskandar an und fragt: Was glaubst du, Junge? Wer macht den Gewinn?

Obwohl er weiß, der Stammesfürst erwartet nicht wirklich eine Antwort von ihm, zuckt Eskandar zusammen.

Der Khan aber lächelt ihn freundlich an und sagt, das neu gegründete Engelissi-Unternehmen macht alle Gewinne. Die APOC macht alle Gewinne.

Die meisten Männer schütteln den Kopf und wenden sich ab, nur Mesterr-Richard bleibt stehen, grinst breit und sagt, demnächst werden ihre Gewinne sogar noch größer werden. Noch transportieren wir das Petroleum in kleinen quadratischen Kanistern, die wir hier vor Ort und mit einfachen Maschinen herstellen. Wir laden sie auf Karren, Droschken, Kamele und Maultiere und lassen sie tagelang nach Abadan schleppen, und dort werden sie auf britische Schiffe geladen. Doch nicht mehr lang, und das Naft wird in dicken Rohren über Hunderte Kilometer durch die Wüste, Täler und über Berge bis nach Abadan fließen, sagt der Kanadier und zeichnet mit seinen langen Armen die Berge und Täler nach.

Eskandar weiß, es ist sein Freund der Kanadier höchstpersönlich, der das dicke Rohr zusammensetzt und es wie eine endlos lange und riesige Schlange in den Tälern und auf den Bergen verlegt.

Also stimmen die Gerüchte, dass unsere britischen Freunde dabei sind, die weltgrößte Raffinerie am Golf zu bauen, sagt der Khan und klingt so verärgert, dass Eskandar unwillkürlich einen Schritt zurückweicht.

Der Kanadier leert sein Glas und macht einen tiefen Zug an seiner Zigarre. Mir ist bekannt, sagt er, dass viele Stammesführer und Nationalisten gegen die Briten sind, weil sie die Iraner selber nicht an den großen Gewinnen beteiligen, die sie mit dem persischen Erdöl machen.

So ist es, brummt der Tiger, und wer kann es uns verdenken? Doch das eigentliche Verbrechen ist, die Engelissi unterstützen den König darin, die aufkeimende Demokratie in unserem Land zu verhindern, damit ihnen niemand in die Quere kommt und sie unser Öl weiterhin ungestört abziehen können.

Aber Sie selber gehören zu jenen, die den Engelissi Land verpachtet haben, wundert sich der Kanadier.

Sie wissen besser als ich, dass wir keine Wahl hatten und haben. Unser König hat den Briten die Erdölkonzession für einen derart niedrigen Preis überlassen, dass die Welt sich lustig über ihn und unser Land macht, antwortet der Stammesführer. Wenigstens verpachten wir unsere Ländereien offiziell und bekommen ein wenig Geld dafür, statt dass die Engelissi sich auch noch die einfach nehmen und nichts dafür bezahlen.

Während er nach einem neuen Glas greift, kneift der Kanadier die Augen zusammen. Und Sie und die anderen Nationalisten wollen ihren König loswerden und stattdessen ein Parlament und eine Verfassung?

Was die Farangi verhindern wollen, denn solange der König die absolute Macht hat, können sie weiterhin unser Erdöl abschöpfen. Denn wie Sie wissen, ist unser König nichts als eine Marionette der Farangi.

Mesterr-Richard leert sein Glas und sagt, die Sache ist klar. Damit sind Sie und Ihre Freunde zwangsläufig Feinde der Engelissi und Russi.

Wie würden Sie fremde Nationen bezeichnen, die mit ihren Soldaten in Ihr Land kommen, es besetzen und Ihre Reichtümer stehlen?, fragt Palang-Khan.

Offenbar hatte der Kanadier mit einer derart ehrlichen Antwort nicht gerechnet, denn er verschluckt sich beinah an seinem vierten oder fünften Glas scharfem Wasser. Er blickt nervös um sich und lässt den Moteardjem übersetzen, der Khan soll vorsichtig sein, schließlich befinde er sich in der Höhle des Löwen.

Doch statt zu schweigen, sagt Palang-Khan in einem Ton, dass sich Eskandar die Nackenhaare hochstellen: Mein Herr, ein Tiger fürchtet sich nicht vor einem Löwen.

Und dann fällt der Blick des Tigers wieder auf Eskandar, der die ganze Zeit neben ihm und dem Kanadier gestanden und ihnen das Tablett hingehalten hat. Es ist meine Pflicht, für meine eigenen Fehler einzustehen, sagt er. Dieser Junge, ruft der Tiger, und Eskandar zuckt. Dieser Junge und seinesgleichen haben ein Recht darauf. Denn eines ist sicher, wenn wir verhindern wollen, dass die Engelissi und Russi unsere Heimat weiterhin besetzen oder, noch schlimmer, uns zu einer ihrer Kolonien machen, dann bleibt uns gar kein anderer Weg, als gegen die Besatzung und Ausbeutung des Iran zu kämpfen.

Nachdem der Moteardjem für den Kanadier übersetzt hat, runzelt der Farangi die Stirn und sagt, entweder Sie übersetzen falsch, oder ich habe zu viel getrunken, oder der Khan weiß nicht, was er sagt und tut.

Saheb, soll ich das übersetzen?, fragt der Moteardjem.

Nein, antwortet der Kanadier. Natürlich nicht.

Einen Moment herrscht Stille, dann sagt der Stammesführer: Junge, ich werde dich in meinen Haushalt aufnehmen. Statt dass du hier, Palang-Khan macht eine abfällige Geste in die Runde, mitten in der Wüste, für diese gottlosen Farangi den Diener spielst, möchte ich, dass du für mich arbeitest. Schließlich wollen wir nicht, dass die Farangi am Ende aus dir einen Christen machen. Palang-Khan sieht den Kanadier an und sagt, wie seinerzeit bei euren Kreuzzügen, als ihr Söhne muslimischer Männer ihren Vätern geraubt, sie zu Hunderten und Tausenden vom rechten Weg abgebracht habt und sie euch fortan willenlos zu Diensten gewesen sind, ihre eigenen Brüder und ihr eigenes Volk verraten haben und Sie auf diese Weise von unserem Hab und Gut, von unserem Land und unserer Erde Besitz ergreifen konnten. Nennen Sie mir den Preis für den Jungen, sagt Palang-Khan, legt die Hand auf den funkelnden Knauf seines Dolchs, setzt einen Fuß vor den anderen und sieht den Kanadier herausfordernd an.

Eskandar will protestieren, dass er nichts anderes möchte, als bei seiner Roxana zu bleiben und für sie zu sorgen. Er hat Mühe, aufrecht zu stehen, und das schwere Tablett mit den Gläsern gerät ins Wanken genau in dem Moment, als der Kanadier und der Tiger sich wie zur Besiegelung eines Vertrags die Hand geben und kurz schütteln.

Er ist mein Boy, und Sie können ihn haben, sagt der Kanadier. Doch bitte ich Sie, nicht zu vergessen, ich bin Kanadier und nicht Brite und ehrlich gesagt auch ein wenig stolz darauf.

Palang-Khan nickt und die beiden Männer lachen und legen beide gleichzeitig jeweils eine Hand auf die Schultern von Eskandar.

Sei ohne Sorge, sagt Palang-Khan zu Eskandar. Wer in meinem Dienst steht, steht auch unter meinem Schutz. Du wirst sehen, schon bald wird für dich alles das, wieder macht er eine abfällige Geste in die Runde, nicht mehr sein als eine blasse Erinnerung.

Blicke in die Zukunft, mein Junge, sagt der Kanadier, nimmt dem verdutzten Eskandar das Tablett ab, gibt es dem Moteardjem und schüttelt Eskandar die Hand. Dein Land braucht Menschen wie dich.

Wie Sie befehlen, antwortet Eskandar höflich und hat keine Ahnung, dass dies die letzte Begegnung und der letzte Händedruck mit seinem kanadischen Freund sein wird.

Vier Tage später klopfen zwei Reiter Palang-Khans an die Tür von Frau-Rohan und wollen nicht nur Eskandar, sondern auch die kleine Roxana mitnehmen. Der kleine Lederbeutel, den die Reiter als Auslösesumme dabeihaben, ist so prall mit Geld gefüllt, dass die beiden Frauen nicht einmal fragen, wohin Roxana und Eskandar gebracht werden. Sie machen wortlos ihre Fingerabdrücke unter das Dokument, mit dem sie besiegeln, dass sie in Zukunft keinerlei Ansprüche an Palang-Khan stellen werden.

Eskandar bedankt sich bei Frau-Rohan und Tajelmoluk, küsst beiden die Hand und verschwindet für immer aus ihrem Leben.

Eskandar und Roxana reisen nach Teheran

Allen voran und mit großem Vorsprung reiten Palang-Khan, seine Berater, treuesten Reiter und besten Kämpfer samt Dienern und Köchen. Sie haben Zelte, Lebensmittel und andere Ausrüstung dabei. Sie sichern den Weg gegen Banditen und Wegelagerer, bauen das Lager auf, kümmern sich um das Essen und bereiten alles vor, damit die Frauen, Töchter und Söhne des Stammesführers und deren Ammen, Eunuchen, Bediensteten, der Mullah und der französische Monsieur, der die Kinder auch unterwegs unterrichtet, Eskandar und Roxana und wer sonst noch dabei ist, es bequem haben, wenn sie den nächtlichen Lagerplatz erreichen. Eine Karawanserei, und wäre sie noch so sicher, kommt für Palang-Khan und seine Familie nicht in Frage. Die Zimmer sind klein, schmutzig, primitiv und das Essen schlecht. Fremde könnten seine Frauen und Töchter beäugen oder sich an seinem mitgebrachten Hab und Gut bereichern wollen; Ärger, Zank und im schlimmsten Fall Kampf und Totschlag wären das Ergebnis.

Die Stimmung der Reisenden ist ausgelassen und unbekümmert. Musikanten tragen Lieder vor, Tänzer und Darsteller führen kleine Stücke auf und unterhalten die Gesellschaft. Dann und wann erzählt Eskandar Märchen, rezitiert aus dem Koran, singt mit den Musikanten und erfreut damit besonders die Herzen der Frauen des Palang-Khan.

Sie mögen ihn so sehr, dass sie ihn in den höchsten Tönen loben und ihm kleine und große Geschenke machen. Besonders über die neue Hose und das neue Hemd freut Eskandar sich, denn inzwischen sind seine Arme und Beine so lang, dass er sich in seinen viel zu kurzen alten Kleidern lächerlich vorkam.

Ebenfalls neu ist für Eskandar, dass er sein Haar kurz scheren muss, damit sich keine Läuse darin einnisten, und er muss darauf achten, dass seine Hände sauber sind, sogar das Schwarze unter den Fingernägeln muss er herauspulen.

Seine eigentliche Aufgabe ist, den Söhnen des Palang-Khan zu dienen. Für Eskandar ist es selbstverständlich, die Befehle der Jungen auszuführen, ihnen Tag und Nacht zu dienen und sie, obwohl manche von ihnen jünger sind als er, Saheb zu nennen. Er bedient sie unaufgefordert, räumt ihre Sachen weg, trägt die Kleineren auf dem Arm, folgt ihnen, wenn sie in die Wüste laufen oder sich zu nah an die Pferde heranwagen. Er füttert und wäscht sie und manchmal sitzt er an ihrer Seite, bis sie einschlafen.

Sobald er seine Arbeit erledigt hat, nimmt Eskandar auf Anweisung des Khan am Unterricht der Jungen teil, wo er mit dem Mullah sein Koranstudium fortsetzt oder vom französischen Monsieur Französisch, Englisch, Rechnen, Geografie und nutzvolles Wissen lernt. Der Unterricht findet statt, wo immer die Karawane sich gerade befindet, sei es im Zelt, im Schatten einer verfallenen Mauer oder eines Baums oder auch, während sie gehen, reiten oder in der Droschke fahren.

Eine Aufgabe, die Eskandar besonders gerne übernimmt, ist, Öl in die vielen Laternen zu füllen, sie anzuzünden und auf die Zelte und Schlafplätze zu verteilen. Jeden Tag, wenn er den viereckigen Metallkanister öffnet und der Geruch des Naft ihm in die Nase steigt, schließt Eskandar für einen Moment die Augen und stellt sich vor, wie unter dem Druck von Felsen und Steinen kleinste Tierchen in Naft verwandelt werden. Oder er erinnert sich an das Röhren und Zischen der Fontäne schwarzen Erdöls, als es aus der Erde geschossen kam, und ist stolz, dabei gewesen zu sein und in gewisser Weise sogar die Stelle vorausgesagt zu haben, an der es aus dem Boden kommen würde.

Von seiner Roxana bekommt Eskandar nicht viel mit, denn sie ist beinah gänzlich von der jüngsten Frau des Tigers, der schönen Frau-Mahrokh in Beschlag genommen. Eskandar weiß nicht viel über sie, nur dass sie etwa vierzehn Jahre alt und damit nur wenig älter ist als er selber, dass sie keine eigenen Kinder hat, sich die meiste Zeit des Tages langweilt und deshalb glücklich ist, etwas Niedliches zum Spielen zu haben.

Jedes Mal, wenn er sie sieht, hat Mahrokh-Khanum Roxana ein neues, noch schöneres Kleid angezogen; sie füttert die Kleine eigenhändig, nimmt sie nachts mit in ihr Bett und nennt sie meine kleine Prinzessin, mein Püppchen, mein Zuckerstück, mein Engelchen.

Einerseits ist Eskandar froh darüber, dass es seiner Roxana an nichts fehlt, andererseits aber fehlt sie ihm umso mehr. Und als die Karawane Esfahan erreicht und Palang-Khan und seine Reiter sich den Nationalisten anschließen, kommt alles noch schlimmer. Die Frauen, Söhne, Töchter, Eunuchen, Bediensteten und eben auch Roxana reisen weiter nach Teheran. Eskandar aber muss bei Palang-Khan und den Nationalisten bleiben.

Inzwischen ist das Lager so groß, dass Eskandar Anfang und Ende nicht mehr sehen kann. Noch mehr Männer, Angehörige anderer Stämme und Kämpfer aus dem ganzen Land, haben sich ihnen angeschlossen. Jeder Stamm hat seine eigenen Quartiere, seine eigenen Wachen, Mullah, Hakim, Diener, Köche. Aber keiner der anderen Stämme kann von sich behaupten, einen Qessegu, einen Geschichtenerzähler, wie Eskandar einer ist, zu haben.

Von den Männern, die ihn kennen, wird er begrüßt wie ein alter Freund, ein Held, ein wichtiger Mensch. Eskandar schüttelt Hände, lässt sich umarmen und auf Schultern tragen, und als er seinen alten Freund Hodjat entdeckt, macht er es wie nur einmal zuvor bei Mesterr-Richard und wirft sich dem Reiter in die Arme. Hodjat küsst ihn, als wäre ein verlorener Sohn zurückgekehrt. Und als ein paar Tage später der schwere Tross sich in Richtung Hauptstadt aufmacht, kann Hodjat erreichen, dass Eskandar in seinen direkten Dienst gestellt wird.

Wegen der großen Hitze des Sommers kommen die Kämpfer und ihr Gefolge nur langsam voran. Anfang und Ende der riesigen Karawane liegen viele Tage auseinander. In der heiligen Stadt Qom, hundertdreißig Kilometer südlich von Teheran, drängen die Nationalisten mit einem Vorauskommando in einem für alle überraschend kurzen Kampf die russischen Truppen zurück und übernehmen die Kontrolle über die Stadt.

Am Abend, während die Männer ihre Pferde und das Vieh versorgen und die Wasserträger die Behälter und Krüge mit frischem Wasser aus den unterirdischen Quellen auffüllen, geht Eskandar von Feuerstelle zu Feuerstelle.

Unser Sieg in Qom ist ein Zeichen Gottes, ruft er. Unsere Männer haben im Handumdrehen und ohne Verluste die heilige Stadt zurückerobert.

Warum ist Qom heilig?, fragen die Männer.

Weil hier die heilige Massume begraben liegt.

Wer ist die heilige Massume?, fragen die Männer zurück.

Sie ist die Schwester des heiligen achten Emam der Schiiten, Emam-Resa, ruft Eskandar. Und genau hier habt ihr die Regierungstruppen, die gottlosen Russi und Engelissi bezwungen.

Eskandar macht eine Pause und ruft: Das ist ein Zeichen Gottes. Wie er es vom Mullah gelernt hat, deutet er mit ausgestrecktem Arm in die Ebene. Seht euch um, sagt er, die Wüste ist ein Meer von tapferen Kriegern, die um ihre Feuer versammelt sind, ihren Erfolg feiern und wissen, dass sie auch aus dem Kampf um die Hauptstadt als Sieger hervorgehen werden.

Trotzdem wird es in den nächsten Tagen schwieriger für Eskandar, die Männer bei Laune zu halten und zu weiteren Kämpfen zu ermutigen, denn die Kundschafter aus der Hauptstadt bringen nichts als schlechte Nachrichten: Die Russen haben die Zeitungshäuser geschlossen, das neu gegründete Postamt besetzt und eine Ausgangssperre verhängt. In den Straßen, im Basar, in der gesamten Hauptstadt gibt es blutige Gefechte und Schießereien. Menschen werden verletzt und sogar getötet.

Wie gehabt werden allen voran wieder die Mitglieder des Parlaments und ihre Anhänger verfolgt. Viele sind untergetaucht oder bereits auf dem Weg ins Ausland, in den Libanon, nach Kerbala oder sonst wohin. Die Kundschafter berichten, die Russen hätten aus allen Richtungen Truppen zusammengezogen und würden die Freiheitskämpfer bereits erwarten.

Jetzt kannst du lernen, wie Politik gemacht wird, sagt der Mullah lachend. In Wahrheit erweisen die Russen uns nämlich mit ihrem Vorgehen sogar einen Gefallen. Sie lassen den Leuten keine andere Wahl, als sich patriotisch auf unsere Seite zu schlagen.

Palang-Khan ist nicht oft der gleichen Meinung wie der Mullah, doch jetzt stimmt er ihm zu. Das Volk wird sich uns anschließen, sagt er lächelnd, und das, obwohl sie keine Ahnung haben, was eine Verfassung oder ein Parlament, Nationalisten oder Freiheitskämpfer sind.

In Teheran kann Eskandar mit eigenen Augen sehen, wie recht Palang-Khan und der Mullah haben. Als nämlich die Truppen der Freiheitskämpfer durch die Tore der Hauptstadt reiten, ist es wie in Esfahan und wie auf ihrem Feldzug durch andere Städte, die sie auf dem Weg nach Teheran erobert haben. Die Nationalisten werden bereits erwartet und als Befreier bejubelt.

Eskandar wünscht sich, er würde nicht auf einem Esel, sondern wie damals in Esfahan auf einem prächtig geschmückten Pferd in die Stadt einreiten; und er stellt sich vor, er wäre kein Junge, sondern ein Soldat, ein Nationalist, der, statt dem Mullah den Koran hinterherzutragen, eine Waffe hat und damit in den Kampf zieht.

Gleich hinter den Toren der Stadt machen der Mullah, der Morsched, ein paar Musikanten, zwei Schreiber und Eskandar halt, trommeln die Männer zusammen und beginnen sofort die Namen der Freiwilligen, Helfer, Köche, Hakim und wer sonst noch für den Kampf von Nutzen sein könnte, aufzuschreiben. Manche Freiwillige sind im Besitz von Waffen und ziehen gleich in die Schlacht. Andere müssen zunächst mit Kleidung und Essen versorgt werden, weil der Hunger sie zu ausgezehrten Gestalten gemacht hat, die nichts tragen als Lumpen.

Währenddessen kämpfen am anderen Ende der Stadt Reiter

und Freiwillige, Bauern und Männer aus dem einfachen Volk, Hodjat und seine Freunde und sogar der eine oder andere Mullah gegen die russischen Besatzer und die Truppen des Königs und seine Leibgarde, die Kosakenbrigade. Die Nationalisten und Freiheitskämpfer nehmen einen Straßenzug nach dem anderen ein, erringen einen Sieg nach dem anderen, und das, obwohl die Besatzer mit ausgebildeten Soldaten kämpfen. Sie haben die besseren Waffen, die fortschrittlichere Technik, die richtige Kriegsstrategie, die besseren Uniformen und Pferde sowie die bessere Verpflegung. Sie werden geführt von einem der fähigsten Offiziere der russischen Armee, dem berüchtigten Oberst Ljachow. Demselben, der Befehl gegeben hatte, die Kanonen auf das Parlament zu richten.

Trotzdem kann Eskandar bereits nach wenigen Tagen im Basar und auf den Plätzen der Stadt im Wechsel mit Versen aus dem Koran die freudige Nachricht verkünden: Der schreckliche Colonel Ljachow hat den Schwanz eingezogen. Wie eine Maus, die sich in ihr Loch verkriecht, hat er sich in die Kaserne im Zentrum der Stadt geflüchtet und dort verschanzt.

Die Leute klatschen Beifall, rufen und jubeln, heben Eskandar auf ihre Schultern, tragen ihn um den Platz herum, damit er die Nachricht wieder und wieder verkündet und jeder sie hören kann. Eskandar kommt sich vor wie ein Held, ein König, als wäre er nicht nur der Überbringer der guten Nachricht, sondern der Vollbringer der Tat selbst.

In den nächsten Tagen überschlagen sich die Ereignisse. Eskandar gibt bekannt, der Schah ist zusammen mit den engsten Mitgliedern seiner Familie und Verbündeten in die russische Legation in Zargondeh, außerhalb der Mauern der Stadt, geflohen.

So hört, stolze Krieger und Bewohner der Hauptstadt, ruft Eskandar, der König hat abgedankt. Eskandar grinst auf die Art, wie er es seinem kanadischen Freund abgeguckt hat, und ruft, der König legt die Krone nieder, und ihr habt es vollbracht. Sieg dem Volk, Sieg der Demokratie, Sieg der Freiheit. Und während Eskandar die Arme hochreißt, in der Luft hält und lächelt, skandieren die Männer Sieg, Sieg, Sieg. Freiheit und Selbstbestimmung. Sieg für die Verfassung und das Madjless.

Was bedeutet das alles?, fragt Eskandar den Mullah.

Wie meinst du das?

Madjless, Verfassung, König, Besatzer, was bedeutet das?, fragt Eskandar mit dem gleichen glücklichen Lächeln.

Sei still, Junge, zischt der Mullah. Das werde ich dir später erklären.

Sobald eine neue Nachricht den Platz erreicht, kleidet der Mullah sie in passende Worte, und Eskandar verkündet sie. Der König befindet sich noch immer in der Residenz des Russi-Ministers, ruft er.

Der Lakai flieht zu seinen Meistern und Beschützern, rufen die Männer.

Die Russi haben ihre Fahne gehisst. Doch hört, tapfere Männer des Iran, die Russi haben sich mit ihrem Erzfeind, den Engelissi, verbündet. Über der russischen Residenz weht neben der russischen Flagge jetzt auch die der Engelissi-Farangi.

Die ausländischen Verräter zeigen ihr wahres Gesicht, rufen die Männer.

Und dann darf Eskandar tatsächlich die größte Nachricht ausrufen: Der König hat die Krone niedergelegt.

Wer wird sein Nachfolger werden?, fragen die Männer.

Unsere mutigen Reiter berichten, der Nachfolger des Schah wird sein Sohn werden, ruft Eskandar und hat keine Ahnung, aus welchem Grund das eine gute Nachricht ist und die Männer ihm zujubeln. Der alte Tyrann hat das Feld geräumt, und wir können der Zukunft zuversichtlich entgegensehen.

Manche Männer lachen. Mit seinen mickrigen zwölf Jahren ist der Prinz etwa so alt wie du, rufen sie, und Eskandar lächelt ihnen glücklich zu und stellt sich unter dem Jubel der Männer vor, er selber ist dieser Sohn, der Prinz, der den Thron besteigen wird.

Um zu zeigen, dass sie ihrem neuen König annehmen, zünden die Menschen in der gesamten Stadt an Häusern, Straßen, Kreuzungen und öffentlichen Plätzen Laternen, Fackeln und Feuer an. Eine hell erleuchtete Hauptstadt feiert ihren neuen König. Im Lager machen die Männer die Nacht zum Tag, und Eskandar fällt erschöpft in einen tiefen Schlaf und träumt, wie die Männer ihn als den neuen König feiern und bejubeln.

Alles könnte gut sein, doch ihre Freude und Hoffnung sind nur von kurzer Dauer, und Angst und Schrecken kehren zurück. Denn der Machtwechsel vom Vater zum Sohn bringt keine Verbesserung für das Leben der Menschen.

Die Russen lassen den Norden nicht zur Ruhe kommen, und die Briten halten weiterhin den Süden besetzt. Sie fordern die iranische Regierung sogar auf, die schwer passierbaren Sandpisten zu reparieren und neue Straßen zu bauen. Die Regierung soll Posten aufstellen und die Straße bewachen, damit die Besatzer sich ungehindert und sicher vor Banditen, Wegelagerern und Freiheitskämpfern bewegen können. Weil sie den iranischen Soldaten aber nicht trauen, verlangen sie dreist, von ihren eigenen und den unter ihrem Kommando stehenden indischen Soldaten beschützt zu werden. Der Sold der Soldaten soll jedoch aus der iranischen Staatskasse bezahlt werden.

Als Eskandar diese Nachricht ausruft, geraten die Männer in Rage. Möge Allah jeden einzelnen Besatzer mit dem Tod strafen, brüllen sie. Möge der zwölfte Emam kommen und uns von ihnen befreien.

Angespornt durch den Zuspruch der Leute, bringt Eskandar den Mut auf, etwas zu sagen, was nicht der Mullah ihm aufgetragen, sondern was er im Gespräch zwischen Hodjat und Palang-Khan aufgeschnappt hat. Als wären wir Hunde, ruft Eskandar. Wie Flöhe und Läuse haben die Engelissi und Russi sich in unserem Pelz eingenistet. Und jetzt wollen sie auch noch, dass wir sie dafür bezahlen, dass sie unser Blut aussaugen. Als Nächstes werden sie von uns verlangen, dass wir sie in unser Abendgebet einschließen, ruft Eskandar und grinst breit: Zähne zusammen, Lippen weit auseinander.

Junge, woher hast du das?, fährt der Mullah ihn an und zieht sein Ohr lang.

Von mir, antwortet der Tiger zufrieden mit sich und dem Jungen. Und weil er heute seine Aufgabe besonders gut erledigt hat, wird er zur Belohnung an meinem Feuer sitzen und seine Lieblingsspeise bekommen. Sprich, Junge, wonach ist dir zumute?, fragt der Khan.

Frisches Fladenbrot mit in Butter gebratenen Eiern, sagt Eskandar glücklich, und das Wasser läuft ihm im Mund zusammen.

Eskandar und seine neuen Aufgaben

Als die Kämpfe abflauen, kehrt die Mehrheit der Leibeigenen, Bauern, Reiter, Köche und Bediensteten wieder in ihre Dörfer und zu ihren Familien zurück. Und Eskandars Stimme und Talent als Märchenerzähler werden nicht mehr gebraucht. Also schickt Palang-Khan ihn zu seinem Anwesen nach Teheran, wo er sich dem Mobasher, dem Verwalter, als Diener unterstellen soll.

Agha-Mobasher ist ein alter, ernster, von allen respektierter Mann, der stets darauf bedacht ist, mit geradem Rücken, sauberer Kleidung und makellos geputzten Farangi-Schuhen durch die Welt zu gehen. Eine Welt, die für ihn nicht mehr und nicht weniger ist als das Anwesen seines Herrn. Agha-Mobasher spricht gerne und wählt seine Worte mit Bedacht.

Eskandar durchschaut ihn gleich bei ihrer ersten Begegnung. Der Alte tut streng, ist im Grunde aber sanft und weich und will niemandem Böses. Selbst wenn er Eskandar tadelt oder zurechtweist, tätschelt Agha-Mobasher ihm liebevoll den Kopf und sieht ihn mit gütigen Augen an. Eskandar kommt schnell dahinter, die Strenge des Mobasher ist lediglich eine Tarnung, damit die Leute ihn nicht für schwach halten und ihm auf der Nase herumtanzen.

Wie Agha-Mobasher und alle anderen, Frauen und Männer, Jungen und Mädchen, die im Dienst des Palang-Khan oder seiner Ehefrauen stehen, lebt auch Eskandar fortan auf dem von hohen und endlos langen Mauern umgebenen Anwesen des Tigers. Das Grundstück ist so groß, dass man vom einen Ende des Parks das andere nicht sieht, womit es drei- oder viermal größer ist als das Dorf ohne Namen, aus dem Eskandar kommt. Es gibt so viele Plätze, Gärten, Wege und Pavillons, dass Eskandar sich noch eine ganze Weile darin verläuft. Es dauert lange, bevor er alles kennt, die vielen Gebäude, große und kleine Stallungen, Häuser für Gäste, überdachte Plätze mit und ohne halbhohe Mauern, Unterkünfte für die Bediensteten, Lagerräume, eine kleine Moschee, eine Kaserne, Wasserdepots unter und über der Erde, Bäume, Blumen, Büsche, Hunde, Katzen, Vögel, Schlangen, Hasen, Affen, Rehe und schließlich und tatsächlich die beiden ausgewachsenen Tiger, von denen der Khan bereits erzählt hat. So viele Kinder, Frauen, Männer, Bedienstete, Reiter, Wächter, Gärtner und Köche leben auf dem Besitz des Palang-Khan, dass keiner weiß, wie viele es sind, und Eskandar jeden Tag unbekannte Menschen trifft.

Palang-Khan selbst lebt im größten Palast. Vier Stufen führen auf eine große, mit Sofas, Stühlen, Tischen, Teppichen, Sitzpolstern und Kissen ausgestattete Terrasse. Von hier aus tritt man durch verglaste Flügeltüren in einen riesigen Salon. Die Wände sind verziert mit Spiegeln, Malereien, Steinen und sogar Gold. Zahlreiche Türen führen in den Rest des Hauses, in das Arbeitszimmer, die Bibliothek und das Raucherzimmer. Im großen Farangi-Esszimmer steht ein endlos langer Tisch aus dunklem, schwerem Holz mit ungezählten Stühlen darum. Hier lässt Palang-Khan seine ausländischen Gäste bewirten. Direkt daneben befindet sich das eigentliche Esszimmer, in dem der Hausherr seine iranischen Gäste empfängt. Unter den niedrigen Fenstern liegen Kissen und Sitzpolster; gegessen wird nach persischer Art auf dem Boden und von ausgebreiteten Tischdecken. Manchmal werden die Türen zwischen den beiden Esszimmern zur Seite geschoben, sodass Hunderte Gäste in einem riesigen Raum Platz finden.

Das Haupthaus ist Männern und Jungen vorbehalten. Wenn der Tiger das Bedürfnis hat, eine seiner acht oder mehr Frauen und seine Töchter zu besuchen, mit ihnen zu essen, die Nacht zu verbringen, oder die Frauen Gäste haben, die Palang-Khan sehen möchte, besucht er die jeweilige Frau in ihrem jeweiligen eigenen Haus im Bereich, der nur den Frauen vorbehalten ist, dem Harram, dem Verborgenen, dem Verbotenen, ein Bereich, der einen großen Teil des Parks einnimmt.

Palang-Khan macht niemals Überraschungsbesuche, sondern lässt sich stets bei den Frauen ankündigen, damit sie Gelegenheit haben, sich selbst, ihre Kinder und ihr Haus in ordentlichem Zustand zu präsentieren.

In der Reihenfolge ihres Rangs und Alters leben mindestens fünf seiner Hauptfrauen ständig, manchmal aber auch die eine oder andere Nebenfrau auf dem Besitz des Palang-Khan, und je nachdem, wohin und für wie lange er verreist, verfügt er, welcher Teil seiner Familie ihn begleiten soll.

Aus den täglichen Angelegenheiten des Lebens seiner Frauen und Kinder hält der Khan sich heraus. Jede Frau bestimmt über ihren Haushalt, die Gesellschafterinnen, Ammen, Zofen und Eunuchen.

Sogar für die Erziehung der Kinder sind die Frauen zuständig, lediglich die älteren Söhne unterstehen der direkten Aufsicht und täglichen Kontrolle des Khan. Die Größeren bestellt er mittags in den großen Speiseraum, damit seine Gäste sie kennenlernen und die Söhne frühzeitig den richtigen Umgang mit Männern von Rang und Namen, mit Geschäftsfreunden, Bittstellern und der Gesellschaft lernen.

Außerdem haben sich sämtliche seiner zahlreichen Söhne täglich und pünktlich um fünf Uhr nachmittags gewaschen und gekämmt, ordentlich gekleidet und mit ihren Schreibheften bei ihm zu melden.

Die Jungen rechtzeitig an ihren Besuch bei ihrem Vater zu erinnern, die Kragen der Kleineren zu richten, eine Haarsträhne aus ihrem Gesicht zu streichen, die Schulzettel und Stifte ordentlich zu präsentieren, sie in Reih und Glied und mit sauberen Schuhen vor der Tür des Arbeitszimmers aufzustellen und schließlich zu ihrem Vater vorzulassen war bislang Aufgabe von Agha-Mobasher. Seit Eskandar in seinem Dienst steht, überträgt er diese Aufgabe immer häufiger ihm.

Du hast ein Gespür für Menschen, sagt Agha-Mobasher zu seinem neuen Gehilfen. Je früher du dir dieser Stärke bewusst wirst, desto besser für dich und auch für mich. Wer seine Talente kennt, kann sie ausbauen, willentlich einsetzen und größten Nutzen daraus ziehen. Agha-Mobasher tätschelt Eskandars Kopf und lacht, weil er dem Jungen ansieht, dass er nicht weiß, wovon der Alte spricht. Merke dir einfach, was ich dir sage, der Tag wird kommen, an dem meine Worte einen Sinn für dich ergeben. Und merke dir auch dieses, nutze dein Talent stets im Guten, denn jede Tat, die du willentlich und mit Absicht zum Nachteil eines anderen begehst, wird sich umso stärker gegen dich selbst richten.

Was immer Sie sagen, ich werde daran denken und es mir vorsichtshalber auch aufschreiben, antwortet Eskandar pflichtbewusst und auch ein wenig stolz. Schließlich gibt es nur wenige, die lesen und schreiben können.

Den Grund, weshalb der alte Verwalter ihm diese verantwortungsvolle Aufgabe übertragen hat, versteht Eskandar sofort. Es dauert nämlich über eine Stunde, bis er in den vielen Frauenhäusern die Söhne des Tigers gefunden hat und sie ins Haupthaus zu ihrem Vater bringen kann.

Außer ihrem strengen Vater scheinen weder die Großen noch die Kleinen irgendjemandem zu gehorchen. Und deshalb ist es nur eine Frage der Zeit, bis eines Nachmittags geschieht, wovor der Verwalter Eskandar stets gewarnt hat. Er schafft es nicht rechtzeitig, die Söhne ordentlich aufzustellen. Jeder macht, was er will. Sie hüpfen herum, setzen sich auf den Boden, ziehen ihre Schuhe aus, weil sie angeblich drücken. Einer der Kleinen muss pinkeln, zwei der Größeren raufen miteinander, als sich plötzlich die Tür öffnet und Palang-Khan erscheint und so lange schweigend stehen bleibt, bis seine Söhne ihn einer nach dem anderen entdecken, verstummen und sich auf der Stelle stocksteif in eine Reihe stellen.

Wo ist Agha-Mobasher?, fragt Palang-Khan in die Stille hinein.

Agha, mit Verlaub, Agha-Mobasher ist bei seiner Arbeit.

Bei seiner Arbeit, wiederholt der Tiger. Und was tust du hier?

Agha, mit Verlaub, ich tue meine Arbeit.

Deine Arbeit, wiederholt der Tiger und klingt beinah wie die echten Tiger im Käfig. Und was genau, denkst du, ist deine Arbeit?

Agha, mit Verlaub, antwortet Eskandar mit zitternder Stimme. Meine Aufgabe, Saheb, ist es, sicherzustellen, dass die verehrten jungen Saheb auf den Besuch bei ihrem verehrten Herrn Vater vorbereitet sind und sich darauf freuen.

Der Tiger verlagert sein Gewicht von einem Bein aufs andere, nimmt die gefalteten Hände vom Rücken, legt sie auf den Bauch und nickt vor sich hin. Sich auf den Besuch bei ihrem Vater freuen. Gut, gut, sagt er, sie sollen eintreten. Dann brummt er, dass meine Söhne sich auf den Besuch bei ihrem Vater freuen, ist in der Tat eine interessante Perspektive. Etwas, das ich so noch nicht betrachtet habe. Noch immer die Hände auf dem Bauch, geht Palang-Khan zu einem seiner jüngeren Söhne und beugt sich zu ihm hinab. Alle halten die Luft an, als er den Jungen vom Boden hebt, ihn freundlich schüttelt und fragt, nun wie ist es, freut mein Sohn sich auf den Besuch bei seinem Vater?

Den Finger im Mund, starrt der Kleine seinen Vater an, weint beinah, streckt die Arme aus und will zu seinem großen Bruder.

Nach der Prozedur bei ihrem Vater bringt Eskandar die Jüngeren zu ihren Müttern zurück, eilt in das kleine Gebetshaus hinter den Räumen, in denen der tägliche Unterricht stattfindet, breitet die Gebetsteppiche aus, legt auf jeden Teppich einen Gebetsstein, der aus Ton aus dem heiligen Mekka gefertigt wurde; Eskandar füllt draußen am kleinen Springbrunnen die Aftabeh, die Wasserkannen, auf und legt frische Tücher bereit, damit Palang-Khan, seine Söhne und wer immer ihn zum Gebet begleiten wird die rituelle Waschung vornehmen können.

Nachdem er alle Gebetsteppiche und Steine wieder eingesammelt und verstaut hat, muss Eskandar zum Postamt und nachsehen, ob jemand wichtige Briefe oder Depeschen für seinen Herrn hinterlegt hat. Denn seit es dieses neue Amt gibt, machen viele es sich leicht und lassen ihre Botschaften und Mitteilungen nicht mehr durch ihre persönlichen Boten in der ganzen Stadt verteilen, sondern hinterlegen sie allesamt beim Amt, was nicht selten zu Verzögerungen und Irrtümern führt.

Eskandar genießt seine Ausflüge in die Welt außerhalb des Anwesens, besonders die in den Basar, wohin der Verwalter ihn immer häufiger schickt, um für die Frauen des Tigers einzukaufen. Weil er nämlich jung und unschuldig ist, eignet er sich vorzüglich dafür, die Toilettenartikel für die Frauen auszusuchen, sie zu begutachten, in aller Öffentlichkeit hin und her zu drehen, mit seinen Fingern zu berühren und ihre Qualität zu prüfen; eine Aufgabe, mit der man unmöglich einen erwachsenen Mann beauftragen könnte. Von einem einfachen Jungen wie Eskandar dagegen denkt niemand schlecht, und so stellt er keine Gefahr dar für den Ruf der Frauen und damit das Ansehen des großen Stammesführers.

Eskandar begreift schnell den Unterschied zwischen den Düften, Ölen, Essenzen, Kräutern, Seifen und Salben, die die Frauen brauchen. Er lernt den Unterschied zwischen schlechtem und reißfestem Zwirn, weiß, welches Henna sich am besten zum Färben der Haare, Hände und Füße eignet und welche Duftmischung die bevorzugte der jeweiligen Damen im Haus des Khan ist. Er kennt den Unterschied zwischen sauberer, weicher, weißer, saugfähiger und schlechter Baumwolle. Und schon bald beauftragen die Frauen ihn sogar, die Stoffe zu besorgen, aus denen sie für sich und ihre Töchter Unterröcke, Hemden und andere Unterkleidung anfertigen lassen.

Eines Tages schickt die älteste aller Frauen des Tigers Eskandar zum Schneider, um ihr einen Rock nähen zu lassen. Damit er nichts falsch macht, fertigt Eskandar nach ihrer Beschreibung eine Zeichnung an. Seine Herrin, aber vor allem der Schneider ist begeistert.

Auf diese Weise muss ich meine Arbeit nicht zehnmal verändern, sagt er und gibt Eskandar ein ordentliches Trinkgeld.

Nun wollen alle Frauen Zeichnungen von ihren Kleidern,

Jacken und sogar ihrer Unterwäsche sehen, bevor sie sie in Auftrag geben.

Ermutigt von seinem Erfolg, bringt Eskandar ungefragt Haarspangen, Schleifen, Rosenpulver und andere Dinge aus dem Basar für die Töchter und Frauen seines Herrn mit. Die älteren lieben ihn dafür, herzen ihn, geben ihm Extratrinkgelder und schenken ihm die abgetragenen Kleider ihrer Söhne. Die jüngeren dürfen ihn freilich nicht berühren, loben ihn aber und reden beim Verwalter in den höchsten Tönen von ihm.

Alles, was die Frauen glücklich macht, macht auch mich glücklich, sagt Agha-Mobasher und behandelt Eskandar bevorzugt.

So wird Eskandar sein einziger Gehilfe, der ohne vorherige Absprache mit Agha-Mobasher den Harram betreten darf. Er kann jederzeit seine geliebte Roxana besuchen und mit ihr spielen. Und das Beste ist, Eskandar ist beinah der einzige Dienstjunge, der statt zu Fuß mit dem Esel in die Stadt und in den Basar reiten darf, und weil seine Ware besonders kostbar ist und unbeschädigt zu den Frauen gelangen, aber vor allem unterwegs nicht dem Blick fremder Männer ausgesetzt sein soll, hat Agha-Mobasher ihm sogar Geld für eine Eseldecke mit großen Taschen auf beiden Seiten gegeben.

Am Eingang des Basars gibt Eskandar einem Jungen eine Münze, damit er auf seinen Esel aufpasst und das Tier samt Decke und Geschirr noch da ist, wenn er zurückkommt. Der Junge führt den Esel in den Schatten, und wenn Eskandar länger im Basar zu tun hat, setzt er ihm einen Sack Futter vor, damit er nicht vor Hunger anfängt lauthals zu schreien und Anstalten macht, nach Hause zu rennen.

Im Basar kommt Eskandar sich vor wie in einer unwirklichen Welt, wo jeder Wunsch erfüllt werden kann. Hier ist er sein eigener Herr, der von den Händlern und Handwerkern, die ihre Waren in Buden und Läden feilbieten, respektiert und geachtet wird; schließlich ist er einer ihrer besten Kunden, der für einen der mächtigsten und reichsten Männer der Stadt arbeitet.

Eskandar liebt die verwinkelten Gassen, die durch Lichtkegel erhellt werden, die durch runde Öffnungen im Dach fallen. Mit der Sonne wandern die hellen Kegel und beleuchten mal die eine Seite, mal die Mitte und dann die andere Seite der Gassen. Staub, der von den Füßen aufgewirbelt wird, tanzt in den Lichtkegeln nach dem Rhythmus und der Melodie der laut rufenden Händler, dem Klopfen der Blecharbeiter und Holzhandwerker. In jeder Gasse duftet es nach etwas anderem, nach Gewürzen; rohem und gebratenem Fleisch; nach Fisch; Zwiebeln; gegrilltem Kebab und Tomaten; nach kostbaren Ölen, die aus Bagdad und Istanbul kommen; nach Menschen; Tieren; frischem Wasser auf staubigem Boden; nach Rauch und Weihrauch.

Zwar bereiten die Köche in der Küche des Tigers täglich die köstlichsten Speisen zu, doch im Gasthaus im Basar den frischen Reis mit Fleischspieß, die Suppe vom Schafskopf oder Kebab zu essen, das in seinem eigenen Saft schwimmt und das Brot darunter tränkt, ist ein Genuss, den Eskandar sich nicht entgehen lässt. Und während er sich das saftige Fleisch mit dem Brot genüsslich in den Mund schiebt, lauscht er den Männern, die aus dem ganzen Land in seinen Basar kommen, essen, Tee trinken, Wasserpfeife rauchen und Geschichten erzählen von ihren Reisen in ferne Orte und Länder, mit fremden Menschen und Gebräuchen.

Es sind Händler, Studenten, Hakim, Heiler, Karawanenführer, Mullah, Männer, die mal länger, mal kürzer unterwegs sind. Männer, die ihr altes Leben aufgeben wollten oder mussten und ein neues suchen.

Eskandar schlendert durch die Gassen, immer auf der Suche nach neuesten Waren aus dem Rest des Landes und auch dem Ausland, und sagt ihm etwas zu, kauft er gleich ein oder zwei Dutzend davon.

Ich brauche Kämme aus gutem Holz, sagt Eskandar zum Schreiner, das Holz deiner Kämme ist faserig, es reißt und zerstört das Haar meiner Herrschaft.

Ich werde dir neue anfertigen, sagt der Schreiner. Aber dann musst du vier nehmen, sonst lohnt sich die Arbeit nicht.

Ich nehme vierzig, sagt Eskandar.

Wozu brauchst du vierzig Kämme?, fragt der Schreiner ungläubig.

Ich lebe mit den vierzig schönsten Mädchen und Frauen der Stadt zusammen, antwortet Eskandar und grinst. Und weil ich gerade dabei bin, mach mir auch gleich vierzig Stöckchen zum Auftragen des Kajalpulvers für die schönsten vierzig Paar Augen.

Stets zu Ihren Diensten, antwortet der Schreiner übertreiben unterwürfig.

Gut, gut, sagt Eskandar, legt seine Hand an seinen unsichtbaren Dolch und kommt sich ein wenig vor wie der Tiger höchstpersönlich.

Die Frauen und Töchter des Palang-Khan sind entzückt von den Kämmen, den Lidstöckchen, dem extra fein gemahlenen schwarzen Kajalpulver, den unterschiedlichen Wangenpulvern in den verschiedensten Rot- und Rosatönen und den neuen Düften, die Eskandar nach seinem eigenen Geschmack für sie hat zusammenstellen lassen.

Um ihnen eine besondere Freude zu bereiten, lässt Eskandar aus besonders starker Wolle der Frühlingsschafe Garn und Strickwolle drehen, die er nach eigenem Geschmack färben lässt, und bringt sie den Frauen, damit sie daraus Schals und Tücher stricken und häkeln.

Eines Tages, als Eskandar auf Knien und mit einem ausgestreckten Arm einen Elefanten nachmacht und Roxana auf seinem Rücken reiten lässt, ruft Mahrokh-Khanum entzückt, unsere Roxana liebt Elefanten. Ich wünschte, du könntest einen zeichnen, kannst du das?

Saheb, das weiß ich nicht.

Ich möchte Tischdecken und Kissenbezüge mit Elefanten darauf haben. Das würde das Herz meiner kleinen Prinzessin erfreuen, sagt Mahrokh-Khanum, und auch ich würde mich freuen, sagt sie und schlägt ihre langen schwarzen Wimpern auf und ab, als wären es Schmetterlinge.

Noch am selben Nachmittag eilt Eskandar in den Basar und gibt beim Stoffdrucker einen Stoffstempel mit einem Elefanten in Auftrag.

Der Stoffdrucker ist beleidigt. Meine Arbeit ist Kunst, meine Stempel sind Kunstwerke, Elefanten sind unter meiner Würde.

Dann werde ich es eben beim nächsten Stoffdrucker versuchen.

Aber nicht doch, ruft der Stoffdrucker und bestellt beim Jungen aus dem Teehaus nebenan zwei Tee. Revolution und Kriege haben Spuren hinterlassen, Wirtschaft und Handel liegen danieder, klagt der Stoffdrucker. Kein Händler kann es sich leisten, einen Auftrag auszuschlagen. Er schlürft den Tee mit leidvoller Miene, und sei es, dass ich Elefanten auf Stoff drucken muss.

Roxana klatscht in die Hände, springt glücklich auf und ab, als sie die Elefanten auf den Tischdecken und Kissenbezügen sieht. Und Mahrokh-Khanum ist dermaßen entzückt, dass sie, statt nach dem Preis des Stoffes zu fragen, Eskandar gleich eine ganze Handvoll Münzen gibt.

Es dauert keinen halben Tag, da wollen auch die anderen Frauen und Töchter des Palang-Khan Tischdecken, Bezüge für ihre Kissen und Bettüberwürfe mit Elefanten und allen möglichen anderen Lieblingstieren auf Stoff gedruckt haben.

Der Stoffdrucker findet es noch immer unter seiner Würde, statt Motiven aus dem Diwan des Dichters Hafez oder zumindest Versen aus dem Koran Kamele, Vögel und wilde Tiere auf Stoff zu drucken. Aber die Lage ist schlecht, und so beeilt er sich, die entsprechenden Stempel zu schnitzen. Er muss sogar zwei Gehilfen einstellen, um die Aufträge fristgerecht ausführen zu können.

Für Roxana hat Eskandar noch eine Überraschung: Einen ausgestopften, etwas zu dünn geratenen Elefanten, der aber mindestens so groß ist wie sie selber.

Roxana fällt ihrem Eskandar um den Hals, bedeckt ihn mit Küssen und ruft, erzähl mir die Geschichte dazu.

Du weißt doch, sagt Eskandar. Jeder Mensch, jedes Tier, jeder Baum und jeder Stein hat eine Geschichte, also auch dieser

Elefant. Der verehrte Stoffdrucker aus dem Basar hat die ganze Nacht von allen möglichen Tieren geträumt, von Elefanten und Giraffen, von Affen und Eseln, Hunden und Katzen, Vögeln, Mäusen und allen anderen von Gott geschaffenen Tieren dieser Welt. Als er dann am Morgen aufgewacht ist, hatte er eine Idee. Er schnitzte einen zweiten Stempel, bedruckte damit den Stoff, schnitt zwei Elefanten heraus, nähte ihre Beine, ihre Körper und Rüssel zusammen und stopfte alles mit Stroh aus. Und so, meine kleine Zuckerpuppe, hast du das Vergnügen, Besitzerin dieses Elefanten zu sein.

Roxana rennt mit ihrem Elefanten zu den anderen Kindern, was natürlich zur Folge hat, dass sie nun alle ein Stofftier haben möchten. Die Töchter wünschen sich Vögel, Fische und Affen und die Söhne zur Freude ihres Vaters Tiger.

Im Basar spricht sich herum, welche seltsamen Aufträge der Stoffmacher ausführt, worauf der Holzschnitzer ihm einen Besuch abstattet, um die Tiere zu begutachten.

Das habe ich mir gedacht, sagt er. Diese Tiere aus Stoff haben keine Stabilität. Holz eignet sich viel besser, sagt er und präsentiert Eskandar einen Elefanten, ein Kamel und einen Tiger, die er aus Zedernholz hergestellt hat. Aber auch ernste Angelegenheiten, die Sache richtiger Männer sind, muss Eskandar erledigen. Denn inzwischen kennt er sich im Basar so gut aus wie kaum ein anderer.

Mobasher-Agha bittet ihn um Hilfe, als Palang-Khan ein besonderes Fest für seine Farangi-Freunde und die Männer aus der gehobenen Gesellschaft veranstalten will. Eskandar soll in Erfahrung bringen, wer die besten Tänzer und Musikanten der Stadt sind, und sie für das Fest verpflichten.

Im Basar von Teheran gibt es alles; und wenn du es dort nicht findest, dann ist es etwas, was du ohnehin nicht brauchst, zitiert Eskandar die Händler und grinst.

Welche Art Tänzer suchst du?, fragen die Männer im Basar mit einem Schmunzeln, an dem Eskandar erkennt, dass sie damit etwas meinen, was er nicht versteht. Dein Herr sucht wohl hübsche junge Männer, mit denen er und seine Gäste sich ungestört vergnügen können.

Ich hätte wissen müssen, dass du für diese Aufgabe zu jung und unerfahren bist, schimpft der alte Verwalter und ärgert sich über seine eigene Unbedachtheit.

Verehrter Agha, mit Verlaub, der Mullah sagt, mit meinen zwölf oder vierzehn Jahren bin ich ein halber Mann.

Der Mullah ist ein Dummkopf, schimpft Agha-Mobasher und beauftragt einen erwachsenen Diener mit der Aufgabe. Eskandar befiehlt er, die Angelegenheit gänzlich aus seinem Gedächtnis zu streichen und niemals ein Wort darüber zu verlieren.

Ihr Wunsch ist mir Befehl, sagt Eskandar, gehorcht und versucht die Sache mit den Tänzern zu vergessen. Doch je mehr er versucht, nicht daran zu denken, desto mehr muss er es tun. Bis er nach ein paar Tagen ganz hinten im Basar, da, wo die wenigsten jemals hinkommen, angezogen von Klopfen und Hämmern, etwas so Trauriges und Erschreckendes entdeckt, dass er endlich aufhören kann, andauernd an die hübschen männlichen Tänzer denken zu müssen.

In einer dunklen Passage hocken zwanzig, dreißig kleine Jungen in Reihen an Tischen und klopfen alte Nägel wieder gerade. Ihre Finger sind schwarz, blau, grün und blutig. Ihre Nasen laufen, sie kratzen sich Schorf vom Kopf, bis es blutet. Die Larve der Sandfliege ernährt sich von ihrer Haut, kleine Hautfetzen hängen wie Läppchen an ihren schmutzigen, verkrusteten Gesichtern. Ihre Kleidung besteht aus Lumpen, manche haben nicht mehr als den Schritt bedeckt. Ihre Haut ist dünn wie Pergament, und Eskandar kann ihre Rippen zählen.

Ab jetzt kommt Eskandar, so oft er kann, in diesen Teil des Basar, bringt Brot, Reste seines Essens, sein Trinkgeld und was er sonst noch von dem wenigen, was er selber besitzt, entbehren kann für die Jungen.

Einmal erwischt der alte Verwalter Eskandar dabei, wie er die abgetragenen Kleider, die er von seiner Herrschaft bekommt, eilig in die Eseltaschen verstaut. Weil der Verwalter ihm nicht glaubt, dass er die Sachen nicht verkaufen und sich daran bereichern will, sondern vorhat, sie armen Jungen im Basar zu schenken, begleitet er ihn und ist entsetzt, als er die Lumpenkinder sieht.

Dass es unter Gottes Himmel und in meinem Land derartige Armut gibt, hätte ich niemals für möglich gehalten. Der Verwalter legt seinen Arm um Eskandars Schulter und sagt: Wer Gutes tut, dem tut Allah Gutes. Dann gibt er Eskandar alle Münzen, die er dabeihat, damit er den Jungen Brot und frisches Trinkwasser kaufen kann.

Draußen auf der Straße, zwischen den Menschen, Pferden, Droschken, Kamelen, rufenden und singenden Händlern, wünscht Eskandar, der Verwalter hätte die traurigen Jungen im dunklen Teil des Basars nicht gesehen. Bisher sind sie nur eine von seinen nicht erzählten Geschichten gewesen, als würden die Jungen nicht wirklich, sondern nur in seinem Kopf existieren. Jetzt aber sind sie ans Licht seines täglichen Lebens geholt worden. Er weiß, dass er nicht mehr aufhören kann, an ihre dürren Körper und müden, alten Augen und den Geruch von Hunger zu denken, den er nur zu gut aus seinem eigenen Leben im Dorf ohne Namen kennt. Angewidert wendet Eskandar sich ab, muss würgen, weil der Geschmack von Rattenfleisch in seinen Mund kommt.

Als Zeichen seiner Dankbarkeit und damit er nie wieder Hunger leiden muss, macht Eskandar am Eingang des Basars ein Nasr und gibt dem Jungen, der auf seinen Esel aufgepasst hat, eine zusätzliche Münze und das süße Gebäck, das er eigentlich Roxana mitbringen wollte.

Danke, mein Agha, mögen Sie gesund bleiben, sagt der Eselshüter.

Verehrter Eselhüter, ich danke dir, sagt Eskandar. Ich werde dich für den Rest meines Lebens nicht vergessen, denn du bist der erste Mensch, der mich Agha genannt hat.

1915, Mahrokh-Khanum und die ersten Heimlichkeiten

Zwei oder drei Jahre später gibt es niemanden mehr, der ihn nur mit Eskandar anspricht. Alle hängen ein Agha entweder vor oder hinter seinen Namen. Herr-Eskandar, was hast du uns heute aus dem Basar mitgebracht?, fragen die Töchter und Frauen des Tigers. Eskandar-Agha, hier sind ein paar abgetragene Hosen und Hemden für deine Jungen aus dem dunklen Teil des Basars. Agha-Eskandar, die jüngeren Söhne des Palang-Khan bräuchten mal wieder eine saubere Kopfrasur, aber bitte mit anschließender Desinfektion mit Mercucrom, damit ihre Köpfe sich nicht entzünden.

Roxana ist die Einzige, die ihn noch immer nur Eskandar ruft. Dabei sieht sie in ihm längst wie alle anderen nur einen Diener, der ihr unterstellt ist und dafür da ist, Tag und Nacht bereit zu sein, ihre Befehle auszuführen und ihr das Leben angenehmer zu machen.

Manchmal versetzt es Eskandar einen kleinen Stich, wenn sie ihn herumkommandiert und sich von ihm bedienen lässt. Doch wenn sie krank ist, keine Lust hat, zu essen oder zu trinken, oder wenn sie nicht gehorchen will, merkt Eskandar, dass es noch immer Liebe ist, die sie für ihn empfindet; denn er ist der Einzige, dem sie folgt. Ohne Widerrede tut sie, was er von ihr verlangt. Er nimmt sie auf den Arm, küsst sie und drückt sie fest an sich. Sie schlingt ihre dünnen Arme um seinen Hals, sieht ihn mit ihren stahlblauen Augen an, schmiegt ihren schwarzen Lockenkopf an ihn und gibt jeden Widerstand auf.

Es ist kein Wunder, dass sie sich manchmal wie ein verwöhntes Kind aufführt, entschuldigt Eskandar ihr Verhalten. Schließlich lebt sie im Haus der schönen Mahrokh-Khanum wie eine Prinzessin. Sie hat eigene Räume, eine eigene Kanees, eine Dienstfrau, ein Kindermädchen, einen Gholam, einen Knecht, der stets für frisches Wasser sorgt, im Winter Holz für den Kamin bringt und sie herumträgt, wenn sie müde ist oder ihre Füße nicht auf den Boden setzen möchte. Roxana besitzt die schönsten Kleider, bestickt mit Perlen, Steinen und echtem Gold. Mahrokh-Khanum badet sie, ölt ihren Körper ein, kämmt ihr Haar, spielt mit ihr, zeigt sie jedem, der sie sehen will, und auch denen, die es nicht wollen.

Jeder hat eine Meinung über Mahrokh-Khanum und etwas zu sagen. Sie hat keinen guten Einfluss auf das Mädchen, sagen manche Diener. Diese Frau ist anders als die anderen, sie macht, was sie will. Weil sie mit ihren fünfzehn oder sechzehn Jahren nicht nur die jüngste, sondern auch die hübscheste aller Frauen des Tigers ist, genießt sie eine Sonderstellung. Immer tanzt sie ein wenig aus der Reihe und nimmt sich Dinge heraus, an die die anderen Frauen des Palang nicht einmal zu denken wagen.

Agha-Mobasher sagt, der große Palang-Khan wäre bereit, allen seinen Frauen alle Freiheit der Welt zu geben, würde sie sogar ohne Hedjab und Schleier auf die Straßen lassen, hätte er nicht eine so hohe Stellung zu verlieren. Aber einer wie er muss darauf achten, was die Leute hinter seinem Rücken reden.

Die anderen Frauen des Palang, die älter, dicker und hässlicher sind als Mahrokh-Khanum, lassen kein gutes Haar an ihr, und auch wenn Mahrokh-Khanum dabei ist, tauschen sie Blicke aus, verdrehen die Augen, verbünden sich gegen die Schöne, schelten sie, weisen sie zurecht. Hat diese Frau kein Aberou, keinen Anstand?, zischen sie, weil Mahrokh-Khanum wieder nur mit einem Kopftuch bedeckt, aber ohne Schleier und Gesichtstuch, mit Roxana an der Hand, durch den Obstgarten streift, mit ihr Fangen spielt, laut lacht, auf der Wiese herumtollt. Schließlich ist es ja nicht so, dass die Obstgärten sich im Harram befinden, schimpfen die Frauen. Schließlich sind dort Angestellte, Gärtner und sogar Reiter unterwegs. Mit ihrer Schamlosigkeit riskiert diese Frau nicht nur, dass Gott und die Welt sie sehen können, sie spielt mit dem Ruf aller Bewohner dieses Hauses. Was soll aus uns und unseren Söhnen und Töchtern werden, wenn, Allah bewahre, die Ehre unseres Palang-Khan beschädigt wird?

Mahrokh-Khanum aber beachtet die Sticheleien nicht, jedenfalls lässt sie es sich nicht anmerken, falls sie sie verletzen sollten, und tut weiterhin, was sie will.

Eskandar hält sich heraus, und selbst wenn er auf die junge Herrin angesprochen wird, zuckt er mit der Schulter und sagt, ich mache meinen Dienst und habe ansonsten nichts mit niemandem zu schaffen.

Allerdings ändert sich das, als eines Nachts, es ist längst noch nicht Zeit, mit der Arbeit zu beginnen, eine Dienerin ins Dienerhaus schleicht und Eskandar weckt. Die gnädige Frau möchte ausreiten, flüstert sie, und du sollst sie begleiten.

Ausreiten?, Eskandar versteht nicht. Eine Frau? Ausreiten?

Mach schon, drängelt die Dienerin. Sie will raus, bevor es hell ist und jemand aufmerksam wird.

Eskandar zündet die Laterne nicht an, um die beiden Pferde zu satteln. Das laute Klapp-Klapp ihrer Hufe auf den Pflastersteinen, im Stall ihr Schnauben und das Gerassel des Zaumzeugs machen ohnehin so viel Lärm, dass es ein Wunder ist, dass keiner aufwacht und die gefährliche Heimlichtuerei entdeckt. Als er mit den gesattelten Pferden aus dem Stall tritt, wartet Mahrokh-Khanum, eingehüllt in ihren schwarzen Schleier, bereits auf ihn.

Saheb, verehrte Mahrokh-Khanum, mit Verlaub, bitte verzeihen Sie, dass ich mir eine Äußerung erlaube, aber, weiter kommt Eskandar nicht, denn Mahrokh-Khanum nimmt ihren Schleier ab, und er kann seinen Augen nicht trauen.

Die junge Frau steht vor ihm und sieht aus wie er selber. Sie trägt eine Hose, eine Jacke und Reitstiefel, und dann setzt sie sich auch noch einen hohen Männerhut auf und ist beinah nicht wiederzuerkennen. Sie gibt ihren Schleier der Dienerin und befiehlt, halte dich bereit, ich werde vor Anbruch des Tages zurück sein.

Wie sehe ich aus?, fragt Mahrokh-Khanum, als sie zusammen mit Eskandar auf der Schotterstraße langsam in Richtung Meidane Toopkhaneh, dem Platz der Kanone, in Richtung der Militärkaserne reitet.

Eskandar muss sich zusammennehmen, um nicht zu lachen. Saheb, mit Verlaub, Sie sehen aus wie ein Junge.

Gut. Sehr gut. Nichts erinnert an eine Frau?

Nein, Saheb. Ein richtiger Junge.

Mit jeder Kreuzung, die sie sich weiter vom Anwesen des Palang-Khan entfernen, wird Mahrokh-Khanum entspannter. Sollten wir jemandem begegnen, werde ich schweigen, und du sprichst.

Ihr Wunsch sei mir Befehl, Saheb.

Ist dir eigentlich klar, welch freies Leben du führst?, fragt Mahrokh-Khanum.

Saheb? Wie bitte?

Tagein, tagaus, und das mein ganzes Leben lang, bin ich hinter die Mauern und Tore meines Hauses verbannt. Die Stadt und den Basar, die Gärten, die Wüste, die Berge, die vielen Menschen bekomme ich niemals zu Gesicht. Ich rede mit niemandem, begegne keinem Fremden, ich sehe mir niemals die Waren in den Auslagen an oder verhandle über Preise, und ich kaufe nichts. Ich gehe nicht von einem Ort zum anderen, schiebe mich nicht durch Menschenmassen, halte auf der Straße keine Droschke an und grüße auch keine Vorübergehenden. Nichts. Nichts von alledem erlebe ich. Nur weil ich eine Frau bin, sagt Mahrokh-Khanum wütend und wendet sich ab, um ihre Tränen zu verbergen.

Eine Weile reiten sie schweigend nebeneinander, dann sagt Mahrokh-Khanum leise, Eskandar-Agha, erzählen Sie mir, wie es hier in diesen Straßen tagsüber aussieht.

Mit der Art, wie sie ihn fragt, gibt sie Eskandar das Gefühl, ein Vertrauter seiner Herrin zu sein. Saheb, sagt er ungehemmt. Es ist voll und laut. Droschken, Pferde, Esel und Kamelkarawanen mit Waren für den Basar drängen sich in den Straßen und Gassen. Man findet alles, was man braucht. Und sogar Dinge, die man nicht braucht, sagt Eskandar-Agha und muss lachen.

Warum lachen Sie?

Saheb, als ich vor Jahren das erste Mal in ein größeres Dorf gekommen bin, hat der Übersetzer, der mich begleitet hat, das Gleiche zu mir gesagt. Du bekommst Dinge, die du nicht brauchst. Tagsüber sind so viele Menschen unterwegs, dass man sie nicht zählen kann, und die Läden der Geschäfte auf beiden Seiten der Straße sind geöffnet, und die Händler bieten ihre bunten Waren feil. Esel und Pferde ziehen Karren mit Obst, Gemüse, Holz, Stoffen, Wolle, Leder, Heu und anderen Dingen. Die Leute tragen immerzu irgendetwas von einer Seite der Stadt in die andere. Allah allein weiß, warum sie das tun.

Du erzählst schön, sagt Mahrokh-Khanum, und Eskandar merkt, dass ihre Stimme anders ist, und sie landet direkt in seinem Bauch, wo sie warm und weich liegen bleibt, als wäre sie eine Hand, die ihn liebkost.

Eskandar starrt geradeaus in die Dunkelheit der Straße, trotzdem spürt er den Blick seiner schönen Herrin, der ihn wie Finger zuerst am Kopf und im Gesicht, bis hinunter zu den Füßen abtastet. Eskandar krallt sich am Zaumzeug und der Mähne des Pferdes fest, weiß nicht, was er sagen soll, weiß nur, dass er nicht aufhören darf, nach vorn zu sehen.

Eskandar, haucht Mahrokh-Khanum, wie alt bist du?

Ich bin in dieser Welt, seit die Farangi in unser Land gekommen sind und begonnen haben, nach Naft zu suchen. Der Mullah sagt, ich dürfte fünfzehn oder sechzehn Jahre alt sein.

Dann bist du etwa im gleichen Alter wie ich, sagt die Samtstimme. Mahrokh-Khanum sieht Eskandar noch immer von der Seite an und fragt, triffst du im Basar auch Frauen?

Nicht solche wie Sie, Saheb, antwortet Eskandar und hofft, dass Mahrokh-Khanum nicht hören kann, wie sein Herz klopft.

Nicht solche wie mich?, fragt sie lachend und für Eskandar klingt es wie das Plätschern und Gurgeln des kühlen Wassers im Bach, zu beiden Seiten der Straße. Ich wünschte, ich wäre mutig genug, bei Tag in dieser Aufmachung durch die Stadt zu reiten, sagt sie und lacht nicht mehr.

Eskandar bekommt nicht mehr mit, worüber seine schöne Herrin spricht, weil ihm erst jetzt auffällt, dass sie nicht im Damensitz, sondern mit gespreizten Beinen im Sattel sitzt, ihre Schenkel an den Gaul presst, ihre Hüfte auf dem Sattel vor- und zurückschiebt und er ihren Schoß sehen kann. Eskandar wendet sich ab und spürt, wie ihm der Schweiß den Rücken hinabläuft.

Du bist ja ganz außer Atem, haucht Mahrokh-Khanum. Strengt der Ritt dich an?

Anstrengend? Was? Nein! Saheb?

Würdest du mich begleiten?, fragt seine schöne Herrin und reitet so dicht neben ihm, dass ihr Knie das von Eskandar berührt.

Saheb, mit Verlaub, nur Frauen aus dem niederen Volk gehen auf die Straße und in die Öffentlichkeit. Nur wer keine Diener, Brüder, Väter oder Söhne hat und sich selbst um seine Belange kümmern muss. Und selbst diese Frauen sind von Kopf bis Fuß verschleiert und tragen das weiße Gesichtstuch. Keine Saifeh geht allein auf die Straße oder in den Basar.

Saifeh, die Schwache, was für ein hässliches Wort. Ich finde, nicht die Frauen, sondern die Männer dieses Landes sind schwach. So schwach, dass sie sich nicht beherrschen können und beim Anblick einer Frau zum Tier werden. Sieh mich an, sagt sie und wartet, bis Eskandar sich ihr zuwendet und sie anblickt.

Siehst du? Ich sitze auf dem Pferd und sehe aus wie ein Mann. Ich besitze Land, ich kann lesen und schreiben, ich habe eine Meinung, ich ziehe ein Kind groß, kümmere mich um mein Haus, führe meine Dienerschaft, gebe Befehle. Mit welchem Recht also darf irgendein Mann mich als Saifeh bezeichnen?

Frauen brauchen Schutz, sagt Eskandar.

Mahrokh-Khanum hält ihr Pferd an, sie spricht ruhig. Damit

hast du recht, sagt sie. Doch beantworte mir eine Frage, vor wem müssen Frauen beschützt werden?

Vor Männern, antwortet Eskandar, zuckt die Schultern und starrt auf den Boden und ohne dass es seine Absicht gewesen wäre, sagt er, Saheb, mit Verlaub, Sie sind eine wunderschöne Frau.

So? Bin ich das?, fragt Mahrokh-Khanum und scheint nicht im Geringsten überrascht oder empört zu sein. Sie wirft ihren Kopf in den Nacken und lacht, ohne sich die Hand vor den Mund zu halten, womit sie Eskandar-Agha nun vollends verwirrt. Verrate es mir, was veranlasst dich zu sagen, dass ich eine schöne Frau bin?

Mehr als ein Achselzucken bringt Eskandar nicht zustande.

Du widersprichst mir nicht, das ist gut, sagt seine schöne Herrin. Gedanken und Überzeugungen sind wie Kleider; man muss sie reparieren, verändern und manchmal eben auch wegwerfen.

Saheb, mit Verlaub, wer arm ist wie ich, hat nicht viele Kleider zur Auswahl.

Die Stimme von Mahrokh-Khanum wird wieder wie Samt, als sie sagt, mit deiner poetischen Art schaffst du es wieder, mich zu beeindrucken.

Poetisch? Wie ein Dichter? Das hatte noch niemand und schon gar keine Frau zu Eskandar gesagt. Ein heißer Schauer läuft durch seinen Körper, und aus dem Augenwinkel sieht er, wie seine Herrin ihn noch immer mustert. Doch dann erschreckt Eskandar sich, denn in der nächsten Seitengasse entdeckt er den Schein einer Laterne.

Saheb, still, flüstert er. Das ist der Nachtgeher.

Mahrokh-Khanum zieht so ruckartig an den Zügeln, dass ihr Pferd nervös schnaubt, den Kopf hebt und senkt, mit dem Zaumzeug klimpert und mit den Hufen einen Höllenlärm veranstaltet. Der Nachtgeher ist längst auf die Geräusche aufmerksam geworden. Er hat seine Laterne abgedunkelt und ist stehen geblieben. Besonders in dieser Gegend, wo die großen Häuser und Anwesen der Wohlhabenden sind, tragen die Nachtgeher Waffen. Sie brauchen nur zu rufen, und weitere Wächter, die königliche Garde und im schlimmsten Fall sogar russische und britische Soldaten tauchen auf.

Ohne lange zu überlegen, fängt Eskandar leise an zu singen. Bürger der Stadt schlaft ruhig, er hält inne, lauscht in die Stille. Die Geher der Nacht sind wach, singt er weiter, und weiß nicht, ob es ein gutes oder ein schlechtes Zeichen ist, dass das Licht der Laterne, das von der Gasse auf die Hauptstraße fällt, sich wieder bewegt.

Sing weiter, flüstert Mahrokh-Khanum.

Allah ist unser Beschützer, singt Eskandar. Schlaft. Schlaft. Bürger der Stadt, alles ist in Frieden. Während er singt, wendet er ohne Hast die Pferde. Mahrokh-Khanum und er reiten langsam zurück in die Richtung, aus der sie gekommen sind, und biegen in die nächste Gasse. Trotz der Dunkelheit erkennt Eskandar, dass Mahrokh-Khanum blass ist und zittert. Er steigt ab, hilft seiner Herrin, ohne ein Wort zu sagen, vom Pferd und kann sein Glück nicht fassen, weil sie weiche Knie hat und sich dankbar in seine Arme fallen lässt.

Sie lehnt ihren Kopf an seine Schulter, ihr Atem beruhigt sich, doch dann schluchzt sie leise. Und Eskandar kann gar nicht anders, als sie in den Arm zu nehmen und festzuhalten, bis ihr Körper leicht wird und sie sich ganz seiner Umarmung überlässt. Je ruhiger sie wird, desto mehr schmiegt sie sich an Eskandar, bis sie ihn ebenfalls umarmt und eine Hand auf seine Brust legt. Sie ist zierlicher und kleiner, als er gedacht hat, schmaler, zerbrechlicher, leicht, wie ein kleiner Vogel.

Gleichzeitig merkt Eskandar, dass er kein kleiner Junge mehr und in seinen Armen Kraft genug ist, einer Frau Schutz zu geben, genug, dass es ihr gefällt, genug, um zu wissen, er ist ein Mann.

Als könnte sie seine Gedanken lesen, flüstert sie, du bist ein kräftiger, gut aussehender junger Mann, weißt du das? In deinen Armen kann eine Frau wie ich sich behütet fühlen. Sie hebt den Kopf, und ohne dass Eskandar weiß, wie und warum es geschieht, berühren seine Lippen ihre. Es ist eine winzige, zarte, kaum spürbare Berührung, aber ihre Körper beben.

Während Eskandar keinen Ton herausbringt, fängt Mahrokh-Khanum sich rasch wieder. Du und Agha-Mobasher seid die einzigen Männer, die keine Mahram sind und denen es trotzdem erlaubt ist, den Harram zu betreten. Palang-Khan würde dich und mich auf der Stelle töten, wüsste er – weiter spricht sie nicht.

Saheb, es tut mir leid.

Mahrokh-Khanum legt ihm einen Finger auf die Lippen. Still. Mir tut es nicht leid. Und dann, als wäre sie nicht eine Frau und dazu auch noch die Ehefrau seines Herrn, des mächtigen Tigers, als wäre er kein Diener und nichts geschehen, als hätten sie kein Gesetz gebrochen, steigt sie auf ihr Pferd, schnalzt mit der Zunge und setzt sich in Bewegung. Niemand wird erfahren, was heute geschehen ist, flüstert sie. Niemand. Hörst du?

Ja, Saheb, was immer Sie befehlen. Eskandar nimmt seinen ganzen Mut zusammen und sagt, Saheb, mit Verlaub, Sie sagen Dinge zu mir, die noch nie jemand gesagt hat.

Mahrokh-Khanum sieht ihn keck an. Wer weiß, sagt sie und lächelt. Vielleicht werde ich schon bald auch Dinge tun, die noch nie jemand mit dir getan hat.

Als sie wieder zurück auf dem Anwesen sind, beugt Mahrokh-Khanum sich vor, zieht Eskandar zu sich heran und küsst ihn auf die Stirn.

Sie ist längst in der Morgendämmerung des Gartens verschwunden, als Eskandar noch dasteht, die Augen geschlossen hat und sich nichts sehnlicher wünscht, als diesen wunderbaren Moment nicht zu verlieren, und das Gefühl des Kusses auf seiner Stirn festzuhalten, bis er es in seinem Herzen versenkt hat.

1916, der große Krieg und das erste Automobil

Laut krachend und eine Menge stinkenden Qualm ausstoßend, donnert Palang-Khan in einer eigenartigen Droschke durch seinen Park. Das Gefährt wird weder von Pferden gezogen noch von einem Droschkenführer gelenkt.

Die gesamte Herrschaft, Bedienstete und Reiter, unzählige Gäste des Hauses, alle sind gekommen, um das neue Spielzeug des Herrn zu bewundern. Wie seinerzeit Mesterr-Richard ist es mit dem Schiff aus Farang gekommen, und Hodjat hat es zusammen mit einer Handvoll Reiter vom Hafen am Persischen Golf abgeholt und von Pferden über Wochen nach Teheran ziehen lassen.

Agha-Mobasher hat die Dienerschaft beauftragt, Teppiche auszubreiten, Obst und Datteln zu servieren, Samoware aufzustellen und Tee aufzubrühen, damit das Publikum sich erfrischen kann, während der Herr des Hauses mit seiner pferdelosen Droschke durch den Park rattert und seine neueste Errungenschaft aus Farang und sich selber von allen bewundern lässt.

Palang-Khan trägt zwei kleine Gläser, die wie winzige Fenster aussehen vor den Augen, er lacht wie ein Junge und winkt jedem zu. Manche jubeln über das schnaubende Monster, andere fürchten sich vor ihm, werfen sich gar zu Boden, beten oder laufen davon. Manche seiner Söhne rennen hinter der pferdelosen Droschke her. Die mutigeren springen auf, fahren ein Stück mit.

Sogar die Frauen des Palang-Khan sind gekommen, sie sind verschleiert und tragen ihre Gesichtstücher. Eine ruft und gestikuliert, jemand soll dem armen Tiger zu Hilfe eilen, andere halten ihre Söhne und Töchter fest, aus Angst, das Ungeheuer könnte ihnen Schaden zufügen.

Mahrokh-Khanum ist die Einzige, die kein Gesichtstuch trägt, und sie steht mit Roxana im Arm in vorderster Reihe. Laut und für jeden hörbar ruft sie, dass sie fortan auch in einer derartigen Droschke gefahren werden will, dann sieht sie zu Eskandar-Agha herüber, dem sofort die Hitze in den Kopf steigt, und er hofft, dass niemand es bemerkt.

Agha-Mobasher und Hodjat sitzen auf einem Teppich, trinken Tee aus dem Samowar und essen frische Datteln. Es ist keine Droschke, erklärt der Verwalter wissend. Es ist ein Automobil. Und es bewegt sich, weil es Naft trinkt. Agha-Mobasher sagt, der verehrte Saheb hat dieses neuste Wunderwerk der Technik bei seinem Aufenthalt in Farangestan erworben. Und hinter vorgehaltener Hand sagt der Verwalter, ich wünschte, er hätte es nicht getan. Denn eines ist sicher, es wird nicht ausbleiben, dass unser verehrter Herr nun überall in der Stadt Nachahmer finden wird. Weil aber die meisten Leute nicht wie der verehrte Khan über ein großes Anwesen verfügen, um mit diesem lauten Spielzeug darin herumzufahren, werden sie es wohl oder übel auf den Straßen der Stadt tun müssen. Agha-Mobasher seufzt, als er prophezeit, in weniger als einem Augenschlag werden unsere schönen neuen Straßen voll sein von diesen selbst fahrenden, stinkenden und lauten Droschken. Sie werden die Luft verpesten, die Ruhe stören und schließlich und endlich Pferde, Esel und Maultiere überflüssig machen und verdrängen. Und das alles nur, weil wir uns mit den Farangi gleichstellen wollen. Die größte Sorge Agha-Mobashers aber ist, dass der Saheb nicht bescheiden mit seinem neuen Spielzeug umgeht, es jedem zeigen und so den Neid und die Missgunst der Leute auf sich und die Bewohner seines Hauses ziehen wird. Menschen, die Not leiden, sagt Agha-Mobasher, denken nicht vernünftig. Allah bewahre, der böse Blick könnte den Saheb und seine Familie und auch uns, die wir unter seinem Dach leben und sein Brot essen, treffen. Die Leute könnten Flüche auf dieses Haus und seine Bewohner aussprechen. Besonders seit dieser schreckliche große Krieg ausgebrochen ist, sagt der Verwalter, laufen die

Geschäfte schlecht, und die Leute haben kein Geld. Ist es nicht so?, fragt der Verwalter und sieht Eskandar an.

Saheb, es ist, wie Sie sagen. Viele Geschäfte und Handwerksbetriebe mussten bereits schließen.

Auf dem Weg hierher habe ich es selbst erlebt, sagt Hodjat. Die großen Straßen und Pässe sind zu keiner Zeit dermaßen unsicher gewesen, nicht einmal damals, als wir für die Verfassung gekämpft haben. Händler und Reisende müssen um ihr Leben fürchten. Wer sich nicht einer Karawane mit bewaffneten Reitern anschließen kann, wird überfallen und ausgeraubt. Nicht einmal in Karawansereien kann man sich seines Lebens sicher sein. Die Wegelagerer und Gauner haben sie unter sich aufgeteilt, plündern und berauben Reisende, und sie nehmen sogar Geiseln und töten sie.

Saheb, das verstehe ich nicht, sagt Eskandar, der sich seit Neuestem traut, das Wort zu ergreifen, auch wenn keiner ihn anspricht oder ihm eine Frage stellt. Bei diesem Krieg der Farangi geht es nicht um den Iran, und unser Parlament hat unsere Neutralität erklärt, warum haben die Russi und Engelissi dennoch mehr Soldaten in unser Land geschickt.

Das ist eine kluge Frage, lobt der alte Verwalter. Russi und Engelissi haben sich in dieser Frage verbündet, obwohl sie ja eigentlich verfeindet sind. Sie ignorieren unser Parlament und die Eigenständigkeit unserer Heimat. Sie haben den Iran in Nord und Süd halbiert und unter sich aufgeteilt und lassen mehr und mehr Truppen aufmarschieren.

Aber warum tun sie das?, fragt Eskandar, der noch immer nicht versteht.

Sie tun es, um zu verhindern, dass die Almani, die in diesem großen Krieg ihr Feind sind, den Iran besetzen; dann wäre es nämlich vorbei mit den guten Geschäften und der Vormachtstellung der Engelissi und Russi in diesem Teil der Welt, klärt Agha-Mobasher seine Zuhörer auf.

Wir müssen aufhören, so zu tun, als wären die anderen schuld, sagt Hodjat. Schließlich ist es unser eigener König, der den Farangi und ihren Truppen Tür und Tor geöffnet hat, in unser Land zu kommen und ihre Kriege auf unserem Boden auszufechten.

Natürlich sind wir, das einfache Volk, machtlos gegen unseren König, sagt Agha-Mobasher. Die Einzigen, die sich gegen ihn durchsetzen und unser Land vor den Klauen der Ausländer retten können, sind Einflussreiche und Abgeordnete des Parlaments, Leute wie unser Arbab, flüstert der Verwalter. Er sieht Eskandar an und verhält sich auf eine Art, wie er es noch nie getan hat, er legt ihm den Arm auf die Schulter und tut verschwörerisch. Erzähl uns ein paar Neuigkeiten, die du im Büro des Saheb mitbekommst, wenn du seine Söhne zu ihm bringst.

Saheb, Sie müssen mir glauben, ich lausche nicht.

Ist schon gut, sprich, sagt Agha-Mobasher zwinkernd. Wir sind unter uns.

Saheb, ich weiß nicht, ob das eine gute Nachricht ist, aber ich habe gehört, türkische und deutsche Truppen und Agenten operieren vom Irak aus gegen die Briten und Russen. Der Arbab hat gesagt, es gibt einen Almani-Farangi mit dem Namen Wassmuss, den die meisten Lawrence nennen.

Der Verwalter hebt die Brauen.

Saheb, er ist ein Agent der Almani. Auch die Männer im Basar sprechen über ihn. Sie sagen, Wassmuss und seine Leute bilden Angehörige der Stämme aus, bezahlen sie, geben ihnen Waffen und schicken sie gegen die Engelissi und ihre Alliierten in den Kampf.

Hier bei uns, im Iran?, fragt der Verwalter.

Saheb, die Basari sagen, alle Farangi, die Almani, die Engelissi und Russi rekrutieren die stärksten Leibeigenen, Arbeiter, sogar Schwerverbrecher in den Gefängnissen.

Sie rekrutieren sie?, fragt der Verwalter. Rekrutieren sie wofür?

Sie stellen eine Armee zusammen.

Armee?, fragt der Reiter Hodjat empört. Das sind allenfalls Söldner und Banditen.

Sie geben ihnen Farangi-Waffen, sagt Eskandar.

Und gegen wen sollen sie kämpfen?, fragt der Verwalter.

Um es spannend zu machen, trinkt Eskandar in Ruhe einen Schluck Tee, bevor er antwortet. Saheb, mit Verlaub, sie schicken diese Söldner gegen andere Iraner in die Schlacht.

Andere Iraner? Junge, sprich gefälligst so, dass ich dich verstehen kann, sagt der Verwalter ungeduldig.

Saheb, die Almani und dieser Wassmuss machen es genauso wie die Engelissi und Russi. Und so rekrutiert und bezahlt jede Seite ihre eigenen Iraner und schickt sie gegeneinander in die Schlacht.

Genau das meine ich, sagt der Hodjat. Die Engelissi, Russi, Almani, Torki kaufen, bestechen, bezahlen Iraner und hetzen uns gegeneinander auf.

Gespannt wartet der Verwalter darauf, dass der Reiter weiterspricht, aber nun ist er an der Reihe, sich wichtigzumachen. Und wir?, sagt Hodjat und seufzt und schiebt sich eine Dattel in den Mund. Doch bevor er sagen kann, was er sagen will, beendet Eskandar den Gedanken an seiner Stelle.

Wir lassen es mit uns machen, sagt Eskandar und erntet einen rügenden Blick vom Reiter Hodjat.

Bravo, mein Junge, sagt der Verwalter. Das hast du gut gesagt. Wir lassen uns ausnutzen, kaufen und zu Verrätern gegen unsere eigenen Brüder machen.

Im Augenwinkel bekommt Eskandar mit, wie seine Herrin, Mahrokh-Khanum wieder zu ihm herübersieht, und er muss sich zusammennehmen, um nicht zu grinsen, denn es macht ihn stolz, dass sie mitbekommt, wie er mit dem ehrenwerten Verwalter und dem Reiter Hodjat zusammenhockt und sich wie ein richtiger Mann über richtig wichtige Dinge mit ihnen unterhält.

Es herrschen Chaos und Willkür, schimpft der Verwalter. Lebensmittel sind inzwischen so teuer, dass selbst ich rechnen muss, um mit der wöchentlichen Haushaltskasse auszukommen. Als der Verwalter die nervösen Blicke des Reiters und seines Dieners sieht, lächelt er. Um Ihren und meinen Lohn brauchen wir uns keine Gedanken zu machen, beruhigt er sie.

Um irgendetwas Wichtiges zu sagen und noch mehr Eindruck bei den Männern, aber vor allem der schönen Mahrokh-Khanum zu schinden, sagt Eskandar, um mich und meinen Lohn mache ich mir gar keine Sorge. Aber wenn ich an all die Leute denke, deren Bäuche leer und deren Kinder hungrig sind, dann weiß ich nicht, wie unsere Heimat jemals mit dem Fortschritt und der Entwicklung im Rest der Welt mithalten kann, sagt Eskandar und wundert sich selbst am meisten über seine schlauen Worte.

Die Ärmsten der Armen haben nicht einmal mehr trockenes Brot, weil es im ganzen Land an Mehl fehlt, sagt der Verwalter und fordert Eskandar auf, die Geschichte von den armen Nagelklopfern im Basar zu erzählen.

Vor ein paar Tagen, als ich bei den armen Jungen gewesen bin, erzählt Eskandar, hat einer von ihnen Bauchkrämpfe gehabt. Er hat sich vor Schmerzen gewunden, und er hat ausgesehen, als hätte sich sein Körper wie eine Jacke von innen nach außen gekrempelt. Als ich endlich einen Hakim gefunden hatte und ihn überreden konnte, mit mir in den hinteren Teil des Basars zu gehen und nach dem Jungen sind zu sehen, war es bereits zu spät. Er lag tot auf dem Boden, erzählt Eskandar. Die anderen Jungen sind um ihn herumgehockt, haben ihn stumm angestarrt und auf ihren schmutzigen Fingern gekaut.

Auch ohne dass er sie ansieht, merkt Eskandar, dass Mahrokh-Khanum ihn genau beobachtet und mitzubekommen versucht, worüber er spricht.

Und dann? Was ist dann geschehen?, fragt Hodjat.

Manche Jungen haben geweint, andere nicht. Der Arzt hat gesagt, der Arme hat Würmer gehabt, die mit dem schmutzigen Wasser in den Bauch der Kinder kommen. Um die anderen Jungen zu beruhigen, habe ich gesagt, dass er ja vielleicht noch lebt, da hat der Hakim gesagt, das Einzige, was an diesem armen Kind noch lebendig ist, sind die Würmer in seinem Bauch.

So viel Elend, so viel Grausamkeit, sagt der Verwalter. Er seufzt, als hätte er sich diese Geschichte nicht schon drei- oder viermal von Eskandar erzählen lassen. Sag, was du dann getan hast, fordert er ihn auf.

Ich bin zu den Händlern im Basar und habe sie gebeten, mir zu helfen, damit ich sauberes Wasser und Brot für die Jungen kaufen kann. Aber mehr als ein Almosen habe ich nicht zusammenbekommen. Viele kommen selbst kaum über die Runden. Der Besitzer des Badehauses hat so wenig Kundschaft, dass er das Badehaus nur am Donnerstag und Freitag einheizt; das Gästehaus ist seit Wochen geschlossen, weil keine Reisenden mehr kommen. Statt mir ein paar Münzen für die armen Jungen zu geben, hat der Stoffdrucker sogar die Gelegenheit genutzt und mich, einen einfachen Diener, um einen Vorschuss gebeten, sagt Eskandar. Und der Bäcker hat mich beschworen, den verehrten Agha-Mobasher zu fragen, ob es in der hauseigenen Backstube des verehrten Palang-Khan nicht Arbeit für ihn gebe.

Ich danke Allah, dass ich alt bin und nicht mehr hinaus auf die Straße muss, sagt der Verwalter und wischt sich Tränen aus den Augen. Ich würde den Bettlern und Hungernden mein letztes Hemd geben.

Wenn man ihnen nichts gibt, sagt Eskandar, werden manche so wütend, dass man sich vor ihnen in Acht nehmen muss. Gestern hat einer einen Stein nach mir geworfen und hat mich lauthals beschimpft, ich soll mich schämen, einem Armen wie ihm nicht zu helfen.

Dabei kenne ich niemanden, der ein derart weiches und gütiges Herz hat, wie unser junger Freund hier, sagt der Verwalter und tätschelt Eskandar den Arm. Erzähl es uns, ermutigt er ihn. Erzähl uns, aus welchem Grund du ohne Jacke hier sitzt.

Das ist doch nicht der Rede wert, winkt Eskandar ab und freut sich, weil der Verwalter darauf besteht, dass er erzählt, wie er seine Jacke losgeworden ist.

Es war an dem Tag, als es so schrecklich windig und kalt gewesen ist, erzählt Eskandar. Ich hatte es eilig, nach Haus zu kommen, als plötzlich ein kleines Mädchen meine Hand mit seiner eiskalten festgehalten hat. Das Kind war fünf oder sechs Jahre alt und hatte nur ein dünnes Baumwollleibchen an und ein Kopftuch. Die Beine, Füße und Arme waren nackt, ihre Haut war blau und rau vor Kälte, und sie zitterte wie eine kleine Trauerweide. Sie ging einfach neben mir her, starrte vor sich hin und sagte kein Wort. Was hätten Sie denn an meiner Stelle getan?, fragt Eskandar. Natürlich habe ich meine Jacke ausgezogen und sie dem Mädchen übergehängt. Ich habe noch überlegte, ob ich das Kind einfach mit hierherbringen soll oder von woher ich zumindest ein Stück Brot oder Schuhe für sie bekommen könnte, da hat sie mich angelächelt und hat Danke gesagt, und dann ist sie einfach in sich zusammengeklappt.

Wieder legt der Verwalter die Hand auf den Arm, beißt sich auf die Lippe und schüttelt den Kopf. Und dann? Was ist dann geschehen?, fragt Hodjat.

Ich habe furchtbare Angst bekommen und habe mich nach Hilfe umgesehen. Aber es ist so kalt gewesen, dass außer einer Bettlerin niemand stehen geblieben ist. Die Frau hat das tote Mädchen eine Weile angestarrt, dann hat sie sich zu ihr heruntergebeugt und hat ihr die Jacke abgenommen und sie sich selber übergezogen. Ich habe so lange bei dem Mädchen gesessen, bis der Totengräber gekommen ist. Als er das Mädchen auf seinen Karren gelegt und sie weggeschoben hat, hat ein Arm schlaff heruntergehangen, und es hat ausgesehen, als würde sie mir zum Abschied zuwinken, murmelt Eskandar.

Ja, wiederholt der Verwalter. Es sind schlimme Zeiten.

Seither verfolgt mich ein schrecklicher Gedanke, sagt Eskandar. Vielleicht ist das Mädchen gar nicht tot und versucht sich mit ihren kalten Händen aus dem Grab zu kratzen.

Du solltest diese schrecklichen Geschichten endlich vergessen, sagt der Mullah, der sich zum Verwalter, Hodjat und Eskandar gesetzt hat. Es ist nicht gut, wenn wir unser Vertrauen in Gott verlieren.

Welches Vertrauen? Welcher Gott? Unschuldige Kinder sterben, schimpft der Verwalter.

Der Mullah hebt seinen Zeigefinger und mahnt, Gott bestraft jene, die vom Glauben abfallen.

Ach, hören Sie doch auf. Der Verwalter sieht den Mullah böse an. Welche Sünde kann ein kleines Kind wie dieses Mädchen schon begangen haben? Welche Sünden haben die Bettler, Händler und Geschäftsleute aus dem Basar begangen?

Das weiß nur Gott, antwortet der Mullah und nickt zufrieden mit sich und der Art, wie er Gott verteidigt.

Ersparen Sie mir Ihre Floskeln, schimpft Agha-Mobasher. Was hat den Gott mit alledem zu tun? Die Misere in unserem Land ist vor allem unserem König anzulasten, weil er den Farangi erlaubt, das Erdöl zu stehlen. Als Zweites sind die Farangi schuld, weil sie diese Gelegenheit schamlos ausnutzen.

Und als Drittes sind wir, das iranische Volk, schuld, weil wir alles das geschehen lassen, sagt der Reiter. Manche unserer Landsleute, Beamte und sogar einige Abgeordnete, sind käuflich. Ohne uns Iraner, die wir den Raub an unserem Land zulassen, könnten Engelissi, Russi, Almani oder sonstige Farangi uns und unserem Land nicht den geringsten Schaden zufügen.

Aber was können wir tun?, fragt Eskandar. Welche Macht hat das Volk? Ehrlich gesagt, einer wie ich ist froh, wenn er Arbeit, genügend zu essen und den Schutz eines Hauses genießt.

Das nenne ich Dankbarkeit, sagt Agha-Mobasher und nickt Eskandar anerkennend zu.

Wenn wir wenigstens eine vernünftige Armee hätten, schimpft Hodjat. Wir haben Stammesführer, Reiter, Krieger, Kämpfer, alle möglichen Waffen, aber keine Hierarchie, keine Disziplin, kein gemeinsames Ziel. Wir besitzen keine Führung, und unser König ist jung und unfähig. Es ist gut, dass unser Parlament endlich ein Gesetz zur Einführung der Wehrpflicht verabschiedet hat. Es ist höchste Zeit, dass auch in unserem Land die jungen Männer in einer zentralen Armee nach einem Prinzip ausgebildet werden und wie die Soldaten der Farangi die gleichen Waffen und die gleiche Uniform tragen. Sie werden in Kasernen leben und dem Befehl eines einzigen Vorgesetzten unterstellt. Junge Männer wie unser Agha-Eskandar werden eingezogen und zu guten Soldaten, die ihr Vaterland verteidigen, ausgebildet.

Saheb, ich habe mitbekommen, wie der verehrte Khan gesagt hat, er wird seine beiden ältesten Söhne in diese Armee schicken, sagt Eskandar. Sie sollen Offiziere der königlichen Garde werden.

Nicht alles, was das Parlament beschließt, ist gut, sagt der Mullah in der Art, die den alten Verwalter zur Weißglut treibt. Angeblich haben die Abgeordneten ein Gesetz zur Einrichtung eines Finanzministeriums verabschiedet.

Und was ist schlimm daran?, fragt der Verwalter. Jedes moderne Land hat ein solches Ministerium.

Was daran schlimm sein soll? Ja, haben Sie es denn nicht gehört? Jeder, der Land besitzt, muss entsprechend der Größe seines Besitzes fortan eine bestimmte Summe an den König zahlen, antwortet der Mullah und ist froh, dass er sich so gut auskennt.

Sie reden nichts als Unsinn, schimpft Agha-Mobasher. Die Abgabe, von der Sie sprechen, nennt sich Steuer. Und sie wird nicht an den König, sondern an die Regierung, das heißt an den Staat, letztendlich also an das Volk gezahlt. Also sind Sie und ich und jeder andere Bürger dieses Landes Nutznießer dieser Abgabe; denn sie ist dafür da, das Land aufzubauen und damit für das Wohl des Volkes zu sorgen. Ihr Wohl und mein Wohl, verstehen Sie? Agha-Mobasher mustert den Mullah wie einen hoffnungslosen Fall, dann sagt er etwas, was Eskandar noch nie von jemandem gehört hat. Der König ist doch nicht der Besitzer des Landes. Das Land gehört Gott, und es gehört dem Volk, aber nicht einem einzigen Menschen, nur weil der eine Krone auf dem Kopf hat.

Der Verwalter ist so wütend, dass nicht nur der Mullah, sondern auch Eskandar und der Reiter verstummen.

Es ist wichtig, dass Sie in Angelegenheiten, die mit unserem Land, den Gesetzen und unserer Regierung zu tun haben, besser auskennen, mahnt der Verwalter. Schließlich habe ich Sie nicht nur als Vorbeter, sondern auch als Lehrer eingestellt. Und schließlich sind Sie verantwortlich dafür, die Söhne dieses Hauses auf ihr zukünftiges Leben vorzubereiten. Und hören Sie endlich auf, sich wie ein Märtyrer aufzuführen. Sehen Sie sich an, sagt der Verwalter, was ist das für eine Art? Sitzen Sie aufrecht, mein Herr. Ein Mann hat aufrecht zu sitzen, zu stehen und zu gehen.

Nicht nur der Mullah, auch Eskandar und der Reiter richten sich auf.

In etwas freundlicherem Ton fragt Agha-Mobasher, ob der Samowar noch brennt. Eskandar schiebt sofort ein weiteres Stück Holz in die Flamme, schenkt frischen Tee in die Gläser und reicht sie den Männern.

Junge, ich hoffe, du hast gut zugehört, sagt Agha-Mobasher, und hast einiges von dem begriffen, was heute hier gesagt wurde.

Ja, verehrter Agha, das habe ich, erwidert Eskandar und hofft, dass der Verwalter ihm die Frage erspart, was genau er gelernt und verstanden hat.

Wenn die Skrupellosigkeit der Farangi und die Unwissenheit und das gleichzeitige Händeaufhalten unserer eigenen Landsleute schon für nichts anderes gut ist, dann vielleicht wenigstens dafür, dass es uns eine Lehre ist, sagt der Verwalter. Wie der Dichter Sa'di bereits gesagt hat, von wem hast du die Höflichkeit gelernt? Der Verwalter lächelt Eskandar zu und hält ihm sein leeres Glas hin.

Von den Unhöflichen, beendet Eskandar den Satz des Verwalters, den er täglich mehrmals hört, und schenkt frischen Tee nach.

Agha-Mobasher nickt anerkennend. Wir werden ein Auge auf unseren jungen Freund hier haben, sagt er, und dich mehr fördern und unterstützen, damit aus dir eines Tages ein nützliches Mitglied der Gesellschaft wird. Du bist klug und hast das Zeug dazu, einen richtigen Beruf zu erlernen. Es wird die Zeit kommen, dass nicht nur die Söhne der Reichen und Khane Bildung erhalten, in die Akademien und Kasernen gehen, Offiziere und Abgeordnete werden, sondern auch und erst recht die der einfachen Leute, sagt der Verwalter und richtet seinen geraden Rücken noch gerader auf.

Die Leiden des jungen Eskandar-Agha

Seit dem Ende des großen Krieges, den die Leute Weltkrieg nennen, rasiert Eskandar sich den Kopf nicht mehr wie ein Junge, sondern lässt sich wie ein richtiger Mann das Haar wachsen, bändigt es mit Öl und trägt wie die Männer im Basar einen hübschen hohen Hut aus schwarzem Filz, unter dem seine Locken gut zur Geltung kommen. Er befolgt den Rat seiner Herrin Mahrokh-Khanum und reibt sein Gesicht mit Olivenöl ein, damit seine, für die Menschen aus dem Süden des Iran typische dunkle Haut nicht rau und fahl wird. Außerdem sagt Mahrokh-Khanum ihm seit Neuestem bei jeder Gelegenheit, dass er das schönste Paar Augen besitzt, was sie je bei einem Mann gesehen hat. Bade sie in klarem Wasser oder, noch besser, in Kamillensud, sagt sie, damit sie gesund bleiben und ihren hübschen Glanz nicht verlieren.

Wie Sie wünschen, Saheb, antwortet Eskandar und verliert sich seinerseits in den Augen seiner Herrin, die ihn schmachtend ansehen und verzaubern.

Du siehst mich an wie ein Tiger, sagt sie und klingt wie eine ihrer Katzen mit dem langen Fell, die sich den ganzen Tag auf der Fensterbank in der Sonne räkeln und warten, dass jemand kommt und sie streichelt und sie sich anschmiegen und schnurren können. Mahrokh-Khanum neigt den Kopf zur Seite, mustert Eskandar von Kopf bis Fuß und schnurrt, mit diesem Blick ist keine Frau sicher vor dir, du verdrehst jeder den Kopf.

Eskandar weiß nicht mehr, wo er hinsehen oder was er tun soll. Kalt und heiß läuft es ihm über den Rücken und lässt seinen Körper erschauern. Seine Verwirrung ist noch größer als damals, an jenem Morgen, als er mit der Khanum heimlich in der Stadt unterwegs gewesen ist und sie ihn zum Abschied auf die Stirn geküsst hat. Zuerst glaubt er, Frau-Mahrokh sagt diese Dinge, weil sie ihn um den Finger wickeln will, damit er noch einmal heimlich mit ihr ausreitet oder weil er etwas aus dem Basar mitbringen soll, was in schwierigen Zeiten wie diesen nicht leicht zu bekommen ist. Als sie aber nicht aufhört, ihn anzusehen, nichts sagt, nur lächelt, ihre Brüste sich beim Atmen auf diese seltsame Weise heben und senken und Eskandar seinen Blick nicht von ihr losreißen kann, dämmert es ihm allmählich, was sie von ihm möchte. Die Khanum will nicht ausreiten und auch nichts aus dem Basar. Sie will mich.

Weißt du?, sagt Mahrokh-Khanum, befeuchtet ihre Lippen mit der Zunge.

Nein, Saheb. Mit Verlaub. Ich weiß nichts.

Das glaube ich nicht, sagt sie. Ich glaube, du weißt sogar sehr viel. Aber natürlich kannst du nicht sagen, was du denkst und weißt; und was du fühlst und welche Wünsche du hast, kannst du erst recht nicht sagen.

Eskandar will Anstand beweisen und auf den Boden sehen, kann aber nicht anders, als seine hübsche Herrin immer weiter anzustarren.

Verrate mir, sagt die Khanum, mit deinen neunzehn oder zwanzig Jahren bist du längst in einem Alter, in dem andere Männer Frauen und Kinder haben. Wie steht es mit dir? Gibt es ein Mädchen, das du begehrst, von dem du träumst? Wer ist es, die dir schlaflose Nächte bereitet?, fragt seine Herrin. Und gibt es eine, von der du wünschst, sie würde die Mutter deiner Söhne werden?

Eskandar hat das Gefühl, als würde sein Herz zerspringen und in Scherben auf dem Boden vor den Füßen seiner Herrin landen.

Als wüsste sie genau, wie es um ihn steht, gewährt Mahrokh-Khanum ihrem Knecht Gnade, füllt Wasser in einen Becher, stellt ihn vor Eskandar und geht ans Fenster, damit er wieder zu sich kommen kann. Doch kaum hat er seinen Becher gierig leer getrunken, fragt sie, nun sprich, aus welchem Grund gibt es keine Frau in deinem Leben?

Saheb, das weiß ich nicht, antwortet Eskandar. Ich habe mich noch nie so gesehen. Ich meine als –

Du meinst als Mann?

Frau-Mahrokh kehrt zu ihren Kissen zurück und zieht den kleinen perlenbesetzten Spiegel aus ihrer Rocktasche, den Eskandar aus dem Basar für sie mitgebracht hat. Sie wirft einen verführerischen Blick hinein, befeuchtet einen Finger mit der Zunge und streicht ihre vollen, schwarzen Brauen glatt. Du bist so sehr damit beschäftigt, ein guter Diener zu sein, sagt sie, damit du deine Stellung nicht verlierst und in der Nähe deiner über alle Maßen geliebten Roxana bleiben kannst, dass du nicht mitbekommst, wo das eigentliche Leben spielt. Sieh dich an, sagt Mahrokh-Khanum, streckt ihm den Spiegel entgegen, was ihn zwingt, näher zu kommen. Nur vier Schritte trennen ihn von dem Spiegel, ihrer Hand, ihrem Arm, ihrem Atem und ihren Brüsten. Doch Eskandar braucht für diesen kurzen Weg beinah mehr Mut, als er damals gebraucht hat, um über den verbotenen Berg zu steigen. Und als er den Spiegel endlich zu fassen bekommt, berühren ihre Finger sich. Es ist nur eine winzige Berührung, doch sie lässt ihn so stark erbeben, dass er es nicht verbergen kann.

Du scheinst, was das weibliche Geschlecht angeht, vollkommen unerfahren zu sein, sagt Mahrokh-Khanum lächelnd. Es ist Zeit, dass eine Frau, eine erfahrene Frau, dich einweist, sagt sie und beißt genüsslich in eine saftige Traube. Sie hält Eskandar mit ihrem Blick gefangen, erst recht musst du lernen, dich selber im Verhältnis zu einer Frau zu sehen. Du musst lernen, diesbezügliche Fähigkeiten zu erkennen und zu entwickeln.

Saheb, mit Verlaub, murmelt er, ich bin nur Ihr Diener.

Wohl wahr, antwortet Mahrokh-Khanum. Und als solcher unterstehst du mir und hast meinen Anweisungen Folge zu leisten. Und als deine Herrin möchte ich, dass du dich zu mir setzt und aus deinem Leben erzählst. Sie bedeutet Eskandar, neben ihr auf den Kissen Platz zu nehmen.

Weil er nicht anders kann und weil es sein sehnlichster Wunsch ist, ein Wunsch, so groß wie kein anderer, zögert Eskandar nicht und tut, was sie will. In diesem Augenblick ist es ihm vollkommen gleichgültig, dass es verboten ist und auch gefährlich, dass es ihn die Stellung und sogar das Leben kosten kann. Aber welchen Wert hätte das Leben noch, wenn er auf diesen Moment verzichten würde? Eskandar setzt sich auf das Kissen neben seine Herrin und taucht ein in die zarte Wolke aus Duft und Wärme, die ihr schöner Körper ausströmt.

Ich habe Zarrin, die Frau von Hodjat-Agha kommen lassen und habe über dich gesprochen, sagt Mahrokh-Khanum. Von ihr weiß ich, dass du täglich mit Agha-Hodjat Übungen machst, um deinen Körper zu stählen, und sie sagt, du bist auf gutem Weg, ein richtiger Pahlewan zu werden. Mahrokh-Khanum streicht über ihren eigenen Körper, sieht Eskandar auf diese neue Art an und sagt, das erklärt, warum deine Arme, Beine und Schultern so kräftig und wohlgeformt sind.

Das Verlangen nach seiner Herrin ist so groß, dass Eskandar sich nur mit Mühe zurückhalten kann, sich nicht auf sie zu stürzen.

Als könnte sie seine Gedanken lesen, sagt die Frau des Tigers, wärst du nicht mein Diener, sondern ein freier Mann, der selbst bestimmt, was er tut und nicht tut, würdest du nicht nur wissen, was du willst, sondern es auch tun. Du würdest ein Mann sein, der sich nimmt, was er will. Habe ich recht?

Saheb, es ist meine Pflicht zu gehorchen, antwortet Eskandar. Es ist meine Pflicht, für das Ihrige und das Wohl der verehrten Herrschaft zu sorgen und zu tun, was immer Sie von mir verlangen.

Genau dazu werde ich dir Gelegenheit geben, sagt Mahrokh-Khanum. Ich möchte, dass du mir aus dem Basar einen neuen Duft mitbringst. Ich brauche neue Seife für mein Haar, neues

Rosen- und Mandelöl für meinen Körper sowie Safran, um mich von innen zu reinigen. Und sag dem Gärtner, er soll die schönsten Rosen und Hyazinthen für mich aussuchen. Mahrokh-Khanum verzieht keine Miene, als sie im gleichen Ton sagt, ich möchte, dass du ins Badehaus gehst, dich waschen lässt und mit den neuen Ölen, die du besorgst, einreibst. Ich möchte, dass du heute nach dem Abendgebet zu mir kommst und alles bei mir persönlich ablieferst.

Eskandar krallt die Hände in seine Schenkel, will etwas sagen, doch Mahrokh-Khanum wendet sich von ihm ab und sieht zum Fenster hinaus. Und als sie sich ihm wieder zuwendet, ist keine Spur mehr übrig von dem Zauber und der Verführung. Zurückgeblieben ist ein kalter Blick, kalt wie ein erloschenes Feuer.

Und jetzt geh, befiehlt sie.

Auf dem Weg in den Basar sieht Eskandar seinen Schatten auf dem Schotter der Straße, und er kommt sich lächerlich vor. Ein kräftiger junger Mann sollte nicht auf diesem viel zu kleinen Esel mit kurzen und krummen Beinen und ungelenken Trippelschritten hocken, sagt er leise vor sich hin. Und er hat das Gefühl, alle starren ihn an, und er schämt sich wegen seiner langen baumelnden Beine, die beinah die Straße berühren.

Und dann fällt ihm auch noch ein, wo er dieses jämmerliche Bild schon einmal gesehen hat, nämlich bei dem Akhund, der damals in ihr Dorf gekommen und die Leute davor gewarnt hat, auf den verbotenen Berg zu klettern. Und Eskandar kann es gar nicht mehr ertragen auf dem Esel zu sitzen, und muss abspringen und zu Fuß weitergehen.

Ein Pferd, ein kräftiger, großer Hengst würde viel besser zu mir passen, denkt er und ärgert sich über den Esel, der neben ihm hertrippelt und unbeholfen mit seinen langen Ohren wackelt, um die Fliegen zu verscheuchen. Ich sollte dich auf dem Viehmarkt hinter dem Basar verkaufen, sagt er und gibt dem Esel mit dem Stock einen sanften Schlag auf den Kopf. Ein Pferd wäre das Richtige für mich, sagt Eskandar. Aber nicht einmal für einen Sattel besitze ich genügend Geld, geschweige denn für ein Pferd.

Als vier Frauen ihm auf der anderen Seite der Straße entgegenkommen, hat Eskandar trotz ihrer Schleier und weißen Gesichtstücher keinen Zweifel, sie sehen ihn an, und zwar genauso, wie die Mädchen damals am Fluss in Esfahan Hodjat den Reiter angesehen haben. Die Blicke der Frauen heften sich an ihm fest und lassen ihn nicht mehr los. Eine Frau zieht den Kopf ein, kichert und hört erst auf, als eine andere ihr einen Klaps auf den Hinterkopf gibt.

Unwillkürlich strafft Eskandar die Schultern, richtet sich noch weiter auf und lächelt.

Aber nicht nur die Frauen, auch der Duftverkäufer im Basar sieht ihn auf eine neue Art an. Verzeih, mein Freund, sagt er, seit Jahren nimmst du die Düfte, die ich für dich mische, ohne eine Frage zu stellen, und bist zufrieden. Heute aber prüfst du jeden einzelnen und riechst daran. Der Duftverkäufer lächelt vielsagend und tippt sich an die Nase, die hat sich noch nie getäuscht, sagt er und schmunzelt, meine Nase sagt mir, du bist verliebt.

Verliebt?, so leicht lässt Eskandar-Agha sich nicht aus der Ruhe bringen. Um ehrlich zu sein, mein Freund, von der Liebe habe ich keine Ahnung, solltest du also mit deiner Vermutung richtigliegen, dann weißt du mehr als ich.

Das ist eine Tragödie, sagt der Duftmischer. Wenn du mich fragst, könnte unser Land sämtlichen Farangi-Ländern weit voraus sein, wenn die Männer unserer Heimat sich in Angelegenheiten der Liebe besser auskennen würden. Aber sei unbesorgt, schließlich hast du mich zum Freund, und immerhin ist die Liebe mein Geschäft. Glaube mir, mit den Jahren habe ich gelernt, den Duft der Liebe bereits zu riechen, wenn er vorne den Basar betritt. Und so lass dir gesagt sein, du bist verliebt, mein junger Freund, du bist es.

Eskandar hantiert unbeholfen an den Flaschen und Flakons herum und vermeidet es, dem Blick des Duftmischers zu begegnen.

Also gut, sagt er mit gespielter Ruhe. Du bist der Experte, dann bin ich also verliebt.

Und wer ist die glückliche Saifeh?, fragt der Duftverkäufer verschwörerisch, leise, damit die Händler in den benachbarten Buden ihn nicht hören.

Eskandar konzentriert sich auf das Gesicht des Duftverkäufers, seinen dunklen Bart und Turban, seine schmalen Lippen und seine große Nase. Er lächelt unbeteiligt und lügt. Das weiß ich nicht, mein Freund. Vielleicht ist es nur die Liebe selbst, in die ich verliebt bin, und gar keine Saifeh.

Der Duftverkäufer kneift die Augen zusammen, als würde er die Bilder und Gedanken im Kopf von Eskandar lesen. Plötzlich lächelt er nicht mehr, und seine schmalen Lippen werden noch schmaler. Es ist doch aber hoffentlich keine, die bereits einem anderen Mann gehört, sagt er.

Eskandar erschrickt so sehr, dass ihm das Flakon mit Narzissenöl aus der Hand rutscht, er fängt es aber gekonnt auf und spielt weiter den Gelassenen. Es ist niemand. Aber weil du mein Freund bist, werde ich dir ein Geheimnis verraten. Wenn ich ehrlich bin, hätte ich nichts dagegen, es gäbe eine, die mir ihre Liebe schenkt. Schließlich haben andere Männer in meinem Alter längst Frau und Kinder. Ich finde, es ist an der Zeit, dass auch ich mir darüber Gedanken mache. Was denkst du?

Du willst meine Meinung hören? Der Duftmischer versucht nicht einmal, seinen Unmut zu verbergen. Ich sage dir, was ich denke. Ich denke, du bist ein miserabler Lügner. Und ich denke, du spielst mit dem Feuer und bist auf dem besten Weg, dir die Finger und sonst noch was zu verbrennen. Und jetzt, mein Freund, sag mir, welchen Duft du haben möchtest, denn es ist Zeit für mich, in die Moschee zu gehen, zu beten und Allah und dem Propheten zu danken und sie zu preisen.

Ich nehme alle, antwortet Eskandar in der Hoffnung, mit einem guten Geschäft die Gunst des Duftverkäufers zurückzuerlangen, und seine Rechnung geht auf.

In Gottes Namen, sagt der Duftmischer. Uns ist es nicht vergönnt gewesen, vor der Ehe zu sehen, wer die Mutter unserer Söhne werden wird. Mein Vater ist der Bruder des Vaters meiner Mutter, die Mutter meiner Söhne ist meine Cousine, und wir beide sind einander versprochen gewesen, noch bevor wir in diese Welt gekommen sind. Aber heutzutage ist es keine Seltenheit, dass Männer das Glück haben, die Mutter ihrer Kinder selbst auszuwählen und sogar vor der Hochzeit einen Blick auf sie zu werfen. So sage mir, mein Freund, wann wird, so Gott will, die Hochzeit stattfinden?

Die Hochzeit? Dieses Mal lässt Eskandar die Tonschale mit den Seifen fallen und kann sie auch nicht auffangen und sie birst auf dem Steinpflaster in kleine Scherben.

Mach dir nichts draus, sagt der Duftmischer lachend. Sei froh, schließlich ist es nur eine Tonschale gewesen und nicht dein Herz, das gebrochen ist. Und wo alter Ton zerbricht, macht er Platz für etwas Neues und Reines.

Der Duftmischer kehrt die Scherben zusammen und sagt, du bist ein guter Mann, und hier im Basar hast du den Ruf, ehrlich zu sein. Auch daran, dass du was hermachst, gibt es keinen Zweifel, schließlich arbeitest du im Haus des verehrten Khan. Glaub mir, mein Freund, der Duftmischer beugt sich vor und flüstert, mancher dieser Händler und Handwerker hier sähe es gerne, wenn du um die Hand seiner Tochter anhalten würdest. Aber so wie es aussieht, sagt der Verkäufer und deutet auf die Düfte und Öle, die er für Eskandar einpackt, bist du bereits bei irgendeinem glücklichen Vater vorstellig geworden. Mobarak. Mobarak. Gratulation, lieber, verehrter Agha-Eskandar. Mögen deine Söhne die Kraft und Würde ihres Vaters besitzen. Und falls du demnächst nach einer zweiten oder dritten Frau Ausschau halten solltest, lass es mich wissen. Ich kenne viele Männer, die dich gerne als Schwiegersohn hätten.

Der Dallack, der Badehausmeister, knetet, walkt und wäscht Eskandar von Kopf bis Fuß, färbt ihm Hände, Füße, das Haar und auch seinen dünnen Bart mit rotem Henna, damit Blut und Temperament sich beruhigen, und zum Schluss reibt er ihn von Kopf bis Fuß mit den Ölen ein, die Eskandar gekauft hat.

Als er nach vielen Stunden wie ein ganzes Beet Blumen duftend nach Hause kommt, mustert Agha-Mobasher ihn mit strengem Blick. Mein Sohn, du hast doch hoffentlich nicht vergessen, wo du hingehörst und welches deine Aufgaben sind. Ich erwarte, dass du bescheiden und genügsam deine Pflicht tust und stets deine eigenen Bedürfnisse dem Wohl und den Bedürfnissen der Herrschaft unterordnest.

Agha, mit Verlaub. Ich habe keinerlei Bedürfnisse, antwortet Eskandar, wie es sich gehört.

Agha-Mobasher streckt die Nase in die Duftwolke, die Eskandar umgibt. Und das? Was ist das? Für mich riecht das nach sehr viel eigenem Bedürfnis.

Verehrter Agha, ich befolge nur die Befehle, die Sie selbst mir gegeben haben.

Habe ich dir vielleicht gesagt, du sollst ins Bad gehen und dich mit allen verfügbaren Essenzen des Basars einreiben?

Mit Verlaub, Saheb, Sie erwarten von mir, stets sauber und reinlich zu sein und keine unangenehmen Körperausdünstungen zu haben. Sie wollen, dass ich korrekt gekleidet bin, weil ich als Bediensteter des Hauses des verehrten Palang-Khan in der Öffentlichkeit mit ihm in Verbindung gebracht werde. Sie sagen selbst, die Leute schließen von mir, meinem Erscheinungsbild und Verhalten auf das gesamte Haus und seinen Herrn.

Der alte Verwalter kann nicht verbergen, dass es ihn amüsiert, wie Eskandar seine Predigt über die Reinlichkeit der Bediensteten und ihr äußeres Erscheinungsbild wiedergibt und dabei den Rücken gerade hält und sogar Hände und Kopf bewegt wie er selbst. Gut, gut, sagt der Verwalter im gleichen Ton wie der Khan. Merke dir nur, du kannst dich noch so sehr waschen und in Düfte hüllen, der Verwalter streicht seinen Bart glatt, du bist und bleibst, was du bist. Ein Diener.

Jawohl, Agha. Das werde ich nicht vergessen.

Es ist Jahre her, seit der Verwalter Eskandar gefragt hat, wohin er geht. Heute tut er es.

Mit Verlaub, Agha, zum Meister Agha-Hodjat.

Geh mit Gott, sagt der Verwalter und blickt Eskandar skeptisch nach.

Auch wenn Eskandar so etwas noch nie gesehen, geschweige denn getan hat, tauchen plötzlich Bilder in seinem Kopf auf, die es ihm unmöglich machen, auch nur einen einzigen klaren Gedanken zu fassen. Es sind Bilder von Haut, von nackten Frauenbrüsten; von Frau und Mann, die sich vereinigen; von Fleisch auf Fleisch. Versunken in seinen verbotenen Phantasien, schreckt Eskandar auf, als der Mullah plötzlich neben ihm hergeht, ihm den Arm um die Schulter legt und in die Luft schnuppert. Aber heute ist doch gar kein Badetag, stellt der Akhund fest. Was hat diese Duftwolke zu bedeuten?

Heute ist das Hammam billiger gewesen, lügt Eskandar, da habe ich die Gelegenheit genutzt.

Ja, ja, sagt der Mullah und seufzt. Die Zeiten sind hart, und jeder muss zusehen, wie er sie meistert. Doch vergiss nicht, dein Verhalten stets danach auszurichten, was Allah gefällig ist.

Vor dem Zimmer, das Hodjat zusammen mit seiner Frau Zarrin und seinen Kindern bewohnt, muss der Mullah endlich von Eskandar ablassen; schließlich ist er kein Mahram, kein Blutsverwandter, weshalb es Sünde wäre, wenn er die Frau von Hodjat sehen würde.

Als Eskandar vor seinem Meister und dessen Frau steht, spürt er, auch hier ist nichts, wie es gestern noch gewesen ist. Und Eskandar weiß, es ist weder das Bad, noch sind es die Düfte, es sind die Worte von Mahrokh-Khanum, die ihn verändert haben.

Hodjat-Agha und seine Frau-Zarrin stehen auf ihrer kleinen Lehmveranda und starren ihn an, als wäre er ein Fremder. Das Lächeln in Zarrin-Khanums Gesicht verfliegt, und sie zupft verlegen ihr Kopftuch zurecht. Hodjat-Agha steigt das Blut in den Kopf, weil er mit einem Mal erkennen muss, sein Zögling ist kein Junge mehr, sondern ein Mann. Der Reiter macht sich breit, stemmt die Arme in die Seiten und verdeckt damit den Blick auf seine Frau.

Nach all den Jahren, der Nähe, der Vertrautheit ist es plötzlich ein Vergehen, eine Sünde, die Frau seines Meisters unverschleiert und ohne Gesichtstuch zu sehen. Als hätte er etwas verbrochen, blickt Eskandar auf den Boden.

Doch gerade als er gehen will, erhebt Hodjats Frau die Stimme. Lieber Agha-Eskandar, ich will ehrlich mit Ihnen sein. Schließlich sind Sie kein Fremder für Hodjat-Agha und mich. Sie sind uns so nah wie jeder Blutsverwandter. Wie ein Sohn sind Sie uns ans Herz gewachsen, sagt sie und spürt, wie es nicht nur ihr selbst, sondern auch ihrem Mann und Eskandar leichter ums Herz wird. Zarrin-Khanum hält sich beim Sprechen die Hand vor den Mund, lächelt und senkt abermals verlegen den Blick. Von einem Tag auf den anderen ist aus Ihnen ein richtiger Mann geworden, sagt sie. Bitte erlauben Sie mir zu sagen, Sie haben sich zu einem prächtigen jungen Mann entwickelt. Und ich bin stolz, in all den Jahren eine Art Mutter für Sie gewesen zu sein, und möchte Sie bitten, das auch in Zukunft sein zu dürfen, sagt Zarrin-Khanum und tut etwas, das sie mutiger als die beiden Männer sein lässt. Behutsam schiebt sie sich an ihrem Mann vorbei, stellt sich vor Eskandar auf die Zehenspitzen und küsst ihn auf die Stirn.

Eskandar verbeugt sich tief, verbirgt seine Tränen nicht, küsst die Hand der Frau seines Meisters auf eine Art, wie man es nur bei einer Höhergestellten tut. Möge Allah Ihnen ein langes Leben bescheren.

Die beiden Männer wissen, Frau-Zarrin ist mit ihren sechs- oder siebenundzwanzig Jahren allenfalls sechs oder sieben Jahre älter als Eskandar und könnte niemals seine Mutter sein. Also hat sie eine verbotene Grenze überschritten. Doch was immer sie getan hat, beide sind ihr dankbar, denn sie hat die Freundschaft zwischen ihnen und die Ehre ihres Mannes gerettet.

Die Khanum hat recht, sagt Hodjat-Agha, ein stattlicher und prächtiger Mann ist in dir verborgen gewesen. Du hast ihm die Freiheit geschenkt und ihn ans Licht gelassen. Wie du das angestellt hast, weiß ich nicht, aber es erfüllt mich mit Stolz, dich meinen Meisterschüler nennen zu dürfen.

Der gnädige Gott hat mich zu Ihnen geführt, sagt Eskandar.

Hodjat-Agha schließt ihn in die Arme, wie er es immer getan hat. Auch mir bist du nah wie ein Sohn, sagt er, komm herein, die Khanum hat dein Leibgericht gekocht, Reis mit Linsen, und ich habe, um dir eine besondere Freude zu machen, sogar ein Stück richtiges Lammfleisch und frische Tomaten gekauft und auf Kohle gegrillt. Hodjat-Agha prüft Eskandars Armmuskeln. Großer Gott, sagt er, wohin ist nur die Zeit verschwunden? Gestern bist du noch ein Junge gewesen.

Und Eskandar seinerseits betrachtet den Reiter und denkt, und du, mein geliebter Meister, bist über Nacht zu einem alten Mann geworden, einem, den ich vermutlich schon jetzt im Ring besiegen könnte.

Wir sollten über deine Zukunft sprechen, sagt Hodjat-Agha. Du bist ein kluger und treuer Diener, ein flinker und athletischer Kämpfer, und machst dich gut im Ring. Die älteren Kämpfer im Sur-Khaneh schätzen dich. Es ist an der Zeit, dich in die Obhut eines anderen Pahlewan zu geben.

Verehrter Meister, was immer Sie für richtig halten, sagt Eskandar. Aber mit Verlaub, ich will zu keinem anderen und nirgendwo anders hin. Mir geht es gut, wo ich bin. Hier, bei Ihnen beiden und in der Nähe meiner Roxana bin ich zufrieden und glücklich. Und wenn ich im Sur-Khaneh meine Kraftübungen mache, dann will ich nicht mehr und nicht weniger von Gott, als dass Sie, verehrter Meister, mich leiten und führen. Das ist alles, was ich vom Leben wünsche.

Sprich nicht so, sagt Frau-Zarrin. Natürlich willst du mehr

vom Leben. Du bist längst in einem Alter, in dem du eine Familie haben solltest. Kein junger Mann sollte allein bleiben. Das ist nicht gut für dich, du wirst darunter leiden, und die Leute werden dich meiden. Sie sehen einen jungen Mann ohne Frau als Bedrohung für ihr Namus, ihre Ehre, an. Agha-Hodjats Frau gerät so sehr in Fahrt, dass sie weder ein Auge für die mahnenden Blicke ihres Mannes hat noch für die Scham von Eskandar. Das nächste Mal, wenn ich ins Badehaus gehe, werde ich Ausschau nach einem geeigneten Mädchen für dich halten. Ich werde Süßspeisen zubereiten und unseren Hodjat-Agha zum Vater des Mädchens schicken, um für dich um ihre Hand anzuhalten. Und dann wird es, so Gott will, auch nicht mehr lange dauern, bis du Söhne bekommst, eine eigene Familie und ein eigenes Leben hast. Zarrin-Khanum lächelt glücklich und merkt erst jetzt, dass sie dieses Mal zu weit gegangen ist.

Es ist nur eine kleine Geste, ein kurzer Blick, mit dem Hodjat-Agha ihr bedeutet, das Kopftuch zurechtzuziehen und zu schweigen.

Wenn Eskandar seinen Meister und seine Frau besucht, lachen sie, stellen Fragen, geben Antworten; jetzt essen sie schweigend. Und mit jedem Bissen, den er hinunterschluckt, entfernt Eskandar sich mehr von der Geborgenheit, die dieser Raum und diese Menschen ihm in all den Jahren geboten haben. Und er erinnert sich, was er als kleiner Junge gelernt hat.

Wer keine Wahl hat, muss nehmen, was Gott und das Leben ihm bieten, hat seine Mutter gesagt.

Eskandar dankt Frau-Zarrin und Hodjat-Agha für die Mahlzeit und die Gastfreundschaft, trinkt mit gesenktem Haupt und schweigend seinen Tee und verabschiedet sich.

Im Garten von Mahrokh-Khanum ist es dunkel und still, nicht wie sonst, wenn Fackeln, Laternen, Duftkerzen brennen, wenn Kanees und Dienerinnen auf der Tar, der Laute, spielen. Es ist nur das Singen der Nachtigallen auf den Bäumen und in den Käfigen und das leise Plätschern des Wassers im Djub zu hören. Und es erscheint auch kein Eunuch, kein Gholam, um das Tor zum Garten und die Tür zum Haus zu öffnen.

Gerade als der Mut ihn verlässt, er sogar ein wenig erleichtert ist, weil er sich in kein unbedachtes Abenteuer stürzen muss, gerade als er wieder umkehren will, tritt seine Herrin hinter den wehenden Vorhängen ihres Schlafgemachs hinaus auf die Veranda. Mit einer Kerze in der Hand steht sie schweigend da und sieht ihn an. Dann dreht sie sich um, geht hinein und flüstert, komm, ich habe dich erwartet.

Es ist das erste Mal, dass er Frau-Mahrokh mit offenem und unbedecktem Haar sieht, das ihr bis über die Taille reicht. Ihre Stimme, ihr Duft hüllen ihn ein wie ein Tuch aus Seide und machen ihn zu ihrem Gefangenen. Die Hitze in seinem Bauch steigt hinauf in seinen Kopf, stürzt wieder hinab in seinen Bauch, erfasst seinen ganzen Körper und lässt ihn erbeben.

Weil Eskandar sich nicht bewegt, sich nicht bewegen kann, geht sie zu ihm, streckt die Hand nach ihm aus, und da erkennt er im Schein der Kerze ihre Brüste, die nur von einem dünnen Hemd bedeckt sind. Er selbst hat den Stoff im Basar für sie besorgt und sich vorgestellt, sie würde einen Schleier oder eine Kopfbedeckung daraus anfertigen lassen.

Als sie seine Verwunderung sieht, lacht sie kehlig, und es lässt seine Männlichkeit anschwellen, und er hofft, Frau-Mahrokh bemerkt es nicht.

Komm, sagt sie und schnurrt dabei wie ihre Katzen.

Eskandar hebt wie im Traum seinen Arm und legt seine Hand in die ihre, und er folgt ihr in ihr Gemach.

Fürchtest du dich?

Eskandar schweigt, benötigt seine Kraft, um sich nicht auf sie zu stürzen, sie in die Arme zu nehmen, ihre Brüste zu umfassen und sie zu küssen.

Wir sind allein, die Diener habe ich weggeschickt, und der Khan ist in den Süden gereist.

Eskandar wird es schwindlig, als sie jeden einzelnen seiner Finger küsst und schließlich seine Hand auf ihre Brust legt und ihn anlächelt. Die erste Brust, die er berührt. Seine Hand wird feucht und schwerer und schwerer und rutscht unbeholfen von der Brust seiner Herrin. Regungslos starrt Eskandar auf den feuchten Stoff, der nun an ihrer Brust klebt und sie noch deutlicher seinem Blick preisgibt.

Verzeihen Sie, Saheb, murmelt er. Verzeihen Sie. Eskandar wendet sich von seiner schönen, halbnackten Herrin ab und geht mit ungelenken Schritten hinaus auf die Veranda, in den Garten und zurück zu seinem Quartier. Erst als er die Tür zum Essraum der Bediensteten öffnet und die Stimmen der Männer hört, kommt Eskandar wieder zur Besinnung.

Was ist mit dir?, fragt Agha-Mobasher. Du siehst mitgenommen aus.

Mit Verlaub, Agha, ich hatte viel zu tun, antwortet er.

Trink einen Tee, sagt der Verwalter und beachtet ihn nicht weiter.

Eskandar hockt sich auf seinen Platz neben dem Samowar, schlürft seinen Tee und starrt wortlos vor sich hin. Um die Bilder in seinem Kopf und das Feuer in seinem Bauch auszulöschen, versucht er sich auf den Verwalter, den Reiter und ihr Gespräch zu konzentrieren. Alles, was er mitbekommt, ist, dass Hodjat-Agha über den Khan schimpft, weil der einmal mehr Leibeigene in seinen Dörfern opfert, um sich mit Verkauf von Land an die Engelissi zu bereichern.

Agha-Mobasher richtet sich auf und sagt seufzend, der Dichter hat bereits gesagt: Ein Mann ist klug, wenn er sein Glück erkennt, ein Mann ist stark, wenn er sein Glück zu packen weiß.

Eskandar trinkt seinen Tee aus, spült in aller Ruhe sein Glas ab und sagt, ich werde mein Glück packen, und geht. Nicht in sein Quartier, sondern zurück in den Garten und durch die große Glastür direkt in das Schlafgemach von Frau-Mahrokh. Sie liegt in ihrem Bett. Noch immer nur bekleidet mit dem dünnen Hemd.

Eskandar zieht die schweren roten Samtvorhänge zu, steigt mit allem, was er trägt, zu der schönen Frau des Tigers ins Bett, fragt sich nicht, woher er weiß, was er zu tun hat, tut es einfach, zieht die Schöne an sich, atmet ihren Duft ein und vereint sich zum ersten Mal in seinem Leben mit einer Frau.

Als er beim ersten Hahnenschrei aufwacht, ist ihm nicht klar, wie er aus seinen Kleidern gekommen ist, weiß nur, niemals zuvor hat er sich so leicht und wohl gefühlt. Vollkommen. Männlich. Lebendig und gleichzeitig erfüllt von Ruhe und Gelassenheit.

Eine Welt, in der ein solches Glück möglich ist, kann keine schlechte Welt sein, sagt er lächelnd.

Und jetzt, da du dieses Glück kennst, willst du auch nicht mehr ohne es sein, antwortet Frau-Mahrokh lachend.

Von nun an bestellt die Schöne ihn, wann immer ihr danach ist, zu sich. Nach und nach legen beide auch ihre letzten Hemmungen und Ängste ab, und Eskandar bleibt die ganze Nacht über bei seiner Geliebten und kehrt erst am Morgen zurück in sein Zimmer, das er mit zwei anderen Dienern teilt.

Die bemerken sein nächtliches Fortbleiben natürlich, machen anzügliche Bemerkungen über sein verändertes Aussehen, sein stets geöltes Haar, seine geputzten Fingernägel und gewaschenen Hemden. Allerdings glauben sie, dass er sich mit einer der zahlreichen Dienerinnen, Kanees, oder vielleicht auch männlichen Dienern eingelassen hat. Und niemand kommt auf den Gedanken, dass die verehrte Herrin Mahrokh-Khanum seine Geliebte ist. Ihren eigenen Dienerinnen und Kanees entgeht natürlich nicht, dass die Besuche von Eskandar-Agha häufiger werden. So viel Stoff, Seife und Duftessenzen, wie er aus dem Basar für sie besorgt, kann niemand verbrauchen. Hinzu kommt, dass er, anders als früher, die Ware nicht bei ihrer Dienerschaft abliefert, sondern alles persönlich in ihre Gemächer bringt. Die Dienerinnen sind von ihrer jungen Herrin einiges gewohnt, aber die Blicke zwischen ihr und dem Diener Eskandar-Agha, ihr Lachen, das immer ein wenig zu laut ist, und die heimlichen Berührungen sind nicht zu übersehen. Und bald fangen die Dienerinnen an zu reden, dann die anderen Frauen des Tigers, die Gärtner, die Kutscher, die Reiter, und schließlich reden alle.

Agha-Mobasher verbietet Eskandar, in den Harem zu gehen, und stellt einen anderen Diener in den Dienst der Damen. Frau-Mahrokh aber beschwert sich und besteht darauf. Sie will Eskandar-Agha und keinen anderen.

Wer es gut mit ihm meint, warnt Eskandar-Agha davor, mit dem Feuer zu spielen. Außer den Eunuchen und dem alten Agha-Mobasher bist du der einzige Mann, der im Harem des verehrten Palang-Khan ein und aus gehen darf, mahnt Hodjat-Agha. Es braucht dir nur einer etwas Böses wollen, dann geht es dir an den Kragen.

Ich suche die verehrte Herrin nur auf, wenn ich ihr etwas aus dem Basar bringe oder Zeit mit meiner Roxana verbringe, lügt Eskandar und sieht seinem alten Meister dabei direkt in die Augen.

Das ist gut, antwortet Hodjat-Agha und wendet sich ab von seinem Zögling, um die Lüge nicht sehen zu müssen. Ich will nur nicht, dass du etwas tust, was du später bereust, sagt er und weiß, dass genau das längst geschieht.

Eine Flucht

Der große Krieg, in den viele Länder und auch der Iran hineingezogen worden waren, ist nach vier Jahren endlich zu Ende; der Handel und der Basar erholen sich; die Leute kehren zu ihrem täglichen Leben zurück; und die feine Gesellschaft von Teheran ist entzückt über jedes Gerücht, über das sie sich auslassen kann, solange es nicht sie selbst betrifft.

Der Tiger ist nicht mehr der Alte, sagen die Leute. Warum sonst lässt er die Dirne nicht steinigen und den Liebhaber köpfen? Er ist ein moderner Mann, meinen andere, er macht Geschäfte mit den Farangi. Er weiß, sie würden ein solches Verhalten nicht billigen. Alles Unsinn, sagen wieder andere. Aus welchem Grund sollten die Farangi sich darum kümmern, ob einer von uns seine Frau gut oder schlecht behandelt, am Leben lässt oder tötet? Für sie zählt nur, dass ihre Geschäfte laufen.

Jene, die Palang-Khan und seine Situation besser kennen, sagen, er unternimmt nichts, weil sein Hab und Gut, sein gesamter Reichtum in Wahrheit seiner Frau gehört. Sollte ihr etwas geschehen, könnte es sein, dass er mit leeren Händen dasteht.

Sorgen Sie sich nicht, sagt Eskandar-Agha, küsst die Augen seiner schönen Geliebten, so wie sie es mag und er es von ihr gelernt hat, zärtlich und dennoch fordernd.

Sie streicht ihrem Eskandar das schweißnasse Haar aus dem Gesicht, küsst seine Brust und Schultern und sagt, lass das Gerede der Leute meine Sorge sein, kümmere dich nicht darum. Das Einzige, worüber du dir Gedanken machen solltest, ist, wie du meine Lust befriedigen kannst.

Ich werde Sie zu Ihrem Vater und Ihren Brüdern zurückbringen, gemeinsam mit Ihnen die Verantwortung übernehmen und die Ehre und den Ruf des verehrten Palang-Khan wiederherstellen. Wir werden ihm Geld geben und eine junge, unverheiratete Frau und so den Ehebruch ausgleichen.

Mein kleiner Träumer, sagt die schöne Mahrokh lachend. Du bist noch einfältiger, als ich gedacht habe.

Es sind die Worte des Propheten, protestiert Eskandar.

Mein Geliebter ist also ein gebildeter Akhund, spottet sie. Ich habe weder einen Vater noch Brüder, zu denen mich irgendjemand zurückbringen könnte. Nein, mein Herr, ich bin bei einem Vormund groß geworden, der einer der größten und reichsten Großgrundbesitzer des Landes war. Er war der Einzige, der wusste, woher ich komme, und hat dieses Wissen mit ins Grab genommen.

Erzählen Sie mir Ihre Geschichte, bittet Eskandar.

Mein Geschichtenerzähler will, dass ich ihm meine Geschichte erzähle?

Also gut, dann höre. Eines Tages, als ich etwa so alt war wie Roxana jetzt, habe ich meinen Vormund gefragt, wer mein Vater gewesen ist.

Du bist ein Tautropfen auf der schönsten aller meiner Rosen, im schönsten aller meiner Gärten gewesen, hat er geantwortet. Eines Nachts hat der Mond deine Schönheit entdeckt, hat sich in dir gespiegelt, und du hast ihn gefangen genommen und nicht mehr freigelassen. Da hat eine gute Fee dich entdeckt, und weil sie mir noch einen Gefallen schuldig war, hat sie dich mir zum Geschenk gemacht. Ich gab dir den Namen Gesicht des Mondes, Mahrokh, ich pflegte und liebte dich. Bis schließlich meine Liebe zu dir so groß wurde, dass du eines Morgens kein Tautropfen mehr warst, sondern ein schönes Mädchen.

Ich ertrage es nicht, wenn Sie über andere Männer sprechen, sagt Eskandar. Ich will der einzige, der erste, der letzte Mann in Ihrem Leben sein.

Mach dich nicht lächerlich, fährt Mahrokh-Khanum Eskandar

an. Du hast mich darum gebeten, also schweig und höre. Mein Vormund hat mich und ich habe ihn geliebt, sagt sie. Er war meine Mutter, mein Vater, mein Lehrer, mein Meister und eben auch mein Mann und Geliebter. Alles, was ich weiß, was ich kann, was ich habe, habe ich von ihm. Er machte mich zu dem Menschen, der ich heute bin. Er gab mir stets das Gefühl, ein besonderer Mensch, die schönste all seiner Frauen zu sein.

Sie sind schön, sagt Eskandar, spürt, wie kalt seine Stimme klingt.

Und als es mit ihm und seinem Leben zu Ende ging, übertrug er seinen gesamten Reichtum auf mich.

Er hat seinen Reichtum Ihnen vermacht? Einer Frau?

Die Schöne lacht, siehst du? Er ist nun einmal anders gewesen. Einzigartig, mutig, der einzige richtige Mann, den ich kenne.

Gott sei seiner gütigen Seele gnädig, sagt Eskandar und ärgert sich, weil seine Lust verflogen ist und brennender Eifersucht Platz gemacht hat.

Er hat so lange gesucht, bis er Mullah und Akhund gefunden hat, die des Lesens und Schreibens mächtig waren.

Auch ich kann lesen und schreiben, sagt Eskandar.

Wieder ignoriert sie ihn. Acht an der Zahl. Junge und alte.

Acht Akhund? Wozu die Übertreibung? Zwei oder drei hätten gereicht.

Ich dachte, du kennst dich aus, erwidert die Schöne zynisch. Immerhin hat der Prophet bestimmt, das Weib, das schwache Geschlecht, wie auch du uns Frauen nennst, muss viermal so viele Zeugen vorweisen wie der Mann. Außerdem wollte mein verehrter, verstorbener Ehemann sicherstellen, dass der eine Mullah den anderen überwacht und keiner von ihnen auf den Gedanken kommt, er könne mich betrügen.

Ich bin zwar arm und besitzlos, sagt Eskandar, doch auch ich würde Ihnen alles geben, was ich besitze, und wäre es mein Leben.

Die Schöne steigt nackt, wie sie ist, aus dem Bett, geht ans Fenster und blickt hinaus. Und welchen Nutzen soll es haben, wenn du dein Leben für mich gibst?

Eskandar will aufstehen, will zu ihr gehen, sie in die Arme schließen, doch sie kommt zurück zum Bett, lehnt ihren Kopf an ein Kissen, nicht an seine Schulter, und sagt, bis zum Tag seines Todes habe ich jede Minute meines Lebens an seiner Seite verbracht. Er nahm mich überallhin mit, verwöhnte und verhätschelte mich, machte mich aber auch tauglich fürs Leben. Von Anfang an gewährte er mir Einblick in seine Geschäfte; er hat mir die Gründe für jede Entscheidung erklärt, und er hat mich nach meiner Meinung gefragt. Er hat Lehrer eingestellt, mir Rechnen, Lesen, Schreiben beibringen lassen, und ich habe sogar gelernt, den Koran zu lesen und ihn zu deuten.

Sie sind die einzige Frau, die ich kenne, die all das weiß, sagt Eskandar und wünschte, sie würde schweigen.

Siehst du, sagt sie und lacht bitter. Auch dich empört es, dass ich, eine Frau, Wissen habe und Reichtum besitze. Ich sorge für mich selber und treffe eigene Entscheidungen, und ich entscheide, mit welchem Mann ich mein Leben und meinen Reichtum teile. Mein geliebter Vormund und Ehemann hat mich mit Khadija, der ersten Frau des Propheten, verglichen. Er sagte, wenn der Prophet einer Frau Eigenständigkeit und Entscheidungsfreiheit zugebilligt hat, dann kann ich, ein einfacher Mensch, sie dir nicht verweigern. Und so ist Khadija, die tüchtige, fähige Geschäftsfrau, die Besitzerin von Karawanen, Grund und Boden, von Sklaven, Männern und Arbeitern, für mich ein Vorbild geworden.

Khadija?, sagt Eskandar. Das ist die, die den Propheten Mohammad als Kameltreiber angestellt hat, bevor sie sich Jahre später in ihn verliebt und schließlich zum Ehemann genommen hat.

Mahrokh-Khanum lächelt zufrieden und gönnt ihrem armen Geliebten seinen kleinen Triumph. Sie kennen sich aus, bemerkt sie.

Eskandar lächelt, will von seinem Unterricht beim Mullah erzählen und dass er erst Jahre später verstanden hat, dass Prophetmohammad nicht der Name eines gewöhnlichen Mannes, sondern kein Geringerer als der Prophet Mohammad ist. Doch noch während er die Worte in seinem Kopf zurechtlegt, erzählt Mahrokh-Khanum weiter.

Unter den vielen Gästen, die im Haus meines Vormunds und Ehemanns ein und aus gegangen sind, befand sich auch unser verehrter Palang-Khan. Mein Ehemann machte mich mit ihm bekannt und riet mir, ihn zum Mann zu nehmen, wenn er selber diese Welt verlassen hätte.

Ihr eigener Ehemann hat Sie in die Arme eines anderen Mannes getrieben?

Er hat gewusst, die Zeiten des Propheten und der mächtigen Khadija sind Geschichte. Er wusste, in Zeiten wie diesen kann eine Frau noch so klug sein und noch so viel Geld und Reichtum besitzen, sie braucht einen Mann, der sich schützend vor sie stellt und die Geschäfte für sie erledigt. Der Tiger war ein gut aussehender junger Mann, er war ein wunderbarer Liebhaber, noch immer verfügt er über Kraft, Mut und Macht, ein Tiger eben.

Eskandar verzichtet auf die Frage, ob der Tiger ein besserer Liebhaber ist als er selber, und sieht Mahrokh-Khanum nicht einmal mehr an.

Der Tiger hatte nicht viel geerbt und das bisschen, was er besessen hat, hat er verspielt, verschleudert oder durch Misswirtschaft verloren, was weiß ich. Jedenfalls habe ich ihm dringend benötigtes Geld gegeben und bin seine Frau geworden.

Das heißt, die Dörfer, Felder, Leibeigenen –

Alles meins.

Dieses Anwesen?

Alles, was du hier siehst, gehört mir. Ich habe seine Unterschrift und sein Siegel, und dieselben acht Mullah und Akhund haben es beglaubigt, dass er keinerlei Anspruch auf nur einen Fuß meines Besitzes hat. Erst dann habe ich ihm gestattet, mein Ehemann zu werden.

Gerade will Eskandar Mahrokh-Khanum fragen, aus welchem

Grund sie ihm das alles erzählt, da fragt sie, kannst du dir denken, aus welchem Grund ich dir meine Geschichte erzähle?

Hätte der Mut ihn nicht verlassen, würde Eskandar sagen, weil du mich liebst, weil du willst, dass ich Teil deines Lebens, deiner Welt, deiner Gefühle bin, und er würde sie in die Arme nehmen, küssen und sich mit ihr vereinen, bevor er zurück zu seinem Quartier und seiner Arbeit muss. Er würde ihr sagen, dass er weder die Geschichten über ihren Vormund hören will noch die über den Tiger, und schon gar nicht möchte er hören, wie gut seine Geliebte ohne jeden Mann, also auch ohne ihn, zurechtkommt.

Du schweigst, sagt Mahrokh-Khanum und sieht ihn verächtlich an. Ich werde dir den Grund sagen, warum ich dir alles das erzähle. Ich habe nämlich den Wunsch, dass du das heute Gehörte aufschreibst. Ich will, dass jeder Mann und jede Frau erfahren, dass es in unserem Land auch heute noch Frauen gibt, die wie die kluge Khadija, die vor 1400 Jahren gelebt hat, wissen, was sie tun und warum sie es tun. Ich will, dass die Welt erfährt, dass eine Frau genauso klug und fähig sein kann wie ein Mann.

Aufschreiben? Mit allem hat Eskandar gerechnet, nur damit nicht. Seine Stimme überschlägt sich. Am liebsten will er aufspringen und ihr ins Gesicht sagen, dass es vermessen ist, sich mit der Frau des Propheten zu vergleichen, aber er schweigt, und er sagt auch nicht, dass niemand sich für die Geschichte einer Mahrokh-Khanum interessieren wird, sei sie noch so schön, bezaubernd und reich.

Als Geschichtenerzähler weißt du es natürlich am besten, sagt seine Herrin. Es ist gut, Geschichten für die Nachwelt zu erhalten, nicht nur die von Propheten, Königen und ihren Frauen, sondern von Menschen wie du und ich.

Eskandar starrt auf seine nackten Füße. Der Morgen naht, er ist müde vom vielen Zuhören, will seine schöne Geliebte noch einmal besitzen, bevor er sich wegschleichen und mit der Arbeit beginnen muss.

Komm, sagt sie, lass mich dich noch einmal lieben.

Inzwischen wundert Eskandar sich nicht mehr, dass sie seine geheimen Gedanken und Wünsche kennt. Er lächelt dankbar und legt seinen Arm um ihre schmale Taille.

Liebe mich, sagt sie, wie du es noch nie getan hast, denn dies wird das letzte Mal sein, dass wir uns vereinen. Danach werde ich dir eine angemessene Summe geben. Du wirst dieses Anwesen verlassen und in den Norden des Landes, in das von den Russen besetzte Gebiet, reiten oder nach Bagdad oder zu den Osmanen oder sonst wohin, dich versteckt halten und erst wieder zu mir zurückkehren, wenn ein Jahr verstrichen ist.

Augenblicklich löst Eskandars Lust sich in Luft auf. Sein Arm gleitet von ihrer Taille, und er starrt sie an. Das geht nicht. Das kann ich nicht, stammelt er. Das darf nicht sein. Ich will bei meiner Roxana bleiben und bei Ihnen.

Sei ohne Sorge. Weder mir noch unserer kleinen Roxana wird etwas zustoßen.

Unserer? Es ist meine Roxana, schreit es in seinem Kopf, und er reißt seinen gesamten Mut zusammen und sagt, ich werde nirgendwohin gehen. Sie sind die Herrin, und wenn es Ihr Befehl ist, werde ich gehen müssen, aber meine Roxana werde ich mitnehmen.

Sie sagt nicht Ja, sie sagt nicht Nein, bleibt seelenruhig liegen, lächelt und sagt, nicht mehr lang, und der Tiger wird erfahren, dass du ihn hintergehst und betrügst, und er wird sich rächen wollen, er wird es tun müssen, sagt Mahrokh-Khanum kühl. Dann wirst du deine Roxana nie wiedersehen. Ich möchte, dass du dich in Sicherheit bringst.

Bevor Eskandar auch nur den Mund aufmachen kann, sagt sie, ich will, dass du mir vertraust. Ich habe schon ganz andere Herausforderungen bewältigt. Jetzt, da ich zum Gerede der Leute geworden bin, kann er sich meiner nicht so leicht entledigen. Er weiß, wenn er mir etwas antut, werden die Leute sagen, er habe es nur getan, um meinen Besitz und meinen Reichtum an sich zu reißen. Das ist gefundenes Fressen für die Leute, sie werden ihn für einen Dieb, für einen Schwächling halten, er wird sein Gesicht verlieren, sie werden ihn meiden, und er wird seine gesellschaftliche und politische Stellung verlieren.

Aber wie soll ich ohne meine Roxana leben?

Solange ich am Leben bin, wird es ihr an nichts fehlen, und du wirst sehen, die Zeit wird im Nu verfliegen, und ehe du dich's versiehst, wirst du wieder mit ihr vereint sein. Glaube mir, es ist das Beste, sagt Mahrokh-Khanum. Aus welchem Grund solltest du hierbleiben und dein Leben aufs Spiel setzen?

Die Worte von Mahrokh-Khanum landen wie Stiche in seinem Kopf.

Aber das Wichtigste, sagt sie, ist, dass du alles, was ich dir heute erzählt habe, aufschreibst. Ich werde den Tiger wissen lassen, dass du die ganze Wahrheit und jede Einzelheit kennst und jedermann davon erzählen wirst, sollte mir etwas zustoßen. Mahrokh-Khanum lächelt verführerisch, als sie sagt, du bist mein Lebensretter. Das wolltest du doch sein. Meiner und der unserer kleinen Roxana.

Eskandar wird es schwindlig, als wäre er im Sur-Khane und würde sich wie die Derwische um die eigene Achse drehen.

Ich werde der Retter der schönen Mahrokh, sagt er vor sich hin. Ich bin der Einzige, der dein Geheimnis kennt, und werde es hüten. Sollte dir etwas zustoßen, werde ich dich rächen und den großen Tiger dem Gespött der Leute preisgeben. Und wenn es sein muss, werde ich ihn mit meinen eigenen beiden Händen töten.

Zufrieden wirft Mahrokh-Khanum den Kopf in den Nacken. Oh, bitte, so weit muss es nicht kommen, sagt sie kühl. Meinetwegen musst du es nicht mit dem Tiger aufnehmen. Es reicht, wenn du weit weggehst, ein gutes Jahr von hier fernbleibst und alles aufschreibst, was ich dir anvertraut habe. Und sollte er sich tatsächlich anders verhalten, als ich glaube, dann möchte ich, dass du nicht zögerst und dein Wissen bekannt machst. Ich verlasse mich auf dich, sagt sie.

Bevor Eskandar antworten kann, legt sie ihm einen Finger

auf den Mund und gibt sich ihm ein letztes Mal hin. Ihr Herz aber bleibt kalt.

Gleich nachdem Eskandar gegangen ist, schickt Mahrokh-Khanum ihren Eunuchen zum Tiger und lässt ihn zu sich bitten. Sobald er den Raum betritt, sagt sie, nur damit Sie im Bilde sind, der Diener ist geflohen, und er kennt die ganze Geschichte. Sofern mir oder diesem von ihm über alle Maßen geliebten Mädchen etwas zustoßen sollte, hat er den Auftrag, von mir unterschriebene und besiegelte Verfügungen über meinen Besitz zu Richtern und anderen namhaften Männern der Stadt zu bringen. Im Falle meines gewaltsamen oder frühzeitigen Todes werden Sie alles verlieren.

Mahrokh-Khanum lässt den Tiger nicht zu Wort kommen, außerdem hat der Diener den Auftrag, für den Fall, dass mir etwas zustoßen sollte, an die Öffentlichkeit zu bringen, aus welchem Grund ich Sie zum Mann genommen habe.

Schon als ich Sie zur Frau genommen habe, wusste ich, Sie sind gerissener als ich und alle anderen Männer zusammen.

Ich habe entschieden, Sie zum Mann zu nehmen, verbessert sie den Tiger. Ich war bereit, auf vieles, auch auf meine Freiheit, zu verzichten. Ich tat es, weil ich Sie begehrt habe, sagt Mahrokh-Khanum. Und weil Sie mir gegeben haben, was ich von einem richtigen Mann erwarte.

Palang-Khan legt seine Hände auf den mit der Zeit nicht mehr ganz flachen Bauch und sagt, Sie haben mich begehrt? Viel wichtiger ist Ihnen doch wohl gewesen, Ihren Zutritt zur Gesellschaft nicht zu verlieren, und Sie wollten nicht allein und ohne den Schutz eines Mannes bleiben. Und Sie haben jemanden gebraucht, der die Geschäfte und Finanzen für Sie in der Öffentlichkeit abwickelt.

Mahrokh-Khanum spricht in geschäftlichem Ton, als sie sagt, mag sein, dass es so gewesen ist. Doch die Zeiten und die Dinge haben sich geändert, die Ehe mit Ihnen hat nun mehr Nachteile für mich als Vorteile.

Der Tiger macht den Mund auf, doch Mahrokh-Khanum lässt ihn wieder nicht zu Wort kommen. Ich bin eine Gefangene. Wenn ich überhaupt mein Haus verlassen kann, dann nur in einer geschlossenen Droschke und nur um an einem anderen Ort der Stadt wieder hinter hohen Mauern einer anderen Gefangenen zu verschwinden. Und wen treffe ich dort? Gelangweilte Ehefrauen, die nichts anderes tun, als hinter dem Rücken anderer Menschen, seit Neuestem am liebsten hinter meinem eigenen, zu tratschen. Nein, mein Herr, so ein Leben will und werde ich nicht führen.

Der Tiger ringt nach Atem, als hätte er einen anstrengenden Weg zurückgelegt. Khanum, sagt er, zügeln Sie sich. Nicht ich bin es, der angeklagt werden sollte, sondern Sie. Der Tod wäre die gerechte Strafe für Sie.

Wäre ich ein Mann, könnte ich ungestraft ein Verhältnis mit den Frauen und Mädchen aus meinen Dörfern anfangen. Ich könnte eine Hure oder auch einen Halkon kaufen oder es mit meinem Dienstmädchen treiben, und niemand würde etwas dagegen haben. Nur weil ich eine Frau bin, ist es mir nicht vergönnt, mich zu amüsieren und mein Leben zu genießen. Ich habe eine Entscheidung getroffen, sagt Mahrokh-Khanum. Ich werde dieses Gefängnis verlassen und nach Europa oder Amerika gehen.

Und wofür soll das gut sein? Glauben Sie, dort kann eine Frau tun und lassen, was sie will? Hätten Sie sich nicht wenigstens einen Liebhaber nehmen können, der Ihrem Rang entspricht?, schnaubt er wütend.

Als hätte sie nur auf diese Bemerkung gewartet, lehnt Mahrokh-Khanum sich in ihre Kissen zurück und lächelt. Im Grunde müssten Sie mir sogar dankbar dafür sein, dass es nur ein Diener war.

Sie haben mich zum Narren gehalten, schimpft der Tiger. Dafür soll ich Ihnen auch noch danken?

Mahrokh-Khanum bedeutet ihrem Mann, sich neben sie zu setzen, und wartet geduldig, bis er sich mit seinem schweren und inzwischen nicht mehr ganz gelenkigen Körper auf den Kissen neben ihr niederlässt und sie näher zu ihm heranrücken kann. Sie schiebt Polster hinter seinen Rücken, zupft in aller Ruhe seinen Rock zurecht, verbreitet mit jeder ihrer Bewegungen einen verführerischen Duft und strahlt den Tiger an, als wäre alles zwischen ihnen in bester Ordnung.

Ich kenne Sie. Sie haben sich doch längst einen Plan zurechtgelegt, sagt der Tiger und seufzt, ohne den begehrenswerten Körper seiner jungen Frau aus den Augen zu lassen. Ich bin betrübt, murrt er. Ich bin ein Mann, der seine Ehre verloren hat. Gleichzeitig fühle ich mich niedergeschlagen, denn nun kann ich meinen Kopf nicht mehr in Ihren Schoß legen und so tun, als gäbe es außer Ihnen und mir niemanden in dieser Welt.

Jetzt, in diesem Augenblick, gibt es außer Ihnen und mir niemanden, sagt Mahrokh-Khanum sanft, und sie beginnt ihre Kleider abzulegen und hilft ihrem Mann aus seinem schweren Rock, der Hose, den Gurten, Schnüren und Schals, als hätte er nicht gerade erst eine halbe Stunde und mehr damit verbracht, sich mit Hilfe eines Dieners anzuziehen. Als würden im Haupthaus nicht vierzig und mehr Männer auf ihn warten, um mit ihm zu sprechen, Forderungen an ihn zu richten, ihm politische Geheimnisse anzuvertrauen, für die sie ihm andere nützliche Informationen entlocken.

Stattdessen liegt der Tiger zum ersten Mal seit einer Ewigkeit wieder bei seiner schönen Ehefrau Mahrokh und liebt sie mit einer Einfachheit und Leichtigkeit, wie er sie allenfalls mit Frauen und jungen Männern erlebt, die er kauft oder für ihre Dienste bezahlt.

Sie wissen, dass es nur wenigen Männern vergönnt ist, ihre Ehefrauen auf diese Weise zu lieben, sagt Mahrokh-Khanum.

Das Einzige, was ich weiß, ist, dass ein anderer Mann genau hier bei meiner Frau gelegen, sie ebenfalls geliebt und diesen wunderbaren Körper berührt und mit ihm gespielt hat. Und ich weiß auch, dass jeder andere Ehemann an meiner Stelle nicht gezögert hätte, die Ehebrecherin zu töten, um seine Ehre wiederherzustellen.

Hören Sie auf, den Rächer zu spielen, Sie und ich wissen, dass der Besitz und die Grundstücke Sie und Ihre verlorene Ehre großzügig entschädigen, sagt Frau-Mahrokh und presst ihren warmen Körper an den ihres Mannes.

Er will protestieren, sie schlagen, schelten, sich rächen, doch betäubt von ihrer Wärme und ihren Worten, bringt der alte Tiger nur noch ein wohliges Brummen zustande.

Sie müssen mich gehen lassen, sagt die schöne Mahrokh. Es ist eine Entscheidung, die auch mir schwerfällt, lügt sie und wischt gespielte Tränen aus ihren Augen. Vergessen Sie den Diener, er zählt nicht, er war mein Werkzeug. Nachdem er seinen Zweck erfüllt hat, habe ich ihn fortgeschickt. Sie schmiegt ihren Körper noch enger an den von Palang-Khan, schiebt die Hand unter das Laken und streichelt den Bauch ihres alten Tigers. Können Sie mir das versprechen? Sie küsst ihn auf den Mund. Bevor er antworten kann, sagt sie, ich habe alles bedacht und schlau eingefädelt.

O ja, das haben Sie, Sie haben dafür gesorgt, dass die ganze Stadt von Ihrer Affäre erfährt.

Seien Sie ehrlich, sagt sie mit gespielter Strenge. Wäre ich anders vorgegangen, hätten Sie mich einfach in meinem Haus eingesperrt. Oder Sie hätten einen Weg gefunden, mich zu zwingen, Ihnen meinen Besitz zu überschreiben. Vielleicht hätten Sie mich aber auch vergiftet und sich so meiner entledigt. So aber bin ich geschützt, denn die Leute warten gespannt darauf, wie Sie reagieren werden. Und natürlich wäre nicht nur Ihr guter Ruf, sondern auch Ihre Stellung in der Gesellschaft dahin, würde mir etwas zustoßen.

Nun sagen Sie schon, wie sieht Ihr Plan für mich aus?

Was halten Sie davon?, fragt Mahrokh-Khanum und streicht ihrem Tiger über den Kopf. Da mir bewusst ist, dass ich als alleinstehende Frau selbst heute keinen leichten Stand haben werde, möchte ich, dass wir verheiratet bleiben. Wir werden den Leuten erzählen, der dumme Diener habe diese Lügengeschichten erfunden und verbreitet, weil er mir Geld abknöpfen wollte.

Die Leute sind doch nicht dumm. Aus welchem Grund sollten sie uns glauben?, fragt der Tiger.

Weil Sie es selbst überall herausposaunen werden, während ich mit meiner Roxana die gebuchte Schiffspassage nach Farang antreten werde. Sie werden sehen, das Gerede wird schon bald verstummen.

Sie haben bereits gebucht? Wie lange werden Sie im Ausland bleiben?

Lange.

Ich werde Sie besuchen.

Das ist ein wunderbarer Gedanke, sagt Mahrokh-Khanum keck. Und sollte uns danach sein, werden wir vielleicht sogar unseren Spaß miteinander haben.

Hin- und hergerissen zwischen seinem verletzten Stolz und seiner Angst, den Reichtum seiner Frau zu verlieren, gibt der Tiger schließlich auf. Verstehe ich Sie richtig?, fragt er. An den bestehenden Verträgen und Besitzverhältnissen wird sich nichts ändern? Alle von mir und meinen Frauen, auch den zukünftigen, und allen Kindern bewohnten Anwesen kann ich weiterhin nutzen?

Sie haben mein Wort, sagt Mahrokh-Khanum mit der Gelassenheit einer Siegerin.

Werden Sie das zusätzliche Land, das ich den Farangi in Aussicht gestellt habe, freigeben?

Das werde ich. Und Sie werden auch in Zukunft, natürlich in Absprache mit mir, die Geschäfte für mich führen.

Dann bin ich mit Ihrem Vorschlag einverstanden.

Natürlich sind Sie das, schnurrt Mahrokh-Khanum mit ihrer Katzenstimme. Und damit Sie mich in guter Erinnerung behalten, werden wir die Gelegenheit nutzen und uns vor meiner Abreise noch einmal vergnügen.

1919, Eskandar-Agha wird Fotograf

Eskandar-Agha tut, was Mahrokh-Khanum ihm aufgetragen hat, und macht sich sofort auf den Weg in den Norden des Landes.

Unterwegs wird er wieder und wieder von russischen Soldaten angehalten und muss Zoll zahlen. Und nur vierzehn Tage hinter Teheran wird er von Wegelagerern überfallen und ausgeraubt.

Als er endlich in einer Stadt ankommt, in der er beschließt zu bleiben, weil er arbeiten und Geld verdienen muss, stellt sich heraus, dass er statt im Norden im Nordosten, in Mashhad gelandet ist.

Die Leute sagen, in diesen turbulenten Zeiten ist nichts sicher, außer dass man hohe Wegegelder zahlen muss, und zwar an die Regierungssoldaten, die Engelissi, Agenten der Deutschen und Türken und an die russischen Besatzer, die sich seit zwei Jahren Bolschewiken nennen. Und es ist auch klar, dass man von Dieben und Banditen überfallen und ausgeraubt wird.

Die Leute sagen, Eskandar-Agha sollte Gott danken, denn immerhin ist er mit dem Leben davongekommen.

Geh zum Grab des achten Emam-Resa, raten sie ihm, danke dem Heiligen und bringe ein Opfer, damit er dich auch in Zukunft beschützt.

Eskandar nimmt sich vor, den Rat der Leute zu befolgen, sobald er Arbeit gefunden hat.

Die Leute sagen, wer arbeiten will, muss weiter Richtung Westen ans Kaspische Meer. Dort, wo die Handelsschiffe der Farangi ankommen, gibt es Arbeit.

Eskandar tut, was die Leute ihm raten, verschiebt den Besuch am Grab des Emam auf später und wandert in Richtung Westen. Je näher er dem Kaspischen Meer kommt, desto mehr verändert sich alles, die Landschaft, das Wetter, das Essen, das Aussehen der Menschen, sogar ihre Sprache ist so anders, dass Eskandar das Gefühl hat, in einem fremden Land zu sein.

Anders als im heißen und trockenen Süden, in Teheran und auch in Mashhad ist es in der Gegend um das Meer feucht und bis in den März hinein so kühl, dass Eskandar fürchtet, kranke Knochen zu bekommen oder gar zu erfrieren. Während es im Süden jahrelang nicht regnet, tut es das hier die Hälfte des Jahres. Der Nebel lässt die Sonne verschwinden, und im Winter wird alles bedeckt von etwas, das Eskandar zum ersten Mal sieht, Schnee. Eine bedrohliche und nutzlose Erfindung Gottes, die es Mensch und Tier tagelang unmöglich macht, auch nur einen Schritt vor die Tür zu setzen. Das Einzige, was Eskandar bedauert, ist, dass er nicht eine Handvoll davon aufheben und mitnehmen kann, um ihn seiner Roxana zu zeigen. Ganze Häuser, Dörfer, Landschaften sind unter der weißen, kalten Last begraben. Im Sommer hingegen sind die Gärten, Felder, Berge und Wege so grün und dicht zugewuchert, dass Eskandar manchmal glaubt, ersticken zu müssen. Er verläuft sich in den bedrohlichen Wäldern, wilde Schweine laufen ihm über den Weg und einmal sogar ein Bär.

Den Anblick der hellgrünen Reisfelder mag Eskandar dagegen sehr. Wie die Wüste sind sie offen, weit und einladend. Parzellen, die von kniehohen Lehmmauern umgeben sind, steigen terrassenförmig die Hänge empor. Das Wasser steht knietief in ihnen, und wenn die Sonne und der Himmel sich darin spiegeln, sehen die Felder aus wie ein riesiger Fisch mit glänzenden Schuppen, und die Landschaft verwandelt sich in ein funkelndes Juwel.

So muss es gewesen sein, als die schöne Mahrokh-Khanum ein Tautropfen war, in dem der Mond sich spiegelte, murmelt Eskandar und nährt damit wieder die Sehnsucht nach seiner Herrin. Und er beschließt in Anbetracht dieses wunderbaren Schauspiels der Natur den zweiten Auftrag seiner schönen Mahrokh sofort zu beginnen und ihre Geschichte aufzuschreiben.

Jeden Tag wünsche ich mir, sie hätte mich nicht allein fortgeschickt, schreibt Eskandar. Das ist nicht gerecht. Sie hätte mich zusammen mit der kleinen Roxana begleiten sollen. Manchmal tue ich, als wären sie bei mir, im Geiste spreche ich sogar mit ihnen.

Schon nach wenigen Sätzen fühlt Eskandar sich weniger einsam, und er schreibt nicht nur die Geschichte der schönen Mahrokh auf, sondern gewöhnt sich an, alles, was er sieht und erlebt, zu notieren. Ich werde es meiner Roxana und der schönen Mahrokh vorlesen, wenn wir wieder vereint sind, schreibt er. Auf diese Weise wird es sein, als hätten sie mich begleitet.

Eskandar schreibt über die sumpfigen Gewässer in den weiten Tälern, auf denen Männer mit langen Stöcken Boote durchs Wasser schieben, Netze auswerfen und Fische fangen; Kinder und Frauen reiten auf Pferden durchs flache Wasser, und die Häuser mit ihren Spitzdächern aus Reisig sehen aus wie kleine Inseln, die auf Stelzen stehen. Wenn Frieden einen Duft hätte, schreibt Eskandar, dann wäre es der von Reisfeldern.

Wie die Landschaft, so ist auch das Aussehen der Menschen im Norden anders. Ihre Haut ist hell wie Milch, manche haben blaue Augen wie die kleine Roxana und goldenes Haar wie Mesterr-Richard, schreibt Eskandar. Würden sie die Kleidung der Farangi tragen, könnte ich manche von ihnen für Engelissi- oder Russi-Farangi halten. Selbst ihre Sprache ist mir fremd, und es kommt vor, dass ich sie nicht verstehe. Trotzdem freunde ich mich rasch mit ihnen an. Sie haben eine ungezwungene und offene Art. In gewisser Weise scheinen sie weniger Angst zu haben als die Menschen im Süden. Sie lachen, tanzen, sind vergnügt, sogar ihr Gang wirkt leicht und unbekümmert, und weil die Sonne weniger heiß brennt als im Süden, halten die Menschen sich viel im Freien auf und leben mit der Natur. Ich wünschte, meine geliebte Roxana und meine schöne Mahrokh wären bei mir, schreibt Eskandar.

Darüber, dass die Bäuerinnen kurze, bunte Röcke tragen und

bei der Arbeit in den Reisfeldern ihre langen Unterhosen hochkrempeln und man ihre Unterschenkel sehen kann, schreibt Eskandar nichts, und auch nicht, dass er diesen Anblick genießt und viel Zeit damit verbringt, die arbeitenden Frauen zu beobachten.

Was Eskandar am Norden auch gefällt, ist, dass in dem feuchtwarmen Klima Früchte, Gemüse, Kräuter, Knoblauch und vieles andere in Hülle und Fülle wachsen und die Menschen sie zu schmackhaften Speisen verarbeiten. Wenn er Arbeit hat und es sich leisten kann, isst er am liebsten Ssabsi-polo-Mahi, Fisch mit Reis und frischen Kräutern, und dazu eingelegten Knoblauch mit und ohne Kräuter und Joghurt mit Gurken und Minze.

Auf der Suche nach Arbeit ist Eskandar gezwungen, ständig hin und her zu wandern. Er geht zurück in den Nordosten bis zur Grenze Afghanistans, wo es beinah so trocken ist wie im Süden, dann wandert er wieder nach Westen. An der Grenze zu Turkmenistan entlang in Richtung Kaspisches Meer und weiter entlang der Grenze zu Georgien und Armenien und auch der neuen Grenze, die mitten durch die Provinz Aserbaidschan geht, weil die Russen sie sich zur Hälfte einverleibt haben. Dann wandert er weiter bis zur Grenze der Türkei und den ganzen Weg wieder zurück bis zum Kaspischen Meer.

Je länger er unterwegs ist, je mehr unterschiedlichen Menschen er begegnet, je mehr Dialekte er hört, Speisen er isst, Gewohnheiten er lernt, desto mehr stellt Eskandar zu seiner Überraschung fest: Er mag das Reisen. Und zwar vor allem wegen der vielen Geschichten, die er erzählt bekommt. Es werden so viele, dass er sie sich notieren muss, um sie nicht zu vergessen. Manchmal reichen Worte nicht, und er fertigt Skizzen an von den Fabelwesen, den Ungeheuern, den wirklichen und unwirklichen Orten.

Irgendwo, in einem Teehaus unweit vom Meer, beobachtet der Teehausbesitzer Eskandar dabei, wie er schreibt und zeichnet, und er sieht ihm über die Schulter und fragt erstaunt, wer die seltsamen Wesen sind, und Eskandar erzählt und bekommt als Dank eine Mahlzeit und einen Schlafplatz.

Bleib, so lang du willst, sagt der Teehausbesitzer, als er merkt, dass nicht nur er selber, sondern auch seine Gäste Freude an den Geschichten haben. Sie sitzen um Eskandar herum, hören ihm gebannt zu und trinken und essen in einem fort. Das ist gut für mein Geschäft, sagt der Teehausbesitzer.

Es gefällt Eskandar-Agha, wenn es still wird im Teehaus und die Jungen und Männer sich nicht mehr unterhalten und nur noch zuhören, ihm und seinen Geschichten, und wenn sie sich freuen, erschrecken, begeistert sind, wenn er ihnen seine Zeichnungen zeigt.

Er trägt die Geschichten der Türken zu den Mazendarani, die der Gilani zu den Mashhadi und umgekehrt.

Am liebsten erzählt er die Geschichten, die sein eigenes Leben geschrieben hat. Seine Zeit mit den Nationalisten oder mit den Farangi, oder im Haus von Frau-Rohan oder des Tigers. Besonders gerne erzählt er die Geschichte von dem kleinen Jungen aus dem Dorf ohne Namen, dem Gott eines Tages ein kleines Mädchen schenkt, das er Roxana nennt und mit dem zusammen er beim grausamen König gefangen gehalten wird. Manchmal erzählt er den Leuten aber auch einfach Dinge, von denen er selber bisher nichts gewusst und die er gerade erst erfahren hat; dass die Russi-Farangi sich seit Neuestem Bolschewiken nennen und ihr Land statt Russland jetzt Sowjetunion heißt. Dass sie sagen, ihr Land sei ein Paradies, in dem es alles gibt, jeder satt wird und in Freiheit leben kann. Und dass es den Russi-Farangi am liebsten wäre, wenn die Iraner das neue System, den Kommunismus, übernehmen und die Russi den Iran zu einer weiteren Republik ihres Landes machen könnten.

Eskandar bringt sein Publikum zum Lachen, wenn er sagt, wenn die Russi unser Land offiziell besäßen, hätte das für beide Seiten große Vorteile. Die Russi hätten freien Zugang zur alten Seidenstraße, die von Ostasien nach Europa führt, und sie hätten ungehinderten Zugang zum warmen und eisfreien Persischen Golf und könnten anstelle der Engelissi unser Petroleum abschöpfen. Und dann wartet er, bis seine Zuhörer ungeduldig werden und fragen: Und welchen Vorteil hätte das für uns?

Für uns Iraner würde es das Ende der Besatzung bedeuten.

Wie das?, erkundigen sich seine Zuhörer.

Nun, antwortet Eskandar-Agha, als Besitzer können die Russi schließlich nicht auch gleichzeitig Besatzer sein, und ihre Soldaten wären keine Feinde mehr, sondern Beschützer.

Die Wirklichkeit allerdings ist weniger zum Lachen. Viele seiner Landsleute wissen tatsächlich nicht mehr, wie sie ihre Kinder vor Krankheiten und dem Hungertod bewahren können, und hoffen, die Propaganda vom Paradies ist wahr. Und das, obwohl die roten Russi die Weißrussen vertreiben und Tausende von ihnen in den nördlichen Provinzen des Iran Schutz suchen und ebenfalls ernährt werden müssen.

In einem Teehaus in Gilan, das nur aus einem Strohdach und ein paar Kelims und Kissen auf dem Boden besteht, trifft Eskandar auf einen Mann mit dem Namen Herr-Bildermacher, Agha-Akkassbashi. Er verfügt über die notwendigen Papiere und kann in die Sowjetunion ein- und ausreisen, wie es ihm beliebt. Agha-Akkassbashi leckt das Olivenöl von seinen Fingern und sagt, mein Rat lautet, wem sein Leben lieb ist, sollte hier im Iran bleiben. Gehen Sie nicht zu den Russi, sagt Agha-Akkassbashi. Es sei denn, Sie verfügen über genügend Geld und können die richtige Karawane und jenseits der Grenze die Miete für teure Unterkünfte bezahlen.

Aber die Leute sagen, dort sei das Paradies, sagt Eskandar.

Glauben Sie nicht jeden Unsinn, den die Leute erzählen. In der Karawanserei gleich hinter der Grenze habe ich Abgousht gegessen, und als ich die Knochen meines Fleisches für die Hunde in die Ecke warf, habe ich aus dem Augenwinkel gesehen, dass nicht nur die armen Vierbeiner darauf warteten, sondern auch ein paar Menschen. Sie haben sich mit den Hunden um die Knochen gestritten, und ihre Sprache war Persisch. Ich wünschte, ich könnte mehr tun für meine Landsleute, als ihnen ein ordentliches Abgousht mit Brot und allem, was dazugehört, zu spendieren, sagt Agha-Akkassbashi traurig. Ja, mein Herr, so kann es einem ergehen, wenn man den Leuten glaubt und auf die Propaganda der Russen hereinfällt.

Eskandar und Agha-Akkassbashi verstehen sich gut und schließen sich derselben Karawane an. Sie teilen ihr Brot und ihr Nachtlager und leisten sich Gesellschaft. Eskandar-Agha verdient sein Brot mit Schreibarbeiten, er erzählt Geschichten, oder er nutzt das Wissen, was er beim Mullah gelernt hat und stellt Tavis, Glücksbringer, her, sogar eine Trauung führt er durch.

Mehr als vierzig Tage sind sie unterwegs, bevor sie in der kleinen Hafenstadt Bandar-e Ansali am Kaspischen Meer ankommen, wo Agha-Akkassbashi eine Fotomaschine abholt, die per Schiff aus dem ehemaligen Reich des Zaren an ihn geschickt wurde.

Du erzählst deine Geschichten mit Worten, sagt er, ich erzähle sie mit Bildern und Zeichnungen. Ich fotografiere Menschen, Tiere, Gebäude, Blumen, Stoffe, Gewürze, Säulen, Teppiche, Landschaften, Seen, Reisfelder, einfach alles, woran mein Blick haften bleibt.

Erst jetzt, als Agha-Akkassbashi ihm Bilder zeigt, die er mit seiner Fotomaschine macht, begreift Eskandar, dass das Bild, das sein kanadischer Freund ihm von seinem Sohn gezeigt hat, und die Bilder an der Wand im Arbeitszimmer des Palang-Khan keine gemalten, sondern ebenfalls fotografierte gewesen sind.

Die meisten Fotografien sind für mich selbst, für meine Erinnerung, sagt Agha-Akkassbashi. Besonders an Tagen, an denen es mir nicht gut geht, sehe ich sie mir an, und es dauert nicht lang, da bin ich wieder guter Laune. Mein Geld verdiene ich mit Aufnahmen von Hochzeiten und Feierlichkeiten der Großgrundbesitzer, der Wohlhabenden, Gebildeten und Farangi. Einmal habe ich eine Fotografie vom erstgeborenen Sohn eines reichen Großgrundbesitzers gemacht. Er ist zusammen mit seiner Dienerschaft in derselben Karawane gereist wie ich, um in der Stadt Tabriz in eine dieser neuartigen Schulen zu gehen, in denen junge Männer nicht nur im Koran, sondern auch in Geografie,

Mathematik, Poetik und Dingen unterrichtet werden, von denen ich nicht weiß, was sie bedeuten. Meine besten Kunden aber sind die Farangi. Sie verfügen über das meiste Geld, sagt Agha-Akkassbashi. Sie nehmen meine Bilder mit in ihre Heimat nach Farangestan zurück und halten damit ihre Lebenserinnerungen fest. Erinnerungen bringen die Freude an schöne Augenblicke zurück, schwärmt Agha-Akkassbashi lächelnd. Wenn man ein Bild oder eine aufgeschriebene Lebenserinnerung hat, kann man sie mit seinen Kindern und Kindeskindern teilen und ihnen damit zeigen, dass man auch einmal jung und schön gewesen ist.

Erinnerungen können aber auch die Qual verlängern, sagt Eskandar-Agha und muss an die schöne Mahrokh und seine Roxana denken.

Qual oder Glück, welches von beiden du verlängerst, liegt an dir, sagt Agha-Akkassbashi.

Wie meinen Sie das?

Du kannst dich deinen düsteren Gedanken hingeben und dich für Stunden, Tage oder auch auf ewig darin verlieren, sagt Agha-Akkassbashi. Du kannst es aber auch bleiben lassen und stattdessen mir zur Hand gehen.

Wenn das so ist, gehe ich lieber Ihnen zur Hand, antwortet Eskandar und trägt die schwere Fotomaschine und das schwere hölzerne Gestell für seinen neuen Freund.

Das nächste Mal baut Eskandar-Agha die Fotomaschine auf, er schleppt Stühle, setzt und stellt die Leute ordentlich auf, richtet ihre Kleider und Hüte und sorgt dafür, dass sie in die richtige Richtung blicken und die Augen weit offen halten, während Agha-Akkassbashi unter seinem Tuch verschwindet und die Leute ablichtet.

Einen schlauen und vertrauenswürdigen Gehilfen wie dich könnte ich gut gebrauchen, sagt der Fotograf und schlägt Eskandar vor, bei ihm zu bleiben, zumal er die Sprachen der Farangi spricht.

Verehrter Agha, es wäre mir eine Ehre, aber um bei der Wahrheit zu bleiben, nur weil ich bei den Kontrollposten mit ein paar

Ssänkyou und Sspassiba und dergleichen durchkomme, heißt das nicht, dass ich die Sprache der Farangi beherrsche.

Aber ich habe doch gesehen, wie beeindruckt die Russi-Soldaten gewesen sind. Sie haben salutiert und sich sogar vor dir verbeugt.

Ach, das ist nichts, sagt Eskandar. Ich habe lediglich ein paar beeindruckende Worte wie Agent, Mission, Auftrag und Regierung aneinandergereiht.

Ich mag dich, sagt Agha-Akkassbashi. Du bist gewitzt, und deine kleinen Geschichten unterhalten mich, und ich hätte dich gerne als meinen Gehilfen.

Dankbar, nicht mehr von der Hand in den Mund leben zu müssen, einen Schlafplatz zu haben und vor allem in Gesellschaft eines großzügigen und freundlichen Mannes sein zu dürfen, nimmt Eskandar das Angebot schließlich an.

Farangi-Soldaten, Polizisten, Gesandte, Diplomaten, sogar Agenten wollen Erinnerungsfotos von sich, mit ihren jeweiligen Frauen, Kindern, Hunden, Gärtnern, Köchen, anderen Bediensteten oder ihnen vollkommen fremden Iranern: Nomaden und ihren Kamelen; inmitten einer Schafherde; irgendwo in den Bergen; vor einem zerfallenen oder uralten Gebäude und allen möglichen und unmöglichen anderen Motiven.

Sie zeigen meine Fotografien in ihrer Heimat herum, sagt Agha-Akkassbashi stolz. Meine Bilder sind der Beweis dafür, was sie alles gesehen haben und wie viel Mut sie besitzen, sich in diesem gefährlichen Teil der Welt aufzuhalten.

Die eigentlich Mutigen sind wir Iraner, erwidert Eskandar. Wir bleiben in unserem Land, obwohl die Farangi hier sind.

Deine Art, die Dinge zu sehen, sie auseinanderzunehmen und neu zusammenzufügen, ist wunderbar, sagt Agha-Akkassbashi. Du solltest es machen wie ich und deine Geschichten verkaufen. So wie ich den Leuten Bilder von ihnen selber verkaufe, kannst du ihnen ihre eigenen Geschichten und Erinnerungen aufschreiben und Geld dafür nehmen.

Nur weil die Leute für Ihre Bilder mehr Geld ausgeben, als ich am Tag zum Leben brauche, bedeutet das nicht, dass sie für meine aufgeschriebenen Geschichten auch bezahlen würden. Erzählen kann schließlich jeder, eine Fotografie machen können nur Sie.

Hör auf mich, und vertraue meiner Erfahrung, sagt der Fotomeister. Du hast die Gabe zu erzählen und gehörst zu den wenigen Menschen in unserer Heimat, die schreiben gelernt haben.

Sie sind ein wirklicher Freund, sagt Eskandar dankbar. Und ich bin froh, Ihr Gehilfe zu sein.

Eskandar-Agha lernt die Negativplatten vorzubereiten, sie ins Gerät zu schieben, er mischt die Flüssigkeiten im richtigen Verhältnis, und als Krönung seiner Ausbildung bei Agha-Akkassbashi lernt er das Belichten und Entwickeln von Bildern.

Aber am besten gefällt Eskandar, wenn er sich beim Sortieren und Beschriften der Bilder die Gesichter, die Haltung der Menschen, die kleinen und großen Gesten angucken kann. Manchmal ist es nur die Art, wie jemand den Kopf hält oder seine Kleidung trägt, woran Eskandar erkennt, um welchen Menschen, welchen Charakter es sich handelt. Ohne jede Absicht, beinah so, als würden sie sich ihm aufdrängen, fallen ihm Geschichten zu diesen Menschen ein, und sie bleiben so lange in seinem Kopf, bis er sie aufschreibt, erst dann wird er sie los.

Eskandar ist mit seiner Arbeit für den Fotografen und seinen Geschichten so abgelenkt, dass er weniger und weniger an Roxana und die schöne Mahrokh denken muss und nur noch selten von der Erinnerung an seine feige Flucht aus Teheran und den Verrat an seinen Freunden Hodjat und Agha-Mobasher gequält wird.

Gerade richtet Eskandar-Agha sich in seinem neuen Leben ein und gewöhnt sich an einen geregelten Tagesablauf, daran keinen Hunger, einen Schlafplatz und die Gesellschaft eines gütigen und klugen Freundes zu haben, von dem er viel lernt, da kommt ein Bote zu Agha-Akkassbashi. Er bringt eine Depesche aus Teheran. Nicht von irgendjemandem, sondern von Seiner Majestät höchstpersönlich. Der König ist von seinen Vergnügungen in Europa wohlbehalten zurückgekehrt und plant, mit seinen iranischen und Farangi-Gästen eine große Jagd zu veranstalten, die er auf Fotografien für die Nachwelt festhalten möchte. Aus diesem Grund hat er die wenigen Fotomeister seines Reiches ausfindig machen lassen und beordert sie nun in die Hauptstadt.

Wieder wird meine schöne kleine Welt, die ich mir aufgebaut habe, auseinanderfallen, klagt Eskandar. Ich werde alles verlieren und abermals auf mich allein gestellt sein.

Kein Grund, betrübt zu sein, beruhigt Agha-Akkassbashi. Ich bin mit deiner Arbeit mehr als zufrieden. Du bist der beste Gehilfe, den ich je hatte, und es steht außer Frage, dass du mich begleiten wirst.

Und für mich steht außer Frage, dass ich nicht nach Teheran kann.

Glaub mir, hier im Norden wird die Lage mit jeder Woche schlechter und das Leben unerträglicher. Es wird noch mehr Aufruhr und Aufstände geben. Die Russi fressen sich immer tiefer in unser Land hinein. Ihre Kosakenbrigade durchsucht Häuser nach Feinden des Königs; sie verbrennen Hütten und das Hab und Gut der Menschen, sie nehmen willkürlich Männer fest, sperren sie ein, töten sie. Sie entehren Iraner, brechen ihren Stolz, indem sie ihre Töchter, Frauen und Mütter verschleppen und vergewaltigen. Mehr und mehr Männer schlagen sich auf die Seite der Freiheitskämpfer, der Djangali, und ihres Führers Mirza Kutshek-Khan. Es ist ein Teufelskreis. Der Handel ist nahezu unmöglich, und immer mehr Menschen werden ins Elend getrieben. Es ist nur eine Frage der Zeit, bis es zu Kämpfen kommt, sagt Agha-Akkassbashi. Hier ist kein Ort für Leute wie dich und mich. Lass uns dem Wink des Schicksals folgen und von hier verschwinden.

Ich stehe im Wort, sagt Eskandar. Wer weiß, vielleicht wendet sich das Blatt schon bald, vielleicht haben die Leute recht und Mirza Kutshek-Khan wird tatsächlich nach Teheran reiten, den König stürzen, die Dynastie der Qajaren auslöschen und Schluss machen mit Korruption und Ausbeutung und der Besatzung durch Russi und Engelissi.

Wer hat dir denn diesen dummen Gedanken in den Kopf gesetzt?

Dumm oder nicht, ich habe keine Wahl. Ich muss bleiben.

Aber versteh doch, ausgerechnet für jemanden wie dich wird es hier täglich gefährlicher. Du kommst aus dem Süden, und sowohl die Soldaten der Regierung als auch die Russi, aber selbst der Mirza könnten dich für einen Spion der Engelissi-Farangi, der Almani oder sonst wem halten.

Dass er lieber für einen Spion gehalten wird, als nach Teheran zurückzukehren, bevor das von Mahrokh-Khanum verordnete Jahr um ist und er es sich ein für alle Mal mit ihr verscherzen könnte, gibt Eskandar nicht zu. Er sagt auch nicht, dass er nicht in die Hauptstadt zurückwill, weil er sich schämt, weil er Menschen, die ihm ihr Vertrauen geschenkt und Hoffnung in ihn gesetzt haben, hintergangen und enttäuscht hat.

Ich gehe mit schwerem Herzen, sagt der Fotomeister bei seinem Abschied und schenkt Eskandar ein Paket mit unbeschriebenem Papier. Dann nutze deine Zeit wenigstens dazu, weiterhin Geschichten zu schreiben, sagt er und umarmt Eskandar wie einen Sohn.

Eskandar-Agha und die Freiheitskämpfer

Ein paar Tage nachdem der Fotomeister die Stadt verlassen hat, stellt ein Mann sich Eskandar in den Weg, gibt unumwunden zu, ein Djangali zu sein, und bittet ihn, mit in den Wald zu kommen. Mirza Kutshek-Khan möchte dich um einen Dienst bitten, sagt er, verbindet ihm die Augen und hilft ihm aufs Pferd. Nach einer Weile bekommt Eskandar mit, dass weitere Reiter sich zu ihnen gesellen, dann spürt er an dem weichen Untergrund und der kühlen Luft, dass sie sich im Djangal, im Wald, befinden.

Einer wie Mirza Kutshek-Khan, einer, von dem die Leute sagen, er lässt selbst seinem Feind gegenüber Gnade und Gerechtigkeit walten; einer der Soldaten, die den Auftrag haben, ihn zu jagen und zu ermorden, am Leben lässt und stattdessen nur mit ihnen spricht und ihnen anschließend die Freiheit schenkt, sagt Eskandar-Agha; so jemand wird doch wohl keinen Grund haben, einem unbedeutenden Menschen wie mir Schaden zuzufügen.

Weil keiner der Djangali ihm antwortet, spricht Eskandar-Agha einfach weiter. Es vergeht kaum ein Tag, an dem ich nicht eine Geschichte über den verehrten Mirza Kutshek-Khan, seine Güte und Großzügigkeit höre, erzählt Eskandar-Agha. Die Männer im Basar sagen, der Mirza verfügt über Edelmut und ein großes Herz. Es heißt, in der Schlacht um Bandar-eAnsali ist ein Kriegsschiff der Farangi aufgetaucht und hat seine Kanonen auf die Küste und die Stadt gerichtet. Ein Farangi-Agent soll zum Mirza gesagt haben, von dem Berg dort oben könne man das Schiff treffen. Daraufhin soll der Mirza kurz entschlossen eine Kanone auf seinen Rücken gehievt und sie ganz allein den Berg hinaufgeschleppt haben. Die Leute sagen, er hätte sich dabei den Rücken verletzt, die Farangi allerdings soll er in die Flucht geschlagen haben.

Du bist ein guter Geschichtenerzähler, sagt der Djangali und bricht endlich das bedrohliche Schweigen.

Eskandar atmet erleichtert auf. In meiner Jugend, während der Kämpfe für das Parlament ist es mein Beruf gewesen, Geschichten zu erzählen, aus dem Koran zu rezitieren und die Männer und Pahlewan für den Aufstand zu motivieren. Aber das ist längst vergangen und vergessen. Zuletzt bin ich Gehilfe des verehrten Agha-Akkassbashi gewesen.

Das wissen wir, sagt der Djangali. Auch dass der Fotomeister vom König in die Hauptstadt beordert worden ist, wissen wir.

Seither mache ich wie früher wieder alle möglichen Arbeiten, um mein tägliches Brot zu verdienen, sagt Eskandar. Und wenn mir am Ende des Tages Zeit bleibt, schreibe ich Geschichten.

Wissen wir, sagt der Djangali und lacht.

Wenn Sie über alles Bescheid wissen, sagt Eskandar, dann sollte ich jetzt vielleicht schweigen.

Nehmt ihm die Augenbinde ab, befiehlt der Djangali.

Eine Weile reiten sie still, dann sagt Eskandar, seit ich hier im Norden bin, ist es das erste Mal, dass der Wald mich nicht ängstigt.

Der Wald liebt und beschützt die Aufrichtigen, sagt der Djangali, und für den Rest des Weges lauschen sie schweigend den Geschichten, die der Wald erzählt.

Sobald Eskandar-Agha dem Anführer der Djangali, dem großen Mirza Kutshek-Khan gegenübersteht und ihm in die Augen blickt, versteht er, warum die Menschen ihn lieben und er für sie ein wahrer Held ist. Mit seiner Würde und Güte, seiner Kraft und Männlichkeit erinnert er Eskandar an seinen früheren Meister, den verehrten Hodjat-Agha. Der Mirza entschuldigt sich für die Mühe, die er Eskandar-Agha bereitet hat, lässt ihm Tee, Brot und Joghurt bringen, und erst als er satt und ausgeruht ist, klärt Mirza Kutshek-Khan ihn darüber auf, warum er Eskandar-Agha sehen wollte. Wir haben erfahren, dass Sie der englischen Sprache mächtig sind, sagt er, und Eskandar-Agha verschluckt sich und bereut, dass er nicht auf den Rat des Fotomeisters gehört und den Norden verlassen hat.

Die Leute übertreiben, antwortet er, mehr als ein paar Brocken sind es nicht.

Sorgen Sie sich nicht, mein Freund, sagt der Mirza lachend. Wir hätten Sie nicht hierherbemüht, wenn wir auch nur den leisesten Verdacht gehegt hätten, Sie könnten ein Spion sein. Wir möchten Sie lediglich um einen Gefallen bitten. Eine Gruppe Engelissi hat sich uns angekündigt. Sie werden ihre eigenen Sprachkundigen dabeihaben, doch auf unserer Seite gibt es niemanden, der auch nur ein Wort ihrer Sprache beherrscht. Ich möchte Sie bitten, zuzuhören und für uns zu übersetzen, was immer Sie verstehen. Meine Männer berichten außerdem, Sie sind Schreiber und Geschichtenerzähler. Ich lade Sie ein, bei uns zu bleiben, so lange Sie wollen. Vielleicht haben Sie die Muße, auch unsere Geschichte niederzuschreiben, damit sie der Nachwelt erhalten bleibt, denn unser Leben ist wie das Licht einer Kerze im Wind, stets der Gefahr ausgesetzt, im nächsten Augenblick zu verlöschen.

Noch am selben Abend notiert Eskandar: Der verehrte Mirza schreibt die Schuld an der Misere im Iran vor allem einer Ursache zu, dem Mangel an Bildung und Wissen. Ein Mensch, der über kein Wissen verfügt, kann nicht frei sein; kann nicht bestimmen, wie sein Leben aussehen soll. Deshalb lässt der Mirza Schulen bauen, nicht nur für Jungen, sondern sogar für Mädchen. Er bezahlt die Ausbildung der Lehrer und ihren Lohn, lässt für die Schüler und Studenten Bücher drucken.

Und obwohl er längst vom König höchstpersönlich zu dessen Feind erklärt wurde und von seinen Soldaten, Agenten, Söldnern verfolgt wird, setzt der Mirza seine Bemühungen für die Verbreitung von Wissen fort, erzählen seine Männer voller Bewunderung für ihren Anführer, und Eskandar-Agha notiert gewissenhaft jedes Wort. Der Mirza riskiert es, gefangen genommen zu werden, während er Schulen besucht und mit Schülern, Studenten und Lehrern spricht, sagen die Männer und warten, bis Eskandar-Agha es aufgeschrieben hat.

Am dritten Tag trifft die Delegation der Engelissi ein.

Als würde er mit einem Freund sprechen, bittet der Mirza Eskandar-Agha, bleiben Sie in meiner Nähe. Und bitte notieren Sie auch jetzt, was immer Sie sehen und hören.

Nicht wie Gäste in einem fremden Land, sondern wie seine Besitzer treten die Engelissi und ihre Begleiter auf. Dreist und selbstbewusst stehen sie vor dem großen Mirza Kutshek-Khan und reden mit ihm wie mit einem Untertan, wie mit einem, den man kaufen kann. Wir kommen mit einem großzügigen Angebot zu Ihnen, sagt der Führer der Engelissi, ein kleiner Mann mit rotem Haar und dickem Bauch. Wir wollen Sie auf den Thron bringen, sagt er und grinst, als wäre der Wald ein Basar und sein Angebot, wie er es nennt, der Handel um eine Ware.

Während Eskandar akkurat jedes Wort und alles, was er beobachtet und mitbekommt, aufschreibt, ist es ihm peinlich, dass er bisher jeden Farangi in Schutz genommen hat, besonders wenn sie Engelissi oder Kanadier sind.

Der Rothaarige spricht im Namen seines Königs. Wir sind es leid, sagt er und wedelt mit der Hand vor seinem Gesicht herum, als würde er lästige Fliegen oder einen unangenehmen Geruch verscheuchen. Wir sind es leid, den Iran weiterhin mit den Russen teilen zu müssen, sagt er. Allerdings würden wir die Welt geradewegs in einen neuen Krieg stürzen, wenn wir uns selbst um dieses Problem kümmern würden. Wir müssen auf internationale Beziehungen und Allianzen Rücksicht nehmen und können und wollen uns deshalb nicht auf einen Kampf mit der Sowjetunion einlassen.

Während der Rothaarige mit lauter und unangenehmer Stimme spricht und mit den Armen fuchtelt, steht Mirza seelenruhig da und hört dem Farangi zu. Eskandar fragt sich, warum der Mirza nicht einfach den Befehl erteilt, den Rothaarigen und seine Delegation auf der Stelle zu erschießen.

Wir erwarten von Ihnen – erwarten, das ist das Wort, das der Farangi benutzt –, dass Sie die Iranische Republik am Kaspischen Meer, die die Russen sich unter den Nagel gerissen haben, ihnen wieder entreißen. Wir wollen, dass Sie die Provinz Gilan wieder dem Iran zurückführen und die Russen endgültig aus Ihrem Land hinauswerfen. Gelingt Ihnen das, sagt der Engländer mit einer Kaltschnäuzigkeit, die Eskandar erschauern lässt, sitzen Sie schon bald in Teheran auf dem Thron. Das garantieren wir Ihnen. Um den König und Ihre anderen Widersacher brauchen Sie sich keine Gedanken zu machen. Die werden wir für Sie aus dem Weg räumen, noch bevor Sie selbst den Fuß durch das Darvazeh Teheran, das Tor der Hauptstadt, setzen, verkündet der Engelissi. Zufrieden mit sich selbst und seiner Ansprache, legt er eine Hand auf seinen dicken Bauch, die andere auf den Rücken und grinst.

Sie haben also vor, meine Brüder und Landsmänner zu ermorden?, fragt der Mirza.

Der Engländer lacht, wenn Sie so wollen, ja.

Beantworten Sie mir bitte eine Frage, sagt der Mirza. Hat Ihr verehrter König Kenntnis von diesem Treffen und Ihrem Vorhaben?

Das braucht er nicht, der Rothaarige winkt ab. Seine Majestät interessiert sich für das Resultat, mit Einzelheiten und Details belästigen wir unseren König nicht.

Der Mirza nickt, bedankt sich für die wertvollen Informationen und den Einblick, den man ihm in die Politik und den Charakter der verehrten Gäste gewährt hat. Bitte überbringen Sie Ihrer Majestät, dem König von England, meine wärmsten Grüße, möge er ein langes Leben in Frieden und Freiheit genießen, sagt der Mirza und macht seinen Männern ein Zeichen, die Engelissi aus dem Wald hinauszubegleiten. Doch im selben Moment greift der Rothaarige, der Leiter der geheimen britischen Delegation, in einen ledernen Beutel, der unbeachtet zu seinen Füßen lag, und zieht eine Pistole heraus.

Augenblicklich entsteht große Unruhe. Die Djangali richten

ihre Waffen auf die Farangi, die ihrerseits nervös ihre Flinten und Gewehre auf die Djangali richten.

Nur der Rothaarige bleibt unbeeindruckt. Bitte keine Aufregung, sagt er und hält die Pistole in die Luft. Bei dieser Waffe handelt es sich nicht um ein Mordinstrument, sondern um ein Geschenk. Eine kleine Aufmerksamkeit als Zeichen unseres guten Willens. Der Rothaarige lacht, sieht sich seelenruhig in der Runde der Djangali um und lässt übersetzen, keine Sorge, meine Herren, ich werde Ihren Anführer nicht töten. Er blickt auf die Waffe in seiner Hand und schüttelt den Kopf. Für den Fall, dass wir den Tod von Herrn Kutshek-Khan wünschen, werden wir uns nicht selbst die Finger schmutzig machen und einen Konflikt heraufbeschwören. Nein, meine Herren, wir werden dafür sorgen, fährt der Rothaarige fort und sieht den Djangali in die Gesichter, dass einer von Ihnen, einer seiner eigenen Männer und Vertrauten, ihn töten wird.

Nicht lange nachdem die Engelissi das Gebiet der russischen Besatzer wieder verlassen haben, bekommen die Russi Wind davon, dass ihr Feind unbemerkt in das von ihnen besetzte Gebiet eingedrungen ist und es genauso unbemerkt wieder verschwunden ist. Um klarzustellen, dass sie derartiges Verhalten nicht dulden, verstärken die Russi ihre Kämpfe gegen Mirza Kutshek-Khan, und zu ihrer Unterstützung schickt der König iranische Soldaten.

Der Mirza aber bleibt seinem Prinzip treu. Er greift seine iranischen Brüder nicht an, gewinnt dadurch nicht nur beim Volk, sondern auch bei seinem Feind, den Soldaten des Königs, mehr und mehr Sympathie. Der erboste König reagiert hilflos und lässt unter den Bauern, die weder lesen noch schreiben können, Flugblätter verteilen. Wer den Verräter Mirza Kutshek-Khan unterstützt, heißt es darin, macht sich strafbar, wird verhaftet und getötet. Die Leute nutzen das Papier zum Feuermachen, und Eskandar legt einen der Zettel in seine Notizen und schreibt die Geschichte des Rothaarigen auf.

Schneller als vermutet wird wahr, wovor der Fotomeister Eskandar gewarnt hat. Die Kämpfe weiten sich zu einem regelrechten Krieg aus, in dem wieder vor allem Unschuldige mit ihrem Leben bezahlen. Häuser werden niedergebrannt und Dörfer ausgerottet, Kinder und Frauen verschleppt, vergewaltigt, getötet, und Hunger und Elend verbreiten sich noch mehr.

Mit jedem Schuss, mit jedem Toten lerne ich den König und seine Farangi-Komplizen mehr zu hassen, schreibt Eskandar-Agha in seine Notizen. Ich bin müde und erschöpft. Es kommt vor, dass ich tagelang nichts zu essen habe, ich wurde sogar verletzt, doch es ist mir noch nie so gut gegangen, denn mein Leben hat einen Sinn.

Trotz der Kämpfe und obwohl er verfolgt wird und seine Gesundheit und Verfassung nicht mehr die besten sind, ist Mirza Kutshek-Khan unermüdlich. Er besucht die Menschen in den Dörfern, die Schulen, die Militärakademie und gibt den Auftrag zum Bau weiterer Schulen und einem Internat für Jungen, aber auch für Mädchen, die aus den entlegenen Dörfern und Wäldern stammen. Und anders als die Halunken, die Regierungssoldaten, die Osmanen und Russen, die Agenten der Engelissi, Almani und Amerikaner bezahlt Mirza Kutshek-Khan jeden Sack Reis und Weizen, das Brot und die Milch, die er und seine Männer von den Bauern bekommen. Wo er kann, unterstützt er die Ärmsten, verteilt eigenes Geld, Saatgut und Weizen. Er lässt Fabriken errichten, wo die Kleidung für seine Männer angefertigt wird, und verhilft damit den Menschen sogar zu Arbeit.

Anders als im restlichen Land genießt man in den von Mirza kontrollierten Gebieten jede Art von Freiheit. Die Menschen dürfen denken, sagen und schreiben, was sie wollen. Er selbst fördert die Veröffentlichung von Zeitungen, anderen Publikationen und Büchern. In diesem Teil des Landes, schreibt Eskandar, herrscht die erste wirkliche Freiheit des Iran.

Was das Ende des vom Volk verehrten und geliebten Mannes angeht, behält jedoch der rothaarige Engelissi recht. Zwar wird der Mirza weder von seinen Feinden noch von seinen Mitstreitern ermordet; er erfriert, weil er sich trotz Krankheit in den winterlichen Wäldern versteckt halten muss; doch es sind die Vertrauten, die eigenen Männer des Mirza, die den Kopf ihres einst geachteten Anführers von seinem Körper trennen, ihn in einen Sack stecken, nach Teheran reiten und dem König Ahmad Schah, dem letzten König der Qajaren-Dynastie, für gutes Geld in den Palast bringen.

Eskandar-Agha kehrt in den Süden zurück

Das von Mahrokh-Khanum verlangte Jahr ist längst verstrichen und viele weitere dazu; Eskandar hat sich wieder und wieder neue Sätze ausgedacht, die er sagen will, wenn er endlich vor seiner Geliebten und der kleinen Roxana steht. Der große Mirza hat mich gebraucht, wird er ihnen erklären. Dass er der Schreiber des Freiheitskämpfers war und nicht nur seine Korrespondenz erledigt, sondern auch die Lebensgeschichte dieses großen Mannes aufgeschrieben hat.

Eskandar malt sich aus, wie er Mahrokh-Khanum und Roxana, die mittlerweile ein junges Mädchen sein dürfte, seine Holzkiste mit den beschriebenen Seiten und seine Zettel zeigen wird und die beiden stolz auf ihn sein und ihm vergeben werden, dass er erst nach so vielen Jahren zu ihnen zurückkehrt. Und dann wird er ihnen alles erzählen, von der Begegnung mit dem rothaarigen Engelissi-Agenten, der den Mirza zum König des Iran machen wollte; und warum die Russi zu Bolschewiken wurden; warum die Alliierten, Engelissi, Faranssawi, Almani, Amrikai das alte Osmanische Reich zerstört haben und den Türken ein eigenes Land gegeben haben und warum sie mit dem Lineal neue Grenzen und neue Länder wie Syrien, Irak, Libanon geschaffen und das Volk der Kurden willkürlich aufgeteilt haben.

Er wird ihnen die Stelle vorlesen, wo er beschreibt, wie er sich zunächst vor dem dunklen Wald gefürchtet hat und später in ihm nicht nur sein neues Zuhause gefunden, sondern sich auch von den Früchten, Pflanzen und Tieren im Wald ernährt hat. Und er wird ihnen erzählen, wie das anstrengende Leben im Djangal nicht nur sein Wesen, sondern auch seinen Körper geformt und geprägt hat und er sogar noch mehr Muskeln bekommen hat als zu der Zeit, als er mit seinem Meister Hodjat trainiert hat.

Eskandar wird ihnen erzählen, seit der neue Schah, Resa-Khan, die Macht der korrupten Qajaren-Könige nach 130 Jahren Ausbeutung endlich beendet hat und den Iran in ein fortschrittliches Land verwandeln will, habe auch ich unermüdlich gearbeitet, um das nötige Geld für die Reise nach Teheran zusammenzubekommen.

Tatsächlich kann Eskandar sich beinah wöchentlich einen Besuch im öffentlichen Bad leisten. Er hat sich seinen Bart trimmen und die Haare kürzen lassen, sich sogar ein neues Hemd, eine Hose und ein paar Giweh geleistet und besitzt einen sauberen Schlafplatz im Teehaus, wo er tagsüber als Schreiber arbeitet.

Der neue König und seine Gesetze sind gut für Eskandar-Agha. Täglich muss er für seine Kundschaft neuerdings benötigte Besitzurkunden, Bescheinigungen, Bestätigungen und Zeugnisse schreiben oder vorlesen.

Schon allein, weil er dank der Politik des Königs Arbeit und ein Auskommen hat, aber hauptsächlich, weil die Geschichte von Resa-Khan ihn an seine eigene erinnert, mag Eskandar den neuen König.

Resa-Khan ist ein einfacher Bauernjunge aus der Provinz Mazandaran am Kaspischen Meer gewesen, der sich als Stalljunge der Kosakenbrigade unter russischer Führung angeschlossen hat. Zielstrebig arbeitete er sich hoch, bis er zuerst Oberst, dann Befehlshaber der Armee, Kriegsminister und schließlich Premierminister wurde. Zu guter Letzt putschte er sich unblutig gegen den letzten Herrscher der Qajaren an die Macht und wurde von der Nationalversammlung zum Schah ausgerufen, woraufhin er sich eigenhändig die Krone auf den Kopf setzte. Wie viele Menschen aus dem Norden Irans hat Resa-Khan stahlblaue Augen. Er ist ein groß gewachsener, stattlicher Mann, der mit seinem stechenden Blick Respekt und Angst einflößt.

Seine Gegner und Feinde lässt er ohne Gnade verhaften und

töten. Er ohrfeigt seine Minister, tritt ihnen in den Hintern und entlässt sie. Er führt sein Land mit eiserner Hand und verfolgt, koste es, was es wolle, nur ein Ziel: ein modernes Persien, das mit anderen Ländern der Welt Schritt halten kann und den Besatzern die Stirn bietet. Resa-Khan will Straßen bauen, um die Städte miteinander zu verbinden, er will eine ordentliche Verwaltung und ein Bildungssystem aufbauen. Was aber Eskandar besonders gefällt, ist, dass er unerschrocken und mutig den Kampf sogar mit den Großgrundbesitzern und Religiösen aufnimmt und eine Landreform durchführt. Womit zahlreiche Stammesfürsten und Mullah ihre Macht und ihren Einfluss verlieren.

Aber auch im Teehaus hat der neue König nicht nur Freunde. Er hat keinen Plan, sagen die Männer und werfen ihm vor, dass er mit seiner Bodenreform abertausenden Leibeigenen von einem Tag auf den anderen jegliche Grundlage zum Leben nimmt. Die armen Menschen sind auf sich allein gestellt und müssen ohne ihren Besitzer, den Arbab, auskommen. Die Mehrheit der Bauern haben aber weder nötiges landwirtschaftliches Gerät noch Saatgut; sie haben keine Tiere, kein Wasser und kein Geld. Ganze Dörfer sterben; die verarmten Leibeigenen flüchten in die Städte. Und auch wir Städter leiden, sagen die Männer im Teehaus, denn ohne Bauern gibt es keine Landwirtschaft, und ohne Landwirtschaft gibt es für das ganze Land nichts zu essen.

Auch seinen erbarmungslosen Kampf, die Nomaden sesshaft machen zu wollen, machen viele dem neuen König zum Vorwurf. Drei Millionen Menschen unterschiedlichster Stämme würden sich nicht mehr selbst ernähren können und abhängig werden von einer Regierung und der allgemeinen Wirtschaft, die nicht stark genug ist, sie zu versorgen.

Doch wie viele seiner Landsleute ist auch Eskandar überzeugt davon, dass es nur eine Frage der Zeit ist, bis Resa-Khan für diese Probleme eine Lösung findet. Es gefällt Eskandar-Agha, dass der König ähnlich wie der Mirza in Bildung, Schulen und Universitäten investiert. Und das, obwohl Resa-Khan selbst kaum lesen und schreiben kann. Ähnlich wie der Freiheitskämpfer sagt auch er, Bildung sei der Schlüssel für die Entwicklung seines Landes, und er führt die Schulpflicht ein, sogar für Mädchen. Hunderte Schulen lässt der König bauen.

Zum ersten Mal in der Geschichte des Landes ist Bildung nicht mehr nur das Privileg der Reichen und Wohlhabenden. Zur Überraschung von Eskandar-Agha und den Männern aus dem Teehaus verschwinden sogar mehr und mehr Turbane aus den Unterrichtsräumen und machen westlichen Hüten Platz; sogar Frauen werden als Lehrerinnen ausgebildet und ersetzen Mullah und Akhund. Schülerinnen und Schüler lernen nicht mehr nur den Koran, sondern werden in Mathematik, Persisch und anderen Fächern nach einem einheitlichem Lehrplan unterrichtet. Nach dem Vorbild der Farangi sollen die Mädchen und Jungen Schuluniformen tragen und nicht mehr auf dem Boden sitzen, sondern an Tischen und Stühlen; und zum ersten Mal haben Jungen die Möglichkeit, einen anderen Beruf als den des Mullah zu erlernen.

Eskandar-Agha ist froh, dass er nicht Mullah oder Akhund, sondern Schreiber und Geschichtenerzähler geworden ist. Denn dann würde er jetzt wieder einmal keine Arbeit haben. Nach den neuen Gesetzen nämlich verlieren neben den Großgrundbesitzern die Mullah nicht nur ihre Zuständigkeit für Bildung, sondern auch für sämtliche Angelegenheiten der Hygiene und Gesundheit. Auch bei Streitigkeiten sprechen nicht mehr Mullah und Arbab Recht; sie führen keine Eheschließungen mehr durch und bestimmen nicht mehr über das Schicksal der Leibeigenen und ihrer Kinder. Stattdessen hat der Schah Ministerien für Bildung, Justiz, Gesundheit, Landwirtschaft und Finanzen eingerichtet, die fortan all diese Angelegenheiten regeln sollen.

Eskandar-Agha sind die neuen Gesetze recht. Mit jedem neuen Gesetz und Ministerium, mit jeder Besitzurkunde, die Menschen für ihre Ländereien und Grundstücke brauchen, bekommt er mehr und mehr Schreibarbeit.

Akhund, Mullah und Großgrundbesitzer dagegen nutzen jede

Gelegenheit, den König zu diskreditieren. Auch dass sein Sohn Mohammad Resa mit schnellen Autos durch die Straßen von Teheran rast, werfen sie ihm vor. Worauf der Schah seinen Sohn in die Schweiz schickt, wo er in einer teuren Privatschule Französisch, Englisch und europäische Umgangsformen lernt.

Resa-Khan lässt sich nicht einschüchtern, lässt Stimmungsmacher gegen ihn verhaften und besonders aufständische Geistliche lässt er vergiften oder auf andere Weise töten.

Wie der König, es geschafft hat, sich bei den Farangi dermaßen beliebt zu machen, dass sogar der internationale Völkerbund in Genf seine Verletzungen von Menschenrechten und internationalen Konventionen unbeachtet lässt und ihn als Vollmitglied akzeptiert, kann Eskandar-Agha sich allerdings nicht erklären.

Dass der Schah mit den Almani Geschäfte macht und sie als neue Freunde des Iran gewonnen hat, findet nicht nur Eskandar-Agha gut. Denn die Almani sind Feinde der Russi und Engelissi, und deshalb betrachten die meisten Iraner die Deutschen als Freunde des iranischen Volkes.

Achtung, Achtung, Kameraden, begrüßen die Männer sich gut gelaunt und freuen sich, weil die Almani versprochen haben, ihrem König zu helfen. Sie wollen die Besatzer nach einem Vierteljahrhundert endlich aus dem Iran jagen. Die Almani schicken Experten, Agenten und Spione, und als Dank für ihre Hilfe gegen die Russi und Engelissi bekommen sie Aufträge für den Bau von Ministerien, der Eisenbahn und dem Postamt, und die Iraner kaufen, wo immer sie können, deutsche Waren und Produkte, die sie ohnehin für die besseren halten.

Der König und seine Pläne für die Erneuerung des Iran bescheren Eskandar-Agha so viel Arbeit, und es geht ihm so gut, dass er seine Reise nach Teheran zu Mahrokh-Khanum und seiner Roxana wieder und wieder auf den nächsten Monat verschiebt, bis eines Tages eine Gruppe aufgebrachter Mullah bei ihm im Teehaus auftaucht.

Ihr Anführer schnaubt vor Wut, wirft Eskandar-Agha die Zeitung Etela'at vor die Füße und fordert ihn auf, einen Artikel daraus vorzulesen. Eskandar-Agha weiß, worum es geht, denn seit Tagen sprechen die Leute über kein anderes Thema.

Hier steht, ab sofort müssen Ehen, die bei einem Akhund oder Mullah geschlossen wurden, beim Justizministerium registriert werden, damit sie legal sind, sagt Eskandar-Agha.

Lies, befiehlt ihm der Mullah und deutet auf den Artikel.

Um keinen Ärger zu riskieren, gibt Eskandar-Agha klein bei und liest. In diesem Land sind Männer immer Meister und Herren der Frauen gewesen, folglich werden viele Männer diesem Gesetz nicht zustimmen. In der Vergangenheit haben sie so oft geheiratet, wie es ihnen gefiel, auch deshalb, weil ihre Ehen nicht registriert wurden. Schließlich und endlich wird das Gesetz der Registrierung der Polygamie und Verletzung der Rechte der Frauen ein Ende bereiten.

Was bedeutet das?, fragt der Anführer der Mullah.

Das, was ich bereits gesagt habe, ab sofort sind Ehen nur rechtmäßig, wenn sie beim Justizministerium registriert wurden.

Der Hundesohn von Schah will sich also mit dem Propheten anlegen?, flucht der Mullah.

Eskandar-Agha schweigt und vermeidet es, die Männer anzusehen.

Der Mullah reißt Eskandar die Zeitung aus der Hand. Und du?, fragt er.

Eskandar zwingt sich, weiter auf den Boden zu starren, und zuckt nur die Schultern.

Sprich, schreit der Mullah.

Ich habe nichts zu sagen, antwortet Eskandar eingeschüchtert.

Du bist ein Feigling, sagt der Mullah, eine Schande für unser Land und die heilige Religion. Wer hat dir überhaupt erlaubt, hier zu sitzen und diese modernen Briefe und Dokumente zu schreiben und damit den Schah und seine verdammten neuen Gesetze zu unterstützen?

Dass Eskandar einfach immer weiter vor sich auf den Boden

sieht und nicht antwortet, macht den Mullah so wütend, dass er plötzlich ausholt und ihm eine runterhaut. Dann rafft er seinen Umhang zusammen, steht auf und befiehlt seinen Schülern, ihm zu folgen.

Einer der Lehrjungen spuckt Eskandar vor die Füße, ein anderer beugt sich zu ihm herunter, entschuldigt sich und drückt ihm eine Münze in die Hand. Morgen habe ich mit diesem Haufen nichts mehr zu tun, flüstert er, denn ich werde in eine dieser richtigen Schulen gehen, die der Schah für uns gebaut hat.

Eskandar nickt wortlos. Er hat Tränen in den Augen, als er mit einem Lappen den Speichel des Lehrjungen wegwischt, der auf seinen Füßen gelandet ist. Dann packt Eskandar seine Notizen, Zettel, Federn und die Tinte in seine Kiste, sieht sich noch einmal auf dem Platz vor dem Teehaus um, murmelt be amaneh khoda, beschütze dich Allah, mein geliebtes Bandar-e Ansali, du bist mir eine gnädige Herberge gewesen, die schönste Hafenstadt, die ich kenne. Aber nun ist es Zeit, in die Hauptstadt zurückzukehren, sagt Eskandar mit fester Stimme, als wäre er nicht allein. Dann sieht er sich nicht mehr um und geht in Richtung der Landstraße, die nach Teheran führt.

Nach Tagen und Wochen kommt er in Teheran an, und es kommt ihm vor, als sähe er die Stadt zum ersten Mal. Die vielen Straßen, Häuser, Gebäude, Droschken, Automobile, der Krach und Lärm, die Menschen und der Gestank treiben ihm den Angstschweiß auf die Stirn.

Er findet die richtige Gegend, doch das Anwesen des Tigers samt seinen hohen Mauern ist verschwunden. An ihrer Stelle befinden sich jetzt Straßen, Gassen und viele kleinere Gärten.

Ein junger Polizist mit weißen Handschuhen und einer Trillerpfeife steht mitten auf einer neu entstandenen Kreuzung und berichtet in offiziellem Ton, der Tiger ist mit all seinen Frauen und Kindern, Reitern und Bediensteten in den Süden, in die Nähe der Stadt Schiras, gezogen.

Was ist geschehen?, fragt Eskandar-Agha.

Nichts, antwortet der Polizist. Der Schah, Resa-Khan, hat das Anwesen des alten Palang-Khan konfisziert, um diese neuen Gärten, Häuser und Straßen zu bauen. Und auch diese Kreuzung hier hat er angelegt, auf der ich nun täglich meinen Dienst tue und den Verkehr regle, erklärt der junge Polizist stolz.

Und der Basar?, fragt Eskandar. Gibt es den noch?

Selbstverständlich, mein Herr, den gibt es noch, und den wird auch so schnell keiner abreißen, antwortet der Polizist mit dem gleichen Ernst.

Bereits am Eingang des Basars schlägt das Herz Eskandars schneller. In der schmalen, langen Hauptgasse tanzt der Staub im Licht, das in Kegel durch die Öffnungen von oben in den Basar fällt. Wie ein Süchtiger den Duft von Opium einatmet, saugt Eskandar den Duft der Gewürze, Seifen und Duftwässer tief in seine Lungen ein; die Rufe der Händler, das Klopfen und Hämmern der Handwerker spielen das gleiche vertraute Lied; Räder und Drehstühle surren und rattern, in allen Gassen und Winkeln schieben, schleppen und hieven Männer Waren, Kisten und Säcke. Die dunkle Ecke im hinteren Teil des Basars, in der die Nagelklopfer gearbeitet haben, ist nicht mehr dunkel, sondern wird jetzt auch erhellt von neuen Öffnungen im Dach, die neue hübsche Buden und Läden beleuchten.

Für den Abend mietet Eskandar sich im Teehaus ein. Er sucht das öffentliche Hammam auf, gönnt sich sogar einen Dallack, der den Staub und Schmutz der Straße von seinem Körper schrubbt und seine von der Reise müden Knochen und Glieder durchknetet. Anschließend isst er zwei Schalen Linsensoße mit Reis und fällt in einen tiefen Schlaf.

Nach nur vier Tagen lässt Eskandar die Hauptstadt mit ihrem Trubel hinter sich, schließt sich der erstbesten Karawane in den Süden an, zählt die Tage nicht, genießt die lange, aber bequeme Reise auf der neuen und geraden Straße in Richtung Süden und freut sich, endlich wieder in der Wüste zu sein. In einer Karawanserei westlich von Schiras isst Eskandar frischen Joghurt mit Brot, füllt sein Bokhtshe mit Käse, Brot und Datteln und reist allein weiter.

Wie damals, als er den verbotenen Berg erklommen hat, überwindet er auch jetzt seine Angst vor dem Ungewissen und ist entschlossen zu tun, was getan werden muss. Er will nicht mehr auf der Flucht sein, sich nicht mehr vor jedem Schatten, jedem Fremden in Acht nehmen müssen. Er will seiner müden Seele den wohlverdienten Frieden schenken, Frau-Mahrokh und seine Roxana aufsuchen, ihnen alles erklären und sie um Vergebung bitten, dass er erst nach sieben langen Jahren zu ihnen zurückkehrt.

Eskandar-Agha geht und geht und merkt nicht, dass er die neue Straße längst verlassen hat, seine Schuhe längst verschlissen sind und ihm von den Füßen fallen. Die Sonne verbrennt seine Haut, der Durst brennt in seiner Kehle, trotzdem schleppt er sich, seine Kiste und sein Bündel weiter und verliert mehr und mehr das Gefühl für Zeit und Ort, bis er eines Morgens aufwacht und den verbotenen Berg vor sich sieht.

Ohne dass es seine Absicht gewesen wäre, ist er zu seinem Dorf gewandert, in dem vor mehr als einem Vierteljahrhundert seine Mutter Sahra ihn in diese Welt geboren hat.

Vom Dorf ohne Namen ist nichts mehr übrig. Nur noch von Wind und Wetter zerfressene Mauerreste und das morsche Skelett des alten Baums. Nichts mehr deutet auf den Bach hin, der sich vom Anfang bis zum Ende des Dorfs durch Gärten und Felder schlängelte. Auf dem Friedhof kann Eskandar nur erahnen, wo sich das Grab seines Vaters, seiner Mutter, seiner Geschwister und das von Morad-kadjeh befinden.

Eskandar-Agha steht in der glühenden Hitze der Wüste an der Stelle, an der seine Mutter ihren letzten Atemzug getan hat, er will weinen, hat aber keine Tränen.

Vier Nächte lang legt Eskandar sich auf das gleiche Stück Erde zum Schlafen, auf dem er die ersten sieben oder acht Jahre seines Lebens geschlafen hat. Er presst den Rücken an die kniehohen

Mauerreste der früheren Hütte, lauscht den Geräuschen der Wüste und dem Flüstern des Windes, versucht sich an seine Mutter zu erinnern, an den kleinen Eskandar von damals, will das Gefühl von Heimat in sich wecken. Im Morgengrauen des vierten Tages erwacht er und schreibt auf den Rand einer Seite in seinen Notizen: Nur mehr verbunden durch die zärtliche Hand und das Flüstern des Windes.

Eskandar-Agha verwirft den Gedanken, den weißen Stein seiner Mutter zurückzulassen, und packt ihn wieder in sein Bündel. Statt auf die Straße zurückzukehren, macht er es wie damals und klettert über den Berg, der ihm heute weder schrecklich noch besonders groß erscheint.

Sobald er den Gipfel erreicht, der keine Kante ist, sondern wie das Messingtablett seiner Mutter aussieht, blicken die hohen Öltürme ihn an. An ihrem Ende hängen wie Fahnen riesige gelbe Feuer, die das ausströmende Gas verbrennen. Sie fauchen und zischen, als kämen sie aus dem Maul eines Ungeheuers, das seinen Kopf in den Himmel reckt.

Also gibt es doch Ungeheuer und Div, sagt Eskandar-Agha lächelnd zu sich selber und sieht im Geiste, wie er vor Mesterr-Richard steht, die Hand ausstreckt und faack sagt. Er sieht den Übersetzer, Tajelmoluk, Frau-Rohan, seine geliebte Roxana, den Mullah, die Freiheitskämpfer aus dem Süden und Norden, seine Freunde, den Reiter Hodjat, Agha-Mobasher, die schöne Mahrokh-Khanum und den Tiger.

Rasch kramt er nach einem unbeschriebenen Zettel und schreibt: Mein ganzes Leben bin ich gegangen und gerannt, nur um hier im Nirgendwo anzukommen. Ich befinde mich genau dort, wo ich vor langer Zeit aufgebrochen bin. Und alles, was ich gefunden habe, ist nichts als diese Sehnsucht. Eine Sehnsucht, die mir zur lieben Begleiterin, mehr noch, Teil von mir selbst geworden ist; eine Sehnsucht, ohne die ich mich leer und unbedeutend fühle. Ich bin wie die Vögel, die sich auf die Suche machen nach Simorgh, dem schönsten und klügsten aller Vögel, nur um in ihre

Heimat zurückzukehren und zu entdecken, dass alles, was sie gesucht haben, sie bereits in sich tragen. Und dass Simorgh niemand anderer ist als sie selber. Manchmal muss man weite Wege gehen, schreibt Eskandar-Agha, um die eigene innere Wahrheit zu finden.

Eine Explosion reißt Eskandar aus seinen selbstmitleidigen Gedanken heraus. Und er erkennt weiter hinten rechts vom Lager Männer, die hacken, schaufeln und den Weg frei sprengen für noch mehr Rohre. Ein von Pferden gezogener riesiger Wagen ist mit den langen Rohren beladen. Eines nach dem anderen werden die Rohre heruntergelassen und von den Arbeitern miteinander verschraubt. Durch die Wüste und über Berge, bis zum Horizont frisst die Lebensader der Farangi sich durch die iranische Landschaft, von Naftun, der Fundstelle des Naft, bis nach Abadan am Persischen Golf, wo die Farangi zwanzig Jahre zuvor innerhalb von vier Jahren die größte Raffinerie der Welt gebaut haben. Dort laden sie das kostbare schwarze Gold, wie die Besatzer es nennen, in ihre Schiffe und bringen es für ihre blühende Industrie, ihren Fortschritt und ihre Kriege in ihre Heimat.

Erst jetzt, vor dieser riesigen Anlage, beginnt Eskandar-Agha zu begreifen, was die Leute meinen, wenn sie sagen, die Engelissi hätten weder den großen Weltkrieg gewinnen noch ihr modernes Leben aufbauen können, hätten sie sich nicht des persischen Petroleums bemächtigt. Erst jetzt bekommt er eine Ahnung davon, warum Männer wie der große Freiheitskämpfer Mirza Kutshek-Khan ihre Hoffnung auf Bildung setzten. Man braucht eine Menge Kenntnis, Gelehrte und Fachleute, um derart Mächtiges zu errichten, notiert Eskandar. Man muss kein Experte sein, um zu erkennen, dass alles Wissen meiner Landsleute nicht reichen würde, um so etwas aufzubauen oder gar in Gang zu halten. Der alte Verwalter hatte recht, als er damals sagte, es habe keinen Sinn, immerzu nur den Ausländern Vorwürfe zu machen.

Eskandar muss bitter lachen, als er sich daran erinnert, wie der Mirza sagte, die eigentliche Quelle des englischen Reichtums ist nicht das Petroleum, sondern unsere eigene Unwissenheit und Dummheit. Auch ich bin ein Narr, schreibt Eskandar. Ich bin nur noch ein Schatten meiner selbst. Mein Herz ist wund und schmerzt. Ich bin keinen Deut besser als diese Farangi. Sie betrügen und nehmen wenigstens nur Fremde aus, ich aber habe jene hintergangen, mir vertraut haben und die ich liebe.

Go away!, rufen die britischen Soldaten, die den Eingang der Anlage bewachen, und jagen Eskandar-Agha wie einen räudigen Hund davon.

Faack, sagt Eskandar-Agha leise, damit die Soldaten es nicht hören, aber laut genug, dass ein Landsmann, der gerade durchs Tor kommt, es hört.

Gott segne dich, sagt der Mann. Endlich ein Landsmann, der die Sprache der Farangi spricht. Der Mann stellt sich als Nossrat-Agha aus Schiras vor. Ich komme ein- oder zweimal im Jahr, bringe bestellte Waren, verdiene gutes Geld und kehre glücklich und zufrieden zu meiner Familie und meinen Laden im Basar von Schiras zurück, sagt Nossrat-Agha. Und du, mein Freund? Du scheinst weder ein Händler noch einer der Arbeiter oder Angestellten der Farangi zu sein.

Das ist eine lange Geschichte, antwortet Eskandar.

Gut, sagt der freundliche Händler. Das ist gut. Ich liebe Geschichten, und wenn sie lang sind, umso mehr. Wenn du nichts Besseres zu tun hast und zufällig nach Schiras willst, dann könntest du dich mir und meiner kleinen Karawane anschließen. Meine Maultiere haben nichts zu tragen, und obwohl die Wege dank des neuen Schah sicher sind wie nie zuvor, bedeutet jeder Mann mehr zusätzliche Sicherheit, aber auch mehr Freude und eine Gnade Gottes, sagt Nossrat-Agha lachend.

Als hätte er nicht vorgehabt, endlich Mahrokh-Khanum und Roxana aufzusuchen, schnürt Eskandar seine Kiste und sein Bündel auf den Rücken eines Maultieres und begleitet den freundlichen Händler nach Schiras.

Er berichtet von Mirza Kutshek-Khan, und der Händler und seine Männer wollen alles wissen und stellen eine Frage nach der anderen. Stimmt es, dass er seine Feinde verschont und die eigenen Landsleute nicht angegriffen hat? Wie viele Schulen hat er gebaut? Konnte er selbst lesen und schreiben? Wie viele Söhne hat er hinterlassen? Hast du die Verräter gekannt, die seinen Kopf abgetrennt und dem Hundesohn von Qajaren-König gebracht haben, der nicht nur dem verehrten Mirza, sondern auch uns das Leben zur Hölle gemacht hat?

Erzähl weiter, sagt der Händler, wenn Eskandar schweigt. Unterhalte mich und meine Männer, und ich werde dir dafür bis Schiras das Essen und den Schlafplatz in den Karawansereien und Teehäusern bezahlen.

In Schiras angekommen, sagt der freundliche Händler, ich wünsche dir jedes erdenkliche Glück, mein Freund. Und denk daran, wann immer es dich nach einer anständigen Mahlzeit gelüstet, besuche mich in meinem Laden im Basar und erzähl mir eine von deinen Geschichten.

Ich bin Ihnen zu tiefem Dank verpflichtet, sagt Eskandar. Es ist gut, in einer fremden Stadt einen Freund zu haben.

Wer mich zum Freund hat, dem sind die meisten Händler und Handwerker im Basar gewogen, sagt der freundliche Nossrat-Agha lachend, ohne dabei überheblich zu klingen.

Zum Abschied küsst Eskandar die Hand des Händlers. Ich werde Sie gleich morgen aufsuchen, ohne dass Sie mir eine Mahlzeit dafür schulden, und ich werde eine neue Geschichte mitbringen, verspricht er.

Komm zur Mittagszeit, sagt der Händler und zwinkert ihm zu.

Um nicht unhöflich und undankbar zu sein und mit leeren Händen zu erscheinen, kauft Eskandar von dem Geld, mit dem Nossrat-Agha ihn großzügig entlohnt hat, frisches Fladenbrot, eine Schale Joghurt und frischen Knoblauch.

Willkommen, willkommen, mein Freund, ruft der freundliche Händler, breitet die Arme aus und begrüßt seinen jungen Reisebegleiter herzlich. Es freut mich, dass ich mich nicht in dir und deinem Charakter getäuscht habe und du dein Versprechen hältst.

Auch Eskandar-Agha hat allen Grund, sich zu freuen. Seine Erwartungen werden mehr als übertroffen. Nossrat-Agha hat den umliegenden Händlern und Ladenbesitzern Bescheid gegeben. Der Schreiner, der Schmuckmacher, der Geldwechsler, der Mullah, der Besitzer vom Badehaus und auch der Teehausbesitzer, sogar der eine oder andere Schlepper und Arbeiter haben ihr Essen mitgebracht und gewartet, bis der Geschichtenerzähler auftaucht.

Schon nach ein paar Sätzen ist die Menschentraube vor dem Laden des freundlichen Herrn-Nossrat so groß, dass die Gasse verstopft und kein Durchkommen mehr ist, und Eskandar-Agha erntet wieder und wieder Applaus. Wenn der Held siegt, der Bösewicht eine Niederlage erfährt, die Liebenden zueinanderfinden und mit ihrem Glück andere beglücken.

Noch eine, rufen die Männer, werfen Geld in eine Tonschale, die einer in die Mitte gestellt hat. Und sie wollen, dass Eskandar-Agha am nächsten und übernächsten Tag wiederkommt, dass er in jeden Laden geht, dort seine Mahlzeit einnimmt und seine Geschichten zum Besten gibt, um damit mehr Kundschaft anzulocken.

Die Männer mögen Eskandar-Agha und stellen ihm tausendundeine Frage. Woher er stammt, wollen sie wissen, wo seine Familie ist, ob er Kinder hat, mit welcher Arbeit er sein Geld verdient.

Ich habe schon jede Art von Arbeit verrichtet, die ihr euch vorstellen könnt, antwortet Eskandar-Agha lachend. Ich bin Diener und Stalljunge gewesen, habe Waren geschleppt, bin aufs Meer hinausgefahren und habe Fische gefangen. Ich habe auf dem Feld gearbeitet, Erde für Lehmmauern gestampft und Reisfelder bestellt, aber von allen Arbeiten gefällt mir der Beruf des Schreibers und Geschichtenerzählers am besten. Ich vergesse die Zeit und meine Sorgen. Vom Erzählen und Schreiben werde ich niemals müde, sagt Eskandar und beeindruckt die Männer mit seinen vielen Seiten Aufzeichnungen. Seht her, von der ersten bis zur letzten Seite bleibt meine Schrift stets gleichmäßig und leserlich. Briefe schreibe ich besonders gerne, ruft Eskandar-Agha. Persönliche Briefe, in denen die Menschen von ihrem Leben berichten, von ihrer Liebe und Zuneigung, ihrem Hass, ihrer Wut und Eifersucht. Briefe, in denen es um das Einfädeln von Hochzeiten, um Erbschaften und Vormundschaften geht. Und ich sage euch eins, ruft Eskandar, Frauen zählen zwar nur selten zu meiner Kundschaft, ihre Briefe aber gehören zu den besten, die ich die Ehre habe zu schreiben. Es ist schon vorgekommen, dass ich weinen musste, während ich den Brief einer Saifeh schrieb, erzählt Eskandar.

Bleib doch gleich ganz im Basar, schlagen die Basari vor. Die Geschäfte laufen nicht schlecht. Die neuen Pläne des Schah und seine modernen Ideen beleben den Handel. Wir kaufen und verkaufen wie schon lange nicht mehr und müssen Verträge, Rechnungen, Listen, Urkunden, Vereinbarungen lesen und verfassen, aber von uns kann keiner lesen und schreiben. Einen wie dich könnten wir wirklich gut brauchen. Und wenn es nichts zu schreiben gibt, erzählst du uns eben eine von deinen Geschichten und verdienst damit dein Brot.

Einer der Männer springt auf, ruft, warum warten? Komm mit, ich habe jetzt gleich eine Arbeit für dich. Ich möchte, dass du meinen Namen und den meiner Söhne auf meinen Verkaufskarren schreibst. Das macht sich gut. Dann denken die Leute, ich bin einer von diesen Neuzeitigen, die schreiben können. Sie werden glauben, dass ich schlau bin und die bessere Ware habe, und sie werden lieber bei mir einkaufen als bei denen, die nicht mit der Zeit gehen wollen, sagt er und bringt die anderen Männer zum Lachen.

Ein anderer gibt Eskandar-Agha einen Vorschuss. Und morgen kommst du zu mir, sagt er und schreibst auch für meinen Laden ein Schild.

Bleib in Schiras, rät ihm der freundliche Agha-Nossrat. In diesem Basar und bei diesen fleißigen Männern bist du am richtigen Ort.

Eskandar tut, was der freundliche Händler ihm rät, und bleibt, und er dankt Allah und gelobt, eine Opfergabe zu erbringen für all die Güte, die ihm zuteilgeworden ist.

Eskandar-Agha spielt Schicksal

Am nächsten Tag besorgt er sich beim Schreiner Holz und Nägel für eine neue Schreibkiste, er kauft neues Papier, schnitzt neue Schreibfedern und ersteht sogar eine Brille aus zweiter Hand, weil er findet, dass er damit klüger aussieht. Er kann durch das dicke Glas zwar nicht mehr scharf sehen, aber wenn er sie weit genug herunterrutschen lässt, kann er problemlos über ihren Rand gucken.

Kauf dir eine Hose und ein Hemd nach westlicher Art, rät der freundliche Herr-Nossrat. Es ist besser, wenn du nicht aus der Reihe tanzt. Wir alle hier im Basar folgen der Aufforderung unseres neuen Schah und tragen statt unserer traditionellen Stammeskleidung Hosen und Hemden wie die Farangi. Er will, dass seine Untertanen alle gleich aussehen, damit wir uns wie ein Volk fühlen. Was soll man machen, sagt der freundliche Nossrat-Agha hinter vorgehaltener Hand. So hat jeder seine eigene Vorstellung von Gleichheit und Gerechtigkeit.

Nur widerwillig gibt Eskandar-Agha sein gerade verdientes Geld für eine Hose und ein Hemd nach Farangi-Art aus, nimmt am Eingang zum Basar auf seiner alten Kleidung als Unterlage Platz und bekommt sofort Kundschaft, und zwar von einer jungen Frau.

Verehrter Vater, diktiert sie mit trauriger Stimme unter ihrem Gesichtstuch hervor, sicher wundern Sie sich, einen Brief von Ihrer Tochter zu erhalten. Bitte machen Sie mir keine Vorwürfe, dass ich mich dem Blick fremder Männer ausgesetzt habe, auf die Straße gegangen bin und die Dienste dieses fremden Mannes, des ehrenwerten Schreibers, in Anspruch nehme. Vergeben Sie mir, verehrter Vater. Ich bin verzweifelt, so verzweifelt, dass ich es ohne Umschweife und geradeheraus sagen muss. Bitte vergeben Sie mir meine offenen Worte, Vater, aber Sie haben bei der Wahl meines Ehemannes einen Fehler begangen, diktiert sie, und Eskandar wünscht sich, das Gesicht dieser mutigen Frau sehen zu können. Verehrter Vater, falls es Ihre Absicht gewesen ist, einen Mann für mich zu finden, der mich schlägt, dann ist Ihnen das bestens gelungen; denn dieser hier schlägt mich täglich. Zwar habe ich begonnen zurückzuschlagen, und das nicht schlecht, und es hat den Kerl überrascht, aber nun greift er zum Stock und sogar zum Messer. Und er ist dazu übergegangen, mich ohne Essen im Haus einzusperren, während er ins Teehaus geht. Verehrter Vater, Ihre Tochter leidet Hunger, und ich bete zu Allah, Sie werden eine gütige Seele finden, die Ihnen diesen Brief vorlesen kann. Ich bitte Sie, mich abzuholen und aus dieser Hölle zu befreien. Aber beeilen Sie sich, falls sie Ihre Tochter noch einmal lebend sehen wollen.

Die Frau bezahlt den Brief und ist schon beinah in die nächste Gasse eingebogen, als sie noch einmal zurückkommt, sich wieder vor Eskandar-Agha hockt und ihn durch das Tuch anstarrt, bis sie genügend Mut findet, ihm noch einen letzten Satz zu diktieren. Verehrter Vater, das erste Kind, das ich geboren habe, ist nur ein Mädchen. Er behandelt das Kind wie einen Straßenköter, beendet die Frau schluchzend den Brief.

Eine andere, ältere Frau kommt regelmäßig zu Eskandar und diktiert ihm Rezepte gegen Krankheiten, Schwächen und schlechte Stimmungen. Die Briefe gehen an ihre Tochter, die sie einem Mann in Teheran zur Frau gegeben hat.

Woher wissen Sie, an welchen Schwächen und Krankheiten Ihre Tochter gerade leidet?, fragt Eskandar.

Das sehe ich in meinen Träumen, antwortet sie und diktiert, ihre Tochter soll ihren Goldring in ein Glas Wasser legen und das Wasser am nächsten Morgen ihrem Mann zu trinken geben. Das wird ihn beruhigen, und er wird Dich in Ruhe lassen. Und

Du, mein geliebtes Kind, mische etwas Safran in deinen Tee, das reinigt das Blut, und Du wirst wieder zu Kräften kommen.

Einer seiner anderen regelmäßigen Kunden ist ein Mann, der sich Briefe von seinem Sohn vorlesen lässt, ohne selber auch nur eine einzige Antwort an ihn zu diktieren. Es sind keine neuen Briefe, und es sind immer wieder dieselben drei oder vier. Unter Tränen erzählt der Mann, mein Sohn ist nicht mehr in dieser Welt. Gott hat ihn mir genommen. Alles, was mir von ihm geblieben ist, sind diese Briefe.

Während Eskandar vorliest, hockt der Mann mit geschlossenen Augen da und murmelt jedes Wort leise mit.

Es ist ein Unterschied, wenn ich mir die Briefe selbst vorsage oder ich sie mit der Stimme eines anderen höre, sagt der traurige Alte. Wenn ein anderer sie liest, kommt es mir ein wenig vor, als würde mein Sohn noch am Leben sein und selbst zu mir sprechen.

Ein junger Mann kommt zu Eskandar-Agha, sieht ihn aus schmachtenden Augen an und diktiert ihm Worte, die schöner sind, als sogar Eskandar-Agha sie sich hätte ausdenken können. Es ist eine Liebeserklärung an ein Mädchen mit dem Namen Shirin. Meine schöne Shirin, diktiert der Mann, es ist mein sehnlichster Wunsch, Dein Farhad zu sein und Dich wie aus dem alten Märchen Farhad und Shirin zu lieben und zu begehren. Shirin, das Herz in meiner Brust brennt in Sehnsucht nach Dir.

Ohne dass Eskandar ihn danach fragt, erzählt der junge Mann, wie er sich in seine Angebetete verliebt hat. Sie wissen ja, sagt er, in heißen Sommernächten, wenn wir statt im Haus allesamt auf dem flachen Dach schlafen, meine Geschwister, Eltern, Großeltern, Tanten und Onkel, und viel Vergnügen dabei finden, liegt das unter anderem auch daran, dass wir von da oben weit über die verwinkelten Gassen, Wege und Gärten hinwegsehen können. Die Nachbarn sind ebenfalls auf ihren Dächern, wir besuchen uns gegenseitig, die Kinder spielen miteinander, wir trinken Tee, essen Wassermelonen, spielen Backgammon und singen.

Seit ich ein kleiner Junge war, kenne ich die Tochter unserer

Nachbarn, die schöne Shirin. Wir haben zusammen gespielt, sind über die Dächer der Häuser gerannt, haben Drachen steigen lassen, und sogar Seite an Seite in einem Bett haben wir geschlafen. Und eines Tages haben wir gemerkt, dass wir uns lieben, und uns gegenseitig versprochen, niemals einen anderen zu heiraten.

Doch dann ist die Zeit gekommen, in der meine Shirin ihr Haar bedecken musste und nicht mehr mit Jungen spielen durfte. Jetzt kann ich sie nur noch heimlich sehen, wenn sie auf dem Dach die Wäsche aufhängt oder die Betten und Moskitonetze für die Familie herrichtet.

In der alten persischen Geschichte von Farhad und Shirin, sagt Eskandar, verlangt Shirins Vater von Farhad, eine Kerbe in den riesigen Fels oberhalb der Stadt zu schlagen, damit das Wasser aus den Bergen in die Stadt fließen kann, statt im Sand der Wüste zu versickern.

Als wir Kinder waren, hat meine Urgroßmutter mir diese Geschichte oft erzählt, antwortet der junge Mann. Der arme Farhad hat die Kerbe in den Fels geschlagen, aber dann ließ er sich täuschen und glaubte das Gerede der Leute, dass seine Shirin tot ist.

Und er hat sich mit dem Beil, mit dem er die Kerbe in den Fels geschlagen hatte, den Kopf abgetrennt, sagt Eskandar-Agha.

Und statt Wasser ist sein Blut in der Kerbe geflossen, sagt der Junge.

Ich hoffe doch, dass du nicht daran denkst, es ihm nachzumachen, ermahnt Eskandar-Agha den Mann.

Statt zu antworten, sagt der Junge, und als Shirin davon erfuhr, tat sie es ihm nach und nahm sich ebenfalls das Leben. Und seitdem hat die Kerbe im Felsen kein Wasser, sondern nur Blut in die Stadt gebracht.

Schreiben Sie meiner Shirin, dass auch ich bereit bin, mein Leben für sie zu geben, diktiert der junge Mann.

Nur zwei Tage später kommt ein schüchternes Mädchen zu Eskandar-Agha und bittet ihn mit leiser Stimme, ihr einen Brief vorzulesen. Eskandar-Agha weiß sofort, dass er diesen Brief selbst geschrieben hat und das Mädchen besagte Shirin sein muss. Sie hört aufmerksam zu, als Eskandar ihn ihr vorliest, und sie diktiert sofort eine Antwort an ihren Farhad.

Allah sei es gedankt, dass heutzutage der Wasserschlepper das Wasser bringt und es somit keinen Grund für Dich gibt, eine Kerbe in irgendwelche Felsen zu schlagen, und Dir am Ende auch noch eigenhändig und auf grausame Weise das Leben zu nehmen. Zumal ich nicht sehen kann, welchen Nutzen ein toter Mann für mich haben könnte. Nein, mein Lieber, diktiert das Mädchen selbstbewusst weiter, wenn Du mich wirklich liebst und zur Frau haben willst, ist alles, was du tun musst, Deinen Mut zusammennehmen und endlich bei meinem Vater vorstellig werden und um meine Hand anhalten.

Nicht alle seine Kunden wissen so genau wie diese mutige Shirin, was sie wollen und wie sie es am besten ausdrücken sollen, und bitten Eskandar-Agha, es für sie zu tun. Womit er in Angelegenheiten der Liebe und Eheschließungen, des Verkaufs und Kaufs von Grundstücken, der Regelung von Erbschaften, Besitzverhältnissen und vielen anderen Dingen des täglichen Lebens so manches Mal zum Berater oder sogar Lebensretter wildfremder Menschen wird.

Seit einiger Zeit kommen zwei Väter, die zu den wenigen Glücklichen gehören, deren Söhne von der Regierung Stipendien erhalten haben, um in Farang zu studieren.

Der eine Sohn soll Arzt werden und studiert in Alman, dem Land, dessen Produkte von herausragender Qualität sind. Der andere Sohn besucht die Universität in Farang, dem Land, aus dem die ersten Ausländer schon damals, als sie noch einen König hatten, den sie Napoleon nannten, in den Iran gekommen sind, weshalb man seither alle Ausländer Farangi nennt. Der Sohn in Faransse also soll Richter werden, seinen Briefen nach zu urteilen, scheint er jedoch nichts anderes im Sinn zu haben, als sich zu vergnügen.

Die Faranssawi nennen ihre Saifeh Madmasell und die älteren

Madamm, schreibt der Sohn, und ich arbeite daran, eine von ihnen mitzubringen, wenn ich dieses Paradies werde verlassen müssen.

Weil er es nicht übers Herz bringt, dem armen, immer zu Tränen gerührten und stolzen Vater die Wahrheit über seinen Sohn ins Gesicht zu sagen, spielt Eskandar-Agha einmal mehr Schicksal und liest: Lieber Vater, ich studiere fleißig und mache gute Fortschritte und hoffe, Sie und den Rest der Familie nicht zu enttäuschen.

Dem faulen Sohn schreibt Eskandar-Agha eigenmächtig zurück, lieber Sohn, bitte, nimm Deine Studien ernst, denn wir sparen jede Extramünze für Dich, und Du bist der Stolz unserer Familie.

Eskandar-Agha hat die Frau, die von ihrem Mann misshandelt und geschlagen wird, längst vergessen, da kommt sie wieder zu ihm. Dieses Mal hat sie ihr Kind dabei, weint ungehemmt und spricht wie zu einem alten Freund. Agha, außer Ihnen kenne ich niemanden in Schiras, dem ich vertrauen könnte, sagt sie, und bevor Eskandar-Agha auch nur ein Wort sagen kann und obwohl es sich nicht ziemt, lüftet sie ihren Schleier und zeigt ihm ihr geschwollenes und blutig geschlagenes Gesicht und die ausgeschlagenen Zähne. Er hat mich verprügelt und getreten, sagt sie. Ein paar meiner Knochen sind gebrochen, selbst das Atemholen tut weh. Ich will nicht mehr leben, sagt die Frau weinend. Ich bin nur zu Ihnen gekommen, um meinen letzten Brief zu diktieren, bevor ich mein eigenes Leben und das meines Kindes beende.

Je mehr Eskandar auf die Frau einredet, dass es eine Sünde ist, sich selber und erst recht ein Kind zu töten, desto verzweifelter schluchzt sie und desto lauter weint auch ihr Kind.

Dann soll der gütige Gott eben sehen, was mit seinen Geschöpfen geschieht, wenn er sie vergisst und im Stich lässt.

Gott vergisst niemanden, murmelt Eskandar, ohne selber zu glauben, was er sagt.

Als Eskandar am Abend seine Sachen packt und ins Teehaus

zurückwill, hockt die Frau noch immer am Straßenrand und weigert sich zu ihrem Mann zurückzukehren. Er weiß sich nicht anders zu helfen, als sie zum Haus des freundlichen Agha-Nossrat zu bringen. Wie erwartet, nimmt er sie auf und gibt sie in die Obhut seiner Frau und Tochter.

Es ist aber wichtig, dass niemand etwas davon erfährt, warnt Nossrat-Agha. Stell dir vor, der Ehemann findet heraus, dass du und ich ihr geholfen haben. Das könnte uns den Kopf kosten.

Sobald ihre Wunden halbwegs verheilt sind, mietet Eskandar-Agha einen Esel und bringt die Frau zurück in ihr Dorf.

Sie kniet mit gesenktem Haupt vor ihrem Vater und versucht, ihm die Hand zu küssen. Der aber zieht seine Hand weg und fährt sie an. Wer ist dieser Mann? Ist er der Grund, warum dein Ehemann dich geschlagen und ausgesetzt hat? Der Alte schlägt sich auf den Kopf und weint und jammert noch mehr als seine Tochter. Was soll ich jetzt nur mit dir und deinem Balg anfangen? Ich werde niemals das Geld, das dein Ehemann für dich gezahlt hat, zusammenbekommen, um dich zurückkaufen zu können. Die Leute werden hinter deinem und meinem Rücken reden und sagen, du bist eine schlechte Frau. Sie werden fragen, wer dieser Fremde ist. Du hast Schande über mein Haus gebracht, zetert der Vater und bemerkt erst jetzt, dass durch sein Herumbrüllen Nachbarn aufmerksam geworden sind und sich neugierig vor seiner Hütte versammelt haben. Weil er sich nicht anders zu helfen weiß, stürzt der verzweifelte Vater sich auf Eskandar-Agha, schreit, er werde es sich nicht gefallen lassen, dass seine Ehre beschädigt wird und schlägt mit Fäusten auf ihn ein.

Das hat man nun davon, denkt Eskandar, als er, geschlagen und erniedrigt, zurück zur Hauptstraße geht. Und dann kommt ihm plötzlich ein Gedanke, der ihn noch betrübter macht. Statt zu ihrem Vater hätte ich sie zu Mahrokh-Khanum bringen sollen. Schließlich wäre das eine gute Ausrede, sie nach all den Jahren aus heiterem Himmel aufzusuchen.

Obwohl das Mädchen abgeliefert ist, schlägt Eskandar trotzdem nicht die Richtung zurück nach Schiras ein, sondern die, in der sich das Anwesen der schönen Frau-Mahrokh befindet.

Wer weiß, murmelt er vor sich hin, vielleicht gehören das Dorf und die Bauern zu ihrem Besitz, und sie ist in der Lage, der armen Frau zu helfen, vielleicht ist es der Plan Allahs, dass er mich in diese Gegend geführt hat, sagt Eskandar zu sich selber und stößt dem Esel den Stock sanft in den Hintern, damit er nicht stehen bleibt.

Ein alter Mann mit gebeugtem Rücken, der Eskandar-Agha an den krummen-Morad erinnert, öffnet das schwere Holztor. Die gnädige Frau ist schon eine Ewigkeit nicht mehr hier gewesen, sagt er und kneift die Augen zusammen, um Eskandar gegen das Licht der Sonne besser sehen zu können. Sie ist in Farangestan und kommt nur hin und wieder vorbei, um nach dem Rechten zu sehen und sich um den Besitz zu kümmern, dann reist sie wieder ab.

Und die kleine Roxana?

Die ist nicht mehr klein, antwortet der Mann mit seinem zahnlosen Mund.

Geht es ihr gut?, fragt Eskandar-Agha, weil ihm nichts Besseres einfällt.

Danke der Nachfrage, sagt der Alte grinsend. Es könnte ihr nicht besser gehen. Und wer sind Sie? Woher kennen Sie meine Arbab und ihre Tochter?

Wann erwartest du deine Herrin zurück?, erkundigt sich Eskandar-Agha.

Wer will das wissen?, fragt der Alte.

Niemand.

Gut, sagt der Alte und schiebt bedächtig das schwere Holztor zu. Dann werde ich der Herrin ausrichten, Niemand ist hier gewesen und hat sich nach ihrem Befinden erkundigt.

Immerhin habe ich es versucht, sagt sich Eskandar und beschließt, einen Brief an die schöne Mahrokh-Khanum und seine geliebte Roxana zu schreiben und ihn bei nächster Gelegenheit hier vorbeizubringen. Ein paar Tage denkt er an den Brief, fängt auch immer wieder an, ihn zu schreiben, nur um ihn dann zu zerreißen. Nach ein paar Tagen und vielen weggeworfenen Briefen bedauert er, teures Papier verschwendet zu haben, macht keinen weiteren Versuch und vergisst es schließlich ganz; und wieder sind die einzigen Briefe, die er schreibt, die seiner Kundschaft.

Das Schicksal spielt mit Eskandar-Agha

Ein Fremder taucht im Teehaus auf, setzt sich zu Eskandar und stellt sich als Beamter der Regierung vor, der auf der Durchreise in die Hauptstadt ist.

Du bist längst in einem Alter, in dem du Söhne haben solltest, sagt er. Findest du nicht, dass es an der Zeit ist, eine Frau zu nehmen? Wo kommst du überhaupt her? Wo ist dein Vater? Hast du keine Brüder oder sonst jemanden? Keine Onkel? Keine Verwandten? Keinen Vormund? Der Fremde spricht so laut, dass der Teehausbesitzer und die anderen Gäste ihre Unterhaltungen unterbrechen und aufmerksam zuhören.

Der Besitzer des Teehauses kann es nicht ertragen, dass Eskandar-Agha sich nicht zur Wehr setzt, schwingt sein nicht mehr ganz sauberes Putztuch über die Schulter, stemmt die Arme in die Seiten und warnt den Fremden, er soll seine Zunge hüten. Dieser Mann ist mein Freund, sagt der Teehausbesitzer. Du verletzt das Gastrecht, meine Ehre und die der anderen Männer hier. Glaubst du, ich würde jemanden in meinem Teehaus übernachten und bei mir arbeiten lassen, der einen zweifelhaften Ruf hat?

Am nächsten Tag ist der Fremde verschwunden, seine Fragen und die Zweifel, die er gesät hat, bleiben jedoch zurück. Er ist ein Geheimagent, sagen der Teehausbesitzer und die anderen Männer. Sollte er jemals wieder auftauchen, müssen wir ihn zur Rede stellen oder gleich verprügeln und zum Teufel jagen.

Aber im Grunde hat der Fremde doch auch recht, wenden wieder andere Stammgäste ein. Wir kennen Eskandar-Agha doch gar nicht, weder wissen wir, woher er kommt, noch, was er im Schilde führt. Weder hat er ein richtiges Zuhause noch eine Vergangenheit, und auch um eine richtige Zukunft scheint er sich nicht zu scheren. Wer weiß, sagen die Männer, vielleicht hat er die Geschichten über sich und sein Leben, die Ölquelle, die Farangi, Mirza Kutshek-Khan und all die anderen wie die Märchen, die er uns erzählt, nur erfunden.

Du musst die Männer verstehen, versucht der freundliche Herr-Nossrat ihn zu beruhigen. Wenn es wirklich darauf ankommt, hast du niemanden, der mit seinem Namen und seiner Ehre für dein Tun und Handeln einsteht.

Ich selbst stehe für mein Tun und Handeln ein, sagt Eskandar-Agha. Ich bin ein ehrlicher Mann, der ein einfaches Leben führt, und habe keinerlei Absicht, etwas daran zu ändern. Dann schweigt er, denn er erkennt in den Gesichtern der Männer und seines Freundes, sie haben ihr Vertrauen in ihn verloren.

Versteh doch, sagen sie. Du bist jung und viele von uns haben Töchter im heiratsfähigen Alter, das heißt, wir haben einen Ruf und unsere Ehre zu verlieren. Du bist doch ein gläubiger Mann und müsstest es am besten wissen. Gott sieht es nicht gern, wenn ein junger Mann ohne Frau bleibt, sagt der Mullah. Es ist nicht gut für den Frieden in der Gemeinschaft und auch nicht für deine Gesundheit. Du könntest in Versuchung geraten, predigt er weiter, und die Macht über deinen Geist und Körper verlieren, die Saifeh anderer Männer begehren und dich am Ende, Allah bewahre, an ihnen vergehen.

Das Blut steigt Eskandar in den Kopf. Angst und Wut vermischen sich. Er beißt die Zähne zusammen, fragt nicht, wie er sich an den Töchtern und Frauen vergreifen könnte, wenn sie eingesperrt und hinter dem Hedjab, den Mauern und Vorhängen ihrer Häuser, im Verborgenen leben.

Nur keinen Streit anfangen, denkt Eskandar-Agha, er weiß, er ist auf die Gunst dieser Männer angewiesen, er arbeitet in ihrer Stadt und ihrem Basar, sie sind seine Kunden, er schläft in ihrem Teehaus, lebt in ihrer Mitte und genießt ihren Schutz. Ihr habt recht, gibt Eskandar-Agha klein bei. Andere Männer in meinem Alter sind längst verheiratet, haben Söhne und Töchter.

Eskandar sieht die Männer einen nach dem anderen an, kommt sich dabei ein wenig vor wie der rothaarige Engelissi-Farangi, der beim geheimen Treffen im Kreis der Djangali sagte: Es wird einer von euch sein, der den Mirza verraten und töten wird.

Was schlagt ihr vor?, fragt Eskandar-Agha. Was immer nötig ist, damit ich euer Vertrauen und eure Gunst nicht verliere, ich werde es tun.

Erleichtert atmet der freundliche Agha-Nossrat auf. Nichts anderes habe ich von dir erwartet, sagt er. Ich wusste, dass du einwilligen wirst, eine Frau zu nehmen.

Eskandar-Agha sagt weder Ja, noch Nein, weder nickt er noch sieht er auf.

Also gut, sagt Agha-Nossrat. Komm morgen Abend in mein Haus, den Rest überlasse mir. Es wird zu deinem Besten sein, und du wirst es nicht bereuen.

Zufrieden mit sich und dem, was sie erreicht haben, gehen die Männer zurück an ihre Arbeit. Der Mullah schüttelt die Hand von Nossrat-Agha, als hätten sie ein Geschäft besiegelt.

Während Eskandar sich in der Moschee der rituellen Waschung für das Abendgebet unterzieht, Wasser über seine Ellbogen laufen lässt, sich hinter den Ohren, sein Gesicht und die Füße mit Wasser spült, hofft er, dass das Mädchen, das sie ihm geben werden, wenigstens ansehnlich ist.

Um nicht mit leeren Händen in das Haus eines Freundes zu gehen, erst recht nicht, wenn es um eine Vermählung geht, kauft Eskandar-Agha unterwegs eine Schale gebackenen Honig, Pistazien, saftige Datteln und eine Schleife für das Haar der Braut. Seiner Braut. Die Tür zum Haus des freundlichen Agha-Nossrat steht offen. Unter den vielen Schuhen davor erkennt Eskandar-Agha die Giweh des Mullah, die Schlappen des Messingschmieds, des Fleischers und des Teehausbesitzers.

Die Männer umarmen und küssen den glücklichen Bräutigam,

wie sie ihn nennen, schieben ihn zum Ehrenplatz, der am weitesten vom Eingang entfernt ist, setzen sich wieder auf die Kissen und Polster entlang den Wänden nieder und trinken ihren Tee.

Wie sich herausstellt, ist der Gastgeber auch der Vater der Braut. Der freundliche Agha-Nossrat räuspert sich und begrüßt Eskandar-Agha als seinen zukünftigen Schwiegersohn und bittet die anwesenden Verwandten und Basari, seinen Schwiegersohn in ihren ehrenwerten Kreis aufzunehmen und ihm das gleiche Vertrauen entgegenzubringen, das er selbst und seine Familie im Basar genießen.

Eskandar starrt schweigend auf seine Füße und entdeckt ein neues Loch in seiner rechten Socke. Bestimmt kann das Mädchen, das sie mir zur Frau geben werden, mit Nadel und Faden umgehen, denkt er und schiebt seinen Zeh noch ein Stück weiter aus dem Loch heraus, damit es sich weitet.

Er unterschreibt das Dokument, mit dem die Regierung seine Ehe offiziell anerkennt. Der freundliche Agha-Nossrat, jetzt sein Schwiegervater, macht einen Fingerabdruck darunter, und der Mullah stellt sicher, dass alle es sehen, wie er mit bedeutungsvoller Geste und in Kinderschrift seinen Namen mühevoll auf das Dokument kratzt, bevor er zur religiösen Trauungszeremonie übergeht.

Die Gäste trinken ein Glas Tee nach dem anderen, reden über dies und das, vereinbaren Geschäfte, essen von den süßen Speisen, spielen mit ihren Gebetsketten, während Agha-Nossrat, der Mullah und der Bräutigam ins Nebenzimmer gehen, wo die Frauen und die Braut auf sie warten. Sobald die drei Männer den Raum betreten, hören die Frauen auf zu sprechen, zu singen, zu klatschen und zu tanzen. Sie ziehen ihre Tücher und Schleier über ihre Gesichter, bedecken ihre Füße und Hände; manche wenden sich ganz ab und hocken sich mit dem Gesicht zur Wand.

Mitleid ist alles, was Eskandar empfindet. Mitleid mit den Frauen, mit der Braut; sogar mit Gott hat er Mitleid, weil der es Tag für Tag mit armseligen Geschöpfen wie dem Mullah, dem

Händler und den Männern im anderen Zimmer zu tun hat; aber am allermeisten bemitleidet Eskandar sich selbst.

Während der Mullah den Koranvers für die Trauung spricht, muss Eskandar sich zusammenreißen, ihm nicht ins Wort zu fallen, um ihn zu verbessern. Er spricht das Arabische falsch aus, ganze Passagen aus der Sure fehlen, und der letzte Vers, den er aufsagt, gehört nicht zu einer Trauung, sondern wird beim Begräbnis gesprochen.

Die Frauen trällern hinter vorgehaltener Hand, klatschen, beglückwünschen das Brautpaar. Eine Frau stimmt ein Lied an, eine andere, von der sich herausstellt, dass sie die Brautmutter ist, küsst Eskandar auf die Stirn, nimmt seine Hand, führt sie zum Schleier der Braut und hilft ihm, den Schleier zu lüften.

Eskandar kann das Gesicht seiner Braut nicht erkennen, denn sie senkt sofort scheu den Kopf. Erst als ihre Mutter sie am Kinn fasst und sagt, es ist dein Mann, es ist keine Schande, sieh ihn an, zeig ihm deine funkelnden Mandelaugen und dein schönes Mondgesicht, blickt seine Braut ihn an, und Eskandar wird bleich vor Schreck.

Hat er richtig gehört? Mondgesicht? Mahrokh? Eskandar-Agha kann sich nicht mehr beherrschen, und Tränen schießen ihm in die Augen.

Niemand bemerkt es, dass sie mit dem Finger eine seiner Tränen auffängt und sie vom Finger leckt, während ihre Augen hin und her hasten, Eskandar wach und aufmerksam ansehen, als müsste sie sich beeilen, sich jedes Detail einzuprägen.

Eskandar-Agha fällt auf, dass es bis auf die geschlagene Frau, die ihm den Brief diktiert hat, eine Ewigkeit her ist, seit er einer Frau ins Gesicht gesehen hat, und er kann seinen Blick nicht mehr von seiner Braut wenden. Sie hat volle Lippen, glänzende Augen mit dichten, langen Wimpern; ihre hohen Wangen sind rosig wie die Blüte einer Tulpe. Sie ist schön, denkt Eskandar-Agha, stellt sich vor, wie er sie küsst, in die Arme schließt und wegträgt, hinaus in den Frühling, weg von dem schweren Weihrauch, dem Lärm, der Brautmutter, dem Mullah. Also liebe ich sie, denkt Eskandar, sonst hätte ich nicht den Wunsch, sie wegzutragen und mit ihr allein zu sein.

Als würde sie seine Gedanken lesen, berührt sie sanft sein Knie. Ihre Finger fühlen sich an wie zarte Beine eines Schmetterlings, der mit den Flügeln schlägt, auf der Haut kitzelt und auf und davon fliegt. Eskandar-Agha schließt die Augen, hält den Atem an, will den Moment festhalten und erinnert sich an damals, als Mahrokh-Khanum ihn nach ihrem heimlichen Ausritt in die Stadt auf die Stirn geküsst hat. Vielleicht hilft mir dieses Mädchen, das jetzt meine Ehefrau ist und tatsächlich ein rundes Gesicht hat und aussieht wie der Mond, dabei, Mahrokh-Khanum zu vergessen, denkt Eskandar-Agha, und vielleicht vergesse ich auch meine Roxana und ebenso die Gefühle von Schuld, sie nie wirklich gesucht und meine Freunde betrogen zu haben.

Wieder beugt die Mutter der Braut sich zu Eskandar-Agha herüber. Dieses Mal steckt sie ihm ein kleines weißes Tuch zu. Damit du weißt, dass meine Tochter unberührt ist, flüstert sie und spitzt die Lippen keck, als wollte sie selbst ihren Schwiegersohn küssen.

Eskandar-Agha rückt näher an die Braut heran, berührt ihr Knie, spürt, wie ihr Atem ruhiger wird, wie sie ihn ansieht. Er spürt ihr Lächeln und in seinem Herzen die erste Wärme für sie.

Damit es an süßen Momenten in eurem Leben nicht fehlen möge, ruft die Mutter seiner Braut und reicht den beiden einen Teller mit hart gebackenem Honig, der in Ringe und Blumen geformt ist. Seine Braut bricht ein Stück von der klebrigen Süßigkeit ab, schiebt es ihm in den Mund. Ihre Finger berühren seine Lippen, seine Zunge, sie zieht sie nicht weg, schenkt ihm einen scheuen Blick. Den Rest des Süßen an ihren Fingern leckt sie selbst ab. Einige der jungen Frauen sehen es und kichern hinter vorgehaltener Hand. Und Eskandar wird wunderbar verwirrt und schwindelig, und er dankt es seiner Braut mit einem seligen Lächeln.

Die Mutter der Braut gibt ihm einen Stoß in die Seite, ermutigt ihn, seiner Braut ebenfalls von den Honigringen zu geben. Das Mädchen fischt mit der Zunge danach, leckt das klebrig Süße von seinen Fingern und weckt in Eskandar-Agha den Mann.

Die Frauen trällern, als die Mutter dem Mondgesicht auf die Beine hilft und mit ihr in den hinteren Raum verschwindet. Sobald sie weg ist, wird es kalt um Eskandar. Er sieht ihr nach, will ihr folgen, aber der Mullah hält ihn am Arm zurück. Weil du keinen Vater und auch sonst niemanden hast, werde ich dir sagen, was zu tun ist, wenn ein Mann zum ersten Mal eine Frau nimmt.

Am liebsten will Eskandar-Agha ihm einen Schlag versetzen, er senkt aber den Blick und schweigt.

Benutze das weiße Tüchlein, wenn du dich mit ihr vereinigst, sagt der Mann Gottes. Nur so wirst du wissen, ob du einem Betrug erlegen bist oder ob die Saifeh tatsächlich noch Jungfrau ist.

Blut steigt Eskandar ins Gesicht.

Nachdem du dich mit ihr vereint hast, musst du das öffentliche Bad aufsuchen und dich waschen, erklärt der Mullah. Das Unreine, das Najessi der Frau, darf nicht an dir haften bleiben. Geh zum Dallack ins Badehaus, sag ihm, dass es das erste Mal für dich ist; er wird dir zeigen, wie die rituelle Waschung vonstattengeht, damit du es beim nächsten Mal ohne seine Hilfe machen kannst. Sag deiner Frau, es ist ihre Pflicht, für deine Zufriedenheit und Befriedigung zu sorgen, erklärt der Mullah und greift sich unwillkürlich zwischen die Beine.

Eskandar sieht über die anzügliche Art des Mullah hinweg, sagt nicht, dass es nunmehr seine Ehre ist, die auf dem Spiel steht, weil schließlich jetzt die Tochter des Händlers seine Ehefrau ist.

Der freundliche Agha-Nossrat kommt ihm zu Hilfe. Dankbar küsst Eskandar-Agha seine Hand. Bei allem, was mir heilig ist, sagt er, verspreche und gelobe ich, acht auf sie zu geben, wie ich auf das Licht meiner Augen achtgebe. Ich werde sie ehren und ihren Ruf verteidigen.

Eskandar will endlich den Namen seiner Braut erfahren, doch um seinen Schwiegervater stehen fremde Männer, der Name seiner Braut soll nicht in der Öffentlichkeit und vor all den fremden Na-mahram, Nichtblutsverwandten, genannt werden.

Sie haben mich nicht nach meinem Namen gefragt, sagt seine Braut, als Eskandar-Agha endlich zu ihr geführt wird und das frisch vermählte Paar zum ersten Mal allein ist.

Kein Name dieser Welt kann Ihre Schönheit und Anmut beschreiben, sagt Eskandar-Agha. Auch wenn es mir bislang nicht vergönnt gewesen ist, Sie länger als einen Augenblick zu sehen, weiß ich bereits, Sie tragen den schönsten aller Namen, denn Sie sind schöner als jede Blume, die Sterne und der Mond zusammen, und Ihre Augen funkeln wie die Steine der Krone des Königs.

Das Mädchen lächelt, legt den Kopf schief, versucht nicht einmal, wie es sich für eine junge Braut gehört, scheu und schüchtern zu wirken. Glücklich die Frau, die Ihre erste Geliebte gewesen ist.

So gut er kann, überspielt Eskandar-Agha seine Verwunderung und fragt, wie kommen Sie darauf, es habe eine Geliebte gegeben?

Die Art, wie Sie mir schmeicheln, lernt ein Mann nirgendwo sonst als bei einer Frau.

Sie verunsichern mich, denn auch Sie sprechen wie eine Frau, die Erfahrung hat.

Spielen Sie nicht den Empörten, ich weiß es von anderen Frauen.

Sie ist klug, denkt Eskandar und sagt, wer immer ich bin, was immer ich kann, ist nur geschehen für diesen Moment. Es ist geschehen, um Ihrer würdig zu sein.

Sie leugnen also nicht, sagt sie und lächelt.

Meine Braut ist keck, denkt Eskandar, ich muss vorsichtig sein. Lassen wir die Vergangenheit ruhen, sagt er.

Gut, sagt sie, reden wir von jetzt. Welchen Grund, glauben Sie, hat mein Vater gehabt, ausgerechnet Sie, einen Mann ohne jeden Besitz, jede Verwandtschaft und jede Sicherheit zu fragen oder besser zu bitten, mein Mann zu werden?

Würde ich Ihre sanften Augen nicht sehen, müsste ich den Verdacht hegen, Sie wollen mich brüskieren, sagt Eskandar.

Nun? Sie sehen und sagen es, es ist nicht meine Absicht, Sie zu brüskieren, erwidert sie und sieht ihn abwartend und herausfordernd an.

Ich habe mir keine Gedanken darüber gemacht, welchen Grund Ihr Vater gehabt haben könnte, mich zu fragen, antwortet Eskandar ehrlich, verschweigt seiner Braut aber, dass es für ihn nur einen Grund gegeben hat, sich auf diese Ehe einzulassen. Nämlich dass die Basari ihm weiter wohlgesinnt bleiben, ihn in Ruhe lassen und er Arbeit und sein Auskommen hat.

Ich werde es Ihnen verraten, sagt sie. Als ich noch ein kleines Mädchen war, hat mein Vater mich, dem Brauch entsprechend, einem Mann versprochen. In diesem Fall war es kein Verwandter, sondern einer, mit dem er Grundstücke und Felder tauschte. Ich war also eine Art Versicherung für ihre Geschäfte. Nicht mehr und nicht weniger, sagt die junge Braut und lacht bitter. Wäre der Mann, dem ich versprochen bin, jung und schön, hätte ich vielleicht nichts dagegen gehabt, seine Frau zu werden, aber er ist sogar noch älter als mein Vater. Er hat keine Zähne mehr im Mund, er ist schwach und hässlich. Allein die Vorstellung, mein Leben an seiner Seite verbringen zu müssen, war mir zuwider. Ich wäre seine dritte, vierte oder wer weiß wievielte Frau geworden und hätte seinen älteren Ehefrauen dienen müssen. Ich bettelte und flehte, aber mein Vater bestand darauf, sagte, er habe dem Alten sein Wort gegeben. Ich habe meinem Vater gesagt, er kann mich zwingen, die Frau des Greises zu werden. Aber ich habe ihm auch gesagt, dass er mich damit in den sicheren Tod treiben würde. Eines Tages dann hat mein Vater erzählt, dass er auf der Rückreise von den Farangi einen Qessegu, also Sie, kennengelernt hat, und ich habe sofort gespürt, Sie sind die Lösung meines Problems. Dann haben Sie uns diese arme Frau anvertraut, deren Mann sie geschlagen hat. Sie haben Mut bewiesen und Ihr Leben für eine Fremde riskiert.

Sie beschämen mich, sagt Eskandar, genießt aber die Lobhudelei seiner Braut in vollen Zügen.

Ich habe meinem Vater damit gedroht, mir das Leben zu nehmen, sollte er mich zwingen, die Frau des Alten zu werden. Habe ihm aber auch gesagt, dass ich bereit bin, der Ehre und dem Ruf der Familie wegen zu heiraten, allerdings nicht den Alten, sondern Sie. Schließlich hat mein Vater eingewilligt, er hat den Alten ausbezahlt, hat ihm meine Mitgift gegeben, und der Alte hat mich freigegeben.

Wie es aussieht, muss ich mich vor Ihnen in Acht nehmen, sagt Eskandar lachend.

Statt mit ihm zu lachen, sieht seine Braut ihn weiterhin ernst an. Werden Sie mich unterstützen?

Unterstützen? Sie machen nicht den Eindruck, als bräuchten Sie Unterstützung, und die meine schon gar nicht. Wie Sie bereits festgestellt haben, besitze ich nichts, kenne niemanden von Bedeutung und habe auf niemanden und nichts Einfluss.

Wer Sie sind und was Sie besitzen, spielt keine Rolle. Es reicht, dass Sie ein Mann sind. Als Frau kann ich nicht einmal einen Fuß allein auf die Straße setzen, sei ich noch so klug, stark oder wohlhabend.

Diese Worte hat Eskandar-Agha schon einmal gehört. Von Mahrokh-Khanum. Ohne es zu wollen, tauchen wieder Bilder von ihr in Eskandars Kopf auf, und er fragt sich, ob er seiner Braut jemals wird von seinen Heimlichkeiten erzählen können.

Meine Mutter nennt mich Mahrokh, weil mein Gesicht sie an den Mond erinnert. Es schüttelt mich bei diesem Namen. Der Mond ist kalt und abweisend. Dann lächelt sie, und richtet sich auf. Mein richtiger Name ist Aftab, sagt sie endlich, legt ihre Hand auf die von Eskandar und zwingt ihn, sie anzusehen.

Ich werde Sie niemals Mahrokh nennen, sagt Eskandar-Agha. Ich liebe die Sonne. Schon der Prophet Zartosht hat sie für heilig erklärt und angebetet. Die Sonne ist Anfang und Ende von allem, und der Prophet hat als Symbol der Sonne das Feuer angebetet. Und ich werde ebenfalls die Sonne anbeten, meine Sonne, sagt Eskandar-Agha und wundert sich über sich selber, weil er wirklich meint, was er sagt. So wird es sein, sagt Eskandar-Agha. Ich werde Sie anbeten, meine geliebte Braut.

Aftab lächelt triumphierend und beginnt ihre Kleider abzulegen. Die Sonne ist mächtig und stark, sagt sie, und bald wird sie die alten Bilder und Gedanken in Ihrem Kopf auslöschen. Sie rückt so nah an Eskandar heran, dass er die Wärme ihres Körpers spürt und ihren Duft einatmet und davon ganz und gar durchdrungen wird.

Meine Aftab, flüstert Eskandar, meine Aftab-Khanum. Er umfasst ihre Hüfte, küsst ihren Nacken, ihre Schulter, ihre Brust, ihren Bauch, zieht sie auf seinen Schoß, sieht und hört nichts mehr außer seiner Sonne.

Wir müssen die Regeln einhalten, sagt sie am nächsten Morgen und schickt ihren Eskandar-Agha ins öffentliche Hammam, damit die Leute sehen, dass alles so ist, wie es sein muss, es nichts zu verbergen gibt und er ein zufriedener Mann ist. Das wird Ihnen und mir das Leben leichter machen, sagt die Sonne. Sie haben mich zur Frau genommen, um im Basar und in der Gesellschaft weiterbestehen zu können, was macht es nun, wenn Sie dieses Spiel bis zum Ende spielen?

Wie Sie von Ihrem Vater wissen, kenne ich den Koran auswendig, aber an keiner Stelle des heiligen Buches bin ich auf eine Regel gestoßen, die besagt, der Mann soll sich nach der ersten Nacht mit seiner Braut im öffentlichen Hammam reinigen, sagt Eskandar-Agha. Der Mann soll sich waschen, ja. Der Prophet hat eine bestimmte Abfolge und bestimmte Rituale dafür vorgegeben, ja. Aber diese Bestimmungen gelten nicht nur für die erste Nacht, sondern für jedes Mal, wenn ein Mann sich mit einer Frau vereint. Und genauso wenig steht irgendwo geschrieben, der Mann soll seine Waschungen im öffentlichen Bad vornehmen. Eskandar umarmt seine Aftab-Khanum, küsst ihre Schulter, spürt, dass er bereits nach der ersten Nacht mit ihr auf eine Art umgeht, wie er es mit Mahrokh-Khanum niemals getan hat.

Hören Sie auf, über Dinge nachzudenken, die Sie ohnehin

nicht ändern können, flüstert Aftab-Khanum und schiebt ihren bettwarmen Körper näher an ihn heran. Also werden Sie nun ins Hammam gehen?

Aber nur, weil es Ihr Wunsch ist.

Es wird Ihnen guttun, sagt Aftab-Khanum. Sie werden sich entspannen und frisch und munter zu mir zurückkehren. Und wer weiß, vielleicht gelingt es Ihnen auch, Ihre schweren Gedanken loszuwerden. Aftab-Khanum streichelt seine Brust, sagt, doch bevor Sie gehen, kommen Sie noch für einen Augenblick zu mir.

Ich bin doch bei Ihnen, flüstert Eskandar.

Ich meine, kommen Sie richtig zu mir, sagt sie, legt den Kopf in den Nacken und sieht Eskandar auf eine Art an, dass er sich wie ein richtiger Mann fühlt, der über alles bestimmt, auch über sie. Sie zieht ihn an sich, überlässt ihren jungen Körper abermals seinen Händen und Wünschen.

Später im Hammam, als er auf den heißen Kacheln liegt und der Dallack ihm feuchte Tücher um die Schultern legt, um ihn für sein Bad vorzubereiten, ziehen die Bilder der Nacht wieder vor Eskandars innerem Auge vorbei, und er muss an das kleine Muttermal zwischen den Brüsten seiner Aftab-Khanum denken.

Der Dallack rasiert Eskandar-Agha mit scharfer Klinge, nicht nur sein Gesicht, sondern auch seine Achseln und sein Geschlecht. Das hättest du tun sollen, bevor du dir eine Frau nimmst, sagt er. Der Allmächtige sei gepriesen, sagt der Dallack und sieht über sich. Er erhört das Gebet dessen, an dem kein Rest von najessi haftet.

Möge Gott geben, dass ich noch viele solche Nächte und Momente des Glücks erlebe, betet Eskandar still und blickt ebenfalls über sich.

Der Dallack wäscht und schrubbt Eskandar-Agha von Kopf bis Fuß mit einem rauen Lappen und Bimsstein, bevor er ihn wieder in heiße, feuchte Tücher wickelt. Dann knetet und walkt er ihn nicht nur mit seinen kräftigen Händen, sondern nimmt auch seine Ellbogen und sogar seine Knie zur Hilfe. Er biegt, zieht, schiebt und drückt seine Gelenke, Arme, Beine, den Kopf und Nacken, dass es nur so knackt. Und zur Krönung seiner wohltuend schmerzhaften Prozedur geht der Dallack mit bloßen Füßen behutsam über den Rücken von Eskandar, dehnt und streckt ihn und vertreibt so auch die letzte Müdigkeit, die sich in seinem Körper eingenistet hat. Und Eskandar-Agha ächzt und stöhnt und gibt sich dem Wohlgefühl und seiner Zufriedenheit hin. Zum Schluss salbt der Dallak ihn mit Öl und Rosenwasser ein, scheitelt und kämmt ihm das schulterlange Haar, füllt ein Glas mit Granatapfelsaft und schickt wieder ein kleines Stoßgebet zu Allah dem Allmächtigen.

Als er auf die Straße hinaustritt, hat Eskandar-Agha das Gefühl, ein neuer Mensch zu sein. Wie seine Aftab-Khanum es sich gewünscht hat, besorgt er im Teehaus frisch gekochten Reis, gegrillte Tomaten, Zwiebeln, Torshi, Brot und gegrillte Spieße vom Lamm und geht beschwingt in sein neues Heim und zu seiner Ehefrau zurück.

Verraten Sie nur meinem Vater und meiner Mutter nicht, dass ich das Essen für meinen Ehemann nicht selbst gekocht habe, bittet Aftab-Khanum. Und während sie das Essenstuch auf dem Boden ausbreitet, spricht sie im gleichen Ton weiter und sagt: Und denken Sie nicht, dass ich es nicht mitbekomme, wenn Sie mit Ihren Gedanken nicht bei mir, sondern einer anderen Frau sind.

Das Gegenteil ist der Fall, lügt Eskandar-Agha. Ich bin so sehr mit meinen Gedanken bei Ihnen, dass ich fürchten muss, den Rest meines Lebens zu versäumen.

Zu dieser Furcht gibt es nicht den geringsten Anlass. Ab morgen nämlich werden Sie wieder Ihrem Beruf als Schreiber nachgehen. Außerdem möchte mein Vater, dass Sie bei den Handwerkern als Gehilfe anfangen, viel lernen, um später, wenn er alt und gebrechlich ist, seinen Laden übernehmen zu können.

Mein ganzes Leben liegt in der Hand dieser Menschen, denkt Eskandar-Agha, und er sagt: Nur Allah kennt die Zukunft, und nur er weiß, wie sie aussehen wird.

Eskandar-Agha und sein alter Meister Hodjat

Am dritten Tag als Ehemann von Aftab-Khanum hockt Eskandar von morgens früh bis mittags wie ehedem vor dem Basar, liest und schreibt Briefe, Verträge und Dokumente. Am Mittag betet er gemeinsam mit seinem Schwiegervater und den anderen Männern in der Moschee, tauscht Neuigkeiten mit ihnen aus, geht mit seinem Schwiegervater zu dessen Haus, in dem er mit Aftab-Khanum ein Zimmer bewohnt. Er isst mit der Familie zu Mittag, schläft ein Stündchen oder zwei und kehrt wieder in den Basar zurück, sobald es kühler ist.

Schon am vierten Tag drängelt seine Aftab-Khanum, und Eskandar-Agha muss zu den Kesselflickern und Metallschlägern, wo er als Gehilfe beginnt. Am Anfang schmerzt das laute Hämmern, Klopfen und Schlagen in seinen Ohren, doch schon nach ein paar Tagen kommt es ihm vor, als wären die Kesselflicker und benachbarten Schreiner Musiker, die den ganzen Tag zusammen musizieren.

Sein neuer Meister, der Kesselflicker Ali-Agha, ist ein aufrichtiger und freundlicher Mann. Er sieht Eskandar-Agha kaum an, während er spricht, schlägt mit seinem Hammer ein paarmal auf das Metall, sagt ein Wort, hämmert, sagt ein Wort, als würde er mit seinem Werkzeug und dem Metall und nicht mit Eskandar-Agha sprechen. Ich baue alles, sagt er. Alles, was man aus Metall herstellen kann. Töpfe, Teller, Schalen, Öfen, Gießkannen, Toilettenkannen, Kanister für Naft, Wasser, Speiseöl, kunstvolle Tabletts, dekorative kleine Tische, Kisten, Schatullen, Truhen, Schränke.

Hör genau hin, sagt Ali-Agha. Jeder hat seinen eigenen Schlag, der Lauteste von uns allen ist der schwerhörige Taqi-Agha. Hörst du ihn? Und das, sagt Ali-Agha mit erhobenem Zeigefinger, zweimal aufschlagen, einmal atmen, das ist der Älteste von uns allen, Agha-Mohammad. Sein Schlag ist der schönste. Und da, zwei kleine Schläge, zwei helle, eine, zwei oder auch drei Pausen, unregelmäßig eben, ein verwirrter Klang, das ist ein Anfänger. Hörst du den dunklen Schlag? Das ist eine tiefe Gravur auf einem großen flachen Tablett. Und hier, sagt er, während er den Hammer auf den kleinen Teller schlägt, den er gerade klopft, ist es weniger ein Schlagen als vielmehr ein Den-Hammer-fallen-Lassen, er hüpft von allein wieder auf, der Hammer und das Metall haben ihr eigenes Leben und ihren eigenen Willen. Wer seine Arbeit liebt, lässt den Hammer tanzen, wer das Metall nicht als Feind, sondern als Freund sieht, ist von der Liebe und vom Glück geküsst.

Möge Allah geben, dass das Metall auch mir ein Freund wird, sagt Eskandar.

Das liegt nicht an Gott. Gott hat keine Zeit, sich mit unwichtigen Dingen dieser Art zu beschäftigen, sagt Ali-Agha und lässt, ohne hinzusehen, seinen Hammer auf den Meißel sinken. Siehst du, ich lasse meinen Hammer in Frieden und versuche, ihm zu folgen, statt ihn zu zwingen, mir zu folgen. Versuch es, sagt Ali-Agha.

Ich habe noch nie Metall geschlagen, sagt Eskandar, schlägt den Hammer auf den Meißel, rutscht ab, trifft seinen Finger und schreit auf.

Das braucht ungefähr vier Tage, vielleicht auch doppelt so lang, dann tut es nicht mehr weh, sagt Ali-Agha lachend. Mach dir nichts draus, das tun Metall und Hammer nur, um Neulingen gleich von Anfang an den nötigen Respekt und die nötige Achtung einzuflößen.

Vor Schmerz hat Eskandar Tränen in den Augen, und er schüttelt und reibt seinen verletzten Finger, der augenblicklich anschwillt und blau anläuft.

Lass das, sagt Ali-Agha, das macht es nur noch schlimmer. Nimm das kalte Eisen hier und leg es auf die Stelle, dann schwillt sie nicht weiter an. Nimm es nicht tragisch, zum Schreiben brauchst du deine linke Hand nicht. Und bevor ich dich den

Hammer wieder benutzen lasse, wirst du dich erst mit der Ware vertraut machen. Wir werden gemeinsam von Tür zu Tür ziehen und sie verkaufen.

Ich werde jeden Nachmittag hier sein, sagt Eskandar mit vor Schmerz verzogenem Gesicht.

Am nächsten Tag begleitet er den Kesselflicker Ali-Agha durch die Straßen und Gassen der Stadt. Ich kenne hier jedes Tee- und Gasthaus, jede Moschee und jede Familie, sagt Ali-Agha und ruft im Wechsel, mal allein, dann gemeinsam mit Eskandar seine Waren aus, um Kunden anzulocken.

Je mehr Eskandar-Agha seine Stimme in Einklang bringt mit der des Kesselflickers, den quietschenden Reifen des Karren, dem Klappern der Töpfe und Pfannen, desto rhythmischer und klangvoller werden seine Rufe, und schließlich werden sie zum Singsang.

Hört! Hört! Hört!

Ihr lieben und guten Menschen von Schiras.

Alte Töpfe, Pfannen, Eimer, alles Alte reparieren wir.

Neue Töpfe, Pfannen, Eimer, alles Neue verkaufen wir.

Beste Qualität.

Billigste Preise.

Sehen Sie selbst. Prüfen Sie selbst.

Töpfe, Pfannen, Kannen.

Du hast es im Blut, sagt der Kesselflicker. Du hast Rhythmus und Klang in der Stimme. Möge Allah dein Leben verlängern.

Fenster und Türen öffnen sich, und die Leute lassen längst vergessene Waren reparieren und ausbessern, und sie kaufen neue Töpfe und Pfannen, Messingtabletts und Kessel, als würden sie nichts kosten.

Für ihren Rückweg in den Basar nehmen der Kesselflicker und Eskandar-Agha einen anderen Weg. Der Meister setzt sich auf den beinah leeren Karren, Eskandar-Agha zieht und singt:

Haltet euch bereit.

Morgen werden eure Augen das Wunder der Kesselflickerkunst erblicken. Kessel und Krüge, Töpfe und Teller, wie sie nur im Schah-nameh zu finden sind.

Wie sie Königen gebühren.

Töpfe und Teller als Mitgift und Schmuck des Hauses.

Töpfe und Teller, in denen der Glückbringende Geist wohnt und jeden Wunsch erfüllt.

Schiras, die Stadt der duftenden Gärten und Rosen, singt Eskandar-Agha.

Schiras, die Stadt des großen persischen Dichters und Denkers Hafes;

Schiras, die Stadt der schönsten Gedichte und Lieder.

Es spricht sich schnell herum, welch ein begabter Ausrufer und Verkäufer in Eskandar-Agha steckt. Manche können es kaum erwarten, bis er endlich auch in ihr Viertel und ihre Straße kommt, für sie singt und kleine Geschichten erzählt oder vielmehr singt.

Eines Vormittags kommt ein alter Mann zu Eskandar-Agha in den Basar. Er trägt einen Turban, der so groß ist, dass er damit nicht nur seinen Kopf, sondern auch sein rechtes Auge bedeckt. Eine rote, wulstige Narbe beginnt unter seiner Lippe, zieht sich quer über sein Gesicht und verschwindet unter seinem Turban. Ich bin ein Kämpfer, sagt der Alte. Bereits als Junge habe ich begonnen und bis heute nicht aufgehört zu kämpfen, bis ich am Ende, wie du siehst, sogar das Licht eines Auges verloren habe.

Manche Leute sehen mit einem Auge mehr als andere mit zwei gesunden, erwidert Eskandar und versucht das unbehagliche Gefühl, das der Alte in ihm auslöst, zu verdrängen. Möge Allah dir ein langes Leben bescheren.

Allah sei gedankt, das hat er bereits, antwortet der Alte. Die Leute sagen, dein Name ist Eskandar. Nicht viele Männer tragen diesen Namen.

Ein Mann, von dem ich gewünscht hätte, er wäre mein Vater gewesen, hat ihn mir gegeben, antwortet Eskandar. Er hat noch nicht zu Ende gesprochen, da bricht der Alte in Tränen aus, schluchzt und fällt ihm förmlich in die Arme.

Ich bin es, Eskandar, mein Sohn, sagt der Mann. Ich, der selbst ohne Vater aufgewachsen ist. Ich, der stolz gewesen wäre, dich als Sohn zu haben. Ich, der sich in Grund und Boden geschämt hat, als es hieß, dass du deinen Brotgeber bestohlen und die Lüge in die Welt gesetzt hast, deine Herrin habe sich dir hingegeben. Wie ein Dieb in der Nacht bist du verschwunden. Ohne Gruß und Abschied. All das Vertrauen, das ich, der alte Verwalter, sogar der Khan dir entgegengebracht haben, hast du genommen, bist gegangen und hast nicht mal mehr zurückgeblickt.

Eskandar läuft es kalt und heiß den Rücken runter, und er muss sich beherrschen, dem Alten nicht sein Essen vom Morgen vor die Füße zu spucken.

Ich bin vom Leben geschlagen und zu alt, um dir Vorhaltungen zu machen, sagt Hodjat-Agha mit zittriger Stimme. Ich bin nur gekommen, dich ein letztes Mal zu sehen, bevor ich diese Welt verlasse und zu meinem Gott gehe.

Verehrter Meister, verehrter, geliebter Hodjat-Agha, ich bin Ihr wertloser Diener, ich schäme mich. Ich bin es nicht wert, dass Sie mir meine Schuld vergeben. Ich bin jung und unwissend gewesen. Eskandar muss weinen, verbeugt sich tief, küsst die Hand seines Meisters und führt sie zu seiner Stirn.

Der Alte streicht Eskandar-Agha über den Kopf, und es fühlt sich an wie früher, als der Reiter Hodjat-Agha seinem kleinen Schützling über den Kopf gestrichen hat.

Gott verzeiht dem, der seine Schuld einsieht und bereut. Wer bin ich, Sterblicher, dir nicht zu vergeben? Mein armer Junge. Der Schaden, den du dir selbst zugefügt hast, ist der größte von allen.

Verehrter Meister, bei meinem Leben und beim Grab des heiligen Emam, ich habe niemanden bestohlen.

Niemals habe ich glauben können, dass du es getan hast, sagt Hodjat-Agha. Aber jetzt, nach all den Jahren, welche Rolle spielt das noch?

Der alte Reiter lächelt und kann nicht verbergen, dass es ihm eine kleine Genugtuung ist, nach dem Verrat, den Eskandar-Agha begangen hat, ihn jetzt ein wenig leiden zu sehen. Willst du wissen, was der Verwalter Agha-Mobasher gesagt hat?, fragt der Alte seinen früheren Schützling.

Eskandar-Agha will am liebsten schreien: Nein. Ja, bitte, Meister, sagt er.

Sein altes Auge blitzt, als Hodjat sagt, der Verwalter hat uns befohlen, wir sollen so tun, als hätte es dich niemals gegeben. Und tatsächlich hat nie wieder einer von uns deinen Namen erwähnt.

All die Jahre habe ich mir alles Mögliche vorgestellt, jammert Eskandar-Agha. Ich dachte, der Agha wird seine Frau Mahrokh zwingen, ihm zu verraten, wohin ich geflüchtet bin; sie einsperren und zwingen, ihm ihren Besitz zu überlassen; ich dachte, er würde Jagd auf mich machen, und ich habe mich verfolgt gefühlt; nur dass ich als Dieb und Lügner verleumdet werde und dann vollständig in Vergessenheit gerate, das habe ich mir nicht vorgestellt.

Die Vergangenheit ist vergangen, und jetzt ist jetzt, sagt der alte Hodjat-Agha mit seiner kratzigen Stimme. Komm, sagt er. Du sollst mir einen letzten Wunsch erfüllen, bevor ich diese Welt und auch dich verlassen werde.

Jeden Wunsch, Meister, murmelt Eskandar wie betäubt. Selbst mein Leben gäbe ich für Sie.

Das ist nicht nötig, sagt der Alte. Lebend hast du einen größeren Nutzen für mich. Bring mich hinaus zu den Ruinen der alten Hauptstadt Takhte-Jamshid, dem prächtigen Thron, von dem aus die Perserkönige einst ihr großes, die halbe Welt umfassendes Reich regiert haben.

Aber das ist ein weiter Weg, warnt Eskandar.

Das erste Mal, als ich dort war, bin ich etwa so alt gewesen wie du jetzt. Kurz danach habe ich deine Mutter gesehen und dir deinen Namen gegeben. Eskandar, der König der Griechen oder, wie die Farangi ihn nennen, Alexander der Große, der unser Land überfallen und den Perserkönig besiegt hat.

Eskandar-Agha und die letzte Reise von Hodjat-Agha

Nichts ist Eskandar lieber, als mit seinem alten Meister die Stadt zu verlassen, denn unter keinen Umständen will er, dass der Alte mit irgendjemandem über ihn spricht und sein neues Leben von seinem alten belastet und vergiftet wird.

Seiner Aftab-Khanum erzählt er, dass er von einem Kunden gut entlohnt worden ist, einen Brief nicht nur zu schreiben, sondern ihn anschließend in einem vier Tage entfernten Dorf abzuliefern.

Sobald sie unterwegs sind, erzählt der alte Hodjat, seine Frau-Zarrin und seine Kinder sind allesamt nicht mehr in dieser Welt. Cholera, Malaria und andere Krankheiten haben mir meine Kinder geraubt, und die Trauer über ihren Tod haben meine Frau-Zarrin getötet. Und du?, fragt der Alte und schwingt die Beine, damit sein klappriger Esel, der wie er selber nicht mehr lange in dieser Welt sein wird, nicht stehen bleibt. Was ist mit dir? Hast du eine Frau genommen?

Das habe ich, verehrter Meister, antwortet Eskandar lächelnd und rührt mit seiner Verlegenheit den Alten so sehr, dass er endlich Erbarmen hat und die Frage beantwortet, die seit ihrer Begegnung unausgesprochen zwischen ihnen steht.

Die verehrte Herrin Mahrokh-Khanum ist, kurz nachdem du uns verlassen hast, mit deiner Roxana ab und an nach Farangestan gereist. Zum Fest des Now-Rouz, des neuen Jahres, statten sie der Heimat einen Besuch ab. Sie lassen sich bestaunen und bewundern und führen ihre neuen Kleider, Hüte und Schuhe vor, sie geben Unmengen Geld aus und entschwinden wieder in ihre reiche, bequeme Farangi-Welt, in der sie, anders als hier, in Frieden leben.

Ich bin einmal zu ihrem Anwesen in der Nähe von Schiras gegangen, erzählt Eskandar.

Junge, was willst du von ihr? Auch wenn du sie sehen würdest, welchen Sinn hätte das? Die Vergangenheit ist vergangen, und jetzt ist jetzt.

Eskandar zuckt die Schultern. Ich weiß nicht. Schon alleine Roxanas wegen, ich habe sie großgezogen, in gewisser Weise gehört sie zu mir, zu meinem Leben.

Statt zu antworten, beginnt der Alte vor sich hin zu summen, dann verstummt er, und sie ziehen so lange schweigend weiter, bis sie an einen Kontrollposten kommen. Ohne zu zögern, zückt Hodjat-Agha einen vergilbten, an den Ecken zerschlissenen Zettel. Die beiden bewaffneten Männer an der Wache drehen und wenden das Dokument skeptisch hin und her. Dein Passierschein ist ziemlich alt und schäbig, sagt der ältere von beiden.

Das ist er in der Tat, sagt der alte Hodjat-Agha. Seht mich an, auch ich bin nicht mehr ganz frisch.

Die Wachen lächeln freundlich und lassen die beiden durch. Lies, sagt Hodjat-Agha und zeigt Eskandar seinen Passierschein.

Er muss das Papier nicht erst lesen, um zu erkennen, es ist eine Seite aus dem Koran.

Schenke ich dir, sagt Hodjat-Agha, wenigstens in dieser Welt wird dies meine letzte Reise sein, und um in die Welt Gottes zu kommen, werde ich hoffentlich keinerlei Passierschein benötigen. Und nun, sagt der Alte, werde ich dir erzählen, was aus dem verehrten Palang-Khan geworden ist. Unser selbsternannter König Resa-Khan, der wie diese beiden Soldaten an der Wache weder lesen noch schreiben kann, gleichwohl aber die eine oder andere nutzbringende Entscheidung getroffen hat, hat Palang-Khan jeden Fuß Erde, den er in Teheran besessen hat, weggenommen.

Eskandar verzichtet darauf, seinem alten Meister die Wahrheit über die Besitzverhältnisse des Tigers und Mahrokh-Khanums zu erzählen. Ich bin dort gewesen, sagt er, ich habe gesehen, wie das Anwesen zerstückelt und zerteilt ist. Die Leute sagen, die Angehörigen und die Familie des Königs leben dort.

Palang-Khan ist geschlagen und gekränkt hierher in den Süden gegangen, in seine Heimat, an den Ort seiner Geburt, dort hat er eine Truppe zusammengestellt, ist gegen die Verbände des Resa-Khan zu Felde gezogen und hat die Schlacht binnen weniger Stunden verloren.

Damals, als ich den Tiger und die Nationalisten im Kampf gegen den König der Qajaren und die Truppen der Briten und Russen erlebt habe, sagt Eskandar-Agha, als ich gesehen habe, mit welcher Kraft und Ausdauer er sein Schwert schwingt, seine Männer führt, sein Pferd unermüdlich zurück ins Feld treibt, habe ich gedacht, dieser Mann wird niemals müde, er wird ewig leben und immer den Sieg davontragen.

Allah sei seiner Seele gnädig. Seit seiner Niederlage gegen Resa-Khan ist vom großen Tiger, wie du und ich ihn gekannt haben, nicht viel mehr als eine kleine zahme Katze übrig gewesen.

Die Sonne steht am höchsten Punkt des Himmels und brennt gnadenlos auf die trockene Erde und die Köpfe von Eskandar-Agha, seinem alten Meister und dem klapprigen Esel, als sie nach drei Tagen die siebzig Kilometer Wüste durchquert haben und in der Ferne die ersten steinernen Türme der Ruinen von Takhte-Jamshid sehen. Eskandar-Agha erinnern sie an die Bohrtürme der Erdölfelder. Wie sie strecken unzählige Säulen ihre Hälse gen Himmel, als wollten sie sich Allah persönlich präsentieren. Am Ende einiger Säulen sind noch immer Reste von zwei steinernen Stieren, auf deren Rücken einst die Balken für das prächtige Dach der berühmten Apadanahalle geruht haben. Die Wände, Mauern und Säulen waren mit Keramik, Gold und Silber geschmückt, und glaubt man den Legenden hat es den Bewohnern weder an Pracht noch an Komfort gefehlt. Von hier aus haben die persischen Könige über die Welt geherrscht, hier haben sie Regenten und Könige anderer Völker empfangen und Pläne geschmiedet für ihre Kriege, aber auch für den Frieden.

Unsere Vorfahren hatten mehr Kultur und Wissen, als wir es heute haben, sagt der alte Hodjat. Bereits vor 2500 Jahren hat König Cyrus ein Plädoyer für Menschenrechte und Frieden in eine Tonrolle gravieren lassen. Und auf Sauberkeit und Hygiene haben sie größeren Wert gelegt als wir das heute tun. Und sie haben Kultur gehabt, sagt Hodjat und Eskandar-Agha muss lachen, weil er sich an den Übersetzer im Lager der Farangi erinnert, der zum kleinen Eskandar gesagt hat: Du hast eben keine Kultur.

Sieh her, sagt der alte Hodjat-Agha, alles hatte seine Ordnung, an dieser Stelle haben sie ihre Stallungen gehabt, dort sind ihre Bibliotheken gewesen, und weiter hinten im Osten hatten sie ihre Schlafgemächer. Dieser Palast ist 2500 vor unserer Zeit entstanden, aber sie haben ein zivilisierteres Leben geführt als wir. Überall in diesen Ruinen kannst du Hinweise auf die Kunst und die Kultur, den Fortschritt, die Offenheit entdecken, die im Reich der alten Perser geherrscht haben. Sieh her, sagt der Alte und hebt seinen dünnen Arm. Hier, an dieser Stelle haben sie ihr Badehaus gehabt. Ein kompliziertes unterirdisches Wassersystem hat über Hunderte von Kilometern das Wasser aus den Bergen in den Palast hineingeleitet.

Ein Bad im Haus?, wundert Eskandar-Agha sich. Das ist schlau, und es ist bequem. Aber ist es hygienisch? Ich meine, was sagt der Prophet dazu?

Hodjat mustert seinen früheren Schützling und schüttelt den Kopf. Wenn der Prophet gewusst hätte, wie hygienisch und bequem es ist, hätte er es für seine Anhänger zur Pflicht gemacht, dass jeder ein Bad in sein Haus baut.

Hodjat hockt sich auf eine der umgestürzten Säulen und seufzt schwer, als wären die Ruinen Überreste seines eigenen Lebens. Alles das haben die Griechen zerstört, sagt er. Niemand, weder die Perser noch die Griechen selbst, hätte es für möglich gehalten, dass es irgendeinem menschlichen Wesen gelingen könnte, den gottgleichen König der Perser, seine Soldaten, seine Armee, sein Reich in die Knie zu zwingen und zu zerstören. Iran, das bislang größte Reich, das es je gegeben hat, die halbe Welt hat es umfasst. Indien, Afrika und Ägypten, Afghanistan, das Osmanische und griechische Reich und sogar Teile des heutigen China haben die Perser beherrscht. Und diese Weltmacht wurde von einem Mann, dem König der Griechen, Alexander dem Großen, und seinen Soldaten, die aus vielen Völker bestanden, erobert.

Als wäre er selbst dabei gewesen, als könnte der Griechenkönig ihn hören, sieht Hodjat-Agha sich um und spricht leise. Dass er den Palast Takhte-Jamshid zerstört hat, ist eine Art Rache dafür, dass die Perser Athen in Schutt und Asche gelegt haben. Hodjat-Agha richtet sich auf, so gut er kann, und spricht jetzt so laut, als wollte er, dass die Toten ihn hören. Aber Alexander ist ein kluger Mann gewesen, er hat den Befehl gegeben, das Reich der Perser zu erhalten. Er hat es sich untertan gemacht und sogar seine eigenen Männer verfolgt und bestraft, weil sie Kourosh, den persischen König aus dem Volk der Parsen, ermordet haben. Alexander hat sich mit uns, den Iranern, verbündet, die persische Prinzessin Roxana geheiratet und sich als König nicht nur von Mazedonien, sondern fortan auch von Persien bezeichnet. Statt seinen Feind zu zerstören, hat Alexander den Reichtum, die Größe und das Wissen seines unterlegenen Gegners beschützt, und so hat er die Menschen für sich eingenommen. Er hat eine Klugheit bewiesen, welche die Mächtigen unseres Landes heute nicht mehr besitzen, sagt Hodjat-Agha und mustert Eskandar von Kopf bis Fuß. Dabei war der Griechenkönig allenfalls vier, fünf Jahre älter als du, sagt der Alte und lacht.

Mit Verlaub, verehrter Meister, Sie wollen doch nicht, dass ich es dem König Eskandar gleichtue, eine Armee aufstelle und die Welt erobere.

Als ich deiner Mutter gesagt habe, dich Eskandar zu nennen, war meine Hoffnung, dass die Willenskraft dieses jungen, mutigen Mannes, dass sein Glaube, das Unmögliche möglich machen zu können, dass seine Klugheit Eigenschaften sind, die auch du besitzen würdest. Hodjat sieht Eskandar traurig an und schüttelt den

Kopf. Du tust mir leid, sagt der Alte. Weil du dich selbst bedauerst, weil du nicht siehst, nicht sehen kannst, nicht sehen willst, dass du wahrscheinlich sogar über mehr Kraft verfügst als der große Griechenkönig.

Meister, bitte, ich habe es nicht verdient, dass Sie mich derart erniedrigen.

Erniedrigen? Du redest Unsinn. Betrachte dein Leben, und entscheide selbst. Du hast keine Armee, keine Berater und kein Heer zur Verfügung gehabt. Du bist ein kleiner Junge gewesen, als du allein und auf dich selber gestellt dein Dorf ohne Namen verlassen hast. Sieh dich an, du bist ein Mann geworden und führst ein Leben. Dafür braucht ein Mensch mehr Mut und Kraft als ein König, für den es ein Leichtes ist, mit all seinem Reichtum und seinen Soldaten, seiner Macht und seiner Stellung ein anderes Land zu überfallen, sagt der Alte und lächelt zufrieden.

So sind Menschen, wenn sie alt werden, denkt Eskandar-Agha, kann seinen Gedanken aber nicht zu Ende bringen, weil er sich beeilen muss, den klapprigen Esel seines Meisters einzuholen, der sich klammheimlich davongemacht hat und in Richtung Schiras trottet.

1928, ein neuer Beruf und die neuen Gesetze des Königs Resa-Khan

Außer Eskandar ist nur der klapprige Esel, den sein Meister ihm vermacht hat, bei der Beerdigung des alten Agha-Hodjat dabei.

Siehst du, sagt Eskandar-Agha, und der Esel wackelt mit den Ohren. Nun hat Gott auch noch den letzten Menschen zu sich geholt, der mich aus meinem Dorf ohne Namen gekannt hat. Stattdessen bin ich jetzt im Besitz eines Esels, sagt er, stellt sich in Richtung Qeble, Kerbela, und rezitiert die Todessuren aus dem Koran.

Ich wünschte, ich könnte Ihnen Ihr Leid abnehmen und es an Ihrer statt für Sie ertragen, sagt seine Aftab-Khanum, schenkt ihm Tee ein und klopft das Kissen aus, damit ihr Eskandar-Agha es im Rücken weich hat.

Er genießt die zärtlichen Gefühle seiner Frau und versinkt in ihrer Wärme und stellt sich vor, sie könnte wirklich alles Leid von ihm nehmen und ihn von allen Schmerzen und auch seinem neuerlich entfachten schlechten Gewissen befreien. Ich will nicht, dass Sie leiden, sagt Eskandar-Agha. Weder an meiner statt noch aus sonst einem Grund. Lieber will ich tot sein, als Ihr Leid mit ansehen zu müssen.

Aftab-Khanum nickt kurz, sagt aber nichts.

Vergeben Sie mir, sagt Eskandar-Agha.

Vergeben? Wofür könnte ich Ihnen vergeben? Haben Sie Schuld auf sich geladen?

Ich bitte Sie um Vergebung, sagt Eskandar-Agha und weiß nicht weiter.

Aftab-Khanum lacht freundlich und sagt, na gut, dann vergebe ich Ihnen. Für was auch immer.

Ein paar Tage lang ist Eskandar-Agha betrübt und denkt mit Wehmut und schlechtem Gewissen an seinen alten Meister. Dann aber vergeht wie alles andere auch dieser Schmerz und macht Platz für sein Leben mit Aftab-Khanum, die Sorgen im Basar und seine tägliche Arbeit, zu der seit einiger Zeit ein unscheinbarer Mann gehört, der für die Regierung arbeitet.

Regelmäßig kommt er zu Eskandar-Agha und diktiert ihm neue Gesetze und Dekrete, die er in schöner und leserlicher Schrift mehrfach auf großformatiges Papier schreiben soll. Anschließend bringt der Regierungsmann die Zettel an den Mauern im Basar an, damit jedermann die neuen Gesetze der Regierung lesen kann und weiß, wie es um das Land bestellt ist.

Einmal, als Aftab-Khanum ihrem Eskandar-Agha das Mittagessen in den Basar bringt, sieht sie den Mann von der Regierung. Er ist mir nicht geheuer, sagt sie beunruhigt. Es gefällt mit nicht, dass Sie für die Regierung arbeiten. Sie könnten sich damit eine Menge Ärger einhandeln. Aus Angelegenheiten, die mit der Regierung zu tun haben, sagt sie mit verschwörerischer Miene, sollte man sich unbedingt heraushalten und einen großen Bogen darum machen.

Weil Eskandar-Agha nicht auf sie hört und nur über sie lacht, sagt sie, ich werde zum Mullah gehen und ein Nazr für Sie machen, damit jegliches Unheil von Ihnen abgewendet wird und Ihnen nichts zustößt.

Bei den Bettlern in der Gegend hat sich längst herumgesprochen, dass, wer immer an ihre Tür klopft, mit einem Almosen oder auch einer warmen Mahlzeit rechnen kann. Ich bin sicher, Allah wird bis in alle Ewigkeit sämtliche Nazr, die Sie noch zu machen gedenken, als abgegolten betrachten.

Machen Sie sich nur lustig über mich, sagt Aftab-Khanum. Sie werden schon noch sehen, wohin das führt.

Meine neue Tätigkeit gefällt mir, sagt Eskandar-Agha. Ich bin sogar ein wenig stolz auf mich. Die Regierung zahlt besser als jeder meiner anderen Kunden. Viel wichtiger aber ist mir, dass ich endlich etwas Nutzbringendes für meine Heimat tun kann.

Einmal, als der Mann von der Regierung bei Eskandar hockt und ihm die neuesten Bestimmungen diktiert, kommen zufällig zwei Händler vorbei und erklären dem Angestellten der Regierung, dass er sich den Aushang mit den neuen Gesetzen sparen kann, weil die meisten Männer im Basar sie ohnehin nicht lesen können.

An diesem Tag verlässt der Mann Eskandar-Agha zerknirscht, kommt aber schon früh am nächsten Morgen freudestrahlend zu ihm zurück. Die ganze Nacht habe ich wach gelegen und gegrübelt, sagt er. Jetzt weiß ich, was zu tun ist. Und Sie, mein Lieber, sagt er, sind Teil meines Plans.

Versammelt euch, versammelt euch, ihr guten und edlen Herren von Schiras, ruft Eskandar-Agha, der von nun an das Doppelte ausbezahlt bekommt, um die neuen Bestimmungen und Gesetze nicht nur zu schreiben, sondern sie auch auszurufen.

Den Männern gefällt es, als edel und gut und die Agha von Schiras bezeichnet zu werden, sagt Eskandar-Agha zu seiner Aftab-Khanum. Es gefällt ihnen, dass aus der Hauptstadt und von der Regierung höchstpersönlich Nachrichten eigens für sie geschickt werden; es gefällt ihnen, dass sie ernst genommen und als Teil eines großen Landes betrachtet werden.

Aftab-Khanum bleibt skeptisch. Und Ihnen scheint es am meisten von allen zu gefallen, dass nun der ganze Basar, die gesamte Verwandtschaft und alle Nachbarn wissen, dass mein verehrter Herr Gemahl offiziell mit der Regierung zusammenarbeitet. Aftab-Khanum regt sich so sehr auf, dass sie nicht aufpasst und ihr beim Umfüllen des Wassers der Tonkrug aus der Hand rutscht und zerbricht. Sehen Sie?, ruft sie, den Tränen nahe. Das ist ein Zeichen Allahs. Mit der Regierung zu arbeiten bringt nichts als Ärger und Unheil.

Khanum, ich bitte Sie, nehmen Sie sich zusammen, herrscht Eskandar-Agha seine Frau an.

Ich will mich nicht zusammennehmen, schimpft Aftab-Khanum. Was sind das überhaupt für Gesetze, die Sie öffentlich in alle Welt hinausposaunen?

Kommen Sie, sagt Eskandar-Agha. Setzen Sie sich zu mir, ich werde Ihnen den heutigen Aushang vorlesen, damit Sie sich beruhigen könen. Seit unser verehrter König Resa-Khan vor drei Jahren an die Macht gekommen ist –

Geputscht hat und die Macht an sich gerissen hat, unterbricht Aftab-Khanum ihren Mann.

Khanum, ich lese hier nicht meine eigene Meinung vor.

Sehen Sie, sagt Aftab-Khanum. Da haben wir es. Nicht nur, dass Sie Nachrichten für die Regierung verbreiten, sie entsprechen nicht einmal Ihrer eigenen Meinung und schon gar nicht der Wahrheit.

Dann lese ich eben nicht weiter, spielt Eskandar-Agha den Beleidigten und beginnt den Zettel wieder zusammenzufalten.

Nein, bitte, lesen Sie, fordert Aftab-Khanum.

Das interessiert Sie ohnehin nicht, sagt Eskandar-Agha. Es geht um den ersten offiziellen Staatsbesuch im Iran, seit Resa-Khan – wie auch immer er es angestellt hat – an die Macht gelangt ist. Und es geht darum, welch eine große Ehre dieser Besuch für den König und sein Volk darstellt.

Wer ist der Besuch?, fragt Aftab-Khanum.

Der König von Afghanistan. Als ich heute diese Nachricht im Basar vorgelesen habe, haben die Männer begeistert in die Hände geklatscht und mir applaudiert.

Das ist absurd, sagt Aftab-Khanum. Es ist doch nicht Ihr Verdienst, dass der König von Afghanistan unseren König besucht.

Jetzt ist Eskandar-Agha richtig beleidigt, faltet seine Zettel endgültig zusammen und sagt nichts mehr.

Das nächste Mal, als er im Basar die neuen Gesetze und Verordnungen der Regierung vorliest, ist er abgelenkt, weil er ständig an die Mahnungen seiner Frau denken muss. Unsere verehrten Abgeordneten im hohen Haus des Volkes, dem Parlament, haben getagt, verkündet Eskandar-Agha und verkneift sich zu sagen, die Abgeordneten sind der Stolz und die Ehre unserer Nation.

Was haben die Abgeordneten beschlossen?, fragt der Mann.

Das verehrte Madjless, liest Eskandar-Agha, erteilt der Bank Melli, welches die Nationale Iranische Bank ist –

Wir haben eine Nationale Bank?, rufen ein paar Männer.

Offenbar ist es so, antwortet Eskandar-Agha und hofft, dass er die Wahrheit sagt. Und genau dieser verehrten Bank ist jetzt vom Parlament das Recht zugesprochen worden, unsere eigene iranische Währung zu drucken.

Einer der Männer holt einen Geldschein hervor, dreht und wendet ihn, als sähe er ihn zum ersten Mal. Und woher kommt dieses Geld?, fragt er.

Eskandar-Agha ist erleichtert, die Antwort in der offiziellen Depesche aus der Hauptstadt zu finden. Bisher wurde das iranische Geld von der Royal Bank der Engelissi gedruckt, liest er.

Und dieses Geld hier, ist es dann noch etwas wert?, fragt der Mann und wedelt mit seinem Schein.

Eskandar-Agha sucht auf dem Aushang eine Antwort, findet keine, erfindet eine. Aber gewiss, beruhigt er die Menge. Die Regierung wird eine Übergangszeit festlegen.

Möge Allah geben, dass du recht hast, rufen die Männer.

Ich lese nur, was hier geschrieben steht, lügt Eskandar-Agha.

Lies weiter, rufen die Männer.

Weitere Beschlüsse des verehrten Madjless, liest Eskandar-Agha. Verbot von Sklavenhandel innerhalb der Grenzen Irans. Jeder Sklave, der in den Iran gebracht wird, erhält umgehend seine Freiheit.

Dann bist du frei, schreit einer der Männer, stößt seinem Nebenmann in die Rippen und erntet damit einen Lacher.

Darunter fallen vor allem die Sklaven, die die Engelissi-Besatzer aus ihren Kolonien mitbringen, erklärt Eskandar-Agha.

Und was geschieht mit den Ra'iati, den Leibeigenen, den vielen Menschen in den Dörfern, die das Eigentum einer Handvoll Großgrundbesitzer sind? Sind die auch frei?

Eskandar-Agha liest die Passage über das neue Sklavengesetz, findet nichts, sagt, darüber werden sie uns vielleicht im nächsten Bulletin Auskunft geben.

Lies weiter, fordern die Männer.

Genehmigung, eine Bank für Landwirtschaft zu errichten. Gleichzeitig wird ein neues Gesetz verabschiedet, mit dem die Land- und Besitzverhältnisse im Iran neu geregelt werden, liest Eskandar-Agha und hält inne, denn er weiß nicht, wie er weitermachen soll, ohne einen Teil der Männer gegen sich aufzubringen.

Lies weiter, rufen sie. Schließlich haben wir noch Arbeit zu verrichten.

Ich bin nur der Überbringer der Nachricht, ruft Eskandar-Agha vorsichtshalber. Weder bin ich beteiligt an der Entstehung der Gesetze, noch bin ich zuständig für ihre Durchführung. In der Hoffnung, dass die Leute ihn nicht verstehen, liest er schnell und ohne Punkt und Komma. Die Zuständigkeit aller Fragen, die mit der Regelung von Land- und Besitzverhältnissen zu tun haben, wird in Zukunft im Bereich des neuen Ministeriums für Landwirtschaft liegen.

Er will gleich zum nächsten Punkt übergehen, doch seine Befürchtung wird wahr, und ein Mullah drängelt sich vor und unterbricht ihn.

Was soll das heißen?, fragt er und baut sich vor Eskandar-Agha auf.

Ich bin nur der Überbringer.

Dann überbringe, fordert der Mullah. Was hat dieses Gesetz zu bedeuten? Etwa, dass wir Mullah, Akhund, Geistliche und Olama ein weiteres Mal in unserem Recht beschnitten werden und nicht mehr zuständig sind, diese Dinge zu regeln?

Eskandar-Agha erinnert sich schmerzlich an die Ohrfeige des Mullah in Bandare-eAnsali und bedauert, dass er nicht auf den Rat seiner Aftab-Khanum gehört hat, aber dann kommt ihm eine Idee. Dieses neue Gesetz bedeutet, dass in Zukunft die Geistlichen mit dem Ministerium zusammenarbeiten werden, erklärt

Eskandar-Agha und findet, dass dies ohnehin eine gute Lösung wäre.

Der Mullah nickt zufrieden, als hätte er einen Sieg errungen. Wie heißt dieses Büro, von dem du gesprochen hast?

Eskandar-Agha lässt sich Zeit damit, die Stelle zu finden, und liest dann Buchstabe für Buchstabe vor, Daftare Sabte Asnad, Büro für die Registrierung von Urkunden. Am liebsten würde er seine Sachen packen und verschwinden.

Lies weiter, befiehlt der Mullah.

Aber bitte denkt daran, ich lese nur vor, sagt Eskandar-Agha. Der verehrte König Resa-Schah persönlich verfügt, dass das Gesetz über die neuen Kleidervorschriften ab sofort für jeden gelten.

Ein Raunen geht durch die Menge, und der Mullah wird abermals wütend.

Jeder Bürger wird aufgefordert, die gleiche Art Anzug zu tragen, wie es bisher nur staatlichen Angestellten vorgeschrieben war. Wer diesem Gesetz nicht Folge leistet, wird zu fünf bis dreißig Toman Strafe verurteilt. Bei wiederholtem Vergehen werden höhere Geldstrafen verhängt und die Täter ins Gefängnis verbracht.

Alle Männer rufen durcheinander. Was soll das für eine Uniform sein?

Jacken, Hosen und Hüte nach Art der Farangi, liest Eskandar-Agha. Das heißt, traditionelle und stammesübliche Art von Kleidung ist verboten.

Der Mullah schnaubt zornig, will Eskandar-Agha am Kragen packen.

Ausgenommen von dieser Kleidervorschrift, beeilt Eskandar-Agha sich zu lesen, sind anerkannte und registrierte Geistliche.

Was sagst du?, fragt der Mullah und hält seinen Arm in der Luft.

Ausgenommen von dieser Kleidervorschrift sind anerkannte und registrierte Mullah und Akhund, wiederholt Eskandar-Agha rasch.

Der Mullah macht mit seiner Hand, die noch immer in der

Luft hängt, eine Bewegung, als würde er eine lästige Fliege verscheuchen. Lies weiter.

Der positive Effekt und die Zweckmäßigkeit dieses Gesetzes sind so offensichtlich, dass es keine wirkliche Notwendigkeit gibt, sie zu diskutieren, liest Eskandar-Agha und behält den Mullah dabei im Auge. Besonders wenn es sich um die Stämme handelt, die an den Grenzen des Landes leben. Denn manche von ihnen tragen die arabische und andere die mongolische oder sonstige Kopfbedeckung. Ihre unterschiedliche Kleidung hat unsere große und alte Nation in türkische, arabische und andere Ethnien gespalten.

Der Mullah nickt und verschränkt die Arme vor der Brust, als wären diese Gesetze nur gültig, weil er seine Zustimmung gibt.

1930, Eskandar-Agha behält seine Geheimnisse für sich

Fünf- oder sechsmal hat Aftab-Khanum ein Kind unter ihrem Herzen getragen. Immer hat Eskandar-Agha gehofft und gebetet, sie möge es gesund zur Welt bringen. Nicht weil er sich selbst Söhne und Töchter wünscht, sondern nur seiner Sonne wegen, die er inzwischen liebt wie sein eigenes Augenlicht und nichts mehr will als ihr Glück. Doch Allah hat offenbar andere Pläne, als Eskandar und seine Aftab-Khanum mit Kindern zu beschenken. Ihre Schwangerschaft dauert nie länger als ein paar Wochen, dann schwemmen Blut und dicker Schleim die toten Kinder aus ihrem Leib heraus.

Es ist nicht gerecht, sagt Eskandar und küsst die traurigen Augen seiner Frau. Gott will mich bestrafen und lässt Sie dafür leiden, weil er weiß, dass Ihr Leid mich mehr schmerzt als mein eigenes.

Erinnern Sie sich an die Frau, die Sie vor vielen Jahren in das Haus meines Vaters gebracht haben? Erinnern Sie sich, dass sie keine Zähne hatte?

Bitte, liebe Khanum, Sie dürfen sich nicht anstrengen.

Lassen Sie mich. Es ist mir wichtig, es zu sagen. Die arme Frau besaß keine Zähne, weil ihr Mann sie ihr ausgeschlagen hatte. Er tat es, weil sie ihm keine Söhne gebären konnte. Er hat gesagt, sie ist zu nichts anderem nutze, als seine Lust zu befriedigen. Und weil ihr Leib najess ist und er sich nicht beschmutzen und sich die rituelle Waschung ersparen will, hat er ihr die Zähne ausgeschlagen, um seine Lust ungehindert in ihrem Mund befriedigen zu können.

Khanum, ich bitte Sie, sagt Eskandar-Agha entsetzt.

Tränen laufen über ihr Gesicht. Es ist wahr. So geht es vielen Frauen, sagt Aftab-Khanum. Ihre Männer glauben, es sei die Schuld der Frau, wenn sie ihm keine Söhne oder überhaupt Kinder gebärt. Sie hingegen, mein geliebter Gemahl, lieben mich mit jeder Fehlgeburt mehr und nehmen alle Schuld auf sich. Sie sind ein Geschenk des Himmels, und ich weiß nicht, womit ich Sie verdient habe.

Schweigen Sie, Geliebte, bittet Eskandar seine Sonne, aus deren schönem Gesicht alle Farbe gewichen ist. Fahl wie der Mond in kalter Winternacht, ohne Lust am Leben liegt sie da, starrt ins Leere, isst nicht, trinkt nicht, spricht nur mit ihrem Eskandar, sonst mit niemandem, nicht einmal mit ihrer Mutter oder ihrem Vater. Weder schläft sie, noch ist sie richtig wach, verliert sich den ganzen Tag und die ganze Nacht in ihren eigenen dunklen Gedanken.

Eine, die keine Kinder hat, ist keine richtige Frau, sagen die Leute zu Eskandar-Agha. Nimm eine andere. Gott wird es gefallen.

Ich werde mit ihr eine Reise machen, sagt er.

Mein Kind stirbt, und du willst sie auch noch durch die Wüste und über die Berge schleppen, schimpft ihre Mutter. Lass es bleiben, mach dich nicht unglücklich.

Eskandar-Agha hört nicht auf seine Schwiegermutter, macht seinem Schwiegervater und ein paar anderen Händlern im Basar einen Vorschlag für ein Geschäft, das sie nicht ablehnen können, und trifft Vorbereitungen für die Reise mit seiner Frau.

Aftab-Khanum ist so schwach auf den Beinen, dass sie nur gestützt von Eskandar gehen kann. Sie sind dünn und zerbrechlich geworden, sagt er. Aber ich weiß, Sie werden es nicht überleben, wenn Sie immer nur in unseren vier Wänden eingesperrt sind, wo die Geister und Bilder der toten Kinder sie vom Leben abhalten. Sie sind tapfer, ermutigt er sie. Vertrauen Sie mir, die Reise und die Luftveränderung werden Sie gesund machen.

Aftab-Khanum zwingt sich zu einem Lächeln. Dann erfüllen

Sie mir einen Wunsch, und lassen Sie uns mit der Eisenbahn reisen.

Den Bahnhof haben die Almani-Freunde des Königs gebaut, erklärt Eskandar-Agha seiner Frau. Aber sie haben ihn mit iranischem Geld errichtet, und zwar mit den ersten Steuergeldern der neuen Regierung.

Die Farangi mögen anscheinend große Gebäude. Sehen Sie, sagt Aftab-Khanum, wie großzügig sie mit dem Platz umgegangen sind und wie hoch die Decke ist. So viele Säulen und so viel Prunk. Und obwohl erst früher Morgen ist, sind schon jetzt so viele Menschen unterwegs. Das Schleppen und Schieben gefällt mir, sagt Aftab-Khanum und macht ihren Mann glücklich, weil sie redet und er sogar den Anflug eines ungezwungenen Lächelns in ihrem Gesicht erkennen kann.

Alle Waggons und Abteile sind voll mit Reisenden, vor allem mit aufgetakelten, auffällig geschminkten und gekleideten Frauen. Hemmungslos zeigen sie ihre nackten Beine, schlagen sie übereinander, ziehen, obwohl sie in der Öffentlichkeit sind, ihre Strümpfe zurecht. Sie lachen, kichern, singen und rauchen sogar, lassen eine Flasche Hundeschnaps herumgehen und verziehen das Gesicht, weil er in ihrer Kehle brennt.

Es sind leichte Mädchen, erklärt der Schaffner in konspirativem Ton und zwinkert Eskandar zu. Sie fahren in den Süden, sobald die Hitze des Sommers beginnt. Verstehst du?, fragt er und zwinkert erneut.

Eskandar versteht nicht.

Die Eisenbahn in Richtung Norden hingegen ist voll mit den Frauen und Kindern der Farangi und Angestellten der APOC, der Ölraffinerie. Die Männer schicken ihre Frauen und Kinder in den heißen Sommermonaten in den kühleren Norden oder in die Heimat. Und damit sie selbst nicht über Wochen und Monate alleine sind und sich langweilen, lassen sie diese Dirnen zu ihrer Unterhaltung in den Süden kommen.

Jetzt beginnt Eskandar zu begreifen.

Und am Ende des Sommers ist es umgekehrt, erklärt der Schaffner. Die Waggons in Richtung Süden bringen die Familien der Farangi und Angestellten zu ihren Männern zurück, und diese hier reisen wieder in den Norden. Manchmal kommt es vor, dass die Züge sich im Bahnhof kreuzen und die Damen sich begegnen, sagt der Schaffner schmunzelnd, und die Damen von dem einen Zug sehen in den anderen hinüber und lächeln sich gegenseitig an. Und die Dirnen wissen Bescheid und die anderen sind ahnungslos, sagt der Schaffner.

In Abadan machen sich Eskandar und Aftab-Khanum gleich auf die Suche nach einem Quartier für die Nacht.

Wir haben uns davongeschlichen wie Diebe, sagt Aftab-Khanum.

Es ist ein Abenteuer, antwortet Eskandar-Agha. Noch merken Sie nichts. Aber bitte vertrauen Sie mir, ich weiß, welche Wirkung eine Reise auf einen Menschen haben kann.

Die Leute werden schlecht von uns denken, sie werden hinter unserem Rücken sprechen.

Mir ist es lieber, die Leute reden hinter unserem Rücken, und ich verliere meine Ehre und meinen Ruf, als dass ich Sie verliere, meine Geliebte.

Sie scheinen zu wissen, was Sie tun, sagt Aftab-Khanum und klingt, als wäre sie überrascht darüber, dass ihr Mann zu so etwas imstande ist. Vielleicht tut es mir wirklich gut, mich von der Hoffnung und der Aufbruchstimmung dieser Stadt anstecken zu lassen.

Dem nächsten Bettler, der ihren Weg kreuzt, schenkt Eskandar so viel Geld, dass der Arme sich aus Dankbarkeit vor ihm in den Staub wirft und seine Schuhe küssen will.

Bitte, Agha, ich habe Ihnen zu danken, sagt Eskandar-Agha, denn ich habe vor Gott und dem Koran einen Eid abgelegt, dass ich dem ersten Bedürftigen dieses Geld geben werde, wenn meine kranke und betrübte Frau auch nur den leisesten Hauch Hoffnung verspürt.

Möge Gott der Herr geben, dass Sie und alle Ihre Angehörigen stets gesund sind und Sie immer Ihr großes Herz für die Bedürftigen dieser Welt behalten, sagt der Bettler, fällt abermals vor Eskandar-Agha zu Boden, küsst ihm aber nur die Hand.

Wie überall am Persischen Golf ist es auch in Abadan heiß und stickig, das Licht flimmert, die Kleider kleben an der Haut, und bis in den frühen Abend hinein verkriechen sich sogar die streunenden Hunde und Katzen in den Schatten, und wegen der Raffinerie hängt schwer der Geruch des Naft in der Luft.

Weil es im Viertel, in dem die Farangi wohnen, so viele Bäume, Sträucher, Wiesen und Blumen gibt, die den ganzen Tag gegossen werden, ist es dort kühler als in der restlichen Stadt. In der Hoffnung, dass er im Farangi-Gästehaus für sich und seine Aftab-Khanum ein Zimmer bekommt, mietet Eskandar-Agha eine teure überdachte Droschke und lässt sich dorthin bringen.

Soweit ich weiß, vermieten sie keine Zimmer an Iraner.

Wir versuchen es dennoch, erwidert Eskandar. Meine Frau kann ja schließlich nicht auf der Straße schlafen.

We have no vacancy, sagt der Mann in dem blütenweißen Hemd und lässt Eskandar nicht einmal durch die Tür ins Innere des Gästehauses, das die Farangi Hotel nennen.

Ich kenne alle Gäste- und Teehäuser. Keines ist geeignet, um mit einer Saifeh dort einzukehren. Du wirst nicht darum herumkommen, bei deiner Verwandtschaft zu wohnen, solange du dich in unserer Stadt aufhältst, sagt der Droschkenführer.

Bei seiner Verwandtschaft kann man allerdings nur wohnen, wenn man eine hat, antwortet Eskandar und zwingt sich zu einem Lachen, um seine Frau nicht zu beunruhigen.

Soll das heißen, du nimmst eine Saifeh, eine kranke dazu, und reist mit ihr den ganzen Weg von Schiras an einen Ort, in dem du keine Verwandtschaft hast? Sag die Wahrheit, bist du auf der Flucht? Ist sie überhaupt deine Frau?

Ich will ehrlich sein, sagt Eskandar. In Schiras habe ich sie zu allen heiligen Schreinen gebracht, kein Hakim oder Mullah konnte ihr helfen. Unter dem Vorwand, hier Geschäfte machen zu wollen, habe ich sie aus der Freudlosigkeit unserer vier Wände herausgelockt, und wie es scheint, tun ihr bereits jetzt die Abwechslung und die Luftveränderung gut. Ich bin zuversichtlich, wenn sie andere Menschen und neue Landschaften sieht, wird sie auf andere Gedanken kommen. Außerdem habe ich die Absicht, sie hier zu einem Farangi-Arzt zu bringen, sagt Eskandar in der Hoffnung, der Droschkenführer könne ihm einen nennen.

Es tut mir leid für dich, sagt der Droschkenführer. In welcher Welt lebst du? So wenig, wie sie die Türen ihrer Gästehäuser für Iraner öffnen, so wenig helfen uns ihre Ärzte. Sie sagen, sie haben diese schließlich nicht den ganzen weiten Weg aus ihrer Heimat hierherkommen lassen, damit sie Leute wie dich und mich kurieren. Er hat noch nicht ausgesprochen, da bereut der Droschkenführer schon seinen rüden Ton. Bleib hier, sagt er, das Farangi-Viertel ist der einzige kühle Ort in der Stadt. Ich werde meine Arbeit erledigen und euch am Ende des Tages genau an dieser Stelle wieder abholen. Bis dahin werde ich eine Bleibe für euch gefunden haben.

Die ersten Stunden sitzen Eskandar und seine Aftab-Khanum mit ihren zwei Bündeln am Straßenrand im Schatten der Bäume. Sie lehnt ihren Kopf an seine Schulter, schließt die Augen, lauscht dem Vogelgezwitscher und den Rufen der Kinder aus den umliegenden Gärten.

Sie haben eine schöne Sprache, sagt Aftab-Khanum.

Das ist Engelissi, erklärt Eskandar.

Verstehen Sie, was die Kinder sagen?

Sie sagen, gib mir den Ball, erfindet Eskandar.

Sogar ihre Mädchen spielen, sagt Aftab-Khanum und fängt an zu schluchzen. Ich werde niemals ein Mädchen oder einen Jungen haben, die mit einem Ball spielen.

Erst als zwei große Farangi-Männer in Uniform mit Gewehren und einem bösen Blick sich vor ihnen aufbauen und sie verscheuchen, hört Aftab-Khanum auf zu weinen. Sie wischt ihre Tränen ab und seufzt. Es tut gut zu weinen. Das befreit das Herz. Ich sollte wieder regelmäßig zur Roze-khani gehen und mich von den traurigen Geschichten der Akhund zum Weinen bringen lassen.

Eskandar vergewissert sich, dass keiner sie beobachtet, nimmt die Hand seiner Aftab-Khanum in seine und küsst sie rasch. Wollen Sie wissen, was das für ein Geschäft ist, was ich Ihrem Vater und dem anderen Händler vorgeschlagen habe?, fragt Eskandar-Agha.

Eigentlich hat Aftab-Khanum keine Lust, Geschichten über irgendwelche Geschäfte zu hören, noch weniger aber hat sie Lust, sich mit ihrem enttäuschten Ehemann auseinandersetzen zu müssen. Erzählen Sie, sagt sie.

Sie wissen ja, wie sehr König Resa-Khan die Farangi und ihre Lebensart liebt. Er will, dass Frauen ihre Schleier ablegen und Männer ihre traditionelle und bäuerliche Bekleidung gegen westliche Jacken und Hüte austauschen.

Aber das weiß ich doch alles, sagt Aftab-Khanum.

Noch kommen die Leute dem Wunsch unseres Königs nicht nach, erzählt Eskandar-Agha, ohne sich aus der Ruhe bringen zu lassen. Doch es wird bestimmt nicht mehr lang dauern, und wir werden keine Wahl haben und uns an seine Anweisungen halten müssen. Glücklich jene Händler, die für diese Zeit vorgesorgt und ihr Lager mit Farangi-Kleidern und Artikeln gefüllt haben.

Das ist der Grund, warum wir hier sind?, fragt Aftab-Khanum entsetzt, um abgetragene Kleider von Farangi zu kaufen? Aber die Farangi sind kafar, Ungläubige, sie sind unrein, najess, und ihre Sachen sind es auch.

Khanum, glauben Sie mir, wenn es um Geld geht, ist nichts mehr so unrein, wie die Leute glauben.

Ich will ein Versprechen von Ihnen, sagt Aftab-Khanum. Sie dürfen mich unter keinen Umständen zu einem Farangi-Arzt bringen. Sie wissen genauso gut wie ich, diese Ärzte wollen sogar ihre weiblichen Patienten unbekleidet sehen, und Allah bewahre, sie wollen sie sogar anfassen.

Ich werde nicht zulassen, dass ein fremder Mann Sie berührt, er soll Sie nur untersuchen. Wenn Sie wollen, können Sie sich dafür auch hinter einen Vorhang setzen, versucht Eskandar seine Frau zu überreden, kann aber nicht weitersprechen, weil hinter ihnen plötzlich ein lautes Krachen und Rattern ertönt. Es ist ein Automobil. Allerdings sitzt an dessen Steuer kein Mann, sondern eine Farangi-Frau. Sie trägt einen riesengroßen Hut mit Krempe, der seinen Schatten auf ihr Gesicht und ihre nackten Schultern und Arme wirft. Im Vorbeifahren sieht die Frau zu Eskandar-Agha und Aftab-Khanum hinüber, winkt und ruft huhu, hello.

Aftab-Khanum lächelt unwillkürlich, und mehr aus einem Reflex heraus und zu ihrer eigenen Verwunderung winkt sie und ruft ebenfalls huhu und hello, zieht aber gleich den Kopf ein und schlägt die Hand vor den Mund, als könnte sie ihren Ruf zurückholen. Dann schielt sie schuldbewusst zu Eskandar und kann nicht anders, als keck zu grinsen.

Eskandar denkt nicht mal daran, sie wegen ihres schamlosen Verhaltens zu schelten. Sie sehen bezaubernd aus, sagt er stattdessen. So jung, gesund und glücklich wie damals am Tag unserer Hochzeit. Am liebsten würde ich Sie umarmen, gleich hier und jetzt küssen und nicht mehr loslassen.

Ist es wahr, dass die Farangi ihre Frauen vollkommen unbekleidet sehen, sie in den Arm nehmen und am ganzen Körper liebkosen?, fragt Aftab-Khanum und wird rot.

Ausgerechnet in diesem Moment kommt der Droschkenführer zurück. Rrrrr, shhh, ruft er und zieht an den Zügeln, um sein Gefährt anzuhalten. Salam, Friede sei mit euch, sagt er. Steigt ein, wir fahren nach Hause.

Nach Hause?, fragt Eskandar-Agha und hilft seiner Sonne in die Droschke.

Wenn ihr wollt, könnt ihr in meinem Haus wohnen. Mein Vater hat mir den Namen Ahmad gegeben, sagt der Droschkenführer, aber bereits als kleiner Junge haben mich alle Batshe-Garitshi genannt, weil ich, schon bevor ich gehen konnte, auf dem Wagen saß. Seit die Farangi gekommen sind und unsere Gari nun Doroshke heißen und ich kein Batshe mehr bin, sondern ein Mann, nennen die Leute mich Doroshke-tshi. Er berührt sein Pferd sanft mit der Peitsche. Der Gaul hebt und senkt den Kopf, als würde er nicken, trabt aber im gleichen Tempo weiter.

Ich habe erlebt, wie die ersten Farangi mit ihren riesigen Schiffen hier im Hafen von Abadan angekommen sind, erzählt Doroshke-tshi, mit all ihren Geräten, Autos und Maschinen. Ich erinnere mich, wie sie das Gelände für ihre Raffinerie vermessen und die Anlage gebaut haben. Ich bin dabei gewesen, als sie den Grundstein gelegt und die Rohre verlegt, ihre Straßen gebaut und sie asphaltiert haben. Mein Pferd und ich lieben ihre Gärten und den Duft ihrer Blumen, mit dem sie unsere Luft tränken. Und wenn es nach meinem Pferd und mir ginge, könnten die verehrten Farangi für immer und ewig hierbleiben. Gott ist mein Zeuge, sie geben gute Trinkgelder, und wenn sie einen erst mal kennen, schenken sie einem auch alle möglichen Sachen, angefangen von leeren Flaschen bis hin zu ihren abgetragenen Kleidern, sagt Doroshke-tshi und berührt sein Pferd sanft mit der Peitsche, worauf es abermals den Kopf hebt und senkt und selenruhig weitertrabt. Am besten ist es, wenn sie in ihre Heimat zurückkehren, sagt Doroshke-tshi, dann verschenken sie ganze Ladungen aller möglichen Sachen.

Sie sind wirklich ein Geschenk des Himmels, sagt Eskandar-Agha. Nicht nur, dass Sie uns einen Platz zum Schlafen anbieten, so wie es aussieht, können Sie und ich sogar Geschäfte machen. Ich bin nämlich hier, um Kleider und auch andere nutzvolle Dinge aus zweiter Hand zu kaufen, um sie dann im Basar von Schiras weiterzuverkaufen.

Mein Geschäft und mein Leben sind das Pferd, die Droschke und meine Kundschaft. Ich bin glücklich damit und will nichts daran ändern, sagt Doroshke-tshi. Aber ich werde dir dabei helfen, und du kannst so viele Geschäfte machen, wie du willst.

Nachdem sie das Viertel der Farangi verlassen haben, kommen sie in das geschäftige Zentrum der Stadt mit dem Basar, den Läden und Buden. Am Abend ist es nicht mehr so heiß. Die Teehausbesitzer haben Bänke mit Teppichen darauf über den Djub gestellt, wo das Wasser die Luft kühlt. Männer räkeln sich, rauchen Wasserpfeife, trinken Tee und genießen das abendliche Treiben.

Auch die Kaffeehäuser, in denen vor allem die Farangi sitzen, allerdings auf Stühlen und an Tischen, sind gut besucht, hier sitzen sogar Frauen. Eine der Damen raucht sogar in aller Öffentlichkeit. Sie wirft den Kopf in den Nacken, lacht lauthals, ohne sich die Hand vor den Mund zu halten, und alle, sogar der vorbeifahrende Doroshke-tshi und Eskandar, können ihr bis tief in den Rachen blicken. Erst beim zweiten Hinsehen, als die Frau den Mund wieder schließt, an ihrer Zigarette zieht und zu ihnen hinübersieht, erkennen Eskandar und Aftab-Khanum, es ist dieselbe Madam, die eine Weile zuvor an ihnen vorübergefahren ist und huhu und hello gerufen hat. Jetzt springt sie auf, läuft zur Droschke und ruft, driver, stop, stop, please.

Stopplease heißt, ich muss anhalten, erklärt der freundliche Doroshke-tshi, ruft rrrr, shhh und zieht die Zügel straff. Sie ist nämlich die Frau des Konsuls des Farangestan, was Kanada heißt.

Sofort erinnert Eskandar-Agha sich, dass er auch einen kanadischen Freund hatte. Mesterr-Richard ruft er, ohne dass er will, und zieht den Kopf ein, weil seine Stimme schrill und laut ist. Aftab-Khanum, die Frau des Konsuls und Doroshke-tshi sehen ihn verwundert an, sogar das Pferd wendet den Kopf.

Der Droschkenführer springt vom Wagen, nimmt seinen Strohhut vom Kopf, sagt, hello, Madam Konssuul, hovayuu? Gud? Gud?

Good. Good, antwortet die Farangi-Khanum. Tomorrow?, fragt sie und nickt. You come to my house?

Farda, tomoro?, sagt der freundliche Doroshke-tshi, nickt und lächelt.

Yes. Yes, sagt die Khanum, mustert Aftab-Khanum, sagt hello und reicht ihr die Hand.

Aftab-Khanum erschrickt so sehr, dass sie einen kleinen Satz macht, um von der fremden Hand nicht berührt zu werden. Dann fängt sie sich wieder und streckt ihrerseits die Hand aus, allerdings bedeckt sie sie mit ihrem Schleier. Aftab-Khanum sieht den spöttischen Blick der Farangi und den tadelnden Blick ihres Mannes, schafft es aber weiterzulächeln.

Schließlich ist sie eine Kafar, flüstert Aftab-Khanum, und als solche ist sie najess.

You come to my house too, sagt die Farangi-Frau. My clothes your size.

Thank you. My wife no need your clothes, antwortet Eskandar-Agha und lächelt freundlich. Me buy clothes, make shop.

Good, good, sagt die Farangi-Frau, legt ihre Hand auf die Armlehne der Droschke und kommt gefährlich nah an das Knie von Aftab-Khanum, die stocksteif dasitzt und im Geist die Worte der Farangi nachsagt. Please, closs, murmelt Aftab-Khanum.

You go Canada?, fragt Eskandar-Agha.

Yes, sagt die Frau, lacht wieder mit offenem Mund. Aftab-Khanum schämt sich, schafft es aber nicht wegzusehen, denn obwohl es sich nicht ziemt, findet sie es aufregend, wie diese Farangi sich so frei und ungehemmt verhält. Außerdem findet Aftab-Khanum die Farangi viel zu schön, um wegzusehen. Ihr offenes gelbes Haar schmückt ihr Gesicht und fällt in sanften Wellen auf ihre Schultern. Und obwohl ihre Arme und Unterschenkel nackt sind, ihr Kleid viel zu eng geschnitten ist und die Blumen darauf viel zu aufdringlich und auffällig bunt sind, ist die Frau keineswegs unanständig, sie ist nicht verlegen und unterhält sich mit den Männern mit einer Selbstverständlichkeit, die beneidenswert ist. Aftab-Khanum sieht sie sich genau an, findet aber nichts an ihr vulgär oder billig wie bei den leichten Frauen in der Eisenbahn.

Eine feine Dame, sagt der freundliche Doroshke-tshi, als sie weiterfahren.

Aftab-Khanum hört und sieht genau hin, sucht die Lüsternheit in der Stimme des Droschkenführers, die Missachtung, die Ehrlosigkeit, findet nicht den geringsten Hinweis darauf. Und dann lächelt Aftab-Khanum und sagt laut und deutlich und auch für Doroshke-tshi hörbar, sie scheint eine wirklich anständige Frau zu sein.

Dort, wo das kleine Lehmhaus des Doroshke-tshi steht, sind die Straßen ungeteert, schmal und unbequem zu befahren wie die meisten Straßen, Gassen und Wege im übrigen Iran. Am schnellsten kommen die vielen Zweiradfahrer voran, sie überholen sogar die Droschke, die hier nur noch im Schritttempo unterwegs ist. Feiner Staub legt sich gleichmäßig auf Kleider, Haare und Haut, sogar auf Wimpern und Augenbrauen. Die Droschke biegt und neigt sich, knarrt und keucht, dass Eskandar befürchtet, seine Frau könnte jeden Moment aus ihr herausfallen. Ihr selber aber macht das Hoppeln und Schaukeln Spaß, und sie vergisst beim Lachen, die Hand vor den Mund zu nehmen. Eskandar-Agha findet es schamlos, aber es erregt ihn auch. Und dann ist er verunsichert, weil er alles das einfach geschehen lässt.

Die Frau und Töchter des Doroshke-tshi bekommt Eskandar-Agha natürlich nicht zu sehen, aber er hört ihre Stimmen. Nachdem seine Aftab-Khanum nämlich zu den Frauen ins hintere Zimmer verschwunden ist, dauert es nicht lange, da hören die Männer das Kichern und bald auch das laute und ungehemmte Lachen der Frauen. Beide Männer wundern sich, rufen jeweils, Khanum, worauf die Frauen ihr Lachen unterdrücken. Aber schon im nächsten Moment bricht es wieder aus ihnen heraus und klingt so unbekümmert, dass Doroshke-tshi und Eskandar-Agha nicht anders können, als sich ebenfalls davon anstecken zu lassen.

Lassen wir sie, flüstert Doroshke-tshi. Tun wir, als würden wir es nicht hören. Wann haben die Saifeh schon Gelegenheit, ausgelassen und fröhlich zu sein? Wir sind ja unter uns, du bist mir nah wie ein Bruder, sagt er und zwinkert Eskandar-Agha zu.

Auch als Doroshke-tshi und Eskandar längst schlafen, reden die Frauen noch immer, lachen und amüsieren sich. Am nächsten Morgen sieht das Gesicht von Aftab-Khanum zwar müde aus, aber sie ist glücklich wie schon lange nicht mehr. Ausgelassen zu lachen scheint ebenso gesund zu sein wie ausgiebig zu weinen, sagt sie strahlend zu Eskandar. Und dann tut sie etwas, was sie noch nie getan hat: Sie zwinkert ihm zu und sagt, ich habe das Gefühl, mein ganzer Körper ist mit neuem Leben erfüllt.

Schließlich gelingt es Eskandar-Agha sogar, seine Frau davon zu überzeugen, dass es nicht najess ist und den Gesetzen der Religion nicht widerspricht, wenn sie ihn in das Haus der Farangi begleitet. Vielleicht ist es aber auch die Neugierde, die über ihren Glauben siegt; jedenfalls geht sie mit, um ihm zu helfen, die Sachen, die die Madame nicht mehr braucht, abzuholen.

Anders als in iranischen Häusern sind die Zimmer nicht um einen Hof herum gebaut, und sie sind durch Türen untereinander verbunden, und es gibt so viele davon, dass man sich leicht verirren kann.

Jedes Zimmer ist vollgestopft mit Tischen und Stühlen, die nicht ordentlich entlang der Wände aufgestellt sind, sondern wahllos mitten in den Raum verteilt sind. Kommoden, Betten, Vasen, kleine Figuren und Statuen, Sessel, Truhen, Kissen und an den Wänden Bilder, Fotografien, Teller, Stoffe und viele andere Dinge verwirren Aftab-Khanum so sehr, dass sie sich an ihren Eskandar-Agha klammert.

Fragen Sie die Madame, aus welchem Grund sie ihre Möbel mitten in den Raum gestellt hat, sagt Aftab-Khanum, und warum hängen sie ihre Sachen an die Wände, statt sie ordentlich in Truhen und Schubladen zu verstauen?

Eskandar-Agha und Doroshke-tshi laden Körbe und Kisten, Bündel mit Kleidern, Hüten, Schuhen, Töpfen, Pfannen, Besteck, Kissenbezügen, Tischdecken, Vorhängen und sogar ein paar

Klappstühle ein und transportieren alles zum Bahnhof, wo sie es bis zur Abfahrt der Eisenbahn in die Obhut eines Freundes von Doroshke-tshi geben.

Wir könnten zum Hafen fahren, schlägt Eskandar vor. Ich will die Schiffe der Farangi sehen, in die das iranische Erdöl verladen und dann durch den Persischen Golf in die Welt hinausgefahren wird. Und ich will mir den Hafen ansehen, sagt er. Diesmal hatten wir großes Glück, und der Zufall hat uns geholfen, auf einen Schlag genügend Waren für den Verkauf zu finden. Aber das nächste Mal werden wir zu den Schiffen gehen und dort unsere Waren kaufen müssen.

Allerdings hatte Eskandar-Agha sich sowohl den Hafen als auch die Schiffe vollkommen anders vorgestellt. Er dachte, die Waren würden ausgeladen, jeder könnte sie sich an Ort und Stelle ansehen, das eine oder andere aussuchen, es bezahlen und gehen. Aber schon die Größe der Schiffe übertrifft alles, was er sich jemals ausgemalt hatte.

Trotzdem gefällt Eskandar-Agha und Aftab-Khanum das Treiben am Hafen. Jungen und Männer schleppen alle möglichen Kisten und Pakete auf dem Rücken. Andere balancieren Bündel und Körbe mit Fisch, Gemüse, Obst, Eimer mit gekühltem Wasser, das sie becherweise verkaufen. Entlang der Anlegestelle haben Händler Kohlepfannen aufgestellt und bieten gegrilltes Lammfleisch, Fischspieße, Brot, Reis, Fischsud, gegrillte Tomaten und Mais an.

Lassen Sie uns in das Farangi-Kaffeehaus gehen und einen frischen Granatapfelsaft trinken, schlägt Eskandar vor. Das wird uns guttun.

Granatapfelsaft können wir überall trinken sagt Aftab-Khanum, auch in unserem eigenen Haus. Lassen Sie uns ein Farangi-Getränk kaufen, bittet sie. Und obwohl sie sich im Kaffeehaus sichtlich unwohl fühlt, bleibt sie. Zwar mit gesenktem Haupt, aber sie lächelt.

Die Farangi-Frauen sitzen zusammen mit Männern und unterhalten sich in aller Öffentlichkeit, flüstert Aftab-Khanum. Sie benehmen sich, als wären sie in ihren Privaträumen. Sehen Sie, flüstert sie. Haben Sie gesehen? Gerade hat die Madam die Hand von dem Agha berührt, und zwar mit voller Absicht.

Eine der Farangi-Frauen bemerkt Aftab-Khanum und macht die anderen auf sie aufmerksam, und alle sehen neugierig zu ihr hinüber und tuscheln.

Sie sind es nicht gewöhnt, eine persische Frau in der Öffentlichkeit und schon gar nicht in einem Kaffeehaus zu sehen, klärt Eskandar seine Frau auf.

Also bin ich nicht die Einzige, die etwas Neues dazulernen muss, sagt Aftab-Khanum noch immer lächelnd und versucht so aufrecht wie möglich zu sitzen, um selbstbewusster zu wirken. Der einzige Ort, an dem ich bisher die nackte Haut von anderen Frauen gesehen habe, ist nämlich das Hamman, flüstert sie. Ich schäme mich. Die Augen ihrer Männer sehen ihre eigenen halbnackten Frauen, dann schauen sie mich an und werden sich vorstellen, wie mein Körper, meine Haut und mein Haar unter dem Schleier und Kopftuch wohl aussehen mögen. Ich wünschte, ich hätte mein Gesichtstuch dabei.

Glauben Sie mir, sagt Eskandar-Agha, hat allerdings selbst die größten Zweifel an dem, was er sagt, diese Männer haben alles, was sie sich wünschen. Mit ihrem Geld kaufen sie sich jede Frau und jedes Mädchen, das sie haben möchten. Sie haben es doch mit eigenen Augen gesehen, waggonweise lassen sie sich Frauen kommen.

Auch wenn ich noch nicht viel gesehen habe, weil es mir als Frau nicht vergönnt ist, in die Welt hinauszugehen, kann ich doch unterscheiden zwischen einem lüsternen Blick und einem interessierten oder neugierigen. Aftab-Khanum hält sich die Hand vor den Mund, während sie spricht. Aber wie Sie selbst stets sagen, die Zeiten und die Welt ändern sich, und mit ihnen sollten auch wir uns ändern. Also werde ich mich fügen, meine Scheu und Scham überwinden und versuchen, von diesen Frauen zu lernen.

Eskandar-Agha hört endlich auf, das gelbe, offene Haar, die nackten Arme und Beine der Farangi-Frauen anzustarren. Von ihnen zu lernen?, wiederholt er, sieht seine Aftab-Khanum an und stellt fest, dass er schon lange nicht mehr bemerkt hat, wie aufregend ihre Schönheit ist. Ihre Mandelaugen funkeln, mit ihrem dunklen Teint und den vollen Lippen wirkt sie sinnlich, und nun wünscht auch er sich, sie hätte ihr Gesichtstuch dabei.

Hier ist Ihr Getränk, sagt der Kellner herablassend und stellt eine Flasche vor Aftab-Khanum.

Als das gelbe, schäumende Getränk ihre Kehle hinabrinnt, kichert Aftab-Khanum. Es ist etwas bitter, schwärmt sie, aber es schmeckt herrlich. Es erfrischt nicht nur Mund und Nase, sondern auch den Geist und macht gute Laune.

Das zweite Getränk bringt der Kellner auf Wunsch mit einem Strohhalm, so wie Aftab-Khanum es am Nachbartisch der Farangi gesehen hat. Sie nimmt den Halm in den Mund, hebt die Flasche und kippt sich das kostbare Getränk auf ihren Schleier. Erschrocken springt sie auf und rennt, so schnell sie kann, in die nächste Gasse, wo sie bitterlich weint.

Ich für meinen Teil bin froh, dass Ihnen dieses kleine Missgeschick passiert ist, sagt Eskandar-Agha, als er zu ihr kommt. Sie werden sehen, in ein paar Jahren werden auch Sie selber darüber lachen. Es ist eine wunderbare Geschichte.

Es gefällt Ihnen also, wenn ich mich blamiere, klagt Aftab-Khanum. Dann sollte ich gleich weitermachen und noch mehr Dinge versuchen, die ich nicht kenne. Was halten Sie davon, wenn ich wie die Farangi-Madam auf dem Zweirad oder gleich mit dem Automobil fahre oder wie sie öffentlich Zigaretten rauche?

Kommen Sie, sagt Eskandar-Agha. Lassen Sie uns die verbleibende Zeit nutzen und etwas unternehmen, was wir noch nie getan haben. Wir könnten in eines dieser neuartigen Theaterhäuser gehen, die die Farangi Cinema nennen. Dort gibt es keine echten Menschen zu sehen, es wird nur ihr Abbild gezeigt.

Der Film läuft bereits, sagt der Billettverkäufer. Sie können hinein, wenn Sie wollen, und sitzen bleiben, bis der Vorführer die Rolle zurückgespult hat und die nächste Vorstellung beginnt, dann können Sie den Anfang sehen.

Der Raum ist dunkel, hat keine Fenster, die Holzbänke sind unbequem, die Menschen auf der Leinwand sind riesig. Es ist laut, Seeleute reden und lachen, als wären sie allein im Theater. Eskandar-Agha und Aftab-Khanum halten sich fest an den Händen, und als der Held auf der Leinwand seine Pistole auf sie richtet, schreien sie vor Schreck, springen auf und rennen auf die Straße hinaus.

1935, Familiennamen und die Sache mit Frauen und Männern

Mit dem Kauf und Verkauf von gebrauchten Kleidern und Waren hat Eskandar nicht nur seinen Schwiegervater und den befreundeten Händler glücklich gemacht. Er hat so viel Erfolg damit, dass er eine zweite und dritte und noch viele weitere Reisen nach Abadan unternimmt, um von den Farangi Sachen zu kaufen und sie im Basar von Schiras an seine Landsleute weiterzuverkaufen. Und er verdient so viel Geld damit, dass er sich sogar einen eigenen kleinen Laden mieten kann.

Ich will ehrlich mit dir sein, sagt der Ladenbesitzer. Die Miete ist nur deshalb so günstig, weil niemand gegenüber vom Zahnarzt sein will. Den ganzen Tag wirst du das Surren seines Rades, mit dem er die Bohrer betreibt, hören, du wirst den Äther riechen. Du siehst seine Patienten und wie er ihnen mit Zange und Hammer im Mund hantiert, das Schmerzgeschrei zerrt wirklich an den Nerven. Bisher hat es hier keiner lange ausgehalten.

Ich will den Laden trotzdem nehmen, sagt Eskandar. Das ist eine gute Adresse, die man sich leicht merken kann: Kleider aus zweiter Hand gegenüber vom Zahnarzt. Und sollten der Geruch von Äther und das Schmerzensgeschrei mich zu sehr belästigen, werde ich eine Pause einlegen und das Teehaus aufsuchen.

Die Sachen müssen gewaschen werden, damit sie nicht najess sind, sagt Aftab-Khanum. Und jemand muss die Löcher stopfen und die aufgerissenen Nähte ausbessern.

Khanum, ich sehe es Ihrer Nasenspitze an, dass Sie auf etwas vollkommen anderes hinauswollen.

Lassen Sie uns ein Abenteuer wagen, sagt Aftab-Khanum.

Seit ich Sie nach Abadan mitgenommen habe, sind Sie scheinbar süchtig geworden nach Abenteuern.

Ich werde Sie in den Laden begleiten, verkündet Aftab-Khanum. Dann ist keiner von uns allein, und ich kann Ihnen helfen, und Sie können mir Schreiben und Lesen beibringen.

Was? Schreiben und Lesen? Eskandar-Agha muss schlucken, damit es ihm nicht herausrutscht: Mahrokh-Khanum konnte lesen und schreiben. Stattdessen fragt er, wozu werden Sie das wohl gebrauchen können?

Das weiß nur Allah, antwortet Aftab-Khanum und sieht über sich. Jedenfalls werde ich mit Ihnen in den Laden kommen, und alles andere wird sich zeigen. Ein paar Wörter habe ich bereits gelernt, sagt Aftab-Khanum und schreibt ihren eigenen Namen vorsichtig auf einen Zettel. Dann schreibt sie Khoda, Gott. Wissen Sie, was das bedeutet?

Khanum, Sie wollen mich zum Narren halten.

Nein. Natürlich weiß ich, dass Sie wissen, dass Khoda Gott bedeutet. Aber wissen Sie, dass Khod nichts anderes ist als das Wort selbst, und das a steht für Adam, der Mensch. Und Khoda bedeutet: der Mensch selbst. Der Prophet Zartosht ist nämlich der Meinung gewesen, Gott ist in jedem Menschen selbst.

Verblüfft sieht Eskandar-Agha seine Aftab-Khanum an, kommt aber nicht dazu, sie zu fragen, woher sie das alles weiß.

Und sehen Sie, ich kann auch dieses hier schreiben, sagt Aftab-Khanum und schreibt Iran. Schiras. Madar. Und das andere Wort für Sonne kann ich auch schreiben, sagt sie und schreibt: Khrshid.

Aber das ist falsch, sagt Eskandar-Agha. Khorshid schreibt man so. Kh-o-r-sh-i-d.

Oh, sagt Aftab-Khanum, dann zeigen Sie mir doch auch gleich, wie man Eskandar-Agha schreibt.

Nachdem sie ein ganzes Blatt mit Wörtern beschrieben haben, notiert Eskandar-Agha an den Rand des Blattes: Meine Sonne weiß, wie sie mich umgarnt und weich bekommt, dann legt er das Blatt zu seinen übrigen Notizen.

Wir gehen mit der Zeit, sagt Aftab-Khanum und lächelt zufrieden.

Wir gehen mit der Zeit, wiederholt Eskandar-Agha ebenfalls zufrieden und küsst seine Frau auf die Stirn. Und wo wir schon dabei sind, sagt er. Und jetzt, wo wir einen Laden haben und ins geschäftliche Leben einsteigen, ist es höchste Zeit, dass auch Sie und ich dem Wunsch unseres Königs Folge leisten und uns einen Familiennamen zulegen.

Leute wie Sie und ich brauchen keinen Familiennamen, sagt Aftab-Khanum. Gott hat nicht gewollt, dass Sie und ich Kinder haben, also sind wir auch keine richtige Familie und brauchen keinen solchen Namen.

Mit Kindern und Familie hat der Familienname nichts zu tun, erklärt Eskandar-Agha. Der König will, dass wir mit dem Rest der Welt mitziehen, und er will, dass es im Basar und in der Verwaltung nicht zu Verwechslungen kommt, deshalb will er, dass sich jeder einen Familiennamen zulegt.

Dann versprechen Sie mir, dass sie keinen Namen wählen, der den Eindruck vermittelt, wir wollten etwas Besseres sein. Allah wird all jene strafen, die sich über andere erheben und behaupten, sie stammten von einer wichtigen Familie ab oder seien mit einem der Könige verwandt. Ich will auch nicht, dass wir den Namen unserer Geburtsorte verwenden und einen Sheikh, Khan, Amir oder sogar Schah davorsetzen und vortäuschen, wir seien die Führer irgendeines Dorfes gewesen.

Das Dorf, aus dem ich komme, hatte keinen Namen, sagt Eskandar-Agha. Sheikh-Deh-bi-nam, der Sheikh-vom-Dorf-ohne-Namen. Mit diesem Namen würde ich in die Geschichte eingehen.

Namen wie Paradiesisch, Geduldig finde ich schön, sagt Aftab-Khanum.

Ich kenne Männer, die sich unter dem Namen registrieren lassen, den der Beamte ihnen vorschlägt. Das ist eine sichere Sache, und man kann nichts falsch machen.

Gottgegeben, sagt Aftab-Khanum. Auch das ist ein schöner Name.

Ein paar Männer aus dem Basar haben ihren Beruf als Familiennamen genommen, Ledermacher, Schuhmacher, Strumpfmacher, sagt Eskandar-Agha. Das ist sehr praktisch.

Ich möchte nicht die Frau eines Mannes sein, dessen Name mit dem Verkauf von getragenen und gebrauchten Kleidern zusammenhängt, sagt Aftab-Khanum. Das ist hässlich, und was wollen Sie tun, wenn Sie eines Tages wieder Schreiber werden oder einen ganz neuen Beruf ausüben wollen? Nein, Agha, Sie brauchen einen Namen, der Hoffnung und Kraft in sich birgt.

Hoffnung und Kraft, sagt Eskandar-Agha und muss lächeln, weil er sich erinnert, wie er schon einmal auf der Suche nach einem Namen gewesen ist, der Kraft hat. Nämlich damals, als er einen Namen für seine Roxana gesucht hat.

Das ist es, ruft Aftab-Khanum und schreckt ihren Mann aus seinen Gedanken. Khod-Mokhtar. Einer, der selbst bestimmt. Das passt zu Ihnen, sagt sie.

Bevor er allerdings zum Amt gehen kann, um den neuen Familiennamen zu registrieren, schickt Aftab-Khanum ihren Mann ins öffentliche Hammam. Sie wäscht sein Hemd und bürstet seinen Hut, damit er sauber und wohlduftend vor den Beamten der Regierung tritt.

Baradar, wo bist du geboren?, fragt der.

In einem Dorf, das keinen Namen hat.

Welcher Ort ist in der Nähe deines Dorfes ohne Namen?

Naftun. Das ist der Ort, an dem die Farangi das Naft gefunden haben.

Dann tragen wir eben Naftun als deinen Geburtsort ein, sagt der Beamte. Und an welchem Tag, in welchem Monat und Jahr bist du geboren?

Meine Mutter hat nicht einmal gewusst, dass es Jahre, Monate und Wochentage gibt, wie sollte sie da wissen, an welchem Tag ihres kurzen Lebens sie das wievielte ihrer vielen Kinder in die

Welt gesetzt hat? Wir haben Glück, wenn unsere Mütter sich erinnern, ob sie uns im Winter oder im Sommer geboren haben.

Baradar, ich will großzügig sein. Du darfst dir nicht nur einen Familiennamen aussuchen, sondern auch ein Geburtsdatum. Der Beamte mustert Eskandar-Agha, sagt, für mich siehst du aus wie einer, der siebenunddreißig Jahre alt ist.

Ich fühle mich aber wie vierunddreißig, antwortet Eskandar-Agha.

Dann einigen wir uns eben auf fünfunddreißig, schlägt der Beamte vor und registriert Eskandar Khod-Mokhtar, geboren in Naftun, am 16. Farwardin des Jahres 1280.

Am nächsten Tag geht Eskandar-Agha bereits in aller Frühe in den Basar, damit er seine Aftab-Khanum unbemerkt mit in den Laden nehmen kann. Sie verhängen den hinteren Teil des Ladens mit einem Tuch, damit Aftab-Khanum sich dort geschützt vor den Blicken fremder Männer aufhalten und die reparaturbedürftigen Dinge nähen, stopfen und mit hübschen Flicken versehen, aber vor allem ihrem Mann Gesellschaft leisten kann.

Zeigen Sie mir, wie man Laden schreibt, sagt Aftab-Khanum. Und Vorhang. Kleid. Hose. Topf. Radio. Laterne. Familienname. Heimlichkeiten. Geheimnis.

Als die anderen Männer herausfinden, welches Geheimnis Eskandar-Agha hinter dem Vorhang verbirgt, sind sie aufgebracht. Weder gefällt ihnen, dass eine Frau im Basar arbeitet, noch, dass sie überhaupt in ihre Welt kommt und in geschäftliche Dinge einbezogen wird.

Doch anstatt dass das Gerede der Leute seinen Geschäften schaden könnte, passiert genau das Gegenteil. Mehr Kunden denn je kommen in den Basar, um die Frau zu sehen, die den Mut besitzt, im Basar zu arbeiten.

Eines Tages allerdings, gerade als Eskandar-Agha zum Kebabi geht, um Essen für sich und seine Frau zu besorgen, taucht ein Fremder auf, wähnt den Laden unbewacht und kramt in den Kisten und Körben nach etwas von Wert. Er erschreckt sich zu Tode, als Aftab-Khanums Kopf hinter dem Vorhang auftaucht. Doch statt wegzulaufen oder eine Ausrede zu erfinden, warum er in ihren Sachen herumwühlt, fängt der Mann an, sie aufs Übelste zu beschimpfen, warum sie sich dem Blick fremder Männer aussetzt und ob sie denn keine Ehre zu verlieren hat und die Strafe Allahs nicht fürchtet.

Als Eskandar-Agha zurückkommt, scheint alles wieder vollkommen normal zu sein. Der Fremde hockt diesseits und Aftab-Khanum züchtig jenseits des Vorhangs, und sie hält ihm einen Vortrag darüber, dass die erste Frau des Propheten, die verehrte Khadija, ebenfalls eine Geschäftsfrau war. Anders als ich hat sie nicht nur Handel in einem kleinen Laden betrieben, sagt Aftab-Khanum. Khadija hat ganze Karawanen von China bis ins Reich der Osmanen geschickt, um Waren zu kaufen und zu verkaufen. Die verehrte Frau unseres heiligen Propheten ist mächtiger, klüger, reicher gewesen als alle Händler dieses Basars zusammen genommen, klärt Aftab-Khanum den Fremden auf.

Wo hat der Prophet eine solche Frau gefunden?, fragt der Fremde.

Nicht er hat sie, sondern sie hat ihn gefunden, sagt Aftab-Khanum stolz. Die verehrte Khadija hat den Propheten, er sei gepriesen und gelobt, in ihre Dienste genommen, als sie bereits die vierzig überschritten hatte und der Prophet noch ein junger Mann gewesen ist. Er konnte weder schreiben noch lesen, war ein einfacher Kameltreiber, wie viele andere junge Männer im Dienst der verehrten Khadija-Khanum. Und eines schönen Tages hat sie entschieden, ihren Kameltreiber Mohammad zu heiraten.

Sie ist es gewesen, die den heiligen Propheten geehelicht hat?, fragt der Fremde noch immer ungläubig.

Inzwischen wundern Eskandar-Agha und Aftab-Khanum sich nicht mehr darüber, wie wenig die Leute über die Religion, an die sie glauben, den Propheten, dessen Lehren sie befolgen, den heiligen Koran, nach dessen Gesetzen sie ihr Leben ausrichten sollen, tatsächlich wissen. Eskandar-Agha stellt das dampfende und angenehm duftende Essen ab, begrüßt den Fremden und freut sich, ihm seinerseits sein Wissen zu vermitteln, doch der Mann sieht ihn nicht einmal an, murmelt ein paar Abschiedsworte und verschwindet.

Wer ist das gewesen?, fragt er. Ein neuer Kunde?

Nein, kein Kunde, erklärt Aftab-Khanum seelenruhig und breitet das Sofreh auf dem Boden aus. Er ist ein Dieb gewesen, der seine Meinung geändert hat, nachdem ich ihm die Geschichte der Frau des Propheten erzählt habe.

Die Geschichte vom Dieb spricht sich genauso schnell in den umliegenden Buden und Läden herum wie andere Nachrichten, und fortan verliert keiner der Männer auch nur ein Wort darüber, dass Frauen im Basar nichts verloren hätten. Und nicht lange, und es tauchen sogar die ersten Frauen auf, um bei Aftab-Khanum einzukaufen. Zuerst begleiten ihre Männer sie, und während die Frauen hinter den Vorhang zu Aftab-Khanum verschwinden, warten die Männer vorne mit Eskandar-Agha, trinken Tee und reden über Gott und die Welt.

Nach und nach bringen die Frauen ihre Schwestern, Mütter und Nachbarinnen mit, sodass Eskandar-Agha seiner Sonne immer mehr Platz abtreten und den Vorhang weiter vorne aufhängen muss, bis für ihn selbst schließlich nur noch ein schmaler Streifen des Ladens übrig bleibt.

Viele meiner Kundinnen brauchen gar keine Kleider, Töpfe oder sonst was, sagt sie hinter dem Vorhang hervor und wartet, bis Eskandar-Agha seinen Kopf zu ihr hineinsteckt. Sie benutzen unseren Laden als Ausrede, weil sie endlich die engen vier Wände ihrer Häuser verlassen können, weil sie endlich mit einer anderen Frau als ihrer Schwester, Mutter oder den Nebenfrauen ihrer Männer Tee trinken und ihr Herz ausschütten können, sagt Aftab-Khanum, und so bringen sie mich ihrerseits auf neue Gedanken und Einfälle.

Möge Allah geben, dass es gute Gedanken und Einfälle sind, sagt Eskandar-Agha. Und möge der auch geben, dass wir uns damit nicht wieder Ärger mit den anderen Händlern und Handwerkern einhandeln. Das können wir uns nicht leisten.

Doch statt sich Ärger einzuhandeln, freuen sich die anderen Händler im Basar jetzt sogar, denn nach und nach kaufen die Frauen nicht nur bei Aftab-Khanum ein, sondern suchen auch die anderen Läden auf.

Frauen haben den besseren Geschmack, sagen die Händler, sie wissen nicht, was sie wollen, und man kann ihnen viel mehr verkaufen, als sie ursprünglich haben wollen, und sie geben das Geld viel leichter aus als viele Männer.

Das Schlapp-Schlapp ihrer weichen Schritte, das ungewohnte Klick-Klick ihrer Farangi-Absätze, ihre Stimmen, ihr Tuscheln, ihr gelegentliches Lachen, das Rascheln ihrer Röcke und Schleier irritieren schon bald keinen Mann mehr. Und nach und nach gewöhnen sich die Händler daran, dass auch ihre eigenen Frauen, Töchter und Mütter zu den Frauen gehören, die das Haus verlassen, auf die Straße gehen, in den Basar kommen, feilschen, verhandeln, einkaufen. Und um alles das tun zu können, müssen sie mit fremden Männern sprechen, die wiederum ihre Stimmen hören, ja manchmal sogar ihr Gesicht und ihre Hände sehen.

Die Zeiten ändern sich, und mit ihnen verändern auch wir uns, sagen die Männer im Basar, wie sie es von Eskandar-Agha gelernt haben, und hoffen, sie sind nicht die Einzigen, die so denken.

Einmal kauft eine Frau ein grün glitzerndes Farangi-Kleid von Aftab-Khanum. Ohne Ärmel und mit einem tiefen Ausschnitt, der den Blick freigibt auf ihren Hals, ihre Schultern und beinah sogar den Ansatz ihrer Brüste. Wenn dieses Kleid mir auch nicht hilft, weiß ich keinen Ausweg mehr, sagt sie, sieht Frau-Aftab traurig an und kann es nicht abwarten zu erzählen.

Sofort schießen Tränen in ihre Augen. Liebe Schwester, sagt sie schluchzend, ich bin so unglücklich wie niemand sonst. Mein Mann verhält sich wie ein Bruder, nicht wie ein Ehemann, verstehen Sie? Er kommt seinen ehelichen Pflichten nicht nach. Verstehen Sie? Nacht für Nacht liege ich da und verzehre mich nach ihm, er aber wendet sich ab von mir, gibt mir das Gefühl, keine Frau, jedenfalls keine richtige, keine begehrenswerte Frau zu sein.

Inzwischen hat Aftab-Khanum mit ihrem Eskandar-Agha den Koran lang genug studiert, und sie weiß, der verehrte Prophet hat für derlei Probleme eine Lösung. Sie tröstet die arme Frau, sagt, Sie haben ein Recht darauf, er ist verpflichtet, seinem ehelichen Auftrag nachzukommen. Das hat der verehrte Prophet persönlich bestimmt.

Liebe Khanum, wo denken Sie hin?, sagt die Frau und schluchzt nur noch heftiger. Glauben Sie, es nutzt etwas, wenn ich meinen Agha darüber aufkläre, was der Prophet vor über tausend Jahren gepredigt hat?

Aftab-Khanum tupft das Gesicht der Frau mit Rosenwasser ab und ruft nach dem Teejungen, er soll Tee und Kandis bringen. Seien Sie unbesorgt, tröstet Aftab-Khanum die Frau. Ich werde meinen Eskandar-Agha bitten, gleich morgen mit Ihrem Agha zu sprechen.

Khanum, Sie sollten wissen, dass derartige Einmischungen mir und Ihnen und unserem Laden nichts als Ärger einbringen, schimpft Eskandar. Ehrlich gesagt bin ich es leid, dass Ihr Ruf sich im Basar und sonst überall herumgesprochen hat und immer mehr hilfesuchende Frauen kommen, um Ihren, oder besser gesagt, meinen Rat und meine Unterstützung zu erhalten.

Sie sagen, Sie wollen mein Glück, erwidert Aftab-Khanum ruhig. Sie sagen, Sie wollen lieber sterben als mich unglücklich sehen.

Hören Sie auf, Sie wissen genau, allein der Gedanke an Ihr Unglück zerreißt mein Herz.

Ich danke Ihnen, erwidert Aftab-Khanum und küsst ihren Eskandar-Agha auf den Kopf, auf dem das Haar inzwischen nicht mehr ganz so schwarz und voll sprießt wie früher.

Um keinen Ärger mit dem Mullah, der für das Viertel zuständig ist heraufzubeschwören, geht Eskandar-Agha zuerst zu ihm.

Ich kenne die Saifeh, sagt der Mullah. Ihr Mann und sie wohnen in meiner Gasse. Sie kommt wöchentlich zu meinem Roze-Khanum. Es ist jedes Mal das Gleiche. Ich habe noch nicht begonnen, die Leidensgeschichte des Propheten oder eines Heiligen oder Märtyrers zu erzählen, da fängt die Saifeh auch schon an zu weinen und hört nicht mehr auf damit. Sie ist süchtig nach Leid und genießt ihre eigenen Tränen. Sie weint so viel, dass ich manchmal fürchte, sie weint sich zu Tode und stirbt in meiner Hütte. Würde ich sie nicht zwingen, nach Hause zu gehen, würde sie gleich ganz hierbleiben, sagt der Mullah und lächelt selbstgefällig.

Wissen Sie, was diese arme Saifeh bewegt?

Der Mullah hebt die Augenbrauen und sieht Eskandar-Agha auf eine Art an, dass er bereut, sich eingemischt zu haben.

Baradar, gefällt sie Ihnen?, fragt der Mullah.

Um Gottes willen, verehrter Agha. Wo denken Sie hin? Ich bin hier, weil ich denke, dass jemand mit dem Mann der Saifeh sprechen und ihn an seine ehelichen Pflichten erinnern sollte.

Und wer soll das tun? Sie denken doch nicht an mich. Und überhaupt, was geht Sie diese Angelegenheit an?

Soweit mir bekannt ist, antwortet Eskandar-Agha, hat die Arme ihren ganzen Mut zusammengenommen, Ihnen als Mann Gottes ihr Vertrauen geschenkt und Sie um Hilfe und Rat ersucht.

Das ist richtig, antwortet der Mullah. Und ich habe ihr meinen Rat erteilt, nämlich, dass sie Geduld haben soll.

Geduld?, fragt Eskandar-Agha. Wenn ich richtig verstanden habe, ist der Ehemann seinen ehelichen Pflichten bis zum heutigen Tag kein einziges Mal nachgekommen. Lieber, verehrter Akhund, Sie wissen besser als ich, was der heilige Prophet in diesem Fall bestimmt; eine solche Ehe ist nicht vollzogen und deshalb ungültig.

Das weiß ich, brummelt der Mullah. Ich weiß aber auch, dass ich abhängig bin von der Gunst und den Abgaben dieser Menschen und so auch von dem Mann dieser Frau, sagt der Mullah. Ich will keinen Ärger.

Aber vor allem sind Sie doch verantwortlich für das Wohlergehen dieser Menschen, sagt Eskandar-Agha. Und Sie müssen sich vor Allah verantworten.

Für mich ist diese Angelegenheit erledigt, antwortet der Mullah, und ich werde mich nicht weiter einmischen.

Nichts anderes habe ich erwartet, murmelt Eskandar-Agha.

Wenn Sie klug sind, lassen auch Sie die Sache auf sich beruhen, sagt der Akhund.

Gott beschütze auch Sie, sagt Eskandar-Agha, verflucht den Tag, an dem er begonnen hat, seiner Sonne Lesen, Schreiben und die Verse des Koran beizubringen, und geht zum Haus der vernachlässigten Frau und ihrem Mann.

Die beiden leben in einem ähnlichen Zimmer wie Eskandar und seine Aftab-Khanum. Es hat ein großes, kniehohes Fenster zum Hof, und in jeder Wand befindet sich eine Nische, ringsherum liegen Polster und Sitzkissen. Der Samowar steht in der Ecke unter der Nische, wo die Gläser, Teller und Pfannen gestapelt sind. In diese Ecke zieht die arme Frau sich zurück und bedeckt mit ihrem Schleier ihr Gesicht, ihr Rücken ist Eskandar-Agha zugekehrt, der ebenfalls mit dem Rücken zu ihr auf dem Boden sitzt.

Der Mann der Unglücklichen beschimpft und verflucht seine Frau, Eskandar-Agha und Aftab-Khanum, den Mullah, Gott und die Welt, bis seine Frau in der Ecke sich die Ohren zuhält und anfängt zu winseln. Sie klingt wie ein verletztes Tier, windet sich, schluchzt, bis sie es nicht mehr aushält, aufspringt, ihren Schleier noch tiefer ins Gesicht zieht und hinaus in den Hof flüchtet. Um sich vor den neugierigen Blicken der Nachbarn aus den anderen Zimmern zu verstecken, kriecht sie in die hinterste Ecke gleich neben dem Abort, wieder mit dem Gesicht zur Wand.

Natürlich wissen die Nachbarn längst vom Unglück der Armen und dass Eskandar-Agha nicht nur einfach ein Gast ist, sondern versucht, zwischen den beiden zu vermitteln. Sie haben darauf gewartet, darauf gehofft, dass die arme Frau herauskommt, damit sie erfahren können, was im Zimmer vor sich geht. Die Nachbarinnen legen der Unglücklichen die Hand auf den Rücken, nehmen sie in den Arm, trösten sie, manche haben so viel Mitleid, dass sie sogar mit ihr weinen.

Möge Allah allen Leidenden, allen Verlassenen, Hungernden, Betrogenen und Einsamen helfen, klagen die Frauen. Möge Allah deinem Mann und allen Männern, die ihren Frauen Unrecht tun, die Pest schicken und sie aus dieser Welt nehmen, fluchen sie und schlagen sich wie beim besten Roze-Khanum auf Brust und Kopf.

Als Eskandar-Agha endlich in den Hof hinauskommt, ziehen die Frauen sich die Schleier übers Gesicht und kehren ihm allesamt den Rücken zu. Dann taucht der Mann der Vernachlässigten mit einem gepackten Bündel auf. Das sind deine Sachen. Der Mann spricht laut und deutlich, damit alle ihn verstehen. Ich werde dich in das Haus deines Vaters zurückbringen und ihm deine Mehri-e, deine Mitgift, zurückgeben. Ich selbst werde auf Anraten des verehrten Agha-Eskandar zum Schrein des achten Emam-Resa nach Maschhad pilgern, ihn um Vergebung bitten und mein Schicksal in seine Hände legen. Ich werde mit Hilfe dieses Bruders ein Schreiben aufsetzen, in dem steht, dass meine Ehe mit dir nicht vollzogen ist. Du bist frei, sagt der Mann. Deine Ehre ist intakt, so möge ein aufrechter und gläubiger Bruder um deine Hand anhalten.

Die Vernachlässigte, die Nachbarinnen und die Kinder, die sich um ihre Mütter scharen, schweigen, niemand rührt sich. Bis mit einem Mal die Unglückliche erneut anfängt zu schluchzen, mit ihrem Klagen und ihren Tränen abermals die anderen Frauen und auch deren Kinder ansteckt. Schließlich weinen und wimmern alle. Unter ihren Schleiern auf dem Boden kauernd, sehen die Frauen aus wie schwarze Säcke, die sich rütteln und schütteln und dazu schrille, gellende Töne von sich geben und einen Höllenlärm veranstalten. Schließlich kommt auch der Mullah in den Hof, spielt sich auf und schimpft.

Ist es das, was Sie erreichen wollten?, schreit er Eskandar-Agha an und droht mit erhobener Faust.

Doch der Mann der Vernachlässigten geht dazwischen und beruhigt den Akhund. Mein Bruder hat recht getan, mir seinen Rat zu erteilen, sagt er mit sanfter Stimme. Er ist ein guter und gläubiger Moslem, ich werde ihm dankbar sein und für sein Leben und das seiner Angehörigen beten, solange ich in dieser Welt bin.

Der Mullah weiß nicht, was er sagen soll, sieht Eskandar-Agha an, den unglückseligen Ehemann, die heulenden Frauen. Er dreht und wendet sich, macht viel Wind mit seinem Umhang und sagt, ich erwarte euch zum nächsten Roze-Khanum. Dann verschwindet er wieder.

Was haben Sie ihm geraten, dass er eingewilligt und seine Frau freigegeben hat?, fragt Aftab-Khanum, beeindruckt von dem Geschick und Können ihres Mannes.

Was bekomme ich von Ihnen, wenn ich es Ihnen verrate?

Das Gleiche, was ich von Ihnen bekommen werde, weil ich nicht lockergelassen und Sie zu der unglückseligen Frau geschickt habe, antwortet Aftab-Khanum. Schließlich ist es auch mein Verdienst, dass Sie dem unglückseligen Paar helfen konnten.

Es soll im Feuer der Hölle brennen, wer auch nur einer Menschenseele gegenüber preisgibt, was das Geheimnis dieses Mannes ist, beschwört Eskandar-Agha seine Frau.

So soll es sein, sagt sie, hockt sich dicht neben ihm auf den Boden und sieht ihn neugierig und auch mit einem gewissen Stolz an. Nun erzählen Sie schon, sagt sie, weil sie weiß, dass er es mag, wenn sie ihn bittet.

Der Unglückselige ist von Gott nicht als richtiger Mann erschaffen worden, erklärt Eskandar-Agha und genießt die Verwirrung seiner Frau.

Was meinen Sie? Wie kann ein Mann kein richtiger Mann sein?

Er liebt nicht die Frauen. Er liebt Männer.

Was hat das zu bedeuten? Hören Sie auf, in Rätseln zu sprechen.

Der Grund, warum der Unglückselige seinen ehelichen Pflichten nicht nachkommen kann, ist kein böser Wille, sondern eine Art Krankheit. Schon bei der Vorstellung, dass er sich mit einer Frau vereinen muss, schüttelt es ihn, es ekelt ihn, es ist ihm widerwärtig.

Der Unglückselige, murmelt Aftab-Khanum, ohne wirklich zu verstehen, wovon ihr Mann spricht. Möge Allah seiner armen Seele gnädig sein.

Wieso Seele? Schließlich ist er nicht tot, sondern nur krank.

Eine Krankheit, von der Sie meinen, dass der arme Emam-Resa sie heilen kann?

Eskandar-Agha zuckt die Schultern. Was hätte ich tun sollen? Das Grab des heiligen Emam-Resa und das seiner Schwester, der heiligen Massumeh, in Qom sind die einzigen beiden Gräber von Heiligen, die ich besucht habe und kenne. Da der Unglückselige mit Frauen Probleme hat, dachte ich, ihn zur heiligen Fateme zu schicken, ist kein guter Gedanke, also habe ich ihm geraten, zum Grab des achten Emam-Resa zu pilgern.

Aftab-Khanum seufzt, der arme Emam. Hoffentlich überfordern Sie den armen Heiligen nicht mit dieser Aufgabe.

Khanum, zuerst bringen Sie mich in diese Lage, und nun kritisieren Sie meine Entscheidung, beschwert Eskandar-Agha sich.

Statt zu antworten, holt Aftab-Khanum Weihrauch aus der Nische, streut es in das Feuer der Wasserpfeife und sagt, möge Gott geben, dass die Krankheit des Unglückseligen nicht auch von Ihnen Besitz ergreift.

1941, Umzug nach Teheran

Vielleicht gibt es in der Hauptstadt einen guten Arzt, der mir helfen kann, doch noch ein Kind zu bekommen, sagt Aftab-Khanum.

Eskandar-Agha kommt die neue Hoffnung seiner Frau mehr als gelegen. Seit Ausbruch des zweiten großen Krieges der Farangi fühlt er sich in Schiras abgeschnitten von der Welt und den wichtigen Ereignissen, und er will dort sein, wo das Schicksal des Landes entschieden wird.

Packen wir unsere Sachen, sagt er und machen uns auf den Weg nach Teheran.

Dass sie gleich dorthin umziehen müssen, ist zwar nicht die Absicht von Aftab-Khanum gewesen, aber sie packt.

Unzählige Male werden sie angehalten, von Soldaten der iranischen Armee, von Soldaten der Farangi, von Banditen und unter fadenscheinigen Gründen von etlichen Agenten und Spitzeln. In Esfahan sind sie sogar gezwungen, einen mehrtägigen Aufenthalt einzulegen, weil die Alliierten-Farangi die Eisenbahn und alle Straßen für den Transport von Kriegsmaterial vom Süden, wo ihre Schiffe gelandet sind, in den Norden, wo sie gegen die Almani kämpfen, benötigen und dafür alle Züge beanspruchen.

Es ist unser Land, und wir dürfen uns darin nicht frei bewegen, schimpft Eskandar-Agha.

Aber wir lassen es uns gefallen, antwortet Aftab-Khanum.

Sie sprechen wie mein alter Meister-Hodjat, der Reiter, sagt Eskandar-Agha. Woher haben Sie das?

Von Ihnen, Sie selber haben es mir aus Ihren Aufzeichnungen vorgelesen.

Wir lassen es uns gefallen, wiederholt Eskandar-Agha nachdenklich.

Wir werden es uns nicht mehr gefallen lassen, flüstert Aftab-Khanum. Lassen Sie uns ein Abenteuer wagen, uns dem Verbot der Farangi widersetzen und uns heimlich davonmachen. Lassen Sie uns beweisen, dass wir Mut besitzen.

Und was glauben Sie, wie weit wir kommen werden?

Aftab-Khanum zuckt die Schultern und sieht enttäuscht auf den Boden.

Khanum, Sie glauben doch nicht im Ernst, dass ich mich auf derartige Abenteuer, wie Sie es nennen, einlassen würde. Damit ändern wir doch nichts.

Wenn wir nichts tun, werden wir nichts ändern, erwidert Aftab-Khanum.

Ich sollte Ihnen nie wieder aus meinen Aufzeichnungen vorlesen, die scheinen einen schlechten Einfluss auf Sie zu haben, schimpft Eskandar-Agha, kann sich ein Grinsen aber nicht verkneifen, was seiner Frau natürlich nicht entgeht.

Das wird uns bestimmt gefallen, wagt Aftab-Khanum zu sagen.

Von ausländischen Soldaten mit vorgehaltener Waffe an der Weiterreise in seiner eigenen Heimat gehindert zu werden, würde keinem Menschen dieser Welt gefallen, sagt Eskandar-Agha bestimmt und mietet ein Zimmer in der Karawanserei, die inzwischen auch auf weibliche Reisende eingestellt ist.

Seine Sonne und er besuchen das öffentliche Bad. Er geht zum Beten in die Moschee. Den Rest des Tages verbringen sie auf dem Naqshe Djahan, dem prächtigen Platz, der von König Abbas-Kabir dreihundert Jahre zuvor errichtet worden ist, damit seine Krieger dort Polo spielen und er auf der Terrasse seines Sommerpalastes sitzen und ihnen dabei zusehen konnte.

In dieser Stadt habe ich vor über dreißig Jahren als Junge gestanden, den Koran rezitiert und Geschichten aus den Schah-Namhe, den Königsbriefen unseres verehrten Dichters Ferdowssi, vorgetragen und damit die Herzen und den Geist der Männer erobert, damit sie sich uns anschließen und mit uns in die Hauptstadt ziehen, erklärt Eskandar-Agha. Ich bin noch ein Kind gewesen und wusste nicht, was Freiheit und Selbstbestimmung, eine Verfassung und ein Parlament sind, aber ich habe gefühlt, dass es richtig ist, mich für diese Dinge einzusetzen. Bis zum heutigen Tag, erinnere ich mich an den Wortlaut eines Gedichtes, das ich häufig aufsagen musste, es heißt Das Rinnsal und der Felsen, und es ist von einem berühmten Dichter, sagt Eskandar-Agha und überlegt, aber der Name des Dichters will ihm nicht einfallen.

Es hat also eine Zeit in Ihrem Leben gegeben, in der Sie ein richtiger Kämpfer gewesen sind, sagt Aftab-Khanum.

Wollen Sie mich nun immer weiter angreifen, oder wollen Sie das Gedicht hören?

Das Gedicht hören, antwortet Aftab-Khanum keck.

Ein Rinnsal stößt auf einen starken Felsen.

Weiche, sagt das Rinnsal zum Felsen.

Wer bist du, dass du mich anzusprechen wagst? Weiche, du.

Doch das Rinnsal gibt nicht auf.

Es gräbt sich einen Weg unter dem riesigen Felsen, der so schmal ist wie es selbst, doch es unterspült den Felsen, bis sich der Boden darunter lockert und der Fels seinen Halt verliert und stürzt.

Die letzten Zeilen habe ich so oft rezitiert, dass ich sogar noch weiß, wie ich jede einzelne Silbe betont habe, sagt Eskandar-Agha.

Durch Anstrengung wirst du alles dir erarbeiten,
alles wirst du erreichen, so wird es sein.
Geh und scheue die Mühe nicht,
denn gibst du auf, bleibt dir nichts als der Tod.
Wer hingegen standhaft ist in seinem Tun und Streben,
für den wird bleiben kein Hindernis.

Das kleine Rinnsal sind wir Iraner, erklärt Eskandar, und der Felsen, das sind die Besatzer, die unser Öl stehlen, und der Felsen sind die Weltmächte, die auf unserem Grund und Boden ihre Kriege führen. Durch Anstrengung wirst du alles erreichen, das war die Botschaft, die die Männer für den Kampf motivieren sollte.

Nehmen wir an, es würde heute wieder einen Reiter und einen Khan und eine Truppe geben, würden Sie sich ihnen wieder anschließen?, fragt Aftab-Khanum.

Das weiß ich nicht, antwortet Eskandar-Agha und seufzt. Damals bin ich ein unbedarfter, unerfahrener Junge von neun oder zehn Jahren gewesen. Inzwischen aber habe ich viel gesehen und erlebt und weiß, was alles schieflaufen kann, und ich habe zu viel zu verlieren.

Ich beneide Sie, sagt Aftab-Khanum. Um die vielen Dinge, die Sie in Ihrem Leben gesehen und bewegt haben.

Das Schönste von allem, was ich im Leben gefunden habe, sind Sie, meine liebste Sonne, sagt Eskandar-Agha, sieht sich um und drückt seiner Frau einen Kuss auf die Stirn. Sie lächelt und legt rasch die Finger auf die Stelle, als wollte sie den Kuss bewahren.

Am zweiten Tag ihres Zwangsaufenthalts in Esfahan zeigt Eskandar-Agha seiner Aftab-Khanum die zwei wankenden schmalen und fünf Meter hohen Minarette, die sich gegenüberstehen und auf mysteriöse Weise durch das Körpergewicht eines Menschen bewegt werden können.

Mein Meister ist in den einen Turm gegangen und hat mich in den anderen geschickt, erzählt Eskandar. Ich bin die schmale Wendeltreppe hinaufgeklettert und habe mich an dem Mäuerchen zwischen den Öffnungen festgehalten. Hodjat-Agha hat auf seiner Seite das Gleiche gemacht und seinen Körper vor- und zurückgeschwungen. Ich konnte sehen, wie sein Minarett sich hin- und herbewegte, und mit einem Mal habe ich gespürt, wie auch mein Turm schwankte, erzählt Eskandar-Agha mit leuchtenden Augen.

Das verstehe ich nicht, sagt Aftab-Khanum und betrachtet die

Minarette skeptisch. Wie kann es sein, dass der eine Turm sich bewegt, nur weil der andere bewegt wird, und warum lassen sie sich überhaupt bewegen, ohne umzufallen?

Das ist eine Frage, die nicht nur Sie, sondern auch unsere Farangi-Freunde brennend interessiert hat. Die Engelissi und Almani haben sogar ihre Wissenschaftler zu den Türmen geschickt und auch zum öffentlichen Hammam, das nur mit einer einzigen Kerze beheizt wird. Aber weder sind sie dem einen noch dem anderen Geheimnis auf die Spur gekommen. Und seit sie das Hammam auseinandergenommen und es wieder zusammengesetzt haben, funktioniert das mit der Kerze auch nicht mehr.

Und wir lassen es geschehen, sagt Aftab-Khanum und erntet keinen Widerspruch von ihrem Mann.

Bevor sie in die Karawanserei zurückkehren, gehen Eskandar-Agha und Aftab-Khanum über die berühmte Siyoseh-Pol-Brücke, die wie die schaukelnden Türme ebenfalls ein Wunder der Baukunst darstellt, weil sie sich in dreiunddreißig identischen Bögen und Kuppeln über den Zayande-Roud spannt, den Fluss, der niemals aufhört zu fließen und stets wiedergeboren wird, wie die Esfahini ihn stolz beschreiben. Unter jeder der dreiunddreißig Kuppeln haben Händler ihre Waren feilgeboten und sogar dem eigentlichen Basar-e-Soltani, dem Basar der Sultane, mit seinen phantastischen Arkaden und Kuppeln Konkurrenz gemacht.

Am Abend überredet Aftab-Khanum ihren Eskandar-Agha, mit ihr von Teehaus zu Teehaus zu ziehen. Er raucht Wasserpfeife, sie essen Brot, Weintrauben, Käse, trinken Tee und hören den Geschichtenerzählern und Derwischen der Stadt zu, wie sie alte Sagen und Legenden von Prinzen und Prinzessinnen, von Div und Jinn, von Eroberungen und Niederlagen, von Liebe und Hass, von dieser und von anderen Welten erzählen.

Sollten die Engelissi uns gar nicht mehr weiterreisen lassen, könnte ich das Geld für unser tägliches Brot ebenfalls mit Geschichtenerzählen verdienen, sagt Eskandar-Agha.

Sie klingen, als hoffen Sie geradezu, es würde so kommen, sagt Aftab-Khanum.

Und Sie klingen, als würde es Ihnen nicht gefallen, wenn Ihr Mann nichts weiter als ein kleiner Geschichtenerzähler wäre.

Da täuschen Sie sich, antwortet Aftab-Khanum. Ich werde Sie nicht abhalten, und von mir aus können Sie tun, was immer Sie wollen. Hauptsache, es macht Sie glücklich.

Vielleicht werde ich es morgen einfach nur aus Spaß in einem der Teehäuser versuchen, antwortet Eskandar, ohne selber daran zu glauben.

Und den Beweis muss er auch nicht antreten, denn am nächsten Tag öffnen die Engelissi die Wege wieder, geben die Eisenbahn wieder frei, und Eskandar-Agha und Aftab-Khanum können ihre Reise nach Teheran fortsetzen.

Ein Zwischenfall und seine großen Folgen

Der zweite große Krieg ist zwei Jahre alt, als Eskandar-Agha und seine Aftab-Khanum in der Hauptstadt eintreffen. Sie mieten ein Zimmer, finden einen kleinen Laden im Basar, kaufen einen Teppich, eine Truhe für ihre persönlichen Sachen und einen schweren Vorhang, den sie vor die alte, zugige Holztür hängen. In den reicheren Vierteln der Stadt haben die Häuser bereits elektrisches Licht, und es gibt sogar fließendes Wasser. In ihrem Viertel werden manche Gassen und das eine oder andere Haus mit Gas erleuchtet, und Wasser liefert der Wassermann.

Eskandar-Agha und Aftab-Khanum haben keins von beidem. Wasser schöpfen sie aus einem Djub, der durch ihren Hof fließt, und Licht geben wie in Schiras Laternen, die sie mit Petroleum auffüllen. Im Sommer allerdings, wenn der Djub tageweise kein Schmelzwasser aus den Bergen hat, kommt auch in ihre Gasse der Wasserbringer mit seinem Karren voll mit Fässern und Eimern frischen Wassers und manchmal sogar richtigem Eis.

Wir haben Glück, freut Aftab-Khanum sich. Wir müssen uns nicht wie so viele andere fürchten, krank zu werden. Denn unser Wasserbringer scheint Wert auf Sauberkeit zu legen, jedenfalls habe ich noch nie Würmer oder Larven im Wasser entdeckt.

Wir werden ihm ein gutes Trinkgeld geben, sagt Eskandar-Agha, damit der Wassermann auch weiterhin seine Fässer sauber hält und sich die Mühe macht, uns kein abgestandenes Wasser zu bringen.

Aftab-Khanum geht zu zwei Ärzten, die beide in Farangestan Frauenkunde studiert haben. Der eine sagt ihr geradeheraus ins Gesicht, dass sie ihre Hoffnung auf eigene Kinder endgültig aufgeben soll, der andere verabreicht ihr Medizin, von der ihr zwar übel wird, sie aber trotzdem ohne Kinder bleibt.

Wenigstens ist hier in der Hauptstadt was los, sagt sie und versucht ihre Enttäuschung zu verbergen. In den Straßen sind von früh bis spät Menschen unterwegs, man kann ständig etwas oder jemanden hören und hat das Gefühl, immer Gesellschaft zu haben. Nur der Winter und sein raues, heftiges Wetter setzen mir zu, beklagt Aftab-Khanum sich. Das kalte Klima kriecht mir in die Knochen, sagt sie. Ich spüre, es wird mich krank machen.

Das werde ich nicht zulassen, antwortet Eskandar-Agha und schleppt, noch lange bevor der Winter beginnt, einen mit Holzkohle beladenen Karren nach Hause. Einen Tag später bringt er einen niedrigen Korssi-Tisch mit, den er vom Schreiner hat bauen lassen, und für darunter eine extra große Pfanne für Kohle.

Ich werde dafür sorgen, dass die Pfanne Tag und Nacht mit heißer Kohle gefüllt ist, verspricht Eskandar-Agha.

Den Tisch stellen sie in die Ecke vor das niedrige Fenster, und Aftab-Khanum legt Polster, Sitzkissen und Rückenrollen darum und eine dicke Steppdecke darüber, unter die sie sich an kalten Wintertagen verkriechen und in der Nacht schlafen können.

Und wenn wir, so Allah will, mit unserem neuen Laden eines Tages viel Geld machen, sagt Aftab-Khanum, lassen wir uns den einen oder anderen Stuhl bauen und sitzen nicht mehr auf dem Boden und schlafen in einem richtigen Bett und essen an einem richtigen Tisch statt auf dem Boden oder am Korssi, sagt sie und beobachtet ihren Mann genau, um zu sehen, was er von ihren neuen Ideen hält.

Und als er nur nickt und weiter an seinen Notizen schreibt, sagt sie, wer weiß, jetzt, wo wir in der modernen Hauptstadt leben, werde ich demnächst vielleicht sogar meinen Schleier ablegen und damit dem Wunsch unseres verehrten Königs nachkommen und zu den ersten modernen Frauen unseres Landes gehören. Mein Leben wird einfacher werden, wenn ich nicht ständig meinen Schleier festhalten, ihn zurechtziehen und befürchten muss, darüberzustolpern, und ich werde nicht den Staub der Straße aufwirbeln und sogar die Hände frei haben.

Und am Ende wollen Sie sich auch noch mit unbedeckten Armen in der Öffentlichkeit zeigen, ein Zweirad oder gar ein Automobil chauffieren und laut hello und huhu rufen, sagt Eskandar-Agha halb im Scherz. Sie wissen, dass ich es mag, wenn Sie in der Öffentlichkeit sind und von mir aus auch ohne Schleier auf die Straße gehen. Aber wir müssen vorsichtig sein, denn noch ist unser Land voll von Männern, die mit ihrem Verstand längst noch nicht in der fortschrittlichen Zeit angekommen sind. Es könnte gefährlich für Sie werden, sich ohne Schleier in der Öffentlichkeit zu zeigen.

Sie sind es doch, der immer sagt, die Zeiten ändern sich und wir müssen uns mit ihnen verändern. Und Sie sagen, es ist für unser Geschäft gut, wenn Sie und ich westliche Kleidung tragen. Und natürlich ist es umso besser, wenn ich meine westliche Kleidung nicht unter einem Schleier verstecke. Inzwischen ist es vielen unserer Kundinnen, den Lehrerinnen zum Beispiel, absolut verboten, den Schleier zu tragen. Diese Frauen bekommen von der Regierung sogar Geld für westliche Kleidung. Es macht einen guten Eindruck, wenn diese Frauen ihre Kleider bei einer Frau erwerben können, die das Gesetz befolgt und den Schleier ebenfalls abgelegt hat.

Weil sie sieht, wie nervös Eskandar-Agha reagiert, lacht Aftab-Khanum. Machen Sie sich keine Sorgen. Der Winter steht vor der Tür, und es ist kalt. Noch fühle ich mich fremd in dieser Stadt. Sollte ich tatsächlich beschließen, den Schleier abzulegen, dann ganz bestimmt nicht vor dem neuen Jahr. Ich finde, Now-Rouz ist ein guter Anlass, um mein Vorhaben in die Tat umzusetzen, sagt sie und tätschelt den Arm ihres Mannes.

Der Winter könnte härter und kälter kaum sein, und es gibt so viel Schnee, dass Eskandar-Agha und seine Sonne an manchen Tagen kaum in den Hof und zu ihrem Abort hinauskönnen, geschweige denn auf die Straße und in den Basar. Sie verkriechen sich unter ihr warmes Korssi, Aftab-Khanum liest im Koran oder in den Aufzeichnungen ihres Mannes, und Eskandar-Agha schreibt alte Notizen um, sortiert seine Blätter und Bilder, die er gezeichnet hat, neu oder macht neue Eintragungen.

Den Gerüchten nach zu urteilen, schreibt Eskandar-Agha, könnte der zweite große, weltumspannende Krieg der Farangi grausamer kaum sein. Auch unsere Wirtschaft und das Leben der Menschen im Iran sind davon beeinträchtigt. Trotzdem können meine Aftab-Khanum und ich uns glücklich schätzen. Unser Laden läuft gut und ernährt uns. Vor allem aber danken wir Allah, dass der Krieg sich zumindest bis heute nicht so weit ausgedehnt hat, dass wir ihn direkt zu spüren bekommen, schreibt Eskandar-Agha, dreht die Öllampe herunter, und Aftab-Khanum und er rutschen tiefer unter das warme Korssi und schlafen zufrieden ein und ahnen nicht, dass schon bald durch ein scheinbar unbedeutendes Ereignis ihr Leben eine tiefgreifende Wendung erfahren wird.

Sie sind auf dem Weg in ihr Geschäft im Basar, als überraschend zwei Polizisten, einer mit und einer ohne Uniform, vor ihnen auftauchen. Nehmen Sie Ihren Schleier ab, fordert der ältere ohne Uniform Aftab-Khanum auf.

Im ersten Moment glauben Eskandar-Agha und Aftab-Khanum, es handle sich um ein Missverständnis, doch die beiden Regierungsbeamten bestehen auf ihrer Forderung.

Es ist Gesetz, beharren die Männer. Schließlich ist es seit Jahren Frauen verboten, den Schleier zu tragen, und jeder ist verpflichtet, die geltende Kleiderordnung zu befolgen.

Und unsere Aufgabe ist, sagt der jüngere, uniformierte Polizist, dafür Sorge zu tragen, dass Sie sich danach richten.

Und für Nichtbefolgung, führt der ältere den Gedanken des jüngeren fort, bleibt uns kein anderer Weg, als die angesetzte Geldstrafe zu kassieren.

Die Welt befindet sich im Krieg, sagt Eskandar-Agha und muss schlucken, weil ihm vor Angst der Mund ausgetrocknet ist. In unserem Land haben die Menschen nicht genügend zu essen, die Geschäfte laufen schlecht, wir leben von der Hand in den Mund, und ihr interessiert euch für den Schleier meiner Frau? Was ist das für ein Benehmen? Habt ihr keinen Anstand? Habt ihr keine Mutter? Keine Schwester?

Die beiden Polizisten lassen nicht locker und verlangen weiter, Aftab-Khanum soll ihren Schleier abnehmen.

Sagen Sie Ihnen, dass ich ihn nach dem Winter ablegen werde, und zwar freiwillig und weil ich es will, flüstert Aftab-Khanum.

Die Polizisten lachen. Freiwillig will die Saifeh ihn ablegen, spottet der ältere. Du bist ein Dummkopf, sagt er zu Eskandar-Agha, weil du deiner Saifeh nicht begreiflich machen kannst, dass das Schleierverbot längst geltendes Gesetz ist und nicht erst nach dem Winter und persönlichem Belieben in Kraft tritt.

Wegen seiner dunklen Haut und weil er den Teheraner Dialekt nicht beherrscht, nennen die Polizisten Eskandar-Agha einen dummen Bauerntrampel.

Ein Wort gibt das andere, die Polizisten wollen die beiden nicht weitergehen lassen. Schließlich reißt einer der Polizisten Aftab-Khanum den Schleier vom Kopf und zieht sie dabei an den Haaren. Aftab-Khanum schreit, hat Angst, schämt sich. Der Polizist wirft ihren Schleier in den schmutzigen Schneematsch, trampelt mit den Füßen darauf herum und lacht.

Ihr Rock reicht bis zum Boden und ist weit, ihr Mantel bedeckt ihren Körper, sie trägt einen dicken Schal, und ein Kopftuch bedeckt ihr Haar, dennoch fühlt Aftab-Khanum sich nackt, hilflos und den beiden ausgeliefert. Sie wimmert wie ein verletztes Tier, schützt ihren Kopf mit den Händen, duckt sich, sieht sich nach einem Versteck um. Eskandar-Agha schlägt um sich, bekommt von den Polizisten mit Knüppeln so heftig eins übergezogen, dass er taumelt. Menschen versammeln sich, manche verteidigen, andere verurteilen sie, manche lachen, andere sehen beschämt weg, aber niemand greift ein in die Fehde zwischen Staatsgewalt und Eskandar-Agha und Frau-Aftab.

Solange wir uns in Teheran aufhalten, werde ich keinen Fuß mehr auf die Straße setzen, sagt Aftab-Khanum, als sie wieder im Schutz ihres Zimmers sind. Ob nun König, Polizist oder sonst wer, keinem Fremden sollte es erlaubt sein, der Frau eines anderen vorzuschreiben, wie sie sich zu kleiden hat.

Eskandar-Agha ist selbst in seiner Ehre und seinem Stolz verletzt, trotzdem versucht er einzulenken, denn er fürchtet, Aftab-Khanum könnte von ihm fordern, dass sie ihre Sachen packen und nach Schiras zurückkehren. Seien Sie nicht so streng, bittet er. Der heilige Prophet ist auch ein Mann gewesen, sagt er und findet sein Argument überzeugend.

Was hat der Prophet mit dem König und seiner Polizei zu tun? Aftab-Khanum kämpft mit den Tränen.

Immerhin ist er der erste Mann gewesen, der den Frauen vorgeschrieben hat, wie sie sich zu kleiden haben. Er hat verkündet, sie sollen sich verhüllen. Und obwohl es ein Mann gewesen ist, der ihnen diese Vorschrift gemacht hat, war es für die Frauen nur von Vorteil, und sie haben seine Anweisungen befolgt.

Was reden Sie denn da? Der Prophet ist der Prophet, ruft Aftab-Khanum aufgebracht. Und der König ist nur ein Sterblicher. Einer, der, wie Sie selbst geschrieben haben, ein Stalljunge gewesen ist, der sich selbst an die Macht gebracht hat und bis heute weniger lesen und schreiben kann als ich, eine Frau, der er glaubt vorschreiben zu können, dass sie keinen Schleier tragen darf. Sie selbst haben gesagt, die Zeiten, in denen der König gottgleich über sein Volk herrschte, sind vorbei. Diese ungebildeten, barbarischen Polizeibeamten, die der König auf die Menschen loslässt, sind eine Beleidigung für jeden. Diese Polizisten haben nicht nur meinen Schleier mit Füßen getreten, sie haben meine Ehre und damit die Ehre meines Mannes, Ihre Ehre, mein verehrter Gemahl, beschmutzt. Und Sie sagen es ja selbst, kein Geringerer als der Prophet hat bestimmt, dass Frauen sich verhüllen sollen. Und dieser selbsternannte König hat die Unverfrorenheit, sich über das Wort und das Gesetz des heiligen Propheten hinwegzusetzen.

Sie hätten den Schleier doch schon bald von sich aus abgelegt. Nun ist es eben nicht das neue Jahr, sondern ein paar Wochen vorher. Welchen Unterschied macht das schon?

Sie haben recht, schimpft Aftab-Khanum. So wahr ich hier sitze, ich wollte es tun, und Sie sind dagegen gewesen und haben gesagt, es ist zu früh für einen derart gewagten Schritt. Heute wurde der Beweis dafür geliefert, dass Sie recht hatten. Es ist zu früh, die Menschen dieses Landes in die Freiheit zu entlassen, ihnen den Fortschritt zu schenken. Was für eine Art von Freiheit soll das sein, die uns mit Gewalt aufgezwungen werden soll?

Obwohl er ihr eigentlich recht gibt, sagt Eskandar-Agha, bitte, Khanum, seien Sie nicht so streng.

Ich habe mir längst einen dieser langen Mäntel aus unserem Laden zurückgelegt, habe genau gewusst, wie ich mein Tuch wickeln würde, und ich habe mich gefreut auf den ersten Tag des neuen Jahres, an dem ich als erste Frau in meiner Familie zum ersten Mal ohne Schleier meinen Fuß auf die Straße setzen würde.

Khanum, bitte, Sie brechen mir das Herz.

Nach dieser Erniedrigung gibt es nichts und niemanden, der mich dazu bringen kann, es zu tun.

Immerhin kann Eskandar-Agha seine Frau überreden, weiterhin in den Basar und in den Laden zu kommen. Allerdings tut sie es nur, wenn er ihr eine geschlossene Droschke bezahlt, damit sie ihren Schleier tragen kann, ohne Gefahr zu laufen, abermals von der Polizei angehalten zu werden. Ich sollte wie in alten Zeiten mein Gesichtstuch wieder tragen, sagt sie.

Das ist mir auch schon passiert, schimpft die Frau, die im selben Hof in einem der Nachbarzimmer lebt. Seit sie mir den Schleier vom Kopf gerissen haben, gehe ich zweimal die Woche in die Moschee, wo ich andere Frauen treffe, denen das gleiche Schicksal widerfahren ist, und wir arbeiten mit den Mullah zusammen. Wir alle sind gegen den König und seine Fortschritte. Kommen Sie mit, sagt die Nachbarin zu Aftab-Khanum. Wir kochen während des gesamten Fastenmonats Essen und geben es nach Sonnenuntergang an die Gläubigen, die an den Prozessionen teilnehmen, aus.

Aftab-Khanoum findet es wunderbar, wie die Jungen und Männer, auf Eseln reitend, die Familie des verehrten Emam-Hossein darstellen und daran erinnern, dass er zusammen mit 72 Angehörigen den Märtyrertod gestorben ist. Es ist beeindruckend, wie Hunderte und Tausende Jungen und Männer durch die Straßen ziehen und sich selbst kasteien, sich mit Ketten auf Rücken und Schultern schlagen, bis sie bluten. Sie rufen den Namen des Propheten mit Inbrunst und würden ihr Leben für ihn geben, schwärmt Aftab-Khanum und regt damit ihren Eskandar-Agah auf.

Khanum, es ist absurd, sich selbst zu kasteien, und zum anderen ist es ein paar Jahrhunderte zu spät, es zu tun. Damals hätten die Gläubigen dem Ruf des armen Emam-Hossein folgen und ihn in seinem heiligen Krieg gegen den Verräter Yazid begleiten sollen. Es ist höchste Zeit, dass wir uns damit abfinden, dass unsere Vorfahren den armen Emam im Stich gelassen haben und er entschieden hat, trotzdem und nur mit einer Handvoll Kinder und Frauen in den Krieg zu ziehen. Gott sei es gelobt, gibt es heute weder den Emam noch eine Schlacht.

Sie beleidigen die heilige Religion, sagt Aftab-Khanum.

Sie irren sich, antwortet Eskandar-Agha. Welchen Sinn hat es, mit zerrissenem Hemd und blutüberströmt durch die Straßen zu gehen? Sie und ich haben den Koran lange genug studiert, um zu wissen, dass derartiges Verhalten mit dem wahren Islam nichts zu tun hat. Nirgendwo hat der gelobte heilige Prophet Selbstkasteiung vorgeschrieben.

Sie sagen das nur, um mir zu widersprechen, sagt Aftab-Khanum.

Eskandar-Agha sieht seiner Frau an, dass sie ihm recht gibt, kann sich darüber aber nicht freuen, denn er fühlt sich genauso niedergeschlagen wie sie.

Es gibt Schlachten, notiert er, aus denen geht niemand als Gewinner hervor.

Fortan lässt Aftab-Khanum keine Gelegenheit aus, den König, seine Gesetze, seine Polizei und seine Ideen von Modernisierung zu verdammen. Und zusammen mit ihm verflucht sie alle Farangi; Atatürk, das Oberhaupt der Türkei, das mit seinem neuen Konstantinopel schuld daran ist, dass Resa-Khan überhaupt erst auf diese obskuren Gedanken, die er modern und fortschrittlich nennt, kommen konnte. Und als sie erfährt, dass auch der König der Afghanen Frauen verbietet, in die Universität, in öffentliche Ämter und Ministerien zu gehen, wenn sie verschleiert sind, verflucht sie auch ihn.

Alles, was unser verehrter König will, ist, unser Land dorthin zu bringen, wo der Rest der Welt, der Westen mit seinen Erfolgen längst ist, versucht Eskandar-Agha seine Frau zu besänftigen.

Was haben Schleier und ein anständiges Hejab mit Fortschritt zu tun?, schimpft Aftab-Khanum. Wollen Sie sagen, ein Stück Stoff kann uns daran hindern, in die Zukunft zu gehen? Nein, Agha. Es kann kein gutes Ende nehmen, wenn ein König sein Volk mit Gewalt irgendwohin treiben lässt, sei es in die Zukunft oder in die Vergangenheit.

Sie wird sich wieder beruhigen, schreibt Eskandar-Agha in seine Notizen. Zeit heilt Wunden.

Viele denken wie ich, sagt sie und geht jede Woche gleich zweimal zum Roseh-Khani in die Moschee, wo sie anschließend zusammen mit anderen Frauen aus der Nachbarschaft betet und kocht und zum Freitagsgebet große Mengen Essen an die Armen verteilt. Und anschließend hockt sie mit ihren religiösen Schwestern im Frauentrakt und pflichtet den Mullah bei, die ungehemmt gegen den König wettern.

Khanum, Sie können das Rad der Zeit nicht anhalten oder gar zurückdrehen. Sogar die anerkannten religiösen Gelehrten wollen den Islam bereinigen und ihn der Moderne angleichen, versucht Eskandar-Agha seiner Frau Vernunft einzureden.

Die sind gekauft, schneidet Aftab-Khanum ihrem Mann das Wort ab.

Am Ende werden Sie wie Ihre Freunde aus der Moschee glauben, Lokomotiven sind unrein, in Telegrafenleitungen gibt es Jinn, und Flugzeuge fliegen, weil Engel sie tragen.

Sehen Sie selbst, sagt Aftab-Khanum und zeigt ihrem Eskandar-Agha Ausschnitte aus der Zeitung. Anstand und Moral sind in unserem Land dem Untergang geweiht, sagt sie kämpferisch. Diese Ausschnitte habe ich für Sie mitgebracht, damit sie Sie in ihre Notizbücher kleben.

Khanum, ich bin schockiert, rutscht es Eskandar-Agha heraus, als er das erste Bild sieht. Es zeigt eine Frau in kurzen Hosen, die ihre nackten Beine dem Betrachter entgegenstreckt. Darunter heißt es: Von jetzt an müssen enge und kurze Hosen Mode werden, sodass jedermann den schönen Anblick der Saba-Strümpfe genießen und bewundern kann.

Und in dieser Anzeige, ruft Aftab-Khanum und winkt mit einem anderen Zeitungsausschnitt, wirbt der Hersteller eines alkoholischen Getränks dafür, dass man jeden Tag ein Glas davon trinken soll, damit man seine Müdigkeit und Schlaffheit loswird. Jetzt sollen wir auch noch vom Propheten verbotenen Alkohol trinken, und der Hersteller dieses Teufelsgetränks darf öffentlich und ohne jede Strafe und Rüge dafür werben.

Das ist allerdings tatsächlich –

Nein, sagen Sie nichts. Sehen Sie hier, flucht Aftab-Khanum. Da wirbt ein Gottloser, der wahrscheinlich nicht von einer Mutter und einem Vater, sondern vom Teufel abstammt, für ein Mittel, das Hadaco heißt. Haben Sie davon schon einmal gehört? Aftab-Khanum sieht ihren Mann so wütend an, als wäre es seine Schuld, dass es dieses Produkt gibt.

Nein, Khanum, ich weiß nicht einmal, was das ist.

Das will ich Ihnen auch geraten haben, schimpft sie. Hadaco ist eine Medizin, mit der man, Allah, vergib mir, sagt sie, beißt sich auf die Lippe und reicht den Ausschnitt ihrem Mann. Ich bringe es nicht über die Lippen, sagt sie, lesen Sie selbst.

Die beste Medizin zur Heilung von sexueller Impotenz und

frühzeitiger Ejakulati-, liest Eskandar-Agha halblaut und sieht seine Aftab-Khanum fassungslos an. Khanum, woher haben Sie das? Soll das heißen, dass Sie und die anderen Frauen zusammen mit den Mullah nach diesen Dingen in den Zeitungen suchen, sie ausschneiden und dann darüber mit wildfremden Männern in der Öffentlichkeit reden?

Sehen Sie, antwortet Aftab-Khanum zufrieden, diese Dinge sollten verboten werden.

Eskandar-Agha betrachtet den Ausschnitt nachdenklich. Eigentlich ist es doch gar nicht so schlecht, wenn ein Mann, der – der, na ja, gewisse Probleme hat, eine Medizin nehmen kann, um einen Sohn zu zeugen, das ist schließlich gottgefällig.

Sie haben Ihren Verstand verloren, schreit Aftab-Khanum und erschrickt vor ihrem eigenen Tonfall. Dass die Farangi unser Petroleum stehlen, ist schon schlimm genug, aber sie sollten uns wenigstens unsere Würde, unsere Gewohnheiten und unseren Glauben lassen.

Ich bin derselben Meinung wie Sie, sagt Eskandar-Agha. Aber es bringt doch nichts, wenn Sie sich auch noch unnötig aufregen.

Sehen Sie hier, sagt Aftab-Khanum und reißt ihrem Mann sein Notizbuch aus der Hand. Wo ist es?, fragt sie und blättert wütend in den Seiten. Da, bitte: Und wir lassen es geschehen. Wissen Sie noch? Ihr alter Meister hat gesagt, die Farangi und Besatzer können im Iran nur deshalb Fuß fassen –

Khanum, bitte verschonen Sie mich –

Nicht nur ich, wir alle sollten uns aufregen und kämpfen, damit wir unser Land, aber auch unsere Würde wieder zurückbekommen, sagt Aftab-Khanum, richtet sich auf wie ein Soldat und erinnert Eskandar-Agha mit ihrem gestreckten und geraden Rücken an den alten Verwalter im Hause des Tigers.

Khanum, mit Verlaub, wenn Sie die Farangi und ihre Lebensart so sehr hassen, wieso kommen Sie dann überhaupt noch in den Laden, schließlich verkaufen wir nichts anderes als die Sachen der Farangi.

Von irgendetwas müssen wir ja leben. Ansonsten, beim Grab des heiligen Emam, hätte ich dieses ganze Farangi-Zeug längst auf die Straße geworfen und verbrannt. Wie damals bei der Tabakrevolte, als die Männer ihre Wasserpfeifen zerschlagen und den Tabak verbrannt haben, sagt Aftab-Khanum.

Es tut mir in der Seele weh, mit ansehen zu müssen, wie Sie leiden, sagt Eskandar-Agha.

Mir tut es auch weh, sagt Aftab-Khanum und weint beinah. Taxifahrer und Droschkenführer, Badehausbesitzer und Besitzer von Restaurants sind angehalten, Frauen wie mich, die sich weigern, ihren Schleier abzulegen, nicht mehr zu bedienen und sofort zu melden. Und die Polizei und die Agenten der Farangi haben ihre Augen überall, sagt Aftab-Khanum.

Bitte, beruhigen Sie sich, bittet Eskandar-Agha und will seine Frau umarmen, aber sie rückt ab von ihm.

Sie können mir glauben. Genauso wie ich hatten viele Frauen sich längst auf den Weg gemacht, das Leben außerhalb der vier Wände ihrer Zimmer und Höfe zu entdecken. Die eine wollte sogar an der Universität studieren, aber man hat es ihr verboten, weil sie den Schleier nicht ablegen wollte. Die andere wollte es mir nachmachen und im Basar einen kleinen Laden eröffnen, aber sie ist eine Witwe und kann ohne Schleier nicht in den Basar. Sie wissen selber, dass die Frauen belästigt und sogar angefasst werden. Meine Schwestern und ich sind in gewisser Weise Vorreiterinnen für die Moderne gewesen, sagt Aftab-Khanum unter Tränen.

Und nun haben Sie sich zusammengeschlossen und drehen mit vereinter Kraft das Rad der Zeit wieder zurück, sagt Eskandar-Agha. Und es gefällt mir auch nicht, dass Sie sich von diesen ungebildeten, selbsternannten Vertretern Gottes ausnutzen lassen.

Ausnutzen lassen? Die Stimme von Aftab-Khanum überschlägt sich und ist schrill.

Ja, ausnutzen lassen. Denn diese Mullah wollen nur den Einfluss und die Macht zurück, die sie seit zwei Jahrzehnten, seit Resa-Khan König ist, Stück für Stück eingebüßt haben. Sie wollen das Parlament und die Gesetze wieder abschaffen. Sie wollen, dass unser Land wieder ins Mittelalter zurückgeht, damit es kein Gesetz außer dem Koran und der Religion gibt und sie selber beides nach eigenem Gutdünken deuten und auslegen und wieder über das Schicksal der Menschen entscheiden können.

Die verehrten Mullah und Akhund sind die Einzigen, die die Verbrechen des Königs erkennen, verteidigt Aftab-Khanum die Geistlichen. Sie durchschauen die Machenschaften und den Betrug des Königs an uns und unserem Land.

Wenn Sie und Ihre Gebetsschwestern auf der Straße andere Frauen attackieren, weil die sich ohne Schleier zeigen, sagt Eskandar-Agha, machen Sie sich nicht nur zum Werkzeug der Mullah. Viel schlimmer ist, Sie spielen auch noch ausgerechnet den Engelissi und Russi, die Sie so sehr hassen und verachten, in die Hände.

Was ist das nun wieder für eine List?, herrscht Aftab-Khanum ihren Mann an.

Das ist keine List, sondern die Wahrheit. Es ist doch ganz einfach. Unser Land hat riesige Mengen Petroleum, und es ist das Tor zur neuen Welt, erklärt Eskandar-Agha. Die Engelissi und Russi wollen den Iran und diesen Teil der Welt nicht verlieren. Aber der König will sie hinauswerfen und selber die Angelegenheiten des Iran in die Hand nehmen. Wer also den König Resa-Khan loswerden will, muss wissen, dass er damit seinen Feinden, also den Engelissi und Russi, in die Hände spielt.

Warum tun sie das?, fragt Aftab-Khanum. Warum wollen die Engelissi und Russi den König loswerden?

Weil er sie aus dem Iran werfen will. Weil er die Almani in den Iran holen will und die Almani sind in diesem großen Krieg, der tobt, der Feind der Alliierten. Ohne den Iran werden die Alliierten den Krieg gegen Deutschland verlieren, erklärt Eskandar-Agha geduldig.

Die Engelissi, Russi und Amrikai brauchen den Iran, um gegen die Almani zu gewinnen?, fragt Aftab-Khanum ungläubig.

Sie haben doch mit eigenen Augen gesehen, wie die Amrikai und Engelissi ihre Waffen und ihr Kriegsgerät, ihre Flugzeuge und Spione mit Schiffen an den Persischen Golf bringen, den Stern der Sowjetunion auf ihre Fahrzeuge und Kampfflugzeuge malen und alles auf die Eisenbahn laden und über tausend Kilometer quer durch den Iran zu den russischen Kriegsverbündeten in den Norden bringen.

Das stimmt, sagt Aftab-Khanum. Aber warum ist das so wichtig?

Sehen Sie hier, sagt Eskandar-Agha, blättert in seinen Notizen und zeigt nun Aftab-Khanum einen Artikel aus der Zeitung. 180 Lokomotiven, 5175 Güterwagen, fünfeinhalb Millionen Tonnen Güter werden über den Iran in die Sowjetunion gefahren, beinah die Hälfte aller Lieferungen kommen aus den USA und Kanada.

Und was haben 180 Lokomotiven damit zu tun, dass ich selbst entscheiden will, ob ich einen Schleier trage oder nicht?

Genau darum geht es, antwortet Eskandar-Agha. Wissen Sie noch: Und wir lassen es geschehen. Warum lassen wir es geschehen? Weil wir keine Bildung haben, weil die Mehrheit der Menschen in unserem Land nicht einmal weiß, dass die Farangi kein Recht haben, unser Land zu plündern. Und damit sie sich immer weiter ungehindert in unserem Land bedienen können, müssen die Alliierten jede Entwicklung und Fortschritt aufhalten, und damit sind sie gegen den König und seine Pläne. Eskandar-Agha hält inne, dann fragt er, und was wollen Ihre Freunde, die Mullah?

Aftab-Khanum sieht auf ihre Hände in ihrem Schoß. Aber wir können doch Fortschritt haben und trotzdem unsere Schleier tragen, sagt sie kleinlaut. Dann sagt sie: Der König erlaubt nur noch Huren, einen Schleier zu tragen.

Khanum, bitte, reden Sie nicht so.

Er zwingt uns statt unserer wunderbaren Ta-zieh-Prozessionen den Karneval auf, und in den Kinohäusern sieht man Farangi-Frauen, die nackt sind und Männer küssen und sich im Liebesspiel zeigen.

Khanum, es ist mir peinlich, wenn Sie diese Dinge sagen.

Aber es gibt diese Dinge, und sie verschwinden nicht, wenn wir darüber schweigen. Für mich ist mein schwarzer Schleier ein Symbol meiner Selbstständigkeit geworden. Ein Zeichen meines freien Willens und meiner Stärke.

Während Aftab-Khanum weiter in die Moschee und in die Suppenküche geht, hütet Eskandar-Agha den Laden und fühlt sich einsam. Bis eines Tages ein Mann zu ihm kommt und ihm einen großen Schreibauftrag erteilt.

Es sind Kaufverträge für Grundstücke und Häuser, erklärt er, ich brauche eine Zweitschrift für das Amt für Registrierungen.

Sobald Eskandar-Agha die Dokumente in Händen hält, springt ihm ein Name ins Auge: Frau-Mahrokh.

Ausgerechnet jetzt, murmelt er und muss sich hinhocken, weil er weiche Knie bekommt. Erst als es so dunkel ist, dass Eskandar kaum noch etwas sehen kann, merkt er, wie viel Zeit verstrichen ist. Er schließt die Holzläden und beeilt sich, nach Hause zu kommen.

Sie sind der einzige Mann, der an nichts und niemanden glaubt, sagt Aftab-Khanum enttäuscht, als er abgehetzt ins Zimmer kommt. Ein Mann braucht eine Passion, eine Idee, höhere Werte, sagt sie.

Höhere Werte als das Leben und die Liebe? Wie viele Frauen, die Sie kennen, werden von ihren Männern geliebt und geachtet?

Ich bin müde, sagt Aftab-Khanum leise und enttäuscht.

Habe ich Ihnen schon mal erzählt, dass alles einen Geschmack hat?, fragt Eskandar-Agha. Nicht nur Essen, auch der Hunger hat einen Geschmack, Steine haben einen Geschmack, sogar der Wind hat einen Geschmack.

Hören Sie auf, theatralisch zu sein, bittet Aftab-Khanum unter Tränen.

Der Geschmack des Windes ist trocken, sagt Eskandar-Agha. Und er trägt Sand mit sich, der sich auf die Zunge legt und zwischen den Zähnen knirscht. Im Norden unserer Heimat trägt der Wind den Geschmack von Salz mit sich. Am schwersten schmeckt der Wind dort, wo ich in diese Welt gekommen bin, er ist getränkt mit dem Geschmack von Schwefel und Naft. Manchmal ist der Wind so heiß und schwer, dass er einem die Luft zum Atmen raubt. Als ich ein kleiner Junge war und meine Mutter gestorben ist, hat der Wind nach Wut geschmeckt, nach Trauer und Verzweiflung. Aber ich habe nicht aufgegeben. Ich bin ein Kind gewesen, allein und hilflos, und ich habe an Wunder geglaubt. Was ich Ihnen damit sagen will, meine Liebe, ist: Das Leben selbst ist der höchste Wert, an den ich glaube.

1941, Eskandar-Agha will seine alte Aftab-Khanum zurück

Auch unsere Heimat wird wieder erschüttert von der Politik der Farangi. Wir haben es kommen sehen: Die Engelissi und Russi schicken noch mehr Soldaten in den Iran. Dieses Mal besetzen sie sogar die Hauptstadt und bringen noch mehr Kriegsmaterial. Zur Allianz gegen die Almani gehören auch die reichen Amrikai. Neben Geld, Kriegsgerät, Soldaten schicken sie eigene Agenten, und sie bezahlen iranische Spitzel und bestechen Abgeordnete.

Iraner, Menschen, die von dieser Heimat sind, verkaufen ihr eigenes Land und ihre eigenen Brüder und Schwestern. Sie lassen sich korrumpieren und manipulieren und werden zu Handlangern der Farangi und Kriegsparteien. Das ist das eigentliche Übel, das eigentliche Verbrechen, schreibt Eskandar-Agha.

Wir leben in einer verrückten Zeit. Iranische, britische, russische, türkische, amerikanische und deutsche Agenten und Spitzel machen in unserem Land Jagd aufeinander. Niemand traut dem anderen, niemand sagt, was er wirklich denkt. Sogar zwischen meiner Aftab-Khanum und mir herrscht eine seltsame Vorsicht und Unehrlichkeit. Ich habe Kriege und Hunger überlebt, und nun verstelle ich mich vor meiner eigenen Ehefrau. Wenn sie neben mir sitzt, bin ich seit Neuestem sogar vorsichtig mit meinen Notizen, schreibt Eskandar-Agha und klappt wie aus einem Reflex heraus seinen Block zu.

Aftab-Khanum sieht nicht einmal von ihrer Näharbeit auf, lächelt nur wissend und sagt, früher haben Sie mir Ihre Notizen vorgelesen.

Ich habe notiert, dass alles so gekommen ist, wie ich es vorhergesehen habe, sagt Eskandar-Agha.

Lesen Sie.

Aber das führt doch nur dazu, dass wir uns wieder streiten.

Es wird zu einem Streit kommen, wenn Sie mir nicht vorlesen.

Eskandar-Agha zwingt sich zu einem Lächeln und liest.

Alman, der Erzfeind der Alliierten, ist der größte und wichtigste Handelspartner des Iran geworden. Das ist gut, aber es ist auch gefährlich, denn die Alliierten fürchten, König Resa-Khan könnte mit Hilfe der Deutschen ihrer Besatzung und damit den lukrativen Gewinnen ein Ende bereiten. Sie haben von Resa-Khan gefordert, alle deutschen Bürger des Landes zu verweisen. Er hat sich geweigert. Daraufhin haben die Alliierten gezeigt, wer die wirklichen Herren im Land sind. Eigenhändig haben sie die Botschaft und alle anderen Einrichtungen der Almani geschlossen, alle Bürger Almans verhaftet und interniert und dann des Landes verwiesen.

Und dann haben die Botschafter der Russi und Engelissi eines Nachts den Außenminister aufgesucht und ihm mitgeteilt, dass die Truppen der Engelissi und Russi jeweils vom Norden, Westen und Süden die Grenzen zum Iran überschritten haben, liest Eskandar-Agha, zögert, will seinen Block schließen, liest dann aber doch weiter.

Meine Aftab-Khanum und ihre Mullah-Freunde haben gesiegt. Zusammen mit den Alliierten haben sie erreicht, was sie angestrebt haben. Die Alliierten verlangen, König Resa-Khan soll seine Krone niederlegen und das Land verlassen. Ich bete zu Gott, meine Aftab-Khanum möge sich nun besinnen, und sie und ich werden uns versöhnen und unser eigenes kleines Leben in Frieden leben.

Unser kleines Leben in Frieden leben, murmelt Aftab-Khanum, ohne von ihrer Näharbeit aufzusehen.

Ich muss in den Laden zurück, sagt Eskandar-Agha. Werden Sie mich begleiten?

Nein, antwortet sie, sieht ihn immerhin kurz an und sagt, ich habe Rückenschmerzen.

Dann also bis heute Abend, verabschiedet er sich.

Bis heute Abend, sagt sie.

Doch statt in den Laden zu gehen, geht Eskandar-Agha ins Teehaus. Im Laden ist ohnehin nichts los, sagt er zum Zahnarzt, der ebenfalls dort sitzt und zusammen mit den anderen Männern, deren Geschäfte ebenfalls nicht laufen, Rundfunk hört und sich über den Krieg und den König und das Naft und die Besatzung unterhält.

Nur zwanzig Tage nach der dreisten Aufforderung, seinen Thron zu verlassen, erreichen die Engelissi tatsächlich, dass der Monarch sich ihrem Diktat beugt und seine Krone niederlegt.

Sie zwingen das iranische Parlament, eine Dringlichkeitssitzung abzuhalten, das Ende der Herrschaft König Resa-Khans zu beschließen, und sie schicken den alten König in ihre Kolonie nach Johannesburg. Nachfolger des Königs wird sein einundzwanzig Jahre junger Sohn, Mohammad-Resa.

Geschichte wiederholt sich, sagt Eskandar-Agha im Teehaus. Damals haben sie den König der Qajaren abgesetzt und seinen zwölf Jahre jungen Sohn zu seinem Nachfolger gemacht. Heute setzen sie Resa-Khan ab und machen seinen einundzwanzig Jahre alten Sohn zum König.

Jetzt haben die Engelissi ein noch leichteres Spiel, sagt der Zahnarzt. Mohammad-Resa ist nicht nur jung, er hat auch noch einen schwachen Charakter.

Ohne die Hilfe der Farangi wäre er niemals an die Macht gekommen, sagt der Teehausbesitzer. Jemand, der so lange im Ausland gelebt hat, kann doch nicht sein Land führen. Der hat doch keine Ahnung, was die Interessen seines Volkes sind, und gegen die Farangi wird er sich auch nicht durchsetzen können.

Eskandar-Agha sagt, am allerwenigsten kennt er die Bedürfnisse der Landbevölkerung, und die machen schließlich die Mehrheit unseres Volkes aus. Wahrscheinlich wissen die Menschen in den abgelegenen Dörfern nicht einmal, dass es einen neuen König gibt, sagt Eskandar-Agha.

Anders als die Männer im Basar und im Teehaus ist Aftab-

Khanum zufrieden, dass der alte König weg ist und sein Sohn die Macht übertragen bekommen hat. Sie geht nicht mehr in die Moschee und spricht nun beinah über nichts anderes mehr als über den jungen und, wie sie findet, attraktiven neuen König Mohammad-Resa.

Der arme Junge tut mir leid, sagt sie. Schließlich ist es für einen jungen Mann nicht leicht, alleine gegen zwei Großmächte und all die anderen Farangi anzukommen. Und dann muss er auch noch mit dem Argwohn des eigenen Volkes fertig werden, sagt sie und sieht ihren Eskandar-Agha beinah vorwurfsvoll an.

Wenn er auch nur einen Funken Verstand hat, sagt Eskandar-Agha, wird er mit dem Parlament zusammenarbeiten. Wäre ich an seiner Stelle, ich würde mich mit dem Abgeordneten Dr. Mohammad Mossadegh verbünden. Der ist klug und gebildet und gehört zu den wenigen, die sich nicht kaufen lassen. Und er hat genügend Kraft und Autorität, mit der er sich gegen die Farangi durchsetzen kann.

Die Mullah haben in der Moschee von ihm gesprochen, sagt Aftab-Khanum. Sie sagen, Mossadegh hat sich mit dem Vater unseres jungen Königs überworfen und musste deswegen ins Ausland fliehen. Die Mullah sagen, Mossadegh ist ein Mann, dem wir vertrauen können.

Eskandar-Agha kann seinen Unmut nur schwer verbergen, als er sagt, fragt sich, wie lange Sie und Ihre Mullah-Freunde dieser Meinung sein werden. Dr. Mossadegh ist nämlich ein furchtloser Kämpfer, der sich niemandem beugt. Er hat die Jahre im Exil genutzt, um internationales Recht zu studieren.

Was wollen Sie damit sagen?

Dass der verehrte Mossadegh mehr als jeder andere sich dafür einsetzen wird, dass nur noch studierte Richter und Anwälte und kein ungebildeter Mullah und Akhund Ehen besiegelt, Besitzverhältnisse regelt und willkürlich und nach eigenem Gutdünken über Recht und Unrecht entscheidet.

Zur Überraschung von Eskandar-Agha sagt Aftab-Khanum

freundlich, machen Sie sich keine Sorgen. Seit der alte König weg ist, habe ich keinen Feind mehr. Und damit Sie es wissen, in unseren neuen König setze ich große Hoffnung. Alles, was meine Nachbarinnen und ich wollen, ist, dass seine hübsche Frau recht bald einen Sohn bekommt, damit er einen Nachfolger für seinen Pfauenthron hat.

Verstehe einer die Frauen, sagt Eskandar-Agha und kann sich ein Lächeln nicht verkneifen. Sie haben den Armen verhöhnt, als er Prinzessin Fauzieh, die Schwester König Faruks von Ägypten, geheiratet hat. Sie und Ihre Schwestern haben gesagt, dass er sie nur aus politischen und taktischen Gründen genommen hat. Und jetzt beten Sie zu Gott, dass er dem Paar einen Sohn schenken möge? Und was den Pfauenthron betrifft, der gehört nicht Mohammad-Resa persönlich. Genau genommen gehört er nicht einmal den Iranern, sondern ist Diebesgut, das einer der früheren Könige bei einem seiner Feldzüge dem Volk der Inder entwendet hat.

Sehen Sie, sagt Aftab-Khanum, das ist ein Unterschied zwischen Frauen und Männern. Wir sind weniger nachtragend, und wir denken differenzierter als Sie. Als Mohammad-Resa seine Fauzieh heiraten musste, war es der Wille seines Vaters, und das haben wir verurteilt. Aber jetzt ist er unabhängig und kann selbst entscheiden. Und soweit es mich betrifft, hat er mir noch nichts Schlimmes angetan, und so wünsche ich ihm nur das Beste. Und was den Pfauenthron angeht, so hat jedes Land zu irgendeinem Zeitpunkt einem anderen Land etwas weggenommen. Und jetzt gehört der Pfauenthron uns, und ich wünsche mir einen Thronfolger.

Bitte, lassen Sie uns nicht wieder streiten, sagt Eskandar-Agha. Hauptsache, Sie und ich sind gesund und leben in Frieden miteinander.

Mir ist schon klar, was Sie sich darunter vorstellen, wenn Sie sagen, in Frieden miteinander leben. Sie wollen damit sagen, dass ich meine Zeit ausschließlich mit Ihnen verbringen soll, Ihnen im Laden helfe, mich um Sie kümmere, Sie täglich mit köstlichen

Gerichten verwöhne, Ihren Rücken massiere und nur für Ihr Wohlbefinden da bin. Aftab-Khanum ringt nach Luft, bevor sie weitersprechen kann. Wissen Sie, eigentlich mag ich es, von meinem Mann gebraucht zu werden, aber ich habe mehr zu geben, als nur die Dienerin meines Ehemanns zu sein. Ich verfüge über genügend Energie, um meinen Landsleuten und meiner Heimat zu dienen.

Bevor Eskandar-Agha auch nur beginnt zu begreifen, was seine Frau jetzt nun wieder ausheckt, fragt sie, Sie haben mir doch neulich von diesen Schulen erzählt, die, in denen erwachsene Männer und Jungen und sogar Frauen lesen und schreiben lernen können.

Khanum, ich selber habe Ihnen alles beigebracht, was Sie wissen müssen. Sie können mir glauben, in diesen Abendschulen werden Sie nichts Neues erfahren, was Sie nicht schon längst wissen.

Um mich geht es nicht.

Großer Gott, Sie machen mir Angst. Sie wollen doch nicht etwa wieder irgendetwas Neues mit ihren religiösen Schwestern und diesen unausstehlichen Mullah und Akhund beginnen.

Sie selbst sind vor etwas über dreißig Jahren Zeuge gewesen, wie das erste Naft aus der Erde unserer Heimat gesprudelt ist, sagt Aftab-Khanum. Sie weiß, wie sehr ihr Mann es liebt, dafür bewundert zu werden.

Seither und dank des Petroleums hat es große Veränderungen in der Welt und auch in unserer Heimat gegeben. Sie selbst sagen, in den achthundert und mehr Jahren bis zu diesem denkwürdigen Tag hat es in diesem Teil der Welt so gut wie keinen Fortschritt gegeben. Überall in der Welt hat es technische und gesellschaftliche Entwicklungen gegeben. Hier aber leben die meisten Menschen noch immer wie vor Hunderten von Jahren. Wie Sie selbst geschrieben haben: Dieses Naft ist ein Segen und ein Fluch zugleich. Es hat vielen Menschen und vor allem den Farangi großen Reichtum beschert. Doch die Menschen in unserem Land sind noch immer ungebildet und arm, sie sterben vor Hunger, und ihre Kinder werden von Krankheiten dahingerafft.

Khanum, wir sitzen nicht im Parlament, also verschonen Sie mich, und kommen Sie zur Sache.

Nun, sagt Aftab-Khanum, nehmen Sie sich selbst als Beispiel. Statt zuerst Geschichtenerzähler, dann Schreiber und schließlich Verkäufer von Gebrauchtwaren der Farangi zu werden, hätten sie Übersetzer der Petroleumsucher werden können. Oder Sie hätten sich das Wissen und die Fähigkeit aneignen und selbst Naft-Sucher oder sogar Ingenieur werden können. Dann wäre es Ihnen möglich gewesen, bei den großen und wichtigen Entscheidungen mitzureden und die Entwicklung unserer Heimat mitzubestimmen.

Khanum, was reden Sie da? Ich kann von Glück sagen, dass ich überhaupt noch am Leben bin. Und was sind das überhaupt für Anschuldigungen? Ich habe Sie vor fünfzehn Jahren zur Frau genommen, das heißt, eigentlich ist es ja andersherum gewesen, Sie haben sich entschieden, mich zum Ehemann zu nehmen. Und jetzt, nach all dieser Zeit, haben Sie mit einem Mal das Gefühl, ich hätte nicht das Richtige getan und sollte einen anderen Beruf haben?

Das Einzige, was ich will, ist, mich für mein Land und seine Leute einzusetzen, damit die Farangi uns nicht bis zum Tag des Jüngsten Gerichts ausbeuten können, sagt Aftab-Khanum und sieht ihren Eskandar-Agha entschieden an. Wir brauchen ehrliche Menschen aus dem Volk, die gebildet sind und deren Herz für ihre Heimat schlägt.

Was geht uns das Volk an?, fragt Eskandar-Agha und ärgert sich über sich selbst, weil er weiß, dass seine Frau recht hat.

Aha, sagt sie triumphierend. Wer ist denn Ihrer Meinung nach das Volk? Sie und ich sind Teil dieses Volkes. Und genauso wie alle anderen in diesem Land haben auch Sie und ich eine Verantwortung. Und ich finde, es ist höchste Zeit, diese wahrzunehmen. Aftab-Khanum sieht ihren Mann mit festem Blick an und sagt, ich möchte, dass Sie sich mir nicht in den Weg stellen.

Ihnen in den Weg stellen? In den Weg wohin?

Ich möchte die Prüfung ablegen.

Welche Prüfung?

Ich möchte die Prüfung ablegen, die mich befähigt, Lehrerin an der Abendschule zu werden. Lehrer ist ein ehrbarer Beruf, sagt sie, und bevor Eskandar-Agha richtig begreift, wovon sie spricht, sagt sie, und ich finde, Sie sollten das Gleiche tun.

Was sollte ich auch tun?

Statt alte Sachen der Farangi zu verkaufen, sollten sie ebenfalls Lehrer werden und Ihrem Leben einen Sinn geben. Der Unterricht findet am Abend statt, sodass wir fürs Erste nicht einmal den Laden schließen müssen. Was halten Sie davon?, fragt sie mit einem fröhlichen Lächeln, als hätte sie ihren Mann gefragt, ob er noch ein Gläschen Tee möchte. Überlegen Sie, wäre damals, als Sie ein kleiner Junge waren, jemand da gewesen, der Sie an die Hand genommen, Sie unterstützt hätte, wären Sie heute vielleicht wirklich Ingenieur, Anwalt oder sogar Abgeordneter im Madjless, vielleicht auch Richter oder Berater des Königs.

Das hätte ich wirklich werden können, wenn der verehrte Mesterr-Richard, von dem ich Ihnen oft erzählt habe, mich nicht auf derart niederträchtige Weise im Stich gelassen hätte.

Seien Sie nicht ungerecht, er hat Sie in die Stadt und zum Mullah in den Unterricht geschickt, er hat Ihr Essen und Ihre Unterkunft bezahlt, und nach allem, was ich von Ihnen weiß, haben Sie ihm zu verdanken, dass Sie überhaupt noch am Leben sind.

Eskandar-Agha überlegt, ob er nicht endlich seiner Aftab-Khanum von Roxana und dem wahren Grund, warum der Kanadier ihm eine Weile unter die Arme gegriffen hat, erzählen sollte. Aber dann würde sie ihn fragen, was aus Roxana geworden ist, und er müsste ihr von Mahrokh-Khanum berichten. Inzwischen weiß Eskandar-Agha selbst nicht mehr, warum er seiner Frau die ganze Geschichte nicht längst erzählt hat. Aber würde er jetzt nach so langer Zeit darüber sprechen, würde er nur ihren Argwohn wecken. Und das alles wegen einer Angelegenheit, die auch für ihn ihre Bedeutung verloren hat. Sie verstehen nicht, sagt Eskandar-Agha, ohne zu wissen, was er als Nächstes sagen soll.

Was verstehe ich nicht?

Ach, nichts, antwortet Eskandar-Agha traurig.

Es tut mir leid, sagt Aftab-Khanum, dass Sie als Kind ein schwieriges Leben hatten, Ihre Eltern und Ihr Heimatdorf so früh verloren haben und Ihr Farangi-Freund sie nicht länger unterstützt hat. Allerdings sind Sie nicht mehr der kleine Junge von damals und für Ihr Leben und Ihr Schicksal nunmehr selbst verantwortlich. Und bei allem Leid, das Sie erdulden mussten, hatten Sie unendlich viel Glück. Es geht Ihnen gut, denn eigentlich ist Ihr Leben in relativ ruhigen Bahnen verlaufen. In diesem Land leben Menschen, die nicht wissen, wie sie den nächsten Tag überstehen und wovon sie ihre Kinder ernähren sollen. Agha, es ist an der Zeit, die Dinge zu sehen, wie sie sind, und Dankbarkeit zu zeigen.

Khanum, was erlauben Sie sich? Niemand hat mir etwas geschenkt. Alles, was ich besitze, habe ich aus eigener Kraft erreicht.

Sie sind ein erwachsener Mann von vierzig Jahren, der sein bisheriges Leben gut gemeistert hat, aber niemand baut aus eigener Kraft allein sein Leben auf, widerspricht Aftab-Khanum. Sie sind, was Sie sind, weil Sie Teil eines großen Ganzen sind. Sie haben diesem Land und seinen Menschen, dieser Erde und dem Himmel viel zu verdanken. Aber ich will mich nicht mit Ihnen streiten. Ich habe gesagt, was ich zu sagen habe. Es steht mir nicht zu, Ihnen Vorschriften zu machen. Ich weiß nur, jeder von uns trägt die Verantwortung für sein eigenes Schicksal und das dieses Landes, und ich werde zu dieser Verantwortung stehen.

Khanum, Sie enttäuschen mich. Noch nie hat ein Mensch derart kränkend zu mir gesprochen. Sie werden verstehen, wenn ich mich zurückziehe, sagt Eskandar-Agha und geht hinaus in den Hof. Er ist froh, dass kein Nachbar dort ist, zündet eine Laterne an, setzt sich an das kleine Wasserbecken in der Hofmitte, sieht den Goldfischen darin eine Weile zu und schreibt, meine Sonne und ich sind zwei kleinen Booten gleich in einen Sturm geraten und werden nun von den Wellen auf und ab geschleudert.

Mossadegh, Spione und noch mehr Geheimnisse

Am nächsten Morgen begleitet Aftab-Khanum ihren Eskandar-Agha nicht in den Laden, dennoch wird es kein so betrüblicher Tag, wie er befürchtet hatte. Denn es gibt interessante Neuigkeiten, die ein reges Kommen und Gehen und heftige Gespräche im Basar auslösen. Der als unbestechlich geltende Dr. Mohammad Mossadegh hat verkündet: Ich werde mich für die vollständige Souveränität des Iran einsetzen.

Er will, dass alle Farangi, die Engelissi, Russi und Amrikai das Land verlassen und den Iran als das anerkennen, was er laut Verfassung ist: ein unabhängiger Staat.

Erklär uns, bitten die Männer im Basar Eskandar-Agha, weil er noch immer zu den wenigen gehört, die lesen und schreiben können, welche Nachteile hat diese Ankündigung für uns und unsere Geschäfte und den Basar?

Wieso Nachteile? Es hat nur Vorteile für uns, erklärt Eskandar-Agha. Die alten Verträge, die Mozzaffar od-Din Schah auf sechzig Jahre mit den Engelissi abgeschlossen hat, sind absurd, ungerecht und nicht legitim, erklärt Eskandar-Agha die Worte des Abgeordneten. Er sieht in die Runde und genießt es, dass alle Blicke auf ihn gerichtet sind und alle ihm aufmerksam zuhören. Doch dann entdeckt er den Anwalt, der in der hinteren Ecke sitzt. Schnell sagt Eskandar-Agha, ich bin nur ein einfacher Basari. Lassen Sie uns den verehrten Anwalt fragen, schließlich hat er in Farangestan studiert und versteht mehr von diesen Dingen als wir alle zusammen.

Die Männer nicken und sehen zum Anwalt, der sich allerdings ziemlich viel Zeit lässt, bevor er endlich spricht. Diese Dinge, wie

Sie sie nennen, beginnt er und schlürft von seinem Tee. Diese Dinge sind selbst für diejenigen von uns, die ein paar Jahre im Ausland studiert haben, nicht leicht zu durchschauen.

Wieder nicken die Männer, alle schauen gebannt zum Anwalt.

Was Mossadegh meint, wenn er von Parteien, Freiheit, Selbstbestimmung, Wahlen und dergleichen spricht, ist selbst für einen wie mich schwer zu verstehen, sagt der Anwalt, lehnt sich zurück und will mit seinen Erklärungen fortfahren, als der Teehausbesitzer ihn unterbricht.

Also dann werde ich das Mittagessen für die Herren bringen, ruft er. Und hoffen wir, dass wenigstens der verehrte Mossadegh selber versteht, was er mit den Dingen meint, die er in den Zeitungen sagt.

Er hat recht, wirft einer der Männer ein. Was geht es uns an, was die im Madjless machen? Zwei Spieße Kebab und Reis mit Joghurt für mich, bitte. Ich muss zurück in meinen Laden, denn mit Reden werde ich mein tägliches Brot nicht verdienen.

Zufrieden darüber, dass die Männer wieder Bestellungen aufgeben, stochert der Teehausbesitzer in der Kohle seines Manqal, spießt frisches Lammfleisch und Gehacktes auf und legt frische Tomaten auf den Rost.

Der Anwalt lässt beleidigt sein halb volles Teeglas stehen, zahlt und geht.

Die Männer essen genüsslich ihre Fleischspieße mit Reis und frischem Brot aus dem Ofen, als der neue junge Mullah auftaucht. Wie immer freundlich lächelnd und noch bevor er sich setzt, ruft er, Männer hört mir zu.

Die Männer wenden sich ihm zu, denn trotz seiner Jugend respektieren sie ihn. Er hat den Koran studiert, kennt sich aber auch in weltlichen Fragen aus. Aber vor allem mögen die Männer ihn, weil er bescheiden und ehrlich ist, ihnen nicht ständig Vorhaltungen macht und ihnen ihr Geld nicht abknöpft. Außerdem packt er zu, wo immer es etwas zu tun gibt.

Verehrte Freunde, ruft er, wie Sie wissen, ist der verehrte

Mossadegh kürzlich in die Heimat zurückgekehrt und ist jetzt Abgeordneter des Parlaments. Er hat alle Bürger des Landes aufgerufen, ihn in seinem Kampf für die Unabhängigkeit und Freiheit unserer Heimat zu unterstützen. Ich möchte einen Brief an ihn schreiben und ihm meine Dienste anbieten und euch, meine lieben und verehrten Freunde, möchte ich einladen, es mir gleichzutun.

Zwei Männer heben die Hand und sagen sofort ihre Unterstützung zu. Schreib den Brief, wir werden unseren Fingerabdruck daruntersetzen.

Agha-Eskandar, sagt der junge Mullah, ich habe Papier und einen Bleistift, bitte seien Sie uns behilflich.

Eskandar-Agha weiß, dass der Mullah zu den Besten seiner Zunft gehört, dass er dennoch nicht lesen und schreiben kann, ist nicht ungewöhnlich. Gib her, sagt er, ohne zu zögern, und lässt sich den Brief diktieren.

Während Eskandar-Agha in seiner schönsten Schrift schreibt, stellen die Männer dem Mullah die gleichen Fragen, die sie zuerst Eskandar-Agha und dann dem Anwalt gestellt haben.

Ich bin kein Fachmann, sagt der junge Mullah ohne Umschweife, aber ich denke, eine Partei ist etwas Ähnliches wie eine Religion, nur dass sie nicht von Gott und dem Propheten kommt, sondern von einem Menschen.

Heißt das, der verehrte Mossadegh will unserer Religion den Kampf ansagen?, fragt der Teehausbesitzer.

Das lässt er besser bleiben, sagt der junge Mullah, denn es gibt nur eine Religion und nur einen Propheten. Ich glaube eher, die Partei braucht man, um Angelegenheiten der Regierung zu regeln und die Farangi aus unserem Land zu werfen.

Dann ist die Partei etwas Gutes, stellt der Teehausbesitzer zufrieden fest.

Davon bin ich überzeugt, antwortet der junge Mullah und diktiert: Wir alle stehen Ihnen, verehrter Agha-Mossadegh, zu Diensten. Wir werden Ihnen folgen und Sie unterstützen. Unseren Wunsch und Willen, Ihnen zu helfen, bekräftigen wir mit unseren Siegeln und unserem Fingerabdruck. Wir werden zur Stelle sein, sobald Sie jemanden schicken und uns rufen. Sie finden uns im Basar entweder im Teehaus oder in der Moschee.

Und nun, ruft der Mullah, kann, wer will, seinen Siegel oder seinen Fingerabdruck an die Stelle setzen, wo Eskandar-Agha den Namen des jeweiligen schreibt. Agha-Djamshid, Besitzer des Teehauses. Mullah-Hossein, Akhund. Seyyed Ali, Gewürzverkäufer. Agha-Eskandar, Händler und Schreiber.

Mein Kopf und meine Hände sind ständig beschäftigt, sagt der Stoffdrucker. Ich halte mich aus Angelegenheiten der Landesführung heraus. Habe weder Zeit, lange über irgendwelche Dinge nachzudenken oder zu diskutieren, noch um zu irgendeinem Agha zu gehen und ihm zu Diensten zu sein, falls er mich braucht und nach mir schickt. Gott schenke euch Frieden, verabschiedet er sich und geht.

Der ältere Mullah und der Dallack aus dem Hammam sind gegen Mossadegh. Wir werden ihn nicht unterstützen, sagen sie. Das ist ja doch nur ein Verrückter, sagt der alte Mullah. Außerdem macht er den großen Fehler, sich mit den Kommunisten zu verbünden.

Was sind Kommunisten?, rufen ein paar Männer.

Das weiß doch jedes Kind, sagt der alte Mullah. Die Tudeh ist von den gottlosen Russi erfunden worden. Jedes Kind weiß, was die Russi in all den Jahren in unserem Land angerichtet haben. Das reicht mir, sagt der Alte. Jedenfalls ist es ein Fehler, dass unser König diesen Mossadegh überhaupt als Abgeordneten zulässt.

Bis eben hast du nicht gewusst, was eine Partei ist, sagt der Gewürzhändler zum alten Mullah, jetzt willst du wissen, dass Mossadegh gemeinsame Sache mit diesen Kommunisten aus Russland macht?

Dieser Mittag bleibt Eskandar-Agha und auch vielen der anderen Männer in guter Erinnerung, denn wie unterschiedlich auch immer ihr Stand und ihre Einstellung ist, an diesem Tag fühlen sie sich wie Brüder, vereint durch einen Wunsch: Sie wollen Frieden und in Ruhe ihr Leben führen.

Ein ganzes Jahr kämpft Mossadegh für seine Ideen und Pläne, er streitet, hält flammende Reden, verhandelt, doch die Briten lassen sich nicht einmal auf Gespräche mit ihm ein, geschweige denn auf seine Forderung, den Iran an den Gewinnen aus der Erdölförderung und den Profiten der Anglo Iranian Oil Company zu beteiligen. Mossadegh antwortet mit einem klugen Schachzug und fordert, die demokratische Verfassung von 1906 wieder einzuführen.

Das freut Eskandar-Agha, denn nun kann er im Teehaus voller Stolz die Geschichten erzählen, wie er als kleiner Junge dabei gewesen ist, um für genau diese Verfassung, der ersten im Iran, zu kämpfen. Zusammen mit den Reitern und Freiheitskämpfern bin ich nach Esfahan und Teheran geritten und habe die Männer mit meinen Gesängen, Geschichten und Rezitationen aus dem Koran ermutigt, erzählt Eskandar-Agha, lächelt zufrieden und legt seine Hände auf seinen inzwischen nicht mehr ganz flachen Bauch.

Ich wünschte, Sie wären heute dabei, sagt Aftab-Khanum. Ich jedenfalls habe es getan.

Sie haben es getan? Was haben Sie getan?

Und ich nehme in Kauf, großen Ärger mit Ihnen zu bekommen, aber das ist mir die Sache wert, antwortet sie und versucht das Zittern ihrer Hände zu verbergen.

Die Sache? Khanum, Sie machen mich nervös, welche Sache?

Ich hatte Ihnen von der Abendschule erzählt, sagt sie mit bebender Stimme. Nun, ich habe mich für die Lehrerinnenprüfung angemeldet.

Gegen meinen ausdrücklichen Willen haben Sie es getan?

Und ich habe die Prüfung bestanden. Sogar mit Bravour, sagt Aftab-Khanum. Ich werde nicht klein beigeben und die Stelle, die man mir angeboten hat, annehmen, sagt sie voller Stolz.

Eine Stelle? Sie wollen schon wieder Mann und Haus verlassen?

Die Abendschule, für die ich eingeteilt worden bin, befindet sich gleich in der nächsten Gasse, und ich habe bereits mit dem Sohn unseres Nachbarn vereinbart, dass er mich hinbringt und nach Hause begleitet, falls Sie es nicht tun möchten.

Bevor ich entscheide, ob ich Sie von irgendwo abhole oder nicht, möchte ich wissen, aus welchem Grund Sie sich meinem ausdrücklichen Wunsch widersetzt haben.

Meine Schüler sind einfache Jungen und Männer, denen das wenige, was sie hatten, genommen worden ist, sie sind Bauern gewesen, nun leben sie teilweise auf den Straßen der Stadt, sagt Aftab-Khanum wie eine, die sich ihre Worte lange überlegt hat. Diese Jungen und Männer wollen aber nicht aufgeben. Sie wollen nützliche Mitglieder der Gesellschaft werden, ihnen fehlt aber das nötige Wissen. Als der Vater des derzeitigen Königs Großgrundbesitzer enteignet hat, hat er es nämlich versäumt, sich um die Leibeigenen, die Bauern, die von einem Tag auf den anderen alleingelassen worden sind, zu kümmern.

Wem sagen Sie das? Schließlich ist es mir nicht anders gegangen, sagt Eskandar-Agha. Wir hatten nichts, weder Tiere noch Werkzeuge, kein Saatgut und nicht einmal Essen, selbst Wasser hatten wir keines.

Sehen Sie?, sagt Aftab-Khanum. Irgendjemand muss den armen Menschen in unserem Land helfen. Die Prüfer haben berichtet, dass jedes vierte Kind in unserem Land stirbt, bevor es fünf Jahre alt ist, und wenn sie das Glück haben zu überleben, lernen drei von vier Kindern niemals lesen und schreiben. Aftab-Khanum sieht ihren Mann mit Tränen in den Augen an, und Eskandar-Agha sackt in sich zusammen.

Er weiß, wenn sie über Kinder und deren hartes Schicksal spricht und erst einmal so traurig ist, dass sie Tränen in den Augen hat, kann nichts und niemand mehr seine Aftab-Khanum davon abhalten, das zu tun, was sie sich in den Kopf gesetzt hat.

Die wenigen Glücklichen, die den Weg in die Abendschulen finden, brauchen mich, sagt sie. Eskandar-Agha, ich weiß, was für ein gütiger Mensch Sie sind, und ich weiß auch, dass das Schicksal dieser Menschen Sie an Ihr eigenes erinnert, und genau deshalb weiß ich auch, Sie werden mir nicht im Weg stehen und mir Ihren Segen geben.

Khanum, genauso gut hätten Sie mir auch das Messer an die Kehle setzen können. Wer kann da noch Nein sagen?

Ich habe es gewusst, sagt Aftab-Khanum. Ich danke Ihnen und Allah.

Gott hat nichts damit zu tun, murmelt Eskandar-Agha, schlägt wütend seine Notizen auf und beginnt mit kratzender Feder und ohne noch einmal aufzublicken zu schreiben.

Als Aftab-Khanum sich draußen im Hof am kleinen Becken wäscht und für das letzte Nachtgebet vorbereitet, sieht sie durchs Fenster zu ihrem Mann und betet, dass er sein Wort hält und ihr nicht doch noch einen Strich durch die Rechnung macht.

Meine Aftab-Khanum hat recht, notiert Eskandar-Agha, aber ich fühle mich einsam und verlassen. Es gefällt mir nicht, dass sie andauernd etwas Neues macht und ich nach wie vor alte Kleidung verkaufe. Ich mag es nicht, dass sie glücklich ist und ich nicht.

Suchen Sie sich doch auch eine neue Aufgabe, ermutigt Aftab-Khanum ihn und strahlt voller Energie und Zufriedenheit.

An manchen Abenden holt Eskandar-Agha seine Sonne abends von der Schule ab und beobachtet mit Bewunderung, aber auch mit Neid, wie seine Frau den Jungen und Männern begegnet. Sie spricht ihre Schüler respektvoll mit Herr und, falls sie einen haben, den Nachnamen an, und die Schüler achten und schätzen sie ihrerseits.

Es sind Menschen wie Sie und ich, sagt sie. Was ihnen in ihrem bisherigen Leben gefehlt hat, sind Gelegenheiten, um mit ihrem Leben etwas Sinnvolles anzufangen.

Das wird sich erweisen, nachdem sie den Unterricht bei Ihnen absolviert haben, sagt Eskandar-Agha, denn spätestens dann müssen sie sich eine Arbeit suchen und ihr tägliches Brot verdienen.

Dass sie Kraft haben und durchhalten können, haben sie bereits bewiesen, verteidigt Aftab-Khanum ihre Schüler. Trotz aller Schwierigkeiten haben diese Jungen und Männer nicht aufgegeben, haben ihre sterbenden Dörfer verlassen und sich auf den Weg in eine für sie vollkommen unbekannte Welt gemacht. Sie haben all ihre Ängste überwunden und ihre Frauen und Kinder am Rand der Stadt in Baracken und Löchern, die sie in den Boden oder den Berg gegraben haben, zurückgelassen, um hier zu arbeiten und in die Schule zu gehen. Sie selbst leben auf Baustellen, in halb fertigen Räumen oder schlafen auf der Straße. Den ganzen Tag schaufeln sie Sand, stampfen Mörtel, brennen und legen Ziegel, sei es in der sengenden Sonne des Sommers oder der klirrenden Kälte des Winters, wo ihnen die Finger beinah absterben. Nach zwölf und mehr Stunden Arbeit sind sie müde und erschöpft. Trotzdem finden sie die Kraft und kommen abends in meinen Unterricht. Es gibt Tausende und Abertausende dieser Menschen in unserem Land.

Schade, dass Sie nicht mich ein wenig bewundern wie diese Menschen, sagt Eskandar-Agha.

Hören Sie auf, sich selbst zu bemitleiden. Natürlich bewundere ich Sie, sagt Aftab-Khanum und gähnt dabei halb absichtlich, halb unabsichtlich.

Damit es so aussieht, als störte ihn das Gähnen nicht, gähnt Eskandar-Agha ebenfalls und streckt sich. Ein wenig Bewunderung habe ich in der Tat verdient, sagt er. Ich kenne keinen anderen Ehemann, der es hinnimmt, dass seine Frau ihn Abend für Abend allein lässt und ihre Zeit mit einer Horde wildfremder Männer verbringt. Jeder andere Mann würde eine zweite Frau nehmen, und sei es auch nur, um nicht auf sein warmes Abendessen und die Gesellschaft eines weiblichen Wesens verzichten zu müssen.

Und warum tun Sie es nicht? Warum nehmen Sie keine andere Frau?

Eskandar-Agha zuckt ein wenig zusammen, sagt aber nichts.

Tun Sie etwas gegen Ihre Langeweile, fordert Aftab-Khanum ihn auf. Die Zeiten, in denen es die einzige Aufgabe einer Ehefrau gewesen ist, ihrem Mann zu dienen, gehören längst zur Vergangenheit. Vervollständigen Sie Ihre Notizen. Wer weiß, vielleicht werden die Leute eines Tages wissen wollen, wie das Leben in unserer Zeit ausgesehen hat, wie das erste Petroleum gefunden wurde und die größte Raffinerie der Welt entstanden ist. Vielleicht interessiert es die Generationen nach uns, wie unsere Väter für die Entstehung des Madjless gekämpft haben, wer die Freiheitskämpfer, die Djangali, sind und wer Mossadegh ist und warum die Engelissi, Russi und Amrikai unser Land über Jahrzehnte hinweg besetzen und ausbeuten.

Khanum, nicht genug, dass Sie kaum zu Hause sind und Ihren Pflichten als Ehefrau nicht nachkommen, beschwert Eskandar-Agha sich, spricht aber nicht weiter, weil Aftab-Khanum im Sitzen eingenickt ist. Es dauert nicht lange, da fängt sie auch schon an zu schnarchen, und zwar so laut, dass es Eskandar unmöglich ist, sich auch nur im gleichen Zimmer mit ihr aufzuhalten, geschweige denn an ihrer Seite einzuschlafen. Er nimmt sein Kissen und seine Decke, geht hinaus an den Rand des Wasserbeckens, zündet die Laterne an, schlägt seine Notizen auf und schläft ebenfalls ein.

Unausgeschlafen und enttäuscht von seiner Frau und seinem Leben, schleppt Eskandar-Agha sich täglich zum Basar, wo er vor Langeweile und wegen seiner schlaflosen Nächte oft eindöst. Was er an den meisten Tagen ungestört tun kann, denn wegen des Krieges hat kaum noch jemand genügend Geld für Kleidung, auch wenn sie aus zweiter Hand ist. Nicht einmal mehr der Junge aus dem Teehaus kommt zu ihm, weil er seit Wochen kein Geld mehr für ihn hat. Abends, wenn der Mullah zum letzten Gebet ruft, schließt Eskandar-Agha wie die anderen Händler seinen Laden, geht nicht wie sie zum Gebet in die Moschee, sondern direkt nach Hause, wo er wieder allein ist. Eine Zeit lang läuft das so, schließlich geht Eskandar-Agha überhaupt nicht mehr in seinen Laden, sondern macht stattdessen immer längere Spaziergänge durch die Stadt, wo er neue Läden, Plätze, Straßen und sogar ganze Siedlungen entdeckt. Er geht ins Kino, in Teehäuser, ins Postamt, in

Moscheen, in Theaterhäuser, besucht sogar das Viertel, in dem die leichten Mädchen ihre Körper an fremde Männer verkaufen, beobachtet alles und jeden.

Nach ein paar Tagen hält Eskandar-Agha es nicht mehr aus, alles, was er bei seinen Spaziergängen gesehen und erlebt hat, für sich zu behalten. Und weil seine Aftab-Khanum nicht da ist, der er es erzählen könnte, kramt er einen Notizblock hervor und fängt wieder an zu schreiben. Im Licht einer Laterne sitzt er am Wasserbecken und schreibt und schreibt. Bis die Hähne krähen, die Nachbarn aufwachen und seine Aftab-Khanum zu ihm herauskommt und ihn anlächelt.

Sie scheinen müde, aber auch zufrieden zu sein, sagt sie und kümmert sich nicht weiter um ihn.

Bei seinem nächsten Spaziergang schlendert Eskandar-Agha, ohne sich Gedanken darüber zu machen, was er dort will oder was ihn erwartet, zum Haus von Dr. Mossadegh. Der Bürgersteig vor dem Haus ist voll von Männern, die alle zum berühmten Politiker vorgelassen werden wollen. Es sind so viele, dass Eskandar-Agha sie nicht zählen könnte. Modern und traditionell Gekleidete, Junge und Alte, Gebildete und Ungebildete.

Wenn die Menge der Besucher ein Beweis für die Bedeutung und den Stand eines Mannes ist, dann ist der verehrte Mossadegh sogar noch einflussreicher, als der große Palang-Khan es gewesen ist, denkt Eskandar-Agha und hockt sich an die gegenüberliegende Hauswand, schnappt Gesprächsfetzen auf, über den großen Krieg, die Weltmächte, die Nazis, die vielen Toten und Opfer des Krieges, über die wirtschaftliche Lage, das iranische Öl. Ein- oder zweimal ist Eskandar-Agha drauf und dran, den Leuten zu erzählen, dass er dabei gewesen ist, als die erste Ölquelle aus dem Boden geschossen kam, hält sich aber zurück, denn die vielen Jahre, die seitdem vergangen sind, haben seine Geschichte so sehr in die Ferne gerückt, dass es ihm manchmal vorkommt, als hätte er sie erfunden.

Die Schlagkraft der englischen Marine ist einzig darauf zurückzuführen, dass die Engelessi im Besitz des iranischen Erdöls sind, erklärt ein Mann, der wie die meisten anderen ein weißes Hemd und eine schwarze Hose trägt.

Das ist absurd, sagt ein anderer. Wollen Sie behaupten, unser Petroleum entscheidet über Sieg oder Niederlage der Weltmacht Engelesstan?

Die Begeisterung und Lebendigkeit, die von den Männern ausgehen, sind dermaßen ansteckend, dass Eskandar-Agha am nächsten Tag früh aufsteht und geradewegs wieder zum Haus von Dr. Mossadegh geht. Wie am Tag zuvor hockt er sich ein oder zwei Stunden an die Mauer und lauscht den Gesprächen. Am dritten Tag rasiert er seinen inzwischen nicht nur buschigen, sondern auch grau melierten Bart ab, wäscht sich gründlich, kramt seine alte Schreibkiste hervor, kauft fünfzig Bogen Papier und einen neuen Stift, setzt sich an die Mauer und wartet. Es dauert nur wenige Minuten, bis der erste Kunde zu ihm kommt und ihn bittet, ein Dokument für ihn zu lesen. Und bereits am Nachmittag stehen die Männer Schlange, um sich von Eskandar-Agha Briefe, Verträge und anderes schreiben und vorlesen zu lassen, und er muss viele auf den nächsten Tag vertrösten.

Am vierten Tag, als Eskandar-Agha in seinem neuen alten Beruf arbeitet, kommt ein junger, gut aussehender Mann in schwarzer Hose und ordentlich gebügeltem und strahlend weißem Hemd aus dem Haus und ruft etwas in die Menge. Nach und nach verstummen die Männer, der junge Mann ruft abermals. Die Männer sehen sich suchend um, schütteln die Köpfe, manche machen ein betretenes Gesicht, als hätte der Mann eine schlechte Nachricht verkündet.

Der verehrte Sekretär sucht jemanden, der die Sprache der Engelissi kann, sagen die Männer, doch niemand meldet sich.

Kann jemand wenigstens ein paar Brocken Englisch?, ruft der junge Mann. Als sich noch immer keiner meldet, grinst er gutmütig. Vielleicht ist jemand unter Ihnen, der auch nur ein Wort Englisch spricht?, fragt er und bringt die Menge zum Lachen. Gerade als er wieder ins Haus gehen will, deutet einer auf Eskandar-Agha und sagt, der Schreiber spricht Engelissi. Die Männer sehen alle zum Schreiber hinüber und bilden ein Spalier, damit der Sekretär zu ihm durchkann.

Als wäre er ein kleiner Junge oder ein alter Mann, beugt der Sekretär sich zu Eskandar-Agha und legt ihm die Hand auf die Schulter. Agha, sagt er, dieser Mann hier erzählt, Sie haben die Aufschrift seines Farangi-Medikaments für ihn gelesen, darf ich Sie um einen Gefallen bitten?

Aber ich habe die Aufschrift nur gelesen, verstanden habe ich sie nicht, erklärt Eskandar-Agha, während der Sekretär ihn durch die Menge in Richtung des Hauses schiebt. Jemand, der die Sprache lesen kann, ist alles, was ich brauche, beruhigt der Sekretär Eskandar-Agha.

Im Hof, hinter dem großen Eisentor, warten noch mehr Besucher, schlendern auf und ab, hocken an der hohen Gartenmauer, unterhalten sich, rauchen oder stehen einfach nur herum. Der junge Sekretär führt Eskandar-Agha ins Haus, durch einen dunklen Gang und in ein kleines Büro, in dem zwei Männer an einem großen Tisch sitzen und in ihre Schreibarbeit vertieft sind. Noch immer lächelnd, sagt der junge Sekretär, herzlich willkommen, mein Freund, nennen Sie mich Sekretär. Darf ich fragen, wie Sie heißen?

Eskandar-Agha.

Sagen Sie mir Ihren Nachnamen, bittet der Mann.

Für Eskandar-Agha ist es so ungewohnt, seinen Nachnamen zu sagen, dass er einen Moment überlegen muss und rot wird, Khod-Mokhtar, sagt er, aber alle nennen mich Eskandar-Agha oder Agha-Eskandar.

Herr Khod-Mokhtar also. Es freut mich, Ihre Bekanntschaft zu machen. Das ist ein schöner Name, mit dem Sie Geschmack bewiesen haben, sagt der Sekretär.

Eskandar-Agha überlegt noch, wie er es am besten erklären kann, dass nicht er, sondern seine verehrte Ehefrau den Namen für sie ausgesucht hat, da sagt der Sekretär, wie auch immer, diese beiden Herren sind Ihre Kollegen, und hier ist Ihr Arbeitsplatz. Wir haben ein paar ausländische, vor allem englische Texte und Dokumente, von denen wir Abschriften benötigen. Glauben Sie, Sie schaffen das? Wir zahlen zwar keinen besonders üppigen Lohn, aber wir zahlen pünktlich.

Statt zu antworten, schweigt Eskandar-Agha und lächelt verlegen.

Dann bedanke ich mich, wünsche Ihnen eine leichte Hand und uns, dass Sie eine leserliche Schrift haben. Der Sekretär schiebt einen Stapel Papier auf den leeren Platz und bedeutet Eskandar-Agha, sich zu setzen. Er blickt den anderen beiden Männern rasch über die Schulter, nickt zufrieden und verschwindet.

Mit den anderen beiden Männern versteht Eskandar-Agha sich auf Anhieb. Der eine ist Lehrer und heißt Agha-Mostafa, der andere ist Student und lernt die Sprache der Engelissi und heißt Farrokh-Agha. Beide arbeiten seit ein paar Monaten für den verehrten Mossadegh und sagen, dies sei die beste Zeit ihres Lebens. Er ist der einzige Politiker im Land, der wirklich meint, was er sagt, und dann auch noch durchsetzt, dass es umgesetzt wird, schwärmt der Student, Farrokh-Agha. Der verehrte Agha liebt seine Heimat und ist ein wahrer Nationalist.

Schon in den ersten Stunden fühlt Eskandar-Agha, wie gut es ist, endlich wieder etwas Sinnvolles zu tun. Auch wenn es ihm schwerfällt, seine Kollegen und auch den Sekretär immer gleich zu verstehen, weil sie Worte benutzen, die Eskandar-Agha nicht kennt und an die er sich erst gewöhnen muss. Am Abend hat er vom ungewohnten Sitzen auf dem Stuhl und Arbeiten am Tisch einen steifen Rücken. Auch seine Schultern, der Nacken, die Arme und Hände schmerzen, trotzdem ist er glücklich wie schon lange nicht mehr und verspricht dem Sekretär, am nächsten Tag wiederzukommen.

Auf dem Weg nach Hause fühlt Eskandar-Agha sich leicht und beschwingt und gar nicht wie einer, der die vierzig längst überschritten hat. Er geht durch Straßen, in denen er unzählige Male unterwegs gewesen ist, aber sie kommen ihm vor, als sähe er sie zum ersten Mal. So viele Schotterstraßen sind inzwischen mit Kopfstein gepflastert oder sind sogar asphaltiert, es gibt so viele Automobile, dass man sie unmöglich zählen könnte, und überall ragen zweistöckige Häuser über die Mauern der Gärten hervor, in den Vierteln sind unzählige Läden entstanden, alles ist größer, bunter und lauter geworden, notiert Eskandar-Agha am Abend, und ich bemerke es erst jetzt.

Am nächsten Morgen steht Eskandar-Agha noch vor seiner Aftab-Khanum auf, heizt den Samowar an, brüht frischen Tee auf, besorgt frisches Fladenbrot, frischen Schafskäse und Honig.

Ich gratuliere Ihnen, sagt Aftab-Khanum. Jetzt, da Sie eine neue Aufgabe gefunden haben und es Ihnen wieder besser geht, können Sie vielleicht auch zum Friseur gehen und Ihr Haar, das Ihnen wie Petersilie und Dill vom Kopf absteht, schneiden lassen.

Das werde ich, verspricht Eskandar-Agha mit einem Lächeln und küsst seine Frau auf die Stirn. Und bevor ich heute zum Haus des verehrten Mossadegh gehe, werde ich eines dieser modernen weißen Hemden aus dem Laden holen und es anziehen.

Sie werden darin bestimmt sehr gut aussehen, sagt Aftab-Khanum. Vielleicht sind Sie in der Stimmung, mich heute Abend von der Schule abzuholen, dann können wir Ihre neue Stellung feiern. Wir könnten in das Kebabhaus gehen, das in der Naderi-Straße aufgemacht hat.

Sie und ich in ein Kebabhaus?

Kommen Sie, sagt Aftab-Khanum, lassen Sie uns mutig sein und etwas unternehmen, was wir noch nie getan haben. Es wird uns beiden guttun.

Als Eskandar-Agha in den Laden geht, um ein weißes Hemd für sich selber auszusuchen, findet er einen Zettel, den ihm ein gewisser Hushang-Agha unter den Holzladen geschoben hat: Ich möchte in wichtiger Angelegenheit mit Ihnen sprechen. Sollte es Ihnen möglich sein, komme ich morgen Abend in Ihren Laden.

Hushang-Agha ist im gleichen Alter wie der junge Sekretär in Mossadeghs Haus, und auch er kleidet sich modern und nach Art der Farangi: gebügeltes weißes Hemd, das er sich ordentlich in die dunkelblaue Hose steckt, und Schuhe aus festem Leder. Hushang-Agha hat ein glatt rasiertes Gesicht und trägt das Haar mit Öl zurückgekämmt. Während er sich mit Eskandar-Agha unterhält, fährt er sich mit einem winzigen Stöckchen ständig unter den Nägeln entlang, obwohl sie makellos sauber sind.

Ich hatte das Privileg, auf Kosten des Staates im Ausland zu studieren. Allerdings habe ich nie gerne gelernt, und deswegen war ich auch kaum in der Universität, gibt Hushang-Agha ehrlich zu und vermittelt den Eindruck, als wäre er auch noch stolz darauf, das Geld des Staates verprasst und nichts gelernt zu haben. Sicher denken Sie, ich hätte einem anderen meinen Platz überlassen sollen, aber das hätte meinem Vater das Herz gebrochen. Er hat sich so sehr gewünscht, dass sein Sohn Arzt oder Ingenieur wird. Ich selbst war neugierig, Farangestan zu sehen, erzählt er und putzt weiter seine Nägel. Aber jetzt hat mein Vater, Gott sei seiner toten Seele gnädig, uns und diese Welt verlassen, und ich kann tun, was ich schon immer tun wollte, nämlich einen Laden führen. Einen wie diesen hier, sagt Hushang-Agha, lässt seinen Blick durch den Laden von Eskandar-Agha schweifen und strahlt glücklich.

Aber einen Verkäufer kann ich mir nicht leisten, sagt Eskandar-Agha und erinnert sich an den Mann in Schiras, für den er Briefe an dessen Sohn geschrieben hat, der sich in Frankreich amüsiert hat, statt zu studieren.

Nein, nein, sagt Hushang-Agha. Sie sollen mich nicht anstellen. Ich möchte Ihren Laden kaufen.

Warum nehmen Sie keinen neuen Laden, statt sich mit diesem alten Gerümpel hier zu belasten?

Ich mag die Lage, sagt Hushang-Agha. Und dieses Gerümpel, wie Sie es nennen, lässt sich gut verkaufen, wenn man es richtig macht.

Mir soll es recht sein, sagt Eskandar-Agha. Weder hänge ich

an dem Laden, noch verdiene ich meinen Lebensunterhalt mit ihm. Aber ich möchte Sie warnen, mein junger Freund, es ist kein lukratives Geschäft. Und bedenken Sie, wegen des Krieges ist es gefährlich, zwischen den Besatzungszonen und zu den Häfen und zurück zu reisen, um Waren zu kaufen.

Lassen Sie das meine Sorge sein, sagt der junge Mann und streckt Eskandar-Agha die Hand hin. Hauptsache, wir werden uns über den Preis einig.

Abgemacht, sagt Eskandar-Agha und hat sofort das Gefühl, eine Last wird ihm von den Schultern genommen. Das Einzige, was er aus dem Laden mitnimmt, sind zwei weitere weiße Farangi-Hemden, eine dunkle Hose und einen passenden Farangi-Gürtel. Er ist schon aus der Tür heraus, da macht er noch mal kehrt und nimmt außerdem noch einen Fotoapparat mit.

Sie haben mehr als die Hälfte Ihres Lebens im Basar verbracht, sagt Aftab-Khanum. Es war höchste Zeit für eine Veränderung. Was haben Sie mit dem Fotoapparat vor?

Das weiß ich auch noch nicht, antwortet Eskandar-Agha und legt ihn in die Nische. Er ist mir ins Auge gefallen, und da habe ich mich an die Zeit erinnert, als ich im Norden Gehilfe eines Akkassbashi war.

Mir würde es gefallen, wenn Sie Fotografien machen würden.

Wen oder was soll ich schon fotografieren?

Was für eine Frage, tadelt Aftab-Khanum. Natürlich dieselben Menschen und Dinge, über die Sie Ihre Geschichten schreiben und sich Notizen machen. Schließlich sind Bilder auch Erinnerungen und können oft mehr erzählen als tausend Worte.

Sie redet wie der Fotomeister, denkt Eskandar-Agha und fragt, wie wollen Sie das beurteilen können? Von Ihnen selber gibt es nur eine einzige Fotografie, und zwar die in Ihrem Ausweis.

Sehen Sie, genau das meine ich. Es ist das einzige Bild von mir, aber wenn ich es ansehe, fallen mir unzählige Geschichten ein. Ich erinnere mich, wie ich mich gefühlt habe, als ich so jung war wie auf dem Bild, wie Sie ausgesehen haben und wie wir zusammen bei dem Fotomeister waren. Mir fällt ein, wie Sie im Amt unseren Nachnamen haben registrieren lassen und dieses Dokument mit nach Hause brachten.

Aber ich bin aus der Übung, sagt Eskandar-Agha und hat recht, denn seine ersten Fotografien werden unscharf, zu hell oder zu dunkel, und sie erzählen überhaupt keine Geschichten. Trotzdem hebt er die Abzüge in einem Umschlag auf und schreibt: Damit die Erinnerung nicht verloren geht.

Eskandar-Agha ist überrascht, wie viel Freude ihm das Fotografieren bereitet, und schon bald macht er so viele Aufnahmen, dass er Stammkunde beim einzigen Fotoladen, der Agfa-Vertretung in der Lalehsar-Straße, wird, und das, obwohl die Rolle Film mit acht Bildern einen ganzen Toman und das Entwickeln sogar zehn Toman kosten. Dann muss ich eben mehr Geld verdienen, sagt er zu seinen beiden Kollegen in Mossadeghs Haus und knipst ein Bild von ihnen.

Eskandar-Agha vertritt sich im Hof die Beine und trinkt ein Glas Wasser, da fällt ihm ein großer, elegant gekleideter Mann mit einer riesengroßen Hakennase auf. Eskandar-Agha weiß sofort, das kann nur der verehrte Mossadegh sein. Gerade überlegt er noch, ob er es wagen kann, ein Bild des großen Politikers zu machen, da winkt der ihn zu sich. Ahai, verehrter Herr, ja, Sie mit der Fotokamera, kommen Sie bitte einen Augenblick zu uns.

Das Blut steigt Eskandar-Agha in den Kopf.

Haben Sie ein Bild von uns gemacht?, fragt Mossadegh.

Nein, mein Herr. Gott ist mein Zeuge. Nicht ein einziges, stammelt Eskandar-Agha, eingeschüchtert von der Autorität des großen Mannes.

Mossadegh sieht ihn verwundert an, spitzt die Lippen, lächelt und legt Eskandar-Agha seine schwere Hand auf die Schulter.

Es hat sich angefühlt wie damals, notiert Eskandar-Agha später. Damals, als ich ein kleiner Junge gewesen bin und der große Mesterr-Richard oder Palang-Khan ihre Hand auf meine Schulter gelegt haben.

Dann machen Sie eins oder, noch besser, machen Sie gleich zwei oder drei Fotografien von meinen Freunden und mir, sagt Mossadegh fröhlich. Und wenn die Bilder entwickelt sind, geben Sie sie einem der Sekretäre, am besten dem, der die Aufsicht über das Schreibbüro hat. Das ist doch Ihr Arbeitsplatz, oder?

So ist es, antwortet Eskandar-Agha, verwundert darüber, dass der verehrte Mossadegh überhaupt weiß, dass er für ihn arbeitet.

Ich liebe Fotografien, ruft Mossadegh und macht eine ausholende Bewegung. Kommen Sie, ruft er in die Runde. Kommen Sie, lassen Sie uns Fotografien machen.

Nachdem Eskandar-Agha alle acht Bilder seiner Filmrolle verknipst hat, bedankt Mossadegh sich und wendet sich wieder seinen Gesprächspartnern zu.

Jetzt ist der Fotoapparat ein Markenzeichen von Ihnen, sagt der Student. Und wer weiß, nachdem Sie nun den großen Mossadegh abgelichtet haben, werden Sie eines Tages vielleicht sogar berühmt mit Ihren Bildern.

Ich mag Ihre Bilder, sagt der Lehrer, Agha-Mostafa, und betrachtet lange die Aufnahme, die Eskandar-Agha von ihm und dem Studenten gemacht hat. Was halten Sie davon, wenn Sie meine Familie und mich ablichten?

Der Lehrer lässt gleich eine ganze Serie von sich, seiner Frau, seinen Kindern, seinen Brüdern, seinen Eltern und seinem Haus machen, und am Ende will er auch noch ein Foto mit der Abschlussklasse, die er unterrichtet. Als die Schüler die Bilder sehen, bestellen diejenigen, die es sich leisten können, einen Abzug, und der Schulleiter beauftragt Eskandar-Agha, auch im nächsten Jahr die Abschlussklasse zu fotografieren. Manche Eltern der Schüler wollen ebenfalls ihre Familien fotografiert haben, und mit einem Mal bekommt Eskandar-Agha so viele Aufträge, dass er sich gegen ein Entgelt nachts beim Agfa-Vertreter einmietet und seine Bilder selbst entwickelt.

Von den schönsten fertigt er jeweils einen zusätzlichen Abzug für sich selbst an: Damit die Erinnerung nicht verloren geht, schreibt er auf die jeweiligen Umschläge, versieht sie mit Datum, Ort und Namen der Fotografierten und verstaut sie in einer Kiste. Manche Bilder klebt er gleich in sein Notizbuch und schreibt eine Geschichte dazu auf.

Mit seinen Schreib- und den zusätzlichen Fotoarbeiten verdient Eskandar-Agha so viel Geld wie noch nie. Bereits nach einem Dreivierteljahr mietet er das Nachbarzimmer für sich und seine Sonne dazu und erwirbt zum ersten Mal in seinem Leben zwei Stühle, einen kleinen Tisch und sogar ein richtiges Bett. Und beim Agfa-Vertreter, der eigentlich ein Silberverkäufer ist, kauft er für seine Aftab-Khanum den ersten Schmuck. Eine Halskette mit einem Faravahar als Anhänger.

Sie schenken mir das Symbol des ewigen Geistes, sagt Aftab-Khanum und strahlt ihren Eskandar-Agha an, als wäre sie selber die Sonne, die der Prophet Zartosht angebetet hat.

Damit Sie wissen, dass mein Geist immer bei Ihnen ist, immer bei Ihnen gewesen ist, schon bevor wir uns gekannt haben, und er wird auch bei Ihnen sein, wenn wir beide längst nicht mehr in dieser Welt sein werden.

Im Winter des Jahres 1943 bekommt Eskandar-Agha einen Spezialauftrag. Der junge Sekretär schickt ihn vor die Vertretungen der Sowjetunion und Engelissi und beauftragt ihn, so viele Aufnahmen wie irgend möglich zu machen. Denn die drei großen Staatsoberhäupter der Welt treffen sich zu einer Konferenz in Teheran. Präsident Roosevelt, Premierminister Churchill und Stalin besprechen, wie sie die Deutschen besiegen und die Welt nach dem Krieg aufteilen wollen.

Eskandar-Agha findet die wartende Menge, die Reporter, die wachhabenden Soldaten und Polizisten, die auffällig unauffälligen Geheimagenten und Spitzel so aufregend, und er macht so viele Aufnahmen, dass er keine leere Filmrolle mehr hat, als die drei Staatsoberhäupter endlich herauskommen und sich der Presse stellen.

Aber ich wusste nicht, dass sie herauskommen würden, erklärt er dem verdutzten Sekretär.

Aber nur dafür habe ich Sie doch dorthin geschickt, sagt der Sekretär, um Fassung ringend.

Am nächsten Tag macht Eskandar-Agha nicht eine einzige Fotografie, er geht weder zum Essen, noch um seinen Durst zu stillen, sondern wartet geduldig und starrt unaufhörlich zum Eingang, aus dem die drei Staatsmänner am Vortag herausgetreten sind, als ein Soldat der Russi Eskandar-Agha zu sich ans Tor winkt. Zuerst traut er sich nicht, zu ihm zu gehen, und tut, als würde er nicht verstehen. Der Soldat aber lässt nicht locker, und Eskandar-Agha hat das Gefühl, es ist besser, der Aufforderung nachzukommen.

Ssigarett?

Eskandar-Agha schüttelt den Kopf, zuckt die Achseln, dann hat er eine Idee und bedeutet dem Russi zu warten. Er läuft zur nächsten Ecke, kauft bei einem Jungen mit einem Bauchladen drei Zigaretten und bringt sie dem Russi. Auch wenn sie nicht dieselbe Sprache sprechen, versteht der Russi sofort, was Eskandar-Agha im Tausch für die Zigaretten haben will. Der Soldat lacht und öffnet, ohne zu zögern, das Tor, lässt Eskandar-Agha hinein und nimmt die Zigaretten.

Überrascht von seinem Glück und stolz auf sein Geschick tritt Eskandar-Agha ein, doch das Tor ist hinter ihm noch nicht wieder zugefallen, da packen zwei andere kräftige Russi-Soldaten ihn am Kragen und werfen ihn unsanft wieder auf die Straße hinaus.

Das war's, ich habe die Nase voll, schimpft Eskandar-Agha vor sich hin, als er den Staub der Straße von seiner dunklen Hose klopft und seine schmerzenden Knie reibt. Spassiba, sagt er zu dem Russen, ich habe genug vom Warten, dann habe ich eben keine Bilder von den ausländischen Staatsmännern.

Doch da wird es hinter Eskandar-Agah plötzlich laut, und der russische Soldat grinst breit und bedeutet ihm zu warten.

Die Reporter und wartenden Männer sprechen aufgeregt durcheinander, laufen hin und her, und Fotografen rennen auf das Tor zu, durch das Eskandar-Agha gerade herausgeworfen wurde. Eskandar-Agha dreht sich herum und sieht mit Schrecken, er steht weniger als einen Steinwurf entfernt vor dem jungen König, Mohammad-Resa-Schah höchstpersönlich. Da stürmen auch schon zwei Männer in identischen blauen Farangi-Anzügen auf Eskandar-Agha zu und schnappen sich ihn. Während er es schafft, den Auslöser seiner Kamera wieder und wieder zu spannen und draufzudrücken, schleifen die beiden ihn rückwärts vom Tor weg bis hinter die Absperrungen der Polizei.

Die Reporter sagen, der König ist gekommen, um seinen Gästen das Versprechen abzuringen, bei der Neuaufteilung der Welt die Unabhängigkeit des Iran anzuerkennen.

Sie werden ihn gar nicht erst empfangen, sagt einer der Reporter. Ein anderer lacht höhnisch. Der weiß doch nicht einmal, wie das Wort Unabhängigkeit geschrieben wird, sagt er.

Sofort lassen die beiden Agenten von Eskandar-Agha ab, schnappen sich den Reporter und wollen ihn wegzerren, da stürzen sich ein paar andere Männer und Reporter auf sie. Es gibt einen lauten Disput, der in einem Handgemenge und schließlich einer gewaltigen Schlägerei mit Verletzungen und der Verhaftung von drei Reportern endet. Eskandar-Agha kann sich rechtzeitig hinter einem Automobil verstecken, von wo aus er weitere Fotografien macht.

Als der junge König wieder aus der Botschaft herauskommt, geht ein Raunen durch die Menge, denn er ist tatsächlich flankiert von den drei wichtigsten Männern der Welt: Churchill, Roosevelt, Stalin.

Wir garantieren dem Iran seine politische Unabhängigkeit, erklären die drei den anwesenden Reportern. Darüber hinaus sagen wir für die Dauer des Krieges wirtschaftliche Hilfe zu.

Diese Nachricht spricht sich wie ein Lauffeuer in der ganzen Stadt herum, und alle hoffen, dass es nun wieder genügend Lebensmittel gibt, die persische Währung aufgewertet wird und die schlechte wirtschaftliche Lage ein Ende hat.

Zumindest auf dem Papier werden wir nun als unabhängiges Land anerkannt, sagt der junge Sekretär, während er die Fotografien begutachtet und mit jedem Bild breiter grinst. Das ist immerhin ein Anfang, sagt er. Und Eskandar-Agha fragt sich: Meint er einen Anfang für den Iran oder für die Qualität meiner Fotografien?

Aftab-Khanum ist entzückt über die Fotografie des jungen Königs und freut sich darüber fast mehr als über die Halskette, die Eskandar-Agha ihr geschenkt hat. Das werden meine neuen Lieblingsbilder, sagt sie, stellt eine Fotografie, auf der der König zwar etwas schief abgelichtet ist, aber lächelt, in die Nische und legt eine getrocknete Blume davor.

Seine anderen Fotografien legt sie in die Kiste, gleich hinter die Aufnahmen der Straßenkinder, Bettler und Schulkinder. Dann folgen die Fotos der wenigen Frauen, die Eskandar-Agha erlaubt oder unerlaubt aufnehmen konnte. Als Nächstes sortiert Aftab-Khanum die Bilder vom Basar ein, prächtige Stände, Läden, Händler, Stoffe, Gewürze. Anschließend kommen die Fotografien aus der Stadt, vom Kanonenplatz, der Kaserne und der Eröffnungsfeier der neu errichteten Universität, des Postamts, alter und neuer Straßen, der Gaslampenbeleuchtungen, Droschken, Fahrräder und Autos aus Amrika, Alman und Farance. Dann kommen Farangi-Besatzer, Soldaten aller Nationen, Diplomaten der Engelissi, Russi und Amrikai, von denen Eskandar-Agha sagt, dass es inzwischen dreißigtausend und mehr im Iran geben soll.

Ganz hinten in der Kiste sind die Bilder der polnisch-jüdischen Flüchtlinge, die zu Tausenden in den Iran geflohen sind, um sich vor den Rotgardisten in Sicherheit zu bringen.

Dieses Bild ist Zeugnis der Warmherzigkeit des iranischen Volkes, sagt Aftab-Khanum und klebt es in das Notizbuch ihres Mannes. Ein iranisches Mädchen setzt einem polnischen Flüchtlingskind eine Mütze auf, obwohl es selbst arm ist.

Sehen Sie, ruft Aftab-Khanum, diese Postkarte aus dem Süden des Landes, aus Bushehr, sollten Sie ebenfalls in Ihr Notizbuch kleben, sie ist ein historisches Dokument. Vorne ist der letzte König aus der Dynastie der Qajaren abgebildet, und die Briefmarke trägt den Stempel Bushire under British Occupation.

Diese Postkarte ist vor allem ein Beweis für unsere Dummheit, antwortet Eskandar-Agha und schüttelt den Kopf. Die Welt lacht über uns, hält uns für einfältig, weil wir Tag für Tag unseren wertvollsten Rohstoff an eine fremde Nation verschenken. Dreihundertfünfzigtausend Barrel Naft täglich. Ihre Wirtschaft wächst und gedeiht, unsere liegt am Boden, und der Hunger fordert bei uns täglich Tote, die keiner zählt.

Möge Allah den Amrikai und ihrer Regierung ein langes Leben schenken, sagt Aftab-Khanum und sieht über sich, dorthin, wo Gott sitzt, und sie erinnert Eskandar-Agha unwillkürlich an seine Mutter, die es genauso gemacht hat.

Mit Hilfe der Amrikai und dieser Organisation, die nach dem ersten großen Krieg gegründet wurde, um den Frieden in der Welt zu erhalten, haben wir immerhin erreicht, dass die Russi ihre Besatzung im Norden des Landes beenden, sagt Eskandar-Agha. Er sieht seine Sonne an und sagt, meine Mutter hatte recht. Selbst wenn man alles verloren hat, soll man niemals die Hoffnung aufgeben. Und auch mein alter Meister hatte recht. Solange auch nur ein Tropfen Blut in unseren Adern fließt, müssen wir für unsere Freiheit und unser Recht kämpfen.

Lang lebe der Frieden, murmelt Eskandar-Agha, und lang sollen auch die Amrikai leben.

1945, eine Reise nur zum Vergnügen und neue, kleine Geheimnisse

Eskandar-Agha ist zufrieden. Lieber spät als nie, sagt er, strahlt und legt seinen Lohn der letzten Monate vor Aftab-Khanum auf das Korssi, das jetzt im Sommer nicht geheizt und nur mit einer dünnen Tischdecke bedeckt ist.

Wir bezahlen rechtzeitig die Miete und brauchen im Krämerladen unsere Einkäufe nicht mehr anschreiben zu lassen, sagt er stolz.

Und vergessen Sie nicht, sagt Aftab-Khanum, seit Sie mit Ihren Fotoarbeiten so viel Erfolg haben, und mit dem Geld, das Sie bei Mossadegh verdienen, haben Sie eine Hose und ich einen Rock schneidern lassen. Außerdem können wir uns wöchentlich einen Besuch im öffentlichen Hammam leisten, und neulich haben wir sogar Eiscreme gegessen.

Gerade noch rechtzeitig beißt Eskandar-Agha sich auf die Zunge und verkneift sich jede Bemerkung über die schlechte Lage der meisten anderen Menschen im Iran. Schließlich weiß er, wie schnell er seine Aftab-Khanum mit diesen Dingen betrüben kann. Was halten Sie davon?, fragt er stattdessen, richtet sich auf und lächelt, wenn wir etwas unternehmen, was wir noch nie getan haben?

Ein Abenteuer? Aftab-Khanum strahlt ihren Eskandar-Agha an, als wäre er ein Held, der gerade aus der Schlacht zurückgekehrt ist, wo er einen Feind besiegt hat.

Ein großes Abenteuer, antwortet Eskandar-Agha. Lassen Sie uns den ganzen Sommer am Kaspischen Meer verbringen. Lassen Sie uns nichts anderes tun, als uns zu erholen und zu vergnügen.

Bereits am ersten Tag, als die Schule für den Sommer geschlossen wird, packt Aftab-Khanum ihre Sachen statt in ein Bokhtshe in einen dieser neuartigen Koffer, die sie im Basar gekauft haben. Eskandar-Agha mietet eine Droschke, die sie zu einem Bus bringt, mit dem sie nach Ramssar ans Kaspische Meer fahren. Die erste Nacht schlafen sie in einem Teehaus, die zweite bei einer Bauernfamilie, und für die dritte Nacht mietet Eskandar-Agha eine kleine Hütte mit Strohdach und einem Grundstück ringsherum.

Die Obstbäume riechen herrlich, spenden kühlen Schatten und beschenken sie mit köstlichen Früchten. Aftab-Khanum genießt, dass sie nachts ihr Lager unter den Bäumen aufschlagen und unter Gottes Himmel mit seinen unendlich vielen Sternen schlafen können. Eigens für diese Reise und ihren Aufenthalt am Kaspischen Meer hat Eskandar-Agha einen neuen Notizblock gekauft. Auf die erste Seite schreibt er mit seiner breitesten Feder und in seiner schönsten Schrift: Der unvergessliche Sommer des Jahres 1324. Mit der wunderbarsten Frau der Welt.

Jeden Tag notiert er, was er und seine Sonne erleben und worüber sie sich unterhalten; er beschreibt, wie der Gemüsegarten, den sie angelegt haben, wächst und gedeiht; er macht Fotografien und Skizzen von den Orten, die sie besuchen, und den Menschen, denen sie begegnen.

Am liebsten mag er die Geschichte von Ahmad-Agha, der in ihrer Hütte auftaucht, sich als Büroleiter im berühmten Hotel Ramssar vorstellt und Eskandar-Agha, weil er die Sprache der Farangi beherrscht, eine Stelle als Diener oder Portier in »meinem Hotel« anbietet.

Meine Aftab-Khanum ist sicher, er ist ein Spitzel, schreibt Eskandar-Agha. Sie sagt, wer sonst sollte wissen, dass wir aus Teheran stammen, diese Hütte gemietet haben und dass Sie Farangi sprechen?

Statt sie zu beruhigen, schreibt Eskandar-Agha, erzähle ich ihr, dass die Engelissi iranische Spitzel bezahlen, die sie überall einsetzen, sogar in der kommunistischen Tudeh-Partei, in allen Betrieben und Ministerien und sogar in entlegenen Dörfern und Orten wie diesem. Und ich erzähle ihr, dass die Amrikai sogar eine

Art geheime Polizei aufgebaut haben, um ihr Land vor ihren Feinden und allen voran den Kommunisten zu schützen. Die Amrikai haben sogar im Iran eine Station, weil sie verhindern wollen, dass die Russi dem Schah die Konzession für das Erdöl im Norden des Landes abringen.

Als Eskandar-Agha vorschlägt, der Einladung des Herrn nachzukommen und ihn in »seinem Hotel« zu besuchen, ist Aftab-Khanum trotz ihrer Angst einverstanden, und bereits die Fahrt mit der gemieteten Droschke wird unvergesslich. Die Luft ist frisch und duftet würzig nach Blumen, Kräutern und kräftigen Kiefern, schreibt Eskandar-Agha. Unterwegs halten wir an und kaufen von den Kindern am Straßenrand wilde Beeren und machen halt in einem Teehaus, essen die wunderbarsten in frischer Butter gebratenen Eier mit heißem Fladenbrot und frischen Honig mit Butterrahm dazu.

Meine Aftab-Khanum findet, man schmeckt die Kraft des gesunden Grases, was die Kühe und Hühner gefressen haben, und sie bestellt gleich zwei weitere gebratene Eier.

Im Hotel ist bereits in der Einfahrt der Duft von Jasmin, Orangen, Zitronen derart kräftig, dass uns schwindlig davon wird. Es ist ein Duft, der sich auf unsere Kleider und Haare legt und noch Tage bei jeder Bewegung wie ein guter Geist daraus hervorsteigt. Der Garten selber ist voll von Bäumen in allen Größen und Schattierungen, und überall wachsen Blumen in allen Farben und Formen und schmücken die mit weißem Kies belegten Wege. Überall plätschern wohltuend beruhigende Wasserfontänen und werden begleitet von den Schreien exotischer Vögel.

So stelle ich mir das Paradies vor, schwärmt Aftab-Khanum, lehnt ihren Kopf an die Schulter ihres Eskandar-Agha und lächelt selig.

Eskandar-Agha macht ein Bild nach dem anderen. Vom prächtigen Eingang des Hotels, dem gläsernen Kuppelbau mit seinen Gewächsen und Blumen; dem Hotel mit seinen weißen Stufen und der großen Empfangshalle, dem riesigen handgeknüpften

Perserteppich; den Lüstern, die von der hohen Decke hängen, den vielen Kerzen, prächtigen Sesseln, Tischen; sogar die elegant gekleideten Menschen, die edle Düfte verbreiten, fotografiert Eskandar-Agha.

Ich komme mir vor wie im Palast eines Königs, flüstert Aftab-Khanum mit geröteten Wangen.

Eskandar-Agha zwinkert ihr zu: Dann bin ich ja wohl Ihr König.

Auch wenn Ahmad-Agha, wie sich schnell herausstellt, alles andere als ein Spitzel ist, wird der Besuch bei ihm trotzdem voller Überraschungen. Eskandar-Agha und Aftab-Khanum dürfen ein paar der prächtigen Gästezimmer besichtigen, und als er ihnen die Zimmer für die Angestellten zeigt, sagt er mit ernster Mine, sollten Sie die Stelle tatsächlich antreten, werde ich Ihnen und Ihrer Frau die schönsten und größten zwei Zimmer zur Verfügung stellen; dann winkt er nach einem Diener, flüstert ihm etwas zu und geleitet Eskandar-Agha und Aftab-Khanum auf die große Terrasse des Hotels, wo er ihnen an einem Tisch Tee und Gebäck servieren lässt.

Sowohl Eskandar-Agha als auch Aftab-Khanum kommen sich zwischen dem vielen Luxus, den livrierten Kellnern, dem Porzellan, Silberbesteck und Stoffservietten wie am falschen Ort vor, sie finden es aufregend, hier zu sein und sich von höflichen Dienern bedienen zu lassen.

Ich könnte die Stelle annehmen, und wir könnten unser Leben hier fortsetzen, überlegt Eskandar-Agha laut, als sie wieder in der Droschke und auf dem Heimweg sind, und er bekommt ein promptes und kategorisches Nein als Antwort von seiner Aftab-Khanum.

Wir haben Schiras verlassen und sind nach Teheran gezogen, weil wir dort sein wollten, wo Geschichte geschrieben wird, sagt sie in ruhigem Ton, und ich für meinen Teil bin glücklich darüber, dass Sie und ich nicht nur dabei sind, sondern beide in gewisser Weise sogar an dem Aufbau unseres Landes beteiligt sind.

Es ist wunderschön hier, sagt Eskandar-Agha. Aber Sie haben

vollkommen recht. Wir sollten nach dem Sommer dieses Paradies verlassen und nach Teheran und zu unserer Arbeit zurückkehren.

Solange in unserem Parlament vor allem feudale Großgrundbesitzer sitzen, von denen sich viele zu Handlangern der Engelissi und Russi machen lassen, sehe ich es als meine patriotische Pflicht, der Heimat und den Menschen zu dienen, sagt Aftab-Khanum. Sie und ich werden nicht mehr ins Parlament einziehen können, sagt sie. Aber wenn nur ein einziger der armen Menschen aus dem Volk, denen ich helfe, lesen und schreiben zu lernen, eines Tages mit Gottes Hilfe als Vertreter des Volkes ins Madjless gehen sollte, habe ich mehr erreicht, als ich jemals zu hoffen wage. Volksvertreter sollten aus dem Volk kommen, sagt sie mehr zu sich selbst und blickt hinaus in die üppige grüne Landschaft, an der sie mit der Droschke vorbeifahren.

Als die beiden am Ende des Sommers wieder in die Hauptstadt zurückkehren, erfahren sie im Basar vom Tod des armen Hushang-Agha, des Mannes, dem Eskandar-Agha seinen Laden verkauft hatte.

Allem Anschein nach hat er die Dienste von polnischen Frauen in Anspruch genommen und sich mit Typhus infiziert, berichtet der Zahnarzt von gegenüber so leise, dass Aftab-Khanum es nicht hören kann.

Später, als Eskandar-Agha ihr davon erzählt, weint Aftab-Khanum bitterlich, obwohl sie Hushang-Agha gar nicht kannte.

Um ihn weine ich nicht, schluchzt sie. Um die polnischen Flüchtlingsfrauen weine ich. Außer ihrem Körper besitzen diese Frauen nichts mehr, was sie zu Geld machen könnten, und die lüsternen Männer, denen sie sich hingeben müssen, kennen weder Scham noch Moral und speisen die Frauen in diesen schwierigen Zeiten mit einem Hungerlohn ab.

Am nächsten Morgen hat sie eine Idee. Sie will sich mit ihren Nachbarinnen und Kolleginnen aus der Schule zusammentun und einen Brief an die Königin schreiben, von Frau zu Frau gewissermaßen, in Angelegenheiten, die nur Frauen angehen, will sie Königin Fauzieh bitten, ein Auge auf die Lage der armen Flüchtlingsfrauen zu haben und ihnen ihre Hilfe zukommen zu lassen. Doch nur ein paar Tage später sagt Aftab-Khanum enttäuscht, dass sie ihren Plan verwerfen muss, denn der junge König hat sich von der schönen Fauzieh, der Schwester des gar nicht schönen Königs Faruk von Ägypten, getrennt.

Das ist keine Überraschung, sagt Eskandar-Agha. Schließlich hat er die Siebzehnjährige seinerzeit nur aus politischen Gründen geheiratet.

Er trennt sich von ihr, weil sie ihm nur die Tochter Schahnaz und keinen Thronfolger geboren hat, sagt Aftab-Khanum. Außerdem kursieren Gerüchte, dass er andere Frauen und Liebhaberinnen in den Palast gebracht haben soll. Deshalb ist Fauzieh von ihrer Reise in die Heimat nicht zurückgekehrt.

Was auch immer der Trennungsgrund sein mag, schreibt Eskandar-Agha mit einer gewissen Schadenfreude in sein Notizbuch, meine Sonne hat den Gedanken, eine Kampagne zur Rettung der polnischen Flüchtlingsfrauen zu starten, erst einmal fallenlassen.

Andere hingegen nehmen ihre Unzufriedenheit mit der Lage im Land und der Politik des Königs ernster als sie. In den folgenden Jahren unternimmt manch einer sogar den erfolglosen Versuch, den König zu töten. Die Kommunisten und die Rechten beschuldigen sich gegenseitig, andere meinen, Schah-Treue selbst hätten die Attentate vorgetäuscht, um den König zu warnen, er soll sein Amt endlich zum Wohle des Volkes ernst nehmen. Wieder andere sagen, die Farangi hätten manches Attentat verübt, weil sie ein Signal setzen wollten, um jedweden Gedanken des Königs daran, die ausländischen Besatzer aus dem Land zu verjagen, gar nicht erst aufkommen zu lassen.

Wer immer diese Attentate auf unseren König verübt, sagen Eskandar-Agha und seine Aftab-Khanum, die sich in dieser Sache ausnahmsweise einig sind – wer immer es gewesen ist, hat nichts anderes erreicht, als dass sich nun selbst jene, die sich nicht zu den Freunden des Königs zählen, um ihn sorgen.

Anders als am Anfang, als Reza-Schah an die Macht gekommen ist und sie ihn gemocht hat, leidet Aftab-Khanum unter seinen ungerechten Entscheidungen gegen die Armen im Land. Aber deswegen einen Menschen töten zu wollen führt doch zu nichts, schimpft sie, und Eskandar-Agha pflichtet ihr ohne Wenn und Aber bei. Und sie machen es wie Tausende ihrer Landsleute und stehen am Straßenrand, als der König sich eine neue Frau nimmt und mit ihr in seiner mit Edelsteinen und Gold besetzten Kutsche durch die Stadt fährt.

In die Nische, wo bisher das inzwischen vergilbte Bild des jungen Schah gestanden hatte, stellt Aftab-Khanum jetzt das der neuen Königin Soraya Esfandiari, Tochter eines mächtigen Führers aus dem Stamm der Bakhtiari und einer deutschen Mutter. Sie ist ein Symbol für alle Frauen dieses Landes, sagt sie.

Und weil sie ein Bild von der Königin gesehen hat, wie sie die Treppen eines Flugzeugs heruntersteigt, spricht Aftab-Khanum nun andauernd von den siebzehn Kriegsflugzeugen, die die Farangi nach dem zweiten großen Krieg nicht mehr gebraucht und im Iran zurückgelassen haben.

In der Zeitung hat sie nämlich gelesen, dass Ingenieure der Faranssawi-Farangi zusammen mit iranischen Ingenieuren die Flugzeuge in Passagiermaschinen umgewandelt haben. Und nun bittet sie ihren Eskandar-Agha zu jeder passenden und unpassenden Gelegenheit, zwei Billetts zu kaufen und nach Mashhad zum Grab des achten heiligen Emam-Resa zu pilgern und ihn um ein langes und gesegnetes Leben zu bitten.

Den Einwand von Eskandar-Agha, dass der verehrte Heilige es bestimmt lieber sähe, wenn sie auf traditionellem Weg zu ihm pilgerten, tut Aftab-Khanum ab. Sie sagt, der verehrte Heilige ist ein kluger Mann gewesen, und würde er in der heutigen Zeit leben, würde auch er den schnellen und bequemen Weg wählen und mit dem Flugzeug reisen.

Eskandar-Agha wird stark und soll eingeschüchtert werden

In einer Ecke der Moschee, etwas versteckt hinter dem kleineren Mambar, stehen der Sekretär, der Lehrer und der Student aus dem Schreibbüro und beobachten gespannt ihren Eskandar-Agha.

Ich denke, es ist die richtige Entscheidung gewesen, ihn als Befürworter von Mossadegh vor diesen Leuten aus seinem Viertel sprechen zu lassen, sagt der Sekretär, und der Lehrer und der Student nicken und pflichten ihm bei.

Er ist einer von ihnen, einer, der wie sie von ganz unten gekommen ist und nun ein angenehmes Leben führt. Die Leute werden ihm glauben und ihm ihr Vertrauen schenken.

Tatsächlich sind alle Augen in der Moschee auf Eskandar-Agha gerichtet, als er ruft: Ich bin ein kleiner Junge aus einem der ungezählten Dörfer ohne Namen gewesen. Eines Tages musste ich mein sterbendes Dorf verlassen und bin über den verbotenen Berg und habe die ersten Farangi meines Lebens gesehen. Es sind Engelissi gewesen, und sie haben nach Naft gesucht. Sie haben Wasser gehabt. Es ist das Wasser aus unserem Dorf gewesen, was uns weggenommen und zu ihnen umgeleitet worden war. Unsere Felder sind ausgetrocknet, unsere Tiere sind verreckt, mein Vater ist gestorben. Eskandar-Agha macht eine Pause, nicht, weil er Wirkung erzielen will, sondern weil er wirklich einen Kloß im Hals hat und nicht weitersprechen kann. Mein gesamtes Dorf ist gestorben.

Ich habe gesehen, wie das erste Naft aus dem Boden unserer Heimat geschossen ist. Es hat gestunken und geklebt, und ich erinnere mich, wie es manches Mal unsere Ernte verdorben hat. Aber die Engelissi wussten, wie man daraus Geld macht. Viel Geld. Sie haben die größte Raffinerie der Welt in Abadan gebaut, und sie schleppen täglich das kostbare Petroleum mit ihren riesigen Schiffen in die Welt.

Alles, was wir heute von ihnen wollen, alles, wofür der verehrte Mossadegh kämpft und worin wir ihn unterstützen sollten, ist: Die Farangi sollen uns wenigstens einen Teil der Gewinne zukommen lassen. Damit unsere Heimat nicht stirbt, sagt Eskandar-Agha in gefasstem Ton, wie einst mein Dorf gestorben ist.

Die Männer klatschen, und in ihren Augen kann Eskandar-Agha erkennen, dass sie nicht nur verstehen, was er erzählt, sondern dass sie es förmlich sehen.

Ich bin ein einfacher Mann, sagt er. Aber auch ein einfacher Mann hat eine Stimme, und die erhebe ich hiermit und sage: Es ist genug, genug, genug.

Jetzt springen manche Männer auf und klatschen, aber Eskandar-Agha spricht weiter. Es gibt eine Lösung für unser Problem, ruft er.

Das Publikum hört auf zu klatschen, und es wird still in der Moschee.

Der Einzige, der dieser Ungerechtigkeit und den Besatzern die Stirn bieten kann, ist, Gott sei es gedankt, der noch immer rüstige und kampflustige, siebzigjährige verehrte Dr. Mossadegh, ruft Eskandar-Agha und sieht bis in die hintere Reihe seiner Zuhörer.

Und deshalb bin ich persönlich froh, dass der verehrte Abgeordnete Mossadegh, für den ich die Ehre habe zu arbeiten, dem Parlament nachgegeben und die Wahl zum Premierminister angenommen hat. Eskandar-Agha reißt die Arme hoch und lächelt in die Menge und erntet ihren Beifall.

Als Nächstes sagt Eskandar-Agha etwas, das er mit dem Sekretär nicht abgesprochen hat. Der verehrte Mossadegh braucht uns. Uns, die Söhne dieses Landes, ruft Eskandar-Agha und deutet mit ausgestrecktem Arm in den hinteren Teil der Moschee.

Seht diese Jungen und Männer, ruft er. Sie sind die Zukunft unseres Landes. Wie ich sind sie aus ihren Dörfern vertrieben worden. Aber sie haben nicht aufgegeben. Abend für Abend gehen sie in die Schule, um zu lernen und zu nutzvollen Mitgliedern unseres Landes zu werden. Und wer weiß, sagt Eskandar-Agha mit bebender Stimme, eines Tages wird vielleicht einer dieser Männer Abgeordneter oder sogar der nächste Premier unseres Landes werden.

Eigentlich könnte Eskandar-Agha seine Rede hier beenden, den großen Applaus genießen und gehen. Aber ermutigt von der Zustimmung des Publikums, ruft er: Schah-an-Schah Aryamehr, hochwohlgeborener Mohammad-Resa-Pahlawi, König des Iran, hat – Eskandar-Agha macht eine Pause, weil er selbst am meisten überrascht ist von seinen Worten und nicht weiß, wie er seinen Satz beenden soll.

Aftab-Khanum, die sich in einen schwarzen Schleier gehüllt hat und zusammen mit einer Handvoll anderer Frauen in einer dunklen Ecke der Moschee sitzt, wird genauso unruhig wie der Student Agha-Farrokh, der Lehrer und allen voran der Sekretär. Sie hatten ausdrücklich vereinbart, Eskandar-Agha soll kein Sterbenswörtchen über den König verlieren, zumal sie längst die beiden Männer entdeckt haben, die ohne Zweifel Spitzel sind. Die ganze Zeit über haben sie keine Miene verzogen, doch als Eskandar-Agha den König erwähnt, richten sie sich auf und spitzen die Ohren.

Unser vom Volk geliebter König hat versprochen, sagt Eskandar-Agha schließlich, er hat versprochen, das Wohl der Leibeigenen und Bauern in unserem Land an die erste Stelle zu setzen. Denn schließlich ist es die Landwirtschaft, sind es die Produkte der Bauern, die jeden Einzelnen von uns ernähren.

Jetzt weiß Eskandar-Agha wieder genau, was er sagen wollte. Der Schah-an-Schah hat versprochen, Sorge dafür zu tragen, dass sie ihre Felder bestellen können und nicht in die Städte abwandern müssen, wo sie ohne Arbeit und Unterkunft die Außenbezirke bevölkern, die dann zu Vierteln verkommen, in denen Arme leben.

Im Augenwinkel sieht Eskandar-Agha, dass die beiden Spitzel diskutieren, gestikulieren, hinter vorgehaltener Hand flüstern, und er weiß, sie sind sich offenbar nicht einig, ob das, was er gesagt hat, nun Schah-feindlich oder Schah-freundlich ist.

Keiner von uns hat auch nur den geringsten Zweifel, ruft Eskandar-Agha geistesgegenwärtig, alle Maßnahmen des hochwohlgeborenen Schah-an-Schah sind zum Besten jedes Einzelnen in unserem Land. Lang lebe der Schah!, ruft Eskandar-Agha, wartet auf das Echo aus dem Publikum, dann ruft er: Lang lebe der Iran, sein Volk und der neue Premier Mossadegh. Und zur Sicherheit ruft er noch einmal: Lang lebe der König!. Dann rennt er, so schnell er kann, aus der Moschee, über den Hof und geradewegs zum Abort in der Ecke.

Welcher Teufel hat Sie denn da nun geritten?, will seine Aftab-Khanum wissen, als er kreidebleich wieder herauskommt.

Es ist wie ein Zwang gewesen, flüstert Eskandar-Agha, wischt sich den Schweiß von der Stirn und reibt die Hand an seiner Farangi-Hose trocken. Es ist, ich weiß auch nicht, murmelt er. Ich bin machtlos dagegen.

Das haben Sie wunderbar gemacht, ruft der Sekretär und erschreckt sowohl Eskandar-Agha als auch Aftab-Khanum, weil er plötzlich hinter ihnen steht. Auch die nicht abgesprochenen Passagen, sagt er. Einfach wunderbar. Haben Sie die beiden Spitzel gesehen?, fragt er, ohne seine Stimme zu senken. Da können Sie sehen, wie groß die Feindschaft der Engelissi ist. Nicht genug, dass sie sich öffentlich und sogar in den Zeitungen lustig über den verehrten Mossadegh machen, ihn als cholerischen, kränkelnden, alten Politiker verspotten. Nicht genug, dass, wann immer er einen Fuß vor die Tür setzt, Spitzel und Agenten auf ihn warten und ihn nicht mehr aus den Augen lassen. Jetzt verfolgen sie auch noch die Leute, die für ihn arbeiten oder für ihn in der Öffentlichkeit sprechen.

Eskandar-Agha macht dem Sekretär Zeichen, vor seiner Aftab-Khanum nicht über diese Dinge zu reden. Es ist aber zwecklos, der Sekretär sieht und hört nichts.

Die Wahrheit aber ist, die Engelissi, die Russi und allen voran unser König haben Angst vor ihm, erklärt der Sekretär. Immerhin hat es bisher kein Staatsoberhaupt gewagt, sich gegen die britische Krone aufzulehnen.

Erleichtert und zufrieden mit sich und seinem Erfolg kaufen Eskandar-Agha und Aftab-Khanum unterwegs noch ein frisches Fladenbrot und gehen nach Hause, wo sie schon von den beiden Spitzeln erwartet werden.

Du weißt ja, sagt der größere von beiden, wer zu viel kalte Melone isst, muss anschließend auch das Zittern ertragen. Wir sind hier, um dir mitzuteilen, dass wir längst wissen, wo du wohnst, und auch, wo deine Frau arbeitet. Und wir sind gekommen, um dir einen guten Rat zu geben, sprich lieber nie wieder in der Öffentlichkeit über den König. Mehr haben wir fürs Erste nicht zu sagen. Die beiden wollen schon gehen, da überlegt der kleinere es sich noch einmal, nimmt Eskandar-Agha das frische Brot weg und klemmt es sich selbst unter den Arm. Weißt du, Bruder, sagt er, am sichersten ist es für dich und deinesgleichen, wenn du gar nicht mehr in der Öffentlichkeit sprichst. Verstehst du? Und für deine Frau hier ist es am besten, wenn sie abends nicht mehr in diese Schule geht, denn wir wollen nicht, dass einer dieser Jungen dort eines Tages Premier unseres Landes wird. Hast du verstanden?

Statt zu antworten, öffnet Eskandar-Agha vorsichtig die Tür zum Hof, schiebt seine Frau hinein, schlüpft hinterher und lehnt sich von innen gegen die Tür.

Ihnen ist wohl klar, welcher Gefahr wir gerade entronnen sind, flüstert Eskandar-Agha mit schweißnasser Stirn, als wäre er den Weg von der Moschee nach Hause gerannt.

Ein ängstliches Nicken ist alles, was Aftab-Khanum zustande bringt.

Die ganze Nacht schmeißt sie sich im Schlaf unruhig hin und her, und am nächsten Tag kündigt sie tatsächlich ihre Stelle in der Abendschule.

Allerdings tut sie das weniger aus Angst vor den Spitzeln. Sie tut es, weil sie längst eine neue Stelle angenommen hat. Bis zu diesem Zwischenfall allerdings hat sie nicht gewusst, wie sie es ihrem Eskandar-Agha erklären soll. Denn statt zwei Stunden am Abend wird sie jetzt den ganzen Tag von morgens bis zum Nachmittag arbeiten, und zwar in einer der ersten Mädchenschulen des Landes.

Aber das können Sie nicht machen, schimpft Eskandar-Agha. Sie haben es doch selber erlebt. Hat die Drohung der beiden Kerle Ihnen nicht gereicht?

Ach, lassen Sie nur, wiegelt Aftab-Khanum ab. Die haben gesagt, ich soll nicht in der Abendschule arbeiten. Und das tue ich ja nun auch nicht mehr.

Khanum, bitte spielen Sie nicht die Naive.

Ich glaube nicht, dass ich naiv bin. Ich bin nur realistisch. Was soll ich Ihrer Meinung nach denn tun? Warten, bis die Engelissi abgezogen sind? Und die Russi? Und dann gibt es ja auch noch die Konservativen, die sind dagegen, dass Mädchen in die Schule gehen und das Haus überhaupt verlassen. Warten Sie, sagt Aftab-Khanum. Auf wen müsste ich noch Rücksicht nehmen? Ach ja, natürlich, all die Männer, die da draußen herumlaufen und finden, eine Frau sollte nicht auf die Straße gehen. Nein, Agha, sagt Aftab-Khanum, ich kann mein Leben nicht auf später verschieben. Aftab-Khanum richtet sich auf und sieht ihren Eskandar-Agha mit erhobenem Haupt an und legt sich schon neue Argumente zurecht, da winkt er ab und lächelt nur.

Khanum, machen Sie doch bitte, was Sie wollen, sagt er. Ich bin Ihnen längst nicht mehr gewachsen und will mich auch nicht mit Ihnen streiten.

Verdutzt sieht Aftab-Khanum ihren Mann und sagt leise vor sich hin: Die Zeiten ändern sich.

Zwei Wochen nachdem Aftab-Khanum ihre neue Stelle angetreten hat, stellen sich am helllichten Tag und obwohl er nur vier oder fünf Gassen vom Büro des Premiers entfernt ist, abermals zwei finster dreinblickende Männer Eskandar-Agha in den Weg. Sie beschimpfen ihn, schubsen ihn hin und her, reißen ihm seine braune Aktentasche aus der Hand und leeren den Inhalt auf die Straße, ein halbes Fladenbrot, einen Kamm, ein Buch von Sadegh Hedayat, einen Bleistift und ein kleines Taschenmesser.

Doch anders, als Eskandar-Agha annimmt, geht es den beiden nicht um die Arbeit seiner Frau, sondern um seine eigene Arbeit.

Was hast du gegen die Anglo Iranian Oil Company?, schnauzt der erste ihn an und rammt seinen Kopf heftig gegen den von Eskandar-Agha. Der Aufprall ist so stark, dass Eskandar-Agha das Gleichgewicht verliert, zur Seite wankt und sich den Kopf halten muss, weil er das Gefühl hat, er würde ihm von der Schulter fallen. Und er kann nur einen Gedanken denken: Aftab-Khanum wird mich bemitleiden und trösten, wenn sie hört, was mit mir geschehen ist.

Ihr seid meine Brüder, stammelt Eskandar-Agha. Wer auch immer euch bezahlt, ihr seid Iraner, ihr seid in diesem Land geboren und ernährt euch wie ich von dem Boden und den Gaben dieses Landes.

Die beiden sind verdutzt. Was willst du damit sagen?

Nichts will ich damit sagen.

Der erste schüttelt den Kopf, als wären die Worte von Eskandar-Agha eine lästige Fliege. Was hast du dagegen, dass die Engelissi unser Naft fördern?

Weil Eskandar-Agha nicht gleich antwortet, stößt der Mann ihn gegen die Brust, und noch während er stolpert und mit den Armen rudert, um sein Gleichgewicht nicht zu verlieren, denkt Eskandar-Agha so klar, als würde er es schwarz auf weiß geschrieben sehen, die beiden wollen ein Exempel statuieren. Er kann also tun und sagen, was er will, er kann schweigen, weinen oder zetern, sie werden ihn ohnehin verprügeln. Also nimmt Eskandar-Agha seinen ganzen Mut zusammen und spricht drauflos.

Brüder, ihr seid zu zweit und stärker als ich, sagt er. Also habe ich ohnehin keine Aussicht, gegen euch anzukommen. Also kann ich auch gleich die Wahrheit sagen, damit ich wenigstens nicht auch noch meine Würde verliere. Es stimmt, ich bin gegen die illegale Besatzung durch die Engelissi, und ich bin dagegen, dass sie unser Naft entwenden, uns ausbeuten und uns Iraner nicht am Gewinn beteiligen. Angstschweiß läuft Eskandar-Agha über den Rücken, seine Knie zittern, aber er ist stolz auf sich. Er strafft seinen Rücken und sagt, verprügelt mich, oder tut mit mir, was immer ihr für richtig haltet, und anschließend lasst uns jeder seiner Wege gehen.

Die Männer sehen sich an, sehen Eskandar-Agha an, einer kratzt sich am Kopf, tritt einen Schritt zurück und macht dem anderen Platz. Ohne ein weiteres Wort, ohne eine Warnung, verpasst dieser Eskandar-Agha zwei schallende Ohrfeigen. Dann sehen sich die beiden Männer wieder an, nicken zufrieden und verschwinden.

Sobald er allein ist, kann Eskandar-Agha sich nicht mehr auf den Beinen halten und sackt zusammen. Er zieht sein Taschentuch heraus, das seine Aftab-Khanum ihm wie jeden Morgen in die Jackentasche gesteckt hat, taucht es in das kühle Wasser des Djub und befeuchtet sein schmerzendes Gesicht, als plötzlich der Sekretär über ihm steht und Eskandar-Agha gleich wieder erschreckt.

Das sind iranische Agenten der Engelissi, erklärt der Sekretär, als Eskandar-Agha ihm alles erzählt. Sie haben einzig und allein die Aufgabe, Menschen einzuschüchtern und Unruhe zu stiften. Der Sekretär holt sein eigenes Taschentuch aus der Hosentasche, taucht es ebenfalls in das kühle Wasser des Djub, legt es sich selbst auf die Stirn. Einen Moment sitzt er so da und starrt in die Luft, bis er merkt, wie seltsam sein Verhalten ist, taucht das Tuch erneut ins Wasser, wringt es aus und legt es dieses Mal Eskandar-Agha in den Nacken.

Provokateure oder sonst wer, mir ist es gleichgültig, wer sie sind, murmelt Eskandar-Agha. Jedenfalls reicht es mir, ich werde morgen nicht mehr zur Arbeit kommen. Nennen Sie mich feige oder was immer Sie wollen. Ich liebe mein Leben zu sehr, sagt er und starrt auf das fließende Wasser im Djub.

Das wäre ein Fehler, sagt der Sekretär wieder mit dem ihm typischen Lächeln. Ich kann verstehen, wie erschrocken Sie sind, sogar eingeschüchtert, aber so leicht dürfen Sie nicht aufgeben.

Am liebsten würde Eskandar-Agha seinen Kopf an die Schulter des Sekretärs lehnen und sich von ihm trösten lassen. Wie damals, als er den Kopf an die Schulter des großen Mesterr-Richard gelehnt hat und nicht mehr von ihm wegwollte.

Der Sekretär sieht Eskandar-Agha von der Seite an, berührt vorsichtig seine geschwollene Wange, sagt, wenigstens haben wir nun den Beweis, dass die Engelissi sich tatsächlich vor uns fürchten. Er nimmt das Taschentuch von Eskandar-Aghas Stirn, hält es in den Djub, um es zu spülen und zu kühlen. Für die Farangi steht viel auf dem Spiel, schließlich ist die AIOC inzwischen ihre größte Einnahmequelle überhaupt. Und nur dank des billigen Öls aus dem Iran können sie so viele Automobile bauen und fahren und volltanken.

So wie Sie das darstellen, hängt ihre gesamte Wirtschaft davon ab, dass unser Öl fließt, sagt Eskandar-Agha.

Davon und davon, dass die Raffinerie in Abadan funktioniert, sagt der Sekretär und nickt, zufrieden mit seinen Ausführungen.

Glauben Sie mir, sagt Eskandar-Agha, verzieht vor Schmerz das Gesicht und versucht, den Mund nicht zu weit zu öffnen. Die Engelissi fürchten sich vor nichts und niemandem. Das haben die nicht nötig.

Bei allem Respekt, sagt der Sekretär, wringt das Taschentuch aus, legt es Eskandar-Agha auf die geschwollene Wange, hängt im Wechsel sein eigenes ins Wasser. Es tut mir aufrichtig leid, was mit Ihnen geschehen ist, aber wie gesagt, es ist der beste Beweis dafür, wie nervös die Engelissi sind. Außerdem ist es ein Beweis dafür, dass wir auf dem richtigen Weg sind.

Ich weiß, murmelt Eskandar-Agha, genau diesen Text haben wir gestern zwanzig- oder dreißigmal abschreiben müssen.

Der Sekretär berührt den Kiefer von Agha-Eskandar vorsichtig, sagt, jedenfalls sehe ich kein Blut.

Eine Weile noch hocken die beiden am Djub. Der Sekretär lächelt nicht mehr, als er sagt, es ist wichtig, dass einfache Leute wie Sie und ich jetzt nicht aufgeben. Sie selber haben es in der Moschee gesagt, wir sind die Stütze des verehrten Mossadegh, ohne uns kann er nicht tun, was er tut, und ohne uns wird er aus diesem Kampf als Verlierer hervorgehen.

Glauben Sie mir, sagt Eskandar-Agha ebenfalls mit vollkommen ernster Miene, ob eine so kleine Stütze wie ich steht oder fällt, merkt niemand.

Ich habe mitbekommen, dass der verehrte Mossadegh in letzter Zeit häufig Besuch von den Amrikai bekommt, sagt der Sekretär und tut, als würde er ein Geheimnis verraten. Die Amrikai sind feine Menschen, sie mögen die Iraner. Erst neulich, als der verehrte Mossadegh Amrika besucht hat, hat ihr Präsident, Mr. Truman, seine Freundschaft zu unserem verehrten Premier bekundet, und gestern oder vorgestern habe ich mitbekommen, wie er ihm erneut seine Grüße entsandt hat.

Ich muss nach Hause, sagt Eskandar-Agha, hofft, dass seine Frau ihm und seiner schlimmen Lage mehr Beachtung schenken wird als der Sekretär.

Nehmen Sie sich den Tag frei, sagt der Sekretär, aber ich zähle auf Sie und rechne damit, dass Sie morgen wieder ins Büro kommen.

Kaum hat Eskandar-Agha den Hof betreten, fühlt er sich, als hätte er nicht nur einen heftigen Schlag gegen den Kopf und Ohrfeigen kassiert, sondern eine richtige Tracht Prügel bezogen. Er verzieht das Gesicht vor Schmerz, hält sich den Kiefer, humpelt sogar ein wenig und erzielt bei Aftab-Khanum den gewünschten Effekt.

Mit weit aufgerissenen Augen schlägt sie die Hand vor den Mund, um nicht zu schreien, ruft trotzdem laut, der Herrgott soll mich töten, was hat man Ihnen angetan?

Die Nachbarn, deren Fenster sich ebenfalls zum Hof hin öffnen, strecken die Köpfe heraus, können aber den Grund der

Aufregung nicht erkennen und wenden sich wieder ihren eigenen Problemen zu.

Aftab-Khanum schüttelt die Kissen neben dem Wasserbecken auf, hilft ihrem Mann, sich zu setzen, fischt die große Wassermelone, die sie zum Kühlen ins Becken gelegt hat, heraus, holt frischen Tee und Zucker. Nachdem Eskandar-Agha ihr die Geschichte wieder und wieder und immer mit neuen Einzelheiten erzählt, holt Aftab-Khanum das Notizheft von Agha-Eskandar. Notieren Sie, sagt sie. Das ist eine feine Geschichte, die aufgeschrieben werden muss. Und ich werde morgen in der Schule meinen Schülerinnen davon berichten. Sie werden nach Hause gehen und es ihren Eltern und Familien erzählen, und es wird sich herumsprechen, wozu diese Unmenschen in der Lage sind. Möge Gott sie für ihre Tat bestrafen, möge er sie erblinden lassen und ihnen die Pest schicken, schimpft Aftab-Khanum.

Sagen Sie Ihren Schülerinnen, falls sie vorhaben sollten, im Ausland zu studieren, sollen sie sich unter keinen Umständen für Engelesstan entscheiden, sondern eine Universität in Amrika aufsuchen, sagt Eskandar-Agha. Anders als die Engelissi wollen die Amrikai nämlich nur das Beste für uns und unser Land. Sie respektieren Mossadegh, sagt Eskandar-Agha, lehnt sich vor und tut konspirativ. Wahrscheinlich ziehen sie hinter den Kulissen längst die Fäden und werden ihn schon bald öffentlich unterstützen, sagt er leise.

Die Amrikai? Unterstützen unseren Premier? Gegen ihre eigenen Verbündeten, die Engelissi?

Khanum, nicht so laut, sagt Eskandar-Agha und guckt, ob die Nachbarn aufmerksam geworden sind. Glauben Sie, was Sie wollen, flüstert er. Sie wissen doch, die große Politik ist schmutzig. Wieder sucht Eskandar-Agha die Fenster nach heimlichen Zuhörern an und macht dabei eine wichtige Miene.

Dieses Mal ist er es, der sich die ganze Nacht von einer Seite auf die andere wirft. Am Morgen verkündet er: Ich werde nicht zur Arbeit gehen.

Doch Aftab-Khanum lässt nicht locker und verlässt selbst erst das Haus, als er sie begleitet. Vor der Schule will Eskandar-Agha gleich weitergehen, als er im Augenwinkel zwei Männer entdeckt, die auf der anderen Straßenseite stehen und zu ihnen herübersehen. Da sind wieder zwei von der Sorte, die mich verprügelt haben, raunt er.

Beruhigen Sie sich, flüstert Aftab-Khanum und lächelt. Die beobachten jeden.

Wollen Sie damit sagen, Sie sehen diese Kerle nicht zum ersten Mal?

Statt zu antworten, tut Aftab-Khanum beschäftigt und kramt in ihrem viel zu großen Korb.

Seit wann stehen diese Kerle hier?

Seit, lassen Sie mich überlegen, ich kann mich nicht erinnern, lügt Aftab-Khanum und lacht. Wahrscheinlich schlafen die sogar auf dem Bürgersteig.

Sie verstehen nicht, mit diesen Dingen ist nicht zu spaßen. Diese Männer sind gefährlich. Es sind Spione, bezahlte Schläger und Provokateure wie solche, die mich verprügelt haben.

Sollen sie doch sein, wer sie sein wollen, sagt Aftab-Khanum. Ich habe mir nichts zuschulden kommen lassen, mich werden sie in Ruhe lassen.

Aber ich habe mir etwas zuschulden kommen lassen? Eskandar-Agha hat Mühe, sich zu beherrschen.

Diese beiden lungern doch nur herum und langweilen sich, sagt Aftab-Khanum. Mit denen, die Sie geschlagen haben, stehen diese beiden harmlosen Männer sicher nicht in Verbindung.

Khanum, bitte hören Sie auf, die Naive zu spielen.

Was mit Ihnen geschehen ist, tut mir von ganzem Herzen leid, sagt Aftab-Khanum, aber wir müssen doch weiter unser Leben leben. Und hören Sie endlich auf, diese Kerle so anzustarren, damit ziehen Sie nur deren Argwohn auf sich. Gehen Sie bitte, und machen Sie sich keine unnötigen Sorgen. Tun Sie Ihre Arbeit, und bringen Sie auf dem Heimweg zwei frische Ssangack-Brote mit.

Schon gut, flüstert Eskandar-Agha. Sie können mir alles Mögliche vorwerfen, aber nicht, dass ich das Brot jemals vergessen hätte.

Bis auf gestern, Aftab-Khanum lächelt versöhnlich und berührt rasch die Hand ihres Eskandar-Agha. Könnte ich Sie in der Öffentlichkeit küssen, würde ich es jetzt tun, sagt sie und sieht Eskandar-Agha so lange nach, bis er in der nächsten Seitengasse verschwindet. Als sie durchs Tor in die Schule will, fällt ihr auf, dass nur noch einer der Männer auf der anderen Straßenseite steht, und dann sieht sie gerade noch, wie der zweite in dieselbe Gasse einbiegt wie ihr Mann.

Machen Sie sich keine Sorgen, sagt die Schulleiterin, vielleicht haben Sie sich ja auch geirrt. Und selbst wenn er Ihrem Mann gefolgt ist, Sie sagen doch selbst, seine Position beim Premier ist keine besonders hohe. Die Direktorin sieht Aftab-Khanum zweifelnd an. Sind Sie sicher, dass er sich nichts hat zuschulden kommen lassen?

Heutzutage muss man sich nichts zuschulden kommen lassen, murmelt Aftab-Khanum und verschweigt der Direktorin, dass ihr Eskandar-Agha bereits am Vortag von zwei Agenten, Spitzeln oder was immer sonst sie gewesen sind, auf offener Straße angegriffen wurde.

Im Unterricht verliert sie dauernd den Faden, und sie fährt eine Schülerin an, weil die verträumt aus dem Fenster starrt. Aftab-Khanum entschuldigt sich, aber es bleibt ein bitterer Nachgeschmack.

Am Abend tut sie etwas, das sie schon seit Langem nicht mehr getan hat. Trotz der kühlen Luft, von der sie sofort Schmerzen in den Gliedern bekommt, und obwohl es früh dunkel wird, stellt sie sich in die Gasse vor die Tür ihres Hofs und wartet ungeduldig auf ihren Eskandar-Agha. Als er eine halbe Stunde überfällig ist, sorgt sie sich so sehr, dass sie vor zur Straße geht. Aber so viele Männer bleiben stehen und sehen sie schief an oder machen im Vorübergehen anzügliche Bemerkungen, dass Aftab-Khanum gleich wieder den Rückzug antritt. Sie holt die Öllampe aus dem Zimmer und bittet die Nachbarin, ihren Sohn mit ihr vor an die Straße gehen zu lassen.

Dem Jungen ist kalt, und er ist müde, trotzdem versucht er, Frau Aftab Mut zuzusprechen. Mein Vater kommt auch manchmal spät nach Hause, und ich selbst ebenfalls. So ist das Leben, sagt der Junge, zieht den Kopf ein, um sich gegen die Kälte zu schützen.

Du hast recht, sagt Aftab-Khanum kleinlaut. Du beschämst mich. Und es tut mir leid, dass ich dir deine verdiente Ruhezeit raube.

Das macht nichts, sagt der Junge. Es macht mich glücklich, wenn ich anderen Menschen helfen kann.

Du bist ein anständiger Junge, sagt Aftab-Khanum. Wie alt bist du?

Das weiß ich nicht, Khanum. Vielleicht zwölf oder vierzehn.

Und welche Arbeit machst du?

Ich bin der Lehrling des Tischlers am anderen Ende der Gasse.

Gefällt dir deine Arbeit?

Das weiß ich nicht, Khanum.

Bist du in die Schule gegangen?

Nein, Khanum.

Warum nicht?

Das weiß ich nicht, Khanum.

Weißt du, was eine Schule ist?

Nein, bitte vergeben Sie mir, Khanum, das weiß ich nicht, sagt der Junge und sieht verlegen zu Boden.

Das macht nichts, sagt Aftab-Khanum. Das ist keine Schande. Viele Menschen wissen nicht, was eine Schule ist. Sie streicht dem Jungen über den Kopf. Schule ist ein Ort, an dem man lesen und schreiben, rechnen und andere nützliche Dinge lernen kann.

Bitte vergeben Sie mir, sagt der Junge, von diesen Dingen verstehe ich nichts.

Kannst du deinen Namen schreiben?

Nein, Khanum. Bitte vergeben Sie mir, das kann ich nicht, antwortet der Junge schüchtern und mustert Aftab-Khanum aus dem Augenwinkel. Mein Vater sagt, Sie können lesen und schreiben. Stimmt das?

Ja, antwortet Aftab-Khanum, hebt das Kinn des Jungen an und zwingt ihn, sie direkt anzusehen. Und wenn der gütige Herrgott will und mein Eskandar-Agha wieder zu Hause ist, werde ich auch dir beibringen, deinen Namen zu schreiben.

Mir, Khanum? Ich bin doch nur ein einfacher Tischlerlehrling. Wie soll einer wie ich jemals schreiben lernen können?

Zeig mir deine Hände, fordert Aftab-Khanum ihn auf und nimmt die kalten Hände des Jungen in ihre. Du hast wunderschöne, zarte Finger. Welche Arbeit verrichtest du?

Khanum, ich weiß nicht.

Sag nicht immer, ich weiß nicht. Natürlich weißt du, welche Arbeit du machst.

So viel Interesse, so viele Fragen zu beantworten, überhaupt so viel zu sprechen ist der Junge nicht gewohnt, er sieht Aftab-Khanum an, als würde sie eine andere Sprache sprechen. Bitte vergeben Sie mir, Khanum, sagt er und sieht schuldbewusst zu Boden.

Du bist Lehrling beim Tischler. Das heißt, du sägst Holz und klopfst Nägel ins Holz und du –

Ich schnitze, fällt der Junge Aftab-Khanum ins Wort, und seine Augen leuchten, weil er nun die Absicht ihrer Frage versteht. Ich mache Khatam-kari, Intarsien, mit Gold, Elfenbein und feinstem Holz in Bilderrahmen, Dosen, Kisten, Schatullen, sagt der Nachbarjunge und senkt rasch wieder den Kopf, als würden ihn seine eigene Stimme und die vielen Worte erschrecken.

Siehst du, sagt Aftab-Khanum, also weißt du, was du machst. Wieder greift sie liebevoll unter das Kinn des Jungen, hebt vorsichtig seinen Kopf, sodass er, zumindest für einen Moment, ihrem Blick nicht ausweichen kann. Für einen wie dich, der all diese schönen und feinen und auch schwierigen Arbeiten verrichtet, sagt sie, ist etwas, wie den eigenen Namen zu schreiben, ein Kinderspiel. Aftab-Khanum lässt das Kinn des Jungen los. Wie heißt du überhaupt?

Ich, Khanum? Ich heiße Hossein, Sohn des Ali-Agha.

Hossein, das ist ein schöner Name, sagt Aftab-Khanum. Hossein und Ali, zwei der zwölf heiligen Emame.

Wieder leuchten die Augen des Jungen. Khanum, das weiß ich, sagt er, ohne diesmal den Kopf zu senken.

Khanum, was tun Sie hier?, erschreckt Eskandar-Agha seine Frau und den Nachbarjungen. Was tut der Junge hier? Um Gottes willen, ist etwas geschehen?

Das frage ich Sie, ruft Aftab-Khanum. Wo sind Sie gewesen? Ich bin tausend Tode gestorben.

Es tut mir leid, meine Liebe, antwortet Eskandar-Agha, nimmt seiner Frau die Öllampe ab und legt ihr, weil es dunkel ist und keiner außer dem Nachbarjungen sie sehen kann, den Arm um die Schultern. Ich habe mir schon gedacht, dass Sie sich sorgen, aber ich wusste keinen Weg, wie ich Ihnen hätte Bescheid geben können, dass es heute länger dauern würde.

Aftab-Khanum nimmt die kalte Hand von Hossein, schiebt sie in ihre Jackentasche und legt ihren Arm um die Schulter des Jungen, der die Wärme genießt und sich an Frau-Aftab anschmiegt.

Ich habe mir so viele schlimme Dinge ausgemalt. Aftab-Khanum zittert vor Aufregung. In der ganzen Stadt gibt es Unruhen, und Menschen verschwinden. Ich dachte, man hat Sie wieder verprügelt oder verhaftet, und ich muss Sie aus dem Gefängnis oder, noch schlimmer, Ihre Leiche aus irgendeinem Polizeirevier holen.

Alles das haben Sie sich in der kurzen Zeit ausgemalt, sagt Eskandar-Agha und versucht, das Ganze nicht so ernst werden zu lassen.

Bitte, Agha, da gibt es nichts zu scherzen. Menschen wie Sie und ich werden verfolgt, verhaftet und getötet.

Sie haben recht, gibt Eskandar-Agha zu. Genau das ist ja auch mit ein Grund, warum wir im Büro so viel zu schreiben haben. Da können wir nicht einfach nach Hause gehen, wann es uns passt, nur weil unsere Frauen sich um uns sorgen. Das Brot konnte ich auch nicht mehr kaufen, der Bäcker hat seinen Ofen längst ausgemacht.

Wir haben noch Brot vom Abend übrig, sagt Hossein der Nachbarjunge.

Ich bin gar nicht hungrig, sagt Eskandar-Agha. Der Sekretär und der Lehrer und der Student aus der Schreibstube haben aus dem Tshelokababi Essen kommen lassen. Es wäre unhöflich gewesen, ihr freundliches Angebot nicht anzunehmen.

Hat wenigstens Ihr Chef das Essen bezahlt?, fragt Aftab-Khanum. Doch noch bevor er ihr antworten kann, fragt sie, haben Sie heute Morgen mitbekommen, dass einer der beiden Männer Ihnen gefolgt ist?

Natürlich habe ich das mitbekommen. Er ist mir dicht auf den Fersen gewesen, und vor Ihnen muss ich es ja nicht verbergen, ich hatte wirklich Angst.

Wer, in Gottes Namen, sind diese Unmenschen?, flüstert Aftab-Khanum in einem Ton, dass es den Nachbarjungen und Eskandar-Agha schaudert.

Agenten der Regierung, flüstert Eskandar-Agha. Khanum, das ist längst noch nicht alles. Stellen Sie sich vor, flüstert Eskandar-Agha weiter und genießt es, dass Aftab-Khanum und der Nachbarjunge ihm aufmerksam zuhören; die Leute sagen, manche Agenten werden direkt von den Engelissi bezahlt, um die Menschen in Angst und Schrecken zu versetzen. Sie wollen damit klarmachen, wie wenig Macht der Schah und seine Polizei nur noch haben und wie wenig die Regierung in der Lage ist, für Ordnung im Land zu sorgen.

Das verstehe ich nicht, rutscht es dem Nachbarjungen heraus, und sofort zieht er den Kopf ein.

Eskandar-Agha und Aftab-Khanum sehen ihn verwundert an. Genau, sagt Aftab-Khanum. Das ist eine gute Frage, wozu soll das gut sein?

Zählen Sie eins und eins zusammen, sagt Eskandar-Agha. Natürlich wollen die Engelissi damit erreichen, dass wir, das Volk, einsehen, wie dringend wir sie brauchen und wie wichtig es ist, dass sie im Iran bleiben, damit unser Land und unser Leben nicht im Chaos versinken.

Das ist schamlos und gegen jede Moral, schimpft Aftab-Khanum.

Sie stacheln religiös verblendete Fanatiker an, damit sie Minderheiten angreifen. Juden, Bahai; sogar Anhänger der altpersischen Religion, die Zoroastrier, kommen jeden Tag zum Premier und bitten um Hilfe, weil ihre Häuser und Büros geplündert und in Brand gesteckt worden sind.

Und die Kerle, die Sie verfolgt haben? Sie können jederzeit wieder aufkreuzen. Mein Liebster, Sie sind in Gefahr. Aftab-Khanum hakt sich noch fester bei ihrem Mann unter. Wir müssen vorsichtig sein, flüstert sie. Vielleicht ist es wirklich das Beste, wenn Sie in den nächsten Tagen zu Hause bleiben und sich krank melden. Wir sollten verreisen, die Stadt verlassen. Lassen Sie uns nach Ramssar fahren, der freundliche Amir-Agha hat gesagt, er wird Sie jederzeit in seinem Hotel einstellen. Aftab-Khanum drückt die Schulter des Nachbarjungen. Und du schweigst wie ein Grab. Hörst du?

Khanum, wie Sie wünschen. Aber werden Sie verreisen, bevor Sie mir beibringen, meinen Namen zu schreiben, oder danach?

Wir werden gar nicht verreisen, erklärt Eskandar-Agha mit fester Stimme. Sie selbst halten Predigten über die Verantwortung, die jeder Einzelne von uns für dieses Land trägt. Jetzt ist es an der Zeit zu beweisen, dass wir es ernst meinen damit.

Ich will auch Mut beweisen und Verantwortung für mein Land übernehmen, sagt der Nachbarjunge und strahlt glücklich.

Der Junge ist derart beeindruckt von Eskandar-Agha und Aftab-Khanum und bewundert sie so sehr, dass er keine Gelegenheit mehr auslässt, in ihrer Nähe zu sein. Aftab-Khanum und er werden richtige Freunde, und das nicht nur, weil sie ihm noch am selben Abend beibringt, seinen Namen zu schreiben.

Als Nächstes lernt er den seiner Mutter und Schwester, den von Aftab-Khanum, der Königin Soraya und Fatemeh, der Tochter des Propheten, zu schreiben. Aftab-Khanum und er hocken zusammen mit den Eltern des Nachbarjungen abends am Wasserbecken im Hof und warten auf die Heimkehr von Eskandar-Agha. Sie trinken Tee, essen Joghurt mit Gurken, weißen Schafskäse und frisches Brot, erzählen sich die letzten Neuigkeiten und malen sich aus, wie der verehrte Mossadegh das Erdöl verstaatlichen wird und sie dann endlich keine Angst mehr haben müssen. Sie erzählen sich gegenseitig, wie alle möglichen Waren in den Basar kommen und die Läden gefüllt sein werden, wie die Preise fallen und ihr Leben leichter wird.

Aftab-Khanum erzählt, der Pförtner ihrer Schule hat mittags den beiden dubiosen Männern auf der gegenüberliegenden Straßenseite Tee und Brot gebracht, und ich habe vorgeschlagen, wir sollten die beiden einfach geradeheraus fragen, was sie wollen und für wen sie arbeiten, aber die Direktorin hat es mir verboten.

Eskandar-Agha erzählt, er hat einen Brief abgeschrieben, in dem ein Mann erklärt, wie er zusammen mit anderen Arbeitern seine Arbeit verloren hat, und nun wissen sie alle nicht mehr, wie sie ihre Familien durchbekommen sollen. Die Männer wollten zum Büro des Premiers kommen, aber unterwegs sind sie von einer anderen Gruppe Männer aufgehalten und verprügelt worden.

Wer waren die Männer, die sie verprügelt haben?

Eskandar-Agha zuckt die Schultern. Das weiß keiner. Polizei, religiöse Fanatiker, Agenten des Königs, Spitzel. Jeder kommt in Frage. Jedenfalls sind die Arbeiter jetzt so eingeschüchtert, dass sie zu Hause bleiben und ihr Schicksal schlucken.

Und Sie Ärmster müssen sich alles das anhören und mit ansehen, bemitleidet Aftab-Khanum ihren Mann.

Eskandar-Agha genießt das Mitgefühl seiner Frau. Es gibt noch viel Schlimmeres, sagt er. Es zerreißt mir das Herz, wenn ich die Frauen sehe, die tagelang weinend vor dem Haus sitzen und hoffen, ihre Ehemänner, Söhne, Väter, die bei Kundgebungen und Demonstrationen dabei gewesen und verhaftet worden sind, mit Hilfe des Premiers freizubekommen.

Am liebsten hören die Nachbarn zu, wenn Eskandar-Agha

über den berühmten Premier selber erzählt und ihnen sogar Fotografien, die er von ihm gemacht hat, zeigen kann.

Heute hat der verehrte Mossadegh über ein neues Gesetz abgestimmt, sagt Eskandar-Agha stolz. Ich selber bin derjenige gewesen, der es in sauberer und leserlicher Schrift abschreiben musste.

Möge Allah geben, es ist ein gutes Gesetz, sagt der Vater von Hossein und sieht über sich.

O ja, o ja, sagt Eskandar-Agah. Gut, sehr gut sogar. Doch statt zu verraten, um welches Gesetz es sich handelt, lehnt er sich zurück und wartet.

Nun erzählen Sie schon, fordert Aftab-Khanum ihn ungeduldig auf.

Gegen den Widerstand der Ausländer und des Königs hat Mossadegh dieses Gesetz durchgesetzt, und das Parlament hat es verabschiedet. Ausländer erhalten bis auf Weiteres keine einzige Konzession für Schürfrechte oder die Gewinnung von Rohstoffen oder Bodenschätzen mehr, erklärt Eskandar-Agha stolz, und seine Nachbarn nicken anerkennend, als hätte Eskandar-Agha selbst das Gesetz durchgefochten.

Es ist sogar verboten, über Konzessionen mit irgendeinem Farangi Verhandlungen zu führen, sagt Eskandar-Agha mit ernster Miene, obwohl er weiß, eigentlich begreifen seine Nachbarn nicht, wovon er spricht.

Immerhin hat der Nachbarjunge Hossein, ermutigt von Aftab-Khanoum, sich angewöhnt, sobald er eine Gelegenheit findet, seine Fragen loszuwerden. Und er hat sehr viele davon. Wer ist Mossadegh? Was ist ein Premier? Kann ich auch Premier werden? Was ist eine Demonstration? Für was und wen demonstrieren die Menschen? Gehen nur Männer oder auch Frauen auf die Straße? Wer ist der mächtigste Mann im Land? Warum tut der König nichts für Menschen, die zu wenig zu essen, kein Dach über dem Kopf, kein Wasser haben? Lieben die Farangi ihre eigene Heimat nicht? Warum gehen sie nicht zurück? Was sind das für Krankheiten, an denen so viele Menschen in unserem Land sterben? Wie sehen Pocken aus, was ist Cholera, woher kommen Läuse und Flöhe? Kann man verschmutztes Wasser sauber machen, damit es nicht krank macht? Was ist ein Arzt? Kann ein einfacher Junge wie ich auch Arzt werden?

Nicht mehr lange, mein Junge, erklärt Eskandar-Agha mit leuchtenden Augen, und du kannst werden, was immer du willst. Alle Türen werden dir offen stehen. Wir werden die Landwirtschaft modernisieren, eine richtige Bodenreform durchführen, und die Reichen in unserem Land müssen endlich begreifen, dass unser Boden nicht wenigen Mächtigen gehören kann, sondern dem ganzen Volk gehören muss.

Jedem?, fragt Hossein. Auch einem einfachen Jungen wie mir?

Erst recht einem wie dir, ruft Aftab-Khanum und merkt, wie sehr sie den Nachbarjungen ins Herz geschlossen hat.

Wir brauchen Fabriken und Betriebe, damit wir alles, was wir brauchen, selber herstellen; damit die Menschen in unserem Land Medikamente kaufen und zu Ärzten gehen können; damit jeder sauberes Trinkwasser hat, sagt Eskandar-Agha und gerät so sehr in Hochstimmung, dass er aufspringt und ruft, damit wir Straßen, Fabriken, Krankenhäuser, Schulen, Universitäten haben, damit junge Männer wie du eine Zukunft haben.

Und dafür brauchen wir das Geld aus den Geschäften mit unserem Petrolium, sagt der Nachbarjunge, springt ebenfalls auf und streckt die Faust empor und bekommt dafür von seinem Vater einen tadelnden Blick und von Aftab-Khanum ein weiteres Lob. Ich wäre stolz und glücklich, wenn ich einen Sohn wie dich hätte, sagt sie, lächelt und schluckt, damit sie vor Glück nicht weinen muss.

Verehrte Khanum, fragt Hosseins Vater, wann werden Sie meinem Jungen beibringen, den Namen seines Vaters zu schreiben?

Alles hat seine eigene Ordnung, antwortet Aftab-Khanum, auch das Schreibenlernen.

Eskandar-Agha begegnet Mahrokh-Khanum

Meine Herren, wir können stolz auf uns sein, verkündet der Sekretär, als er sich den dicken Packen vielfach sauber abgeschriebener Dokumente und Verträge ansieht.

Eskandar-Agha, der Lehrer und der Student, der sein Studium längst abgeschlossen hat, aber aus Gewohnheit noch immer Student genannt wird, lächeln dankbar über das Lob des Sekretärs und hoffen insgeheim auf eine kleine Belohnung.

Der Sekretär wiegt den Packen Papier in den Händen, als wäre es eine große Melone oder ein großes Stück Fleisch. Dies ist die Waffe, mit der wir die Engelissi endgültig schlagen und besiegen werden, sagt er und hebt den Packen wie eine Trophäe über den Kopf. Das schwöre ich, so wahr ich hier vor Ihnen stehe, ruft er und wartet auf eine Reaktion seines dreiköpfigen Publikums.

Als Ältestem, aber auch weil er als Einziger verprügelt worden ist und damit eine Art Märtyrerstatus genießt, steht es Eskandar-Agha zu, im Namen seiner Kollegen zu sprechen. Verehrter Agha, sagt er, wir freuen uns, wenn wir Ihnen und unserer Heimat einen Dienst erweisen konnten.

Der Sekretär strahlt übers ganze Gesicht. Seit über vierzig Jahren benehmen die Engelissi sich bei uns, als wäre es das Haus ihrer Tante. Und nun werde ich rasch diese wertvollen Dokumente zum Büro des verehrten Premierministers bringen, sagt er und blickt in die kleine Runde.

Allerdings ist er keine fünf Minuten fort, da kommt er mit gesenktem Haupt wieder ins Schreibzimmer zurück und erzählt erst nach langem Fragen und Bitten den Grund für seine Niedergeschlagenheit. Ich bin nicht einmal zum Sekretär des verehrten

Mossadegh vorgelassen worden, klagt er. Stattdessen musste ich mir die Frage anhören, warum noch niemand die Dokumente nach Abadan gebracht hat. Und nun habe ich selber den Auftrag erhalten, es zu tun. Wie ein Bote soll ich diese Dokumente zum Sitz der AIOC nach Abadan bringen und dort irgendeinem Sekretär der Briten übergeben.

Aber das ist doch wunderbar, ruft Eskandar-Agha und legt dem unglücklichen Sekretär väterlich den Arm um die Schulter. Man hat so viel Vertrauen zu Ihnen, dass man Ihnen die große Verantwortung überträgt, dem Sekretär der Engelissi zu erläutern, worin die Forderungen unseres verehrten Premiers und seiner Regierung bestehen.

Dem Sekretär der Engelissi?, fragt der Lehrer grinsend, als er mit Eskandar-Agha und dem Studenten wieder allein ist.

Eskandar-Agha, der Lehrer und der Student lachen noch und machen sich über ihren Vorgesetzten lustig, da reißt er die Tür erneut auf, streckt den Kopf herein, sieht Eskandar-Agha an und verkündet, und Sie, mein verehrter Freund, werden mich auf dieser bedeutenden Mission begleiten.

Kaum hat er die Tür hinter sich geschlossen, prusten der Lehrer und der Student wieder los. Dieses Mal lachen sie nicht über den Sekretär, sondern über den armen Eskandar-Agha, der seine, vielleicht nicht wirklich nett gemeinte Nettigkeit nun damit bezahlt, dass er über tausend Kilometer fahren muss, nur damit der Sekretär die Reise nicht allein machen muss.

Gehen Sie nur, ermuntert Aftab-Khanum ihn. Es wird Ihnen guttun. Seit Ewigkeiten haben Sie weder Ihre Notizen fortgeführt noch neue Fotografien gemacht. Auf der Reise werden Sie neue Eindrücke gewinnen. Und mir wird es auch nicht schaden, ein paar Tage allein zu sein und ohne Ihre Güte und Aufmerksamkeit zurechtkommen zu müssen, schmeichelt ihm Aftab-Khanum. Wer weiß, vielleicht werde ich eine der anderen Lehrerinnen und ein paar meiner Schülerinnen einladen und Khoresht-Bademjan kochen.

Wollen Sie sich über mich lustig machen? Ausgerechnet wenn ich nicht da bin, kochen sie Auberginen und Reis, eines meiner Leibgerichte?

Ja, sagt Aftab-Khanum grinsend.

Eskandar-Agha gefällt es, wenn sie die Kecke und er den Ahnungslosen spielt.

Wenn ich es mir recht überlege, erklärt sie, werde ich damit warten, bis Sie wieder zurück sind, und für meine Schülerinnen Ssabsi-polo-Mahi zubereiten.

Aber das ist mein eigentliches Leibgericht.

Dann werde ich eben auch damit warten, sagt Aftab-Khanum und lacht. Auf diese Weise kann ich beruhigt sein, dass Sie nicht im Süden bleiben.

Wie kommen Sie darauf, dass ich nicht zurückkommen würde?

Der einzige Grund, der Männer davon abhält, nach Hause zurückzukehren, antwortet Aftab-Khanum, ohne ihren Mann dabei aus den Augen zu lassen, ist eine andere Frau.

Wie ein Gebet hört Eskandar-Agha auf dem Weg zum Schreibbüro wieder und wieder die Worte seiner Aftab-Khanum: eine andere Frau, eine andere Frau. Und je länger er unterwegs ist, desto mehr bekommt diese andere Frau ein Gesicht und sogar einen Duft, den von Mahrokh-Khanum.

Jahre hat er nicht mehr an sie gedacht, aber jetzt, durch die bevorstehende Reise in den Süden und die Worte seiner Aftab-Khanum, ist längst Vergessenem neues Leben eingehaucht.

Eskandar-Agha versucht die Bilder in seinem Kopf mit Bildern von dampfendem Ssabsi-polo und Bademjan, Ghure, Zimt und gebratenen Zwiebeln zu vertreiben. Aber der Duft von Honig- und Milchseife; Bilder von Mahrokh-Khanum im dünnen Hemd, durch das ihre Brüste hindurchschimmern; Bilder von seiner Hand, die Öl auf der glatten, dunklen Haut und dem gesamten Körper von Mahrokh-Khanum verteilen, siegen.

Als wären nicht Jahrzehnte vergangen, sieht Eskandar-Agha, wie er zusammen mit dem Dienstmädchen die Essenzen aufgekocht hat, sie mit dem Holzstab gerührt und den Sud durch ein Tuch gegossen hat; und die Dienerin die Seife gepresst und sie mit ihrer zarten Hand geformt hat. Als er sich dann noch erinnert, wie er seine Mahrokh-Khanum gewaschen und sie sich anschließend geliebt haben, wird es Eskandar-Agha heiß, sein Kopf wird leicht, alles darin dreht sich, und er muss sich an den Rand des Djub setzen, um sich wieder zu fangen.

Möge der Allmächtige mich für diese schrecklichen Gedanken bestrafen, flucht er vor sich hin und beißt sich in die Hand. Gott ist mein Zeuge, es ist nicht meine Schuld, die verehrte Aftab-Khanum hat mich auf diese Gedanken gebracht, murmelt er vor sich hin und versucht, sich auf die Geräusche der Straße zu konzentrieren und damit abzulenken, dass er die vorbeifahrenden Automobile und Droschken zählt.

Aber was auch immer Eskandar-Agha versucht, die Bilder von Mahrokh-Khanum, ihren hübschen Dienerinnen und sogar wildfremden Frauen wollen einfach nicht aus seinem Kopf verschwinden.

Väterchen, vergeben Sie, sagt ein junger Mann, beugt sich zu Eskandar-Agha hinunter, legt ihm die Hand auf die Schulter. Geht es Ihnen nicht gut? Kann ich helfen?

Eskandar-Agha kneift die Augen zusammen, damit das Licht der Sonne ihn nicht blendet. Meinen Sie mich?

Der junge Mann lächelt besorgt. Benötigen Sie Hilfe?

Als wäre er eingeschlafen und würde nur langsam aufwachen, reibt Eskandar-Agha sich die Augen. Es ist das erste Mal, dass mich jemand Väterchen nennt, sagt er. Danke, mein Sohn, Sie haben bereits geholfen. So ist das Leben, murmelt Eskandar-Agha. Zeit kommt und geht. Ich bin ein Väterchen geworden, und wahrscheinlich ist die schöne Mahrokh auch nicht mehr die, die sie einmal war.

Wer?, fragt der junge Mann.

Ach, nichts. Eskandar-Agha winkt ab, schüttelt den Kopf und sieht dem jungen Mann hinterher, der ihn Väterchen genannt hat.

Was ist mit Ihnen?, fragt der Sekretär, wie immer lächelnd und in seinem gebügelten weißen Hemd strahlend, als Eskandar-Agha später als sonst im Büro erscheint. Sie sehen aus, als hätten Sie lange geschlafen.

Gut beobachtet, sagt Eskandar-Agha. Wirklich gut beobachtet. In der Tat habe ich geschlafen. Aber jetzt bin ich wach und bereit.

Geschlafen? Wach? Bereit wofür?

Bereit für alles, bereit für was immer kommen mag, sagt Eskandar-Agha. Einfach nur bereit.

Gut, sagt der Sekretär, runzelt die Stirn, hat aber kein Interesse, weiter nachzufragen, was Eskandar-Agha meint. Dann können wir also aufbrechen?

Wann immer und mit welchem Ziel auch immer Sie wollen, antwortet Eskandar-Agha und merkt nicht, wie er dem Sekretär mit seiner Art auf die Nerven geht.

Erst nachdem sie die Billetts für die Eisenbahn gekauft haben und auf ihren Plätzen sitzen, entspannt der Sekretär sich wieder. Es ist das erste Mal, dass ich mit der Eisenbahn fahre, sagt er und umarmt die Tasche mit den Dokumenten, als wäre sie ein Kind.

Sie brauchen keine Angst zu haben, es ist vollkommen ungefährlich, beruhigt Eskandar-Agha ihn.

Im ersten Moment versteht der Sekretär nicht, dann lacht er. Nein, nein, sagt er, ich habe keine Angst. Im Gegenteil, ich freue mich auf die Fahrt und bin gespannt, ob es stimmt, was die Leute sagen, dass man in der Eisenbahn gut und tief schlafen kann.

Eskandar-Agha lächelt genauso freundlich wie der Sekretär. Die Fahrt ist lang, wir können uns über vieles unterhalten.

Unterhalten? Worüber sollen wir sprechen?

Über alles, antwortet Eskandar-Agha vergnügt. Seit Jahren arbeite ich nun für den verehrten Dr. Mossadegh, bin ihm aber nur selten begegnet und kenne ihn daher nicht. Sie können mir zum Beispiel erzählen, was für ein Mensch er ist. Und über seine Partei, die Nationale Front, wüsste ich auch gerne mehr, und es interessiert mich brennend, wie er es anstellen will, die Nationalisierung des Erdöls durchzusetzen und den Schah dazu zu bringen, seine Pläne zu unterstützen, ruft Eskandar-Agha aus. Doch die einzige Antwort, die er vom Sekretär erhält, ist ein leises Schnarchen. Selbst im Schlaf lächelt er, murmelt Eskandar-Agha enttäuscht und sieht aus dem Fenster.

Der Sekretär wacht nur auf, wenn der Zug hält. Dann springt er auf den Bahnsteig, vertritt sich die Beine, streckt die Arme, stopft sein weißes Hemd wieder säuberlich in die Hose zurück, kommt ins Abteil, schließt die Augen und schläft. Kurz vor ihrem Ziel Abadan reckt und streckt er sich ein letztes Mal, isst, ohne Eskandar-Agha etwas davon anzubieten, sein mitgebrachtes Brot, seine vier hart gekochten Eier, eingelegte Gurken und Tomaten, bekleckert sein weißes Hemd, lächelt und spricht endlich wieder.

Verehrter Eskandar-Agha, Sie sind der einzige Mensch, den ich kenne, der gesehen hat, wie das erste Öl aus dem Boden des Iran geschossen ist. Man könnte sagen, Sie sind ein Teil der Geschichte unserer Heimat, und der des Naft allemal. Mit Ihnen in meiner Delegation werden wir bei den Farangi mächtig Eindruck schinden.

Es macht mich glücklich, meiner Heimat einen Dienst erweisen zu können, erwidert Eskandar-Agha höflich. Aber bitte beschämen Sie mich nicht, ich bin nur ein einfacher Dienstbote und Schuhputzer der Engelissi gewesen, und heute bin ich eine einfache Schreibkraft.

Ich sehe, Sie haben Ihren Fotoapparat dabei, fällt der Sekretär ihm ins Wort. Machen Sie so viele Aufnahmen, wie Sie wollen, sagt er und merkt, wie überheblich er klingt, sagt, ich meine, ich werde Ihnen Ihre Bilder abkaufen, schließlich sind Sie weit und breit der beste Fotograf, den ich kenne.

Der Meinung ist auch meine verehrte Frau, sagt Eskandar-Agha schmunzelnd und hofft, den Sekretär amüsieren zu können, als er sagt, allerdings ist es in ihrem Fall so, dass ich weit und breit auch der einzige Fotograf bin, den sie kennt.

Statt zu lachen oder gar zu antworten, verlässt der Sekretär ausgeschlafen und schwungvoll das Abteil und ruft, nun, da sind wir.

In Abadan erkennt Eskandar-Agha kaum etwas wieder. Aus dem kleinen beschaulichen Städtchen ist eine große, unübersichtliche Stadt geworden. Viele Straßen sind gepflastert oder asphaltiert, und auf beiden Seiten stehen Bäume. Alles ist sauber, die Geschäfte sind einladend, es gibt viele Speiselokale, Teehäuser und Kaffeehäuser für die Farangi. An manchen öffentlichen Plätzen plätschern Springbrunnen beruhigend und verbreiten den Eindruck, als wäre die Stadt reich. Das Viertel der Farangi mit seinen duftenden Gärten, Blumen, Bäumen, Wiesen, Schwimmbecken, wo er vor Jahren mit seiner Aftab-Khanum Schutz vor der Hitze gefunden hat, hat seine Beschaulichkeit verloren und ist so groß geworden, dass man sich darin verlaufen könnte. Damals wie heute ist das Viertel der Farangi der einzige Ort, an dem Kinder ausgelassen sind und unbekümmert spielen.

Weil der freundliche Droschkenführer sie damals aufgenommen hat und Eskandar-Agha seine ersten Geschäfte dank seiner Hilfe machen konnte, hat Aftab-Khanum Torshi eingelegt und Quittenmarmelade gemacht und Eskandar-Agha beauftragt, die gesamte Familie nach Teheran einzuladen. Deshalb sieht Eskandar-Agha sich nun nach jeder Droschke um und geht dem Sekretär damit wieder auf die Nerven.

Suchen Sie jemand Bestimmten?, fragt er.

Am liebsten würde Eskandar-Agha sagen, den ganzen Weg hierher, tausend lange Kilometer hast du mich ignoriert und mir die Ohren voll geschnarcht, jetzt willst du auf den letzten Metern wissen, warum ich mir die Droschken ansehe? Oh, antwortet Eskandar-Agha, das ist eine lange Geschichte. Meine Frau und ich sind vor Jahren hier gewesen.

Das ist gut, fällt der Sekretär ihm ins Wort. Dann kennen Sie sich ja aus in der Stadt und können eine geeignete Unterkunft für uns suchen. Und später, so gegen sechs oder sieben, wenn ich meinen Auftrag erfüllt habe, nehmen Sie eine Droschke, kommen zur Raffinerie und holen mich ab.

Aber Sie haben gesagt, ich soll mitkommen, weil ich die Art der Leute und die ersten Engelissi kenne und die erste Ölquelle – Eskandar-Agha spricht nicht weiter, er kommt sich lächerlich vor.

Also, dann sehen wir uns später wieder, sagt der Sekretär und schiebt Eskandar-Agha aus der Droschke. Er sieht auf sein Handgelenk, wo eine kleine Uhr befestigt ist, wie es seit Neuestem unter den Männern, die in Ämtern und Büros arbeiten, Mode geworden ist, und sagt, nehmen Sie bitte nicht eine dieser Massenunterkünfte und unbedingt zwei getrennte Zimmer.

Aber im Gasthaus erfährt Eskandar-Agha, jedes Zimmer kostet so viel, wie er in einer ganzen Woche verdient. Also dann bitte ein gutes Zimmer für den Sekretär und ein Bett in der Massenunterkunft für mich, sagt Eskandar-Agha.

Bruder, du sagst doch, dein Chef zahlt die Übernachtung. Bist du verrückt, in einem Zimmer mit fremden Männern zu schlafen?, fragt der Besitzer des Gasthauses. Der eine schnarcht, der andere trägt diese modernen Farangi-Socken aus Nylon und verbreitet einen Fußgestank, dass einem schlecht werden könnte, ein anderer redet im Schlaf und der Nächste hat im Schlaf vielleicht die Idee, sich zu dir ins Bett zu legen. Ich will meine Massenunterkunft nicht schlecht machen, aber wenn du es dir leisten kannst –

Das wäre eine Verschwendung, verteidigt Eskandar-Agha seine, wie er findet, lobenswerte Einstellung. Schließlich ist es nicht mein Geld, sondern das des Volkes. Außerdem ist ein einfacher Mann wie ich es gewöhnt, überall und jederzeit zurechtzukommen. Ich kann schlafen, auch wenn es um mich herum laut ist und stinkt, sagt Eskandar-Agha und kommt sich beinah vor wie ein Märtyrer.

Was tust du hier Bruder?, fragt der Gasthausbesitzer, als er ihm das Wechselgeld gibt.

Ich habe einen Auftrag, erfindet Eskandar-Agha. Ich soll die

Entwicklung in der Stadt dokumentieren, sagt Eskandar-Agha und fühlt sich tatsächlich gleich besser.

Draußen hängt er sich seine Fotokamera um den Hals und kommt sich vor, als wäre er in offizieller Mission unterwegs. Als Erstes macht er Aufnahmen von einem Laden, aus dem die Waren geradezu herausquellen. In vielen Farben, Formen und Größen gibt es dort alles, was man aus dem neuartigen Material Plastik herstellen kann. Angefangen von Nylonsocken über Kisten, Kanister, Schalen, Schuhe, Kämme, hohe und niedrige Hocker, große und kleine Löffel, Becher, Flaschen.

Eskandar-Agha bittet den Besitzer, sich vor seinen Laden zu stellen, und fotografiert ihn. Bruder, ruft der Mann mit einem großen Lächeln, alles, was du hier siehst, ist aus unserem Naft hergestellt, wusstest du das?

Den ganzen Vormittag schlendert Eskandar-Agha durch Abadan, macht Fotografien und hat Glück und findet sogar das Haus des Droschkenführers.

Der lebt schon lange nicht mehr hier, sagt eine Frau. Und als sie das Bokhtshe in der Hand von Eskandar-Agha entdeckt, fragt sie, wollen Sie etwas für ihn hierlassen? Vielleicht kommt er ja mal vorbei und –

Nein, danke, Khanum, fällt Eskandar-Agha ihr ins Wort. Wissen Sie –

Nein, Agha, ich weiß nicht, wo er wohnt, unterbricht die Frau nun ihrerseits Eskandar-Agha und will die Tür schon schließen, dann sagt sie, ich weiß nur, dass der Droschkenführer alt und krank gewesen ist und die Miete nicht mehr zahlen konnte.

Auch in den billigeren Wohngegenden sucht Eskandar-Agha, kann ihn aber auch dort nicht finden. Also macht er sich auf den Weg zur Raffinerie, und auch dorthin geht er zu Fuß, um Geld zu sparen und um unterwegs noch mehr Motive zu finden, die er fotografieren kann.

Als er die Türme, die großen, runden Depotcontainer, die Gebäude und Rohre der Raffinerie von Weitem sieht und der

Geruch von Petroleum in seine Nase steigt, wird es Eskandar-Agha schwer ums Herz. Er muss an das Lager der Farangi denken, an seinen kanadischen Freund, an Tajelmoluk, Frau-Rohan, seine Roxana und auch wieder an die schöne Mahrokh-Khanum.

Ein halbes Jahrhundert lang bin ich nun in dieser Welt, das ist eine lange Zeit, überlegt Eskandar-Agha, setzt sich an den Straßenrand und notiert rasch ein paar Zeilen in seinen Block: Aus meiner Vergangenheit sind mir nur einzelne Bilder geblieben, nicht mehr als Bruchstücke. Als wäre es nicht mein Leben, sondern das eines Fremden, als wäre es eine Geschichte, die ein anderer mir erzählt hat. Es ist gut, dass ich mir alles aufschreibe, damit die Erinnerung nicht vollständig verloren geht.

Es ist erst kurz nach Mittag, so kommt es Eskandar-Agha gelegen, dass er nah bei der Raffinerie, gleich neben der Straße eine große Tafel entdeckt, auf der mit schlechter Handschrift geschrieben steht: Das beste Essen der Welt, und in kleinerer Schrift darunter: Speisen nach jedem Geschmack.

Bruder, Sie haben Glück, begrüßt der Wirt ihn. Heute gibt es Mahipolo. Sie werden sehen, es ist der beste Fisch mit Reis, den Sie jemals gegessen haben.

Mahipolo?, Eskandar-Agha wundert sich, aber das ist ja meine Lieblingsspeise. Aber ich muss Sie enttäuschen, niemand kann Mahipolo so gut kochen wie meine Frau. Eskandar-Agha zieht die Schuhe aus, setzt sich auf den Boden an einen Platz am Fenster und reibt seine müden Füße.

Ich mache Ihnen ein Angebot, sagt der Wirt. Sollte unser Mahipolo Sie nicht überzeugen, verlange ich kein Geld dafür.

Doch schon beim ersten Löffel, den er sich in den Mund schiebt, muss Eskandar-Agha zugeben, diese Wette gewinnt der Wirt. Anders als der Fischreis seiner Aftab-Khanum ist dieser scharf gewürzt. Der Fisch schwimmt in einer kräftigen Soße, die den Reis nicht zu viel, aber auch nicht zu wenig tränkt und ihm dadurch eine besondere Frische verleiht. Eskandar-Agha verschlingt sein Essen mit einer solchen Eile, dass es ihm leidtut, als er seinen leer gegessenen Teller sieht und nun nichts mehr zum Genießen hat.

Belustigt beobachtet der Wirt den leeren und mit Brot sauber gewischten Teller und den sehnsüchtigen Blick seines Gastes und sagt, es freut mich, wenn mein Essen Ihnen schmeckt. Wenn Sie es wünschen, bringe ich Ihnen eine zweite Portion, für die ich nur den halben Preis verlangen werde.

Statt zu antworten, nickt Eskandar-Agha freudestrahlend und nimmt einen großen Schluck von seiner gesalzenen Buttermilch mit Eis.

Eine zweite Portion von unserem köstlichen Fisch für den Herrn, von dem wir noch nicht wissen, woher er stammt, ruft der Wirt quer durch den ganzen Raum in die Küche.

Kommt sofort, und Gottes Segen dazu, schallt es aus der Küche zurück.

Das ist jetzt aber peinlich, sagt Eskandar-Agha, nun wird jeder mich für einen Vielfraß halten. Eskandar-Agha sieht sich um, aber keiner der Gäste im gut gefüllten Speisesaal beachtet ihn, und wenig später weiß er auch, warum.

Aus einer anderen Ecke nämlich ruft der Wirt, dreimal die zweite Portion von unserem köstlichen Fisch mit Reis für die Reisenden aus Khorassan, der alten Hauptstadt unseres geliebten Vaterlandes.

Warum tun Sie das?, fragt Eskandar-Agha, als der Wirt ihm seine zweite Portion Fischreis bringt.

Während er lauthals lacht, streichelt der Wirt seinen kugelrunden Bauch. Zu viel Lauferei ist nicht gesund für mich, das macht mich hungrig. Ich esse zu viel, werde noch dicker und kann mich weniger um meine Gäste kümmern. Außerdem unterhalte ich mich und meine Gäste, und es sind schon Freundschaften und sogar Geschäftsbeziehungen in meinem Lokal entstanden, erklärt der Wirt. Sie sehen, es gibt viele Gründe, das Leben stets so leicht wie möglich zu nehmen und nicht mehr als unbedingt nötig zu arbeiten.

Das muss ich mir aufschreiben, sagt Eskandar-Agha, stürzt sich auf sein Essen und spricht mit vollem Mund weiter. Und wenn Sie gestatten, werde ich anschließend auch eine Fotografie von Ihnen und Ihrem Lokal machen.

Der Wirt nimmt sein Tuch von der Schulter, schlägt damit den Staub vom Platz neben Eskandar-Agha und setzt sich. Sie gestatten? Mein Freund, Sie gefallen mir, und deswegen werde ich Ihnen jetzt ein Geheimnis verraten. Die meisten unserer Gäste sind Reisende aus dem ganzen Land, sogar die Farangi von der Raffinerie kommen zu mir. Mal mit ihren Familien, mal allein. Sie mögen es, wie wir auf dem Boden zu essen. Ein paar von ihnen habe ich sogar beigebracht, mit der Hand zu essen. Ich glaube, das ist eine Art Abenteuer für sie, sagt der Wirt nachdenklich.

Es ist ein Abenteuer, wenn man mit der Hand isst?, fragt Eskandar-Agha mit vollem Mund.

Menschen sind unterschiedlich, sagt der Wirt. Was für den einen ein Abenteuer ist, ist für den anderen Alltag. Und so ist auch der Geschmack von Menschen unterschiedlich. Die Leute aus dem Norden mögen es lieber mild, die aus dem Osten mehr pikant, die aus der Hauptstadt haben lieber nicht so viel Soße mit ihrem Reis. Und die Ausländer vertragen nur mildes Essen, weil ihr Magen auf Fett und Scharfes nervös reagiert. Also gibt es bei uns zwar keine Auswahl, sondern täglich nur ein Essen, aber dafür haben wir es auf die unterschiedlichen Regionen, Geschmäcker und Mägen unserer Gäste abgestimmt.

Das habe ich noch nie gehört, sagt Eskandar-Agha. Und wie machen Sie es mit jemandem wie mir? Sie haben mich nicht gefragt, woher ich komme, und trotzdem meinen Geschmack besser getroffen, als ich selber ihn hätte beschreiben können.

Sie gefallen mir, sagt der Wirt, zufrieden mit seinem Gast, als hätte er eine Prüfung bestanden. Meine Augen und meine Ohren erkennen den Ort, aus dem meine Gäste kommen und welchen Geschmack sie haben. Und wenn ich mich mal irren sollte, dann muss der Gast seine erste Portion nicht bezahlen.

Geben Sie es zu, bei mir wissen Sie nicht, woher ich komme, stellt Eskandar-Agha mit Genugtuung fest.

Warum soll ich lügen, Agha? Es ist mir die zweite Portion wert, wenn Sie es mir sagen. Aber lassen Sie mich zuerst raten. Ihrem Aussehen und Ihrer dunklen Haut nach zu urteilen, sind Sie nicht weit von hier geboren worden. Sie sprechen nicht unseren arabischen Dialekt, sondern den der Leute aus der Hauptstadt. Andererseits höre ich auch die Sprache der Leute aus Schiras heraus und dann wiederum den türkischen Singsang der Menschen aus dem Norden unserer Heimat.

Sie sind ein wahrer Meister, sagt Eskandar-Agha anerkennend. Mit allem haben Sie recht. Ich bin unweit von hier in diese Welt gekommen und habe in allen anderen Orten, die Sie genannt haben, gelebt.

Sie gefallen mir, wiederholt der Wirt, und Sie können so viele Fotografien von mir und meinem Lokal machen, wie es Ihnen gefällt. Und jetzt strecken Sie die Beine aus. Es ist kaum noch jemand hier. Schlafen Sie, danach bringe ich Ihnen einen frischen Tee, und Sie können nicht nur gesättigt, sondern auch ausgeruht Ihrer Arbeit nachgehen.

Nun hat die weite Reise sich auch für mich gelohnt, murmelt Eskandar-Agha, rutscht tiefer in die Sitzpolster und Kissen und fällt in einen erholsamen Nachmittagsschlaf. Er träumt, dass er im wunderbarsten aller Gärten auf seidenen Kissen und Polstern ruht. Wie der Prophet es jedem rechtschaffenen Moslem und allen voran den Märtyrern in Aussicht stellt, stehen zweiundsiebzig und mehr hübsche Jungfrauen eigens zu seinen Diensten und für sein Vergnügen bereit. Auch wenn Eskandar-Agha ihre Gesichter und Körper nicht sieht, ist er sicher, sie sind die schönsten aller Frauen. Immer, wenn eine an ihm vorübergeht, steigt ihr märchenhafter Duft in seine Nase, überlagert alle Bilder und Erinnerungen, wird mächtiger und übermächtig und weckt ihn schließlich auf.

Noch während Eskandar-Agha zu sich kommt, bemerkt er die

Gruppe Frauen, die es sich gerade in der hintersten Ecke bequem macht. Eskandar-Agha gähnt und streckt sich nur ein wenig, um keine Aufmerksamkeit zu erregen. Er genießt den Duft, der von den Frauen zu ihm herüberweht, sich auf ihn legt wie eine Hand, ihn zudeckt wie ein leichtes Tuch. Er atmet ihn tief ein, will ihn bei sich behalten, solang es geht, als er sich mit einem Mal erinnert, dass es der Duft der schönen Mahrokh-Khanum ist. Und im nächsten Moment glaubt Eskandar-Agha auch, aus dem Stimmengewirr der Frauen tatsächlich die Stimme von Frau-Mahrokh herauszuhören. Vorsichtig dreht er sich zu den Frauen um. Ein kalter Schauer läuft ihm über den Rücken, denn sie ist es. Eskandar-Agha erschrickt so sehr, dass ein stechend scharfer Schmerz in seine Brust fährt.

Als der Wirt ihm den versprochenen Tee bringt, sagt er flüsternd, diese Schönheiten leben in Farang, aber sie kommen ein- bis zweimal im Jahr in die Heimat und machen immer bei mir halt. Sie reisen mit dem Schiff nach Abadan, oder sie kommen mit dem Flugzeug.

Haben Sie eine Ahnung, wer diese Herrschaften sind?, fragt Eskandar-Agha leise und duckt sich, um sich hinter dem großen Bauch des Wirts zu verstecken.

Die Leute sagen, die Älteste, die uns den Rücken zukehrt, ist eine der reichsten Menschen des Landes, flüstert der Wirt in dem Augenblick, als die Frau sich umdreht. Einen winzigen Moment treffen sich Eskandar-Aghas und ihr Blick, dann ruft sie nach dem Wirt.

Ich muss meinen Vorgesetzten abholen, sagt Eskandar-Agha rasch, bedankt sich und beeilt sich, das Lokal zu verlassen. Ich bin ein Feigling, murmelt er wütend über sich selbst und stößt Kieselsteine über den Boden und kann den ganzen Weg bis zur Raffinerie nicht aufhören zu grübeln, wie er es besser hätte getan haben können.

Als wäre das nicht schon genug, erwartet ihn vor der Raffinerie gleich die nächste Überraschung. Obwohl es längst noch nicht sechs Uhr ist, erkennt Eskandar-Agha schon von Weitem den Sekretär. Wutentbrannt und mit hochrotem Gesicht und wirrem Haar geht er vor dem Tor auf und ab und fängt sofort an zu schimpfen.

Man hat mich nicht einmal hineingelassen, beschwert er sich in einem Ton, den Eskandar-Agha an ihm nicht kennt. Weder ist einer gekommen, um mich zu begrüßen, noch durfte ich zu jemandem hinein, um die Dokumente abzugeben. Einer dieser Wächter hat sie an sich genommen. Ein oder zwei Stunden habe ich in der sengenden Sonne gestanden und gewartet, aber sie haben es nicht einmal für nötig befunden, mir eine Nachricht zukommen zu lassen oder mir einen Schluck Wasser anzubieten.

Zum ersten Mal, seit Eskandar-Agha ihn kennt, kann er nicht die geringste Spur eines Lächelns im Gesicht des Sekretärs erkennen, und je länger er ihn ansieht, desto mehr Falten entdeckt er, und auch das eine oder andere weiße Haar. Kommen Sie, sagt Eskandar-Agha in väterlichem Ton, ich weiß, was Ihnen jetzt guttut.

Und dafür habe ich die Mühe der Reise auf mich genommen und bin den weiten Weg hierhergefahren.

Gott ist gerecht, sagt Eskandar-Agha mit einer gewissen Genugtuung, er wird jene bestrafen, die Schlechtes getan haben, und belohnen, wer Gutes tut.

Wie auch immer, murrt der Sekretär und wischt sich vorsichtig den Schweiß von der sonnenverbrannten und schmerzenden Stirn.

Wir werden in die Stadt zurückfahren, wo Sie Ihr Zimmer beziehen und sich ausruhen können, sagt Eskandar-Agha, hakt sich beim Sekretär unter und führt ihn zur Bushaltestelle.

O nein, ruft der Sekretär. Tun Sie mir das nicht an. Nicht mit dem Bus. Auch diese Schmach habe ich heute bereits über mich ergehen lassen müssen. Nein, Agha, das will ich nicht noch einmal. Nachdem ich mir habe gefallen lassen müssen, nicht in die AIOC eingelassen zu werden, wollte ich mit dem Bus in die Stadt fahren, aber der Fahrer hat den Finger gehoben, als wäre ich ein kleiner Junge. Bruder, hat er gesagt, bitte verzeihen Sie, scheinbar sind Sie nicht informiert, dieser Bus ist lediglich den verehrten Farangi vorbehalten. Der Bus für die Iraner kommt in zehn oder zwanzig Minuten, hat er gesagt, hat die Tür zugemacht und ist losgefahren. Wir sind doch nicht Indien oder Afrika und keine Kolonie der Engelissi, flucht der Sekretär. Hier draußen fühlt man sich nicht wie im Iran, so viele Menschen haben helle Haut und helles Haar und scheinen alle nur Engelissi zu sprechen. Ihre Frauen tragen kurze Röcke, man kann ihre Knie sehen. Eine Frau hatte sogar nur eine kurze Hose an. Stellen Sie sich vor, bis hierhin hat man ihre Beine gesehen, sagt der Sekretär und zeigt mit der Hand, wie kurz die Hose gewesen ist.

Sie sind müde, sagt Eskandar-Agha, haben Enttäuschungen erlebt und den ganzen Tag nichts gegessen. Kommen Sie, ich kenne gleich hier in der Nähe ein Lokal, in dem Sie ein Abendessen bekommen, das Sie für all ihre Enttäuschungen entschädigen wird, und ich garantiere Ihnen, danach werden Sie alles nur noch halb so schlimm finden.

Der Sekretär wehrt sich nicht, als Eskandar-Agha ihn weiterzieht, und lässt sich ohne Widerstand von ihm führen, hört aber nicht auf zu schimpfen. Die Frauen der Farangi tragen Hüte so groß wie Schirme. Und ihre Schuhe haben Absätze. Sie haben einen Klub, wo sie herumrennen und spielen, sagt der Sekretär spöttisch. Erwachsene, die sich wie Kinder benehmen und spielen. Dort gibt es ein großes Wasserbecken, in dem Frauen und Männer zusammen baden. Ich habe es mit eigenen Augen gesehen, sie sind halbnackt. Es ist beschämend, und sie tun es vor jedermanns Auge, und Männer und Frauen berühren, umarmen und küssen sich sogar in der Öffentlichkeit.

Alles das haben Sie an einem einzigen Tag gesehen?, fragt Eskandar-Agha.

Ich bin dem Geschrei und lauten Lachen gefolgt und konnte von einer Anhöhe aus hinter die hohe Mauer sehen. Da habe ich beobachtet, wie diese gewissenlosen Farangi mitten in der Wüste ein ganzes Becken mit kostbarem Wasser füllen, nur um sich darin zu baden oder um darin zu spielen oder was immer es ist, was sie dort treiben.

Obwohl er die Geschichte von seinem Dorf, dem Wasser und dem großen Sterben dem Sekretär schon mehr als einmal erzählt hat, überlegt Eskandar-Agha, ob er es nicht noch einmal tun soll, aber der Sekretär lässt ihn ohnehin nicht zu Wort kommen.

Als ich in der sengenden Sonne gestanden und hinter der Mauer die Farangi beobachtet habe, wie sie in dem blauen Wasser planschen, musste ich an Sie denken und daran, dass der Arbab Ihres Dorfes das Wasser zu den Farangi umgeleitet hat und Ihr Dorf verdorrt ist, sagt der Sekretär und gewinnt damit die Sympathie von Eskandar-Agha für sich zurück.

Aber eins muss man den Farangi lassen, sagt der Sekretär, und das Lächeln kehrt zurück in sein Gesicht. Die wissen, wie sie Spaß haben und das Leben genießen können. Und spätestens seit ich das gesehen habe, wundere ich mich nicht mehr darüber, dass sie die Welt beherrschen. Und noch eins muss man ihnen lassen. Sie sind wirklich mutig. Mit eigenen Augen habe ich gesehen, wie sie auf einen schwindelerregend hohen Turm klettern, den sie zu keinem anderen Zweck gebaut haben, als um sich von dort oben todesmutig ins Wasser zu stürzen. Das Wasser spritzt in die Höhe, sie selber landen am Boden des Beckens, und man glaubt jedes Mal, sie werden es nicht schaffen, wieder heraufzukommen. Der Sekretär reißt die Augen weit auf und spricht leise. Sogar eine Frau ist gesprungen.

Nur um irgendetwas zu erwidern, sagt Eskandar-Agha, vielleicht ist es tatsächlich eine Art Training, mit dem sie ihren Mut stärken. So wie ich als junger Mann ins Sur-Khane gegangen bin und mit anderen Männern gerungen habe, um meine Kraft und meinen Mut zu stärken, stürzen die Farangi sich von hohen Türmen ins Wasser.

Wenn man Geld hat, sagt der Sekretär, kann man sich alles

kaufen. Schiffe, mit denen man das Naft fremder Nationen wegschaffen kann; mitten in der Wüste riesige Becken, bis zum Rand gefüllt mit frischem Trinkwasser; und vielleicht kann man sich mit Geld sogar Mut kaufen, sodass man sich von der Spitze eines Turms in die Tiefe stürzen kann, sagt der Sekretär und gähnt.

Regen Sie sich nicht auf. Davon hat doch niemand was, versucht Eskandar-Agha den Sekretär zu beruhigen.

Sie haben recht, durch Reden allein werden wir die Welt nicht verändern. Ich bin nur ein kleiner Sekretär, aber auch ich habe eine Stimme, und jetzt da ich mit eigenen Augen sehen konnte, wie diese Farangi leben und was sie mit unserem Geld machen, werde ich meine Stimme in Zukunft noch lauter erheben. Und wenn unser Naft und andere Bodenschätze erst einmal uns gehören, werde ich mich als Erstes dafür einsetzen, dass die siebzigtausend iranischen Angestellten der AIOC nicht weiter in ärmlichen Verhältnissen leben und in Hütten hausen müssen, deren Dächer aus Pappe bestehen. Und nur weil sie kein sauberes Wasser haben, bekommen sie alle möglichen Krankheiten, während die Farangi im Wasser baden.

Mashallah, bravo, Agha, Sie sollten Politiker werden, sagt Eskandar-Agha und freut sich, weil der Sekretär sich um seine Aufmerksamkeit bemüht.

Ich habe nichts dagegen, wenn die Ausländer sich in unserer Heimat wohlfühlen, sagt der Sekretär. Es freut mich sogar. Sollen sie so viele Dienstboten und große Wasserbecken haben, wie sie wollen, auch ihre Tennis- und Reitturniere und Feste feiern, so oft sie wollen. Von mir aus können ihre hübschen Häuser mit den grünen Gärten weiterhin so geräumig und groß sein, dass jedes ihrer Kinder und sogar jeder ihrer Hunde ein eigenes Zimmer bewohnt. Was ich aber möchte, nein, was ich verlange, ist, dass nicht nur die Farangi, sondern auch wir Iraner in den Genuss dieser Vorzüge kommen, die schließlich aus dem Reichtum unseres Landes bezahlt werden.

Das ist wirklich eine schöne Vorstellung, pflichtet Eskandar-

Agha dem Sekretär bei. Unsere Kinder und ihre Kinder spielen miteinander, und kein Kind wird jemals wieder an Pocken, Hunger, Cholera, Durst oder sonst einem Mangel sterben. Kein Kind wird arbeiten und seinen Eltern helfen müssen, das tägliche Brot für die Familie zu verdienen, und alle Kinder gehen in die Schule.

Apropos essen, sagt der Sekretär. Haben Sie nicht gesagt, Sie kennen ein gutes Lokal? Kommen Sie, ich habe Hunger.

Sobald er den ersten Löffel vom köstlichen Essen im Mund hat, schweigt der Sekretär, schließt die Augen, kaut mit halb offenem Mund und kann nicht schnell genug den nächsten Löffel mit Reis und Soße in den Mund schieben.

Einen zweiten Teller von unserem köstlichen Mahl für den Freund von Eskandar-Agha, ruft der Wirt in die Küche.

Erst jetzt hört der Sekretär auf, wie einer, der nicht ganz bei Sinnen ist, ins Nichts zu starren und zu grinsen, und auch seinen zweiten Teller genießt er, ohne ein Wort zu sagen und zufrieden. Er hat den letzten Bissen noch nicht ganz hinuntergeschluckt, da lehnt er sich zurück, rutscht tiefer in seine Kissen und schläft ein.

Aber wir haben ein richtiges Zimmer gemietet, für Sie sogar ein Einzelzimmer, sagt Eskandar-Agha pflichtbewusst, aber leise, weil er hofft, der Sekretär wird ihn nicht mehr hören.

Lassen Sie nur, murmelt der und fängt leise an zu schnarchen.

Mir soll es recht sein, sagt Eskandar-Agha noch leiser, beobachtet den Sekretär und wartet, bis sein Atem gleichmäßig geht. Dann schleicht er sich hinaus vor die Tür des Gasthauses, wo der Wirt an der Mauer hockt und seine Wasserpfeife raucht.

Ya-allah, im Namen Gottes, sagt der Wirt. Der junge Mann ist also dein Vorgesetzter.

Das ist er.

Er scheint nervös zu sein.

Auch das stimmt.

Und du? Was ist mit dir, mein Freund?

Wie meinst du das?, fragt Eskandar-Agha.

Die Frauen, die vorhin in der Ecke gesessen haben, scheinen dich zu interessieren.

Ich dachte, ich kenne eine oder zwei von ihnen.

Diese Damen gehören aber nicht zu der Art Frauen, die einer wie du und ich kennen, sagt der Wirt mit ernster Miene.

In jungen Jahren habe ich für einige Damen dieser Art gearbeitet, antwortet Eskandar-Agha.

Nimm diesen Zettel, mein Freund, die verehrte Mahrokh-Khanum hat dich erkannt und diese Nachricht für dich hinterlassen.

Eskandar-Agha verliert Aftab-Khanum

Die Glocke macht einen derartigen Lärm, dass Eskandar-Agha bereut, sie betätigt zu haben, erst recht, als nicht etwa Mahrokh-Khanum, sondern zwei kräftige und bewaffnete Männer das Tor öffnen. Aber wie es scheint, haben sie ihn erwartet, denn sobald er seinen Namen nennt, führen sie ihn, ohne weitere Fragen zu stellen, durch den riesigen Park zum Haupthaus, wo eine Dienerin ihn in Empfang nimmt. Er folgt ihr durch die große Eingangshalle, einen noch größeren Salon und verschiedene Flure, bis sie ihm in einem prächtig ausgestatteten und mit vielen Blumen geschmückten Raum einen Platz auf bequemen Kissen anbietet und ihn allein lässt.

Alles, die Kissen, das Licht der Sonne, das durch die Vorhänge gemildert wird, der Wind, der sich in ihnen verfängt und sie aufbläht, erinnert Eskandar-Agha an den Harram und das frühere Haus der schönen Mahrokh-Khanum, und für einen Augenblick fühlt er sich wie der junge Mann, der er damals gewesen ist, mit so viel Kraft, dass er nicht wusste, wohin damit, voll von Lebenslust, ohne Ahnung vom Leben, voll von Sehnsucht, ohne zu wissen, wonach.

Dreißig Jahre sind ein ganzes Leben, murmelt Eskandar-Agha vor sich hin, legt die Hände auf seinen runden Bauch, nimmt sie wieder herunter, versucht ihn mit seiner Jacke zu verstecken.

Ist es nicht traurig?, fragt eine Stimme, die Eskandar-Agha sofort als die von Mahrokh-Khanum erkennt. Auch sie ist voller geworden, reifer, aber es ist dieselbe Stimme. Sie steht vor Eskandar-Agha und sieht auf ihn herab.

Er muss sich mit der Hand abstützen, erst aufs Knie kommen,

bevor er zuerst den einen, dann den anderen Fuß aufsetzt und endlich steht. Beim Atmen keucht er ein wenig. In gewisser Weise steht Mahrokh-Khanum auch jetzt noch über ihm. Sie scheint gewachsen zu sein, oder vielleicht ist er geschrumpft. Jedenfalls könnte der Unterschied und Abstand zwischen ihm und ihr größer nicht sein, und auch nicht peinlicher. Kaum vorzustellen, dass dieser fettleibige, schwitzende, in die Jahre gekommene, und jetzt auch noch von der Reise mitgenommene Mann der Gleiche ist, den diese edle und noch immer bildhübsche Frau einst auch nur in die Nähe ihres wunderbaren Körpers gelassen hat.

Wir werden alle älter, sagt Mahrokh-Khanum und lacht. Sie wirft den Kopf in den Nacken, wie sie es früher getan hat, schüttelt Eskandar-Agha die Hand und lässt sich mühelos und leicht auf die Kissen am Boden sinken. Es freut mich zu sehen, dass Sie eine Frau gefunden und offenbar geheiratet haben, sagt sie, lacht über den verdutzten Blick von Eskandar-Agha und beantwortet seine nicht gestellte Frage. Ein Mann kann nur so wohlgenährt und zufrieden wirken wie Sie, wenn er eine Frau hat, die sich tagtäglich um ihn kümmert.

Eskandar-Agha überlegt angestrengt, was er sagen könnte, versucht sich daran zu erinnern, wie er sich die Begegnung mit ihr ausgemalt hatte, aber das Einzige, was er denken kann, ist, dass er sich noch immer wie der Diener dieser Frau fühlt und es bereut, gekommen zu sein. Am liebsten würde er weglaufen, aus diesem Zimmer, dem Haus und vor dieser Frau, die scheinbar noch immer seine Gedanken ausspricht, bevor er selbst sie kennt.

Ich freue mich, dass Sie meiner Einladung gefolgt sind, sagt sie. Ich habe einiges mit Ihnen zu besprechen.

Ich bin ausgeraubt worden, legt Eskandar-Agha sich die Worte zurecht als Begründung, warum er nicht, wie sie ihm aufgetragen hat, nach einem Jahr zu ihr zurückgekehrt ist. Ich werde sagen, es hat keine Arbeit gegeben, überlegt er, und dass ich von der einen Seite des Landes zur anderen reisen musste, um mein tägliches Brot zu verdienen, dass ich beim großen Mirza Kutshek-Khan gelandet bin und nach meiner Rückkehr quasi gezwungen worden bin zu heiraten. Doch bevor Eskandar-Agha auch nur seinen Mund aufmachen kann, sagt Mahrokh-Khanum, meine Roxana ist eine hübsche Frau geworden.

Wie ein Schlag in den Magen treffen ihn die Worte seiner früheren Herrin. Roxana, murmelt er kaum hörbar.

Die Zeit ist geflogen, sagt Mahrokh-Khanum. Roxana hat zwei bezaubernde Kinder, ein Mädchen und einen Jungen. Meine Roxana hat studiert, sie arbeitet und verdient mehr Geld als viele Männer. Sie ist eine der ersten Architektinnen des Landes. Mahrokh-Khanum sieht Eskandar-Agha prüfend an. Ich habe ihr von Ihnen und ihrem Vater, diesem kanadischen Mister, und dieser Tajelmoluk, ihrer leiblichen Mutter, erzählt. Ich habe ihr gesagt, was ich wusste, aber ich weiß nicht viel. Das ist der Grund, warum ich stets zu Gott gebetet habe, Ihnen, verehrter Herr-Eskandar, wenigstens noch einmal zu begegnen. Gott ist gnädig, sagt sie und fächert sich mit der Hand Luft zu. Er hat meine Gebete erhört, und Sie sind gnädig und sind meiner Einladung gefolgt.

Eskandar-Agha versucht verzweifelt, im Gesicht seiner früheren Herrin nicht die Züge der jungen und schönen Mahrokh zu sehen, das Gesicht, das er geküsst und liebkost hat, die Augen, in die er versunken war und sich so oft darin verloren hat. Er betrachtet seine frühere Herrin und will nicht an den jungen, festen Körper denken, den er geliebt, in seinen Armen gehalten, gestreichelt und vergöttert hat.

Ich sage Ihnen, ein Mensch sollte wissen, woher er kommt und wer er ist. Nur wer sich selbst nicht überschätzt, hat einen festen Stand im Leben, erklärt Mahrokh-Khanum. Sie hebt die Hand, ein Diener, den Eskandar-Agha erst jetzt bemerkt, öffnet die Tür, und eine Frau betritt den Raum.

Dieses Mal fällt es Eskandar-Agha nicht schwer, auf die Füße zu kommen, und er findet sofort die richtigen Worte. Mein kleines Mädchen, sagt er mit zitternder Stimme.

Roxana stehen Tränen in den Augen. Sie sieht aus, als wollte sie ihm wie damals um den Hals fallen und sich an ihn schmiegen. Stattdessen schluckt sie ihre Tränen hinunter und reicht ihm zum Gruß die Hand.

Eskandar-Agha beeilt sich, seine eigenen Tränen mit dem Handrücken wegzuwischen, streckt ihr seine feuchte Hand hin, zieht sie zurück, reibt sie an seiner Hose ab, streckt sie wieder aus und fällt vor seiner Roxana auf die Knie.

Ich bitte Sie, das dürfen Sie nicht. Roxana hilft ihm auf die Beine, lässt nun auch ihren Tränen freien Lauf.

Eskandar-Agha spricht sie mit Frau-Roxana an, Roxana-Khanum. Sie widerspricht nicht und nennt ihn Eskandar-Agha.

Ich weiß, Sie sind selbst noch ein Kind gewesen, als ich geboren wurde, und waren höchstens acht oder neun Jahre alt. Ich mache Ihnen keinerlei Vorwurf, sagt Roxana und schielt zu Mahrokh-Khanum, so wie ich der verehrten Mahrokh-Khanum keinen Vorwurf mache. Ich möchte Sie nur bitten, mir alles zu erzählen. Alles, was Sie wissen und woran Sie sich erinnern. Über meine Mutter Tajelmoluk, meine Großmutter, Rohan-Khanum, meine Geburt, von der Amme, der Frau des Mullah und, Roxana muss schlucken, natürlich von meinem Vater, den Sie Mesterr-Richard genannt haben.

Es ist weit nach Mitternacht, als Roxana keine Fragen mehr stellt. Bitte, kommen Sie mich besuchen, wann immer Sie Gelegenheit dazu haben. Das müssen Sie mir versprechen, sagt Roxana und lässt die Hand von Eskandar-Agha erst los, nachdem er ihr sein Wort gibt.

Wieder zurück im Gasthaus, ist Eskandar-Agha erleichtert. Der Sekretär schläft tief und fest. Er legt sich neben seinen Vorgesetzten, dreht ihm den Rücken zu und überlässt sich seinen Gedanken und verwirrten Gefühlen.

Die Sonne geht gerade über dem Berg auf, und ihr Licht fällt durch das Fenster auf das Gesicht von Eskandar-Agha, da steigt auch schon der Duft von in Butter gebratenen Eiern in seine Nase.

Eskandar-Agha reibt sich die Augen, reibt seine steifen Arme und Beine, dreht sich zum Sekretär und sagt, so wie es aussieht, werden wir vor unserer Rückreise nach Teheran noch mit einem wunderbaren Frühstück verwöhnt werden.

Die beiden genießen den frisch aufgebrühten Tee und die Spiegeleier.

Selbst die schmecken besser als überall sonst, sagt der Sekretär und bestellt gleich noch eine Portion. Und während er darauf wartet, isst er gleich löffelweise vom kräftigen Honig und dazu frischen Milchrahm.

In den ersten Tagen nach seiner Rückkehr verfällt Eskandar-Agha in einen nicht gekannten Trübsinn, der so schwer auf seiner Seele lastet, dass er weder arbeiten noch schreiben oder fotografieren kann, noch kommt er überhaupt aus dem Bett. Selbst trinken und essen tut er nur, wenn seine Aftab-Khanum bei ihm ist, ihn dazu zwingt und ihm den Löffel in den Mund schiebt.

Aber was ist denn nur auf dieser unglückseligen Reise geschehen? Sie sind völlig aus der Bahn geworfen, sagt Aftab-Khanum. Draußen sind Unruhen, Demonstrationen, wegen der Nationalisierung des Naft, all das geht an Ihnen vorbei, während Sie sich unter der Decke verstecken.

Lassen Sie mich, bittet Eskandar-Agha. Mir reicht es, ich habe genug.

Sie werden es bereuen, redet Aftab-Khanum auf ihn ein. Sie könnten Fotografien machen, mit den Menschen reden, Artikel für Zeitungen schreiben, die Kollegen in Ihrem Büro brauchen Sie.

Lassen Sie mich.

Lieber, verehrter Herr Gemahl, bettelt Aftab-Khanum, ich will Sie nicht erschrecken, andererseits kann ich Ihnen die furchtbare Nachricht nicht vorenthalten, sagt Aftab-Khanum, und Eskandar-Agha sieht sie wenigstens an. Der verehrte Mossadegh will die Engelissi des Landes verweisen, sagt Afatab-Khanum auf eine

Art, als würde sie ein Geheimnis verraten. Sie werden es nicht glauben, was die Engelissi getan haben, als sie davon erfahren haben.

Was denn?, fragt Eskandar-Agha mit schwacher Stimme.

Um es noch spannender zu machen, lässt Aftab-Khanum sich Zeit, bevor sie sagt, sie haben ihre Kriegsschiffe in den Persischen Golf geschickt. Die Engelissi, Amrikai und auch andere reiche Länder drohen uns mit Krieg, erklärt Aftab-Khanum. Verstehen Sie? Krieg.

Kriegsschiffe? Krieg?, fragt Eskandar-Agha, wendet sich aber wieder ab und sagt, Khanum, auch davon habe ich schon genug in meinem Leben gesehen. Bitte haben Sie Erbarmen und verschonen Sie mich.

Nein, Agha, das werde ich nicht. Das Land steht kopf, und Sie haben nichts Besseres zu tun, als sich Ihrem Schwermut hinzugeben.

Gehen Sie an meiner Stelle hinaus, sagt Eskandar-Agha. Und dann kommen Sie und berichten mir. Aber bitte seien Sie vorsichtig, meine Geliebte, sagt er, dann wird sein Blick wieder leer und wandert an die Decke.

Eine Weile bleibt Aftab-Khanum bei ihrem Mann sitzen, dann fällt ihr Blick auf seinen aufgeschlagenen Notizblock, und ohne lange zu überlegen, schlägt sie eine neue Seite auf und schreibt.

Die Welt hat sich gegen uns vereint. Alle Farangi-Länder haben verkündet: Sie werden keinen Tropfen iranisches Naft kaufen, falls es Mossadegh gelingen sollte, unser Erdöl zu nationalisieren. Während mein Mann unter seiner Decke liegt und sich selbst bemitleidet, verändert sich die gesamte Welt, schreibt Aftab-Khanum.

Heute habe ich das ganz sichere Gefühl: Mossadegh wird es schaffen. Er wird unser Petroleum den Farangi entreißen und es zum nationalen Eigentum unseres Landes machen.

Allem Anschein nach macht es keinen Unterschied, ob ich laut oder leise oder überhaupt mit meinem Eskandar-Agha spreche.

Ob ich hier sitze oder draußen bin. Aftab-Khanum seufzt schwer, blickt zum Fenster hinaus in den Hof und zum Eingang, weil von dahinter auf der Straße das Geräusch von dumpfen Schüssen und das Geschrei einer Frau in ihr Zimmer dringt, die offenbar getroffen wurde.

Aftab-Khanum nimmt die Farvahar-Kette, die ihr Mann ihr vor Jahren geschenkt hat vom Hals und hängt sie ihrem Eskandar-Agha um den Hals, ohne dass der auch nur die geringste Reaktion zeigt.

Im Moment brauchen Sie, mein geliebter Gemahl, das Symbol des ewigen Geistes mehr als ich. Möge es Sie schützen, schreibt Aftab-Khanum und seufzt abermals schwer. Mein bedauernswerter Mann befindet sich in einem Zustand, dass er wahrscheinlich nicht einmal mehr mitbekommen würde, ob ich überhaupt bin, schreibt Aftab-Khanum und lässt den Notizblock offen liegen.

Das große Schweigen und die Schwermut im Leben von Eskandar-Agha enden an dem Tag, als seine Nachbarn zu ihm ins Zimmer stürmen, die Frauen weinend, der Nachbarjunge Hossein bleich und die Männer niedergeschlagen.

Eskandar-Agha weiß sofort, etwas Schlimmes ist geschehen.

Deine Frau, sagt Hosseins Vater.

Nur mit Mühe richtet Eskandar-Agha sich auf, starrt Hossein, dessen Vater und die anderen Nachbarn an und merkt, wie ein Schleier nach dem anderen sich vor seinen Augen lüftet.

Die verehrte Aftab-Khanum ist in eine dieser verdammten Demonstrationen geraten, sagt der Vater von Hossein und sackt weinend zusammen, als hätte ihm einer die Füße unter seinem Körper weggezogen.

Eskandar-Agha spürt, wie es unter seiner Bettdecke feucht wird, weil er das Wasser nicht mehr halten kann.

Sie ist von der Polizei verprügelt worden, sagt Hossein weinend. Man hat sie verprügelt und einfach liegen lassen, und dann ist sie – sie ist –, sie ist unter die Füße der Polizeipferde geraten.

Sie hat mich und diese Welt verlassen?, murmelt Eskandar-Agha. Einfach so? Ohne Gruß und Abschied?

Eskandar-Agha stößt weder einen Schrei aus, noch schlägt er sich auf den Kopf, weder klagt er, noch verliert er das Bewusstsein, er weint nicht einmal, dreht seinen Nachbarn den Rücken zu und starrt auf die Wand.

Weinen Sie, sagt der Nachbarjunge Hossein, der nicht von seiner Seite weicht. Das wird Ihnen guttun, es wird Sie ins Leben zurückbringen, sagt der Junge und wechselt die Kleider von Eskandar-Agha, sein Laken, seine Bettdecke. Der Nachbarjunge gibt Eskandar-Agha zu essen und zu trinken und begleitet ihn in den Hof zum Abort.

Nach Tagen, die keiner zählt, kann Eskandar-Agha endlich weinen.

Das ist gut, sagt der Nachbarjunge Hossein. Ihrer verehrten Aftab-Khanum, Gott hab sie selig, würde das gefallen.

Als Eskandar-Agha keine Tränen mehr hat, sagt Hossein, ich muss in die Schule, sonst wird aus mir und meinem Leben nichts Vernünftiges. Das würde Ihrer verehrten Aftab-Khanum, Gott hab sie selig, nicht gefallen, und all die Mühe, die sie sich mit mir gemacht hat, würde umsonst sein. Das kann ich nicht verantworten, sagt der Junge. Deshalb werde ich Sie jetzt allein lassen. Es sei denn, Sie wollen mit mir kommen und mich in die Schule begleiten.

Eskandar-Agha sieht den Jungen an, reibt sich die verquollenen Augen, nickt und murmelt, gut, mein Junge, dann werde ich dich in die Schule begleiten. Wir wollen Aftab-Khanum nicht enttäuschen.

Es vergehen weitere Wochen und Monate, dann willigt Eskandar-Agha ein, mit dem Nachbarjungen ins öffentliche Hammam zu gehen, beim Bäcker an der Ecke Brot zu kaufen, eine Fotografie von Hossein zu machen, einen Satz in seine Notizen zu schreiben, die letzten Zeilen in seinem Block zu lesen, die nicht er, sondern seine Aftab-Kahnum geschrieben hat, mit Hossein in den Basar zu gehen.

Sie sitzen in einem Lokal auf der Pritsche, die über dem Djub steht, und essen Eis mit Rosenwasser. Gerade lässt Eskandar-Agha ein Stück harten Milchrahm von seiner Eiscreme im Mund zergehen, da steht wie aus dem Nichts ein Mann vor ihm.

Agha-Eskandar?, Sie sind mir ja ein treuer Freund.

Erst beim zweiten Hinsehen erkennt Eskandar-Agha, es ist der Student, Agha-Farrokh aus dem Schreibbüro. Er hat längeres Haar, ist nicht mehr ganz so schlank, arbeitet noch immer bei Mossadegh, hat allerdings einen höheren Posten. Das Abschreiben von Dokumenten ist nicht mehr gefragt, sagt der Student, diese Arbeit erledigen heutzutage Geräte.

Eskandar-Agha lächelt und merkt, dass seine Freude darüber, den Studenten zu sehen, nicht gespielt ist.

Ich stehe einer Handvoll Männer vor, erzählt der Student. Wir werten die Presse aus und erstellen Analysen. Ich könnte einen erfahrenen und gebildeten Mann wie Sie gut gebrauchen. Wenn Sie erlauben, werde ich mit dem Sekretär, der ein anderer ist als der, den Sie kennen, sprechen und ihn fragen, ob wir Sie einstellen dürfen.

Als Eskandar-Agha von dem Tod seiner Frau berichtet, ist er auf seltsame Weise gefasst, weder weint er, noch versagt ihm die Stimme.

Noch ein Opfer, sagt der Student. So viele Menschen sind bei Demonstrationen, Hausdurchsuchungen oder einfach nur, weil sie im falschen Moment am falschen Ort gewesen sind, ums Leben gekommen. Man kann sie gar nicht mehr zählen. Es sind Tausende, flüstert er, blickt sich um und spricht so leise, dass es schwer ist, ihn zu verstehen. Und die Gefängnisse des Königs, flüstert er, sind bis unter die Decke voll mit mutigen Menschen, die es gewagt haben, ihre Meinung zu äußern.

Ich habe genug gesehen und gehört, sagt Eskandar-Agha und

bin am Ende meines Lebens angekommen. Alles, worauf ich jetzt noch warte, ist mein eigener Tod.

Viele Männer haben aufgegeben, sehen keinen Sinn mehr, sagt der Student und richtet sich auf. Aber es gibt, Gott sei gedankt, noch immer viele, die kämpfen, und ihre Zahl nimmt täglich zu.

Seit ich auf der Welt bin, kämpfen die Menschen in unserem Land. Gegen Großgrundbesitzer und ihre Willkür; gegen korrupte Politiker und illegale Besatzer; gegen die Gewalt einer Polizei ohne Moral, Gesetz und Anstand. Und am Ende haben sie meine geliebte Aftab-Khanum getötet. Jetzt liegt sie unter der Erde, und ich bin allein.

Wie um sich zu schützen, nutzt der Nachbarjunge Hossein die Anwesenheit des Studenten und sagt in einer Art, wie er es noch nie gewagt hat, mit ihm zu sprechen. Agha, bitte vergeben Sie meine Offenheit, aber wäre Aftab-Khanum jetzt hier, sie würde sagen, dass Sie aufhören sollen zu klagen und sich selbst zu bemitleiden. Es würde Ihrer verehrten Frau Aftab gefallen, wenn Sie wieder arbeiten würden, statt Ihr Leben mit Nichtstun zu verschwenden.

Statt Öl fließt Blut

Wir schreiben das Jahr 1951, notiert Eskandar-Agha auf einen Zettel. Lange Jahre hat Agha-Mossadegh gekämpft. Manch einer hat nicht mehr an seinen Erfolg geglaubt. Doch am heutigen Tag ist es ihm gelungen.

Das persische Petroleum ist nationalisiert, schreibt Eskandar-Agha und schiebt den Zettel in seine Brusttasche. Dann holt er ihn wieder heraus und schreibt:

Meine Aftab-Khanum hat daran geglaubt.

Ich brauche jeden Mann, ruft der Student und stürmt ins Schreibbüro.

Die Engelissi und ihre Agenten blockieren alle Telegrafen, Telefone und Straßen aus dem und in den Süden des Landes. Der Premier möchte, dass wir sofort ein paar Männer in den Süden nach Abadan schicken, um Einblick in die Bücher des AIOC zu erhalten, bevor die Engelissi sie vernichten oder damit nach Engelesstan verschwinden.

Eskandar-Agha trinkt einen Schluck von seinem Tee, stellt das Glas ab und sagt, ich bin nur ein kleiner Schreiber, aber falls ich helfen kann, ich bin dabei.

Es ist aber nicht ungefährlich, sagt der Student.

Das ist mir schon klar.

Also gut, sagt der Student. Dann sind Sie dabei. Die Delegation reist in ein paar Stunden ab. Wir haben keine Ahnung, was uns dort erwarten wird. Die Berichte und Artikel der Schah-treuen Presse sind natürlich zensiert und manipuliert.

Ich verstehe nichts von Büchern und Konten und Abrechnungen, sagt Eskandar-Agha. Wahrscheinlich habe ich den größten

Nutzen, wenn ich in der Stadt unterwegs bin und versuche, von der allgemeinen Stimmung so viele Eindrücke wie möglich einzufangen.

Machen Sie so viele Fotografien wie Sie können, sprechen Sie mit den Leuten, sammeln Sie Informationen.

Sie sind ein guter Mensch, sagt Eskandar-Agha, und weiß nicht, warum ihm Tränen in die Augen schießen.

Wo immer Eskandar-Agha auftaucht, begegnet er lachenden und glücklichen Menschen. Zum ersten Mal, seit ich in dieser Welt bin, habe ich das Gefühl, dass ich etwas wirklich Wichtiges bewegen kann, sagt ein Arbeiter der AIOC und lacht glücklich, als Eskandar-Agha ihn und eine Gruppe Arbeiter fotografiert.

Diese Jungen und Männer sind stolz, Iraner zu sein, schreibt Eskandar-Agha in seinen Bericht und macht noch eine Aufnahme von ihnen, die sie in Siegerpose und mit erhobenen Fäusten zeigt.

Weder der Internationale Gerichtshof noch die Ignoranz der Vereinten Nationen, weder Churchill und seine Kriegsschiffe im Persischen Golf noch sein Embargo können den Willen des iranischen Volkes brechen, schreibt Eskandar-Agha und freut sich über seine kämpferische Sprache.

Bruder, sagt der Mann im Fotogeschäft, wo Eskandar-Agha seine Bilder entwickeln lässt. Für eine Zeitung arbeitest du aber nicht. Die würden so was nicht abdrucken. Hier kann man ja deutlich erkennen, dass die Menschen voll und ganz hinter unserem Premier und seiner Nationalisierung stehen. In deinen Bildern sehe ich die Aufbruchstimmung, die in unserer Stadt herrscht. In den Zeitungen versuchen sie alles das totzuschweigen.

Zufrieden mit sich selbst, verstaut Eskandar-Agha seine Bilder in der Tasche und sagt, wenn du mir einen guten Preis machst, werde ich die nächsten Bilder auch von dir entwickeln lassen.

Bruder, wenn du meinen Rat hören willst, die Aufnahme, in der die Leute das Transparent mit sich führen, würde ich gut verstecken. Heutzutage kann man sich nicht mehr sicher sein, wer einen auf offener Straße anhält und durchsucht.

Freiheit. Frieden, liest Eskandar-Agha die Aufschrift auf dem Transparent. Iranisches Öl dem iranischen Volk. Die Partei der Fleißigen, Zahmat-keshan des iranischen Volkes. Lang lebe Mossadegh.

Wer ist dieser Mann?, fragt der Besitzer vom Fotoladen.

Es ist der Engelissi, Sir Eric Drake, erklärt Eskandar-Agha. Er hat sich der offiziellen Delegation der Regierung in den Weg gestellt und ihr den Zutritt zur Raffinerie versperrt. Und nun kann die Delegation des Premiers die Bücher und Konten der Ölfirma nicht einsehen. Der Engelissi hat gesagt, britische Zerstörer liegen im Golf. Und die Engelissi-Truppen sind in Bereitschaft versetzt. Er hat gesagt, seine Regierung ist jederzeit bereit, in Abadan einzumarschieren und die Raffinerie militärisch zurückzuerobern.

Wenn sie das tatsächlich wagen sollten, sagt der Besitzer des Fotoladens, werde ich meinen Laden schließen und, wenn es sein muss, mit bloßer Hand gegen sie in den Kampf ziehen.

Wo immer Eskandar-Agha auftaucht, sprechen die Menschen von den neuen Freunden des Iran, den Amrikai, und dass deren Präsident, Mister Truman, sich auf die Seite des iranischen Volkes und des verehrten Premiers Dr. Mossadegh gestellt hat. Allerdings möchte Mister Truman, dass der verehrte Mossadegh sich gütlich mit den Engelissi einigt, und warnt davor, sich mit der Sowjetunion und den Kommunisten zu verbünden.

Sogar hier im Süden spricht sich die Nachricht schnell herum, dass die Amrikai Unterhändler zum Premier geschickt haben. Sie sollen ihn daran erinnern, dass es dem Iran ohne die Techniker, Ingenieure, die Technologie und erst recht den Schiffen der Engelissi nicht gelingen wird, die Produktion und den Verkauf ihres Petroleums zu bewerkstelligen. Was nichts anderes bedeutet, als dass der Iran keinen Gewinn aus dem Petroleum haben wird. Der verehrte Mossadegh aber lässt sich nicht beeindrucken und will in jedem Fall die Souveränität des Iran und die über das Erdöl.

Je länger Eskandar-Agha in Abadan unterwegs ist, fotografiert und mit den Menschen spricht, desto mehr wundert er sich, wie gut seine Landsleute sich mit der Welt und der großen Politik auskennen. Und das, obwohl die Mehrheit noch immer nicht lesen kann.

In einem Teehaus sagt ein Mann mit breitem Grinsen, die Engelissi haben nicht nur die Raffinerie in Abadan und das billige persische Öl verloren. Das Beispiel des Iran wird Schule machen. Sie werden den Suezkanal und ihren Einfluss in den Kolonien verlieren. Und was das bedeutet, weiß ja wohl jedes Kind, sagt der Mann und grinst noch breiter. Die Engelissi werden ihre Vormachtstellung in der Welt einbüßen.

So einfach ist das nicht, mein Freund, sagt ein anderer Mann und zieht seelenruhig an seiner Wasserpfeife, bevor er weiterspricht. Die Engelissi und der Schah werden sich die Nationalisierung niemals gefallen lassen. Das ist der Anfang, mein Freund, sagt der Mann. Wart's nur ab, der Kampf gegen die Regierung von Mossadegh und ihre Anhänger wird gnadenlos werden.

Bevor Eskandar-Agha wieder nach Teheran zurückfährt, geht er zum Friedhof und fotografiert die vielen frischen Gräber, die in den letzten Wochen und Tagen geschaufelt worden sind. Das Foto einer Frau, die am Grab ihres erschossenen Mannes hockt und weint, klebt Eskandar-Agha in seinen Notizblock und schreibt: Seit das Öl nicht mehr fließt, fließt wieder Blut in den Straßen unserer Heimat.

Wieder in Teheran, muss Eskandar-Agha viele Umwege nehmen, um an den, wie er findet, gefährlichen Demonstrationen und Straßenschlachten vorbei zum Anwesen des Premiers zu gelangen.

Dort hat er nicht einmal Zeit, seine Sachen abzulegen und sich den Staub der Reise abzuklopfen, geschweige denn zu erzählen, was er alles gesehen und erlebt hat.

Kommen Sie, ruft der Student, sobald er das Büro betritt, und zerrt ihn wieder auf den Flur hinaus. Der verehrte Premier hat

Besuch vom Botschafter der Amrikai, und er möchte eine Fotografie mit ihm.

Eskandar-Agha wundert sich, als er in den privaten Teil des Hauses geführt wird, und er wundert sich noch mehr, als er schließlich vor dem Premier und seinem Amrikai-Gast steht. Denn der Premier liegt im Bett und ist krank, und der Botschafter der Amrikai sitzt neben ihm.

Eskandar-Agha verknipst seine letzten zwei Bilder, der Premier und der Amrikai-Botschafter schütteln ihm die Hand, und dann wird er wieder hinausbegleitet.

Schnell, schnell, sagt der Student, wir müssen zum Fotoladen, die Bilder müssen noch heute Abend fertig sein.

Das sind wunderbare Aufnahmen, sagt der Student, als er die Abzüge in den Händen hält.

Eskandar-Agha dagegen betrachtet die Fotografie und sagt mit besorgter Miene, hoffentlich ist das kein Omen.

Hoffentlich was?, fragt der Student, wartet aber die Antwort von Eskandar-Agha nicht ab und beeilt sich, die Bilder zum Haus des Premiers zurückzubringen.

Machen Sie bitte noch einen Abzug für mich selber, sagt Eskandar-Agha und notiert darunter: Der Iran ist krank, und die Farangi sitzen mit leeren Händen und einem freundlichen Lächeln neben unserem Krankenbett.

Abends hockt Eskandar-Agha allein in seinem Zimmer, hat das Radio aufgedreht und versucht, sich aus den Nachrichten und Berichten einen Reim zu machen. Radio Teheran überträgt statt Voice of America Nachrichten von TASS, der sowjetischen Nachrichtenagentur, und sendet Originalaufnahmen der Demonstrationen, die, wie der Sprecher erklärt, in der Tradition der Tabakrevolte und der Revolution von 1906 für eine demokratische Verfassung stehen.

Ich bin dabei gewesen, flüstert Eskandar-Agha vor sich hin.

Seit ihrem Bestehen, verkündet der Radiosprecher, ist diese Verfassung jedoch nie wirklich und vollständig in Kraft getreten.

Der König kämpft gegen seine eigene Regierung. Seine Armee und Anhänger kämpfen gegen die Garde des Premiers und das Volk, sagt der Nachrichtensprecher. Tausende Männer und sogar Frauen belagern die Straßen. Die einen reißen die Statuen des Königs vom Sockel und verbrennen seine Bilder, die anderen vernichten die Bilder von Mossadegh. Berittene Soldaten jagen Menschen, schlagen und verprügeln sie, verhaften und erschießen sie.

Zwei Tage hält Eskandar-Agha es in seinem Zimmer aus, dann packt er seine Kamera und geht wieder auf die Straße, wo ihm die Parolen der Massen durch Mark und Bein gehen.

Eskandar-Agha verknipst eine Rolle nach der anderen, und er schreibt so viel, dass er sich einen neuen Block kaufen muss.

Mossadegh, unser verehrter Premier, wird gefeiert wie ein Held, schreibt Eskandar-Agha abends, als er neben dem kleinen Wasserbecken sitzt und die Goldfische darin beobachtet. Dabei haben die meisten meiner Landsleute keine Ahnung, was Nationalisierung bedeutet und welche Folgen sie für den Iran haben wird.

Als Eskandar-Agha seine Fotografien dem Nachbarjungen Hossein zeigt, läuft es dem kalt über den Rücken.

Agha, ich bin selber auf den Straßen und sehe und erlebe es, aber erst auf Ihren Bildern sehe ich, welche Wut und Kraft in diesem scheinbar so schwachen Volk steckt, sagt der Junge und merkt, dass Eskandar-Agha die Art, wie er spricht, und das, was er sagt, klug findet.

Aftab-Khanum wäre stolz auf dich, sagt Eskandar-Agha.

Menschen verändern sich, schreibt er. Menschen entwickeln sich. Auch unser Nachbarjunge Hossein ist ein richtig kluger junger Mann geworden.

Meine Landsleute kämpfen mit leeren Händen, schreibt Eskandar-Agha.

Die meisten Männer auf meinen Fotografien tragen weiße Hemden – auch die Toten.

Noch einmal Mahrokh-Khanum und Roxana

Möge der Herrgott geben, dass der Tod Ihrer verehrten Frau Ihr letztes Leid gewesen ist, sagt Mahrokh-Khanum im gleichen Tonfall, wie sie ihrer Dienerschaft Anweisung gibt, das Feuer im Samawor anzufachen.

Möge der Allmächtige Ihnen ein langes Leben schenken, erwidert Eskandar-Agha, verunsichert durch den unerwarteten Besuch von Mahrokh-Khanum und Roxana in seinem ärmlichen Leben.

Bitte verzeihen Sie unsere Unhöflichkeit, sagt Roxana, aber seit Sie mir von damals erzählt haben, habe ich Himmel und Hölle in Bewegung gesetzt und bin jedem Hinweis nachgegangen, bis ich herausgefunden habe, dass meine Mutter, die beklagenswerte Tajelmoluk, sich nicht mehr in dieser Welt befindet. Roxana redet, als würde sie über ein Geschäft sprechen.

Wie Sie gesagt haben, hat sie, kurz nachdem Sie und ich ihr Haus verlassen haben, geheiratet. Sie hat aber nicht viel von ihrem Mann gehabt, denn er ist früh gestorben, erzählt Roxana und sieht dabei an Eskandar-Agha vorbei ins Leere. Angeblich hatte sie noch weitere Kinder, aber niemand weiß, ob sie noch am Leben sind. Sie selbst hat sich noch ein paar Jahre durchgeschlagen, Roxana sieht auf den Boden, mit der gleichen Arbeit, meine Mutter ist – Tajelmoluk ist –

Sie hat es nicht getan, weil es ihr gefallen hat, kommt Eskandar-Agha ihr zu Hilfe. Bis heute besitzen viele Frauen nichts als ihren Körper, mit dem sie ihren Lebensunterhalt und den ihrer Kinder bestreiten können.

Am Ende ihres Lebens ist ihr nicht einmal mehr ihr Körper geblieben, murmelt Roxana. Die Leute sagen, sie hat auf der Straße gebettelt, dann ist sie in eine Art Haus für Arme gekommen. Eine Frau, die dort arbeitet, meinte sich erinnern zu können, dass ihr Körper von Lepra zerfressen war und sie am Ende an Syphilis gestorben ist. Ihr Tod muss qualvoll gewesen sein.

Am liebsten möchte Eskandar-Agha zu Roxana gehen, sie in den Arm nehmen und trösten, aber er bleibt sitzen.

Roxana muss schlucken, bevor sie sagt, mir selbst geht es gut wie kaum einem Menschen, und ich hätte ihr helfen können. Tränen sammeln sich in Roxanas Augen. Wenn ich es nur gewusst hätte, sagt sie und vermeidet es, Mahrokh-Khanum anzusehen.

Was immer ich tun kann, um Ihren Schmerz zu lindern, werde ich tun, sagt Eskandar-Agha. Dann sagt er etwas, das er nicht beabsichtigt hatte zu sagen. Es wird mir, so Gott will, Gelegenheit geben, meinen vor Jahren begangenen Fehler wiedergutzumachen.

Von welchem Fehler sprechen Sie?, fragt Roxana überrascht.

Davon, dass ich einfach auf und davon gerannt bin und Sie im Stich gelassen habe, antwortet Eskandar-Agha, erleichtert, nach all den Jahren die Wahrheit endlich ausgesprochen zu haben.

Lassen Sie das, unterbricht Mahrokh-Khanum ihn und sieht Eskandar-Agha wütend an. Es gibt nicht den geringsten Grund, sich zu entschuldigen, fährt sie ihn auf eine Art an, die ihr ihre ganze Schönheit raubt.

Hören Sie auf damit, schimpft Roxana. Ich dachte, Sie wollten keine Geheimnisse mehr vor mir haben.

Roxana-Khanum hat recht, all die Jahre habe ich mein schlechtes Gewissen wie eine schwere Last durch mein Leben geschleppt, bis mein alter Meister-Hodjat mich darüber aufgeklärt hat, dass ich benutzt worden bin, sagt Eskandar-Agha, ohne Mahrokh-Khanum oder Roxana anzusehen.

Ich bin es leid, stöhnt Roxana, als erwachsene Frau von über vierzig Jahren will ich endlich ernst genommen werden. Sie fixiert Eskandar-Agha mit ihrem Blick, sodass er nicht anders kann, als sie anzusehen.

Liebes, versucht Mahrokh-Khanum sie zu beruhigen. Hör nicht auf ihn. Was der verehrte Eskandar-Agha meint, hat mit dir und deinem Leben nichts zu tun. Das ist etwas zwischen ihm und mir. Sie beugt sich vor, versucht die Aufmerksamkeit von Eskandar-Agha auf sich zu ziehen. Halten Sie sich aus Dingen heraus, die Sie nichts angehen, herrscht sie ihn im gleichen Tonfall an, wie sie mit ihren Bediensteten und Untergebenen spricht.

Roxana lässt Eskandar-Agha noch immer nicht aus den Augen.

Wenn ich doch nur ein Stück Wassermelone hätte, klagt Mahrokh-Khanum, das würde ihr Gemüt abkühlen. Du sollst dich nicht aufregen, das weißt du doch, sagt sie und will Roxana umarmen. Roxana aber stößt sie von sich, noch immer den Blick auf Eskandar-Agha gerichtet.

Ich brauche keine Melone, um mich zu beruhigen. Bitte, verehrter Eskandar-Agha, was haben Sie zu verlieren? Fürchten Sie sich? Sind Sie in Gefahr?

Nein, antwortet Eskandar-Agha. Sie haben recht. Einer wie ich besitzt nichts und hat auch nichts zu verlieren. Und nun bin ich alleine, und nichts mehr ist wichtig. Ich habe einen Fehler begangen, sagt Eskandar-Agha, als ich vor dreißig Jahren auf Mahrokh-Khanum gehört habe. Wie ein Dieb habe ich das Haus des Palang-Khan verlassen und Sie, meine Liebe, zurückgelassen. Aber eines müssen Sie wissen, bei der Seele meiner toten Frau, ich habe niemanden bestohlen.

Aber was hätte ich denn tun sollen?, verteidigt Mahrokh-Khanum sich. Ich hatte Angst, Eskandar-Agha würde dich mir wegnehmen. Ich hatte Angst, du würdest ihn suchen wollen, so wie du deine Mutter und deinen Vater suchen wolltest. Ich hatte Angst, du würdest mich verlassen, mich alleinlassen, sagt Mahrokh-Khanum und weint. Ich hatte keine Wahl, ich musste die Wahrheit vor dir verbergen. Und ich habe es zu deinem eigenen Schutz getan.

Sie haben mich in dem Glauben gelassen, Eskandar-Agha hat mich nicht gewollt und verstoßen, sagt Roxana fassungslos.

Ich bin ein solcher Dummkopf gewesen, sagt Eskandar-Agha.

Es geht nicht um Sie, herrscht Mahrokh-Khanum ihn an und bekommt wieder ihr hässliches Gesicht.

Sie widern mich an, murmelt Roxana, erhebt sich und will hinausgehen, da wirft Mahrokh-Khanum sich wie eine Verrücktgewordene auf den Boden vor ihre Füße, kratzt sich das Gesicht und rauft sich das Haar. Doch Roxana sieht sie nicht einmal an und verlässt das Zimmer.

Sofort wirft Mahrokh-Khanum sich Eskandar-Agha in die Arme. Bitte begreifen Sie doch, ich war in Not, was hätte ich denn tun sollen?

Zuerst ist es Eskandar-Agha peinlich, Mahrokh-Khanum in den Armen zu halten, ihr Gesicht so nah an seinem, ihr Duft in seiner Nase. Dann denkt er, dieses Mal ist es nun wirklich nicht meine Schuld, und es gefällt ihm, den Körper einer Frau zu spüren. Sie ist nicht mehr die schöne Geliebte von einst, aber schließlich ist auch er in die Jahre gekommen. Und er hat sich seit einer Ewigkeit keiner Frau genähert, also nimmt er Mahrokh-Khanum fester in die Arme. Und sein schlechtes Gewissen verscheucht er rasch mit einem anderen Gedanken: Aftab-Khanum hätte es sicher gefallen, dass ich nicht mehr schwermütig bin.

Der erste Kuss hat mit den Küssen von damals nichts zu tun, der zweite und dritte auch nicht. Mahrokh-Khanum wehrt sich nicht, stöhnt hin und wieder, klingt dabei nicht, wie Eskandar-Agha es von früher kennt, und er weiß auch nicht, ob sie stöhnt, weil es ihr gefällt oder weil sie leidet. Aber im Grunde ist es ihm auch vollkommen gleichgültig.

Als beide schließlich halb entkleidet sind, kommt es, wie es kommen muss. Sie lieben sich.

Das ist nicht gerade aufregend, aber es ist den Versuch wert, findet Eskandar-Agha, und besser als gar keine Liebe ist es allemal.

Während sie sich in ihre Kleider zwängen, jetzt wieder nüchterner, sagt Eskandar-Agha, also das war doch ein guter Anfang. Wenn Sie möchten, können wir das gerne fortsetzen.

Mahrokh-Khanum macht ein Gesicht, als hätte sie schimmeliges Brot im Mund. Dummkopf, murmelt sie, nimmt ihre Schuhe und geht.

Eigentlich könnte Eskandar-Agha es dabei belassen, aber nachdem Mahrokh-Khanum weg ist und ihr Duft nur noch dünn in der Luft hängt, findet er im Hof auf dem Weg zum Abort eine kleine Tasche aus Leder, in der neben Ausweisen, Dokumenten und Fotos eine Menge Geld steckt. Kein wertloses persisches, sondern wertvolle Amrikai-Dollar. Der Gedanke, das Geld zu behalten, kommt und geht. In der Brieftasche befindet sich eine Telefonnummer, aber weder Eskandar-Agha noch einer seiner Nachbarn hat ein Telefon. Zwei oder drei Tage wartet er in der Hoffnung, Mahrokh-Khanum schickt jemanden oder kommt zurück, um die Brieftasche zu holen. Am dritten Tag macht er sich auf den Weg zu ihrem Haus in den Norden der Hauptstadt. Schließlich ist Mahrokh-Khanum nicht irgendjemand, er wird die Leute fragen und ihr Haus finden.

Eskandar-Agha freut sich auf seine kleine Reise zum nördlichsten Ende der Stadt, am Fuß der Alborsberge, wo die reichen Leute wohnen, die ihre Häuser Villa und ihre Gärten Parks nennen. Das Wasser, das aus den Bergen in den Djub rechts und links der Straßen fließt, ist dort noch frisch und sauber, und sogar die Luft ist reiner als im Süden der Stadt.

Eskandar-Agha packt ein Bündel mit Käse und Brot, seiner Fotokamera, dem neuen Notizblock, den Bleistiften und einem kleinen Messer, um sie zu spitzen.

Weiter als bis zum berühmten Café Naderi, in dem nur Farangi und Leute mit viel Geld verkehren, kommt er allerdings nicht, denn vor dem Café steht Roxana. Als sie ihn entdeckt, überlegt sie einen Moment, dann sagt sie, ach, was soll's? Kommen Sie, wir gehen hinein.

Eskandar-Agha kramt die Brieftasche aus seinem Bündel und will gleich wieder gehen. Dass Sie und ich hier gemeinsam sind, murmelt er, das ziemt sich nicht, die Leute starren uns schon an.

Doch Roxana hört nicht auf ihn und schiebt ihn zwischen den Tischen vor sich her, als wäre er ein Kind.

Bitte, Khanum. Ich gehöre nicht hierher, sie werden mich hinauswerfen, ich gehe besser wieder, sagt er, stößt mit seinem Bündel an den Hut einer Frau, die ihr Gesicht verzieht und ihn anfaucht, er soll aufpassen, wohin er seine Füße setzt, wenn er es schon nicht lassen kann, in ein Lokal wie dieses zu kommen.

Eskandar-Agha entschuldigt sich unterwürfig, will sich umdrehen und hinausgehen, stolpert und fällt nur deshalb nicht, weil Roxana ihn stützt. Nun beruhigen Sie sich bitte wieder, raunt Roxana und besteht drauf, dass er bleibt.

Die drei Männer und zwei Frauen, zu deren Tisch Roxana Eskandar-Agha schließlich bringt, sind in ihrem Alter, und erst jetzt fällt Eskandar-Agha auf, dass bisher nicht die Rede von Roxanas Mann gewesen ist.

Obwohl es schon immer so gewesen ist, dass die Frauen seine Gedanken kennen, bevor er selbst auch nur anfängt, sie zu begreifen, erschrickt Eskandar-Agha, als Roxana ihm lachend zuflüstert, keiner dieser Herren ist mein Mann, das sind Freunde, Mitstreiter.

Mitstreiter? Die letzten Mitstreiter, die er gekannt hat, sind die Freunde seiner verstorbenen Frau-Aftab gewesen, und an die hat er keine besonders gute Erinnerung. Genau genommen sind diese Mitstreiter sogar nicht ganz unschuldig an ihrem Tod.

Liebe Freunde, sagt Roxana, darf ich vorstellen, mein Freund, mein Mentor, mein Ziehvater, der verehrte Agha-Eskandar, sagt sie, und man sieht ihr an, dass sie selber über diese pompöse Vorstellung am meisten verwundert ist.

Als Roxana erfährt, dass er eine Kamera dabeihat, besteht sie darauf, dass er Fotos von ihr und ihren Freunden macht. Und dann will sie ein Foto von sich und Eskandar-Agha. Das erste Foto, auf dem Sie und ich gemeinsam zu sehen sind, sagt sie, und Tränen schießen in ihre Augen.

Wir alle hier, die an diesem Tisch sitzen, erklärt einer der Männer, haben Arbeit, Geld und große Häuser. Wir haben im Ausland studiert, viele Bücher gelesen und die Welt gesehen, aber wenn es um unsere eigene Heimat geht, sind wir unerfahren und unwissend. Erzählen Sie, sagt der Mann gönnerhaft. Unsere hübsche Roxana sagt, Sie kennen sich aus mit dem Iran und den Menschen in den Dörfern. Erzählen Sie uns etwas von der Anfangszeit des Naft.

Zuerst ist es Eskandar-Agha unangenehm, vor den Fremden zu sprechen, aber dann erinnert er sich daran, dass er früher vor Hunderten und sogar Tausenden fremder Leute gesprochen hat, und er fängt an zu erzählen, und am Ende will er gar nicht mehr aufhören damit.

Ihre Geschichten habe ich schon immer geliebt, sagt Roxana zum Abschied und drückt Eskandar-Agha die Farangi-Scheine aus der Brieftasche von Mahrokh-Khanum in die Hand. Nehmen Sie, flüstert Roxana. Sie hat so viel davon, sie wird nicht einmal merken, dass es weg ist.

Für schlechte Zeiten, schreibt Eskandar auf den Umschlag, in dem er das Geld verstaut. Aber jedes Mal, wenn er den Umschlag sieht, stößt es ihm auf, und er kommt sich vor wie ein Betrüger. Schließlich hat er das Geld nicht verdient. Also beschließt er, es in persisches Geld zu tauschen, auch wenn er noch keine Ahnung hat, wofür er es ausgeben kann. Ich werde mir selber etwas Schönes davon kaufen, notiert er; oder eine kleine Reise machen; oder dem Nachbarjungen Hossein einen Teil davon schenken.

Damit die Geldwechsler im Basar und andere, die ihn zufällig sehen, nicht auf falsche Gedanken kommen und denken, Eskandar-Agha hat das ausländische Geld gestohlen, teilt er es in kleinere Beträge auf und geht zu unterschiedlichen Wechslern, erreicht damit aber genau das Gegenteil von dem, was er bezweckt hat, und zieht eine Menge Aufmerksamkeit und Argwohn auf sich.

Er ist beim fünften oder sechsten Händler, der die Scheine dreht und wendet und ihn skeptisch ansieht. Hat mein Kollege keinen guten Kurs gegeben? Haben Sie noch mehr von diesem Geld? Sind Sie selber in Farang gewesen, oder haben Sie das Geld von jemandem bekommen? Was haben Sie vor mit dem Haufen Geld? Es etwa unter die Leute verteilen, damit sie auf unseren Straßen Parolen ausrufen, die die Farangi ihnen ins Ohr flüstern?

Bevor Eskandar-Agha begreift, wovon der Geldwechsler spricht, stehen drei auffällig uniform gekleidete Männer hinter ihm. Zwei packen ihn wortlos an den Armen, zerren ihn in einen nahe gelegenen Hauseingang und verpassen ihm erst einmal ein paar Ohrfeigen, bevor der dritte, der bisher nur zugesehen hat, sagt: Rede.

Wer seid ihr? Was wollt ihr von mir?, stammelt Eskandar-Agha, benommen von den Schlägen.

Rede, wiederholt der dritte.

Was soll ich sagen?

Woher kommt das Geld?

Von einer Dame.

Von welcher Dame?

Einer reichen Dame, die so viel davon hat, dass sie gern etwas davon abgibt.

So geht das eine Weile hin und her, der dritte stellt sinnlose Fragen, und Eskandar-Agha gibt die erstbeste Antwort, die ihm einfällt, und versucht derweil, einen klaren Kopf und einen Eindruck von seiner Lage und der Absicht dieser Männer zu bekommen. Dass sie ihn in irgendeinem Hauseingang festhalten, statt ihn gleich auf ein Revier oder ins Gefängnis zu schleppen, deutet er als gutes Zeichen.

Sagen Sie, wonach Sie suchen, dann werde ich Ihnen helfen, sagt Eskandar-Agha und überrascht die drei damit so sehr, dass es einem der beiden, die ihn geschlagen haben, herausrutscht: Der ist unschuldig.

Ob einer schuldig oder unschuldig ist, entscheide ich, sagt der dritte und macht dem zweiten ein Zeichen, Eskandar-Agha noch einmal zu schlagen. Der aber scheint Mitleid zu haben und haut nur sanft zu.

Eskandar-Agha sieht ihn dankbar an, stöhnt aber auf und krümmt sich, damit der dritte nicht misstrauisch wird.

Auf welcher Seite stehst du?, fragt der dritte. Auf der des Königs und der Farangi oder der vom verehrten Mossadegh?

Der zweite greift sich kurz an die Nase und flüstert, Mossadegh.

Mossadegh, sagt Eskandar-Agha. Und das ist die Wahrheit, ich habe für ihn gearbeitet.

Augenblicklich lassen die beiden Eskandar-Agha los, der dritte nickt, tippt den Finger zum Gruß an die Stirn, sagt, vergib Bruder, das hättest du auch gleich sagen können, dann hättest du dir alles das ersparen können.

Aber nach allem, was Sie über den verehrten Mossadegh erzählen, sagt der Nachbarjunge Hossein, sieht es ihm nicht ähnlich, dass er Schläger bezahlt.

Eskandar-Agha zuckt die Schultern. Nichts als Ärger. Sobald ich einen Fuß vor die Tür setze, erwartet mich nichts als Ärger.

Mit Ihrer Erlaubnis, sagt der Nachbarjunge, genau das wollen die Kerle erreichen. Wir sollen eingeschüchtert werden und uns hinter den Mauern unserer Häuser verkriechen, damit sie in Ruhe tun und lassen können, was sie wollen.

Das können sie auch, ohne mich grün und blau zu schlagen, antwortet Eskandar-Agha resigniert und hängt seine müden Füße ins Becken, wo die Goldfische sofort angeschwommen kommen und mit den Nasen dagegenstoßen und ihn angenehm kitzeln.

Diese Kerle sind Agenten der Ausländer und des Königs, sie wollen uns glauben machen, dass sie vom verehrten Mossadegh bezahlt werden, damit sie genau das erreichen, nämlich dass wir enttäuscht von unserem Premier sind und uns von ihm abwenden, erklärt Hossein, und sein Vater weiß nicht, wovon sein Sohn spricht.

Agenten, Gegenagenten, Provokateure, Doppelagenten, wer soll das noch verstehen? Dabei ist alles, was wir von Allah erbitten, dass wir endlich unsere Ruhe haben und mein Sohn ein anständiger Bürger dieses Landes wird. Er soll seiner Heimat dienen und seinen Vater stolz machen.

Eskandar-Agha muss an seine Aftab-Khanum denken, die immer gesagt hat, der Junge ist schlau, er hat nur nicht das nötige Werkzeug, seine Klugheit einzusetzen. Unser Hossein-Agha hat recht, sagt Eskandar-Agha und klopft dem Jungen auf die Schulter. Und könnte meine Aftab-Khanum dich sehen, sie wäre stolz auf dich, mein Junge.

Hilfe von der kleinen Nimtadj

Die Einsamkeit in seinem Zimmer; seine Angst davor, wieder in die Klauen irgendwelcher Agenten oder Spitzel zu geraten, die Ungewissheit über die politische Lage lassen Eskandar-Agha nachts nicht schlafen.

Das ist alles zu viel für mich, sagt er zum Nachbarjungen Hossein und packt ein Bündel. Hab ein Auge auf mein Zimmer, sagt er. Ich werde eine kleine Reise machen.

Wohin gehen Sie?, fragt Hossein. Ich werde Sie vermissen.

Schließe die Augen und lausche, sagt Eskandar-Agha. Hörst du den Wind?

Siehst du, das ist der gleiche Wind, der auch dort weht, wo ich sein werde. Und wann immer er weht, werden du und ich durch ihn verbunden sein. Ich weiß selbst noch nicht, wohin ich gehen werde, lügt Eskandar-Agha, aber ich werde dir eine Nachricht zukommen lassen, sobald ich mich irgendwo länger aufhalte.

Dieses Haus würde meiner Aftab-Khanum gefallen, notiert Eskandar-Agha, als er im kühlen und ruhigen Norden der Stadt vor Roxanas Anwesen steht. Es erscheint ihm noch größer als das Haupthaus des Palang-Khan. Ähnlich wie dort führen auch hier weiße Stufen zu einer riesigen Terrasse mit hohen Säulen. Ein Diwan steht neben dem anderen, bequeme Sessel, Sitzkissen auf weichen Teppichen wirken so einladend, dass Eskandar-Agha sich am liebsten gleich hineinfallen lassen würde. Die Luft ist kühl und getränkt vom Duft des blühenden Ginsters, der in Töpfen auf der Terrasse steht.

Bitte, läuten Sie, sagt der Wächter, der Eskandar-Agha bis zu den Stufen begleitet hat.

Die Frau, die die Tür öffnet, trägt ein schwarzes Kleid, eine weiße Schürze und ein weißes Häubchen. Einmal hat Eskandar-Agha im Fernsehapparat in einem Teehaus eine derart gekleidete Frau gesehen und weiß daher, dass sie eine Bedienstete ist. Allerdings hat er nicht gewusst, dass es auch im Iran Bedienstete dieser Art gibt.

Einen Moment bitte, sagt sie höflich wie eine Dame und verschwindet, was Eskandar-Agha Gelegenheit gibt, einen Blick in das Innere des Hauses zu werfen. Von einer riesigen Eingangshalle führt eine breite, geschwungene Treppe nach oben. An der hohen Decke hängt eine Lampe aus tausend funkelnden Stückchen Glas.

Oh, Sie sind es, erschreckt Roxana ihn. Sie versucht nicht einmal zu verbergen, wie unangenehm ihr sein Besuch ist.

Eskandar-Agha lächelt, will eintreten, doch Roxana rührt sich nicht von der Stelle, um ihm Platz zu machen.

Soll ich den Herrn in den Bedienstetentrakt führen?, fragt die Dienerin. Doch auch jetzt verzieht Roxana keine Miene, starrt stattdessen auf den Schweiß, der sich auf der Stirn von Eskandar-Agha bildet.

Welcher Teufel hat mich nur geritten hierherzukommen?, fragt Eskandar-Agha sich selbst. Am liebsten würde er sagen, ich bin es, derselbe Mann, den du kürzlich noch vor aller Augen umarmt hast, derselbe Mann, der dich in die Arme geschlossen hat, als du in diese Welt gekommen bist. Ich habe dich zur Amme getragen, habe dich beschützt, dich gewaschen.

Kommen Sie, murmelt Roxana, nimmt ihm sein Bündel ab, lässt es beinah fallen, weil es schwerer ist als gedacht. Die Dienerin greift rasch danach und verschwindet damit, ohne weitere Anweisungen abzuwarten.

Als Eskandar-Agha seine Schuhe ausziehen will, sagt Roxana, nein, nein, nicht nötig, wir putzen jeden Tag. Dann führt sie ihn in einen prächtigen Salon, wo sich bereits viele Frauen und Männer aufhalten.

Oh, vergeben Sie, flüstert Eskandar-Agha, ich wusste nicht, dass Sie Gäste haben. Ich werde sofort wieder gehen und nicht weiter stören.

Wieder zögert Roxana und mustert ihn, als sähe sie ihn zum ersten Mal. Nein, murmelt sie kaum hörbar und geleitet ihn zu einem kleinen Tisch mit zwei leeren Stühlen. Ungefragt bringt eine Dienerin ein Tablett mit einem Krug Limonenwasser, in dem Eiswürfel schwimmen, und einem sauberen Glas. Als sie schon wieder gehen will, erkennt sie die Verunsicherung von Eskandar-Agha, lächelt und füllt sein Glas auf. Bitte, mein Herr, erfrischen Sie sich, trinken Sie, so viel Sie, möchten, sagt sie ohne die geringste Spur von Ironie oder Verachtung.

Eskandar-Agha blickt sie dankbar an, trinkt einen winzigen Schluck und stellt das Glas rasch ab.

Die Dienerin sieht ihn an und macht einen Knicks, worauf Eskandar-Agha aufspringt, um sie zu stützen. Doch an den Blicken der Leute und der Reaktion der Dienerin merkt er, dass das Kurz-in-die-Knie-gehen-und-wieder-Hochkommen Teil eines Rituals ist, was er nicht kennt. Seine Unbeholfenheit, seine abgetragene Kleidung, der Geruch von billiger Seife, alles an sich selbst findet er mit einem Mal peinlich. Hat er wirklich geglaubt, dass eine Frau wie Roxana ihn freundschaftlich, vielleicht sogar wie ein Mitglied der Familie empfangen würde?

Und dann kommt es noch schlimmer. Roxana geht in die Mitte des Salons, entschieden und selbstbewusst klatscht sie in die Hände, wartet, bis ihre Gäste sie bemerken und still sind. Sie räuspert sich, streicht ihren Rock glatt, schiebt sich Strähnen, die nicht da sind, aus dem Gesicht und sieht auf ihre Füße. Als sie den Kopf hebt und den Mund öffnet, um endlich zu sprechen, bleiben ihr die Worte in der Kehle stecken, und alle sehen es, Roxana hat Tränen in ihren stahlblauen Augen. Wie eine junge Pflanze im Frühling steht sie da und rührt sich nicht. Und mit einem Mal sieht sie für Eskandar-Agah nicht mehr aus wie eine reiche Dame aus dem Norden der Stadt, sondern wie die kleine Roxana, die im Hof ihrer Großmutter, Rohan-Khanum, hin und her gerannt und auf und ab gesprungen ist, bis sie sich erschöpft in die Arme ihres großen Eskandar geworfen hat und eingeschlummert ist.

Liebe Freunde, sagt sie mit bebender Stimme in die Stille des großen Salons. Ich möchte Ihnen einen Menschen vorstellen, der zu den wichtigsten in meinem Leben gehört. Eskandar-Agha. Ohne ihn hätte ich nicht überlebt.

Eine Bewegung an der Tür zieht Roxanas Aufmerksamkeit und damit auch die von Eskandar-Agha und allen anderen auf sich. Sie lächelt und winkt ein Mädchen und einen Jungen zu sich. Das Mädchen sieht aus wie die kleine Roxana. Roxana küsst beide Kinder auf die Wangen, nimmt sie an die Hand und führt sie zu Eskandar-Agha, während die anderen Gäste, zuerst noch zögernd, ihre Gespräche wieder aufnehmen.

Inzwischen schwitzt Eskandar-Agha so sehr, dass sein Nylonhemd an seiner Haut klebt. Trotzdem beugt er sich zu den Kindern und küsst sie ebenfalls auf die Wangen. Der Junge bleibt stocksteif stehen, das Mädchen schreckt zurück, ignoriert den mahnenden Blick ihrer Mutter und wischt sich mit dem Handrücken den feuchten Kuss von der Wange.

Das sind Nimtadj und, sie zögert, bevor sie den Namen ihres Sohnes nennt, Eskandar.

Eskandar-Agha hat das Gefühl, als würde der Boden schwanken. Er vergisst sich, vergisst den prächtigen Salon und die feinen Gäste und fällt vor den Kindern auf die Knie.

Roxana ist es peinlich, und sie versucht, Eskandar-Agha auf die Beine zu helfen. Aber er ist zu schwer, sie verliert den Halt und fällt ebenfalls auf die Knie.

Die Gäste werden auf das seltsame Geschehen am kleinen Tisch aufmerksam und verstummen erneut, sodass nur noch das leise Schluchzen von Eskandar-Agha zu hören ist.

Alle sind still, bis die kleine Nimtadj einen Arm um den Hals von Eskandar-Agha und den anderen um den ihrer Mutter legt und lächelt.

Manchen Gästen steigen Tränen in die Augen, andere sind irritiert. Roxana legt den Arm um ihre Kinder, Eskandar-Agha tut es ihr gleich. Als ihre Arme sich berühren, zucken beide. Eskandar-Agha, Roxana und ihre Kinder sehen sich an, sehen in ihre verweinten Augen, und mit einem Mal lächeln und lachen sie alle befreit.

Manche Gäste lachen mit ihnen, manche umarmen sich gegenseitig, andere streichen den Kindern über den Kopf oder klatschen gar vor Freude in die Hände. Sogar die Dienerinnen, der Koch und das Kindermädchen sind durch die plötzliche Ruhe aufmerksam geworden und in den Salon gekommen. Die Haushälterin gibt Anweisungen, die Bediensteten schwirren aus, verteilen Eislimonade und Wassermelonen, damit die Gemüter sich wieder abkühlen.

Stühle und Tische werden gerückt, einige setzen sich auf den Boden, und alle wollen in der Nähe von Eskandar-Agha, Roxana und den Kindern sein.

Erst zum Mittagessen löst die Gesellschaft sich auf. Alle wandern in den nächsten großen Salon, wo eine riesige Tafel mit Speisen verschiedenster Farben und Düfte auf sie wartet.

Einen so großen und üppig gedeckten Tisch habe ich nicht einmal beim großen Tiger gesehen, flüstert Eskandar-Agha Nimtadj ins Ohr, die auf seinem Arm hockt, sich an ihm festklammert und ihn gar nicht mehr loslassen will.

Nimtadj sieht ihren neuen Freund an, als würde er einen Scherz machen, den sie natürlich durchschaut. Sie nimmt die Hand vor den Mund, zieht den Kopf ein und kichert.

Mit Nimtadj auf dem Arm setzt Eskandar-Agha sich, schiebt zuerst ihr, dann sich selbst ein Stück frischen Schafskäse in den Mund und weiß nicht, welche der köstlichen Speisen er zuerst auf seinen Teller schaufeln soll.

Schade, dass mein Vater nicht mehr in dieser Welt ist, sagt die kleine Nimtadj.

Eskandar-Agha streicht ihr übers Haar und erzählt eine Geschichte, die er schon Roxana erzählt hat, als sie ein kleines Mädchen war. Dir geht es wie Prophet Mohammad, der ist auch ohne seinen Vater aufgewachsen, und sieh ihn dir an, was für ein prachtvoller und mächtiger Mann er geworden ist.

Meine Mutter sagt, du bist ein Geschichtenerzähler. Nimtadj legt den Kopf schräg, wie ihre Mutter früher.

Ja, das bin ich, antwortete Eskandar-Agha lachend.

Erzähl mir alle Geschichten von Prophetmohammad, bittet sie.

Prophetmohammad, sagt Eskandar-Agha. Als ich selber ein kleiner Junge gewesen bin, habe ich seinen Namen genauso ausgesprochen.

Weder ihre Mutter noch das Farangi-Kindermädchen aus Farance, dem Land der wahren und ersten Farangi, schaffen es, die kleine Nimtadj von Eskandar-Agha loszureißen und in ihr Bett zu bringen. Erst als sie in seinen Armen einschläft und ihr Körper schwer wird, kann er sie die große geschwungene Treppe hinauf in ihr Zimmer tragen, das allem Anschein nach ihr ganz allein gehört.

You first Farance-Farangi for me, sagt Eskandar-Agha.

Das französische Fräulein versteht nicht, lächelt aber höflich.

Nimtadj look wie Kind from Farangi, murmelt Eskandar-Agha.

Excusez-moi, Monsieur?, sagt das Farangi-Kindermädchen.

Bitte vergeben Sie, was meinen Sie?, fragt Eskandar-Agha.

Je ne parle pas farsi, antwortet das Mädchen.

I speak Engelissi little, little, Eskandar-Agha lächelt höflich.

Psst, macht die Farangi-Kinderfrau mit dem Zeigefinger an den Lippen und deutet auf die schlafende Nimtadj.

Sie schläft, sagt Eskandar-Agha und ist glücklich.

Sie können unmöglich gehen, erklärt Roxana. Ich kenne meine Tochter. Das Erste, was sie nach dem Aufwachen wird sehen wollen, sind Sie. Bitte bleiben Sie, ich werde Anweisung geben, dass man im Gästehaus ein Bett für Sie herrichtet.

Ein Bett brauche ich nicht, antwortet Eskandar-Agha. Ich bin es gewöhnt, auf dem Boden zu schlafen, dann muss ich keine Angst haben, im Schlaf in die Tiefe zu stürzen.

Wo wollen Sie sonst schlafen?, fragt Roxana.

Auf der Veranda, im Bedienstetenhaus, im Gärtnerhaus, vollkommen egal.

Also dann im Gärtnerhaus, sagt Roxana-Khanum und gibt einem Diener, der sie schräg ansieht, Anweisungen.

Am Morgen schlägt Eskandar-Agha die Augen auf und blickt in das Gesicht der kleinen Nimtadj, die sich in sein Zimmer geschlichen hat und ihn ansieht.

Erzähl, flüstert sie.

Was soll ich erzählen?

Die Geschichte, die dir gerade jetzt einfällt.

Hat dir schon mal jemand verraten, dass Nimtadj halbes Krönchen bedeutet, flüstert Eskandar-Agha.

In Erwartung einer wunderbaren Geschichte sieht Nimtadj ihn mit großen Augen an und nickt.

Es gab einmal einen Pahlewan, den Reiter Hodjat, er ist in das Dorf ohne Namen geritten und hat die schöne Sahra gesehen und sich nicht mit einem, sondern mit tausend Herzen in sie verliebt. Deine Augen sind schöner als die Steine in der Krone des Königs in Teheran, hat er ihr zugeflüstert. Aber stell dir vor, die arme Sahra hat nicht gewusst, dass Teheran eine Stadt ist, auch nicht, was eine Hauptstadt und ein König sind. Und sie hat auch nicht gewusst, was eine Krone ist.

Die Arme, flüstert Nimtadj. Sogar ich weiß, was eine Krone ist.

Die schöne Sahra hat einen Jungen geboren und ihm, wie der Reiter ihr aufgetragen hat, den Namen Eskandar gegeben.

Und der furchtlose, unbesiegbare Reiter?, fragt Nimtadj.

Er ist der Sohn vom bösen Arbab gewesen und musste in den Krieg ziehen. Und als der kleine Eskandar nichts mehr zu essen hatte, ist er über den verbotenen Berg geklettert, hat sich mit den schrecklichen Div und Jinn angelegt und sie alle besiegt. In der anderen Welt, die er gefunden hat, ist er auf Männer gestoßen, die gelbes Haar haben und sich statt Hüten umgedrehte Kochtöpfe auf den Kopf setzten.

Nimtadj zieht den Kopf ein, kichert und sagt, die sind aber dumm. Niemand trägt einen Kochtopf als Hut.

Doch, sagt Eskandar-Agha, ich bin dort gewesen und habe es mit eigenen Augen gesehen.

Es dauert nicht lange, da taucht der kleine Eskandar bei Eskandar-Agha und Nimtadj auf, bleibt und lässt sich ebenfalls in diese andere Welt verführen. Roxana kommt und geht wieder, die Dienerin bringt geschnittene Wassermelone und gekühlte Limonade, das Kindermädchen erscheint, haucht mon dieu und verschwindet wieder.

Eskandar-Agha will nur ein paar Tage bleiben, aber es werden ein paar Wochen und dann ein paar Monate. Und er geht erst wieder, als die Spannungen zwischen dem Schah und dem Premier wegen der Nationalisierung des Naft größer und größer werden, die Unruhen sich ausweiten, das Leben in Teheran so gefährlich wird, dass Roxana beschließt, mit ihren Kindern nach Farang zurückzukehren, bis alles wieder ruhig ist.

Er soll mitkommen. Nimtadj weint und klammert sich an Eskandar-Agha fest.

Ich muss hierbleiben. Schließlich will ich Geschichten sammeln, die ich dir erzählen kann, wenn du wieder zurückkommst, tröstet Eskandar-Agha sie.

Die Farangi haben auch Geschichten, die du sammeln kannst.

Glaub mir, sagt Eskandar-Agha, Geschichten, die ich in unserer Heimat finden kann, sind die einzigen, die Leuten wie dir und mir gefallen.

Was sind du und ich für Leute?, fragt Nimtadj.

Wir sind Leute, die vor nichts und niemandem zurückschrecken dürfen, auch wenn wir noch so viel Angst haben. Wir sind

Leute, die immer wieder auf die Füße kommen, und sei es noch so mühsam, wir sind Leute mit Herzen so groß wie der verbotene Berg, antwortet Eskandar-Agha.

Auf dem verbotenen Berg leben gefährliche Div und Jinn, flüstert Nimtadj und zieht den Kopf zwischen die Schultern.

Siehst du, sagt Eskandar-Agha, in Farangestan gibt es weder verbotene Berge noch irgendeine andere Gefahr. Dort haben die Menschen haben alles, was sie zum Leben brauchen, und kennen weder Not noch Angst, und genau aus diesem Grund gibt es dort auch keine Geschichten für Menschen wie dich und mich.

Gut, sagt Nimtadj. Dann bleiben Sie und sammeln Geschichten für Leute wie uns, und ich gehe nach Farang und erzähle denen die Geschichten, die Sie mir erzählt haben. Nimtadj umarmt Eskandar-Agha, küsst ihn auf die Wange, hüpft fröhlich davon und dreht sich auch nicht mehr nach ihm um.

Kinder sind so, murmelt Eskandar-Agha auf dem Weg zurück in den Süden der Stadt. Sie lieben dich, sie wollen an deiner Seite einschlafen, und sie rufen deinen Namen als Erstes, wenn sie aufwachen. Aber wenn sie weg sind, sind sie weg und denken nicht mehr an dich. Und wäre es anders, wären es keine Kinder, murmelt er und lächelt vor sich hin.

Willkommen zu Hause, sagt der Nachbarjunge Hossein, den nunmehr alle Hossein-Agha nennen. Wo immer Sie gewesen sind, ich sehe es an Ihren Augen, es hat Ihnen gutgetan. Aber für mich, sagt Hossein, ist es nicht gut gewesen, denn ich habe Sie in jedem Augenblick, den Sie nicht hier waren, vermisst.

Ein neuer Freund und eine Tochter

Auf der Suche nach einem Zimmer taucht ein Fremder im Hof auf und behauptet, seine Eltern hätten bereits hier gelebt. Sein Name ist Agha-Javad, und er scheint Geld zu haben, denn er sagt, der Preis spielt keine Rolle.

Weil es Freitag ist, er nichts Besseres zu tun hat und Eskandar-Agha den Eindruck macht, dass auch er nichts verpasst, nimmt Agha-Javad ihn mit zum Tshelokababi und bezahlt die Rechnung. Eskandar-Agha isst nicht nur eine, sondern gleich zwei Portionen mit allem, was dazugehört: Torshi, Joghurt mit Knoblauch, Joghurt mit Gurken und Minze, frisches Fladenbrot, das in der Soße der Fleischspieße schwimmt, gegrillten Tomaten und natürlich dem König aller Kebab, dem Soltani, einem Lammspieß und einem Spieß mit Gehacktem.

Eskandar-Agha kann nicht schnell genug das saure Somackgewürz, die frische Butter und das Eigelb unter den Reis mischen, so sehr läuft ihm dabei das Wasser im Mund zusammen. Damit nicht genug, bestellt Agha-Javad nach dem Tee auch noch Eiscreme mit harten Milchrahmstückchen und Pistaziensplittern darin. Und bevor er anschließend seinen frisch aufgebrühten Tee mit Kardamom und Datteln zu sich nehmen kann, muss Eskandar-Agha sich erst einmal die fetttriefenden Finger ablecken.

Agha-Javad selbst scheint nicht besonders hungrig zu sein, denn statt zu essen, stellt er eine Frage nach der anderen, und für den nächsten Freitag verabredet er sich gleich wieder mit Eskandar-Agha.

Er ist ein Spion, sagen die Nachbarn im Hof.

Eskandar-Agha aber macht die nimmersatte Neugierde von

Agha-Javad nichts aus, im Gegenteil, je größer sie wird, desto spendabler wird er, und Eskandar-Agha gewöhnt sich schnell daran, freitags von seinem neuen Freund ausgeführt und ausgefragt zu werden.

Am fünften oder sechsten Freitag trinkt Eskandar-Agha nach dem Essen seine Buttermilch aus und stellt sein leeres Glas vor Javad-Agha. Während der ihm wie gewohnt nachschenkt, greift Eskandar-Agha nach seinem Fotoapparat, richtet ihn auf Javad-Agha und drückt auf den Auslöser. Das ist eine Angewohnheit von mir, sagt er. Sobald ich jemanden zu meinen Freunden zähle, mache ich eine Fotografie von ihm. Es ist zwar nicht billig, aber die Freude, die es mir bereitet, ist mir das Geld wert.

Und was machen Sie dann mit den Bildern?

Nichts. Ich lege sie in einen Karton, als Erinnerung für meine alten Tage.

Sie hätten mich warnen sollen, sagt Javad-Agha, dann hätte ich mir das Gesicht gewaschen und das Haar gekämmt.

Der ist kein Spion, sagt Eskandar-Agha zu seinen Nachbarn. Sonst hätte er sich nicht ablichten lassen.

Und wenn gerade das sein Trick ist?, fragen die Nachbarn. Damit will er doch nur letzte Zweifel ausräumen.

Wie auch immer, beruhigt Eskandar-Agha seine Nachbarn. Nun habe ich eine Fotografie von ihm.

Und was machen Sie damit?

Ich könnte zur Polizei gehen.

Und wenn er kein Spion ist und Sie ihn zu Unrecht denunzieren?, fragen die Nachbarn. Und wenn er doch ein Spion ist, kommen Sie selber in Schwierigkeiten, warnen sie Eskandar-Agha. Und wenn er mit der Polizei zusammenarbeitet?, fragen sie und verwirren Eskandar-Agha. Und am Ende bekommt er sogar Angst.

Am nächsten Freitag schenkt Eskandar-Agha seinem neuen Freund sowohl den Abzug als auch das Negativ und denkt nicht einmal mehr daran, zur Polizei zu gehen.

Und dann geschieht etwas, womit Eskandar-Agha nicht gerechnet hätte. Seine Nachbarn werden immer skeptischer, nicht gegenüber dem vermeintlichen Spion, sondern ihm selber gegenüber.

Was ist das überhaupt für ein Verhalten?, tuscheln sie hinter seinem Rücken. Seit Jahren läuft er in den Straßen herum und macht Bilder von allem und jedem und macht sich alle möglichen Notizen und Skizzen. Was tut er mit den Bildern? Wem gibt er sie?, fragen die Nachbarn argwöhnisch. Wir müssen uns in Acht nehmen, sagen sie schließlich und gewöhnen sich daran, ihm gegenüber die Wahrheit zwischen ihren Worten zu verstecken.

Als Nächstes taucht der Besitzer des Hauses auf und wirft einen der Nachbarn aus seinem Zimmer im hinteren Teil des Hofes und erklärt, er braucht das Zimmer für einen Verwandten, und niemand wundert sich, dass dieser Verwandte Agha-Javad ist, der noch am selben Nachmittag zusammen mit seiner Schwester in das zwangsgeräumte Zimmer einzieht.

Obwohl sie die dreißig oder sogar fünfunddreißig längst überschritten hat, ist die Schwester von Agha-Javad unverheiratet. Jeder der Nachbarn hat eine andere Erklärung dafür, warum eine Frau in ihrem Alter noch nicht verheiratet ist, keine Kinder hat und mit ihrem Bruder lebt. Sie können es kaum erwarten, von ihr selber die Gründe dafür zu erfahren.

Khadije-Khanum ist eine ruhige Frau, die nur dann spricht, wenn sie gefragt wird, was ganz im Gegensatz steht zu ihren Augen, die wach und ständig in Bewegung sind und denen nichts entgeht.

Es dauert nicht lange, da mögen alle Khadije-Khanum, denn sie hilft und macht sich nützlich, wo immer sie kann, beim Wäschewaschen, Geschirrspülen, Kinderhüten, Hühnerstallsäubern, Hofkehren und Fensterputzen. Während Eskandar-Agha unterwegs ist, räumt Khadije-Khanum sogar sein Zimmer auf, fegt seinen Teppich, spült sein Geschirr, stopft seine Socken und das Loch im Vorhang der Eingangstür. Manchmal findet Eskandar-

Agha, wenn er nach Hause kommt, ein gedecktes Sofre mit warmem, oft noch dampfendem Essen vor. Als Khadije-Khanum ihn eines Tages mit einem seiner beiden Leibgerichte, nämlich Reis mit Fisch, überrascht, bittet Eskandar-Agha sie so lange, bis sie nachgibt und sein Sofre mit ihm teilt.

Woher haben Sie gewusst, dass Mahipolo eines meiner zwei Leibgerichte ist?, fragt er und spürt, wie es ihm warm ums Herz wird, als sie ihn ansieht und scheu wie ein Reh lächelt.

Das habe ich nicht gewusst, antwortet sie. Jedes Mal, wenn ich eine neue Speise für Sie zubereitet habe, hatte ich die Hoffnung, dass ich Ihren wahren Geschmack treffen und Ihr Herz erwärmen würde.

Und genau das haben Sie nun erreicht, sagt Eskandar-Agha, sieht sie eine Weile an und sagt dann, wenn es Ihr Wunsch ist, werde ich Ihnen verraten, mit welcher anderen Speise Sie mir ebenfalls eine Freude bereiten könnten. Es ist Auberginen-Khoresht, verrät er, ohne ihre Antwort abzuwarten.

Am nächsten Abend beeilt Eskandar-Agha sich, nach Hause zu kommen, um das Khoresht-Bademjan, das Khadije-Khanum für ihn gekocht hat, zu probieren. Bereits nach den ersten Bissen, die er sich in den Mund schiebt, sagt er, verehrte Khanum, Sie haben alle meine Erwartungen übertroffen. Und dann rutscht Eskandar-Agha etwas heraus, das er eigentlich nicht vorhatte zu sagen. Dieses Khoresht, sagt er, schmeckt sogar noch besser als das Bademjan, was meine Aftab-Khanum für mich zubereitet hat. Eskandar-Agha hält inne, stellt fest, es tut gar nicht mehr so weh, an seine verstorbene Frau zu denken und über sie zu sprechen, und schenkt Khadije-Khanum ein freundliches Lächeln.

Mit Ihrer Erlaubnis, sagt Khadije-Khanum, habe ich die Kleider Ihrer verstorbenen Frau, Gott hab sie selig, aus der Nische geräumt und sie in die Moschee gebracht, damit man sie den Armen spendet, denn die Motten hatten sich bereits darin eingenistet.

Eskandar-Agha schweigt, kaut bedächtig weiter, zählt die Monate, seit seine Frau gestorben ist, merkt, dass er bereits weit über das Pflichtjahr hinaus um sie getrauert hat, und fragt, während er weiterkaut: Möchten Sie, dass ich Ihren Bruder frage, ob er Sie mir zur Frau gibt?

Khadije-Khanum schweigt, sieht, wie es sich gehört, sittsam zu Boden und nickt kaum merklich.

Agha-Javad stimmt der Heirat freudig zu und kassiert grinsend das Brautgeld. Die Braut hat außer ihrem Bruder weder Verwandte noch Freunde. Eskandar-Agha besitzt ohnehin keine Verwandten, die er einladen könnte. Den Gedanken, in den Norden der Stadt zu fahren und Roxana und ihre Kinder einzuladen, lässt er gleich wieder fallen. So feiert er seine zweite Hochzeit im Kreis seiner Nachbarn, die ihren Argwohn zumindest für diesen Abend vergessen und sich über die köstlichen Speisen und die Abwechslung freuen.

Eskandar-Agha selber ist weder besonders glücklich noch unglücklich. Er ist einfach nur zufrieden, nicht länger allein leben zu müssen.

Ein paar Wochen nach der Hochzeit wird Khadije-Khanum schwanger. Die Nachbarn sagen, eine Alte wie sie hätte aufpassen müssen.

Sie werden ein guter Vater sein, sagt der Nachbarjunge Hossein. Das sehe ich daran, wie Sie mich behandelt haben. Ich sollte nicht schlecht hinter dem Rücken meines Vaters sprechen, aber Sie und Ihre verstorbene Frau Aftab-Khanum, Gott hab sie selig, sind freundlicher zu mir gewesen, als mein Vater, dessen eigenes Fleisch und Blut ich bin, es je war. Das ist die Wahrheit, die reine Wahrheit, sagt er, ansonsten soll mich der Zorn Gottes auf der Stelle treffen und mich mit Steinen erschlagen, sodass ich tot umfalle.

Hör auf mit diesem sinnlosen Schwören. Eskandar-Agha winkt ab. Gott hat noch nie Steine auf irgendeinen Menschen geworfen und wird es auch in Zukunft nicht tun.

Bei der Geburt seiner Tochter, seinem ersten Kind, stirbt Khadije-Khanum beinahe. Es dauert eine ganze Woche, bis die

Farbe wieder in ihr Gesicht zurückkehrt, bis sie wieder spricht, isst und trinkt. Wie sie so daliegt, halb tot, und niemand Hoffnung hat, dass sie überlebt, erinnert sie Eskandar-Agha an Tajelmoluk.

Sie werden es schaffen. Sie werden nicht sterben. Dafür ist der richtige Zeitpunkt noch nicht gekommen, sagt er und berichtet von Tajelmoluk und dass seither immerhin vierzig Jahre vergangen sind. Anders als damals gibt es heute Medikamente, Ärzte und Krankenhäuser, sagt er. Wir sind in der Hauptstadt. Die Wege sind kurz, und ich kann eine Taxe oder eine Droschke mieten und Sie zum Hakim oder sogar zu einem richtigen Arzt fahren. Er erzählt, dass er Roxana zur Amme gebracht hat, dass er nun seine eigene Tochter zu der Frau auf der anderen Seite vom Hof bringt. Sie scheint gute Milch zu haben, sagt Eskandar-Agha, denn ihre eigenen Kinder sind kräftig und gesund.

Mit seiner Tochter im Schoß hockt Eskandar-Agha neben seiner zweiten Frau auf dem Boden und liest in seinen Notizen. Weder ist er glücklich noch unglücklich. Am vierten Morgen schließlich schlägt Khadije-Khanum die Augen auf und sagt mit schwacher Stimme, ich habe alles gehört, was Sie gesagt haben, aber Gott hat nicht gewollt, dass ich spreche.

Sie haben alles gehört?

Alles, sagt sie.

Das ist seltsam, sagt Eskandar-Agha.

Alles, sagt sie. Aber verstanden habe ich nur die Hälfte, und jetzt habe ich alles wieder vergessen.

Den gleichen Fehler wie mit seiner ersten Frau Aftab-Khanum will Eskandar-Agha mit seiner zweiten Frau nicht machen. Es soll keine Geheimnisse zwischen uns geben, sagt er und will gerade anfangen zu erzählen, da fällt Khadije-Khanum ihm ins Wort.

Oh, bitte, sagt sie. Als ich eingewilligt habe, Ihre Frau zu werden, wusste ich, dass Sie bereits ein Leben hatten und eine Vergangenheit, aber das interessiert mich nicht. Mir reicht es zu wissen, was Sie in Ihrem derzeitigen Leben tun und nicht tun.

Gut, sagt Eskandar-Agha, lassen wir also die Vergangenheit ruhen. Wenn Sie damit einverstanden sind, möchte ich unserem Kind den Namen meiner Mutter geben. Sie hieß Sahra.

Wie Sie meinen, murmelt Khadije-Khanum, gähnt, wendet sich ab und schläft wieder ein.

Eine unangenehme Überraschung

Sahra ist ein stilles, aber aufmerksames Mädchen. Sie kann sogar ein paar Worte sprechen, noch bevor sie ein Jahr alt ist. Alle Nachbarn mögen sie, spielen mit ihr, kneifen sie zärtlich in die Wange, rufen sie liebevoll mit den schönsten Kosenamen. Goldherz, Sonnenschein, Goldzucker, Rehauge und was ihnen sonst noch in den Sinn kommt. Besonders der Nachbarjunge Hossein ist vernarrt in sie. Wenn du groß bist, werde ich deinen Vater, den verehrten Eskandar-Agha, um deine schöne Hand bitten, flüstert er ihr ins Ohr. Aftab-Khanum hätte es sicher gefallen.

Eines Tages, als Eskandar-Agha vom Brotkaufen mit seiner Sahra zurückkommt, hört er bereits von Weitem den Krach, und als er den Hof betritt, wirft seine Frau gerade einen kleinen eisernen Topf nach ihrem Bruder Agha-Javad und schreit, ich mache es nicht mehr, auch wenn es mich das Leben kostet.

Khanum, was tun Sie da?, versucht Eskandar-Agha sie zu beruhigen. Was sollen die Leute von Ihnen und mir denken?

Khadije-Khanum wirft sich ihm an den Hals, drückt ihr tränennasses Gesicht an sein Hemd und schluchzt, es ist ja niemand von den Nachbarn da, nur deshalb hat dieser Schuft sich getraut, seine Hand gegen mich zu erheben.

Ihr Bruder hat Sie geschlagen?, fragt Eskandar-Agha ungläubig und sieht aus dem Augenwinkel, wie Agha-Javad hinter ihm durch die Tür hinaus in die Gasse verschwindet. Seine wilden Flüche und raschen Schritte auf der Gasse sind das Letzte, was Eskandar-Agha von dem Mann, von dem er geglaubt hat, er sei sein Schwager, hört.

Was wollen Sie nicht mehr tun?, fragt Eskandar-Agha. Und

weil Khadije-Khanum nicht versteht, was er meint, sagt er, als ich in den Hof gekommen bin, habe ich gehört, wie Sie geschrien haben, das wollen Sie nicht mehr tun. Und jetzt frage ich, was wollen Sie nicht mehr tun?

Er ist ein Lügner, Khadije-Khanum schluchzt, aber Eskandar-Agha lässt nicht locker. Was wollen Sie nicht mehr tun?

Ihm hörig sein, für ihn arbeiten, Sie und die Leute ausspionieren.

Khadije-Khanum muss es wieder und wieder erklären, wieder und wieder stellt Eskandar-Agha dieselben Fragen und bekommt dieselben Antworten. Javad-Agha ist nicht der Bruder, sondern ein entfernter Verwandter von Khadije-Khanum. Nicht nur das Brautgeld hat er kassiert und sich an ihrem Körper bedient, er hat sie auch dazu benutzt, Eskandar-Agha und alle anderen Nachbarn im Hof und in den Nebenhöfen auszuspionieren.

Aber was gibt es bei mir und diesen Leuten schon auszuspionieren, und an wen hat er berichtet?, fragt Eskandar-Agha.

Was weiß ich denn?, antwortet Khadije-Khanum. Er hat mich gezwungen.

Warum haben Sie mir nichts gesagt?

Anfangs habe ich das Geld gebraucht, um meine Schulden zu begleichen, und dann habe ich angefangen, Sie zu mögen, und hatte Angst, Sie zu verlieren. Ich habe ihm gesagt, dass Sie weder ein Verbrechen begangen haben noch Kommunist sind, dass Sie weder zu einer dieser radikalen religiösen Gruppen zählen noch Bahai, Jude oder sonst was sind, jammert Khadije-Khanum, aber er hat mich gezwungen, mir gedroht, Ihnen alles zu sagen und mich auf die Straße zurückzuschicken.

Auf die Straße zurück? Wie meinen Sie das?

Wenn Sie draußen Fotos gemacht haben, habe ich jedes Mal eine andere Lüge erfunden, und von Ihren Notizen habe ich ihm auch nichts erzählt, sagt sie.

Und er hat Ihre Lügen nicht durchschaut?

Er ist ein Dummkopf, antwortet Khadije-Khanum und spuckt

aus, worauf Sahra es ihrer Mutter gleichtut und ebenfalls ausspuckt.

Und das Kind?, fragt Eskandar-Agha.

Was ist mit dem Kind?, will Khadije-Khanum wissen.

Ist es mein Kind, oder kümmere ich mich um das Kind eines Fremden, eines Spions und Djakesh, eines Zuhälters dazu?

Aber nein, sehen Sie sich das Kind doch an, Sahra ist Ihnen wie aus dem Gesicht geschnitten, ruft Khadije-Khanum und kratzt sich das Gesicht in Selbstkasteiung.

Dass sie damit recht hat und Sahra ihm ähnlicher nicht sein könnte, weiß Eskandar-Agha, dafür muss er nicht in den Spiegel sehen. Sie haben mir nicht gesagt, was Sie damit meinen, dass er gedroht hat, Sie auf die Straße zurückzuschicken, beharrt Eskandar-Agha und lässt seine Frau nicht aus den Augen und sieht mit einem Mal Dinge, die ihm bisher nicht aufgefallen waren, und er weiß die Antwort, auch ohne dass sie sie ausspricht. Ich werde Sie verlassen müssen, sagt er und wundert sich, wie wenig es ihn berührt und wie gefasst er ist.

Eskandar-Agha hält seine Sahra, die zu ihrer Mutter will, fest. Sie glauben doch nicht im Ernst, dass ich mein Leben weiterhin mit einer Frau verbringe, die mich hintergangen und belogen, mich mit einem anderen Mann betrogen und mich ausspioniert hat. Nein, Khanum, ich möchte, dass Sie noch heute Ihre Sachen packen und morgen früh vor Sonnenaufgang dieses Haus verlassen. Ich werde mich von Ihnen scheiden lassen, sagt er leise, steht auf und spürt, wie seine Knie zittern.

Bis zum Morgengrauen weint, klagt, jammert Khadije-Khanum, bittet, bettelt, beschwört Eskandar-Agha, ihr zu vergeben. Sie sagt, sie schämt sich, sie bereut. Als sie merkt, alles Flehen und Betteln nutzt nichts, keift, schimpft und droht sie. Sie können mich zwingen, dieses Zimmer zu verlassen. Sie können sich scheiden lassen. Sie können mir mein Kind wegnehmen, alles das gesteht das verdammte Gesetz Ihnen zu. Aber ich werde dieses Haus und diesen Hof nicht verlassen, ich werde in das Zimmer von Javad-Agha ziehen und dort wohnen. Der Hundesohn wird sowieso nicht wieder zurückkommen. Ich werde tun und lassen, was ich will.

Das können Sie nicht, sagt Eskandar-Agha, weiß aber, dass sie es tun wird.

Ein paar Tage schafft er es, ihr aus dem Weg zu gehen, sie nicht zu beachten und sich nicht vom Gerede der Leute beeinflussen zu lassen. Doch nach einer Woche fängt sie ihn ab und sagt, dass sie Geld braucht.

Das ist eine Angelegenheit, die mich nichts mehr angeht, sagt Eskandar-Agha. Sie wissen, dass ich beim Mullah war und mich von Ihnen habe scheiden lassen, und die nötigen Papiere für die Regierung habe ich ebenfalls unterschrieben.

Dann muss ich eben auf meine Weise Geld verdienen, sagt sie, lässt den verdutzten Eskandar-Agha stehen und geht in die Gasse hinaus. Kaum eine halbe Stunde später kommt sie mit einem fremden Mann zurück und verschwindet mit ihm in ihr Zimmer. Zwanzig Minuten später taucht sie wieder im Hof auf. Die oberen Knöpfe ihres Kleides stehen offen, sie trägt kein Kopftuch, und sie lächelt anzüglich. Es ist dasselbe Lächeln, das sie Eskandar-Agha geschenkt und von dem er gedacht hat, er sei der einzige Mann, der es jemals zu sehen bekommen wird.

Sahra löst sich von seiner Hand, rennt zu ihrer Mutter, wirft sich in ihre Arme und lächelt glücklich, als der Fremde ihr in die Wange kneift und einen Kuss auf die Stirn drückt.

Das ist zu viel für Eskandar-Agha. Er zerrt die schreiende Sahra vom Arm ihrer Mutter, verschwindet mit ihr in sein Zimmer, schließt die Tür und das Fenster, obwohl die Luft im Zimmer vor Hitze steht und ihn und sein Kind betäubt und sie schläfrig macht. Noch am selben Tag kündigt Eskandar-Agha sein Zimmer, packt seine Sachen und die von Sahra in Bündel, vertraut seine Notizbücher und Kisten mit den Fotografien dem Nachbarjungen Hossein-Agha an, verabschiedet sich unter Tränen von ihm, verspricht, seinen neuen Aufenthaltsort mitzuteilen, und hofft, Khadije-Khanum nie wiedersehen zu müssen.

Die Droschke, die Eskandar-Agha gemietet hat, ist zwar billig, aber derart klapprig, dass sie damit nur bis zum Ende der Gasse kommen. Sobald sie in die Hauptstraße biegen, bricht die Achse der Droschke, und sie kippt um. Eskandar-Agha und Sahra haben Glück, dass ihr Gepäck nur aus Kleidern und leichten Gegenständen besteht und sie nicht verletzt, als es auf sie fällt. Dafür haben die Zügel und das Zaumzeug dem Pferd das Maul blutig gerissen. Es schüttelt sich, hebt und senkt den Kopf heftig und schnaubt und wiehert mit weit aufgerissenen Augen vor Schmerzen. Sahra sieht das Blut, fängt an zu weinen, will sofort zu ihrer Mutter zurück, schreit und läuft in die Gasse, wo Eskandar-Agha sie nur mit Mühe einfangen kann.

Ein paar Tage schlafen sie in Gasthäusern, von denen es jetzt in Teheran eine Menge gibt. Doch es ist unbequem, teuer und ohnehin keine Lösung. Tagsüber sind sie von Gasse zu Gasse unterwegs, und Eskandar-Agha sucht nach einem geeigneten Zimmer. Sahra muss er überallhin mitnehmen, sie ist erschöpft und wirkt halb tot, wenn sie abends in den Armen ihres Vaters einschläft.

Als er endlich ein Zimmer findet, ist es feucht, weil sein Boden das Dach der Wasserzisterne ist, mit der der ganze Hof versorgt wird. Eskandar-Agha bekommt Schmerzen in den Knochen und Gelenken, und sein Kopf brummt, weil die vielen Menschen in den anderen Räumen immer laut sind, selbst nachts geben sie keine Ruhe. Eskandar-Agha weiß nicht, wie sein Leben weitergehen soll. Er muss Geld verdienen. Wie soll er sich da um sein Kind kümmern? Am liebsten würde er seine verletzte Ehre und seinen Stolz vergessen, zu Khadije-Khanum zurückkehren, ihr verzeihen und dem Kind seine Mutter zurückgeben. Sahras Gejammer nach Khadije-Khanum ist so unerträglich, dass er sie manchmal alleine im Zimmer einschließt, wo sie vor sich hin weint, bis sie vor Erschöpfung einschläft.

Als ihm eines Tages auch noch die Hand ausrutscht und er sein Kind schlägt, nimmt Eskandar-Agha die Farvahar-Kette, die er seiner Aftab-Khanum geschenkt hatte, von seinem eigenen Hals und hängt sie seiner Tochter um.

Soll der Geist meiner klugen Aftab-Khanum dich armes Kind schützen.

In der Nacht hat Eskandar-Agha einen Traum. Seine Aftab-Khanum steht vor ihm, stemmt die Arme in Seite und sieht ihn einfach nur an. Als er seinen Mund aufmachen und sie fragen will, was sie von ihm will, öffnet sie eine Tür und verschwindet dahinter. Eskandar-Agha ruft nach ihr, zieht und zerrt an der Tür, kann sie aber nicht öffnen.

Erst am Morgen, als Eskandar-Agha gerade sein zweites Gläschen Tee trinkt, fällt ihm ein, dass er die Tür, hinter der seine Aftab-Khanum verschwunden ist, kennt. Es ist die von dem Haus von Roxana-Khanum.

Ich habe mir selber und vor meinem Gott geschworen, dass ich anders sein würde als mein eigener Vater und mein eigenes Kind niemals schlagen würde, sagt Eskandar-Agha vor sich hin. Er sieht seine Tochter an, die ihn anlächelt. Ich habe versagt, doch meine Aftab-Khanum ist mir im Traum erschienen und hat mir den Weg gewiesen, sagt Eskandar-Agha, küsst seine Tochter und fasst einen Entschluss. Er packt abermals seine Sachen, mietet eine Droschke und lässt sich und seine Tochter in den Norden der Stadt zum Haus von Roxana-Khanum fahren.

Zwei oder noch mehr Jahre sind vergangen, seit Eskandar-Agha das letzte Mal dort gewesen ist, er weiß nicht, was ihn erwartet, und ist auf alles gefasst.

Sie sind es, sagt Roxana und starrt Eskandar-Agha, die kleine Sahra und die Bündel an, bis hinter ihr Nimtadj auftaucht. Sie ist ein hochgewachsenes, neun- oder zehnjähriges Mädchen mit wachen Augen und, wie sich zeigt, noch größerem Mut geworden. Als hätten sie sich gestern erst voneinander verabschiedet, sagt sie, Sie müssen eine Menge Geschichten für mich gesammelt haben.

Dann deutet sie auf Sahra und fragt, schläft sie auch auf dem Boden?

Bevor irgendjemand anderer auch nur den Mund aufmachen kann, sagt Nimtadj, wir müssen das Zimmer fertig machen. Und das Mädchen braucht anständige Kleider. In diesen Hemdchen kann sie unmöglich herumlaufen.

Manchmal ist sie schlimmer als Mahrokh-Khanum, entschuldigt Roxana das Verhalten ihrer Tochter.

Nimtadj sieht ihre Mutter nicht einmal an, als sie erklärt, Mahrokh-Khanum sagt, meine Mutter ist Kommunistin.

Bitte bringen Sie die Sachen in ein Gästezimmer, sagt Roxana zur Dienerin.

Khanum, Sie sind zu gütig, meine Sahra und mich als Ihre Gäste aufzunehmen, aber wenn Sie gestatten, möchte ich nicht im Gästezimmer schlafen, sondern im Gärtnerhaus, sagt Eskandar-Agha und hofft, Roxana durchschaut seinen Plan nicht.

Ist doch alles ganz einfach

In einer Vollmondnacht, zwei Monate später, als Nimtadj, Sahra und ihr Bruder Eskandar, der seit seiner letzten Reise zu den Farangi Alexander genannt werden will, längst schlafen, hocken Eskandar-Agha und Roxana auf der riesigen Terrasse vor ihrem Haus, trinken Tee aus dem Samowar und genießen den Blick auf den herrlichen Garten mit seinen prächtigen Bäumen, Büschen und Blumen, die mit ihrem Duft die nächtliche Luft schwängern.

Seit Sie sich darum kümmern, wachsen und gedeihen unsere Pflanzen und Blumen wie noch nie, sagt Roxana.

Ohne Ihre Hilfe, sagt Eskandar-Agha, hätte ich Sahra zu ihrer Mutter zurückbringen müssen. Solange ich lebe, werde ich in Ihrer Schuld stehen, verehrte Roxana-Khanum.

Sie machen mir ein schlechtes Gewissen, sagt Roxana.

Ein schlechtes Gewissen? Eskandar-Agha tut, als wüsste er nicht, wovon Roxana spricht.

Sie sind wie ein Vater, ein Bruder für mich gewesen. Sie waren selbst noch ein Kind, als Sie für mich gesorgt haben. Sie haben mich ernährt, sich um mich gekümmert. Ich habe es schon einmal gesagt und meine es auch so, Ihnen habe ich zu verdanken, dass ich überhaupt am Leben bin.

Eskandar-Agha schweigt, genießt und wartet.

Ich sollte Ihnen einen Ehrenplatz in unserem Haus einräumen, sagt Roxana und spielt mit dem Saum ihres Kleides, wie damals als kleines Mädchen, wenn sie ein schlechtes Gewissen hatte. Stattdessen wohnen Sie im Gärtnerhaus. Das tut mir aus ganzer Seele weh, sagt sie und sieht Eskandar-Agha an. Aber Sie wissen es ja selbst, wie die Leute sind, sie reden schnell und machen einem das Leben schwer.

Ich bin zufrieden, sagt Eskandar-Agha. Das Gärtnerhaus ist der beste Ort, an dem ich je gelebt habe. Das ist die Wahrheit, sagt er, als er den ungläubigen Blick Roxanas sieht. Anders als die meisten Menschen habe ich sogar Strom, und ich habe sauberes Trinkwasser aus den Bergen. Khanum, im Süden der Stadt, da wo ich herkomme, hatten wir nichts, es gibt dort keine Kanalisation für Abwasser, kein sauberes Trinkwasser, keinen Strom, nicht einmal Gas, die Gassen sind nicht asphaltiert. Sie glauben mir nicht, sagt Eskandar-Agha, und doch sind Sie selber in einem Teil dieses Landes in die Welt gekommen, in dem noch heute Kinder, Frauen und Männer von Hunger und einfachsten Krankheiten dahingerafft werden.

In ihren Augen erkennt Eskandar-Agha, dass Roxana diesen Teil ihres Lebens längst vergessen hat.

Nein, Khanum, die beiden Räume, in denen ich hier zusammen mit meiner Sahra leben darf, sind hell und groß, jetzt im Sommer ist es luftig und im Winter bestimmt nicht schwer, die Räume warm zu halten und sich darin wohlzufühlen. Ich kann durch die großen Fenster in den Garten hinaussehen, und zwischen all den Bäumen, mit dem Djub, der vor der Tür vorbeifließt, weitab vom Trubel der Gäste und dem Kommen und Gehen im Haupthaus, fühle ich mich ein wenig wie in meinem Dorf. Das ist gut für mich und auch für meine kleine Sahra. Nein, verehrte Frau-Roxana, ich bin glücklich, nicht hier in diesem großen Haus wohnen zu müssen. Ich würde mich ohnehin darin verlaufen, sagt er, sieht Roxana an, und zum ersten Mal, seit er vor Monaten in ihr Haus gekommen ist, fühlt er sich ihr nah.

Ich bin froh, dass Sie und Ihre Sahra bei uns sind, sagt Roxana. Meinen Kindern und mir tut es gut. Und dass das Gärtnerhäuschen bewohnt ist, ist auch gut.

Gerührt sieht Eskandar-Agha seine Roxana an, verwirft aber den Gedanken zuzugeben, dass er damals nicht in einem der Gästezimmer im Haupthaus wohnen wollte, weil er wusste, dass seine Aussichten, länger oder vielleicht sogar für immer zu bleiben, größer sind, wenn er gleich im hinteren Teil des Gartens unterkommt.

Roxana lacht erleichtert und streicht sich Strähnen aus dem Gesicht, die nicht da sind. Übrigens stimmt es nicht, dass ich Kommunistin bin, sagt sie mit einem Mal und wirkt wie ein Kind, das sich gegenüber seinem Vater verteidigt.

Das weiß ich, sagt Eskandar-Agha in väterlichem Ton. Und wenn Sie es wären, wäre es mir auch egal. Aber ich kann verstehen, dass jemand wie die verehrte Mahrokh-Khanum von einem Menschen wie Ihnen, der von Gleichheit und gleichem Recht spricht und einem Mittellosen wie mir und meinem Kind Unterschlupf gewährt, glaubt, er sei Kommunist. Denken Sie nicht schlecht von ihr. Immerhin ist sie die Frau, die Ihnen eine liebende und auch großzügige Mutter gewesen ist.

Sprechen Sie von diesem Haus, dem Garten, den Autos, den kostspieligen Schulen meiner Kinder? Roxana lächelt bitter. Das alles habe ich meinem verstorbenen Mann und vor allem meiner eigenen Arbeit zu verdanken.

Ich will ehrlich mit Ihnen sein, sagt Eskandar-Agha und ringt nach Worten. Sie hätten Ihren Mann, Gott hab ihn selig, nicht gefunden, hätte die reiche und in der Gesellschaft anerkannte Mahrokh-Khanum Sie nicht als Ihre Tochter angenommen. Auch Ihren Beruf hätten sie nicht erlernen können, wäre Mahrokh-Khanum nicht für Ihre Ausbildung aufgekommen. Und wie schlecht auch immer sie gewesen sein mag, sie hat auch ihre guten Seiten, sagt Eskandar-Agha und wundert sich über sich selbst, weil er wirklich glaubt, was er sagt.

Es macht mich traurig, über diese Dinge zu sprechen, antwortet Roxana und wechselt das Thema. Sehen Sie, sagt sie, Sie haben doch gesagt, dass Sie im Büro des Premiers Zeitungsartikel über ihn gesammelt und ausgewertet haben. Das letzte Mal, als ich in Amrika war, habe ich diese Zeitschrift gesehen und sie aufgehoben, damit ich sie Ihnen bei Gelegenheit gebe, sagt Roxana.

Aber das ist ja unser verehrter Premier Mossadegh, ruft Eskandar-Agha.

Das ist Time, eine der wichtigsten Zeitschriften der Amrikai, erklärt Roxana. Sie haben das Bild unseres Premiers auf der Titelseite abgebildet, weil sie ihn zum Mann des Jahres gewählt haben. Das ist sehr wichtig für uns und unser Land. Viele Amrikai bilden sich nämlich erst eine Meinung, wenn sie Time gelesen haben.

Taim, liest Eskandar-Agha stolz und grinst, als hätten sie sein Bild abgedruckt. Und ich dachte, die Farangi brauchen keine Belehrung, um sich eine Meinung zu bilden.

Nicht nur weil er seine Notizbücher und die Kiste mit den Fotografien, die er beim früheren Nachbarjungen Hossein-Agha zurückgelassen hat, abholen will, fährt Eskandar-Agha mit dem Bus in den Süden der Stadt, zu seinem alten Zimmer. Er will auch wissen, was aus der bedauernswerten Khadije-Khanum, immerhin der Mutter seiner Tochter, geworden ist.

Auf dem Weg wird der Bus mehrere Male angehalten und von Soldaten und Polizisten, keiner weiß, wonach, durchsucht. Demonstranten, Transparente, berittene Polizei und Soldaten, Panzer an den Kreuzungen, das Getrampel der Polizeipferde machen Eskandar-Agha so viel Angst, dass er sein Vorhaben am liebsten vergessen und gleich wieder umkehren würde.

An Chaos, Unterdrückung und den Tod von Lieben wird man sich nie gewöhnen können, schreibt er in seinen kleinen Notizblock. Und dann bekommt er mit, was der Mann, der in der Reihe vor ihm sitzt, zu seinem Nachbarn sagt, und weil es klingt, als wäre es ihm höchstpersönlich zugedacht, und weil es ihm gefällt, notiert Eskandar-Agha auch das: Wir Iraner sind ein merkwürdiges Volk geworden, je mehr wir weinen, desto besser fühlen wir uns. Wir finden Gefallen am Leid, haben Lust am Verlust und fühlen uns lebendig, wenn der Tod in unserer Nähe ist.

Sie sind verwöhnt vom Leben im reichen Norden der Stadt, erklärt Hossein-Agha und versucht wie immer, seinen alten Nachbarn aufzumuntern. Ich werde Sie begleiten. Dann müssen Sie Ihre Kiste nicht allein schleppen, und ich komme in den Genuss, mit einem dieser neuen doppelstöckigen Busse zu fahren, und ich werde endlich einen Ausflug in den Norden der Stadt machen, schlägt Hossein-Agha vor. Die frische Luft wird mir sicher auch guttun.

Allerdings kommen sie nicht einmal bis zur Bushaltestelle in der Hauptstraße, überall wimmelt es von bewaffneter Polizei, Soldaten und Geheimagenten Seiner Majestät des Königs, die wahllos auf Passanten einschlagen, bis sie blutüberströmt davonlaufen oder auf der Straße liegen bleiben. Weder mit dem Fahrrad noch mit der Droschke und schon gar nicht mit einem Automobil oder einem Autobus kommt man voran.

Noch bevor Eskandar-Agha und Hossein überlegen, wohin sie flüchten können, um den mörderischen Straßenschlachten zu entkommen, werden sie getrennt und verlieren sich aus den Augen. Nur mit Mühe kann Eskandar-Agha seine Kiste schleppen. Vor ihm taumelt eine Frau, die sich den blutigen Kopf hält. Neben ihm schreit ein Mann, der eine Schusswunde im Bein hat. Eskandar-Agha hebt seine Kiste an, hört hinter sich eilige Schritte, dreht sich herum und sieht einen Soldaten, der auf ihn zuhastet. Der Junge fuchtelt mit seinem Gewehr herum und starrt Eskandar-Agha aus weit aufgerissenen Augen ängstlich an. Was hast du in der Kiste?, schreit er.

Eskandar-Agha stellt sofort die Kiste ab, hebt die Hände und sieht den Soldaten einfach nur an.

Was hast du in der Kiste?, schreit er, spannt sein Gewehr und richtet es erneut auf Eskandar-Agha.

Bruder, fragt Eskandar-Agha, was willst du tun? Mich töten? Welchen Nutzen hätte das für dich? Mach dich nicht unglücklich. Ich sehe dir an, du hast noch nie einen Menschen getötet.

Natürlich habe ich noch niemanden getötet, sagt der junge Soldat. Ich bin doch kein Mörder.

Aber genau das ist deine Aufgabe. Zu töten.

Ja, Agha, antwortet der Soldat.

Siehst du, sagt Eskandar-Agha und wundert sich, wie ruhig er ist. Wenn du schon einmal jemanden getötet hättest, wüsstest du, dass du mit jedem Menschen, den du tötest, auch einen Teil von dir selbst tötest.

Der Soldat wird unsicher, kratzt sich am Kopf.

Und jeder Tote schürt einmal mehr die Wut der Menschen. Und wo soll das alles einmal enden?

Ich habe Befehle, sagt der Soldat.

Du hast einen Befehl, und du hast eine Waffe, aber du hast auch einen Kopf, und mit dem kannst du denken.

Der Soldat lockert seinen Griff und der Lauf seines Gewehrs zeigt jetzt mehr auf den Boden als auf Eskandar-Agha.

Soll ich dir etwas verraten?, fragt Eskandar-Agha und spricht erst weiter, als der Soldat nickt. Jeden Tag desertieren Soldaten und schlagen sich auf die Seite der Bevölkerung und der Demonstranten. Weißt du, was mit ihnen geschieht? Eskandar-Agha wartet, bis der Soldat den Kopf schüttelt. Sie werden gefeiert. Sie werden geküsst und auf Schultern getragen. Diese jungen Männer sind Helden, leuchtende Sterne in dieser ansonsten düsteren Zeit, sagt Eskandar-Agha und nimmt sich vor, diese, wie er findet, poetischen Worte später aufzuschreiben, falls er die Begegnung mit diesem jungen Soldaten überleben sollte.

Und was mache ich damit?, fragt der Soldat und streckt Eskandar-Agha seine Waffe hin. Und damit?, will der Soldat wissen und zupft an seiner Uniform. Und wo soll ich mich verstecken? Ich komme aus Tabriz, hier in der Hauptstadt kenne ich niemanden, sagt der Soldat, macht einen Schritt auf Eskandar-Agha zu, niemanden außer dir.

Nach meiner Einschätzung der Lage hast du momentan alles, was du brauchst, sagt Eskandar-Agha, streckt die Hand nach der Waffe aus und bekommt sie. Erleichtert nimmt er die Munition aus dem Gewehr, zusammen nehmen sie die Waffe auseinander und werfen sie über die nächstbeste Mauer in einen Hof, wo die Teile laut krachend aufschlagen. Zieh deine Jacke aus, sagt Eskandar-Agha, legt sie für jedermann sichtbar auf den Bürgersteig, damit die Leute sehen können, hier hat wieder ein mutiger junger Mann eine richtige Entscheidung getroffen. Dann gibt er dem Soldaten seine eigene Jacke und sagt, trag meine Kiste und folge mir.

Wohin bringst du mich?, fragt der Soldat und sieht Eskandar-Agha voller Angst an.

In den Norden der Stadt, sagt Eskandar-Agha außer Atem. Von dort kannst du dich über Shemiran in die Berge schlagen und ...

In den Bergen kenne ich mich aus, unterbricht der Soldat Eskandar-Agha. Ist doch ganz einfach. Die Sonne wird mir die Richtung weisen, und die Felsen werden mich beschützen.

Doch nur ein paar Kreuzungen weiter geraten die beiden in eine Gruppe Demonstranten, die ihre Plakate schwingen und lauthals Parolen brüllen. Es stellt sich heraus, sie gehören zur kommunistischen Tudeh-Partei und stehen auf der Seite des verehrten Premiers.

Eskandar-Agha begrüßt sie als Brüder und will gerade die Geschichte des Soldaten erzählen, da packt sein neuer Freund ihn am Arm, nennt ihn Vater, sagt, komm, wir müssen uns beeilen, unsere kranke Mutter wartet auf ihre Medizin.

Das sind weder Kommunisten gewesen, noch stehen sie auf der Seite des Premiers, sagt der Soldat, als sie wieder allein sind. Glaub mir, Väterchen, ich kenne diese Leute, wir haben Befehl, sie ziehen zu lassen.

Was? Wie ist das möglich?, fragt Eskandar-Agha ungläubig.

Das sind Agenten, die von den Engelissi bezahlt werden. Sie haben nichts anderes zu tun, als Mossadegh in den Ruf zu bringen, mit den Kommunisten unter einer Decke zu stecken. So wollen der König und die Engelissi dem iranischen Volk und den Amrikai Angst vor den Kommunisten einjagen.

Und wofür soll diese Angst gut sein?, fragt Eskandar-Agha.

Ist doch ganz einfach, erklärt der Soldat, wenn die Gefahr des Kommunismus groß genug ist, werden die Amrikai sich auf die Seite der Engelissi schlagen und ebenfalls ihre Kriegsschiffe in den Persischen Golf und ihre Soldaten in den Kampf gegen unser Volk schicken. Ist doch ganz einfach, erklärt der Soldat.

Ist doch ganz einfach, wiederholt Eskandar-Agha.

Einfach und sauber eingefädelt, sagt der Soldat. Gegen die Angst vor einem kommunistischen Iran kommt niemand so leicht an.

Alle Achtung, mein Sohn, sagt Eskandar-Agha anerkennend. Wer hätte gedacht, dass der Soldat, der mich beinah getötet hätte, einen derart klugen Kopf hat.

Eskandar-Agha muss schmunzeln, denn er weiß schon jetzt, wie der letzte Satz lauten wird, mit dem er diese Geschichte beenden wird: Hätte dieser junge Soldat sich nicht umstimmen lassen, hätte er mich stattdessen, wie es seine Pflicht und sein Auftrag gewesen sind, getötet, wäre mir wenigstens ein Trost geblieben, nämlich dass ein kluger und gebildeter Mann meinem irdischen Leben ein Ende bereitet hat.

Ist doch alles ganz einfach.

Eisenhower kommt, Truman geht und nimmt die Hoffnung der Iraner mit sich

Mit seiner zweijährigen Tochter Sahra auf dem Arm und zwei ofenwarmen Fladenbroten unter dem Arm steht Eskandar-Agha vor dem Studenten und kann es nicht fassen, wie es möglich ist, in einer Stadt mit immerhin zwei Millionen Menschen ausgerechnet ihm über den Weg zu laufen.

Das ist ein Zeichen Gottes, sagt der Student. Es ist noch gar nicht lange her, da habe ich jemanden zu Ihrem alten Haus geschickt, um Sie zu bitten, wieder für uns zu arbeiten. Wir brauchen jeden Mann, dem wir vertrauen können. Mossadegh hat so viele Feinde, dass –

Lieber, verehrter Agha, unterbricht Eskandar-Agha den Studenten und versucht, sich an ihm vorbeizuschieben. Meine Zeit ist längst abgelaufen. Ich habe genug erlebt und gesehen und auch genug für dieses Land gelitten und getan. Jemand in meinem Alter ist für niemanden von Nutzen. Und in Zeiten wie diesen, in denen man wegen kleinster Vergehen im Gefängnis Seiner Majestät landet oder sogar mit seinem Leben bezahlt, bleibe ich der Politik lieber fern, flüstert Eskandar-Agha und drückt seine Sahra fester an sich.

Der Student nickt verständnisvoll und kneift Sahra lächelnd in die Wange. Haben Sie gehört?, fragt er. Wir haben unseren Freund im Weißen Haus verloren. Truman ist nicht mehr Präsident der Amrikai. Und der neue, Eisenhower, scheint ein Angsthase zu sein. Vor allem vor den Kommunisten fürchtet er sich. In seiner Rede zum Amtsantritt hat er gesagt, er wird einen Kreuzzug gegen den Kommunismus führen.

Agha, ich danke Ihnen von Herzen für Ihr Vertrauen, aber bitte glauben Sie mir, Sie verschwenden Ihre kostbare Zeit.

Erinnere ich mich recht?, fragt der Student. Sie sind es doch gewesen, der gesehen hat, wie das erste Naft aus dem Boden unserer Heimat geschossen kam. Ich weiß noch, wie Sie wieder und wieder gesagt haben, es ist ein Anblick gewesen, den Sie nie mehr vergessen werden. Einmal sagten Sie sogar, in Ihren Adern fließt kein Blut, sondern Naft.

Für einen Augenblick hellt die Miene von Eskandar-Agha sich auf, und er lächelt sogar.

Sehen Sie?, sagt der Student. Unser Naft, unser nationales Eigentum, ist in Gefahr.

Ich durchschaue Sie, sagt Eskandar-Agha. Aber dieses Mal werden Sie mich nicht überzeugen können. Außerdem ist unser Naft vom ersten Moment seines Bestehens an in Gefahr gewesen, damit können Sie mich schon gar nicht ködern.

Die Amrikai sind der Meinung, der Iran ist zu schwach, um seinen nationalen Reichtum gegenüber den kommunistischen Nachbarn, den Shorawi, zu verteidigen, sagt der Student.

Das ist doch das alte Spiel, früher haben es die Engelissi gespielt, heute die Amrikai. Sie behaupten, dass die Russi in unser Land einmarschieren wollen, also wollen sie ihnen zuvorkommen. Das ist doch lächerlich, schimpft Eskandar-Agha und versucht, sich abermals höflich am Studenten vorbeizuschieben.

Statt beiseitezutreten, legt der Student ihm den Arm auf die Schulter und geht mit ihm. Wo wohnen Sie eigentlich? Etwa hier in dieser noblen Gegend? Oder besuchen Sie nur jemanden?

Nein, mein Herr, wo denken Sie hin, lügt Eskandar-Agha. Ich und hier leben? Ich bin nur zufällig hier.

Da habe ich ja doppeltes Glück, Sie zu treffen, sagt der Student und betrachtet Eskandar-Agha skeptisch.

Als er schon das Tor zum Haus von Roxana-Khanum sieht, will der Student endlich seinen Versuch aufgeben, Eskandar-Agha dafür zu gewinnen, wieder für ihn zu arbeiten, da streckt die kleine Sahra den Arm aus, deutet auf das Tor und sagt lächelnd, nach Hause.

Eskandar-Agha zuckt zusammen und auch der Student stutzt einen Augenblick, lässt sich aber nichts anmerken und läuft stattdessen weiter neben Eskandar-Agha her.

Seelenruhig geht Eskandar-Agha auf das Tor zu und daran vorbei, gibt Sahra, um sie abzulenken, ein Stück Brot und hört dem Studenten weiter zu, der von John Foster Dulles erzählt, der neuer Außenminister der Amrikai werden soll, und dessen Bruder Allen, der Leiter der CIA, der geheimen Polizei der Amrikai, sein wird.

Bei den Amrikai ist es anders als bei uns, erklärt der Student. Der Außenminister und der Chef des Geheimdienstes sind beinah mächtiger als der Präsident. Und für die Brüder Dulles ist die Welt in Ost und West, in demokratisch und kommunistisch aufgeteilt, sagt der Student und wiegt in seinen Händen unsichtbare Gewichte. Die beiden Brüder sehen es als ihre persönliche Herausforderung an, den Krieg der Ideologien zu führen und zu gewinnen. Das habe ich in einer Amrikai-Zeitung gelesen, sagt der Student und grinst.

Dann sind es vielleicht doch nicht nur Gerüchte, was die Leute im Brotladen erzählen, sagt Eskandar-Agha leise.

Was haben Sie gehört?, erkundigt sich der Student.

Eskandar-Agha sieht sich um und spricht leise. Die Leute erzählen, Agenten der Engelissi geben gewissen Brüdern mit dem Namen Rashidian riesige Summen Geld. Diese bezahlen Händler und Handwerker, Mullah und Akhund im Basar, und sogar die edlen und angeblich unbestechlichen Pahlewan in den Krafthäusern und auch Leute aus der reichen und feinen Gesellschaft, damit sie Stimmung gegen Mossadegh machen, auf die Straße gehen und gegen ihn demonstrieren.

Das sind nicht nur Gerüchte, das ist tatsächlich so, sagt der Student leise. Den Farangi ist jedes Mittel recht, um das iranische Petroleum zu behalten und zu verhindern, dass Mossadegh seine Reformen durchführt. Deswegen wollen sie ja auch verhindern, dass der Premier die Rolle des Königs auf die eines repräsentativen Monarchen reduziert. Dann nämlich könnten die Engelissi den König nicht mehr als ihr Werkzeug benutzen.

Natürlich, flüstert Eskandar-Agha. Damit sie ihn kontrollieren können, muss er Macht haben. Ein König ohne die absolute Macht hat keinen Nutzen für die Farangi.

Sie sagen es, mein Freund, antwortet der Student, zufrieden mit sich selbst, weil er es geschafft hat, das Interesse von Eskandar-Agha zu wecken und ihn in ein Gespräch zu verwickeln. Zu schade, dass Sie sich nicht dazu überreden lassen, wieder für den verehrten Mossadegh zu arbeiten, sagt er.

Eskandar-Agha sieht den Studenten an, stöhnt unter der Last seiner Sahra und überlegt noch, was er sagen oder wie er sich verhalten könnte, um den Studenten endlich loszuwerden, als die schwarze Limousine von Roxana-Khanum um die Ecke biegt und neben ihm hält.

Roxana streckt ihren Kopf durch das offene Fenster und lächelt. Guten Tag, sagt sie. Steigen Sie ein, ich nehme Sie mit. Doch dann entdeckt sie den Studenten, und der sieht Roxana, und ihre Blicke begegnen sich und kommen nicht mehr los voneinander. Keiner sagt mehr etwas, bis schließlich der Chauffeur aussteigt, die Tür öffnet und strammsteht. Zuerst steigt Eskandar-Agha mit Sahra ein, und als hätte man ihn ebenfalls eingeladen, steigt auch der Student ein. Ohne Roxana auch nur einen Augenblick lang aus den Augen zu lassen, setzt er sich auf den freien Platz neben sie.

Damit nicht genug, beginnt er Fragen zu beantworten, die ihm keiner gestellt hat. Dass er zu den ersten jungen Männern gehört hat, die in Teheran und nicht im Ausland studiert haben, dass er natürlich längst kein Student mehr ist, aber alle ihn noch immer so nennen. Er erzählt, dass er verheiratet war, seine eigentliche Liebe aber Mossadegh und der Politik gehört und er deswegen seiner Frau nicht böse gewesen ist, als sie die Scheidung von ihm verlangte, und dass er glücklich und zufrieden mit sich und der Welt ist. Und dann sagt der Student etwas, worüber er sich selbst wundert. Er sieht Roxana an und sagt, bis jetzt ist mein Leben vollkommen gewesen und nichts und niemand hat mir gefehlt. Bis jetzt, wiederholt er und lächelt.

Roxana erwidert sein Lächeln und bekommt rosige Wangen.

Und Eskandar-Agha bekommt alles mit und kann nur eins denken, er hat den Studenten angelogen, dass er nur zufällig in der Gegend ist, und nun wird seine Lüge auffliegen.

Leben Sie in der Nähe?, fragt Roxana den Studenten.

Leider nicht, antwortet er, und sie machen beide ein enttäuschtes Gesicht. Dann hellt die Miene des Studenten sich auf. Aber ich liebe diese Gegend und steige, sooft ich kann, in den Autobus und komme hierher und mache Spaziergänge durch die Straßen und genieße die schöne Aussicht, sagt der Student mit breitem Grinsen. Die prächtigen Häuser und Gärten und gute Luft sind eine willkommene Abwechslung zur Armut und den Tumulten im Rest der Stadt und auch dem Viertel, wo ich lebe.

Roxana schweigt, aber sie kann nicht verbergen, dass sie nicht weiß, wovon der Student spricht, und sie die Armenviertel der Stadt nicht kennt.

Mir ist klar, sagt der Student verständnisvoll, wenn man hier im reichen Norden der Stadt lebt, bekommt man nicht so viel davon mit, aber die wirtschaftlichen Sanktionen und das Ölembargo der Engelissi haben unser Land in die Knie gezwungen und viele Menschen in die Armut getrieben.

Es ist beschämend, dass ich mich so wenig auskenne und mich nur mit meinem eigenen kleinen Leben beschäftige, sagt Roxana freimütig.

Es ist nie zu spät, Verantwortung zu übernehmen, antwortet der Student ohne jeden Vorwurf und lächelt.

Das ziemt sich nicht, will Eskandar-Agha sagen und dem Studenten am liebsten eine runterhauen dafür, dass er so unverhohlen mit seiner Roxana flirtet. Doch stattdessen rutscht er nur auf seinem Sitz hin und her und versucht so die Aufmerksamkeit des Studenten auf sich zu ziehen, doch der hat nur Augen und Ohren für Roxana.

Soll ich Ihnen etwas Ungeheuerliches verraten?, fragt der Student.

O ja, bitte, haucht Roxana in einer Art und Weise, wie Eskandar-Agha sie noch nie hat reden hören.

Wir haben Informationen, dass der künftige Außenminister der Amrikai klipp und klar gesagt hat, das Verbleiben von Premier Mossadegh im Amt liegt nicht im nationalen Interesse der USA, sagt der Student, als sie durch das Tor in den Park fahren.

Aber das ist doch sicher auch für Sie gefährlich, stellt Roxana mit verführerischem Augenaufschlag fest.

Gefährlich? Nun ja, schon, antwortet der Student. Jeder, der im Umfeld des verehrten Premiers arbeitet, ist einer gewissen Gefahr ausgesetzt. Dann beugt er sich noch weiter zu Roxana hinüber, sieht ihr noch tiefer in die Augen und sagt, wir haben Informationen, dass die Amrikai und Engelissi an einem konkreten Plan arbeiten, wie sie unseren verehrten Premier noch in diesem Sommer stürzen können.

Als das Automobil vor dem Haus hält und alle aussteigen, findet Eskandar-Agha noch immer nicht den Mut, etwas zu sagen. Er steht einfach nur da und weiß nicht, was er tun soll. Schließlich kann er nicht einfach gehen und seine Roxana mit einem wildfremden Mann allein lassen. Aber dann sieht es genau danach aus, als wollte Roxana Eskandar-Agha wegschicken und den Studenten einladen, sie ins Haus zu begleiten. Doch zum Glück besinnt sie sich und sagt, Eskandar-Agha, bitte begleiten Sie mich zusammen mit Ihrem Freund ins Haus, und wir trinken eine Tasse Tee zusammen. Es interessiert mich brennend, mehr über die politische Lage in unserem Land zu erfahren.

Am liebsten würde Eskandar-Agha fragen, seit wann Roxana sich für die politische Lage des Landes interessiert, stattdessen verbeugt er sich, sagt, wie Sie wünschen, und folgt ihr und dem Studenten ins Haus.

Die Engelissi und Amrikai haben in Zypern eine Zentrale eingerichtet, von wo aus sie ihre Agenten im Iran koordinieren, erzählt der Student, während er nach Art der Farangi zur Seite tritt und Roxana zuerst durch die Tür lässt. Eskandar-Agha allerdings übersieht er, geht zuerst hinein und vergisst, dass nach Art der Iraner zuerst Ältere hineingelassen werden müssen. Dabei hat Eskandar noch immer die Brote unterm Arm und trägt Sahra, die inzwischen eingeschlafen ist.

Der Plan ist einfach, erklärt der Student. Um hier und auch im Ausland die Angst vor einer kommunistischen Übernahme zu schüren, bezahlen Agenten der Amrikai und Engelissi käufliche Iraner. Sie sollen auf die Straße gehen und Unruhe stiften. Als Gegner von Mossadegh, als Kommunisten getarnt, als Befürworter des Premiers, aber immer als Agents provocateurs.

Das ist ja unglaublich, sagt Roxana, ohne den Blick vom Studenten zu wenden.

Am liebsten würde Eskandar-Agha seine Roxana durchschütteln und sagen, sie soll aufhören, die Ahnungslose zu spielen, schließlich hat er selber ihr vor gerade mal vier Tagen die Geschichte von dem jungen Soldaten erzählt, mit dem er in die Gruppe angeblicher Kommunisten geraten ist.

Hören Sie den Engelissi-Radiosender BBC?, fragt der Student, und Eskandar-Agha hat den Eindruck, der junge Mann würde Roxana am liebsten auf der Stelle in die Arme schließen.

Ja, das tue ich, lügt Roxana und schielt schuldbewusst zu Eskandar-Agha.

Mädchen, schäm dich, will er sagen. Was ist das für eine Art, mit einem fremden Mann zu sprechen? Und warum lügst du?

Dann haben Sie sicher schon gehört, dass selbst die BBC Mossadegh als Verräter und Feind des Iran und des iranischen Volkes beschimpft und behauptet, er ist ein Verbündeter und Freund der Sowjetunion.

Wieder schielt Roxana zu Eskandar-Agha, besitzt dieses Mal aber so viel Anstand, nicht wieder zu lügen, stattdessen nickt sie nur.

Wir haben erfahren, dass diese Radiobeiträge und sogar Artikel für unsere persischen Zeitungen und Zeitschriften von Agenten in Washington verfasst werden.

Eskandar-Agha hält sich nicht oft im Haupthaus auf und fühlt sich schon allein deshalb nicht wohl, jetzt aber auch noch den Anstandshüter spielen zu müssen, gefällt ihm gar nicht. Khanum, beginnt er zögernd und räuspert sich.

Roxana sieht ihn mit einem Lächeln an, als wäre sie nicht ganz bei Sinnen.

Gestatten Sie bitte, dass ich gehe?, fragt Eskandar-Agha und deutet auf die schlafende Sahra in seinen Armen.

O ja, natürlich, flüstert Roxana. Gehen Sie nur, gehen Sie.

Also dann, sagt Eskandar-Agha und sieht den Studenten an.

Also dann, antwortet der Student und sieht aus, als müsste er eine Menge schöner Phantasien loswerden, bevor er antworten kann. Also, dann danke ich, sagt er und schüttelt zum Abschied die Hand von Roxana mit beiden Händen und für Eskandar-Aghas Geschmack ein wenig zu lang.

Kommen Sie bald wieder, bittet Roxana. Das müssen Sie versprechen.

Das will ich, sagt der Student, lässt endlich ihre Hand los, bewegt sich aber trotzdem nicht von der Stelle und sieht sie einfach nur an.

Also dann, wiederholt Eskandar-Agha.

Also dann, sagt der Student und geht endlich langsam in Richtung Tür, bleibt jedoch wieder stehen, dreht sich erneut zu Roxana um und sagt, darf ich fragen, was Sie zum Fest des neuen Jahres machen? Ich habe diese Fische im Glas gekauft, aber dann ist mir aufgefallen, dass ich gar keinen Platz habe, um einen Haft-Ssin, einen Gabentisch, aufzubauen, und ich dachte …

Oh, ruft Roxana entzückt aus und strahlt übers ganze Gesicht. Wir haben dieses Jahr noch keine Fische im Glas gekauft und reichlich Platz, wie Sie sehen. Bringen Sie Ihre Fische. Bitte, und kommen Sie selber auch, wir werden das Fest zusammen feiern.

Also dann, sagt Eskandar-Agha.

Also dann, sagt der Student noch einmal und geht endlich hinaus auf die Veranda.

Damit er es sich nicht noch einmal überlegt, bleibt Eskandar-Agha ihm dicht auf den Fersen, drängt ihn beinah hinaus, schließt rasch die Tür hinter sich und eilt voraus zum Tor.

Während er ihm hinterherhastet, entschuldigt der Student sich grinsend. Nun haben Sie ein vollkommen durchgeschwitztes und zerdrücktes Brot, fürchte ich. Soll ich rasch ein neues für Sie besorgen und es Ihnen bringen?

Nein danke, antwortet Eskandar-Agha bestimmt und läuft weiter in Richtung Tor.

Es lebt sich bestimmt gut hier, sagt der Student.

Eskandar-Agha zuckt kurz zusammen, versucht einen Unterton herauszuhören. Das ist so, sagt er und überlegt, wie er seine Lüge von vorhin am besten erklären kann.

Das denke ich mir, sagt der Student. Würde mir auch nicht schlecht gefallen, in einem solchen Haus mit einem schönen Park drumherum zu leben.

Ziemlich dreist, murmelt Eskandar-Agha leise genug, dass seine Worte vom Geräusch seiner Schritte im Kies verschluckt werden. Gott ist gnädig mit mir, sagt er laut genug, damit der Student es versteht.

Also, dann werden wir uns zum Now-Rouz-Fest wiedersehen, sagt der Student, bevor er endlich durch das Tor auf die Straße hinausgeht.

Ein neues Jahr und ein neuer Bewohner

Im Jahr 1953 können es sich nicht viele Iraner leisten, Now-Rouz, das Fest zum neuen Jahr, so zu feiern, wie es der Tradition entspricht.

Im Haus von Roxana-Khanum hingegen gibt es gleich zwei Haft-Ssin. In der großen Eingangshalle legt Roxana eine grün-weiß-rote Tischdecke, in den Farben der Nationalflagge, auf den runden Tisch unter dem Lüster und beauftragt Eskandar-Agha, aus dem Garten Hyazinthen und Tulpen in den gleichen Farben zu holen. Für die Gewürze und anderen Gaben, die alle mit dem Buchstaben Ssin beginnen, lässt sie im Basar eigens grüne, rote und weiße Schalen aus Ton herstellen.

Ssin, der Buchstabe S, steht für sepandeh, erklärt Eskandar-Agha Nimtadj und Alexander, die ihm dabei helfen, den Tisch zu schmücken.

Warum brauchen wir sieben und nicht sechs oder acht Ssin?, fragt Nimtadj mit gezücktem Stift. Sie hat es bei Eskandar-Agha abgeguckt und schreibt alles Mögliche in ihr Notizheft, macht Skizzen und hat sogar durchgesetzt, dass ihre Mutter ihr im Ausland einen Fotoapparat kauft.

Die Zahl Sieben ist heilig und steht für die sieben Erzengel, mit denen Zarathustra seine Religion vor beinah dreitausend Jahren begründet hat, erklärt Eskandar-Agha. Das Haft-Ssin soll den Bewohnern des Hauses Glück, Gesundheit, Wohlstand, spirituelle Reinigung und ein langes Leben bringen.

Und die Fische?, fragt Alexander, wann werden wir die kaufen?

Gar nicht, antwortet Eskandar-Agha in so mürrischem Ton,

dass nicht nur Nimtadj und Alexander, sondern sogar die kleine Sahra ihn erschrocken ansehen.

Wir erwarten einen Gast zum Jahreswechsel, sagt Eskandar-Agha, und der wird Fische mitbringen.

Aber das ist unsere Aufgabe, rufen die Kinder.

Es ist ein Versprechen. Sie haben uns versprochen, uns endlich in den Basar mitzunehmen, wo jeder von uns einen Fisch aussuchen darf, sagt Nimtadj mit fester Stimme.

Mit deinen zehn oder zwölf Jahren bist du schon ganz schön forsch, schimpft Eskandar-Agha und bereut es sofort.

Ich verlange von Ihnen, dass Sie Ihr Versprechen halten, antwortet Nimtadj genau in dem Moment, als ihre Mutter auftaucht.

Hüte deine Zunge, ermahnt Roxana ihre Tochter, lächelt dabei aber dieses neue Lächeln, das sie seit der Begegnung mit dem Studenten zeigt. Du hast nichts zu verlangen, sagt sie. Du darfst allenfalls bitten. Und der verehrte Eskandar-Agha ist unserer Ältester und für mich wie ein Bruder, jedenfalls einer, dem du Respekt schuldest.

Ein Bruder, der im Gärtnerhaus lebt?, fragt Nimtadj.

Roxana ignoriert die Bemerkung ihrer Tochter. Verehrter Eskandar-Agha, sagt sie, wenn es Ihnen nichts ausmacht, gehen Sie bitte in den Basar, und kaufen Sie ein weiteres Paar Fische für die Kinder. Wir werden ein zweites Haft-Ssin in Ihrem Quartier aufbauen.

Zu Ihren Diensten, murmelt Eskandar-Agha, steckt das Geld ein, das Roxana ihm gibt, und macht sich mit den drei Kindern auf den Weg.

Nimtadj und Alexander sind es nicht gewöhnt, sich zu Fuß draußen in der Stadt zu bewegen, durch staubige Schotterstraßen zu gehen, in kleinen, engen Läden und Buden nach Preisen von Waren zu fragen oder mit fremden Menschen zu sprechen. Doch während Alexander sich an den Arm von Eskandar-Agha klammert, geht Nimtadj mit ihrer Fotokamera um den Hals und selbstbewusst erhobenem Haupt den anderen zwei, drei Schritte voraus. Sie lächelt den Leuten freundlich zu, bleibt stehen, prüft Waren und erkundigt sich sogar nach Preisen.

Als sie an einer Frau vorüberkommen, die in einer schmutzigen Pfütze am Rand der Straße nicht nur ihre Kleider und ihren Topf wäscht, sondern auch ihr Kind, fragt Nimtadj, Khanum, was tun Sie da?

Die Frau hebt ihr müdes Gesicht und lächelt, und Nimtadj macht es, wie sie es Eskandar-Agha abgeguckt hat, und drückt unbemerkt auf den Auslöser ihrer Kamera.

Ja, weißt du denn das nicht, sagt die Frau, es ist Now-Rouz, da muss alles sauber sein, und jeder sollte saubere Kleidung tragen.

Aber warum waschen Sie Ihre Sachen nicht in Ihrem Haus?, fragt Nimtadj.

Weil sie kein Zuhause hat, sagt Eskandar-Agha leise und zieht die Kinder weiter.

Sie hat kein Zuhause?, fragt Nimtadj entsetzt. Aber jeder Mensch muss doch irgendwo schlafen.

Manche Menschen haben eben kein Zuhause, sagt Eskandar-Agha.

Dann müssen wir die Frau und ihr Kind zu uns mit nach Hause nehmen, sagt sie. Wir haben so viel Platz.

Komm schon, drängelt Alexander. Wir wollen die Fische kaufen und wieder heimgehen.

Fische?, fragt Nimtadj schrill und mit Tränen in den Augen. Wie kannst du nur an Fische denken? Ich will keine Fische. Ich will, dass die Frau alles Geld bekommt, das wir mithaben.

Alexander kann nicht verstehen, dass seine Schwester so dumm ist, das Geld für die Fische einfach zu verschenken, aber bevor überhaupt ein Streit ausbrechen kann, reicht Nimtadj zufrieden und auch ein bisschen stolz auf sich selbst der Frau am Straßenrand alles Geld.

Hinterher erklärt sie ihrer verblüfften Mutter, sie wird statt der Fische das Bild, das sie von der armen Frau gemacht hat, auf den Gabentisch stellen.

Obwohl das Haupthaus über mehr als ein Badezimmer verfügt und die Kinderfrau Nimtadj und Alexander mindestens jeden zweiten Tag wäscht, nimmt Eskandar-Agha alle drei zum Now-Rouz-Fest mit ins öffentliche Bad und lässt sie von den Dallack von Kopf bis Fuß waschen. Weil es so Tradition ist, erklärt er der verdutzten Mademoiselle.

Alle Kinder und Erwachsenen im Haus von Roxana-Khanum, auch die Bediensteten, tragen neue Kleider und neue Schuhe zum Fest. Das Haus ist vom Dach bis zum Erdgeschoss geputzt, alle Pflanzen, Bäume und Büsche sind gestutzt und beschnitten, der Garten ist gefegt und gespritzt. Zu Ehren des neuen Jahres muss alles sauber und glänzend sein, erklärt Eskandar-Agha den Kindern und fegt vorsichtshalber den bereits sauberen Vorplatz zum Gärtnerhäuschen noch einmal.

Nur die arme Frau ist nicht sauber, sagt Nimtadj und freut sich, weil Eskandar-Agha ihr Foto sofort entwickelt, vergrößert und sogar einen Rahmen aus Holz dafür gezimmert hat.

Rechtzeitig bevor das neue Jahr eingeläutet wird, kündigt die Dienerin einen Gast an, den verehrten Herrn Studenten.

Sein Hemd strahlt weiß, und er ist beladen mit Kartons voller Kuchen und Keksen und einem mit Wasser gefüllten Behälter, in dem vier kleine Goldfische schwimmen.

Als die Kanone laut krachend den Wechsel zum Jahr 1332 ankündigt, fallen alle sich um den Hals, küssen sich und schütteln Hände. Roxana steht so nah beim Studenten, dass sie seinen Atem auf ihrem Nacken spürt, und ihre Finger berühren scheinbar unabsichtlich seinen Handrücken.

Nachdem Roxana der Tradition entsprechend druckfrische Geldscheine an jeden ihrer Bediensteten und auch an Eskandar-Agha, Sahra und ihre eigenen Kinder verteilt hat, will Eskandar-Agha, wie es sich gehört, mit seiner Sahra zurück in seine Unterkunft. Doch Roxana macht eine große Geste und bittet ihn mit Blicken, sie zum Haus von Mahrokh-Khanum zu begleiten, wo sie ihren ersten Pflichtbesuch absolvieren werden.

Natürlich kennt Eskandar-Agha genauso gut wie Roxana selbst und der Student den Grund, warum er sie begleiten soll. Die Leute würden reden, wenn sie allein mit einem wildfremden Mann unterwegs wäre.

Aber Khanum, das geht nicht, wehrt Eskandar-Agha sich. Ich kann nicht mitkommen, Sie wissen doch – er spricht nicht weiter, weil der Student schließlich ein Fremder ist und es sich nicht gehört, Familiengeheimnisse vor ihm auszuplaudern.

Kommen Sie, bestimmt Roxana, und Eskandar-Agha hat keine Wahl und folgt ihr.

Immerhin ist Roxana einverstanden, dass Eskandar-Agha und Sahra im Auto warten, während sie mit Nimtadj, Alexander und ihrem Gast, dem Studenten, ins Haus geht. Schließlich weiß sie, dass Mahrokh-Khanum Eskandar-Agha nie wieder begegnen wollte und auch keine Ahnung hat, dass er in ihrem Gärtnerhaus lebt.

Nimtadj und Alexander verraten nichts und lassen sich auch nichts anmerken, als ihre Mutter lügt und sagt, sie sei dem Studenten zufällig vor der Haustür von Frau Mahrokh begegnet. Er sei ein guter Freund ihres verstorbenen Mannes, dessen Frau und Kind sich in Farang befinden, und sie habe ihn, weil er alleine ist, hereingebeten.

Nimtadj und Alexander lassen sich von Mahrokh-Khanum umarmen und wischen nicht einmal ihre feuchten Küsse mit dem Handrücken weg. Sie bedanken sich höflich für die neuen Geldscheine, stürzen sich nicht auf die Süßspeisen, Nüsse und das Obst auf den diversen Tischen. Selbst als die Dienerin ihnen die Platte mit den Tortenstücken hinhält, nehmen sie jeder nur ein Stück.

Roxana meidet jeden Blickkontakt zu Mahrokh-Khanum und widerspricht ihr nicht einmal, als sie Mossadegh als verrückt, die Kommunisten als Verräter und das iranische Volk als dumm bezeichnet.

Alles geht gut, bis Roxana ihren beiden Kindern das Signal

zum Aufbruch gibt und Nimtadj das Stück Torte, das sie auf den Teller gelegt, aber nicht angerührt hat, in die Handfläche schiebt und es vorsichtig hinausbalanciert.

Roxana zwingt sich zu lächeln. Liebes, was tust du?

Schon vergessen? Nimtadj spricht in diesem überheblich scharfen Tonfall, den sie sich bei Mahrokh-Khanum abschaut, sobald sie länger als fünf Minuten mit ihr zusammen ist. Im Auto sitzt ein kleines Kind, sagt Nimtadj, und das hat bestimmt Hunger.

Ein kleines Kind?, fragt Mahrokh-Khanum ein wenig zu schrill, worauf die anderen Gäste verstummen.

Es ist die kleine Sahra, die Tochter von unserem Eskandar-Agha, erklärt Nimtadj nichtsahnend.

Was hast du mit diesem Mann zu schaffen?, zischt Mahrokh-Khanum und bekommt ihr hässliches Gesicht. Hat er nicht schon genügend Schaden in unserer Familie angerichtet?

Er wohnt bei uns, sagt Nimtadj und lässt beinah das Stück Torte fallen.

Kinder, raus mit euch, sagt Roxana.

Die Gäste strecken und recken ihre Hälse und spitzen neugierig die Ohren.

Mahrokh-Khanum läuft Roxana nach. Dieser Mann hat mich bestohlen, er hat dich sitzen lassen, er hat unsere Familie zerstört, schreit sie.

Roxana bleibt abrupt stehen. Ich bitte Sie Khanum, les enfants, contenance, s'il vous plait.

Im Auto leckt die kleine Sahra wie eine Ziege die Torte aus Nimtadjs Hand und bringt Nimtadj und Alexander damit zum Lachen.

Roxana schluckt Tränen herunter, der Student würde sie am liebsten in den Arm nehmen, und Eskandar-Agha schweigt, weil er weiß, Roxana und Mahrokh-Khanum haben sich gestritten, und zwar seinetwegen.

Noch am selben Abend schickt Mahrokh-Khanum durch ihren Chauffeur einen kurzen Brief: Damit, dass du diesen verdammten Lügner und Betrüger in deinem Haus aufgenommen hast, hast du mir das Herz gebrochen. Und das nach allem, was ich für dich getan habe. Weder mit dir noch mit deinen Kindern und erst recht nicht mit deinen Freunden will ich etwas zu tun haben. Verschone mich, und tauche nie wieder bei mir auf. Für mich bist du gestorben.

Eskandar-Agha wird Spion

Seit der Student beinah täglich Gast im Haus von Roxana-Khanum ist, hält Eskandar-Agha sich mit Besuchen im Haupthaus zurück. Niemand soll den Eindruck gewinnen, er sei einverstanden mit diesem ungehörigen Benehmen seiner Roxana und dieses schamlosen Studenten. Die beiden vergnügen sich ungehemmt, als wäre die Welt in Ordnung, als wäre auf den Straßen der Kampf zwischen Gegnern und Befürwortern von König und Premier nicht voll entbrannt.

Wenn er könnte, wie er wollte, würde er ihr schon seine Meinung sagen, aber Eskandar-Agha ist selbst Gast im Haus von Roxana und will und kann das Risiko nicht eingehen, sich mit ihr zu überwerfen.

Auch nicht, als Roxana-Khanum zusammen mit dem Studenten zu ihm kommt und ihn – wie sie es nennen – um einen kleinen Gefallen bittet. Er soll in die Stadt gehen und sich im Basar, in der Moschee, im Teehaus und bei den Pahlewan umhören und – wie Roxana es nennt – Beweise dafür sammeln, dass die Engelissi und Amrikai Leute bezahlen und organisieren, damit sie in den Straßen gegen Mossadegh demonstrieren und seinen Kopf fordern.

Aber, Khanum, ich muss mich um mein Kind kümmern, versucht Eskandar-Agha sich herauszureden.

Lassen Sie Sahra bei mir, sagt Roxana lächelnd. Sie wissen, wie gerne ich sie um mich habe.

Aber Khanum, im Garten wartet eine Menge Arbeit auf mich, die Rosen müssen beschnitten werden, sagt Eskandar-Agha.

Die können Sie morgen auch noch schneiden, antwortet Roxana-Khanum bestimmt.

Khanum, es ist Sommer und heiß. Ich werde Kopfschmerzen bekommen, protestiert Eskandar-Agha, doch ein schiefer Blick ist alles, was er von Roxana als Antwort erntet.

Am Anfang ärgert Eskandar-Agha sich, dass er wie ein Bote oder mehr noch wie ein Agent in die Stadt geschickt wird, um seine Landsleute auszuspionieren. Je länger er aber unterwegs ist, desto besser gefällt es ihm, wildfremde Menschen in Gespräche zu verwickeln und ihnen Fragen zu stellen, die immer freimütiger und einfallsreicher werden.

Am Ende des Tages ist er zwar erschöpft, aber zufrieden mit sich, seinen Notizen und Fotografien. Er hat das Gefühl, etwas Sinnvolles geleistet und seinem Land und dem verehrten Premierminister einen Dienst erwiesen zu haben. Und nebenher auch noch eine Menge schöner Fotografien und Notizen für sich selber gemacht zu haben.

Und damit es kein Missverständnis darüber gibt, dass er den Auftrag für seine Roxana und sonst niemanden ausgeführt hat, sieht Eskandar-Agha stur am Studenten vorbei und spricht ausschließlich mit ihr.

Khanum, viele, die gegen Mossadegh demonstrieren, wissen selbst nicht, warum sie es tun, und ich habe noch etwas Erschreckendes herausgefunden, berichtet Eskandar-Agha. Es ist nicht zu fassen, wie viele von denen, die für den König und gegen Mossadegh demonstrieren, nicht einmal wissen, dass er der Premier unseres Landes ist.

Als er die skeptischen Blicke des Studenten mitbekommt, sagt Eskandar-Agha, Khanum, beim Leben meiner Sahra, das ist die Wahrheit. Und welche Absichten und Ziele der Premier verfolgt, wissen die Leute erst recht nicht. Wenn Sie mich fragen, gehen die Leute nur auf die Straße, weil sie Geld, eine warme Mahlzeit in der Moschee oder sonst was dafür bekommen.

Aber was ist mit den Tausenden und Abertausenden Anhängern Mossadeghs?, fragt der Student. Haben Sie niemanden gefunden, der aus Überzeugung für ihn einsteht?

Eskandar-Agha sieht weiter am Studenten vorbei und sagt, doch Khanum, das habe ich. Eine Menge Leute, die sich Kommunisten nennen, sind für ihn und –

Das ist schlecht, fällt der Student Eskandar-Agha ins Wort, ohne ihn seinerseits anzusehen.

Warum ist das schlecht?, fragt Roxana und sieht den Studenten besorgt und voller Mitgefühl an.

Der Student macht eine wichtige Miene. Sollte es den Farangi gelingen, die Lage so darzustellen, dass Mossadegh gemeinsame Sache mit den Kommunisten macht, sagt er, wäre das das Todesurteil für ihn.

Eskandar-Agha kann sich nicht mehr zurückhalten und sagt, aber das wissen wir doch alles schon. Allerdings scheinen die beiden nicht zu hören, was er sagt.

Am nächsten Morgen, als Eskandar-Agha gerade einen Wasserlauf zu den Rosenbüschen freilegt, taucht Roxana, zu seinem Verdruss wieder begleitet vom Studenten, bei ihm auf. Zuerst spielen sie die Unschuldigen, bewundern die Rosen, und Roxana bittet Eskandar-Agha, ihr einen schönen Strauß für die Eingangshalle zusammenzustellen. Erst dann rücken sie mit dem eigentlichen Grund für ihren neuerlichen Besuch heraus. Eskandar-Agha soll sich für eine gewisse Zeit in einem Haus, das an einen Farangi vermietet worden ist, um den Garten kümmern.

Aber, Khanum, wer kümmert sich dann um unseren, ich meine um Ihren Garten?

Machen Sie sich keine Sorgen um den Garten, antwortet Roxana. Wir werden einen anderen Gärtner kommen lassen.

Warum schicken Sie den anderen Gärtner nicht in das andere Haus?, fragt Eskandar-Agha trotzig. Aber dann begreift er, dass es Roxana vollkommen ernst ist, und es wird ihm angst und bange. Habe ich Ihnen etwas getan? Wollen Sie mich loswerden?

Seien Sie nicht albern, ermahnt Roxana ihn. Das Gegenteil ist der Fall. Für diese Aufgabe brauchen wir einen Mann, dem wir vertrauen können.

Und wir brauchen jemanden, der zumindest ein wenig Engelissi versteht und die Verhaltensweisen der Farangi kennt, fügt der Student hinzu. Sie sollten stolz sein, dass man Sie für diesen Auftrag ausgewählt hat.

Für diesen Auftrag?, fragt Eskandar-Agha und zieht den Kopf ein.

Einen Auftrag, mit dem Sie Ihrem Vaterland dienen können, antwortet der Student.

Dann ist es also abgemacht, sagt Roxana und wendet sich dem Studenten zu. Morgen früh wird Eskandar-Agha seine neue Stelle antreten.

Der Bewohner des Hauses ist ein merkwürdiger Farangi, der Eskandar-Agha gleich vom ersten Moment an suspekt erscheint. Er ist laut und überheblich, hat ständig die Hände in den Hosentaschen, als hätte er schmutzige Finger. Er spricht auf eine Art, dass es immer klingt wie ein Befehl oder aber als würde er sich über jemanden lustig machen. Und eine Narbe über seinem rechten Auge verleiht ihm ein grobes, beinahe gewalttätiges Aussehen.

Der Farangi ist ein Amrikai, der ohne Familie gekommen ist, und er hat nur ein paar Koffer und Kisten, die er allesamt im Wohnzimmer abstellen lässt. Den ganzen Tag über kommen und gehen ausländische und iranische Männer ein und aus. Sie alle machen wie der Hausherr selber den Eindruck, als hätten sie etwas zu verheimlichen.

Kurz nachdem der Mullah in der nahe gelegenen Moschee zum Mittagsgebet ansetzt, kommt ein Mann in den Garten. Schon am Morgen war Eskandar-Agha auf ihn aufmerksam geworden. Mit seiner ungehobelten lati-Art zu sprechen und seiner breitbeinigen Art zu gehen, wirkt er wie ein Möchtegern-Pahlewan. Er drückt Eskandar-Agha ein paar druckfrische Scheine in die Hand und schickt ihn mit dem Fahrrad zum nächsten Tshelokababi, um Essen für alle zu holen.

Gekonnt balanciert Eskandar-Agha das riesige Tablett mit den zwölf Portionen Tshelokabab auf seinem Kopf zum Haus zurück und erntet dafür nicht nur den Beifall des Möchtegern-Pahlewan, sondern muss auf seinem Fahrrad stillhalten, bis einer der Männer vom Amrikai und Eskandar-Agha eine Fotografie macht.

Thank you, sagt der Amrikai, klopft Eskandar-Agha auf die Schulter und beobachtet ihn aufmerksam. Natürlich kennt Eskandar-Agha die richtige Antwort auf das Danke der Amrikai-Farangi, nur nichts falsch machen, denkt er, lächelt, legt die Hand auf seine Brust und sagt: Sendeh-bahsi.

Als wäre er erleichtert, lacht der Amrikai, und steckt Eskandar-Agha einen Schein in die Brusttasche.

Der Möchtegern-Pahlewan hält Eskandar-Agha die Tür zum Haus auf und befiehlt: Deck den Tisch, aber bitte so, dass unser Farangi-Freund sich nicht ekeln muss und es keine Schande für uns ist.

Wenn ich könnte, wie ich wollte, würde ich dem Mann sagen, dass ich schon als kleiner Junge den Tisch für die Farangi gedeckt und niemand sich jemals über mich beschwert hat, denkt Eskandar-Agha.

Verstehst du?, fragt der Möchtegern und lässt seine Brustmuskeln spielen, dass man es durch sein Nylonhemd sehen kann.

Wenn ich könnte, wie ich wollte, denkt Eskandar-Agha, würde ich ihm sagen, du hast Glück, dass du mir nicht begegnet bist, als ich selbst noch ins Sur-Khane gegangen bin, trainiert habe und in meiner Nachbarschaft ein respektierter und gefürchteter Pahlewan gewesen bin. Aber statt etwas zu sagen, hievt Eskandar-Agha das Tablett vom Kopf und macht sich sofort daran, den Tisch abzuwischen. Er poliert das Besteck und die Gläser und muss grinsen, weil er sich ein wenig vorkommt wie damals, als er Boy im Lager der Farangi gewesen ist.

Was haben Sie gemacht?, fragt Roxana, als er am Nachmittag wieder nach Hause zurückkehrt. Wie ist es gewesen? Wer ist der Mieter? Wie sieht er aus? Haben Sie mitbekommen, was er vorhat?

Khanum, Sie fragen mich aus, als wären Sie eine Spionin, sagt Eskandar-Agha und muss schlucken. In diesem Moment wird ihm nämlich klar, dass genau das der Grund dafür ist, warum er als Gärtner in dieses Haus geschickt wurde. Er soll den Amrikai-Farangi und seine Freunde ausspionieren.

Sie haben nichts zu befürchten, beruhigt Roxana ihn. Keiner wird darauf kommen, dass ausgerechnet ein Gärtner Engelissi verstehen könnte oder Verbindungen zum Lager des Premiers hat.

Khanum, es ist ja auch die Wahrheit, außer hawaryu, gudbai, ssankyou verstehe ich ja wirklich nichts, lügt Eskandar-Agha.

Haben Sie erfahren, wie der Amrikai heißt?

Mister Lockridge oder Jim, aber einer der Farangi hat ihn ein-, zweimal Kirmit genannt, antwortet Eskandar-Agha, während Roxana fleißig mitschreibt. Khanum, wer sind diese Leute? Und wer sind die Leute, an die Sie diese Informationen weitergeben, und woher wollen Sie wissen, dass Sie diesen Menschen vertrauen können?

Ich verspreche es beim Leben meiner Kinder, Ihnen wird nichts geschehen, und wer diese Informationen erhält, dürfte Ihnen ja wohl klar sein. Es sind Menschen, die nur das Beste für unser Land und unser Volk wollen.

Das behaupten sie alle, murmelt Eskandar-Agha.

Am nächsten Morgen fasst er einen Entschluss. Ich habe es in meinem Leben nicht weitergebracht als zum Diener, Geschichtenerzähler, einfachen Büroangestellten, Gärtner und jetzt auch noch zum Spion, denkt er bei sich, während er mit dem Fahrrad zum ominösen Haus fährt. Einer wie ich kann nicht viel für sein Land tun, aber es ist eben auch mehr als nichts, sagt Eskandar-Agha, als hätte er Zuhörer. Wenn ich schon den Gärtner spielen muss, dann wenigstens richtig und überzeugend.

Ich brauche Geld, sagt er zum Möchtegern-Pahlewan.

Ich auch, sagt der und stößt seinen Ellbogen Eskandar-Agha in die Seite und lacht schallend.

Ich muss Samen und Setzlinge, eine Schaufel und eine Picke kaufen, sagt Eskandar-Agha, und brauche bitte etwas Geld.

Geld, Geld, alle wollen Geld, sagt der Möchtegern.

Agha, wenn Sie wollen, dass ich meine Arbeit mache, brauche ich diese Dinge. Andernfalls werde ich Sie nicht weiter belästigen, auf mein Fahrrad steigen und nicht mehr wiederkommen, sagt Eskandar-Agah und kommt sich sehr mutig vor.

Der Möchtegern legt den Kopf schräg, fängt an, die Ärmel von seinem Hemd hochzukrempeln, und macht einen Schritt auf Eskandar-Agha zu.

Give him the money, sagt der Amrikai, der vom Fenster aus zusammen mit seinem Übersetzer die Unterhaltung mitbekommen hat.

Und wenn es das Letzte ist, was ich in diesem Leben vollbringen werde, murmelt Eskandar-Agha. Ich bin entschlossen, diesen leblosen Ort in einen schönen und duftenden Garten zu verwandeln, sagt er zum Möchtegern, der hinter ihm das Tor schließt.

Gerade bindet Eskandar-Agha im Basar einen kleinen Mandelbaum auf den Gepäckträger, da ertönt laut krachend eine Detonation, die Erde bebt, im ersten Moment herrscht Grabesstille, dann rennen in allen Gassen Männer hin und her, rufen und schreien.

Im Haus eines Mullah, nicht weit vom Basar, ist eine Bombe explodiert. Der Akhund hat zu jenen gehört, die es trotz mehrfacher Warnungen gewagt haben, sich öffentlich gegen den Schah und die Machenschaften der Farangi auszusprechen, sagen die Leute. Wer immer es getan hat, will ein Exempel statuieren, sagen die Basari. Sie wollen uns einschüchtern.

Trotz ihrer Angst ziehen die Männer mit erhobenen Fäusten durch die Straßen und rufen: Tod den Mördern des Volkes.

Mit zitternden Knien und in Schweiß gebadet radelt Eskandar-Agha zum Haus des Amrikai und wird den Gedanken nicht los, dass dieses Haus genau der Ort ist, an dem das Attentat geplant worden ist und in Zukunft noch viele weitere schreckliche Dinge geplant werden. Am liebsten würde er nie wieder an diesen schrecklichen Ort zurückkehren. Doch er befürchtet, dass Roxana ihm das nie verzeihen würde und dies vielleicht für sie der willkommene Anlass wäre, ihre Gastfreundschaft zu beenden und ihn und seine Sahra vor die Tür zu setzen. Also beißt er die Zähne zusammen und kehrt zum Haus des Amrikai zurück.

Was ist mit dir?, fragt der Möchtegern und lässt unter seinem Nylonhemd wieder die Brustmuskeln spielen.

Nichts, antwortet Eskandar-Agha. Ich bin nicht mehr der Jüngste, wie du siehst, und das Radfahren strengt mich an.

Am liebsten würde Eskandar-Agha gar nicht wissen, was der unsympathische Farangi, der Möchtegern in seinem Nylonhemd und ihre noch abscheulicheren Freunde planen, aber sosehr er sich auch in seine Arbeit im Garten vertieft, schnappt er immer wieder Fetzen ihrer Gespräche auf.

Jeden Tag, wenn er vor seiner Gärtnerhütte auftaucht, hocken Roxana-Khanum und der Student, der zu ihrem Schatten geworden ist, bereits auf seiner kleinen Lehmveranda und können es nicht erwarten zu hören, was er zu berichten hat.

Wollen Sie jetzt jeden Tag hier auf mich warten und mich aushorchen?, fragt Eskandar-Agha ein wenig forsch.

Ja, antwortet Roxana-Khanum, ohne sich auch nur im Geringsten zu schämen, aber immerhin belohnt sie Eskandar-Agha mit einem Geldschein, den sie ihm in die Hand drückt.

Er ziert sich, steckt den Schein aber ein und sagt vorsichtshalber, Khanum, das mache ich nicht für Geld, sondern weil ich die Hoffnung habe, das Richtige für meine Heimat zu tun.

Vertrauen Sie mir, beruhigt Roxana ihn, das tun Sie.

Soweit ich verstanden habe, wollen der Farangi und seine Freunde Druck auf den Schah ausüben und ihn davon überzeugen, dass er den Premier entlassen soll.

Sind Sie sicher? Was soll das bringen?, fragt Roxana. Das letzte

Mal, als der Schah es gewagt hat, den verehrten Premier abzusetzen, ist die Sache gar nicht gut für ihn ausgegangen.

Khanum, was weiß denn ich. Ich sterbe jedes Mal tausend Tode, wenn ich in dieses Haus gehe. Was erwarten Sie von mir? Dass ich die Farangi nach den Gründen ihres Treibens frage und ihnen auch noch Unterricht in Geschichte erteile?

Während der Student keine Miene verzieht und auch keine Fragen stellt, lacht Roxana. Wenigstens haben Sie Ihren Humor nicht verloren. Erzählen Sie, was haben Sie noch in Erfahrung gebracht?

Ashraf-Khanum, die Schwester vom Schah, soll ihren Bruder davon überzeugen, den Premier abzusetzen.

Roxana-Khanum sieht den Studenten fragend an, der aber zuckt nur mit den Schultern.

Schließlich ist es Mossadegh gewesen, der sie ins Ausland verbannt hat, weil sie ihn in der Öffentlichkeit einen Narren genannt hat, sagt Roxana-Khanum und spricht über die Schwester des Königs, als würde sie über eine Busenfreundin reden.

Langsam, aber sicher gewöhnt Eskandar-Agha sich an sein neues Leben und findet sogar Gefallen daran. An manchen Tagen kann er es kaum erwarten, nach Hause zu kommen und Roxana und zwangsläufig auch dem Studenten zu berichten. Khanum, heute habe ich mit meinen eigenen Augen einen der Rashidian-Brüder gesehen, flüstert er so leise, dass Roxana und der Student ihn nicht verstehen und er es wiederholen muss. Die Rashidian-Brüder. Ich habe einen von ihnen gesehen. Und raten Sie, was er getan hat.

Woher soll ich das wissen?, fragt Roxana.

Von mir erwarten Sie, dass ich alles mitbekomme und alles weiß, aber Sie wollen nicht einmal raten.

Er hat mit Ashraf-Khanum telefoniert, rät Roxana.

Khanum, so macht das keinen Spaß.

Roxana lacht, greift in die Tasche und gibt Eskandar-Agha einen Schein.

Khanum, wollen Sie mich beleidigen? Schließlich bin ich derselbe Mann, der vor fünfundfünfzig Jahren zusammen mit den ersten Nationalisten für die Verfassung und das Parlament gekämpft hat.

Nehmen Sie, sagt Roxana und steckt Eskandar-Agha das Geld wie der Amrikai in die Tasche. Damit tun Sie niemandem weh. Erzählen Sie, was hat die Königsschwester geantwortet?

Das weiß ich nicht. Aber der Amrikai hat gesagt, dass seine Engelissi- und Amrikai-Freunde auf den Weg nach Suiss sind, um Ashraf einen Besuch abzustatten. Der Amrikai hat gesagt, sie haben eine Menge Geld dabei und außerdem, Eskandar-Agha liest von einem Zettel ein Wort, das er nicht kennt, einen Mantel aus Nerz, sodass Ashraf-Khanum gar keine andere Wahl haben wird, als Ja zu sagen und mitzuspielen.

Nur eine Woche später, im Juli, ist es kein Geheimnis mehr, und es verbreitet sich in der ganzen Stadt: Die Farangi haben die Königsschwester aus ihrem Schweizer Exil nach Teheran geholt, damit sie ihren Bruder, den Schah-an-Schah, überredet, den gewählten Premier und seine Regierung zu entmachten.

Eskandar-Agha hat gerade seine prächtig blühenden Rosen gegossen, als der Farangi zusammen mit zwei Iranern und seinem Übersetzer wütend in den Garten stürzt und flucht. Woher kommen all diese Menschen auf den Straßen? Das darf nicht sein. Sie demonstrieren alle gegen den Monarchen und für die Regierung. Was ist das nur für ein Volk?, flucht der Amrikai. Die lassen sich von scheinbar nichts und niemandem aufhalten. Weder von bewaffneter Armee und Polizei noch von ausländischen Agenten, und auch nicht von den bezahlten Schlägertrupps.

Wir sind eben ein mutiges und stolzes Volk, denkt Eskandar-Agha bei sich, schneidet eine hübsche, kräftige Rose ab, verwirft den Gedanken, sie dem Amrikai zu schenken, und steckt sie sich selber ins Knopfloch und radelt nach Hause.

Khanum, ich bringe gute Nachrichten, verkündet Eskandar-Agha und grinst zufrieden, als wäre er selber verantwortlich dafür, dass die Leute zu Zigtausenden gegen den Schah und für Mossadegh demonstrieren.

Die Straße siegt über den König und die Farangi, sagt Roxana-Khanum optimistisch. Jetzt wird der Schah nicht mehr den Mut aufbringen, Mossadegh und seine Regierung abzusetzen.

So schnell geben die Amrikai nicht auf, Khanum. Morgen soll ein gewisser General Schwarzkopf zum Monarchen gehen und noch einmal versuchen, ihn davon zu überzeugen, dass er den verehrten Premier seines Amtes entheben soll, berichtet Eskandar-Agha und verbrennt den Zettel, auf dem er den Namen des Generals notiert hatte, in der Glut seiner Wasserpfeife.

Sie sollten sich keine Notizen machen, flüstert Roxana ihm zu, damit der Student sie nicht hören kann.

Am nächsten Abend, als Eskandar-Agha nach Hause kommt, kann er es nicht abwarten, gefragt zu werden. Khanum, Sie werden es nicht für möglich halten, wer heute in diesem Haus gewesen ist. Dieser General, von dem alle sprechen, hat unseren Kirmit Roosevelt besucht. Sie haben zusammen mit den iranischen und Amrikai-Agenten um meine frisch gepflanzten Mandelbäume gestanden und sie bewundert, mir bei der Arbeit zugesehen und lauthals über die Begegnung dieses Mister-Schwarzkopf mit Seiner Majestät, dem König, gelacht und gelästert.

Haben Sie ihr Gespräch verstanden?, fragt der Student ungläubig und erntet dafür einen tadelnden Blick von Roxana.

Eskandar-Agha sieht stoisch nur Roxana an. Der Amrikai-General hat gesagt, der König hatte so viel Angst, dass sein Palast und seine Gespräche abgehört werden könnten, dass er mit dem General in den großen Ballsaal gegangen ist. Dort hat Seine Majestät einen Tisch in die Mitte des Saals gezogen, und der General musste sich mit dem König zusammen auf den Tisch setzen, bevor der Schah bereit gewesen ist, das Gespräch zu beginnen.

Nun sieht auch Roxana Eskandar-Agha misstrauisch an. Sind Sie sicher, dass Sie diese Geschichte richtig verstanden haben?

Khanum, die haben zwei Schritte von mir entfernt gestanden,

und ein Iraner hat für die anderen alles übersetzt. Da gab es nichts falsch zu verstehen, antwortet Eskandar-Agha beleidigt und verzieht sich trotz der Dunkelheit in den Garten.

Als er sich wieder beruhigt, geht er unter dem Vorwand, die Blumen auf der Veranda gießen zu wollen, aber eigentlich, um sich wieder mit Roxana-Khanum zu versöhnen, zum Haupthaus und überrascht Roxana und den Studenten dabei, wie sie sich küssen.

Eskandar-Agha senkt den Kopf und will gleich wieder verschwinden, aber als wäre es das Normalste der Welt, dass ein fremder Mann mitten in der Nacht bei einer fremden Frau auf der Veranda sitzt und sie küsst, bittet Roxana ihn, sich zu ihnen beiden zu setzen.

Ich muss BBC hören, murmelt Eskandar-Agha kurz angebunden. Heute werden sie ein geheimes Zeichen senden.

Ein geheimes Zeichen?, fragt der Student und versucht unauffällig seine Hand von Roxanas Bein zu nehmen.

Eskandar-Agha tut, als würde er es nicht bemerken. Üblicherweise sagt die BBC um Mitternacht: It is now midnight. Heute Abend werden sie sagen: It is now exactly midnight, sagt Eskandar-Agha und sieht weiter auf seine Giweh.

Roxana verdreht die Augen. Spannen Sie uns doch bitte nicht auf die Folter, bitte sprechen Sie. Was ist das für ein Zeichen?

Das ist eine Botschaft von Churchill und Eisenhower für unseren König, antwortet Eskandar-Agha.

Und? Roxana und der Student beugen sich beide vor.

Wenn die BBC anders als an allen anderen Abenden das Wort exactly einfügt, ist das der Beweis für den Schah, dass der Agent, der Amrikai, der in dem Haus, in dem ich gezwungen wurde zu arbeiten – Eskandar-Agha legt eine lange Kunstpause ein, die Roxana wütend macht.

Reden Sie in Gottes Namen weiter.

Dass also dieser Amrikai Roosevelt kein Betrüger ist, sondern wirklich von Mister Churchill und Mister Eisenhower geschickt worden ist und dass die Farangi Mossadegh und seine Regierung wirklich loswerden wollen.

Wenig später hören Eskandar-Agha, Roxana und der Student mit eigenen Ohren die veränderte Ansage der BBC, können aber trotzdem kaum glauben, dass so etwas möglich ist. Ich hätte meine Hand dafür ins Feuer gelegt, dass die Medien der Farangi frei und unabhängig sind und sich niemals für derlei Machenschaften hergeben, schon gar nicht die BBC, sagt der Student mutlos.

Das sollte man nie tun, antwortet Eskandar-Agha.

Was sollte man nie tun?, fragt Roxana.

Seine Hand ins Feuer legen. Könnte ja schließlich sein, dass man sie noch für wichtigere Dinge braucht, antwortet Eskandar-Agha trotzig.

Als wäre er beim Stehlen ertappt worden, kreuzt der Student die Arme vor der Brust und versteckt seine Hände. Jetzt passt alles, was wir in den vergangenen Tagen erfahren haben, zusammen, sagt er. Angeblich sollen die Amerikaner dem Schah gesagt haben, dass sie ihren Plan, den verehrten Premier zu stürzen, in jedem Fall ausführen werden. Und zwar gleichgültig, ob er mitmacht oder nicht. Andererseits haben sie ihm ihre volle Unterstützung zugesichert für den Fall, dass er jetzt tut, was sie von ihm verlangen.

Das ist dreist, schimpft Roxana.

Genauso dreist, wie einer fremden Frau die Hand aufs Knie zu legen, würde Eskandar-Agha am liebsten sagen.

Haben Sie zufällig mitbekommen, ob der Amerikaner von einem großen, eleganten Wagen abgeholt worden ist?, fragt der Student.

Sie meinen das Königsauto, antwortet Eskandar-Agha einsilbig.

Das Königsauto? fragt Roxana.

So nennen die Männer das schwarze Automobil, sagt Eskandar-Agha.

Es ist lachhaft, sagt der Student bitter. Der König hat seine Königskarosse geschickt, um Roosevelt in den Palast abholen zu lassen. Der versteckt sich auf der Rückbank unter einer Decke und denkt doch tatsächlich, niemand würde ihn bemerken. Als wären der Fahrer, die Wachen und alle anderen blöd.

Ein König, der Herrscher über das große Persien, verrückt Tische, betreibt ein lächerliches Versteckspiel, bespricht in aller Ruhe mit einem Agenten der Amrikai, wie sie den Premier des Landes stürzen können. Das ist –

Eine ungeheuerliche Beleidigung, fällt Eskandar-Agha seiner Roxana ins Wort.

Die unterschätzen uns, sagt der Student. Die wissen nicht, dass, wenn wir Iraner eine Stärke haben, dann ist es die, Versteckspiele zu durchschauen.

Jedenfalls hat dieser Mister Roosevelt gute Nerven, sagt Eskandar-Agha. Er geht seelenruhig draußen spazieren, fährt mit normalen Taxen und guckt sich die Demonstrationen und die Arbeit seiner Agenten an, der isst in öffentlichen Lokalen und spielt sogar Tennis.

Meine Vorgesetzten wird es freuen, wenn ich ihnen morgen die neuen Informationen überbringe, sagt der Student und lacht.

Abfällig sieht Eskandar-Agha den Studenten an und legt sich im Geiste bereits den Text zurecht, den er gleich notieren wird: Ich mag ihn, formuliert Eskandar-Agha, oder noch besser: Ich habe den Studenten gemocht, aber meine Sympathie für ihn wird umso geringer, je mehr er sich aufspielt und wichtigtut. Schließlich ist er nur ein kleiner Büroangestellter. Er erntet Lorbeeren für Informationen, die ich, jawohl ICH, ihm bringe, und zwar, indem ich mein Leben aufs Spiel setze.

Vielleicht werden Sie sogar eine finanzielle Anerkennung dafür bekommen, sagt Roxana.

Vielleicht, erwidert der Student grinsend.

In diesem Fall wäre es natürlich sehr anständig, wenn unser verehrter Eskandar-Agha auch an dieser Anerkennung beteiligt würde, sagt Roxana.

Masha-allah, alle Achtung, das hat gesessen, denkt Eskandar-Agha.

Der Student mustert Roxana-Khanum und kratzt sich am Kopf, als hätte sie in einer ihm fremden Sprache gesprochen.

Khanum, sagt Eskandar-Agha, ich bin ja froh, wenn keiner weiß, welch schreckliche Arbeit ich seit Neuestem gezwungen werde zu tun. Und das Geld? Ich weiß nicht, das ist kein sauberes Geld, es bringt kein Glück. Nein, sagt Eskandar-Agha voller Genugtuung. Ich verzichte.

Beflügelt durch diesen kleinen Triumph, fällt es Eskandar-Agha am nächsten Tag leichter, wieder in das Haus des Amrikai zurückzugehen, auch wenn die Aufregung und Anspannung und auch die Gefahr für ihn täglich größer werden.

Mossadegh hat Lunte gerochen, reden die Männer durcheinander, als Eskandar-Agha sein Fahrrad durchs Tor schiebt. Der Premier weiß, dass ein Staatsstreich gegen ihn geplant ist. Er führt ein Referendum durch, mit dem er über die Auflösung des Parlaments abstimmen lassen will.

Das ist gut, murmelt Eskandar-Agha, stellt sein Fahrrad ab und malt sich bereits aus, wie der Amrikai nun aufgeben wird und er und seine zweifelhaften Freunde samt ihren Geräten und Telefonen aus diesem Haus und seinem Land verschwinden werden und er selbst endlich wieder zu seinem ruhigen Leben zurückkehren kann.

Doch der Sturm legt sich genauso schnell, wie er gekommen ist. Denn soweit Eskandar-Agha versteht, hat Mister Eisenhower, der Präsident der Amrikai, dem König, Mohammad-Resa-Schah, die folgende Nachricht zukommen lassen: Ich wünsche Seiner königlichen Majestät viel Glück. Wenn die Zusammenarbeit der Pahlawis und Roosevelts dieses kleine Problem nicht lösen kann, dann gibt es nirgends eine Hoffnung. Ich habe volles Vertrauen, dass Sie es lösen.

Wollen Sie sagen, die Leute lassen ihre geheimen Nachrichten offen herumliegen?, fragt Roxana-Khanum erstaunt, als Eskandar-Agha ihr am Abend die Nachricht aus dem Gedächtnis aufsagt.

Khanum, Sie unterschätzen mich, antwortet Eskandar-Agha voller Stolz. Schließlich habe ich mir bereits als kleiner Junge die gesammelten Worte des Propheten, den Koran, von Anfang bis Ende merken müssen, und zwar auf Arabisch. Da werde ich wohl imstande sein, mir vier Zeilen zu merken, die ein Präsident gesprochen hat.

Aber wie sind Sie überhaupt an diese Zeilen gekommen, um Sie sich zu merken?, fragt der Student und sieht Eskandar-Agha skeptisch an.

Eskandar-Agha berichtet in allen Einzelheiten, wie er die Rosen gegossen und die Erde um die Setzlinge gelockert hat, als einer der Farangi am offenen Fenster gestanden hat und er hören konnte, wie der Übersetzer dem Möchtegern-Pahlewan den Text vorgelesen hat.

Wieder dauert es nicht lang, da schlägt auch diese Nachricht laut, wie die Detonation neulich im Basar, in der ganzen Stadt ein. Und alle wissen, nun wird der Schah das Dekret über die Entmachtung und Verhaftung Mossadeghs unterzeichnen. Und anschließend fliegt er mit seiner Frau Soraya nach Ramsar am Kaspischen Meer.

Gott hab meine Aftab-Khanum selig, sagt Eskandar-Agha. Mit ihr bin ich auch in Ramsar gewesen.

Am nächsten Tag bekommt Eskandar-Agha vom Möchtegern-Pahlewan abermals ein paar druckfrische Scheine zugeschoben. Er soll über Nacht bleiben. Die Farangi wollen einen Erfolg feiern, sagt er und grinst dabei. Du sollst bleiben und sie bedienen, sagt er und zwinkert Eskandar-Agha zu. Kauf ein paar Flaschen Aragh-Ssagi, Hundeschnaps, und dann fahr zum Tshelokababi und kauf Essen.

Bis fünf Uhr morgens rauchen und trinken die Männer und hören schreckliche Farangi-Musik, von der Eskandar-Agha Kopfschmerzen bekommt.

Eskandar-Agha muss in der Küche helfen, die leeren Flaschen, Gläser und Zigarettenstummel wegräumen, aber vor allem hat er alle Hände voll zu tun, seinen Garten zu bewachen, damit niemand auf seine hübschen neuen Blumen und Beete tritt.

Als einer der Übersetzer gegen einen seiner frisch gepflanzten Mandelbäume pinkelt, gerät Eskandar-Agha so sehr in Rage, dass er den Mann wegschubst und ihn anschreit, Urin kann für einen jungen Baum den Tod bedeuten.

Der Mann will ausholen und Eskandar-Agha eine scheuern, doch da kommt ein Mann aufgeregt in den Garten gerannt und ruft: Der Vogel ist aus dem Käfig geflohen, und das Papier ist nicht unterschrieben.

Alle sind still, und nichts und niemand rührt sich, bis der Amrikai einen Stuhl gegen die Mauer wirft, nur knapp einen Rosenbusch verfehlt und schimpft. So leicht entkommt der Kerl mir nicht. Er hat es mir versprochen. Los, sagt er zu seinen Männern, schickt jemanden ans Kaspische Meer, ich will diese verdammte Unterschrift.

Übernächtigt und nervös und fest entschlossen, nicht mehr in die Höhle des Löwen zurückzukehren, verkündet Eskandar-Agha am nächsten Abend, Khanum, ich gehe da nicht mehr hin. Ohne ein weiteres Wort geht er in sein Gärtnerhäuschen, legt sich unter die Decke, bekommt Fieber und schläft so lange, bis seine Sahra ihn mit einem Kuss aufweckt.

Roxana-Khanum bittet und bettelt, doch Eskandar-Agha will nicht mehr. Koste es, was es wolle, sagt er, ich werde nicht in dieses Haus und zu diesem gefährlichen Amrikai zurückgehen.

Erst als Roxana ihm Angst macht und sagt, die Leute werden Sie suchen und finden, denken Sie an Ihre Tochter, denken Sie an meine Kinder, lässt Eskandar-Agha sich erweichen und macht sich zähneknirschend und voller Angst auf den Weg.

Doch er hat Glüc,k und das Schicksal meint es gut mit ihm. Nicht der Möchtegern-Pahlewan öffnet das Tor, sondern ein Mann, den er noch nie zuvor gesehen hat.

Der Farangi ist weg, und du wirst nicht mehr gebraucht, sagt der Fremde und schließt das Tor.

Aber dann lass mich wenigstens meine Setzlinge und Blumen mitnehmen, ruft Eskandar-Agha durch das geschlossene Tor.

Verschwinde, ruft der Fremde und schlurft ins Haus.

Gott sei es gedankt, murmelt Eskandar-Agha und steigt auf sein Fahrrad, aber dann entdeckt er das Taxi, mit dem der Amrikai durch die Stadt gefahren ist. Ohne dass er weiß, welcher Teufel ihn da reitet, stellt Eskandar-Agha sein Fahrrad an die Mauer, steigt in das Taxi und schweigt.

Wo soll ich Sie hinfahren, verehrter Bruder?, fragt der Fahrer.

Dahin, wo du die anderen hingefahren hast, antwortet Eskandar-Agha.

Der Fahrer mustert Eskandar-Agha skeptisch. Gehörst du auch dazu?

Eskandar-Agha schluckt und denkt, es ist eine Rolle. Wie damals, als ich mit dem Pferd auf den Platz in Esfahan eingeritten bin. Fahr, sagt er ungeduldig.

Der Amrikai hat seine Kisten, Telefone und Schreibmaschinen in den Keller der Amrikai-Botschaft gebracht, sagt Eskandar-Agha zu Roxana. Und ich danke dem Herrgott, denn damit ist meine Aufgabe beendet. Es sei denn, Sie wollen, dass ich mich als Nächstes um den Garten der Amrikai-Vertretung kümmere. Gebrauchen könnte der es, sagt Eskandar-Agha und grinst.

Sie sind ein Held, sagt Roxana ebenfalls grinsend.

Nur um die Blumen und Setzlinge, die ich zurücklassen musste, tut es mir leid, sagt Eskandar-Agha.

Seien Sie ehrlich. Im Grunde Ihres Herzens hat es Ihnen doch auch gefallen.

Eskandar-Agha seufzt und grinst noch breiter und sagt, meiner Aftab-Khanum jedenfalls hätte es gefallen.

Ein gescheiterter Staatsstreich, und Eskandar-Agha ist dabei

Noch haben wir den Kampf nicht gewonnen, erklärt der Student. Angeblich haben die Amrikai General Zahedi versprochen, ihn zum Premier zu machen, nachdem unser verehrter Mossadegh von ihnen beseitigt worden ist. Die Amrikai haben dem General bereits ein paar Millionen Dollar gegeben, damit er, sobald er das Amt übernommen hat, das Geld unters Volk bringt, um die Zustimmung der Leute zu bekommen.

Froh darüber, dass er mit all dem nichts mehr zu tun hat, tut Eskandar-Agha das, was er am liebsten tut. Er kümmert sich um seine Tochter Sahra, die ihn mit Monsieur anspricht und sil vous plais und merci bocoups sagt. Und er stellt Blumensträuße für die Veranda und das Haus zusammen, schließt und öffnet im Garten Wasserläufe, topft Blumen um, beschneidet Büsche und Bäume.

Nur das zufriedene Gefühl, das sich sonst dabei einstellte, will nicht mehr aufkommen.

Khanum, das ist Ihre Schuld, beschwert er sich bei Roxana.

Ich weiß, antwortet sie. Sie haben Blut geleckt. Es macht Freude, seinem Leben einen Sinn zu geben. Kommen Sie, sagt Roxana, lassen Sie Sahra bei der Mademoiselle, und wir fahren zu unserem Freund, dem verehrten Studenten, dort gibt es bestimmt etwas Sinnvolles für uns zu tun.

Natürlich weiß Eskandar-Agha, sie will ihn nur als Anstandshüter dabeihaben. Gehen wir, antwortet er und fühlt sich auch gleich besser.

Ich bin froh, dass Sie hier sind, sagt der Student mit einem seligen Lächeln. Wir können jeden Mann gebrauchen.

Scheinbar auch jede Frau, murmelt Eskandar-Agha so leise, dass es keiner hört.

Wir haben Nachricht erhalten, dass heute Nacht ein Oberst der Armee mit einer Einheit der Nationalen Garde hierherkommen wird, um den verehrten Premier zu entmachten und in polizeilichen Gewahrsam zu nehmen, sagt er leise. Ich möchte Sie bitten, das hier auszuwerten. Der Student deutet auf einen Stapel Papier, der auf dem Tisch liegt, als hätte er bereits damit gerechnet, dass Eskandar-Agha in sein Büro kommt. Es sind Beschwerdebriefe, die wegen der turbulenten Lage liegen geblieben sind.

Gibt es in dieser turbulenten Lage nichts Wichtigeres zu tun, als irgendwelche Beschwerdebriefe auszuwerten?, fragt Eskandar-Agha kleinlaut. Aber weil ihn keiner beachtet, setzt er sich und arbeitet einen Brief nach dem anderen ab, ohne müde zu werden.

Nach dem Essen, als es in den Büros ruhiger wird, die Luft flimmert und manche an ihren Arbeitstischen eingedöst sind, bebt das Haus plötzlich sanft, und von der Straße her ist Lärm von Militärfahrzeugen zu hören. Eskandar-Agha rennt den Flur entlang, sieht aus dem Fenster im ersten Stock und kann gerade noch rechtzeitig den Kopf einziehen, bevor ein Schuss direkt neben ihm im Fensterrahmen einschlägt.

Alles geht sehr schnell. Ein zweiter und dritter und viele weitere Schüsse folgen. Königstreue Soldaten liefern sich ein Gefecht mit dem Wachpersonal, das das Haus des Premiers beschützt.

Eskandar-Agha überlegt noch, ob er zum Hintereingang gehen und flüchten soll. Aber da ist auch schon wieder alles vorbei. Von seinem Fenster aus beobachtet er, wie der Offizier und seine Soldaten, die eigentlich gekommen waren, um Mossadegh kraft des vom König schließlich und endlich unterschriebenen Dekrets zu entmachten und zu verhaften, selber verhaftet und abgeführt werden.

Als Eskandar-Agha mit zitternden Knien wieder zu seinem Stapel Briefe zurückkehrt, sitzt der Student am Tisch und hat für sich und Eskandar-Agha zwei Gläser Tee mitgebracht. Fürs Erste haben wir Ruhe, sagt er und reicht Eskandar-Agha die Untertasse mit dem Zuckerwürfel darin. Bitte, nehmen Sie Platz. Es ist eine Ewigkeit her, seit Sie und ich uns unterhalten haben.

Ja, ja, sagt Eskandar-Agha, die turbulenten Zeiten lassen einem nicht einmal mehr Zeit für die alten Freunde.

Mit einem Schmunzeln steckt der Student die Anspielung ein, schiebt sich ein Stück Zucker in den Mund und schlürft genüsslich seinen Tee. In Zeiten wie diesen, sagt er, muss man das Leben genießen, so gut es eben geht. Schließlich weiß nur Gott allein, wie viel jedem von uns an Erdendasein noch bleibt.

Eigentlich würde Eskandar-Agha dem Studenten gerne von dem Schuss erzählen, der ihn beinah das Leben gekostet hätte, aber dann denkt er, jetzt oder nie, und sagt, verehrter Bruder, Roxana-Khanum ist für mich wie eine Tochter, wie eine Schwester. Ich war da, als sie geboren wurde, und ich habe sie großgezogen, bis ihre Ziehmutter Mahrokh-Khanum sie mir weggenommen hat.

Ich verstehe, sagt der Student und lächelt nicht mehr.

Soweit ich weiß, besitzen Sie bereits eine Frau und eine Tochter.

Ohne zu zögern, als hätte er gewusst, dass Eskandar-Agha ihn darauf ansprechen würde, sagt der Student, ich habe das Gefühl, Sie glauben mir nicht, dass meine Frau einen anderen Mann gefunden, oder der andere Mann sie gefunden hat. Jedenfalls ist sie mit meinem Kind nach Farang gegangen. Das ist eine Ewigkeit her, und ich habe nichts mehr von ihr gehört.

Das tut mir leid, sagt Eskandar-Agha genauso ernst wie der Student.

Mir tut es nur um mein Kind leid, antwortet der Student und lächelt jemandem zu, der hinter Eskandar-Agha in der Tür steht.

Mir auch, sagt Roxana, die, unbemerkt von Eskandar-Agha, scheinbar schon länger in der Tür gestanden hat.

Eskandar-Agha überlegt noch, was er jetzt Kluges sagen könnte, da kommen zwei Kollegen lachend ins Zimmer. Der verehrte Mossadegh hat das Dekret des Königs, dass der Premier sein Amt niederlegen soll, tatsächlich abgezeichnet, sagen die beiden. Und darunter hat er notiert: Ich werde es in Erwägung ziehen.

Der Student erhebt sich, geht um den Tisch herum zu Eskandar-Agha und reicht ihm die Hand. Sie können mir vertrauen und sich auf mich verlassen.

Er weiß nicht, warum, aber plötzlich treten Eskandar-Agha Tränen in die Augen, und statt die Hand des Studenten zu schütteln, steht er auf und schließt ihn in die Arme und küsst ihn rechts und links väterlich auf die Wange.

Die Nachricht von der gescheiterten Militäraktion, mit der König Mohammad-Resa und die Farangi-Besatzer versucht haben Mossadegh zu entmachten und zu verhaften, ist binnen weniger Stunden in der gesamten Stadt bekannt. Nicht nur in der Hauptstadt, im ganzen Land gehen noch mehr Menschen auf die Straße und demonstrieren für ihren gewählten Premier und seine Regierung.

Aber selbst jetzt geben die Amrikai nicht auf. Sie bezahlen noch mehr Menschen und organisieren noch mehr Gegendemonstranten.

Es kommt zu so vielen Zusammenstößen, Schlägereien und Toten, dass die Anhänger des Premiers ihn immer lauter auffordern, endlich hart durchzugreifen und dem Militär zu befehlen, die Ordnung wiederherzustellen.

Doch Mossadegh bleibt seiner Überzeugung treu und entscheidet sich einmal mehr für den gewaltlosen Weg. Solange die Mehrheit der Bevölkerung auf meiner Seite ist und hinter der Regierung steht, lässt er verkünden, haben wir nichts zu befürchten und werden die Armee nicht mobilisieren.

Genauso gelassen und ruhig und seiner Sache sicher scheint auch der Student zu sein. Denn am nächsten Morgen kommt Eskandar-Agha auf die Veranda, um die Töpfe zu gießen, da sitzt der Student neben Roxana vor dem Haupthaus, und es gibt keinen Zweifel: Er hat die Nacht bei ihr verbracht.

Kommen Sie, ruft der Student, als wäre es sein eigenes Haus, wir wollen uns die Rede des Premiers im Radio anhören.

So war die Versöhnung vom Vortag allerdings nicht gemeint. Nur widerwillig setzt Eskandar sich dazu, allerdings nicht auf einen bequemen Sessel, sondern auf die Stufe. Und er wendet sich demonstrativ vom Studenten ab, damit er ihn nicht sehen muss.

Zuerst ertönt Militärmusik, anschließend kündigt der Sprecher an, der verehrte Premierminister Mossadegh wird gleich eine Ansprache an das Volk halten. Dann kommt der Premier ans Mikrofon: Beeinflusst von ausländischen Elementen, hat der Schah einen Putsch gegen mich und die gewählte und legale Regierung versucht, sagt Mossadegh. Jedoch haben loyale Offiziere mich unterstützt. Gemeinsam haben wir es geschafft, dieses Komplott zu vereiteln. Auf den Kopf des Verräters, General Zahedi, verkündet Mossadegh, ist eine Belohnung ausgesetzt.

In den Nachrichten ist außerdem zu hören, der König hat fluchtartig das Land verlassen. In Bagdad hat er den amerikanischen Botschafter um einen Posten gebeten, weil er im Ausland über kein Geld verfügt. Dann ist er zusammen mit seiner Frau weiter nach Rom geflogen.

Anhänger und Getreue des Monarchen, die nicht über die Mittel und Möglichkeiten verfügen zu fliehen oder gar unterzutauchen, lässt Mossadegh verhaften oder sogar hinrichten. Und binnen kürzester Zeit übernehmen Mossadegh-Befürworter wieder die Straßen und haben die Oberhand.

Stolz auf sich selbst, weil er einen, wenn auch kleinen Anteil am Sieg des Volkes und der legitimen iranischen Regierung hat, nimmt Eskandar-Agha mit der kleinen Sahra auf dem Arm an den Demonstrationen und Kundgebungen teil. Barandeh Mellat! Barandeh Mossadegh!, ruft er zusammen mit den Massen. Sieger ist das Volk, Sieger ist Mossadegh, ruft auch die kleine Sahra und streckt freudestrahlend die Arme in die Luft.

In einer öffentlichen Rede im Radio sagt Außenminister Fatemi, der Schah hat mich und andere Mitglieder der Regierung verhaften lassen. Der Schah hat mit den Ausländern gemeinsame Sache gemacht, um die vom Volk gewählte Regierung zu stürzen. Und dann sagt Fatemi: Der Schah des Iran ist ein Verräter. In dem Moment, als du gehört hast, dass dein Komplott mit den Ausländern nicht funktioniert hat, ruft der Außenminister, bist du in das erstbeste Land geflohen, in dem es eine britische Botschaft gibt.

Als die Gegner des Königs, allen voran die kommunistische Partei, damit beginnen, die Statuen des Schah und seines Vaters vom Sockel zu stürzen, mietet Eskandar-Agha eine Droschke, fährt von Platz zu Platz und macht Fotografien von den noch stehenden Statuen und Monumenten des Königs.

Damit die Erinnerung an einen korrupten Schah nicht sang- und klanglos verloren geht, schreibt er auf den Umschlag, in dem er diese Aufnahmen verwahrt.

Zu der Statue des Königs, wie er stolz auf dem Pferd sitzt, kommt Eskandar-Agha gerade in dem Moment, als Demonstranten den Sockel erklimmen und dem Pferd die Beine absägen.

Was kann das arme Tier dafür, ruft jemand, lasst es stehen, holt nur den Verräterkönig herunter. Aber da wankt das Pferd bereits. Die Männer haben eine Kette oder ein Seil um den Hals des Reiters gelegt und ziehen daran, bis das Pferd mit dem König umkippt und unter dem Jubel der Zuschauer mit lautem Krachen zu Boden stürzt.

Wie in der Hauptstadt kommt es auch in allen größeren Städten zu blutigen Auseinandersetzungen. Polizei, Armee und bezahlte Schlägertrupps, zu Pferd und sogar mit Panzern, schießen, knüppeln, schlagen auf Frauen und Männer ein. Den ganzen Tag ist Eskandar-Agha unterwegs und drückt, ohne lange zu überlegen, auf den Auslöser seines Fotoapparates und macht ein Bild nach dem anderen.

Die weißen Hemden der Männer sind durchlöchert und blutgetränkt, notiert er auf einem Fetzen Papier und steckt ihn in die Papiertüte zu den Bildern und den neuen Fotorollen, die er gerade gekauft hat.

Auf dem Rückweg gerät Eskandar-Agha am Tupkhaneh, dem Platz der Kanonen, nahe der Kaserne in eine Demonstration, wie er noch keine gesehen hat. Es müssen Abertausende Menschen sein. Sofort legt Eskandar-Agha eine neue Filmrolle in seinen Apparat, er zieht seine Schuhe aus und klettert auf das Dach eines Automobils und fotografiert den Platz, der schwarz ist vor Menschen.

Ein paar Männer tragen ein riesiges Plakat mit Öltürmen, davor kämpfen ein Iraner und ein Amerikaner, den man an seiner rot-weiß gestreiften Hose und seinem Zylinder erkennt, auf dem die amerikanischen Sterne und Streifen gemalt sind. Darunter ist zu lesen: Die Amerikaner sollen nach Hause gehen.

Neben den bekannten Parolen der vergangenen Tage und Monate rufen die Leute immer öfter eine neue aus. Sie wollen das Ende der Monarchie und fordern, der Iran soll eine Djumhurie Mellati, eine Republik des Volkes, werden.

Zu Hause zeigt Eskandar-Agha stolz seine Bilder und erzählt von den Menschen und den Parolen, die sie ausrufen, da verkündet Roxana, wir fahren in die Stadt. Ich möchte zum Tshelokababi-Shamshiri. Schon allein wenn ich daran denke, steigt mir der Duft des saftigen Fleischspießes in die Nase, schwärmt sie, als wäre auf den Straßen nicht gerade der Teufel los.

Nimtadj, Alexander und Sahra, die es den beiden Großen gleichtut, klatschen in die Hände. Sie sind es nicht gewöhnt, dass ihre Mutter mit ihnen in Lokale geht, die normalerweise von den einfachen Leuten, wie Roxana sie nennt, besucht werden. Entsprechend freuen sie sich und sind den ganzen Weg dorthin aufgeregt. Doch als sie das Lokal erreichen, bekommen sie einen Riesenschrecken und verstummen mit einem Mal. Denn zwei riesige Panzer stehen davor, und sie haben ihre Kanonenrohre auf das Kabab-Haus gerichtet.

Der Chauffeur stößt ein kleines Gebet aus, und Roxana befiehlt den Kindern, die Fenster hochzukurbeln.

Khanum, ich beschwöre Sie, lassen Sie uns umkehren, bittet

Eskandar-Agha. Jeder weiß, dass der Lokalbesitzer ein Anhänger von Mossadegh ist. Khanum, bis jetzt ist alles gut gegangen, lassen Sie uns das Schicksal nicht herausfordern.

Bitte, parken Sie, befiehlt Roxana mit entschiedener Miene dem Chauffeur.

Denken Sie an die Kinder, sagt Eskandar Agha.

Genau das tue ich, antwortet Roxana. Sie steigt aus und hilft den Kindern aus dem Auto. Herr Chauffeur, sagt sie, es wäre mir eine Freude, wenn Sie uns ebenfalls begleiten.

Khanum, wenn Sie erlauben, möchte ich lieber beim Auto auf Sie warten.

Nein, antwortet Roxana. Das erlaube ich nicht. Kommen Sie.

Im Lokal marschiert Roxana wie ein General voraus, steuert einen Tisch an, der groß genug für alle ist. Selbstbewusst bestellt sie für alle Reis, Fleischspieße, Fladenbrot, Joghurt, Buttermilch, gegrillte Tomaten, Butter, Gewürze und eingelegte Kräuter.

Pepsi-Cola, ruft Nimtadj.

Pepsi für alle, sagt Roxana lächelnd. Und Sie brauchen sich auch nicht zu beeilen, wir haben Zeit.

Khanum, Sie sind zu gütig, bedankt der Wirt sich. Heutzutage besitzen nicht mehr viele Menschen das nötige Geld, in einem Gasthaus zu speisen. Und von denen, die es sich leisten könnten, bringen viele den nötigen Mut nicht auf, den Panzern und Gewehren des Königs zu trotzen und mein Lokal aufzusuchen. Mashaallah, Khanum, sagt der Wirt, nimmt das Tuch von der Schulter und wischt den sauberen Tisch noch einmal ab. Möge Allah Ihnen und den Ihrigen ein langes und segensreiches Leben schenken.

Alles geht gut bis zu dem Moment, als der Wirt die saftigen und duftenden Fleischspieße und den Reis auf den Tisch stellt. Da werfen die Panzerführer ihre Motoren an, verbreiten einen Höllenlärm und dazu unerträglichen Gestank. Sie drehen und wenden ihre Kanonen, bewegen ihr schweres Gefährt, worauf das ganze Lokal bebt und auf dem Tisch das Geschirr wie beim Erdbeben klappert und durchgerüttelt wird.

Die Erwachsenen täuschen Gelassenheit vor, auch Nimtadj und Alexander versuchen ihre Angst zu verbergen, die kleine Sahra aber klettert auf den Schoß ihres Vaters, hält sich die Ohren zu und schreit, so laut sie kann, bis schließlich auch Nimtadj und Alexander Angst bekommen und weinen und ihre Mutter anbetteln, das Lokal zu verlassen.

Genau in dem Moment, als Roxana schließlich aufgibt und zahlt und sie das Lokal verlassen wollen, stürmen mit Knüppel bewaffnete Schläger das Lokal. Sie brüllen, beschimpfen die Gäste als Spione, Agenten, Kommunisten, Verräter, Anhänger von Mossadegh und verprügeln jeden, der nicht rechtzeitig flüchten kann. Tische, Stühle, Teller, Schalen samt Inhalt fliegen durch die Luft. Die Schläger greifen sich den Fahrer, den Wirt, sein Personal, Roxana und ihre Kinder, den Studenten und Eskandar-Agha mit der kleinen Sahra auf dem Arm und zerren und schubsen sie hinaus auf die Straße, verfrachten sie in Kleinbusse und Autos und bringen sie auf ein Polizeirevier, wo sie alle in einen Raum mit einer schweren Eisentür eingesperrt werden.

Ist es das, was Sie gewollt haben?, fragt Eskandar-Agha vorwurfsvoll. Dass Sie und ich und unsere Kinder erniedrigt, gefangen genommen und wie Verbrecher behandelt werden?

Roxana antwortet nicht, umarmt ihre Nimtadj und Alexander und versucht ihnen die Angst zu nehmen.

Als die Kinder pinkeln müssen, ruft zuerst Roxana, dann schreien auch die Kinder und schließlich Eskandar-Agha und der Student nach den Wachen, aber niemand kommt. Also hocken die Kinder sich einer nach dem anderen in die Ecke der Zelle und finden es sogar lustig. Irgendwann in der Nacht wacht Eskandar-Agha auf, hält es nicht mehr aus und pinkelt ebenfalls. Dann tun es auch der Student und der Wirt und schließlich sogar Roxana-Khanum.

Wir können froh sein, wenn wir außer diesem Gestank und ein paar Blessuren nichts abbekommen, schimpft Eskandar-Agha.

Ich bereue nichts, verkündet Roxana mit schmalen Lippen. Im

Gegenteil, es ist gut, dass ich selbst und wir alle am eigenen Leib erfahren, in was für einem Land wir leben. Dann kniet sie vor Nimtadj und Alexander, sieht sie lange an und sagt: Kinder, ich möchte, dass ihr niemals die Augen vor der Wahrheit verschließt, und ich möchte, dass ihr wisst, es ist unser aller Pflicht zu kämpfen, solange es Ungerechtigkeit und Missstände in unserer Heimat gibt.

Während der Wirt am liebsten ihrer kleinen Rede Applaus spenden würde, ist Eskandar-Agha noch immer verärgert. Er wendet sich ab und kehrt seiner verehrten Roxana-Khanum den Rücken.

Nehmen Sie sich in Acht, ermahnt der Offizier sie, als er die Zelle aufschließt und sie entlässt. Dieses Mal haben Sie Glück gehabt. Wir entlassen Sie nur der Kinder wegen, ansonsten hätten wir Sie ins Zentralgefängnis bringen lassen, und da kommt keiner unbeschadet wieder heraus. Wir werden Sie beobachten, sagt der Offizier. Und Sie können mir glauben, unserem wachsamen Auge entgeht nichts.

Der schwarze Freitag

Wohin wollen Sie?, fragt der Droschkenführer, und noch während sie einer nach dem anderen einsteigen, sagt er, ich werde allerdings Umwege nehmen müssen, denn ich fahre nicht durch die Hauptstraßen, das ist mir zu gefährlich.

Warum, was ist passiert?, fragt Eskandar-Agha, der sich mit seiner Sahra auf dem Schoß vorne neben den Droschkenführer setzt.

Doch statt ihm zu antworten, mustert der Kutscher Roxana lange und fragt, ist die Saifeh eine Farangi?

Nein, Agha, die Khanum ist meine Schwester, lügt Eskandar-Agha. Und sie ist mehr Iranerin als Sie und ich zusammen.

Ich selber habe nichts gegen Ausländer, aber die Leute in der Straße sind zurzeit nicht so gut auf sie zu sprechen.

Nun reden Sie, was ist denn passiert?

Haben Sie es nicht gehört?, fragt der Droschkenführer. Seine Majestät Mohammad-Resa-Pahlawi hat den Premier Mossadegh abgesetzt, seine Regierung aufgelöst und Zahedi zum neuen Premier bestimmt. Die Geheimdienste der Amrikai und Engelissi haben die Zeitungen gezwungen, das Dekret des Schah-an-Schah abzudrucken. Und nun weiß es jedermann im ganzen Land, und alles geht drunter und drüber.

Woher wollen Sie wissen, dass die Geheimdienste der Farangi ihre Finger im Spiel haben?, fragt der Student.

Das weiß doch jedes Kind, antwortet der Droschkenführer und sieht Eskandar-Agha von der Seite an. Wo kommen Sie denn her?

Aus dem Gewahrsam der Polizei, antwortet Eskandar-Agha seelenruhig.

Mit einem breiten Grinsen reicht der Droschkenführer Eskandar-Agha die Hand und sagt, schlag ein Bruder, dann bist du einer von uns.

Keine fünf Minuten nachdem sie die Kinder versorgt und sie bei der französischen Mademoiselle abgegeben hat, zieht Roxana-Khanum sich um und rennt zum Gärtnerhaus.

Kommen Sie, drängelt sie Eskandar-Agha, wir müssen los.

Los? Wohin los? Ich bin froh, dass ich zu Hause bin, und werde nirgendwohin gehen.

Bitte, Sie wollen mich doch nicht etwa allein hinaus in diese Hölle schicken?

Khanum, ich beschwöre Sie, haben Sie denn noch immer nicht genug? Sie haben es doch am eigenen Leib erlebt, es ist lebensgefährlich hinauszugehen.

Als wäre sie taub, schiebt Roxana Eskandar-Agha hinaus und sagt, vergessen Sie nicht Ihren Fotoapparat.

Wohin wollen Sie überhaupt?, fragt Eskandar-Agha, als wüsste er es nicht schon längst.

Statt zu antworten, sieht Roxana auf ihre Schuhe und schweigt.

Aber Sie haben ihn doch gerade erst gesehen.

Bitte.

Khanum, manchmal habe ich den Eindruck, Sie setzen sich selber und zu allem Überfluss auch noch mich mit Absicht gefährlichen Situationen aus, sagt Eskandar-Agha, muss dabei aber grinsen.

Danke, sagt Roxana und drückt Eskandar-Agha einen flüchtigen Kuss auf die Stirn, und für einen Moment fühlt es sich an wie früher, als sie ein kleines Mädchen gewesen ist.

Immerhin hat der Chauffeur ihr Auto inzwischen wieder abgeholt, und sie müssen nicht auf die Straße, um Droschken oder Taxen anzuhalten. Auf dem Weg zum Haus des Premiers hören sie im Autoradio, wie der Premier die Bevölkerung nun schließlich und endlich doch aufruft, nicht auf die Straßen zu gehen und in ihren Häusern zu bleiben. Mossadegh sagt, man hat mir keine Wahl gelassen, ich muss Polizei und Armee einsetzen, um die Unruhestifter und Aufwiegler unter Kontrolle zu bringen.

Khanum, wenn Sie schon nicht auf mich hören, dann hören Sie doch bitte wenigstens auf den verehrten Premier unseres Landes. Bitte, Khanum, lassen Sie uns umkehren.

Dankbar sieht der Chauffeur Eskandar-Agha an und setzt schon den Blinker, um wieder umzukehren.

Fahren Sie weiter, befiehlt Roxana.

Bei allem Respekt für den Premier, sagt der Student, als er Roxana und Eskandar-Agha in Empfang nimmt. Der verehrte Mossadegh macht einen Fehler. Ich bete zu Gott, seine Anhänger werden dieses Mal seiner Aufforderung nicht Folge leisten und nicht zu Hause bleiben. Das Einzige, was nunmehr auf den Straßen zu sehen und zu hören sein wird, sind die Parolen und Stimmen seiner Gegner, der Schah-Befürworter, erklärt der Student, nimmt die Hände aus der Hosentasche und sieht Roxana besorgt an.

Worauf sie mit einem Mal gar nicht mutig dreinschaut, sondern aussieht, als würde sie sich am liebsten sofort in die schützenden Arme des Studenten werfen.

Sehen Sie, sagt der Student und zeigt aus dem Fenster. Es sind wieder Panzer vorgefahren, nur richten sie dieses Mal ihre Kanonenrohre nicht auf das Haus, sondern auf die Menschenmenge davor. Es ist traurig, sagt der Student. Noch vor ein paar Tagen haben die Menschen Parolen für den Premier gerufen. Aber er selber hat sie gebeten, zu Hause zu bleiben, und nun haben seine Gegner Position bezogen.

Lang lebe der Schah, dröhnt es von der Straße zu ihnen ans Fenster. Tod Mossadegh.

Was sind das für Leute da drüben auf den Dächern?, fragt Roxana und sieht ihren Studenten aus sehnsüchtig leuchtenden Augen an.

Rund um das Haus und an allen Kreuzungen und auf allen Dächern sind Soldaten postiert, sagt der Student und klingt, als würde er Roxana eine Liebeserklärung machen.

Eskandar-Agha, der Student und Roxana stehen am Fenster, als plötzlich Schüsse fallen. Roxana stößt einen Schrei aus. Eskandar-Agha packt sie am Arm, zieht sie vom Fenster weg, und im nächsten Moment schießen die Wachen, die das Haus des Premiers beschützen, zurück.

Das sind die Unruhestifter, ruft der Student in den Lärm der Schüsse. Sie haben ihre Waffen von den Farangi bekommen. Dann sieht der Student Eskandar-Agha vorwurfsvoll an und ruft: Ich wünschte, Roxana-Khanum und Sie wären nicht hierhergekommen.

Masha-allah, sehen Sie, Khanum, sogar der verehrte Student ist meiner Meinung, ruft Eskandar-Agha und zieht den Kopf ein, weil wieder ein Schuss durchs Fenster in die Decke einschlägt.

Stunde um Stunde wird die Schießerei heftiger. Immer mehr Scharfschützen besetzen die gegenüberliegenden Häuser, und immer mehr regierungstreue Soldaten werden angefahren, um die Häuser und Wohnungen zu stürmen, um die Scharfschützen von den Dächern zu holen.

Die Telefonleitungen sind tot, auch das Radio schweigt, und keiner weiß, wie die Lage im Rest der Stadt aussieht, ruft der Student.

Ich werde hinausgehen, bietet Eskandar-Agha mutig an und hofft, dass Roxana um sein Leben bangen und ihn davon abhalten wird.

Seien Sie vorsichtig, sagt Roxana und drückt ihm den zweiten flüchtigen Kuss des Tages auf die Stirn.

Es lebe der Schah, schreibt Eskandar-Agha mit großer Schrift auf einen Karton, rennt damit in den Keller und auf den Hinterhof und von dort auf die Straße, wo er die Pappe hochhält und sich beeilt, aus dem Viertel hinauszukommen.

Sobald er die Gegend um Mossadeghs Haus und die Schießereien hinter sich lässt, wirft Eskandar-Agha seinen Pappkarton auf die Straße und lässt es sich nicht nehmen, rasch darauf herumzutrampeln, bevor er weiter in Richtung Süden geht.

Nimm, Bruder, sagt ein Mann an der nächsten Kreuzung und drückt dem verdutzten Eskandar-Agha einen Ein-Toman-Schein in die Hand.

Das Gleiche passiert an der nächsten und übernächsten und beinah allen Kreuzungen, bis zum Tupkhaneh. Männer drücken Passanten und Demonstranten Ein-Toman-Scheine in die Hand und erwarten dafür nicht viel. Sie sollen lediglich Schah-freundliche und Mossadegh-feindliche Parolen rufen.

Und tatsächlich ertönt es von überall her: Lang lebe der Schah, Tod Mossadegh.

Je länger Eskandar-Agha unterwegs ist, desto mehr bekommt er es mit der Angst zu tun. Soldaten, Polizisten, Basari, Händler, Pahlewan aus der ganzen Stadt, ob sie nun bezahlt sind oder nicht, alle scheinen sich auf die Seite des Königs geschlagen zu haben.

Als wäre er ein Schutzschild, hält Eskandar-Agha seinen Fotoapparat vor den Bauch und macht heimlich Aufnahmen. Von wütenden Männern, die das Postamt stürmen; von Männern, die andere verprügeln, mit Fäusten auf sie einschlagen und, als sie längst auf dem Boden liegen, mit Füßen treten, weil sie sie für Anhänger von Mossadegh halten.

Überall sieht Eskandar-Agha Verletzte, sogar Tote. Von einem Mann, der mit seinem Bauchladen an der Ecke steht und Zigaretten verkauft, hört er, Schah-Treue aus dem ganzen Land sind auf den Weg in die Hauptstadt. Und Eskandar-Agha muss daran denken, wie auch er vor ewigen Zeiten zusammen mit Tausenden Nationalisten aus dem Süden des Landes in die Hauptstadt gezogen ist.

Eskandar-Agha muss sich beeilen, von der Straße zu kommen, denn zwei Panzer schieben sich mit lautem Geknatter und dicken Qualm ausstoßend über die Kreuzung. Männer springen auf, stecken Nelken an die Panzer, springen wieder ab und rufen:

Der Schah kommt zurück, der Schah kommt zurück, lang lebe Mohammad-Resa-Schah.

Eskandar-Agha legt gerade eine neue Filmrolle in seine Kamera ein, als es um ihn herum stiller und stiller wird. Er zieht den Kopf ein und blickt um sich. Niemand rührt sich, und alle schweigen. Dann hört auch Eskandar-Agha die unterbrochenen Fetzen einer Radiostimme, die aus irgendeinem Fenster auf die Straße dringt: Die Regierung Mossadegh ist gestürzt – neue Premier – Fazlallah Zahedi – Majestät – an – Schah Aryamehr – Rückreise – Heimat –

Eskandar-Agha weiß, was das bedeutet. Als Nächstes werden noch mehr Schah-Treue, Bezahlte, Militär, Agenten zur Residenz des verehrten Mossadegh ziehen. Gott erbarme sich derer, die jetzt dort sind und sich sicher fühlen, weil zwei Panzer und eine Handvoll Wachen sie beschützen, murmelt Eskandar-Agah und rennt, auf der Suche nach einem Telefon, in den nächsten Laden.

Bruder, ich würde dir gerne helfen, sagt der Ladenbesitzer, aber ich besitze kein Telefon, außerdem haben sie ohnehin das Post- und Telegrafenamt besetzt und alle Leitungen lahmgelegt.

Das habe ich mit eigenen Augen gesehen, sagt Eskandar-Agha. Wer sind diese Leute?

Der Mann zuckt die Schultern, mustert Eskandar-Agha beunruhigt und sagt, Bruder, ich gehöre weder zu diesen noch zu jenen. Ich habe viele Mäuler zu stopfen und tue nur meine Arbeit.

Was sind das nur für schreckliche Zeiten?, sagt Eskandar-Agha, in der niemand mehr dem anderen vertraut und jeder sich vor dem anderen fürchtet.

Eskandar-Agha läuft aus dem Laden und rennt weiter in Richtung Mossadeghs Haus. Ein paar Straßenkreuzungen weiter verstummen alle ein zweites Mal. Jetzt dringt die Stimme klar und deutlich in die Straßen, die Leute haben ihre Radiogeräte in ihre geöffneten Fenster und Türen gestellt, damit alle es hören können.

Ein Farangi-Lied ertönt. Die Männer, die neben Eskandar-Agha stehen, wissen, es ist die Nationalhymne der Amrikai. Wenigstens wissen wir nun, wer die Leute sind, die den Radiosender übernommen haben, sagt einer der Männer.

Das Lied wird unterbrochen. Alles ist still. Dann erklingt eine neue Farangi-Melodie. Anschließend wird der neue Premierminister des Landes angekündigt, und es spricht General Zahedi.

Eskandar-Agha nutzt die Ruhe, vermeidet es, jemanden anzusehen, und geht langsam weiter in Richtung Norden, während er Wortfetzen aus dem Radio aufschnappt. Kostenlose Gesundheitsversorgung – Freiheit – Sicherheit – höhere Löhne.

Und alles andere, was alle anderen uns ebenfalls immerzu versprochen, aber nie wahr gemacht haben, sagt Eskandar-Agha leise zu sich selber.

Als er endlich um die letzte Kreuzung biegt und beim Haus des entmachteten Premiers ankommt, bleibt Eskandar-Agha die Luft weg. Das Gebäude ist vollkommen zerschossen, die Mauern sind durchlöchert, das Dach ist eingestürzt, Fenster und Türen fehlen. Es riecht verbrannt. Zertrümmerte Möbel liegen auf der Straße und dem Bürgersteig. Überall stehen Militärfahrzeuge. Zivilisten und Soldaten schleppen Kisten, Möbel, sogar Teller, Vasen und was sie sonst noch finden, aus dem Haus. Die Gartenmauer ist von einem Panzer niedergerissen, selbst das Eingangstor ist halb herausgehebelt, das Haus ist eine Ruine, und ringsherum ist ein Schlachtfeld.

Wie betäubt geht Eskandar-Agha auf den Eingang zu. Er stolpert, kann sich gerade noch auf etwas, das am Boden liegt abstützen. Während er sich aufrichtet, begreift er, er ist über die Füße eines Menschen gestolpert und hat sich auf dessen totem Körper abgestützt.

Eskandar-Agha muss würgen, kann sich nur mit Mühe zusammenreißen, um das Bewusstsein nicht zu verlieren, als er sieht, dass seine Hände mit dem Blut des Toten vollgeschmiert sind.

Er reibt sie sich an seiner Hose und seinem Hemd ab und bemerkt erst jetzt, dass überall zwischen dem Schutt, den Steinen und Mauerresten Tote liegen.

Männer haben sich Tücher vor Mund und Nase gebunden, gehen von Leiche zu Leiche, drehen sie herum, sehen sie sich genau an und durchsuchen sie. Zuerst denkt Eskandar-Agha, sie suchen Angehörige, Freunde, Verwandte. Dann versteht er, die Männer durchsuchen die Leichen nach Wertgegenständen. Und sie fischen Geld aus den Taschen der Toten.

Sofort erkennt Eskandar-Agha, es sind die gleichen frisch gedruckten Scheine, die die Amrikai ausgegeben haben, damit die Männer gegen Mossadegh auf die Straße und zum Schluss bis hierhin vor sein Haus kommen, um gegen den Premier zu demonstrieren.

Mit zitternden Fingern zieht Eskandar-Agha einen Schein heraus, den er selber zugesteckt bekommen hat, und starrt ihn an, als würde er von ihm eine Antwort erwarten. Dann fällt sein Blick auf einen Toten, der einen Stift in seiner Hand hält. Vorsichtig zieht Eskandar-Agha ihm den Stift aus der Hand und schreibt auf den Geldschein: 28. Mordad, es ist ein schwarzer und blutiger Freitag für meine Heimat. Hunderte und Tausende mussten mit ihrem Leben bezahlen, weil die Farangi den König auf seinen Thron zurückgeputscht haben.

Es ist aus und es geht weiter

Mossadegh ergibt sich freiwillig und wird vor ein Gericht gestellt, das er nicht anerkennt, weil es ein Militärgericht ist.

Der gestürzte Premier ist einer der fähigsten Juristen des Landes, will keinen Anwalt und verteidigt sich selbst. Er schreit, weint, springt auf, fuchtelt mit den Armen, bricht zusammen, verliert das Bewusstsein. Er hält flammende Reden für die Freiheit und Unabhängigkeit, für die Einhaltung der Verfassung. Wieder und wieder fordert er das Ende der Einmischung ausländischer Regierungen und ihrer Geheimdienste in die Angelegenheiten des Iran.

Wie erwartet wird er für schuldig befunden, kommt für drei Jahre ins Gefängnis, anschließend wird er in seinem Geburtsort unter Hausarrest gestellt.

Hunderte Mitglieder und Anhänger seiner Partei, der Nationalen Front und der Tudeh, Abgeordnete und Angehörige des Kabinetts, darunter der bisherige Außenminister Hossein Fatemi, Hunderte Mossadegh-treue Offiziere verschwinden, werden verhaftet; Armeeangehörige und Polizisten werden hingerichtet; genauso ergeht es Freunden und Weggefährten von Mossadegh.

Roxana und ihr Geliebter, der Student, sind nur mit großem Glück davongekommen, als die Residenz des Premiers Mossadegh angegriffen wurde. Doch wie vielen anderen sind ihnen Angst und Schrecken so tief in die Knochen gefahren, dass sie ihr Haus nicht mehr verlassen.

Sobald jemand ans Tor kommt, sogar wenn der Wind eine Tür zuschlägt, fährt Roxana zusammen, verkriecht sich in ihr Zimmer, wo die Vorhänge zugezogen sind, und kommt erst nach Stunden wieder heraus.

Eskandar-Agha geht ihr nach, setzt sich zu ihr in die Ecke des Zimmers, wo sie zusammengekauert hockt, und tätschelt liebevoll den Kopf seiner Roxana, als wäre sie noch ein kleines Mädchen. Machen Sie sich keine Sorgen, beruhigt er sie. Solange ich hier bin, wird Ihnen nichts zustoßen. Ich werde mich um alles kümmern.

Zum zweiten Mal sind Sie mein Lebensretter, sagt Roxana und versucht zu lächeln. Haben Sie die Toten gesehen?, fragt sie und lässt ihren Tränen freien Lauf. Und der Schah tut, als wäre nichts geschehen. Die Zeitungen, das Fernsehen, das Radio werden gezwungen, diese schmutzigen Geschäfte und Verbrechen totzuschweigen.

Eines Tages wird alles ans Licht kommen, sagt Eskandar-Agha. Schließlich haben Iraner sich für diesen Staatsstreich kaufen lassen. Früher oder später wird ihr Gewissen sie belasten, sie werden ihr Schweigen brechen, und sie werden reden. Sie werden sehen, sagt Eskandar-Agha, nicht nur die beteiligten Iraner, auch die Amrikai und Engelissi werden eines Tages reden und ihren Herzen Luft machen wollen und müssen. Wahrheit ist mächtig, sie lässt sich nicht so leicht kleinkriegen und verschweigen, sagt Eskandar-Agha und kann selber nicht glauben, was er sagt.

Ich wünschte, ich hätte auch nur einen Hauch Ihrer Zuversicht, sagt Roxana.

Was bleibt mir?, notiert Eskandar-Agha am Abend, als er mit seiner Laterne und seinem Block auf dem Lehmplatz vor seinem Gärtnerhäuschen sitzt. Einer muss die Nerven behalten und sich um die Kinder, das Haus und den Garten kümmern. Meiner Aftab-Khanum, Gott hab sie selig, hätte es gefallen, schreibt er und sieht über sich in den sternenklaren Himmel.

Roxana hat recht, notiert Eskandar-Agha. Seit der König aus seinem Exil zurückgekehrt und wieder an der Macht ist, führt er das Land mit eiserner Hand. Wer es wagt, auch nur ein Wort gegen ihn zu sagen oder zu schreiben, wird verhaftet, eingesperrt, gefoltert, ermordet. Eskandar-Agha sieht sich um, als befürchtete er, jemand würde ihn heimlich beobachten, und notiert mit schneller Schrift. Auch über Mossadegh, und erst recht darüber, dass die Amrikai ihn gestürzt haben, ist es verboten zu sprechen. Die Wahrheit soll so lange verdreht und totgeschwiegen werden, bis jeder der dabei gewesen ist und sie kennt, nicht mehr ist. Umso wichtiger, dass wir, die die Wahrheit kennen, sie am Leben halten, schreibt Eskandar-Agha und liest leise mit.

Wen am Leben halten?, fragt Nimtadj, die mit ihrem eigenen Notizblock unter dem Arm wie aus dem Nichts vor ihm auftaucht und Eskandar-Agha so sehr erschreckt, dass er leise aufschreit.

Mädchen, tu das nie wieder.

Was?

Dich in der Dunkelheit anzuschleichen und mich zu erschrecken. Ich bin nicht mehr der Jüngste.

Ich will nicht alleine in meinem Zimmer sein, sagt Nimtadj und setzt sich neben Eskandar-Agha.

Er legt seinen Arm um sie, sieht sie lange an und sagt, das verstehe ich.

Ist jemand verwundet oder in Gefahr, zu sterben?, fragt Nimtadj mit einer Ernsthaftigkeit, als wäre sie nicht noch ein halbes Kind.

Wie alt bist du?, fragt Eskandar-Agha.

Zwei Wochen älter als das letzte Mal, als Sie mich gefragt haben, antwortet Nimtadj. Aber noch immer elf Jahre und ein Kind und ja, ich weiß, ich sollte spielen und unbekümmert sein, statt mir über Gott und die Welt Sorgen zu machen, spult Nimtadj herunter, was Eskandar-Agha ihr wieder und wieder einbläut.

Damit hast du recht, sagt Eskandar-Agha.

Sie sagen aber auch, dass wir fragen sollen, wenn wir etwas nicht verstehen, sagt Nimtadj.

Auch damit hast du recht, sagt Eskandar-Agha. Also, was ist es, das du nicht verstehst?

Das hier, antwortet Nimtadj und zieht einen Artikel zwischen den Seiten ihres Blocks hervor.

Das ist nichts Besonderes, sagt Eskandar-Agha. Die Amrikai und der König zeigen sich zufrieden über ihre gute Zusammenarbeit.

Und nun kauft die Welt wieder unser Naft, sagt Nimtadj.

Eskandar-Agha nickt und lächelt sie an. Und was ist deine Frage?

Ist das gut für uns oder schlecht?

Eskandar-Agha will antworten, hält aber inne. Weißt du, sagt er schließlich, ich glaube, das ist eine von den Fragen, auf die es keine einfache Antwort gibt.

Das habe ich mir schon gedacht, sagt Nimtadj, stützt ihren Kopf in die Hand und starrt den Artikel an, als erwarte sie von ihm eine Antwort.

Warum schreiben die Zeitungen nichts über die Tausende und Abertausende Toten, die Sie und meine Mutter und der Herr-Student gesehen haben?

Wir haben keine Tausende Tote gesehen.

Aber es hat sie gegeben, sagt Nimtadj und klingt, als hätte sie selber die Toten mit eigenen Augen gesehen. Ich möchte dem verehrten König einen Brief schreiben und ihm sagen, wie schlecht es meiner Mutter und dem verehrten Herrn-Studenten geht und dass sie all ihre Hoffnung verloren haben, sagt Nimtadj, und Tränen laufen über ihr Gesicht.

Eskandar-Agha zieht sie näher an sich heran. Tu das, sagt er, und wenn du deinen Brief geschrieben hast, werde ich persönlich ihn für dich zur Post bringen. Und sei nicht undankbar, sagt Eskandar-Agha. So viele Kinder in diesem Land haben kein Dach über dem Kopf, nichts zu essen, sind krank und haben keine Mutter, die sich um sie kümmert.

Danke, sagt Nimtadj leise und zwingt sich zu einem Lächeln.

Als wenn das gesamte Leid des Landes und dieses Volkes in ihrem kindlichen Gesicht geschrieben steht, schreibt Eskandar-Agha später in seine Notizen. Den Artikel, den Nimtadj ihm dagelassen hat, klebt er in seinen Block und schreibt: Trotz Nimtadjs Leid und trotz allem anderen, die Welt geht weiter. Die Welt erhält wieder iranisches Öl.

Dem Artikel nach zu urteilen, entschädigt der Schah-an-Schah die Engelissi großzügig für die Verluste, die sie durch die Verstaatlichung unseres Erdöls erlitten haben, und ihre Aktien erreichen Rekordpreise. Zudem hat der Schah zusammen mit seinen alten und neuen Farangi-Freunden ein neues Konsortium gegründet, schreibt Eskandar-Agha. 40 Prozent aller Anteile bekommen die Engelissi. Sie nennen ihr Unternehmen BP, British Petroleum. Zudem gehen 40 Prozent an fünf Ölkonzerne der Amerikaner. 20 Prozent gehen an Compagnie Française de Pétrole und Royal Dutch Shell.

Und wir?

Alles Blut, was unsere Schwestern und Brüder vergossen haben, ist verschwendet. Der größte Teil unseres persischen Erdöls gehört noch immer den Farangi, und wir werden wieder nur mit Krümeln abgespeist.

Die Kinder werden flügge

Lassen Sie uns ins Kino gehen, schlägt Nimtadj vor, als Eskandar-Agha sie von der Schule abholt. Sie hat sich längst daran gewöhnt, nicht ihre Mutter, sondern Eskandar-Agha in ihr tägliches Leben einzubeziehen.

Aber nur, wenn du vorher zu deiner Mutter gehst und ihr ein wenig Gesellschaft leistest, antwortet Eskandar-Agha.

Das ist gemein, beschwert Nimtadj sich. Sie wissen, dass alles Reden nichts nützt. Seit Jahren hockt sie zusammen mit dem Herrn-Studenten tagein, tagaus hinter zugezogenen Vorhängen in ihrem Zimmer und hört Radio.

Tu es, sagt Eskandar-Agha freundlich. Liebe kann Berge versetzen.

Mit Tränen in den Augen sieht Nimtadj Eskandar-Agha traurig an.

Du wirst sehen, sagt er. Eines Tages wird sie dich anblicken, und du wirst das Gefühl haben, sie sieht nicht mehr durch dich hindurch, sondern ist bei dir.

Die Menschen leben ein ganz normales Leben, redet Nimtadj auf ihre Mutter ein, setzt sich zu ihr auf den Boden und starrt sie an. Und sie tut etwas, das sie in all den Jahren nicht getan hat, sie fängt mit einem Mal an zu schreien. Du wagst dich nicht einmal bis zum Tor, geschweige denn auf die Straße. Du weißt überhaupt nicht mehr, wie es da draußen aussieht.

Genauso unerwartet, wie sie angefangen hat, ihre Mutter anzuschreien, schweigt Nimtadj auch wieder und sieht in ihren Schoß, um ihre Mutter nicht ansehen zu müssen.

Sie sitzen schweigend nebeneinander auf dem Boden, bis Roxana ganz langsam ihre Hand hebt und behutsam die Hand ihrer Tochter berührt. Sprich weiter, sagt sie leise.

Während ihre Tränen auf ihre Hände in ihrem Schoß fallen, spricht Nimtadj, als würde sie ein Märchen erzählen. Wir haben so viele Straßen, sagt sie, das kannst du dir gar nicht vorstellen. Breite, lange Straßen mit Bäumen auf jeder Seite. Die Häuser werden größer und höher, manche haben vier Stockwerke. Und du solltest die Automobile sehen, es gibt mehr und mehr davon, und deswegen gibt es leider immer weniger Pferdedroschken. Eskandar-Agha sagt, das ist schade, denn Pferde sind treue Tiere. Und die Frauen solltest du sehen, sagt Nimtadj. Sie tragen bunte Röcke und Kleider, die so kurz sind, dass man beinah ihre Knie sehen kann. Sieh her, sagt Nimtadj, springt auf und dreht sich im Kreis, dass ihr weiter Rock sich wie ein Schirm aufspannt.

Als Nimtadj stehen bleibt, die Arme ausbreitet und versucht das Drehen in ihrem Kopf anzuhalten, hat sie für einen winzigen Moment das Gefühl, ihre Mutter lächelt.

Eine Weile steht Nimtadj einfach nur da und sieht ihre Mutter an, dann beugt sie sich zu ihr hinunter und küsst sie auf die Wange. Bevor sie hinausgeht, sagt sie, Eskandar-Agha wird heute mit uns ins Kino gehen.

Der Student hört Eskandar-Agha nicht einmal richtig zu, sieht nur kurz auf und schiebt seine Brille zurecht, nur um sich gleich wieder in seine Zeitung zu vertiefen.

Also gut. Eskandar-Agha räuspert sich. Ich bin nur ein einfacher Diener und Gärtner, und nur weil ich älter bin als Sie, erlaube ich mir, offen mit Ihnen zu sprechen.

Dieses Mal sieht der Student nicht nur auf, sondern nimmt sogar seine Brille ab.

Wissen Sie überhaupt noch, seit wie vielen Jahren Sie dieses Haus und Grundstück nicht mehr verlassen haben?, fragt Eskandar-Agha. Machen Sie sich nicht die Mühe, die Jahre zu zählen, sagt er. Ich habe es für Sie getan. Es sind sieben. Sieben lange Jahre. Im Grunde kann es mir gleichgültig sein, aber für die verehrte Roxana-Khanum und auch für ihre Kinder trage ich eine gewisse Verantwortung. Schließlich bin ich ihr Bruder, ihr Vater, ihre Mutter gewesen, sagt Eskandar-Agha und genießt es, seine wichtige Rolle in dem Leben der Frau, in deren Haus er seit Jahren lebt, hervorzuheben. Und Sie wissen genau, sagt Eskandar-Agha, solange Sie sich unter Hausarrest stellen, wird auch die verehrte Roxana-Khanum das Haus nicht verlassen.

Nur ganz allmählich verändert sich der Blick des Studenten, und Eskandar-Agha hat das Gefühl, endlich nicht mehr ins Leere zu sprechen.

Sie haben nicht nur sich selber krank gemacht, redet Eskandar-Agha weiter auf ihn ein, sondern auch die verehrte Khanum. Vergeben Sie mir meine Ungehörigkeit, aber Sie behaupten doch, die verehrte Khanum zu lieben, sagt Eskandar-Agha und bemerkt ein kleines Flackern in den Augen des Studenten. Und was ist mit den Kindern? Nimtadj und Alexander sind gerade mal siebzehn und neunzehn Jahre alt und haben ihr gesamtes Leben noch vor sich. Die Erwachsenen dieses Hauses sollten ihnen Hoffnung für die Zukunft geben und ihnen ein gutes Vorbild sein. Nach einer effektvoll gesetzten Pause fragt Eskandar-Agha, haben Sie sich in letzter Zeit mal im Spiegel gesehen? Ich meine, so richtig angesehen?

Während sein Blick langsam klarer wird, verzieht der Student keine Miene, er legt vorsichtig seine Zeitung neben sich auf den Boden, steht auf und verlässt wortlos das Zimmer.

Wohin gehen Sie?, fragt Eskandar-Agha.

Ich tue, was Sie geraten haben, mich im Spiegel betrachten, antwortet der Student leise, nicht mehr gewöhnt, lange Sätze zu sprechen.

Am Abend bittet Roxana-Khanum Eskandar-Agha zusammen mit seiner Sahra zum Essen ins Haupthaus. Alle sind um das gedeckte Sofre versammelt, der Koch serviert das Essen, nur der Student fehlt.

Ich fasse es nicht. Sieh dir die kleine Sahra an, seit wann trägst du eine Brille? Und dein Haar ist so lang, und du bist beinah so groß wie meine Nimtadj, sagt Roxana und ärgert sich über sich selbst, weil sie sich mit der Art, wie sie spricht, lächerlich vorkommt.

Khanum, mit Ihrer Erlaubnis, ich bin bald zehn Jahre alt.

Höchstens acht, korrigiert Eskandar-Agha.

Als sie hinter der Tür ein Geräusch hört, geht Roxana-Khanum zur Tür. Sind alle bereit?, fragt sie und öffnet sie.

Alle sind überrascht, denn ein vollkommen verwandelter Student steht vor ihnen und hält sogar ein kleines Lächeln für sie bereit. Er hat seinen hässlichen Siebenjahresbart abrasiert, seine graumelierten Haare geschnitten und sogar mit Pomade gebändigt und nach hinten gekämmt. Statt einer seiner alten Hosen und ehemals weißen, inzwischen allesamt grauen Hemden trägt er eine moderne Hose und einen schwarzen Rollkragenpullover.

Bevor er sich ans Sofre setzt, räuspert er sich. Dass der verehrte arme Mossadegh im Gefängnis gewesen ist und nun unter Hausarrest steht, beginnt der Student, ist kein Grund dafür, dass alle anderen aufhören zu leben. Ganz im Gegenteil. Der Verehrte selbst hat gesagt, wir sollen mutig sein, unser Leben leben und unserem Land nach bestem Können und Vermögen dienen.

Dann wendet der Student sich zu Eskandar-Agha, verneigt sich und sagt, Ihre Worte, verehrter Eskandar-Agha, haben mich an diese Pflicht erinnert. Sie haben mich aufgerüttelt, und dafür möchte ich Ihnen danken. Außerdem bitte ich alle Anwesenden aufrichtig und von ganzem Herzen um Vergebung, weil ich euch das Leben schwer gemacht habe. Ich werde versuchen, so rasch wie möglich wieder ein normaler Mensch zu werden und meine Fehler zu büßen.

Bravo, ruft Nimtadj, klatscht in die Hände.

Gott sei es gedankt, murmelt Eskandar-Agha, freut sich über seinen Erfolg und fragt sich, warum er nicht schon längst den Mund aufgemacht und gesagt hat, was er zu sagen hatte.

Bevor er seinen ersten Bissen in den Mund schiebt, betrachtet der Student Nimtadj, Alexander und Sahra lange und sagt mit leiser Stimme, die Kinder sind erwachsen geworden. Es ist Zeit, dass auch wir erwachsen werden. Er räuspert sich abermals und sagt, ich möchte euch bitten, mich in Zukunft mit meinem Namen anzusprechen, und als müsste sogar er selbst überlegen, wie er eigentlich richtig heißt, legt er die Stirn in Falten und sagt, ich heiße Farrokh.

Farrokh-Agha, murmelt Eskandar-Agha, schiebt sich ein Stück Brot mit Kashke-Bademjan, Aubergine mit Molke, in den Mund, nickt und kaut zufrieden.

Später am Abend, als die beiden großen Kinder und Sahra auf den Stufen der Veranda hocken und mit Kieselsteinen yek-qol-do-qol spielen, der Student sich für die Nacht verabschiedet und Roxana und Eskandar-Agha allein sind, druckst Eskandar-Agha herum, bis er schließlich den Mut aufbringt und sagt, Khanum, bitte verzeihen Sie meine Offenheit, aber ich glaube, für Sie wäre es auch besser, ein neues Kleid anzuziehen und sich ein wenig herzurichten.

Machen Sie eine Fotografie von mir, bittet sie, als sie sich im Spiegel sieht. Damit die Erinnerung an diese dunkle Zeit nicht verloren geht.

Khanum, wofür soll das gut sein? Manchmal ist es besser, sich nicht an die Dinge zu erinnern.

Als Warnung ist es gut. Damit ich mich nie wieder so gehen lasse.

Und ich werde dich mit meiner Super-8-Kamera filmen, sagt Nimtadj.

Filmen? Wie meinst du das? Du willst einen Film machen? Ich wusste nicht, dass du gelernt hast, Filme zu machen, und dass du eine Filmkamera hast, wusste ich auch nicht.

So wie du so viele andere Dinge ebenfalls nicht weißt, antwortet Nimtadj, ohne dabei unfreundlich zu klingen.

Ihre kurze Dokumentation nennt Nimtadj: Sieben Jahre – Die

Rückkehr meiner Mutter. Zuerst ist Eskandar-Agha zu sehen, wie er Roxana von der einen Seite, von vorne und von der anderen Seite fotografiert. Dann sieht man nur die Füße von Roxana-Khanum und wie sie ihre alten Kleider auszieht. Das nächste Bild zeigt ihre Hände, die die Kleider zusammenrollen und in eine Tüte stecken. Dann sieht man wieder nur die Füße und als Nächstes, wie ihre Füße ins Badezimmer verschwinden und die Tür geschlossen wird. Nimtadj zeigt die geschlossene Tür. Ihre Mutter kommt wieder heraus, im Bademantel und mit einem Handtuch um den Kopf, sie sieht zur Seite, lacht und hebt die Hände schützend vors Gesicht. In ihrem Zimmer holt sie verschiedene Kleider aus dem Schrank. Dann zeigt Nimtadj wieder nur ihre Füße, als sie unterschiedliche Kleider an- und auszieht. Schnitt. Sie hat sich für das lindgrüne entschieden. Schnitt. Roxana-Khanum sitzt vor ihrer Frisierkommode, Eskandar-Agha steht hinter ihr und sieht in die Kamera, dann kommt er auf sie zu, die Kamera wackelt, Nimtadj kommt ins Bild, toupiert und frisiert das Haar ihrer Mutter. Letztes Bild: Eine verwandelte Roxana-Khanum lächelt in die Kamera, macht ein Zeichen, dass sie nun genug hat von der Filmerei und die Kamera abgestellt werden soll. Erst als sie Tränen in den Augen hat, kommt ein Schwarzbild mit der Aufschrift: Sieben Jahre sind eine lange Zeit, ein Film von Nimtadj S.

Ein paar Tage später fahren Roxana-Khanum und Agha-Farrokh, den alle noch immer aus Gewohnheit Student nennen, zum ersten Mal hinaus und ins Café Naderi. Am Abend, als sie nach Hause zurückkehren, weinen sie beide. Das letzte Mal, als wir draußen waren, haben die Leute sich auf den Straßen gegenseitig umgebracht, sagt Roxana-Khanum. Heute tanzen, trinken, feiern sie und benehmen sich, als wäre all das Blut nicht geflossen. Und sie sprechen in den höchsten Tönen vom König, Seiner Majestät, Seiner königlichen Hoheit.

Sieben Jahre, sagt Nimtadj trocken.

Er hat Panzer, Pferde und Soldaten auf die Menschen gehetzt. Ist alles das vergessen?, fragt Roxana.

Ja, antwortet Nimtadj ruhig und bestimmt. Wir haben es vergessen, und das ist gut. Das Leben muss weitergehen. Ich bin achtzehn Jahre alt und habe mein ganzes Leben noch vor mir. Was sollte ich wohl deiner Meinung nach tun? Mir einen Sack über den Kopf ziehen, mich verkriechen und um die Toten der Vergangenheit trauern? Jetzt kann auch Nimtadj ihre Tränen nicht mehr zurückhalten.

Am nächsten Tag lässt Roxana-Khanum alle ungenutzten Räume öffnen und putzen und die große Veranda vor dem Haus herrichten. Und sie bittet Eskandar-Agha, neue Blumentöpfe aufzustellen, Schnittblumen in die großen Vasen zu geben und im Basar ein neues Radiogerät zu besorgen.

Khanum, wir befinden uns im Jahr 1963. Diese Dinge kauft heutzutage keiner mehr im Basar, sondern im Kaufhaus. Das ist ein riesiges Gebäude, in dem es die unterschiedlichsten Waren auf viele Stockwerke verteilt gibt und die Verkäufer nicht die Besitzer der Waren sind, sondern sie nur an den Mann bringen.

Außerdem ist es höchste Zeit, dass wir uns ein Fernsehgerät anschaffen, sagt Nimtadj.

Kaufhaus, Fernsehgeräte, ein Basar, der in einem großen, mehrstöckigen Gebäude untergebracht ist. Es kommt mir vor, als hätte ich die vergangenen sieben Jahre wie eine Bärin im Winterschlaf verbracht, sagt Roxana-Khanum.

Das hast du, sagt Nimtadj einsilbig.

Also gut, dann werden wir ein Fernsehgerät kaufen.

Mit Hilfe von Agha-Farrokh und Alexander, der nur widerwillig hilft, bringt Eskandar-Agha die Antenne auf dem Dach an, sie schleppen einen Tisch auf die Veranda, basteln ein Verlängerungskabel.

Das erste Bild, das sie zu sehen bekommen, als sie allesamt auf der Veranda versammelt sind, ist das des Schah. Er preist die Vorzüge seiner von ihm ausgerufenen Weißen Revolution und verspricht, dass es schon bald jedem Einzelnen im Land an nichts fehlen wird.

Jetzt, da die Länder, die Naft besitzen und fördern, sich zusammengetan und die OPEC gegründet haben, verfügt der Schah über noch mehr Macht als früher, sagt Nimtadj und merkt, wie ihre Mutter sie für ihre klugen Worte bewundert.

Was ist OPEC?, fragt Sahra.

Das ist der Zusammenschluss von Ländern, die Erdöl besitzen, es fördern und verkaufen, erklärt Alexander und lächelt die Kleine freundlich an.

Wozu ist das gut?, fragt Sahra weiter und bewundert den großen Alexander. Aber auch alle anderen Augen richten sich auf ihn. Nicht nur, weil sie neugierig sind, die Antwort zu erfahren, sondern vor allem, weil Alexander die meiste Zeit schweigt und sie nicht gewöhnt sind, seine Stimme zu hören.

Wenn die Länder sich zusammenschließen, statt in Konkurrenz zueinander zu stehen, sind sie gegenüber dem Rest der Welt stärker, erklärt Alexander und kneift Sahra in die Wange.

So wie wir, sagt Sahra vor Freude strahlend. Jetzt, wo wir wieder alle zusammensitzen, sind wir stärker, und das Leben ist schöner als früher, wo jeder sich in seinem Zimmer verkrochen hat und alles still gewesen ist.

Die Kinder werden flügge, sagt Roxana-Khanum und lächelt.

Wir werden eine Revolution durchführen, die Sklaverei abschaffen und dem Volk zu seinem Recht verhelfen, ertönt die Stimme des Königs aus dem Fernseher.

Ich dachte, Revolutionen werden vom Volk gemacht, sagt Agha-Farrokh vorwurfsvoll und starrt den Fernsehapparat an, als würde er vom König eine Antwort erwarten.

Um mit gutem Beispiel voranzugehen, sagt Mohammad-Resa-Khan, werden wir Land aus unserem persönlichen Besitz an arbeitsame Leibeigene verteilen.

Land, das sein Vater und er selbst von Menschen wie Mahrokh-Khanum konfisziert haben, sagt Nimtadj und zieht einen Zettel aus ihrem Block hervor. An der Universität sind heimlich Flugblätter verteilt worden, sagt sie und liest: Im ganzen Land, aber besonders in der Stadt Qom, ist es zu heftigen Unruhen gekommen wegen dieser fadenscheinigen Weißen Revolution, die der König durchführen will.

Gott bewahre uns vor erneutem Blutvergießen, sagt Eskandar-Agha und sieht, so wie seine Mutter es getan hat, über sich zur Decke der Veranda.

Für diesen Wunsch ist es längst zu spät, sagt Nimtadj und senkt ihre Stimme. Der Schah hat seine Geheimpolizei und Armee längst auf die Leute gehetzt, und in der heiligen Stadt Qom werden Akhund beschuldigt und denunziert, gegen den Schah agitiert zu haben. Er hat viele von ihnen verhaften lassen. Nimtadj sieht sich um und spricht so leise, dass man sie kaum hören kann. Manche sind sogar schon hingerichtet worden.

Kinder, ich will, dass ihr euch von jeglicher Demonstration und Menschenansammlung fernhaltet, befiehlt Roxana-Khanum.

Aber eigentlich ist doch das, was der Schah macht, gut, sagt Sahra. Warum sind die Leute gegen ihn? Mit seiner Weißen Revolution hilft der König den Menschen in den Dörfern. Jungen aus der Armee werden in Dörfer geschickt, und sogar Mädchen tragen Uniform und gehen in Dörfer, sagt Sahra schüchtern.

Mädchen, woher hast du diesen Unsinn?, fragt Eskandar-Agha beunruhigt.

Aus der Schule.

Alles Lüge, schimpft Eskandar-Agha vor sich hin.

Meine Lehrerin hat es aber gesagt. Sie hat gesagt, die Wehrpflichtigen werden zwei Monate lang ausgebildet, und dann sind sie Experten für Medizin und Hygiene. Und sie hat gesagt, die Soldaten sind mutig, weil nicht einmal eine Straße in die Dörfer führt, erklärt Sahra.

Glaub nicht alles, was deine Lehrer dir weismachen wollen, murrt Eskandar-Agha. Experten, nach zwei Monaten. Wenn du mitdenken würdest, wüsstest du, dass das nichts als Unsinn ist.

Sahra schluckt ihre Tränen hinunter, schweigt und sieht niemanden mehr an.

Liebes, sagt Alexander und beugt sich freundlich zu ihr hinüber. Dein Vater hat recht. Von den jungen Soldaten, die der König in die Dörfer schickt, können die meisten weder lesen noch schreiben. Selbst wenn sie tatsächlich ein zweimonatiges Training bekommen, kennen sie sich deswegen längst noch nicht aus, geschweige denn, dass sie Experten sein können.

Sahra sieht ihren großen Alexander mit dankbarem Blick an, starrt dann aber wieder auf ihre Hände in ihrem Schoß.

Jedenfalls beweist unser Herr König mit seiner Revolution einmal mehr, wie wenig er sich in seinem eigenen Land und mit den Menschen auskennt, sagt Nimtadj.

Welcher Leibeigene oder Bauer kann sich überhaupt leisten, seine Kinder stundenlang in irgendeine Schule oder einen Unterricht gehen zu lassen?, schimpft Eskandar-Agha, und Sahra sackt noch mehr in sich zusammen.

Jeder Einzelne, ob alt oder jung, wird auf den Feldern und bei den Tieren oder für sonst eine Arbeit gebraucht.

Das stimmt, ruft Nimtadj. In den Dörfern von Mahrokh-Khanum habe ich mit eigenen Augen gesehen, wie Kinder, die höchstens drei Jahre alt sind, an den Webstühlen sitzen und Stoffe und Teppiche anfertigen müssen.

Würden der König und seine Berater ihre Heimat auch nur ein wenig kennen, wüssten sie, wie sehr die Menschen in den Dörfern sich vor Fremden fürchten. Und dann tauchen plötzlich junge Soldaten auf, die sagen, die Regierung schickt sie, erklärt Eskandar-Agha. Weder meine Mutter noch ich selber, nicht einmal unser Kadkhoda, der Krumme-Morad, wusste, was eine Regierung ist.

Wenn in den Dörfern Fremde auftauchen, werden als Erstes die Mädchen und Frauen vor ihnen beschützt und in die Häuser verbannt, sagt Nimtadj.

Manchmal nicht, murmelt Eskandar-Agha, ohne jemanden dabei anzusehen. Manchmal begegnen die Frauen den Fremden, und dann geschieht ein Unglück.

Die armen Leute tun mir leid, sagt Nimtadj. Mir würde es gut gefallen, in ein Dorf zu gehen und den Leuten dort zu helfen, ihnen Lesen und Schreiben beizubringen und was sie sonst noch wissen müssen.

Das kannst du dir gleich wieder aus dem Kopf schlagen, sagt Roxana aufgebracht. Ein Mädchen, mutterseelenallein in einem Dorf, zu dem nicht einmal eine Straße führt. Du glaubst doch nicht, dass die Leute das einfach so hinnehmen, und was, meinst du, denken sie von solchen Mädchen? Der Schah und seine Weiße Revolution sind nichts als ein großer Betrug, schimpft Roxana-Khanum.

Während Nimtadj nur mit den Schultern zuckt und ihre Mutter nicht weiter beachtet, sagt Sahra leise: Dann bin ich eben dumm und habe nichts verstanden. Sie steht auf und geht in den Garten, und alle Erwachsenen blicken ihr verdutzt hinterher.

Sahra, komm zurück, ruft Eskandar-Agha.

Lassen Sie sie, sagt Alexander und folgt ihr. Ich werde sie beruhigen.

Wie die Mutter

So wie im Haus von Roxana-Khanum diskutieren die Menschen überall im Land über die Weiße Revolution ihres Königs. In den Schulen und an der Universität kommt es zu mehr und mehr Handgreiflichkeiten und Prügeleien. Agenten und Spitzel mischen sich unter die Studenten und provozieren sie, um die Rädelsführer zu entlarven und sie verhaften zu lassen. An manchen Tagen sind die Ausschreitungen so heftig, dass Nimtadj und Alexander nicht einmal in ihre Vorlesungen können.

Und mit jedem Jahr lässt der König mehr und mehr seiner Gegner verhaften, und er zieht die politische Schlinge enger und enger.

Nimtadj, Alexander und Abertausende Studenten im ganzen Land boykottieren den Unterricht und demonstrieren offen gegen die brutale Gewalt ihres Königs.

Als die BBC von Verletzten und Toten an der Universität berichtet, rennt Roxana-Khanum, fahl wie Kreide, zu Eskandar-Agha. Sie müssen mir helfen, ruft sie. Nimtadj und Alexander sind in der Universität. Wir müssen sofort hinfahren.

Ich habe versucht, es ihr auszureden, sagt Agha-Farrokh, der außer Atem seiner Roxana-Khanum zum Gärtnerhäuschen gefolgt ist. Es wäre reine Dummheit, mit dieser auffälligen Limousine auch nur in der Nähe der Universität gesehen zu werden.

Ich werde eine Droschke nehmen und fahren, erklärt Eskandar-Agha, nimmt seinen Fotoapparat, zieht seine Jacke über und rennt zum Tor. Je näher die Droschke der Universität kommt, desto mehr Polizei und Armee sieht Eskandar-Agha. Obwohl es gefährlich ist und trotz der späten Stunde sind noch immer Studenten unterwegs und rufen im Schutz der Nacht Parolen gegen den Schah, dann hört man ihre hallenden Schritte, wie sie davonlaufen und von Polizisten und Soldaten verfolgt werden. Und manchmal hört man einen Schuss und einen Schrei, und mehr als einmal hört Eskandar-Agha auch ein Ächzen und einen Körper dumpf zu Boden fallen.

Agha, sagt der Droschkenführer leise, für mich ist hier Endstation. Bitte. Sie müssen verstehen. Ich habe sechs Kinder, eine Frau und meine alte Mutter.

Natürlich weiß Eskandar-Agha, wie gering seine Aussicht ist, hier und zu dieser Stunde Alexander und Nimtadj zu finden, trotzdem und obwohl seine Knie vor Angst weich sind, bezahlt er den Droschkenführer und geht zu Fuß weiter in Richtung Universität. Er geht dicht an der Mauer entlang, bis zwei junge Männer auf ihn zukommen und ihm den Weg versperren.

Ich suche meinen Sohn, lügt Eskandar-Agha. Sein Name ist Alexander.

Das ist ein eigenartiger Name, sagt der erste junge Mann.

Das weiß ich, antwortet Eskandar-Agha. Haben Sie ihn gesehen?

Die beiden schütteln den Kopf und gehen weiter.

Viele Stunden später kehrt Eskandar-Agha erschöpft und entmutigt nach Hause zurück, wo Roxana und Agha-Farrokh ihn bereits am Tor erwarten.

Ich wollte zur Polizei gehen, aber dann habe ich gedacht, wenn ich den Namen der Kinder sage, bringe ich sie vielleicht erst recht in Gefahr.

Nimtadj ist inzwischen aufgetaucht, sagt Roxana-Khanum weinend, aber Alexander ist noch immer nicht zurück.

Die ganze Nacht und den nächsten Tag klebt Roxana am Radio und wechselt zwischen den Sendern hin und her. Doch die BBC bringt gar keine Nachrichten mehr zum Iran. Und der iranische Sender rühmt die großartigen Entscheidungen Seiner Majestät Mohammad-Resa-Pahlewi und die großartigen Entwicklungen, die er im Iran erreicht hat. Und ständig loben sie seine Industrie der Petrochemie, mit der nun der Iran selbst Produkte herstellen kann, die bisher importiert werden mussten.

Benzin, Kunststoffe, Chemiefasern, das interessiert mich nicht, ruft Roxana-Khanum und schmeißt das Radiogerät beinah vom kleinen Tisch herunter, als sie über das Stromkabel stolpert. Roxana-Khanum steht da und weint. Ich will meinen Sohn zurück. Sie sollen sagen, was an der Universität vor sich geht.

Um sie zu beruhigen, klopft Eskandar-Agha die Kissen aus, setzt sich zu ihr, hält für einen Moment sogar ihre Hand und sagt, alles ist gut. Sie werden sehen, schon bald sind diese hässlichen Tage nichts als eine Erinnerung, über die wir sprechen und lachen werden.

Sie sind ein Engel, sagt Roxana, zieht behutsam ihre Hand aus der von Eskandar-Agha und starrt vor sich hin.

Denken Sie an andere Dinge, sagt Eskandar-Agha, überlegt einen Moment und spricht von der halbherzigen Bodenreform des Königs. Von weltfremden Leibeigenen und Bauern. Das Land, das der König den Bauern gibt, reicht nicht, um ihre Familien zu ernähren, sagt er. Außerdem haben die Leibeigenen keinerlei Gerät, Tiere, Saatgut oder Wasser, um ihr Land zu bestellen. Wie heißt es so treffend?, fragt Eskandar-Agha, aber Roxana starrt immer weiter vor sich hin.

Zum Sterben zu viel, zum Leben zu wenig, beantwortet Eskandar-Agha seine eigene Frage. Das Einzige, was unser König mit seiner planlosen Bodenreform erreicht hat, ist, dass er einmal mehr Großgrundbesitzer und Geistliche gegen sich aufgebracht hat, weil sie ohne ihr Land, ihre Dörfer und ihren Besitz auch keine Macht mehr über die Bauern haben.

Mahrokh-Khanum hat auch unendlich viel Land verloren und hasst den Schah dafür, murmelt Roxana-Khanum geistesabwesend. Und dennoch verehrt sie ihn auch auf diese seltsame Weise.

Sehen Sie, sagt Eskandar-Agha. Jetzt sind Sie abgelenkt, und es geht Ihnen schon viel besser.

Hören Sie auf damit, schimpft Roxana-Khanum und hält sich

die Ohren zu. Ungerechtigkeiten, Lügen, Verhaftungen. Ich bin es leid, Erklärungen zu hören dafür, dass in meinem Land täglich Hunderte Menschen sterben und verhungern. Und ich will auch nichts mehr darüber wissen, dass fruchtbares Land wegen falscher Bodenreformen verkommt. Gott wird mir vergeben, schimpft Roxana-Khanum, das Einzige, was mich jetzt interessiert, ist, dass ich meinen Sohn wohlbehalten in die Arme schließen kann.

Khanum, wenn Sie versprechen, dass Sie sich beruhigen werden, gehe ich jetzt gleich ans Tor und werde so lange dort stehen, bis Alexander zurückkommt, sagt Eskandar-Agha.

Für einen Augenblick hellt die Miene von Roxana-Khanum sich auf, dann sinkt ihr Körper wieder in sich zusammen, und sie sieht Eskandar-Agha an, als hätte er seinen Verstand verloren. Wofür soll das denn nun gut sein?

Das weiß ich auch nicht, murmelt Eskandar-Agha. Aber eine bessere Idee, als am Tor auf ihn zu warten, habe ich eben nicht. Wer weiß, sagt er, ich habe in meinem Leben schon manches Wunder erlebt.

Und dann am Abend geschieht das Wunder tatsächlich. Eskandar-Agha blickt die Gasse hinunter und erkennt sofort, die Gestalt am Ende der Straße kann kein anderer sein als Alexander.

Außer Atem kommt Eskandar-Agha zu Roxana-Khanum ins Zimmer gerannt und ruft schon vom Flur aus, Khanum, Khanum, Gott hat Ihre Gebete erhört.

Alexander sieht müde und abgekämpft aus, aber er ist glücklich und kann die Aufregung um sein Verschwinden nicht verstehen. Es geht um meine Heimat und meine Zukunft. Es ist meine Pflicht, mich zu engagieren und zu kämpfen, und es ist eure Pflicht, mich zu unterstützen, wenn ihr schon nicht selber kämpft.

Aus Prinzip und weil er nicht ihr Vater ist, hält Agha-Farrokh sich aus Auseinandersetzungen zwischen Roxana und ihren Kindern heraus. Doch jetzt fragt er seelenruhig: Du sagst, wir tun nichts? Agha-Farrokh nimmt seine Brille ab. Junge, denk nach, bevor du etwas sagst.

Überrascht sieht Alexander sich um, als könnte Agha-Farrokh möglicherweise nicht ihn, sondern einen anderen gemeint haben.

Vor zehn Jahren haben deine Mutter und ich und Tausende anderer Menschen gekämpft, und wir haben unser Leben aufs Spiel gesetzt, sagt Agha-Farrokh, und als sein Blick auf Eskandar-Agha fällt, sagt er, und unser Eskandar-Agha und Leute wie er haben ein ganzes Leben lang gekämpft. Die Verfassung, das Parlament, die inneren Kriege, zwei Weltkriege, die Besatzungen durch die Engelissi und Russi, der Staatsstreich der Amrikai, was glaubst du, was das alles gewesen ist?

Ohne auch nur eine Sekunde zu überlegen, sagt Alexander, früher habt ihr gekämpft, und nun kämpfen wir.

WIR? Wer ist WIR?, schreit Roxana, während ihre Stimme sich überschlägt.

Meine Freunde, meine Kameraden und ich, antwortet Alexander stolz und so abweisend, dass Roxana-Khanum erschrickt.

Es ist meine Schuld, sagt Roxana unter Tränen. Ich habe meine Kinder zu lange ihrem eigenen Schicksal überlassen. Hilfesuchend sieht sie Agha-Eskandar an. Ich flehe Sie an, lieber Agha, versuchen Sie, den Jungen zur Besinnung zu bringen, vielleicht hört er auf Sie.

Mutter, bitte, niemand braucht mich zur Besinnung zu bringen, weist Alexander seine Mutter zurecht. Ich weiß, was ich tue. Und hör endlich auf, dich zu sorgen. Mir wird nichts passieren. Zu den meisten Dörfern führt ohnehin keine Straße und kein Weg, und deshalb werden sich keine Armee und kein Polizist jemals dorthin verirren. Wir haben alles durchdacht. Alexander strahlt. Monatelang können wir uns dort aufhalten und die Bauern aufklären, ohne dass irgendjemand die Lunte riecht. Und wenn erst einmal der Islam und der Kommunismus an der Macht sind, wird alles gut werden. Niemand wird mehr Hunger leiden, Frauen und Töchter werden nicht länger von den Arbab und Fremden entehrt, und jeder wird ein Leben in Frieden und Wohlstand haben.

Du wirst monatelang dort sein?, fragt Roxana. Was meinst du mit dort?

Meine Kampfgenossen und ich werden in ein Dorf verlegt, antwortet Alexander etwas weniger forsch.

O nein, faucht Roxana. Das wirst du nicht. Verstehst du? Ich verbiete es dir. Sie springt auf und gibt ihrem erwachsenen Sohn eine Ohrfeige.

Doch statt klein beizugeben, lächelt Alexander seine Mutter an. Erinnerst du dich an den Tag, als du uns zum Kababi geschleppt hast und die Panzer davorgestanden haben?

Erschrocken darüber, dass sie derart die Kontrolle verlieren konnte, hält Roxana sich die Hand vor den Mund und starrt ihren Sohn durch ihre Tränen hindurch an.

Du hast den Panzern des Königs deine Stirn geboten. Du hast gekämpft, und als wir aus dem Gefängnis entlassen worden sind, hast du uns gesagt, wir sollen ebenfalls kämpfen. Alexander spricht ruhig und gelassen. Für Freiheit, nehme ich an, und für Selbstbestimmung, stimmt doch, oder?

Junge. Verzeih. Du weißt, ich habe noch nie die Hand gegen dich oder deine Schwester erhoben.

Aber jetzt hast du es getan, antwortet Alexander. Er lächelt und macht den Eindruck, als würde er sich über die unbedachte Reaktion seiner Mutter sogar freuen. So als wäre ihre Ohrfeige der sichtbare Beweis für etwas, das schon lange unbemerkt zwischen ihnen gestanden hat.

Junge, du brichst deiner Mutter das Herz, sagt Eskandar-Agha.

Darf ich erinnern, sagt Alexander, in diesem Haus ist auf gebrochene Herzen noch nie Rücksicht genommen worden. Er sieht seine Mutter an und sagt: Oder glaubst du, es bricht das Herz eines Kindes nicht, wenn es mit ansehen muss, wie seine Mutter jahrelang vor sich hin vegetiert, statt sich um ihre Kinder zu kümmern?

Unfähig, ihrem Sohn zu antworten, starrt Roxana ihn nur an, und Tränen laufen über ihr Gesicht.

Und weißt du, was das Schlimmste ist? Dieses verdammte Selbstmitleid. Hör endlich auf damit, schimpft Alexander, geht in sein Zimmer, schließt die Tür ab, zieht die Vorhänge zu und erscheint erst nach Tagen wieder auf der Veranda, doch er spricht nicht ein einziges Wort.

Eskandar-Agha, Roxana, Nimtadj und sogar Agha-Farrokh versuchen ihn in ein Gespräch zu verwickeln. Sie sind freundlich zu ihm, versuchen zu scherzen, doch Alexander bleibt wie versteinert.

Lassen Sie ihm Zeit, rät Eskandar-Agha.

Doch Roxana-Khanum lässt einen Arzt kommen. Der Junge ist krank, sagt sie. Das spüre ich.

Alexander wehrt sich nicht, lässt die Prozedur über sich ergehen. Am nächsten Morgen allerdings findet Roxana-Khanum alle Medikamente, Döschen und Flaschen, die der Arzt für ihren Sohn dagelassen hatte, fein säuberlich auf dem Verandatisch aufgereiht. Er selbst ist wieder in seinem Zimmer verschwunden.

Der Winter und der Frühling kommen und gehen. Eskandar-Agha, Roxana, Nimtadj, Agha-Farrokh und Sahra lernen auf ihre Weise, mit Alexander und seiner schlimmen Krankheit, wie sie es nennen, umzugehen.

Eskandar-Agha nimmt sich vor, es dieses Mal anders zu machen als damals, als Roxana-Khanum selber und Agha-Farrokh von der Welt abgewendet gelebt haben. Ich werde mich nicht noch einmal der Tatenlosigkeit schuldig machen, sagt er zu sich selber und gewöhnt sich an, für Alexander eigene Notizen zu erstellen. Darüber, was im Garten und im Haus geschieht und was er sieht und mitbekommt, wenn er draußen ist.

Manchmal schiebt er eine Fotografie unter der Tür zu Alexander ins Zimmer, oder er fertigt kleine Zeichnungen an. Der Garten im Sommer, im Winter, mit Schnee, mit Rosen, in der Blüte des Frühlings; er klebt eine Blüte, eine Feder, rote, gelbe, orangefarbene Herbstblätter auf und schiebt sie Alexander unter seiner Zimmertür durch. Weil du nicht zu uns in die Welt hinauskommst, bringen wir die Welt zu dir in dein Zimmer, schreibt Eskandar-Agha.

Nimtadj und Sahra machen es Eskandar-Agha nach. Was immer sie tun, wo immer sie sind, machen sie Fotografien, versehen sie mit Ort und Datum und machen eine Notiz dazu oder schreiben sogar eine kleine Geschichte.

Zu dem Bild, das sie von einer Moschee aufnehmen, schreiben sie: Oktober 1965. In dieser Mosche im Süden der Stadt beten die Leute für einen Geistlichen mit dem Namen Khomeini. Der Schah hat ihn im vergangenen Jahr des Landes verwiesen. Die Leute sagen, dass er inzwischen beim Erzfeind Irak Unterschlupf gefunden hat.

Sie machen Fotografien auf den Straßen, von großen amerikanischen Autos, von Ampeln, Frauen in kurzen Röcken, einem neuen Park, einem neuen Rondell mit Wasserfontänen. 1966, Teheran, schreiben sie. 2 700 000 Einwohner, riesige amerikanische Automobile, überall Tankstellen.

Besonders stolz sind Nimtadj und Sahra auf ihre heimliche Fotografie von einer Frau und einem Mann, die sich in einem Auto küssen. Darunter schreiben sie: Und das, obwohl öffentliche Liebesbekundungen gesetzlich verboten sind, auch in Kinos, Restaurants, Cafés und auf allen öffentlichen Plätzen.

Weil Eskandar-Agha und Roxana-Khanum um die Sicherheit ihrer Töchter fürchten und ihnen verbieten, am Tag, als Mohammad-Resa-Pahlewi sich selbst zum Kaiser krönt, auf die Straße zu gehen, fotografieren sie die Bilder aus dem Fernseher und notieren: 28. Oktober 1967. Nun ist er König der Könige, ein Kaiser. Farah Diba ist die erste Kaiserin seit tausend Jahren. Im Falle eines Falles wird sie die Geschäfte des Landes führen, bis der Kronprinz volljährig ist.

Unter das Foto von Eskandar-Agha und der neuen Aftabeh aus Plastik schreiben sie: Sogar die Toilettenkultur in unserem Land ist modern geworden. Wasserkannen aus Gusseisen sind zum Bedauern von Eskandar-Agha kaum noch zu finden. Aber auch viele andere Gegenstände im Haus, viele unserer Schalen, Schüssel, Teller, sogar Schuhe und Körbe sind inzwischen aus diesem neuen Material, genannt Plastik, was man scheinbar in jede beliebige Form gießen kann.

Als Eskandar-Agha, Roxana, Nimtadj, Agha-Farrokh und Sahra einen Ausflug in die Berge im Norden Teherans machen, schreiben Sahra und Nimtadj unter die Fotografie des Teehauses, in dem sie haltmachen: Es ist ein herrlicher Ausflug. Siehst du den leeren Platz am Sofre? Den haben wir für dich frei gehalten. Eine endlos lange Karawane der Nomaden mit ihren Kamelen und Eseln, Schafen und Ziegen zieht an uns vorbei. Ihre Glöckchen und klimpernden Glücksbringer klingen wie Lieder. Wie du siehst, haben wir für dich den Karawanenführer fotografiert, er hat freundlich gelächelt, und er sendet dir seine Grüße. Als wir seine Frau ablichten wollten, die im Bergbach ihre Wäsche und ihre beiden Kinder gewaschen hat, hat der Führer seinen Dolch gezogen. Wir haben uns höflich bedankt und schnell verabschiedet.

Alexander hat in den vergangenen Jahren die Tür zu seinem Zimmer nur selten geöffnet. Allenfalls um Essen, Bücher, Kleider, Batterien für sein Transistorradio und was seine Familie sonst noch für ihn neben der Tür deponiert, hereinzuholen. Er wird zum unsichtbaren Geist im Haus seiner Mutter, von dem nur selten eine Reaktion kommt, bis zu dem Tag, an dem Nimtadj und Sahra ihm die Fotografien der Nomaden unter seine Tür schieben.

Am nächsten Morgen liegt auf dem Verandatisch ein Zettel, auf den Alexander geschrieben hat: Danke für die Bilder der Nomaden. Ich musste weinen, als ich die Gesichter der Menschen sah. Es ist ein stolzes und freies Volk. Ich wünschte, auch ich könnte leben wie sie. Ich verachte unseren König dafür, dass er diese wunderbaren Menschen sesshaft machen und ihr Leben zerstören will.

Für einen, der die letzten sieben Jahre geschwiegen hat, sind das eine Menge Worte, sagt Sahra, strahlt glücklich und liest den Brief von Alexander weiter. P. S. Liebste Schwester, Deine Fotografien sind wirklich gut. Kauf Dir eine richtige Kamera, Du könntest gute Filme machen. Und Du, liebste Sahra, bist eine wunderbare Geschichtenerzählerin. Eskandar-Agha ist sicher stolz, Dein Vater zu sein.

Das bin ich, schreibt Eskandar-Agha ihm zurück. Und die verehrte Roxana-Khanum ist stolz, Deine Mutter zu sein, und sie liebt dich von ganzem Herzen.

Siebzig Jahre, die erste Reise mit dem Flugzeug und endlich ein Held, zumindest in einem Film

Unzählige Ärzte haben Alexander Unmengen von Pillen, Pulvern und Medikamenten verschrieben, von denen er manche genommen hat, andere nicht. Er ist achtundzwanzig Jahre alt, da bekommt seine Krankheit einen Namen: manische Depression.

Seine Krankheit ist so sehr Teil von ihm, dass alle gelernt haben, damit umzugehen, und ihn in Ruhe lassen. Und manchmal fühlt Alexander sich gut genug und setzt sich sogar zu seiner Familie, auch wenn er die meiste Zeit schweigt und am liebsten nicht angesehen und nicht angesprochen werden will.

Außer von Sahra. Wenn seine Krankheit von ihm Besitz ergreift und er in seine Schwermut verfällt, ist sie die Einzige, deren Nähe er erträgt.

Sie versteht mich, ohne dass ich große Worte machen muss, schreibt er.

Du bist meine Ohren, meine Augen, und durch dich kann ich mit den Menschen sprechen, sagt er zu ihr.

Im Sommer sitzen Sahra und Alexander stundenlang auf der Veranda oder irgendwo im Garten nebeneinander, und im Winter hocken sie unter dem Korssi, ohne wirklich miteinander zu sprechen. Trotzdem weiß Sahra anschließend, wie es Alexander geht, was er denkt, wie er sich fühlt und was er sagen würde, falls er spräche. Roxana-Khanum kann es dann kaum erwarten, bis Sahra zu ihr kommt und ihr alles erzählt. Roxana-Khanum stellt tausendundeine Frage und möchte am liebsten alles zwei- oder dreimal hören.

Eines Tages sagt Sahra: Alexander hat sich gewünscht, dass Nimtadj und ich zusammen mit meinem Vater zum Fundort der ersten Ölquelle fahren und mit der Super-8-Filmkamera meinen Vater, die Ölraffinerie und alles andere filmen.

Khanum, ich bin siebzig Jahre alt, protestiert Eskandar-Agha, als Roxana-Khanum sofort mit den Vorbereitungen für die Reise beginnt.

Es ist ein gutes Zeichen, bittet und bettelt Roxana-Khanum. Wir müssen tun, was er sagt. Das könnte ein erster Schritt sein, mit dem er wieder ins Leben zurückkehrt.

Khanum, die Reise wird mich umbringen, sagt Eskandar-Agha.

Dann fliegen Sie eben mit dem Flugzeug nach Abadan, sagt Roxana-Khanum,

Eskandar-Agha stutzt. Mit dem Flugzeug? Wirklich?

Ja.

Das ist natürlich etwas anderes, sagt er. Und noch am selben Nachmittag geht er in den Basar und kauft sich einen kleinen zeitgemäßen Farangi-Reisekoffer für seine Sachen, eine neumodische Sonnenbrille und einen hübschen Farangi-Hut aus Stroh, um seine Glatze gegen die Sonne des Südens zu schützen.

Inzwischen kennt Eskandar-Agha sich in Abadan und der Gegend um die Raffinerie gar nicht mehr aus, und auch Masdjed Soleiman hat sich so sehr verändert, dass er es nicht wiedererkennt. Vom Dorf ohne Namen ist so wenig übrig, dass die Mädchen Mühe haben, sich vorzustellen, dass es überhaupt existiert haben soll.

Nachdem sie zu der Stelle gegangen sind, von der Eskandar-Agha glaubt, dort befinden sich die Gräber seiner Mutter und seines Vaters, machen sie ein Picknick mit frischer Wassermelone und saftigem Schafskäse. Danach lässt Eskandar-Agha sich sogar dazu überreden, ein kleines Stück auf den verbotenen Berg zu klettern und sich dabei von Nimtadj filmen zu lassen.

Kaum wieder zurück in Teheran, lässt Roxana-Khanum den dreien nicht einmal Zeit, ihre Sachen auszupacken. Ihr müsst euch an die Arbeit machen, solange die Eindrücke und Erinnerungen der Reise noch frisch sind, drängt sie, setzt sich zu ihnen und beobachtet sie genau. Damit nichts schiefläuft, wie sie erklärt. Nur kleine Unterbrechungen nur zum Essen und für den Gang zur Toilette gestattet sie.

Eskandar-Agha notiert minutiös den Verlauf der Reise, er schreibt, was er gesehen, gehört und gesagt hat, und Nimtadj und Sahra sitzen Tag und Nacht vor ihren Filmschnipseln und schneiden und kleben Zelluloidstreifen zusammen.

Sie nennen ihren Film: Eskandar-Agha und sein Naft, Amrika, größter Importeur – Iran, größter Exporteur der Welt.

Wirklich gut, sagt Alexander leise, als er den Film sieht, und er lächelt sogar, worauf Roxana-Khanum sofort Tränen in die Augen bekommt und am liebsten aufspringen und ihren erwachsenen Sohn abküssen würde.

Bevor er wieder in sein Zimmer verschwindet, winkt Alexander Sahra mit einer Geste, die so klein und unauffällig ist, dass sie kaum zu sehen ist, zu sich. Er flüstert etwas in ihr Ohr und lächelt sogar ein zweites Mal an diesem Abend.

Wir sollen den Film in der Universität zeigen, strahlt Sahra, als sie den anderen erzählt, was Alexander ihr zugeflüstert hat.

Wenn er so weitermacht, müssen wir ihm noch Prophetenstatus verleihen, murmelt Eskandar-Agha vor sich hin, als er mit seiner Laterne in der Hand zum Gärtnerhäuschen geht.

Zwei Wochen nachdem ihr Film in der Universität gezeigt wird, fährt eine Limousine in die Einfahrt von Roxana-Khanum. Ein Offizier in einer einwandfrei sitzenden Uniform bittet die Regisseurinnen Nimtadj und Sahra sprechen zu dürfen.

Die beiden amüsieren sich über den Begriff Regisseurin, Roxana und Eskandar-Agha hingegen haben so viel Angst, dass sie den Uniformierten einfach nur anstarren und keinen Ton über die Lippen bekommen.

Ihre Majestät, die Kaiserin Farah Diba, hat sich den Film bringen lassen. Sie hat ihn gesehen und wünscht nun die beiden Damen im Palast zu empfangen, verkündet der Uniformierte feierlich.

Sobald er wieder abgefahren ist, rollt Roxana die Augen nach oben und sinkt ohnmächtig in die Arme von Agha-Farrokh, der sie nur auffangen kann, weil Eskandar-Agha ihm dabei hilft. Nachdem sie wieder zu sich kommt, ist das Erste, was sie sagt, schnell, schnell, wir müssen packen und so rasch wie möglich das Land verlassen. Bestimmt ist irgendetwas in dem Film, woran der SAVAK Anstoß genommen hat, und nun wollen sie euch verhaften. Und Ihr wisst ja, was sie mit Mädchen machen, die in ihren Gefängnissen landen.

Während Eskandar-Agha hofft, dass sie ihn selber, aber zumindest seine Tochter Sahra in ihre Rettungspläne einbezieht, lachen Nimtadj und Sahra über Mutter und Vater.

Vielleicht ist es zu euren Zeiten so gewesen, dass der Geheimdienst einen Offizier der königlichen Leibgarde mit einer Limousine schickt, der dich höflich einlädt, sie zu besuchen. Heutzutage jedenfalls haben die Dinge sich geändert. Wenn der Geheimdienst dich haben will, bittet er nicht, sie nehmen dich mit, oder der Einfachheit halber ermorden sie dich gleich an Ort und Stelle.

Außer Nimtadj und Sahra sitzen eine Handvoll anderer Studentinnen in der Audienz der Kaiserin im Palast.

Sie ist hübsch, flüstert Sahra ein wenig zu laut.

Danke, meine Liebe, sagt die Kaiserin und schenkt den Mädchen ein aufrichtiges Lächeln.

Dienerinnen und Diener in weißen Jacken und weißen Handschuhen bringen Tee und Gebäck, Limonade und Wassermelone. Wie der Zeremonienmeister es ihnen vorher eingebläut hat, nehmen die Studenten sich zwar das eine oder andere Stück auf die Teller, lassen die Speisen aber unberührt. Schließlich isst man in Anwesenheit einer Kaiserin nicht, hat der Zeremonienmeister streng gesagt. Und sprechen sollen die Studentinnen auch nur, wenn die Kaiserin ihnen eine Frage stellt, und die Antworten der jungen Damen sollen zurückhaltend und knapp sein.

Ich habe Sie zu mir gebeten, sagt Farah Diba, weil ich von den jungen Künstlerinnen hören möchte, wie ich als Kaiserin und

Mutter der Nation Kunst und Künstler des Landes besser unterstützen könnte.

Während Nimtadj und Sahra sich noch eine Antwort überlegen, reden die anderen Studentinnen, als wären sie vorbereitet und hätten ihre Antworten abgesprochen.

Wir brauchen finanzielle Unterstützung, sagt eine; Räume, vielleicht ein Institut, in dem wir arbeiten können, sagt die zweite; mehr Freiheit, um ausdrücken und darstellen zu können, was uns bewegt und am Herzen liegt, erklärt die dritte.

Alle halten den Atem an. Der Zeremonienmeister wiegt seinen schweren Körper vor und zurück, sodass die Ledersohle seiner Schuhe knarrt, die Mädchen sehen ihn an, und er wirft ihnen einen strafenden Blick zu.

Nimtadj wird augenblicklich bleich und sieht sich selbst und die anderen schon in Handschellen und Ketten, wie sie alle zusammen abgeführt und in den berühmt-berüchtigten kaiserlichen Folterkammern gefoltert und vergewaltigt werden.

Doch die Kaiserin lächelt ruhig, nickt verständnisvoll und hebt die Hand, um ihrem Zeremonienmeister zu signalisieren, er solle sich beruhigen. Dann sagt sie mit der für sie typischen heiseren Stimme, ich fürchte, bei dem von Ihnen zuletzt angesprochenen Problem sind mir die Hände gebunden. Sie wendet sich Nimtadj und Sahra zu und fragt, und Sie meine Damen? Was haben Sie auf dem Herzen?

Während Nimtadj ihre gesamte Energie dafür benötigt, nicht vom Stuhl zu fallen, sagt die viel jüngere Sahra selbstbewusst und mit erhobenem Haupt, Eure Hoheit, ich selber bin noch keine zwanzig Jahre alt, und wie Sie in unserem Film sehen konnten, ist mein Vater ein alter Mann, der sein Leben als Leibeigener begonnen hat. Er hat mit eigenen Augen die erste Ölquelle dieses Landes gesehen, er war dabei, als die Väter unserer Nation für die Verfassung und das Madjless kämpften, er hat sein Brot als Fotograf verdient, als Ladenbesitzer, als Büroangestellter, als Gärtner, und er war sein ganzes Leben lang Geschichtenerzähler. Und so konnte ich, seine Tochter, viel von ihm lernen. Unter anderem dieses, die verehrte Kaiserin meines Landes ist eine kluge und in Farang gebildete Frau, die selbst am besten weiß, wie sie die Kunst und Künstler unserer geliebten Heimat fördern kann und welche Probleme und Schwierigkeiten uns daran hindern, unsere Arbeit zu erledigen.

Nimtadj und die anderen Mädchen, sogar der Zeremonienmeister und die Kaiserin selbst halten die Luft an, während Sahra spricht. Als sie ausgesprochen hat und höflich lächelt, herrscht Grabesstille, bis die Kaiserin sich bewegt und einen Schluck von ihrer Limonade nimmt. Sie räuspert sich mehrmals, spricht trotzdem mit heiserer Stimme und sagt, junge Frau, Ihr Vater kann stolz auf Sie sein. Dann erhebt sie sich, gibt jedem der Mädchen die Hand und verlässt die Audienz.

Nur einen Tag später wird ein Attentat auf König Mohammad-Resa-Schah verübt, das er wie alle vorherigen überlebt.

Wieder tauchen unangekündigt Fremde bei Roxana-Khanum auf. Dieses Mal kommen sie gleich mit mehreren Fahrzeugen und zu neunt, und es besteht kein Zweifel, sie gehören dem gefürchteten SAVAK an und verhalten sich genauso, wie Nimtadj und Sahra gesagt hatten. Sie zerren und schubsen die Diener hin und her, durchsuchen das Haus und führen Nimtadj und Sahra ab. Es ist nur ein Verhör, versichert ihr Wortführer.

Eskandar-Aghas Angst könnte größer kaum sein. Trotzdem muss er in diesem Moment an seinen alten Meister-Hodjat denken, der ihm erzählt hatte, wie der Arbab in den Dörfern die Mädchen zu sich aufs Pferd gehoben hat und ihre Väter sich vor ihm in den Staub geworfen haben.

Nun muss ich mich für meine Tochter vor die Füße eines fremden Mannes werfen, denkt Eskandar-Agha. Er weint und wirft sich vor dem Anführer der Geheimdienstler in den Kies, bekommt einen Tritt und einen Hieb mit dem Kolben eines Gewehres auf den Kopf.

Roxana-Khanum versucht den SAVAK-Mann mit Geld zu

bestechen, doch das Einzige, was sie erreichen, ist, dass einer der Männer ihnen den Grund für ihren Einsatz nennt: das Attentat auf den Schah. Und er sagt, wir gehen auch dem kleinsten Verdacht nach, durchsuchen in der ganzen Stadt Häuser und verhaften Verdächtige.

Seit ihrem letzten Besuch bei ihrer Ziehmutter, wo es zum Streit und Bruch zwischen den beiden Frauen gekommen ist und Mahrokh-Khanum Roxana aus ihrem Leben verbannt hat, hat Roxana längst jeden Versuch aufgegeben, wieder mit ihr in Verbindung zu treten. Doch wenn in dieser Situation überhaupt jemand helfen kann, dann ist es Mahrokh-Khanum. Und so machen Roxana und Eskandar-Agha sich sofort auf den Weg zu ihrem Haus.

Mahrokh-Khanum ist gebrechlich und krank und hält sich schon seit Monaten im Ausland auf, sagt ein alter Verwalter.

So bleibt ihnen also nichts anderes übrig, als kreuz und quer durch die Stadt zu fahren. Sie klappern Polizeiämter und Krankenhäuser ab, suchen Richter und Anwälte auf, um Nimtadj und Sahra freizubekommen. Erst nach zwei endlos langen Tagen und Nächten, in denen sie tausend Tode sterben, erfahren sie, ihre Töchter befinden sich am schrecklichsten aller Orte im Land: dem Evin-Gefängnis, von dem es heißt, wer erst einmal dort landet, kommt nicht mehr heraus, zumindest nicht mit heiler Haut.

Umso weniger können Eskandar-Agha und Roxana-Khanum es fassen, als die beiden Mädchen am dritten Tag wieder vor der Tür stehen und glaubhaft versichern, sie sind wohlauf, zwar sind sie geschlagen worden, aber nicht gefoltert oder gar vergewaltigt.

Man hat uns gedroht, und wir haben grausame Dinge gesehen und gehört, sagt Sahra kleinlaut, aber wir hatten Glück, scheinbar hat die Kaiserin höchstpersönlich sich für uns eingesetzt.

Der Kerl, der uns verhört hat, hat gesagt, die Kaiserin konnte sich an Sahras flammende Rede erinnern, sagt Nimtadj.

Trotzdem bin ich in diesen Tagen ein anderer Mensch geworden, sagt Sahra und starrt müde vor sich hin. Ich muss es Alexander erzählen, sagt sie, setzt sich hinter seine Zimmertür auf den Boden und fängt an zu erzählen und spricht so lange, bis er die Tür öffnet und sie hineinlässt.

Nur wenige Wochen später sitzen Eskandar-Agha, Roxana-Khanum, Agha-Farrokh, Nimtadj, Sahra und sogar Alexander vor dem Fernseher und sehen stumm und traurig zu, wie die jungen Frauen und Männer, die das Attentat auf den Herrscher verübt haben, in einem beispiellosen Schauprozess verurteilt werden.

Bereut ihr eure Tat?, fragt der Richter.

Die jungen Frauen und Männer stehen mit gesenktem Haupt in einer Reihe. Manche haben Tränen in den Augen, als sie leise sagen: Ich bereue.

Nur ihr Anführer, ein stolzer junger Mann in schwarzem Rollkragenpullover, hebt den Kopf und spricht klar und deutlich. Ich bereue nicht, sagt er. Es herrscht Totenstille, dann geht ein Raunen durch den Saal, dann verschwindet das Bild.

Erst an diesem Abend rücken Nimtadj und Sahra nach und nach damit heraus, was sie in den drei Tagen ihrer Haft im Frauentrakt des Evin-Gefängnisses gesehen und erlebt haben.

Gott ist mein Zeuge. Ich bin kein politischer Mensch gewesen, sagt Sahra, aber seit ich in Evin war, bleibt mir nichts anderes übrig, als mich gegen den Schah und seine Mörderdiktatur zu engagieren. Das bin ich den Mädchen und Frauen schuldig, deren Schreie ich gehört habe, weil ihnen Haare und Nägel ausgerissen wurden, weil ihnen die Haut verbrannt wurde, weil sie in Isolationshaft blau und grün geschlagen und ihnen die Knochen gebrochen wurden, weil sie brutal vergewaltigt wurden, bevor man sie hingerichtet oder regelrecht abgeschlachtet hat.

Sahra liest verbotene Texte, trifft sich mit politisch aktiven Studenten und verteilt Flugblätter, auf denen die Ungerechtigkeiten des Schah an den Pranger gestellt werden.

Als im Jahr 1971 Mohammad-Resa-Schah zum 2500-jährigen Bestehen des iranischen Königreichs eine Feier veranstaltet, arbeiten Nimtadj und Sahra mit der CISNU zusammen, einer internationalen Studentenorganisation, die Vertreter in vielen Ländern hat. Sie wollen die eingeladenen ausländischen Staatsoberhäupter davon überzeugen, der Feier des Kaisers von Persien fernzubleiben und damit ein Zeichen zu setzen gegen die brutale Verletzung der Menschenrechte im Iran.

Wir haben nichts erreicht, flüstert Sahra leise durch die Tür zu Alexander. Angefangen vom amerikanischen Präsidenten Nixon bis zum deutschen Kanzler sind sie alle gekommen. Die Könige der arabischen Welt, die britische Königin und Führer anderer Regierungen und Königshäuser sind gekommen, sagt Sahra.

Alexander öffnet die Tür, lächelt sie an und sagt, gehen wir, das Spektakel wird im Fernsehen gezeigt. Wir wollen es uns zusammen ansehen.

Dankbar sieht Sahra Alexander an, und sie gehen zusammen zum Rest der Familie, die bereits den Apparat eingeschaltet haben und gebannt davor sitzen.

Die Feierlichkeiten in den Ruinen von Takhte-Jamshid oder Persepolis, wie die Farangi den Sitz der persischen Kaiser in der Nähe von Schiras nennen, könnten prächtiger und aufwendiger nicht sein, sagt der Sprecher.

Und das iranische Volk darf den Zirkus im Fernsehen verfolgen, sagt Agha-Farrokh und hebt demonstrativ seine Zeitung vors Gesicht weil ihm keiner zuhört.

Habt ihr es auch mitbekommen?, fragt Roxana-Khanum und sofort richten sich alle Blicke auf sie und alle hören ihr interessiert zu.

Es kursieren Gerüchte, sagt sie schmunzelnd, der Schah will den islamischen Kalender abschaffen und einen neuen königlichen Kalender einführen.

Wo haben Sie das nun wieder her?, fragt Farrokh-Agha.

Roxana-Khanum grinst und antwortet, das letzte Mal saß beim Friseur eine Frau, deren Mann im Palast arbeitet, die hat es erzählt.

Farrokh-Agha legt seine Zeitung beiseite. Aber damit würde

die iranische Zeitrechnung einen Sprung von zwölfhundert Jahren machen, und wir würden im Jahr 2500 landen, sagt er und ärgert sich, weil er einmal mehr zugeben muss, seine Roxana hat schon wieder die interessantere Geschichte.

Die Suppe werden die islamischen Geistlichen ihm schon noch versalzen, sagt Roxana-Khanum und wendet sich wieder dem Fernseher zu.

Auch wenn es ihm schwerfällt, hält Farrokh-Agha sich dieses Mal zurück und fragt nicht, ob auch dahinter wieder eine Information steckt, die sie von einer Dame beim Friseur bekommen hat.

Eine Verbindung und ein Bruch

Aber auch mit seinen ausländischen Freunden verscherzt der Kaiser es sich, nur zwei Jahre nachdem sie seine Gastfreundschaft genossen haben, denn der Iran und andere OPEC-Länder schrauben die Preise für Petroleum in die Höhe und verursachen eine weltweite Krise.

Ihre CISNU-Freunde, zwei iranische Studentinnen in Alman, schicken Nimtadj und Sahra Fotos davon, wie sie die Decken ihrer Wohnungen tiefer gehängt haben, um Kosten und Petroleum zu sparen, und sie schicken ihnen Bilder von vollkommen leeren Autobahnen.

Als Eskandar-Agha die Aufnahmen sieht, sagt er, das wird die Welt sich nicht gefallen lassen.

Sie haben recht, sagt Alexander.

Alle starren ihn an, er starrt vor sich hin, und dann sagt er: Spätestens jetzt werden die Machthaber der Welt Wege finden, das kostbare schwarze Gold als Waffe einzusetzen. Dann schweigt Alexander wieder.

Mit dem König allein würden wir fertig werden, sagt Sahra. Sie sieht keinen der anderen an, nur Alexander. Aber einen Schah, der von einer Supermacht und reichen Nationen und Regierungen gestützt und aufgerüstet wird, können wir ohne Waffen nicht besiegen.

Waffen? Eskandar-Agha schreit beinah. Mädchen, wovon sprichst du? Hast du deinen Verstand verloren? Selbst wenn du eine Waffe hättest und dein Leben leichtsinnig aufs Spiel setzen würdest, kommst du doch nicht gegen sechzigtausend Amrikai an, die hier stationiert sind. Es sind ihre besten Soldaten, Agenten und Spitzel, und sie sind mit den neumodischsten Waffen ausgestattet.

Wir werden einen Guerillakrieg führen –

Guerilla – WAS? Glaubst du, du und deine Freunde könnten den Amrikai auch nur ein Haar krümmen?

Was soll ich Ihrer Meinung nach tun? Stillhalten und zusehen, wie der König und seine Amrikai-Freunde mir die Freiheit und meine Zukunft rauben und zerstören? Ich bin erst achtzehn Jahre alt und habe mein ganzes Leben noch vor mir.

Eskandar-Agha bittet und bettelt so lange, bis seine Tochter ihm verspricht, sich nicht in Gefahr zu begeben. Ein paar Tage später ist sie trotzdem dabei, als Studenten eine Kaserne der Amrikai stürmen.

Eskandar-Agha verbietet ihr, das Haus zu verlassen, nicht einmal für ihre Vorlesungen an der Universität darf sie raus.

Tage und Wochen streiten Vater und Tochter, schreien sich an, weinen, schweigen, bis Eskandar-Agha herausfindet, dass Sahra hinter seinem Rücken nicht nur politisch aktiv ist, sondern allem Anschein nach auch noch ein Verhältnis mit Alexander hat.

Er stellt Sahra zur Rede.

Sie gibt zu: Alexander und ich sind ein Liebespaar und wollen heiraten.

Eskandar-Agha tut etwas, was er bisher nur einmal getan, als sie ein kleines Kind gewesen ist, und was er nie wieder tun wollte. Er schlägt seine Sahra.

Am nächsten Morgen ist Sahra verschwunden, eine Nachricht ist alles, was Eskandar-Agha von ihr bleibt.

Verehrter Vater,

sorgen Sie sich nicht. Es tut mir in der Seele weh, Sie enttäuscht zu haben. Aber ich muss gehen. Ich bin sicher, wenn Sie in Ruhe darüber nachdenken, werden Sie es verstehen.

Wie soll ich das Leben lernen, wenn ich beschützt und behütet werde und nicht einmal das Haus verlassen darf?

Wie soll ich ein menschliches Wesen sein? Und wie soll ich mein Herz entdecken, wenn ich nicht lieben darf?

Verzeihen Sie die Frage, verehrter Vater, worin besteht der Unterschied zwischen Ihrer Art, mich zu beschützen und zu züchtigen, und der Art, wie der König unseres Landes mit seinen Gegnern und dem Volk umgeht?

Ihre Tochter Sahra.

Was soll ich armer, alter Mann nur tun?, klagt Eskandar-Agha unter Tränen. Ein paar Tage versuchen Roxana-Khanum, Agha-Farrokh und Nimtadj, ihn zu trösten, bis sie, und sei es noch so aussichtslos, Alexander um Hilfe bitten wollen.

Sein Zimmer ist leer, sagt Nimtadj. Sie ist bleich, ihre Lippen zucken, und sie wagt es kaum, den Abschiedsbrief ihres Bruders laut vorzulesen.

Verehrte Mutter,

ich bin Ihnen ein Fremder, deshalb erwarte ich nicht, dass Sie die Motive für mein Weggehen verstehen, und ich werde deswegen auf große Worte und Erklärungen verzichten.

Nur eines: Ich liebe Sahra, und sie liebt mich.

Im Namen der Liebe bitte ich Sie, verzichten Sie auf Anschuldigungen. Machen Sie weder sich selbst noch Eskandar-Agha Vorwürfe. Wir haben uns beide diesen Schritt lange überlegt und wissen, was wir tun.

Ihr Sohn Alexander.

Tage und Wochen sprechen Eskandar-Agha und Roxana-Khanum nicht miteinander. Beide geben dem anderen und dem Kind des anderen die Schuld. Eskandar-Agha überlegt, das Haus von Roxana-Khanum zu verlassen, sie überlegt, ihn hinauszuwerfen.

Am Ende aber ist es ihr gemeinsames Leid über den Verlust ihrer Kinder, der sie wieder versöhnt und vereint.

Beinah auf den Tag genau vier lange und schmerzvolle Jahre nach dem Verschwinden der beiden erhalten sie ein erstes Lebenszeichen von ihren Kindern.

Früh am Morgen liest Eskandar-Agha in der Zeitung die Namen von Sahra und Alexander.

So schnell er kann, rennt er zum Haupthaus und ruft schon von Weitem, Khanum, Roxana, liebe Khanum, die Kinder, die Kinder.

Mit Lockenwicklern im Haar und nur bekleidet mit einem Morgenmantel, kommt Roxana-Khanum auf die Veranda gestürzt.

Die Kinder?, ruft Agha-Farrokh, der Roxana gefolgt ist und sich suchend umsieht.

Sie sind Schriftsteller oder Poeten oder Künstler oder so etwas Ähnliches geworden und haben ihre Unterschrift unter einen offenen Brief gesetzt, ruft Eskandar-Agha und wedelt mit der Zeitung. Außer Atem lässt er sich auf die Stufen sinken. Führer der Partei Nationale Front fordern den Schah öffentlich auf, die erste und gültige Verfassung von 1906 zu respektieren und zu befolgen, liest Eskandar-Agha und sagt: Ich bin dabei gewesen.

Das ist die gleiche Forderung, die seinerzeit der verehrte Premier Mossadegh gestellt hat, sagt Agha-Farrokh.

Alarmiert von dem Lärm, taucht nun auch Nimtadj auf, die, obwohl schon Mitte dreißig, noch immer unverheiratet ist und nach wie vor im Haus ihrer Mutter lebt. Was ist? Was ist passiert?

Die Zeitung, die Kinder, sie sind in Gefahr, ein offener Brief an den König, ruft Roxana, sie wedelt sich Luft zu und sucht Halt bei Agha-Farrokh, um nicht umzufallen.

Mutter, bittet Nimtadj, beruhigen Sie sich. Es nutzt niemandem, wenn Sie jetzt ohnmächtig werden.

Khanum, soll ich das Rosenwasser bringen? Oder ein Glas kaltes Wasser?, fragt Eskandar-Agha höflich und ist froh, dass Roxana abwinkt.

Zeigen Sie, bittet Nimtadj, und während sie den Artikel liest, hellt ihre Miene sich auf, und sie grinst. Also haben sie es doch gemacht. Alle Achtung, das nenne ich Mut, rutscht es Nimtadj heraus, und sie zieht den Kopf ein. Aber sie hat Glück, die drei Alten sind viel zu beschäftigt mit ihrer Aufregung, um auf sie zu achten.

Damit jeder von ihnen ein eigenes Exemplar hat, fährt Eskandar-Agha mit dem Rad bis zur nächsten großen Kreuzung und besorgt drei weitere Zeitungen. Aus seiner eigenen trennt er den Artikel fein säuberlich mit der Rasierklinge heraus, bügelt ihn mit seinem alten Kohlebügeleisen und klebt ihn in seinen Notizblock. Mein geliebtes Kind, schreibt er darunter. Ich vermisse dich mit meinem ganzen Herzen, auch wenn es gebrochen ist.

Noch am selben Nachmittag lassen er, Roxana-Khanum und Agha-Farrokh ein Taxi kommen und fahren zu dritt zur Redaktion der Zeitung, die den Artikel abgedruckt hat. Sie hoffen, der Verfasser des Artikels kann ihnen helfen, Sahra und Alexander ausfindig zu machen.

Doch zuerst will niemand wissen, wer den Artikel verfasst hat, und die drei Alten werden für Agenten gehalten; dann flüstert ihnen jemand den Namen des Verfassers zu, der aber bis zum Abend nicht auftaucht. Am nächsten Tag versuchen Eskandar-Agha, Roxana-Khanum und Agha-Farrokh es wieder. Stundenlang hocken sie im dunklen Flur des Redaktionshauses, bis ihnen schließlich jemand steckt, wo sich das geheime Büro der Partei Nationale Front befindet.

Es dauert über eine Stunde, bis sie ein Taxi bekommen. Der Fahrer mustert sie mitleidig, weigert sich aber, auch nachdem er ihre traurige Geschichte gehört hat, sie ans andere Ende der Stadt zu fahren. Es ist gefährlich, nach Einbruch der Dunkelheit einfach so in der Gegend herumzufahren. Die Versorgungslage ist schlecht. Die Preise steigen, und die Leute besitzen kein Geld. Sie haben Hunger und wissen sich nicht mehr anders zu helfen, als sich gegenseitig zu überfallen und auszurauben.

Selbst als Roxana-Khanum ihm das doppelte Fahrgeld anbietet, weigert der Fahrer sich. Khanum, was habe ich von dem Geld, wenn es mir gleich wieder abgenommen wird? Ich werde Sie jetzt zurückbringen und anschließend selbst nach Hause fahren.

Immerhin lässt er sich darauf ein, die drei am nächsten Morgen abzuholen und zu der Adresse zu fahren.

Bereits um acht Uhr morgens, eine halbe Stunde vor der verabredeten Zeit, stehen Eskandar-Agha, Roxana-Khanum und Agha-Farrokh vor dem Tor und warten auf das Taxi.

Sie quälen sich durch stockenden Verkehr, Gehupe und viele Beinahunfälle, weshalb Roxana-Khanum immer wieder aufschreit.

Sie sind nicht oft in der Stadt, oder?, fragt der Taxifahrer und lächelt freundlich.

Nein Agha, die gnädige Dame ist nicht viel draußen, antwortet Eskandar-Agha, der vorne neben ihm sitzt.

Als sie schließlich quer durch die Stadt gefahren sind, müssen sie feststellen, die Adresse, die man ihnen genannt hat, ist nicht die einer Partei, sondern die eines Fleischers.

Eindeutiger hätte man uns nicht warnen können, flüstert Agha-Farrokh.

So leicht gebe ich nicht auf, sagt Roxana-Khanum, gibt dem Taxifahrer einen weiteren Schein und sagt, bitte, verehrter Agha, ich möchte so lange nach dieser verdammten Partei suchen, bis ich sie gefunden habe.

Jede einzelne Straße und Gasse der Gegend fahren sie ab, finden die Nationale Front aber nicht.

Khanum, was haben Sie erwartet?, versucht Agha-Farrokh die weinende Roxana zu beruhigen. Schließlich hat der Schah bereits vor Jahren alle Parteien verboten und seine Rastakhis zur einzig erlaubten erklärt.

Roxana weint so sehr, dass auch Eskandar-Agha sich nicht zurückhalten kann und schließlich sogar Agha-Farrokh sich von der Traurigkeit seiner Freunde anstecken lässt und ebenfalls weint.

Großer Gott, murmelt der Taxifahrer. Sieh nur, was du mit uns armem Volk machst! Welches Vergehen haben diese drei Alten denn begangen, dass du sie derart strafst?

Verehrte Brüder, sagt der Taxifahrer, wenn Sie gestatten, es ist Mittag, da vorne ist das Tshelokababi, wo ich eine bescheidene Mahlzeit einnehme. Wenn Sie wollen, können Sie mich begleiten, und anschließend werden wir gestärkt und ausgeruht die Suche nach Ihren Kindern fortsetzen.

An diesem und auch an den folgenden Tagen machen sie es genauso. Morgens holt der Taxifahrer, Agha-Saeed, sie ab und fährt sie kreuz und quer durch die Stadt. Mal bekommen sie einen neuen Hinweis, wo sie Mitglieder der Nationalen Front finden könnten, mal klappern sie Buchhandlungen ab, in der Hoffnung, irgendjemand habe von den beiden Schriftstellern Sahra und Alexander gehört. Sie fahren zu den Zeitungshäusern und versuchen, dort Informationen über ihre Kinder zu erhalten, und sie gehen jedem auch nur kleinsten Wink nach, wo sich Studenten, Schriftsteller, Künstler und Schah-Gegner möglicherweise treffen könnten.

Wenigstens seid ihr auf diese Weise beschäftigt und kommt unter die Leute, sagt Nimtadj, als sie eines Abends alle zusammen um das Sofre herum versammelt sind und die Pläne für den nächsten Tag besprechen. Nimtadj sieht sich die drei Alten an und lacht so heiter wie längst nicht mehr. Alles ist besser, als dass ihr zu Hause hockt und Trübsal blast, sagt sie. Und ich wünsche mir nichts lieber, als dass jeder jedem vergibt und eines Tages Sahra und Alexander gesund und munter wieder hier sind und wir alle in Frieden vereint sein werden.

Meine arme Sahra hatte recht, sagt Eskandar-Agha kleinlaut. Es ist heuchlerisch, die Diktatur und Unterdrückung des Kaisers anzuprangern, während man gleichzeitig sein eigenes Fleisch und Blut schlägt, einsperrt und ihm verbietet, dem Ruf seines Verstandes und Herzens zu folgen.

Gerade als der Mut, ihre Kinder zu finden, sie wieder einmal verlassen will, sitzen Eskandar-Agha, Roxana-Khanum, Agha-Farrokh und Nimtadj vor dem Fernseher und sehen Nachrichten, wo zu ihrem großen Erstaunen anscheinend unzensierte Bilder von den Unruhen und Protesten gegen den Schah Mohammad-Resa-Pahlawi und seine brutale Diktatur gezeigt werden. Panzer rollen in den Straßen, Militär marschiert gegen die eigene Bevölkerung auf, Polizisten und Soldaten schlagen und knüppeln auf Menschen ein, und es wird geschossen, da schreit Roxana mit einem Mal schrill auf. Da, ich hab sie gesehen. Das waren Alexander und Sahra.

Morgen werden wir unseren Taxifahrer Saeed-Agha bitten, uns zum Nationalen Fernsehen zu fahren, verkündet Roxana-Khanum, wir werden den Reporter ausfindig machen, ihn befragen und um Hilfe bitten.

Doch dann kommt wieder alles anders. Am nächsten Morgen kommt statt des freundlichen Taxifahrers Agha-Saeed, mit dem sie nicht nur die vergangenen Wochen und Monate verbracht, sondern den sie auch ins Herz geschlossen haben, ein anderer Fahrer und sagt, Agha-Saeed ist krank. Er hat mich gebeten, Sie zu chauffieren. Also, wohin soll es gehen?, fragt er und hält den drei alten Herrschaften die Tür zu seinem Taxi auf.

Der stinkt nach Schweiß und hat Käsefüße, flüstert Roxana-Khanum, eingequetscht zwischen Eskandar-Agha und Agha-Farrokh.

Ich mag ihn auch nicht, flüstert Eskandar-Agha, als sie an einem Straßenstand haltmachen, frisch gepressten Karottensaft trinken und auf den Taxifahrer warten, der in einer Telefonzelle steht und telefoniert.

Dann bin ich wohl der Einzige, der ihn mag, sagt Agha-Farrokh und lächelt zufrieden, trinkt sein Glas in einem Zug leer und bestellt gleich noch eins.

Der ist ein bisschen zu neugierig, raunt Eskandar-Agha, und er stellt für meinen Geschmack zu viele Fragen.

Und Sie beantworten auch noch jede seiner Fragen akkurat und ausführlich, schimpft Roxana-Khanum mit Agha-Farrokh. Wir müssen doch wirklich nicht jedem auf die Nase binden, dass Sie im Büro des geächteten Mossadegh angestellt gewesen sind.

Sobald Nimtadj von den Befürchtungen der drei erfährt, verbietet sie ihnen, das Haus zu verlassen oder sich überhaupt noch einmal mit diesem Fahrer auf den Weg zu machen. Und als hätten die Wände Ohren und würden alles direkt weiter zum Geheimdienst leiten, flüstert Nimtadj: Wenn euer Verdacht sich bewahrheiten sollte und dieser Kerl wirklich vom SAVAK ist, setzt ihr damit nicht nur euer eigenes und mein Leben, sondern vor allem das von Sahra und Alexander aufs Spiel.

Wenn sie überhaupt noch am Leben sind, flüstert Roxana-Khanum und bricht sofort in Tränen aus und steckt mit ihrem Schluchzen auch wieder die anderen an, und so hocken die drei Alten wie so oft beisammen und weinen und klagen.

Hört auf mit eurem Roseh-Khani, bittet Nimtadj. Das kann keiner mit ansehen.

Doch Eskandar-Agha, Roxana-Khanum und Agha-Farrokh lassen sich nicht beruhigen, und nun bekommt auch Nimtadj feuchte Augen.

Sie leben, sagt sie. Macht euch keine Sorgen, sie leben.

Plötzlich hören alle auf zu weinen, starren Nimtadj an.

Nimtadj starrt die drei Alten an, schluchzt und bricht erneut in Tränen aus und hört nicht mehr auf zu weinen. Während sie nach Luft schnappt und hustet, sich schnäuzt und rot anläuft und Roxana-Khanum Angst bekommt, dass ihre Tochter erstickt, erklärt Nimtadj, dass sie es leid ist, die Hüterin von Lügen und Geheimnissen zu sein. Und damit eröffnet sie den staunenden Alten, dass sie von Anfang an und in all den Jahren mit Sahra und Alexander in Verbindung gestanden hat.

Was sollte ich denn machen?, fragt sie weinend. Sie haben mich gezwungen, beim Leben aller, die ich liebe, euch nichts zu erzählen.

Gott sei Dank, murmelt Eskandar-Agha unter Tränen. Ich habe immer gespürt, dass sie wohlauf sind. Ich habe es gespürt.

Roxana-Khanum dagegen holt aus, will Nimtadj eine runterhauen, beherrscht sich aber gerade noch und schimpft, wie hast du es übers Herz gebracht, mir das anzutun?

Während Nimtadj schuldbewusst zu Boden starrt und lautlos

weiterweint, tut Agha-Farrokh etwas, was er noch nie getan hat, er legt seinen Arm schützend um die Schulter von Nimtadj und spricht ruhig und bestimmt. Roxana-Khanum, sagt er, das ist nicht gerecht. Soweit ich die Lage beurteilen kann, hat die liebe Nimtadj ihre eigenen Wünsche und ihr eigenes Leben vernachlässigt, um hier bei ihrer Mutter zu sein und sie mit ihrem Leid nicht alleinzulassen. Schon allein dafür schulden Sie und schulde ich ihr, schulden wir alle ihr tiefen Dank. Und was Alexander betrifft, nun, welche Wahl hatte Ihre Tochter? Nimtadj musste entweder Ihnen oder ihrem Bruder in den Rücken fallen. Ich jedenfalls bin froh, dass Nimtadj zu Alexander gehalten hat.

Und warum hast du jetzt dein Schweigen gebrochen?, fragt Roxana, noch immer wütend.

Wegen dem, was Eskandar-Agha neulich gesagt hat, schluchzt Nimtadj. Weil er gesagt hat, dass er sein Verhalten bereut. Wieder bricht Nimtadj in Tränen aus. Und weil ich endlich mein eigenes Leben führen will, statt immerzu ein Auge auf meinen kranken Bruder, seine Frau und ihr Kind zu haben, und auch, weil ich es leid bin, immerzu auf drei alte Menschen achtgeben zu müssen.

Ihr Kind?, ruft Roxana-Khanum.

Ich bin Großvater?, ruft Eskandar-Agha.

Ich bin Großmutter und weiß nichts davon? Möge Gott mir zu Hilfe kommen, klagt Roxana-Khanum und schlägt die Hand vor den Mund.

Bitte, bring mich zu meiner Tochter, bitte, liebe Nimtadj. Hab Erbarmen mit einem alten Mann, klagt Eskandar-Agha.

Ich will zu meinem Sohn, ruft Roxana-Khanum und klammert sich an den Arm ihrer Tochter.

So viele Jahre habt ihr es ausgehalten, sie nicht zu sehen, sagt Nimtadj. Ich bitte euch, macht nicht alles kaputt. Auf ein paar Tage kommt es jetzt auch nicht mehr an.

1977, eine kalte Nacht im November

Obwohl Nimtadj eigentlich nicht gerne selber Auto fährt, erst recht nicht, wenn es dunkel ist, und schon gar nicht die alte, schwere Limousine ihrer Mutter, besteht sie darauf, aus Sicherheitsgründen kein Taxi zu mieten.

Erinnert ihr euch an diese Vereinigung von Schriftstellern, die Eskandar-Agha vor ein paar Monaten in der Zeitung entdeckt hat?, fragt Nimtadj, während sie vorsichtig das Auto zum Tor hinausmanövriert. Sie führen Lesungen durch, Dah Shab oder Zehn Nächte, die von einer Almani-Kultureinrichtung veranstaltet werden. Am Ende jeder Lesung gehen überall in der Stadt Schriftsteller, Filmemacher, Intellektuelle und Studenten auf die Straße und fordern das Ende der Zensur.

Und dort werden wir sie treffen?, fragt Eskandar-Agha angespannt.

Dort werden wir sie treffen, antwortet Nimtadj grinsend.

Obwohl sie über eine Stunde zu früh im Goethe-Institut ankommen, ist der Raum bereits bis zum letzten Platz gefüllt, sogar an den Wänden entlang stehen die Leute dicht an dicht.

Tut mir leid, sagt eine Almani in Persisch mit Akzent und stellt sich Nimtadj und den drei Alten in den Weg.

Roxana-Khanum wird blass und will schimpfen und sich an der Frau vorbei in den Saal hineindrängeln.

Mutter, bitte, raunt Nimtadj, schiebt ihre Mutter beiseite und spricht mit der Deutschen, die den Eingang weiterhin versperrt. Immerhin hört sie Nimtadj aufmerksam zu, nickt, sieht Eskandar-Agha und Roxana-Khanum an, sagt etwas, nickt, schüttelt den Kopf, lächelt, schüttelt wieder den Kopf, bis sie schließlich nach einem Almani-Mann winkt und nun ihrerseits auf ihn einredet.

Roxana-Khanum fächelt sich mit der Hand Luft zu, lehnt sich an ihren Agha-Farrokh und macht den Eindruck, als würde sie jeden Moment umfallen.

Mutter, bitte, flüstert Nimtadj. Wenn Sie wirklich hineingelassen werden wollen, dürfen Sie jetzt unter keinen Umständen ohnmächtig werden, da verstehen die keinen Spaß. Haben Sie begriffen?

Khanum, bitte, die liebe Nimtadj hat recht. Ich kenne die Farangi, flüstert Eskandar-Agha, das sind sehr ernsthafte Menschen.

Bitte, sagt die Almani schließlich mit strenger Miene und gewährt Nimtadj und ihren drei Alten Einlass.

Wo sind sie?, fragt Eskandar-Agha, nachdem sie sich auf Plätze in den hinteren Reihen setzten, die für sie frei gemacht worden sind.

Du hättest uns Plätze in den vorderen Reihen organisieren sollen, flüstert Roxana-Khanum, während sie den Kopf reckt und streckt, um die Bühne sehen zu können.

Nimtadj ignoriert die Bemerkung und trocknet sich den Schweiß ihrer Hände an ihrem Rock.

Einer nach dem anderen kommen Frauen und Männer auf die Bühne halten eine Rede, lesen, beantworten Fragen. Die Luft im Saal wird heißer und stickiger, und die Diskussionen und Fragen werden angespannter, bis schließlich Sahra auf die Bühne tritt. Sie steht da, lächelt und rückt ihre Brille zurecht.

Im gleichen Moment zuckt Eskandar-Agha und hält sich die Brust. Mein Herz, murmelt er, und Tränen laufen über sein Gesicht. Und da tut Roxana-Khanum etwas, was sie, wenn überhaupt, nur als kleines Mädchen getan hat. Sie streicht Eskandar-Agha über den Kopf, hakt sich bei ihm unter, lehnt ihren Kopf an seine Schulter und weint mit ihm.

Für meinen nächsten Text möchte ich meinen verehrten und geliebten Mann bitten, zu mir auf die Bühne zu kommen, sagt

Sahra lächelnd, geht zum Rand der Bühne, streckt die Hand aus und kommt mit Alexander wieder zur Bühnenmitte zurück.

Roxana-Khanum stößt einen leisen Schrei aus, ein paar Leute drehen sich nach ihr um, beachten sie aber nicht weiter. Roxana zittert am ganzen Körper. Mit einer Hand krallt sie sich an den Arm von Eskandar-Agha, mit der anderen an den von Agha-Farrokh.

Nachdem Sahra und Alexander ihre Texte vorgelesen haben, meldet sich eine Frau aus dem Publikum zu Wort. Die Regierung zahlt den Mullah keinen Lohn mehr, sagt sie. Aus elftausend Moscheen im Land ertönen Parolen gegen den Schah, und die Studenten und Intellektuellen sind immer an vorderster Front. Warum wird diese massive Bewegung Ihrer Meinung nach sowohl von der CIA als auch vom SAVAK ignoriert?, fragt die Frau und setzt sich.

Das ist eine gute Frage, antwortet Sahra mit einem Selbstbewusstsein, das Eskandar-Agha vollkommen fremd ist. Sahra blickt suchend ins Publikum. Vielleicht sind die Vertreter der von Ihnen angesprochenen Organisationen anwesend und so freundlich, diese Frage selbst zu beantworten, sagt sie und erntet Lachen und Applaus.

Meine Tochter, murmelt Eskandar-Agha stolz und richtet sich auf. Sie ist so groß geworden. Eine richtige Frau.

Seit er die Hoffnung hegen durfte, sie nach mehr als sieben Jahren endlich wiederzusehen, hat Eskandar-Agha sich Worte zurechtgelegt und sie wieder verworfen, mit denen er seine Tochter begrüßen, sich bei ihr entschuldigen, ihr verzeihen, vor ihr auf die Knie fallen, sie einfach in die Arme nehmen würde.

Als sie sich aber im Anschluss an die Veranstaltung gegenüberstehen, scheint nichts von alledem richtig zu sein. Als wenn eine unsichtbare Wand sie voneinander trennen würde, stehen auf der einen Seite Eskandar-Agha und Roxana-Khanum und auf der anderen Sahra und Alexander. Sie sehen sich an, und keiner rührt sich. Dann kommt ein kleines Mädchen in roten Lackschuhen zu

Sahra, sieht sie von unten an, folgt ihrem Blick, entdeckt Eskandar-Agha und fragt, Mama, wer ist der Mann?

Das ist dein verehrter Großvater, antwortet Sahra, und Tränen steigen in ihre Augen.

Das Mädchen starrt Eskandar-Agha noch eine Weile an, stellt sich dann vor ihn und sagt, also bist du der Geschichtenerzähler.

Ohne dass er es will, sinkt Eskandar-Agha auf die Knie, nimmt seine Enkeltochter in die Arme, weint und lächelt, schluchzt und lacht und sagt, ja, mein Kind, der bin ich, und wer bist du?

Das Mädchen lächelt, schlingt die Arme um den Hals von Eskandar-Agha und sagt, ich heiße Aftab.

Roxana-Khanum streicht der kleinen Aftab über den Kopf, geht geradewegs auf Alexander zu, umarmt ihn und sagt, verzeih mir, mein Sohn. Verzeih mir, verzeih mir, dann versagen ihre Beine schließlich doch, und sie sackt in sich zusammen.

Als sie im Fond der Limousine wieder zu sich kommt und die Augen aufschlägt, fällt ihr Blick als Erstes auf Eskandar-Agha, der ihr gegenübersitzt. Verehrter Eskandar-Agha, murmelt sie, durch unsere Kinder und unser gemeinsames Enkelkind sind wir nun endlich auch durch unser Blut miteinander verbunden.

An Schlaf ist in dieser Nacht natürlich nicht zu denken. Wie eine richtige Familie sitzen sie alle beisammen. Keine Vorwürfe, keine Beschuldigungen, nur Fragen und Antworten.

Wir haben kein Haus, erklärt Sahra strahlend, nicht einmal ein Zimmer haben wir, und alle unsere Habseligkeiten befinden sich in diesen vier oder fünf Taschen und Bündeln. Sie sieht ihren Alexander an und sagt, aber wir sind glücklich. Unser Leben könnte sinnvoller und reicher nicht sein. Wir haben uns und unsere Liebe, unsere geliebte Tochter Aftab und unsere Überzeugung, und wir nehmen uns die Freiheit, sie zu äußern.

Wir haben mehr als genug Platz, sagt Roxana-Khanum vorsichtig und hofft, dass Alexander und Sahra das Angebot, bei ihnen zu wohnen, annehmen werden.

Und wir haben so viel Freiheit, wie wir wollen, beeilt Eskandar-Agha sich zu sagen und bringt die anderen damit zum Lachen.

Erzähl mir die Geschichte von der Freiheit, sagt die kleine Aftab und kriecht zu ihrem Großvater unters Korssi. Und bevor Eskandar-Agha sich eine Geschichte ausdenken kann, erklärt sie, ich weiß, was Freiheit ist. Das ist, wenn man auf Demonstrationen geht.

Wenn das so ist, antwortet Eskandar-Agha lächelnd, gehöre ich zu den freiesten Menschen des Landes und wahrscheinlich sogar der Welt. Denn ich habe schon an so vielen Demonstrationen teilgenommen, dass sie nicht nur für meine Freiheit, sondern auch für die meiner Kinder und Kindeskinder, also auch für dich, reichen.

Morgen werde ich auf eine Demonstration gehen, erklärt Aftab. Wenn du willst, kannst du mitkommen, sagt sie zu Eskandar-Agha.

Für einen alten Mann wie mich ist es jetzt zu kalt draußen, erwidert er, außerdem würde ich mich freuen, wenn du bei mir bleibst, statt gleich wieder auf irgendwelche Demonstrationen zu verschwinden. Du bist doch gerade erst angekommen, und hier ist es gemütlich und warm. Bleib bei mir, und wir schalten diesen wunderbaren Kasten, den Fernseher, ein und sehen uns alle Demonstrationen schön bequem von hier aus an.

Die kleine Aftab überlegt mit ernster Miene, sieht ihre Mutter an und fragt, darf ich das?

Du darfst, sagt Sahra, worauf Aftab aufspringt und das Gerät sofort einschaltet und die Erwachsenen sich wieder über die Kleine freuen.

In den Wochen, die kommen, wird es zur liebgewonnenen Gewohnheit, Eskandar-Agha und seine Enkelin Aftab sitzen unter dem Korssi, sehen fern und unterhalten sich den ganzen Tag über das, was sie gesehen haben.

Wer ist das?, fragt Aftab.

Das ist der Präsident der Amrikai, er heißt Jimmy Carter. Er und seine Frau sind zu Gast in unserem Land, um zusammen mit unserem König Mohammad-Resa-Schah das neue Farangi-Jahr zu feiern, erklärt Sahra.

Man könnte auch sagen, um zu retten, was zu retten ist, und den königlichen Hals aus der Schlinge zu ziehen, sagt Alexander.

Es gibt kein anderes Regierungsoberhaupt, sagt Carter in die Kamera, dem ich dankbarer bin und mit dem mich eine tiefere Freundschaft verbindet als zum Schah. Der Iran ist eine Insel der Stabilität, übersetzt Sahra schneller als der Übersetzer im Fernseher.

Ich wusste nicht, dass du so gut Engelissi sprichst, sagt Eskandar-Agha stolz.

Es gibt vieles über mich, was Sie nicht wissen, sagt Sahra, bereut sofort ihre Stichelei und sagt, aber nun werden wir Gelegenheit haben, uns gegenseitig besser kennenzulernen.

Ich möchte eine Wette abschließen, sagt Alexander, zieht einen Zwei-Toman-Schein aus der Tasche und hält ihn in die Luft. Ich wette, Carter wird sich in weniger als zwei Monaten vom König abwenden und Khomeini unterstützen.

Dagegen wette ich nicht, antwortet Sahra. Schließlich ist es den Amrikai vollkommen egal, wer das Land führt, Hauptsache, sie können das Naft kontrollieren.

Der Nachrichtensprecher hebt die Rolle des Iran und seinen Einfluss auf die Länder der Region hervor. Er preist die Erz- und Uranvorkommen und die Bedeutung des Persischen Golfs und sagt, der amerikanische Präsident verlasse sich darauf, den Iran als Basis für das SALT-II-Abkommen mit der Sowjetunion nutzen zu können.

Vielleicht lassen die Amrikai sich auf ein Geschäft ganz anderer Art ein, sagt Nimtadj grinsend. Ich habe gerade eine Geschichte geschrieben. Darin lässt die amerikanische Regierung das ganze iranische Volk, alle fünfunddreißig Millionen, evakuieren. Sie geben uns irgendwo in ihrem riesigen Amerika eine neue Heimat. Dafür bekommen sie alles das hier geschenkt. Angefangen von der Bedeutung des Iran für die Welt bis zu unserem Petroleum, Uran und Erz.

Wie geht die Geschichte zu Ende?, fragt die kleine Aftab mit glänzenden Augen.

Wir sind endlich frei und leben in Frieden, antwortet Nimtadj und lacht.

Frieden, Freiheit, Demokratie, ruft Aftab und wirft die Arme in die Luft.

Meine Schwester, die Künstlerin, sagt Alexander und drückt Nimtadj an sein Herz.

Seht doch, ruft Eskandar-Agha und zeigt auf den Fernseher. Das ist die Moschee in Qom. Dort bin ich als kleiner Junge gewesen und habe mit den Nationalisten gebetet, als wir die Stadt erobert haben. Und zwar im Handumdrehen, sagt Eskandar-Agha und kneift seiner Enkelin liebevoll in die Wange.

In der heiligen Stadt Qom halten die Unruhen weiter an, sagt der Nachrichtensprecher. Bei den Aufständen hat es Tote und Verletzte gegeben.

Der König macht Khomeini verantwortlich für die Unruhen, sagt Sahra. Als wäre es jetzt noch wichtig, wer ihn stürzen wird. Entweder der Ayatollah wird die Leute aufhetzen. Oder die Farangi werden den König fallenlassen und ein neues Regime installieren.

Eskandar-Agha sieht seine Tochter stolz an und sagt, du hast vollkommen recht, mein Kind. So oder so, die Tage der Monarchie sind gezählt.

Ich bin bereit, eine weitere Wette abzuschließen, sagt Alexander und zieht seinen Zwei-Toman-Schein wieder aus der Hosentasche. Ich wette, auch dieses Mal wird der Schah sich ins Ausland absetzen. Anders als 1953 wird er dieses Mal seine Flucht allerdings nicht mit leeren Händen antreten, sondern Wagenladungen voll Geld und nationalem Eigentum mitnehmen.

Alexander der Große hat vor zweitausend Jahren sechstausend Kamele und zehntausend Maultiere mit den Schätzen des Iran beladen und diese abtransportiert, sagt Eskandar-Agha. Allerdings ist er ein Feind gewesen und hat uns bezwungen. Somit war es also sein Recht, Kriegsbeute zu machen. Was aber kann ein Herrscher wohl als Rechtfertigung anführen, sein eigenes Volk zu berauben?

Wohl gesprochen, sagt Sahra und grinst.

Wohl gesprochen, sagt Aftab im gleichen Tonfall und grinst wie ihre Mutter: Zähne zusammen und den Mund weit geöffnet.

1978, ein großer Schmerz

Eskandar-Agha ist kaum wiederzuerkennen. Er hockt in sich zusammengesunken in einem viel zu großen Anzug zwischen den Trauernden, und nur wenn er sich bewegt, merkt man, dass ein Mensch in der schwarzen Jacke steckt.

Er hatte geglaubt, jegliche Art von Schmerz, den diese Welt für einen Menschen bereithält, schon erlitten zu haben, erklärt Roxana-Khanum einer jungen Frau, die sie wie die meisten anderen Trauergäste nicht kennt. Aber an dem Nachmittag, als meine Tochter Nimtadj und ich ihn aufgesucht haben, um ihm die Nachricht von der Hinrichtung seiner Tochter zu überbringen, ist sein Schmerz so groß gewesen, dass er beinahe selbst daran gestorben wäre.

Meine geliebte Schwägerin Sahra gehört zu den Tausenden und Abertausenden, die dem Regime von Mohammad-Resa-Pahlewi zum Opfer gefallen sind. Sie ist im berüchtigten Evin-Gefängnis zuerst gefoltert, dann vergewaltigt und anschließend ermordet worden, sagt Nimtadj mit bebender Stimme bei ihrer Rede auf der Trauerfeier von Sahra.

Meine Schwiegertochter war eine zarte Blüte, die nicht lang genug auf dieser Welt gewesen ist, um sich voll entfalten zu können, sagt Roxana-Khanum. Sie lässt eine kleine Tochter zurück, die nun ohne die Liebe ihrer Mutter aufwachsen muss.

Unsere Herzen sind schwer, als Ausdruck unseres Schmerzes tragen wir schwarz, sagt der Mullah. Im ganzen Land trauern wie hier ungezählte Eltern um ihre Kinder. In der ganzen Stadt tragen Menschen ihre Bettlaken auf die Straße, um daraus Verbände für die Verletzten zu machen.

Manche der Trauernden weinen, andere recken die Fäuste in die Luft und skandieren Anti-Schah-Parolen.

Eskandar-Agha sitzt in der Ecke, starrt vor sich hin, weint und schüttelt in einem fort den Kopf, als würde er immerzu sagen: nein, nein, nein.

Er ist bald achtzig Jahre alt. In diesem Alter erträgt man einen Schlag wie diesen nicht mehr unbeschadet, sagt Roxana-Khanum. Dabei ist sie mit ihren neunundsechzig Jahren auch nicht mehr die Jüngste und hat alle Hände voll zu tun, sich um ihre Enkelin Aftab zu kümmern und um ihren Sohn Alexander, der selbst aussieht, als wäre er nur noch halb unter den Lebenden.

Es ist ein ungewöhnlich harter Winter, und Öl und Benzin sind knapp. Selbst im Petroleumland Iran sind die Schlangen vor den Naft-Läden und Tankstellen endlos. Roxana-Khanum kann nur zwei Zimmer ihres großen Hauses heizen.

Es ist ohnehin an der Zeit, dass wir näher zusammenrücken und endlich wie eine richtige Familie leben, sagt sie und lässt Eskandar-Agha samt seinen Habseligkeiten in das Haupthaus holen.

Dort sitzt er den ganzen Tag auf dem Boden unter dem warmen Korssi und starrt auf den Fernseher, auch dann, wenn er ausgeschaltet ist.

1978, Kriegsrecht und Totenstille

Angetrieben durch die Hinrichtung von Sahra, die ihr mehr gewesen ist als eine Schwägerin, eine Freundin, eine Mitkämpferin, eine Kollegin, eine Vertraute, mit der sie zusammen aufgewachsen ist, hat Nimtadj mehr Mut und mehr Kraft denn je. Mehr Kraft und mehr Wut. Gegen den Willen ihrer Mutter, Eskandar-Aghas, Agha-Farrokhs ist sie von früh bis spät auf den Straßen unterwegs und filmt und spricht mit wütenden Menschen, Gegnern des Schah, Studenten und Arbeitern, Müttern, die über den Tod ihrer Kinder weinen, Vätern und Brüdern, die den Tod ihrer Lieben beklagen.

Warum tust du das?, fragt ihre Nichte Aftab.

Damit wir nichts von dem vergessen, was gerade geschieht, antwortet Nimtadj und streicht ihrer Nichte über den Kopf.

Auf dem Friedhof im Süden der Stadt filmt Nimtadj eine Frau, die am Grab ihres hingerichteten Sohnes hockt. Sie starrt lange wortlos in die schwarze Linse, so als würde sie ihr eigenes Spiegelbild darin ansehen, dann sagt sie: Der Tod und das Sterben sind Teil unseres Lebens geworden. Wir Iraner haben uns daran gewöhnt. Wir brauchen den Tod. Nur noch wenn der Tod uns nah ist, fühlen wir uns lebendig und als ein Volk.

Ohne ihrer Mutter oder Eskandar-Agha etwas davon zu sagen, fliegt Nimtadj im August in den Süden nach Abadan, weil dort ein Kino ausgebrannt ist.

Was ist geschehen?, fragt sie eine Frau, die vor dem ausgebrannten Gebäude auf der Straße sitzt und vor sich hin starrt.

Mein Kind ist bei lebendigem Leib darin verbrannt, sagt die Frau, die aussieht, als würde sie weinen, aber sie hat keine Tränen.

Ich sehe immerzu Flammen, die an dem Körper meiner Tochter züngeln, sagt sie. Ich sehe, wie mein Kind sich windet und um sich schlägt. Ich höre, wie meine Tochter schreit und brüllt und nach mir ruft, sagt die Frau und fängt selbst an zu schreien und zerkratzt sich das Gesicht, bis es blutet, damit sie den Schmerz in ihrem Herzen weniger spürt.

477 Menschen sind bei lebendigem Leib verbrannt, sagt eine andere Frau.

Sie haben die Türen des Kinosaals von außen verschlossen, sagt ein Mann.

Gawasnha, ein Anti-Schah-Film, wurde gezeigt. Die Geschichte eines Mannes, der gegen eine Gewaltherrschaft kämpft.

Sie haben Feuer gelegt, und die Menschen sind lebendig verbrannt.

Sie haben meinen Mann getötet, sagt wieder eine andere Frau. Bisher habe ich in meinem Haus gesessen und habe gekocht und mich um die Kinder gekümmert. Jetzt werde ich hinausgehen und die Mörder meines Mannes finden und seinen Tod rächen, sagt die Frau ohne jeden Hass.

Am Anfang vermuten alle, es ist die Tat des Königs, dann stellt sich heraus, es ist die Tat religiöser Fanatiker, die dieses Verbrechen dem Schah in die Schuhe schieben und ihn damit diskreditieren wollten.

Tags darauf brennen im ganzen Land Kinohäuser. Einen ganzen Monat lang steht das Land in Flammen. Zum zweiten Mal in seiner Geschichte erlebt der Iran einen schwarzen Freitag. Wieder sind die Straßen getränkt mit dem Blut des Volkes.

Nimtadj nennt ihren Film: 19 August 477

Es geht längst nicht mehr um Löhne und die Beteiligung an Gewinn aus dem Ölgeschäft; es geht längst nicht mehr um gerechte Verhandlungen und das Recht der freien Rede, kommentiert Nimtadj zu Bildern, die sie auf den blutgetränkten Straßen der Hauptstadt gemacht hat. Nun gehen die Menschen zu Hunderttausenden auf die Straße und brüllen ganz andere Parolen.

Marg bar Schah, skandieren sie mit einer Stimme.

Sie wollen nur noch den Tod des blutrünstigen Diktators.

Der Kaiser entlässt über tausend politische Gefangene. Doch die Forderung der Straße bleibt die gleiche.

Marg bar Schah – Iran qharqhe mossalsall-ha.

Tod dem Schah. Iran versinkt im Donner der Maschinengewehre.

Iran qharqhe mossalsall-ha, singt Aftab, als wäre es ein Kinderreim.

Iran versinkt im Donner der Maschinengewehre.

Ende Oktober 1978, wenige Monate nach der Hinrichtung seiner Tochter, zeigt das Fernsehen Bilder von wütenden Demonstranten, die mit Benzin gefüllte Flaschen anzünden und sie gegen die Panzer und Fahrzeuge der Armee werfen. Die wehren sich mit Wasserwerfern, und sie schießen scharf, auch auf die streikenden Ölarbeiter, die zu Tausenden mit erhobenen Fäusten durch die Straßen von Abadan ziehen und ihre Parolen skandieren.

Marg bar Schah.

Tod dem Schah.

Jetzt erhält der Mörder meiner Tochter seinen Todesstoß, sagt Eskandar-Agha.

Seht her, ruft Aftab und legt eine Kassette auf den Tisch. Das hat eben jemand über die Mauer geworfen.

Gib her, sagt Nimtadj. Darauf habe ich schon längst gewartet. Das sind Kassetten, die die Anhänger vom Ayatollah in die Gärten und Häuser der Leute werfen. Ayatollah-Khomeini fordert darin aus seinem Exil in Paris die Bevölkerung auf: Erzeugt Flüsse des Blutes.

Wie viel von unserem Blut sollen wir noch geben?, fragt Eskandar-Agha weinend und bereut es sofort, weil Aftab im Zimmer ist.

Der Schah hat meine Mutter getötet, sagt die Kleine. Er hat

mit der Axt ihre Hand abgehackt, weil er wollte, dass sie aufhört zu schreiben.

Soll der Herrgott mich töten, murmelt Eskandar-Agha, damit ich endlich meinen Mund halte. Das arme Kind ist erst sechs Jahre alt.

Komm her, mein kleiner Sonnenschein, sagt Roxana-Khanum. Wir schalten den Fernseher für dich ein, gleich kommt das Kinderprogramm. Setz dich zu deinem Großvater und vertreib die hässlichen Bilder aus seinem und deinem Kopf.

Doch statt des erwarteten Kinderprogramms zeigt das Fernsehen Bilder von wütenden Frauen, die noch nie oder schon längst keinen Schleier mehr getragen haben, aber jetzt in dem Stück Stoff das Symbol ihres Widerstands sehen.

Allah, Allah, Mohammad, Rahbare ma khosh amad!, rufen sie.

Gott, Gott, Mohammad, unser Führer, sei willkommen.

Rahbare ma khosh amad, macht die kleine Aftab die Frauen nach und streckt wie sie ihre Faust.

Ayatollah-Khomeini hat bestätigt, er erhebe keinen Anspruch auf die Führung des Iran, sagt der Nachrichtensprecher. Er will lediglich die politischen und sozialen Verhältnisse im Land verbessern.

Die Leute, die ich filme, glauben dem Ayatollah, sagt Nimtadj. Sie schenken ihm ihr Vertrauen und glauben, er wird sich um die Menschen in den Armenvierteln, und die verarmte Landbevölkerung kümmern. Und sie glauben, dass er politische und gesellschaftliche Freiheit und die Freiheit der Presse bringen wird. Damit hat er sogar die Linken auf seine Seite gezogen.

Er spricht die Sprache, die jeder im Iran versteht, sagt Roxana-Khanum. Wer von uns weiß schon, was Demokratie, Fortschritt und Gleichberechtigung bedeuten? Die Sprache unserer Mullah aber verstehen wir. Schließlich kennt jedes Schulkind die Geschichte von den Leiden des Emam-Hossein.

Ich bin dabei gewesen, sagt Eskandar-Agha.

Möge Gott weiteres Leid von Ihnen fernhalten, sagt Roxana-Khanum und starrt weiter auf den Bildschirm, wo Demonstranten Bilder vom Schah und seiner Familie verbrennen und Fotos von Khomeini und ihren vermissten und toten Angehörigen mit sich führen.

Es ist Januar des Jahres 1979, und es ist kalt, sagt Nimtadj in das Mikrofon ihrer Kamera. Ich stehe mit Abertausenden meiner Landsleute auf der Straße. Die Menschen jubeln und tanzen, weil der König der Könige, der selbstgekrönte Kaiser des Iran, Mohammad-Resa-Pahlawi, den Iran verlässt.

Abends, als sie wieder alle beisammen unter dem warmen Korssi sitzen, zeigt Nimtadj die Bilder Eskandar-Agha. Sie schaltet ihre Kamera ein und bittet ihn, von der ersten Flucht des Kaisers vor 25 Jahren zu erzählen. Doch statt zu sprechen, sieht Eskandar-Agha nur in die Linse ihrer Kamera und schüttelt den Kopf.

Agha-Bozorg, Großvater, sagt die kleine Aftab. Die Kamera wartet, du musst etwas sagen, sonst wird der Film langweilig.

Wieder schüttelt Eskandar-Agha nur den Kopf und starrt vor sich hin.

Aftab schreit: Sprich!

Eskandar-Agha erschrickt zwar, sagt aber noch immer nichts.

Ich will nicht, dass du auch stirbst, sagt Aftab leise und fängt an zu schluchzen und weint und weint und hört erst damit auf, als Eskandar-Agha seine Enkelin ansieht und aufhört, den Kopf zu schütteln. Er streicht Aftab über den Kopf, sieht in die Kamera und sagt: Als Nächstes werden, wie auch bei seiner letzten Flucht, seine Farangi-Freunde folgen. Dieses Mal sind es keine Engelissi, sondern vor allem Amrikai. Sechzigtausend militärische Berater, Geheimagenten und Angestellte der Botschaft.

Eskandar-Agha sieht Nimtadj an und sagt: Du solltest hinausgehen und die Straßen filmen und die Leute fragen, bevor neue Machthaber da sind und alles unter ihre Kontrolle bringen, ihre eigenen Regeln und Gesetze machen und den Leuten verbieten zu sprechen und dir verbieten, es zu filmen.

Das werde ich, sagt Nimtadj und wischt ihrer Nichte die Tränen aus dem Gesicht. Du musst keine Angst haben, meine Kleine, tröstet sie Aftab. Unser Eskandar-Agha wird dich nicht verlassen. Nicht, solange du da bist, sagt Nimtadj und sieht den alten Eskandar-Agha eindringlich an. Er weiß, wie sehr du ihn brauchst. Und du bist die beste Assistentin, die ich je hatte, sagt Nimtadj und kneift ihrer Nichte in die Wange.

Was ist eine Assistentin?, fragt Aftab.

Frag deinen Großvater. Der wird es dir erzählen, sagt Nimtadj, packt ihre Kamera, zieht einen Schleier über und geht hinaus.

Sie filmt junge, bewaffnete Männer, die an allen wichtigen Straßen und Kreuzungen Posten bezogen haben und Passanten und Autos willkürlich und nach eigenem Gutdünken herauswinken und kontrollieren. Solange es hell ist, filmt sie Häuserfassaden und Mauern, die beklebt sind mit endlosen Wandzeitungen und Parolen politischer Gruppen und Parteien, die über Nacht wie Pilze aus dem Boden geschossen sind.

Weder Ost noch West, Islamische Republik, filmt Nimtadj und spricht gleichzeitig in das Mikrofon ihrer Kamera: Eskandar-Agha und meine Mutter haben recht. Im Iran hat niemand Erfahrung mit politischer Arbeit und Parteien. Einzig die Religiösen werden dieses Chaos überleben. Ihre Parolen sind einfach: Weder Ost – noch West – Islamische Republik, na sharqi – na qarbi – jomhouriehe eslami. Und sie versprechen kostenlosen Strom und Wasser für alle. Das versteht jeder.

Zwei Wochen nachdem sie jubelnde und feiernde Menschen gefilmt hat, die die Abreise des Schah gefeiert haben, steht Nimtadj am Meydane Schahyad, dem großen Platz kurz vor dem Flughafen. Wieder jubeln und feiern die Menschen, wie sie es bei der Abreise des Schah getan haben. Dieses Mal begrüßen sie die Heimkehr des Ayatollah-Khomeini, der nach dreizehn Jahren Exil in den Iran zurückkehrt. Anders als der Schah, der mit dem Hubschrauber zum Flughafen geflogen ist, lässt Ayatollah-Khomeini sich mit dem Auto an den Menschenmassen vorbei in die Stadt fahren.

Nachdem seine Kolonne an Nimtadj vorbeigefahren ist, beeilt sie sich, aus dem Gewühl herauszukommen, und rennt ins erstbeste Teehaus, wo sie ihre Kamera mal auf den laufenden Fernseher und mal auf die Gesichter der Männer richtet.

Während der Fernseher Khomeini zeigt, wie er etwas höher auf einem Balkon steht und Hände von Männern berührt, die sich ihm entgegenstrecken, sagt ein Mann im Teehaus: Khomeini verkündet, er ist gegen jedwede Art von Freiheit im westlichen Sinn; gegen die vom Schah eingeführten unsittlichen Freiheiten für Frauen; gegen westliche und nichtreligiöse Musik; gegen westliche Lehren wie Physik und Chemie; gegen moderne Wissenschaften und vieles mehr.

Was sagen Sie dazu?, fragt Nimtadj einen anderen Mann, der schweigend den Fernseher anstarrt.

Ich verstehe nichts von Politik, antwortet der Mann. Ich weiß nur, dass wir zu Millionen auf die Straße gegangen sind, und Abertausende haben ihr Leben und ihr Blut gegeben.

Was wollen Sie damit sagen?, hakt Nimtadj nach.

Nichts, nur das, was ich gesagt habe, antwortet der Mann in Nimtadjs Kamera, nimmt seinen Hut und verlässt das Teehaus.

Wie gewaltige Donner grollen die Parolen der Demonstranten durch die Straßen der Hauptstadt und anderer Städte des Landes.

Na sharqi – na qarbi – jomhouriehe eslami.

Weder Ost – noch West – Islamische Republik.

Marg bar Amrika. Marg bar Esrail, Marg bar Bakhtiar, nokare bi-ekhtiar.

Tod Amerika, Tod Israel, Tod Bakhtiar, dem letzten vom Schah ernannten Premier, der nichts weiter ist als ein Lakai der Amerikaner.

Wieder ein paar Wochen später, es ist bereits dunkel, und

eigentlich will Nimtadj nach Hause, kommt ihr eine Gruppe Männer entgegen, sie tragen blutverschmierte Hemden.

Kommen Sie mit, sagen sie. Wir sind auf dem Weg zum Quartier des Ayatollah-Khomeini. Wir sind Soldaten und Offiziere gewesen, die desertiert sind und uns auf die Seite des Volkes geschlagen haben. Wir haben unsere Hemden aufgerissen und uns mit nackter Brust den Panzern des Königs und der Amrikai gestellt, rufen sie. Jetzt wollen wir an der Macht beteiligt werden.

Nimtadj zögert, schließt sich dann aber den Männern an.

Aber warum gehen Sie nicht zurück in Ihre Kaserne und zu Ihren Posten?, fragt Nimtadj. Das gesamte Militär und seine Führung haben ihre Neutralität angekündigt.

Wir wollen nicht neutral sein, antwortet einer der Männer. Wir gehen zum verehrten Ayatollah, um ihm unsere Hilfe anzubieten.

Khomeini hat eine Mädchenschule besetzt, sagt ein Mann, der eine frische Narbe im Gesicht hat. Die Schule ist gleichzeitig sein Wohnhaus und seine Kommandozentrale. Das Komiteye-Emam ist das erste von ungezählten Komitees, erklärt er.

Die selbst ernannten Wächter sind oft nur Jugendliche, und sie sind schwer bewaffnet, sagt Nimtadj.

Sie sind unsere Revolutionsgarden, sagt der Mann mit der Narbe, und die Komitees sind die neuen Macht- und Kommandozentralen des Landes.

Stimmt es, dass auf dem Dach der Schule täglich Menschen erschossen werden, die vom Ayatollah für schuldig befunden werden?, fragt Nimtadj.

Wer schuldig ist, ist schuldig, antwortet der Mann mit der Narbe in Nimtadjs Kamera.

Geschichte wiederholt sich, sagt Eskandar-Agha, als er Nimtadjs Aufnahmen von der Hinrichtung zweier Männer sieht.

Sie stürmen sogar die privaten Häuser, sagt Nimtadj leise. Menschen wie Sie und ich werden öffentlich gelyncht und gehängt, in ihren eigenen Häusern erschossen und mit dem Beil in Stücke gehackt.

Geschichte wiederholt sich, sagt Eskandar-Agha noch einmal.

Wir werden ins Ausland reisen, verkündet Roxana-Khanum. Wir haben genug Unglück in unserer Familie gehabt.

Mutter, hör endlich auf, zu träumen und falsche Hoffnungen zu wecken, raunt Nimtadj leise, damit Aftab sie nicht hören kann. Die Regierung ist aufgelöst, in den Ämtern, Ministerien, in der Verwaltung und den Banken arbeitet niemand mehr. Der Zoll, die Post sind geschlossen. Selbst im Basar sind die meisten Läden und Buden zu. Der Flughafen und alle Grenzen sind geschlossen. Niemand kann ausreisen. Es sei denn, du willst zu Fuß und heimlich über eine der Grenzen in den Bergen.

Am Abend sitzen alle vor dem Fernseher, als Bilder von Ayatollah-Khomeini über den Bildschirm laufen und er die Islamische Republik Iran ausruft. Aftab reckt die Faust und ruft, na sharqi – na qarbi, jomhouriehe eslami, worauf Eskandar-Agha ihr auf den Kopf haut.

Er ist ein alter Mann, lass ihn, er weiß nicht, was er tut. Er hat es nicht so gemeint, tröstet Roxana-Khanum ihre Enkelin. Aber eins lass dir gesagt sein, wenn du es wagst, auch nur an Politik zu denken, bekommst du es mit mir zu tun. Und das kann ich dir versprechen, anders als der alte Eskandar-Agha habe ich noch Kraft in der Hand.

Der Iran ist ein halbes Jahr lang eine Islamische Republik, als Alexander an einem kalten Novembertag wieder einmal verschwindet. Roxana-Khanum, Agha-Farrokh, Nimtadj und erst recht Eskandar-Agha sind nicht besorgt. Sie haben sich daran gewöhnt, dass er unbemerkt aus seinem Zimmer schleicht, irgendwo im Garten schläft, in die Berge oder sonst wohin fährt und erst nach Tagen zurückkommt und sich wieder in seinem Zimmer einschließt.

Ich weiß, wo mein Vater ist, sagt Aftab. Er hat gesagt, er will den Tod meiner Mutter rächen, und er ist zur Botschaft der Amrikai gegangen.

Als sie dann am Abend im Fernsehen die Nachrichten sehen, wird Roxana-Khanum doch ein wenig nervös. 400 Studenten haben die amerikanische Botschaft besetzt und haben sechsundsechzig Geiseln genommen, unter ihnen den Botschafter.

Khanum, wir sollten auf keinen Fall mit Ihrer auffälligen schwarzen Limousine fahren, sagt Eskandar-Agha. Lassen Sie uns eine Droschke nehmen.

Was ist eine Droschke?, fragt Aftab.

Etwas, das es längst nicht mehr gibt, antwortet Roxana-Khanum. Und meine Limousine ist inzwischen auch nur noch ein Schlafplatz für die Hühner.

Das ist wirklich schade, sagt Eskandar-Agha. Ich bin gerne in Ihrer Limousine gefahren. Und wie kommen wir jetzt zu Mahrokh-Khanum? Sie ist die Einzige, die uns in dieser Lage helfen kann.

Wer ist Mahrokh-Khanum?, fragt Aftab.

Noch eine, die es längst nicht mehr gibt, antwortet Roxana-Khanum.

Als die Nachrichten zu Ende sind und ein Mullah den Koran rezitiert, schimpft Eskandar-Agha, sein Arabisch ist schlecht, es tut in den Ohren weh, ich kann das besser, sagt Eskandar-Agha und murmelt die Suren leise mit.

Habt ihr gehört?, fragt Nimtadj. Die Geiselnehmer verlangen von den Amrikai, dass sie den Schah ausliefern. Sie haben Angst, dass die Amrikai, wie zu Mossadeghs Zeiten, den König wieder stärken und ihm auf den Thron zurückhelfen.

Ich habe für Mossadegh gearbeitet, sagt Eskandar-Agha.

So ein Unsinn, sagt Nimtadj. Schließlich haben die Amrikai selbst den Schah verjagt und Khomeini Tür und Tor geöffnet.

Psst, macht Roxana-Khanum, das Kind. Sprich nicht über diese Dinge vor ihr. Nachher verplappert sie sich vor irgendjemandem und bringt uns alle in Gefahr.

Ich werde mich nicht verplappern, sagt Aftab.

Stellen Sie bitte den Fernseher lauter, ruft Agha-Farrokh, sobald das Gesicht des Nachrichtensprechers wieder auf dem Bildschirm erscheint.

Die amerikanische Regierung hat jeglichen iranischen Besitz in den USA eingefroren, verkündet der Sprecher.

Ob die wohl auch mein Konto eingefroren haben?, fragt Roxana-Khanum.

Sie haben Konten in Amrika?, wundert Agha-Farrokh sich.

Die Regierung der USA hat sechs Hubschrauber zur Befreiung ihrer Geiseln geschickt, sagt der Nachrichtensprecher. Sie sind jedoch in einem Sandsturm abgestürzt.

Die haben sie selber heruntergeholt, sagt Eskandar-Agha. Sie wollen ihre Leute gar nicht befreien, sie brauchen den Iran als Feind.

Ein paar Wochen ist die Botschaft besetzt, da taucht Alexander wieder auf. Er küsst seine Tochter auf die Stirn, sagt, salam Sahra-djan, und verschwindet wieder in seinem Zimmer.

Baba-djan, ich bin Aftab, sagt Aftab.

Gott ist gütig, sagt Roxana-Khanum. Er hat mir meinen Sohn zurückgegeben. Als Zeichen ihrer Dankbarkeit schenkt sie dem ersten Bettler, der an ihre Tür klopft, einen ihrer alten Pelzmäntel.

Khanum, wenn Sie jedes Mal, wenn der Junge verschwindet und wieder auftaucht, als Dank einem Bettler einen ihrer Mäntel schenken wollen, garantiere ich Ihnen, werden Sie schon bald keinen einzigen ihrer kostbaren Pelzmäntel mehr besitzen, sagt Agha-Farrokh. Und er behält recht.

Denn als nach 444 Tagen die Geiseln freigelassen werden, ist Alexander so oft verschwunden und wieder aufgetaucht, dass von den wertvollen Mänteln, die Roxana-Khanum besessen hat, nur noch ein Hauch ihres Geruchs im Schrank übrig ist.

Bring mir einen Stift und Papier, bittet Eskandar-Agha seine Enkelin Aftab.

Lassen Sie mich für Sie schreiben, Agha-Bozorg, sagt Aftab.

Du kannst schreiben?, fragt Eskandar-Agah.

Ich habe die beste Note im Diktat.

Wie alt bist du?

Ungefähr zwei Wochen älter als das letzte Mal, als Sie mich gefragt haben, aber noch immer neun Jahre alt.

Du hast in meinen Notizen gelesen.

Das habe ich, gibt Aftab unumwunden zu. Und jetzt diktieren Sie.

Hiermit vermache ich all meine Notizen und Fotografien meiner lieben und geliebten Enkelin Aftab, diktiert Eskandar-Agha.

Das ist alles?

Das ist alles.

Da fehlt noch etwas, sagt Aftab und liest laut mit, während sie es schreibt: Damit die Erinnerungen nicht verloren gehen.

Damit die Erinnerungen nicht verloren gehen, sagt Eskandar-Agha und tätschelt seiner Enkelin den Kopf. Kleb den Zettel in deinen eigenen Notizblock, damit er nicht verloren geht.

Und jetzt gib mir den Stift und meinen eigenen Block, sagt Eskandar-Agha und schreibt: Während die Welt glücklich ist, dass die Geiselnahme in der Botschaft der Amrikai zu Ende ist, beklagt das Volk der Kurden, dass es bis heute die versprochene Freiheit nicht bekommen hat.

Eskandar-Agha schreibt und schreibt, schließlich sagt er, ich bin müde und kann nicht mehr schreiben, ich will etwas diktieren.

Diktieren Sie, sagt Nimtadj und setzt sich zum alten Eskandar-Agha.

Schreib bitte Folgendes: Seit die Grenzen des Landes wieder offen sind, wird der alte Eskandar-Agha nicht müde, seiner verehrten Roxana-Khanum nahezulegen, es zu tun wie alle anderen, die über das nötige Geld und ein Visum verfügen. Hast du das?, fragt Eskandar-Agha.

Ja, habe ich, sagt Nimtadj und muss lachen, denn sie weiß, wie sein Text weitergehen wird. Agha, Sie wissen doch, dass meine Mutter im Iran bleiben will.

Aber hier seid ihr nicht sicher, sagt Eskandar-Agha. Denkt wenigstens an die Kleinen unter uns, sagt er und deutet auf seine Enkelin Aftab.

Und was wird aus Ihnen, wenn wir gehen?, fragt Aftab.

Wenn wir überhaupt gehen sollten, dann nehmen wir ihn natürlich mit, antwortet Roxana-Khanum.

Einen alten Baum wie mich kann man nicht verpflanzen, sagt Eskandar-Agha.

Wartet es nur ab, antwortet Roxana-Khanum, dieser alte Baum wird uns alle noch überleben.

Ich werde nirgendwohin gehen, erklärt Agha-Farrokh. Der Iran ist meine Heimat, und ich bleibe. Wir haben doch alles, was wir zum Leben brauchen. Auslauf im Park, ein großes Haus, das Gärtnerhaus, sogar zwei Pavillons. Die meisten Menschen in unserem Land müssen sich mit wesentlich weniger begnügen.

Wir können Leute zu uns einladen, damit sie bei uns wohnen, sagt Aftab und meint es vollkommen ernst.

Vielleicht sollten wir das tun, sagt Nimtadj. Ayatollah-Khomeini jedenfalls hat sein Versprechen gehalten und eine Organisation, die Bonyad-e Mosta-zafin, gegründet, die sich um die Armen kümmern soll.

Und woher hat er das Geld?, fragt Agha-Farrokh.

Das ist nationales Eigentum, antwortet Nimtadj. Die königliche Familie hat es dem Volk weggenommen, und nun wird es dem Volk wieder zugeführt. Das ist gut.

Ich bete zu Gott, dass der Emam und sein Bonyad es schaffen, dem Hunger und Leiden, der Rückständigkeit und Armut in unserer Heimat ein Ende zu bereiten, sagt Eskandar-Agha und schickt ein kleines Gebet zum Himmel direkt über sich.

Der Kaiser und sein Clan sind viel reicher und mächtiger gewesen, als irgendjemand es sich hätte vorstellen können. Hunderte Fabriken, Handelsunternehmen, Farmen, Apartmenthäuser, ganze Kaufhäuser, Bürogebäude, sogar die größten Nachrichtenagenturen und Krankenhäuser haben sie sich unter den Nagel gerissen.

Agha-Farrokh zuckt die Schultern. Gehört es jetzt dem Volk?

Sie bauen Straßen, sagt Eskandar-Agha, aber niemand beachtet ihn. Das ist schlau von ihnen, sagt er wieder ungehört. Denn dass er nicht genügend Straßen gebaut hat, um den Zugang zu den Dörfern leichter zu machen, ist einer der größten Fehler des Kaisers gewesen, sagt Eskandar-Agha und findet endlich Zuhörer.

Sie haben recht, sagt Nimtadj. Die religiösen Propagandamacher, zu denen auch eine bestimmte Person gehört hat, die wir kennen, sagt Nimtadj –

– meinst du meinen Vater?, fragt Aftab.

Nimtadj ignoriert sie und sagt, Wochen und Monate haben die Religiösen sich in den Dörfern und Ortschaften aufgehalten, und weil nicht einmal ein Schotterweg in die Dörfer geführt hat, konnten sie ungestört die Leute für sich gewinnen. Und der SAVAK hat nichts davon mitbekommen.

Ich weiß, dass ihr über meinen Vater sprecht, sagt Aftab. Ich habe es selber in den Aufzeichnungen von Eskandar-Agha gelesen. Er ist einer von denen gewesen, die in den Dörfern für den verehrten Ayatollah geworben haben.

Sie bauen Straßen, wiederholt Eskandar-Agha, damit sie unser riesiges Land bis in die hintersten Ecken unter ihre Kontrolle bringen können.

Noch eine, die Geschichten erzählt

Der Winter geht, und Eskandar-Agha wechselt seinen Platz vom warmen Korssi zur kühlen Veranda, und im nächsten Winter geht er zurück ins Zimmer unter sein Korssi.

Seine Enkelin Aftab wird mit jedem Jahr ihrer Mutter Sahra ähnlicher.

Alexander verlässt sein Zimmer so gut wie nie.

Bettler kommen an die Tür.

Freunde, Verwandte, vollkommen Fremde finden Unterschlupf im Gärtnerhaus oder einem der vielen Zimmer im Haupthaus.

Eskandar-Agha hockt vor dem Radio und dem Fernseher. Warum tragen die Frauen noch immer Kopftuch?, fragt er, Schließlich ändern die Zeiten sich, und wir müssen uns mit ihnen verändern.

Aftab überredet ihren Großvater, mit ihr in den Garten hinauszugehen, und lässt sich von ihm zeigen, wie man Rosenstöcke und Obstbäume beschneidet.

Aftab kommt von der Schule nach Hause und sagt: Sie haben Mädchen den Sportunterricht gestrichen. Nun werde ich steif und ungelenkig werden.

Das muss nicht sein, antwortet Eskandar-Agah. Du kannst im Garten deine Übungen machen.

Aber nur, wenn Sie mitmachen, sagt Aftab.

Jetzt müssen wir dem Emam danken, sagt Nimtadj zu ihrer Nichte und filmt den turnenden Eskandar-Agha. Wenn du es schaffst, dass er das jeden Tag macht, bekommst du von mir eine richtig große Belohnung.

Es ist wie ein Wunder, sagt Roxana-Khanum, unser Eskandar-

Agha wird wieder richtig jung. Das will ich auch, sagt sie und macht nicht nur selber bei den täglichen Übungen im Garten mit, sondern zwingt auch ihren Farrokh-Agha dazu.

Was machst du?, fragt Eskandar-Agha, als er Nimtadj inmitten ihrer Filmschnipsel sieht.

Einen Film über die streikenden Ölarbeiter, antwortet sie.

Die Ölarbeiter streiken?

Sie wollen Ayatollah-Khomeini an sein Versprechen erinnern, dass er ihnen höhere Löhne und eine Beteiligung an den Gewinnen aus dem Petroleumgeschäft versprochen hatte.

Wenn du willst, gebe ich dir Bilder der Ölarbeiter aus der Zeit von Mossadegh, sagt Eskandar-Agha. Oder meine Notizen über die Ölarbeiter aus der Zeit von Resa-Khan.

Was wird als Nächstes geschehen?, fragt Nimtadj.

Als Nächstes?, fragt Eskandar-Agha und überlegt. Als Nächstes fließt immer Blut, sagt er und behält recht.

Sowohl zu den Ölarbeitern als auch zu den Kurden schickt die Regierung Soldaten, Panzer und Kampfjäger.

Nimtadj bringt einen neuen Gast im Gärtnerhaus unter. Er ist ein Journalist und hat einen Artikel von Amnesty International vervielfältigt und verteilt.

Was steht in dem Artikel?, fragt Eskandar-Agha.

Täglich werden fünfzig, manchmal sogar mehr als hundert Menschen hingerichtet.

Schick deinen Freund über die Berge in den Norden, sagt Eskandar-Agha und fragt, worüber wird dein nächster Film sein?

Weiß ich noch nicht, lügt Nimtadj.

Lüg nicht, sagt Eskandar-Agha.

Ich bin über vierzig Jahre alt. Ich werde doch wohl machen können, was ich will.

Und was sollte das sein?

Schaltet den Fernseher ein, ruft Roxana-Khanoum aufgeregt. Es ist Krieg. Ich habe es gerade im Radio gehört. Saddam hat uns angegriffen. Sie sagen, die Amerikaner haben ihn unterstützt, und er hat den Süden unseres Landes angegriffen.

Er verstößt gegen alle internationale Konventionen, und die Amerikaner und europäische Länder unterstützen ihn dabei, sagt der Nachrichtensprecher in die Kamera.

Nun haben die Farangi also Iraks Armee aufgerüstet und Saddam zu einem blutrünstigen Diktator gemacht, sagt Nimtadj. Er soll erreichen, was sie selber nicht geschafft haben, und uns in die Knie zwingen.

Ich weiß, was du denkst, sagt Eskandar-Agha. Lass es. Du nützt niemandem damit, wenn du dich in Gefahr begibst. Denk an deine Mutter, an deine Nichte und deinen Bruder.

Das habe ich immer getan, antwortet Nimtadj und tut, wie Eskandar-Agha ihr rät, und geht nicht in den Süden, um das Kriegsgeschehen zu filmen.

Doch gegen Ende des Krieges lässt Saddam im Dorf Halabdja, wo vorwiegend Kurden leben, chemische Waffen einsetzen. Er richtet ein regelrechtes Massaker an. Über 5000 Kinder, Frauen und Männer werden binnen weniger Stunden durch das Gas ermordet. Nun können weder Eskandar-Agha noch sonst jemand Nimtadj davon abhalten, in das kurdische Dorf zu reisen. Heimlich und auf gefährlichem Weg geht sie allein über die Grenze.

Frauen mit Kindern auf dem Arm, die sie schützend an sich pressen, Menschen auf der Flucht sind einfach umgefallen und liegen einer neben dem anderen, als hätte jemand sie ordentlich in eine Reihe gelegt. Sie sehen aus, als würden sie jeden Moment wieder aufstehen und dort weitermachen, wo sie gerade aus dem Leben gerissen worden sind.

Nimtadj muss sich die Worte, die sie zu ihren Bildern spricht, nicht lange überlegen: Menschen, wie bunte Blumen, die man abgeschnitten und auf die Gehwege und in die Gassen gelegt hat.

Sie nennt ihren Film Der Schlüssel zum Paradies und zeigt ihn an der Universität und sogar in einem richtigen Kino. Der Film beginnt mit einer Explosion. Saddam bombardiert den Süden des Landes. Die Ölförderanlagen sind zerstört. Aber auch Bilder von zerbombten Gegenden in Teheran und anderen Städten zeigt sie. Dann sind Jungen zu sehen, die einen Plastikschlüssel um den Hals gehängt bekommen, auf die Ladefläche von Lastwagen klettern, lange fahren, auf der Ladefläche ihre Köpfe aneinanderlehnen oder sich gegenseitig in den Schoß legen und erschöpft einschlafen. Im Süden des Landes steigen sie aus und gehen in Minenfelder.

Der Schlüssel um ihren Hals öffnet den Jungen das Tor zum Paradies, erklärt ein Offizier.

Acht lange Jahre werden auf beiden Seiten eine Millionen Menschen getötet. Die Grenze zwischen den beiden Ländern verschiebt sich um keinen Millimeter.

Die Menschen haben sich längst wieder an die knappen Waren, den Stromausfall, eine Verwaltung, die nicht funktioniert, den Hunger und die täglichen Bombardierungen, die Verletzten und Toten gewöhnt.

Doch dann vergeht auch das, und eines Tages kommt Aftab zu Eskandar-Agha gerannt. Agha-Bozorg, Großvater, ruft sie, der Krieg ist zu Ende. Jetzt können wir anfangen, unsere Heimat wiederaufzubauen.

Eskandar-Agha sieht von seiner Schreibarbeit auf, streicht seiner Enkelin über den Kopf und nickt.

Die meiste Zeit ihres Schullebens hat Aftab im Krieg verbracht, trotzdem schafft sie ihren Abschluss.

Das sind gute Noten, sagt ihr Großvater stolz. Und was willst du nun werden?

Ich werde wie Sie und Tante-Nimtadj Geschichtenerzählerin, antwortet Aftab.

Ist das inzwischen ein richtiger Beruf, für den man richtiges Geld bekommt?

Ich denke schon.

In diesem Fall wird es also möglich sein, diesen Beruf an der Universität zu studieren?

Ich denke schon.

Worauf wartest du dann noch?, fragt ihr Großvater. Schreib dich ein, und fang an zu lernen, was es für dich zu lernen gibt. Und wenn du Fragen hast, komm zu mir. Schließlich bin ich der erste Geschichtenerzähler in der Familie.

Aftab liest die Notizen ihres Großvaters, ordnet die Fotografien, macht neue Abzüge von Bildern, die inzwischen vergilbt sind; sie öffnet Umschläge, fertigt Fotokopien von Zeichnungen und beschriebenen Zetteln an; sortiert alles im Sinne der staatlichen Zensur in unbedenklich und bedenklich und filmt und fotografiert die Kartons und Kisten und ihren Inhalt.

Fünf Jahre später gibt Aftab ihre Abschlussarbeit ab: damit Erinnerungen nicht verloren gehen oder vom Wert persönlicher Aufzeichnungen für die Entwicklung der Gesellschaft.

Mit ihrem Abschlusszeugnis der Teheraner Universität bewirbt sie sich bei Zeitungen und Verlagen, beim Hörfunk und schließlich beim staatlichen Fernsehen und bekommt eine Anstellung. Sie erstellt Reportagen und Dokumentationen.

Im Jahr darauf fliegt Aftab mit ihrer Tante-Nimtadj in den Süden des Landes und macht ihren ersten eigenen Dokumentarfilm: Auf den Spuren meiner Mutter. Das Wasser und die Schlangen des Südens.

Noch bevor das erste Bild zu sehen ist, hört man das leise Plätschern von Wasser, dann wird die Leinwand grell, und das erste Bild erscheint. Kilometer für Kilometer sieht man nichts als Wasser. Auf den zweiten Blick erkennt man, es ist eine Überschwemmung, denn aus dem Wasser ragen Häuser heraus, Sträucher, Felder, auf denen das Korn noch steht, und Bäume.

Saddam Hussein staut das Wasser des Flusses, der aus dem Iran kommt und weiter in den Irak fließt, sagen die Leute in die Kamera. Dadurch werden hier bei uns Straßen und Wege, Wiesen und fruchtbare Felder, von denen wir uns ernährt haben, unsere

Häuser und Hütten überschwemmt. Unser ganzes Leben, unsere Existenz steht unter Wasser, sagt ein alter Mann, schiebt seine Brille zurecht und sieht Aftab schweigend an. Das Wasser glitzert in der Sonne und sieht sogar anmutig aus, und es erinnert an die Reisfelder des Nordens.

In der nächsten Einstellung sieht man in der Ferne mitten im leuchtenden Wasser kahle Bäume, an denen eigenartige lange Girlanden hängen. Als die Kamera näher an die kahlen Äste heranzoomt, erkennt man, die Girlanden sind Schlangen.

Um sich in Sicherheit zu bringen, retten sie sich auf Bäume, erklärt ein Fischer, der Aftab und ihren Kameramann auf seinem Boot hinaus auf die überschwemmten Felder begleitet. Tagelang hängen sie wie Schmuckketten in unterschiedlichen Größen und Farben an den Ästen, bis sie erschöpft sterben, ins Wasser fallen oder tot an den Ästen hängen bleiben, sagt der Fischer.

Als ihr Vater Alexander ihren Film sieht, schreibt er seiner Tochter auf einen Zettel, den er ihr unter der Tür herausschiebt: Deine Mutter wäre stolz auf dich, und auch ich bin stolz, dich als Tochter zu haben, auch wenn ich weiß, dass ich keinen Anteil an deiner Entwicklung gehabt habe.

Eskandar-Agha wird berühmt

Nun ist mein Agha-Bozorg einhundert oder sogar noch mehr Jahre alt, schreibt Aftab. Mein Großvater ist eingefallen, aber er lebt, und sein Verstand funktioniert bestens. Manchmal habe ich den Eindruck, er funktioniert besser als mein beinah dreißig Jahre junger Verstand.

Das Leben und die Jahre, Unruhen, Kriege, Revolutionen, hohe Preise, Bestechungsgelder und die Krankheit meines geliebten Vaters haben so sehr an dem Vermögen meiner Großmutter-Roxana gezehrt, dass wir das große Haus und den Park verkaufen mussten.

Meine Großmutter-Roxana und ihr Farrokh-Agha sind froh, nicht mehr in dem alten, zugigen Gemäuer leben zu müssen, Hauptsache, sie können zusammenbleiben.

Mein armer kranker Vater-Alexander bekommt ohnehin nicht mehr mit, wo er lebt, er verlässt das Haus und sogar sein Zimmer so gut wie nie, denn er erträgt die Nähe von Menschen nicht. Hauptsache, man lässt ihn in Ruhe, er kann seine Bücher und vor allem unsere Notizen und Aufzeichnungen lesen und unsere Filme und Fotos begutachten und kommentieren.

Meine Tante-Nimtadj tut mir leid, und ich kann ihr nicht so recht glauben, dass es ihr gut geht. Ich fürchte, sie hat ihr gesamtes Leben meiner Großmutter-Roxana und ihrem Bruder Alexander, also meinem Vater, geopfert.

Mein Großvater, Eskandar-Agha, ist mit allem einverstanden. Hauptsache, ich, seine Enkelin, und die anderen, die er zu seiner Familie zählt, sind in seiner Nähe, und er hat ein Radio und einen Fernseher, die ihm von morgens bis abends Geschichten erzählen, die er dann wiederum uns erzählt, auch wenn wir selber dabei gewesen sind, sie selber mit angesehen und gehört haben.

Und ich? Mir fehlen der große Park, die alten Bäume, die Rosen, aber ich mag das neue Haus. Der Ortswechsel wird mich und uns alle auf neue Gedanken bringen. Für mich ist die Hauptsache, ich kann bei meiner Familie sein und meine Arbeit machen. Beides liebe ich und ehrlich gesagt gibt es ja auch keinen Unterschied zwischen meinem Leben und meiner Arbeit. Jeder Einzelne in der Familie ist so reich an Geschichten und Erlebnissen, dass ich noch Jahre über sie in meinen Filmen und Berichten erzählen kann.

Gerade mache ich einen Film zum Thema Schizophrenie und Depression und stelle dafür das Leben meines geliebten Vaters nach. So hat auch er Anteil an meinem Leben und an meiner Entwicklung. Das wird ihn freuen.

Unser neues Haus liegt noch nördlicher als das alte. Hier gibt es noch Kühe und Schafe, Hühner und Hähne, Schottergassen ohne Asphalt. Eskandar-Agha sagt, hier ist es wie in seinem Dorf ohne Namen. Selbst der Bach und der große Baum in der Dorfmitte erinnern ihn an seine Kindheit. Und er hat mir Zeichnungen gezeigt, die er vor vielen Jahren angefertigt hat. Irgendwann werde ich auch die benutzen.

Ich genieße diese Idylle und komme mir manchmal vor, als würde ich zusammen mit meiner Großmutter-Roxana und Eskandar-Agha in ihrer Vergangenheit leben, die mit der Zeit immer verklärter und schöner wird.

Natürlich wird unser Haus nicht das einzige moderne in diesem Dorf bleiben. Schon bald werden noch mehr große und moderne Häuser mein kleines Idyll verdrängen, und die Hauptstadt wird sich immer weiter hinauf in die Berge fressen. Ich sollte mich beeilen und alles filmen, bevor das passiert.

Mein Großvater-Eskandar sagt, ich soll nicht traurig sein, die Zeiten verändern sich, und wir müssen uns mit ihnen verändern.

Bis auf meinen Vater-Alexander halten wir uns alle die meiste Zeit hier im großen Salon mit seinen riesigen Fenstern zum Garten hin auf. Wir essen hier, sitzen beisammen, diskutieren und sehen fern, und vor allem scheint jeder von uns ständig an irgendwelchen neuen Geschichten zu arbeiten.

Was schreibst du?, ruft Eskandar-Agha mit dünner Stimme seiner Enkelin zu.

Ich schreibe, dass wir alle immerzu in diesem Zimmer hocken, statt hinauszugehen und unsere müden und alten Knochen zu bewegen, antwortet Aftab.

Alte Knochen?, fragt Eskandar-Agha. Meine Glieder sind eingerostet und steif, und mein Rücken ist krumm wie der vom Krummen-Morad, aber auf einen Stock gestützt kann ich noch immer bis zum alten Baum im Dorf gehen.

Möge Gott Ihre Gesundheit erhalten und Ihr Leben verlängern, antwortet Aftab.

Mit deinen über dreißig Jahren bist du auch nicht mehr die Jüngste, sagt Eskandar-Agha, warum heiratest du nicht?

Warum sollte ich?, antwortet Aftab selbstbewusst. Tante-Nimtadj hat auch nicht geheiratet, und sie sagt, dass sie glücklich ist. Außerdem wissen Sie genau, noch bin ich keine dreißig.

Oh, sagt Eskandar-Agha, sagt Nimtadj das? Die Wahrheit allerdings ist, sagt Eskandar-Agha und hält inne, die Wahrheit, wiederholt er, als müsste er sich seine Worte zurechtlegen, bevor er sie spricht. Nimtadj konnte nicht heiraten, sagt er schließlich, die Zeiten sind schlecht gewesen.

Und Sie glauben, jetzt sind die Zeiten gut?

Ich weiß nicht, sagt Eskandar-Agha. Wenn man ein ganzes Jahrhundert in dieser Welt gewesen ist, kann man nicht mehr so gut einschätzen, ob die Zeiten gut oder schlecht sind.

Ein Jahrhundert ist eine gute Lebenszeit, antwortet Aftab. Es gibt nicht viele Menschen, die dieses Alter erreichen, sagt Aftab und malt die Zahl in ihren Block, der aufgeschlagen vor ihr liegt. Agha-Bozorg, sagt sie, was halten Sie davon, wenn wir eine Reportage fürs Fernsehen über Sie machen? Wir werden in den

Süden reisen und mit Ihrem Dorf ohne Namen beginnen. Und wir werden mit Ihrem jetzigen Leben in diesem wunderbaren Dorf hier enden.

Willst du mich umbringen?

Ob Sie nun hier sitzen oder im Flugzeug, welchen Unterschied macht es?, fragt Aftab grinsend, denn sie weiß genau, dass sie mit einem Flug ihren alten Großvater ködern kann. Das schaffen wir, sagt sie. Wie gefällt Ihnen der Titel?

100 Jahre – Eskandar-Agha & das persische Naft.

Gut, gut, sagt Eskandar-Agha und lacht leise vor sich hin. Wenn ich endlich wieder mal in den Genuss komme, eine Reise mit dem Flugzeug zu machen, habe ich nichts dagegen. Dann werde ich dir alles erzählen, sagt Eskandar-Agha. Von meiner Mutter, die am liebsten davongelaufen wäre; von meinem Vater, der Opium geraucht hat; und vom Reiter-Hodjat, der mir meinen Namen gegeben hat. Ich werde von Mesterr-Richard mit seinem gelben Haar und seinem Geheimnis erzählen und von Palang-Khan, dem großen Tiger, er ist der Mann von Mahrokh-Khanum, deiner unglückseligen Urgroßmutter, nein, Stiefurgroßmutter, gewesen.

Aftab sieht Eskandar-Agha an und schreibt in ihren Block: Und wann werden Sie mir von meiner richtigen Großmutter, Khadije-Khanum, der Mutter meiner verstorbenen Mutter-Sahra, erzählen?

Was ist?, fragt Eskandar-Agha. Was schreibst du da?

Ich habe geschrieben, dass Sie mir von Palang-Khan, dem Führer des Stammes der Bakhtiari erzählen werden, lügt Aftab und spielt verlegen mit dem Farvahar-Anhänger, der um ihren Hals hängt.

Schalte den Apparat an, unterbricht Eskandar-Agha seine Enkelin. Ich will Nachrichten sehen.

Aftab bedient die Fernbedienung unauffällig und grinst.

Wie machst du das?, fragt Eskandar-Agha. Früher mussten wir aufstehen und einen Knopf drücken, damit der Apparat anspringt.

Agha-Bozorg, Sie wissen doch, antwortet Aftab. Ich kann zaubern.

Wer ist das?, fragt Eskandar-Agha.

George Bush, erklärt Aftab. Er ist der Präsident der Amrikai.

Was sagt er? fragt Eskandar-Agha.

Er sagt, der Iran, Nordkorea und Irak sind die Achse des Bösen.

Aber du sagst doch, die Terroristen waren Araber, und sie haben in Alman und Afghanistan gelebt.

Das sage ich nicht nur, das ist Wahrheit.

Und warum weiß der Präsident der Amrikai es nicht?

Agha-Bozorg, spielen Sie nicht den Naiven, sagt Aftab und lacht. Mich können Sie so leicht nicht täuschen.

Warum streiken diese Busfahrer?, erkundigt sich Eskandar-Agha bei der nächsten Meldung.

Weil die Regierung ihnen bessere Lebensbedingungen versprochen hat, sagt Aftab.

Wann fliegen wir?, fragt Eskandar-Agha.

Sobald ich alles vorbereitet habe, antwortet Aftab.

Deine Filme brauchen doch immer Ewigkeiten, bis sie fertig sind, sagt Eskandar-Agha. Lass uns nicht zu lange warten. Je früher wir fliegen, desto besser. Schließlich werden auch meine Knochen nicht jünger, sagt er und grinst. Sicher ist sicher.

Keine Sorge, sagt Aftab, ich werde mich gleich an die Arbeit machen.

Gut, gut, antwortet Eskandar-Agha und lacht.

Bevor Aftab allerdings die nötigen Genehmigungen bekommt und alles organisiert hat, vergeht beinah ein halbes Jahr. Schließlich aber stehen sie vor der Raffinerie in Abadan, die Kamera ist aufgebaut, Aftab hat einen Klappstuhl für Eskandar-Agha aufgestellt, der aber besteht darauf, ihre erste Frage stehend zu beantworten.

Zu Ehren der wahren Helden unserer Heimat, erklärt er in die Kamera, will ich stehen. Die wahren Helden sind die streikenden Ölarbeiter und Busfahrer, Sie setzen sich für bessere Lebensbedingungen ein. Sie kämpfen für ihr Recht. Sie gehen das Risiko ein, verhaftet zu werden und im berüchtigten Trakt 209 des Evin-Gefängnisses zu landen.

Agha-Bozorg, bitte, Sie wissen doch, dass ich so was nicht senden kann, sagt Aftab lachend. Es sei denn, Sie wollen, dass wir allesamt verhaftet und ebenfalls in besagtem Trakt landen.

Das wäre doch eine Nachricht wert, sagt Eskandar-Agha, wenn sie einen über hundert Jahre Alten wegen politischen Verrats oder sonst was hinter Gitter bringen.

Agha-Bozorg, mahnt Aftab und lacht jetzt nicht mehr.

Dann hebst du die Aufnahme eben auf, antwortet Eskandar-Agha. In meinen Kisten ist noch eine Menge Platz. Auf diese Weise geht die Erinnerung nicht verloren. Und wer weiß, sagt er. Vielleicht kommt ja die Freiheit doch noch eines Tages in unsere Heimat, und dann kannst du es senden.

Nachdem der Kameramann die Kassette ausgetauscht hat, sagt Aftab, Sie sind einer der ältesten Menschen unseres Landes –

Und der Welt, unterbricht Eskandar-Agha sie.

Und Sie haben schon alle möglichen Menschen und Herrscher kommen und gehen sehen. Wie ist Ihrer Meinung nach ein echter Iraner?

Du bist doch meine Enkelin, und wir sind zusammen in Persepolis gewesen, antwortet Eskandar-Agha, worauf der Kameramann Aftab einen genervten Blick zuwirft.

Agha-Bozorg, bitte beantworten Sie einfach nur die Frage, es ist nicht nötig, dass die Leute wissen, dass Sie und ich verwandt sind.

Also, bist du nun dort gewesen?

Ja, bin ich.

Siehst du, und dort kannst du ganz genau sehen, was Iraner für Menschen sind. In allen Skulpturen, Reliefs und nachgestellten Szenen, die du dort siehst, findest du keine Gewalt, keine Waffen, keinen Hass. Stattdessen findest du Menschen aus aller Herren Länder vereint und mit der Hand auf der Schulter eines Fremden, in Freundschaft und in Frieden.

Agha-Bozorg, seither sind mehr als 2500 Jahre vergangen.

Willst du nun meine Meinung oder doch lieber deine eigene?, fragt Eskandar-Agha und lässt sich nun doch in den Stuhl sinken, worauf der Kameramann das Stativ niedriger stellen und seine Kamera neu einrichten muss.

Darauf wartet Eskandar-Agha allerdings nicht, er erzählt einfach weiter. Alexander der Große, von dem ich meinen Namen habe und der Takhte-Jamshid oder, wie die Farangi es nennen, Persepolis zerstört hat, ist nur einer von vielen gewesen, die unsere Heimat überfallen haben. Also mussten Iraner sich seit jeher und wieder und wieder auf Krieg, Invasoren und neue Herrscher und Besatzer und ihre Kulturen und Gewohnheiten einstellen. Was, glaubst du, macht das mit einem Menschen?, fragt Eskandar-Agha und wartet.

Sagen Sie es uns, bittet Aftab geduldig.

Es macht einen Menschen vorsichtig, und es macht ihn flexibel und biegsam. Ghengis-Khan, die Mongolen, Alexander, die Moslems, die Briten, die Russen, die Amerikaner, sie alle sind in unser Land eingefallen, und wir haben es wieder und wieder geschafft, uns anzupassen, damit wir nicht vernichtet werden und untergehen.

Aber Alexander der Große hat die persische Prinzessin Roxana geheiratet, wendet Aftab ein. Und er hat seinen Männern befohlen, es ihm gleichzutun, und sie haben in einer Massenzeremonie persische Frauen geheiratet. Also haben nicht wir uns seiner, sondern er hat sich unserer Kultur angepasst.

Weil er erkannt hat, dass unsere Kultur wertvoll ist, antwortet Eskandar-Agha zufrieden.

Gewesen ist. Agha-Bozorg. Wie gesagt, 2500 Jahre sind eine lange Zeit. Also gut. Lassen wir das.

Wusstest du, dass das persische Großreich, der Iran, das jemals größte Reich der Welt gewesen ist?, fragt Eskandar-Agha stolz. Wir waren die erste Großmacht der Welt, die religiöse und kulturelle Freiheit praktiziert hat. Und unser König Cyrus hat die erste

Charta der Menschenrechte verfasst und danach regiert. Er hat gesagt: Ich werde niemals Krieg führen, um regieren zu können.

Und heute?, fragt Aftab noch immer geduldig. Heute werden Minderheiten verfolgt, es gibt nur eine Partei, und Präsident darf nur ein Mann werden, und der muss auch noch vom höchsten Wächterrat zugelassen sein.

Bist du sicher, dass du diese Frage senden kannst?, fragt Eskandar-Agha.

Genervt hält der Kameramann die Kamera abermals an und wechselt die Kassette.

Dieses Mal wartet Eskandar-Agha auf ihn.

Stell dir vor, was passiert wäre, wenn die Farangi uns in Ruhe gelassen hätten, und wir hätten unsere Demokratie aufgebaut.

Ja? Was wäre dann?, fragt Aftab.

Dann hätten andere Länder es uns nachgemacht, und jeder würde über sein eigenes Petroleum, seine eigenen Bodenschätze und sein eigenes Schicksal entscheiden, und kein Engelissi und kein Amrikai hätte bei uns oder in einem anderen Land so viele Reichtümer verdient. Nein, mein Kind, sagt Eskandar-Agha, die Welt, in der wir leben, hat keinen Platz für Freiheit.

Also verhindert das Petroleum Freiheit?

Habe ich dir schon erzählt, dass ich dabei gewesen bin, als es aus dem Boden geschossen kam?, fragt Eskandar-Agha, hält inne und sagt, aber ich erinnere mich nicht mehr, wie es gewesen ist. Das müssen wir in meinen Notizen nachlesen, da habe ich alles aufgeschrieben.

Agha-Bozorg, schon unterm Schah konnte man niemandem trauen, weil der SAVAK alles gesehen und gehört hat und Gegner des Königs ins Evin-Gefängnis geworfen hat.

Eskandar-Agha klopft mit seinem Stock auf und erinnert sich mit einem Mal an den Krummen-Morad, der es genauso gemacht hat, und er muss lachen.

Wie schafft es ein über Hundertjähriger, sich auf dem Laufenden zu halten?

Statt ihre Frage zu beantworten, lächelt Eskandar-Agha in die Kamera und sagt: Komm her, mein Kind, ich will dich küssen, du bist eine wunderbare Enkelin.

Das machen wir nachher, wehrt Aftab gerührt ab und fragt: Wie haben Sie es geschafft, die Hoffnung niemals aufzugeben?

Hilf mir, sagt Eskandar-Agha. Ich will stehen. So muss Aftab schließlich doch zu ihm und er zieht sie zu sich heran und küsst sie auf die Stirn.

Dann sagt Eskandar-Agha: Bis zum heutigen Tag hat es zu allen Zeiten immer mutige Menschen gegeben, für die Freiheit einen höheren Wert gehabt hat als alles andere. Sie haben gekämpft, und sie haben ihr Leben gegeben. Wie meine Tochter, deine Mutter-Sahra, sagt Eskandar-Agha, während Tränen in seine Augen kommen. Solange es in unserem Land und in der Welt Menschen gibt, die nur leben können, wenn ihr Leben in Freiheit ist, gibt es Hoffnung, sagt Eskandar-Agha und lächelt.

Sind Frauen mutiger als Männer?, fragt Aftab.

Das sind sie, antwortet Eskandar-Agha. Frauen sind die besseren Kunden im Basar, und Frauen geben nicht so leicht auf wie Männer. Und das, obwohl sie wissen, was sie in den Gefängnissen und Folterkammern dieser Welt erwartet.

Agha-Bozorg, bitte verraten Sie uns, welches ist das erste Farangi-Wort gewesen, das Sie gelernt haben?, fragt Aftab ihren Großvater grinsend.

Das kannst du getrost senden, sagt Eskandar-Agha, und seine alten Augen blitzen, als er grinst und sagt: faack.

Kein Nachwort, aber ein Wort danach

Heute haben wir meinen Großvater Eskandar-Agha zu Grabe getragen. Er ist über hundert Jahre alt geworden. Seinem hohen Alter zu Ehren wird das Nationale Fernsehen, aber auch zwei oder drei ausländische Sender einen Bericht über ihn und sein Leben senden.

Gestern Abend, als ich ihn zu Bett gebracht habe, hat er nicht wie sonst gesagt: Und vergiss nicht, mich morgen früh zu wecken.

Er hat gesagt: Und weck mich morgen früh nicht.

Heute Morgen, als ich in sein Zimmer kam, hat er nicht mehr geatmet.

Danke

den Frauen und Männern in meiner Heimat Iran, ich vermisse Euch, die Berge, das Wasser, die Luft, die Sonne

Arian und Omid, dafür, dass ich euch noch immer mit ganzem Herzen und meiner ganzen Schwesternliebeskraft lieben darf; und auch Danke an Karin und Sandra

Tarek und Julian, von euch lerne ich wieder und wieder, es ist ein Spiel, es soll Spaß machen, und auch das Unmögliche ist eben doch möglich

meinen Eltern, trotz allem habe ich von euch gelernt, mich vom Glanz und Schein der Krone nicht blenden zu lassen und auch dorthin zu gucken, wo die Menschen es nicht so gut haben wie ich

Roland Roth, für deine Liebe, alles andere und wieder und wieder für das NOW

Bahram Beyzaii, nicht nur ein Cousin, sondern auch einer der besten Filmemacher des Iran und für mich wieder und wieder eine Inspiration, immer der Anfang, immer dabei

meinen anderen persischen Cousinen und Cousins, Onkels und Tanten, ihr zeigt mir, es geht weiter und nach jedem Ende beginnt etwas Neues

Uli Swidler, immer wieder für die gemeinsamen Wege; und übrigens ist Kofferpacken ganz einfach

Giusi und Arnaldo, Silvia und Simona, Auroa und Ismaele, Meme und Adamo, für die Pasta und die Familie

Clemens und Alexander, für eure Nähe und euer Vertrauen

Ardeshir Habibi, von dir lerne ich, Träume können wahr werden

Farhad Pirouz, für mich bist du ein halber Guru und ein bester Freund

Karin Nasse, du bist die Beste

Birgit Virnich, Afrika, Aachener-Straße, Soho, einfach immer wieder meine Freundin

Shirin Neshat für deine Freundschaft und wieder und wieder zeigst du den Weg und machst New York zur Heimat

Shoja Azari für das Infragestellen

Azin Valy für die Zuversicht, die Leichtigkeit und den Winterguru

Samia, du bist mein Dubai soul mate

Nayla al Khaja für das Gemeinsame in Dubai, lass uns mehr davon haben

Angelina Jolie und Brad Pitt für die Inspiration

Julia Cameron fürs immer Dabeisein

Joachim Jessen, du bist der weltbeste Agent mit dem großen und starken Herzen; und auch Bastian Schlück und allen anderen bei der Thomas Schlück Agentur

wirklich ALLEN bei Random House, jeder zählt, und ich bin froh, dass es Sie alle gibt, besonders Claudia Vidoni für den Mut und das Vertrauen, ein so großes Projekt mit mir zu beginnen und mich auf den richtigen Weg zu führen, Johannes Jacob und Christian Rohr von C. Bertelsmann, für den Mut mittendrin in ein so großes Projekt einzusteigen und es mit mir zu Ende zu bringen.

Sonia Ewers, du bist die Erste, die Eskandar gelesen und gesagt hat, wo es fehlt und wo es zu viel ist

Nina Zandjani, und du hast bei den Fakten genau hingesehen

Barack Obama. Dass ich mal einem Präsidenten danken würde, hätte ich nicht gedacht, aber mit seiner wunderbaren Rede zum persischen Neujahr hat er mir gar keine Wahl gelassen.

Und ebenfalls Dank an alle die im Iran bereits positiv darauf reagiert haben. Möge ein friedliches Miteinander endlich gelingen.

last not least dem Menschen, der der wahre Eskandar ist, für die Notizen, Bilder, Filme und fürs Erzählen und auch und wieder und wieder, allen die ich hier nicht nennen kann und Ihr wisst ja, noch immer gilt: Alles ist Teil von Allem

Zeittafel

Ca. 3000 vor Chr.:
Sumerer bilden die erste Hochkultur des alten Orients und entwickeln die erste Keilschrift

Ca. 2500 vor Chr.:
Das Volk der Elam macht Susa (nicht weit vom Dorf ohne Namen) zu ihrer Hauptstadt

Ca. 2100 vor Chr.:
Arische Stämme wandern über das Gebirge im Norden des heutigen Iran in den Süden und nennen die eroberten Gebiete Iran – das Land der Arier

Ca. 630 vor Chr.:
Zarathustra wird in Baekh, im heutigen Afghanistan geboren

Über weite Strecken seiner langen Geschichte ist der Iran das jemals größte existierende Reich gewesen. Kyros, Kambis, Dariush, Cyrus, Dariush II., Dariush III., Alexander der Große, Parsen, Sassaniden, Khossro, Mohammedaner und viele andere Könige und Herrschende sind gekommen und gegangen, manche haben sich inspirieren lassen, und jeder hat seine Spuren hinterlassen.

Nach weiteren langen Machtkämpfen herrschen von 1794 bis 1925 Könige der Dynastie der Kadscharen. Europäische Mächte entdecken den Iran, seine Bodenschätze und seinen Reichtum und beginnen das Land zunehmend unter ihren Einfluss und ihr Diktat zu zwingen.

Despotische Stammesführer und Mullah, die um ihren Einfluss und ihre Macht fürchten, verhindern durchgreifende Reformen.

1796:
Teheran wird Hauptstadt Irans

1825 bis 1828:
Russland fällt im Iran ein, und verleibt sich den Kaukasus mit Baku, Teile von Aserbeidschan und Georgien ein

1868:
Die Russen erobern Turkestan mit Buchara und Samarkand

1872:
Die bankrotte Regierung unter Schah Nasir ad Din überlässt Großbritannien einen Teil seiner Bodenschätze gegen eine relativ geringe Gewinnbeteiligung.

1889:
Die persische Regierung überlässt Großbritannien das Recht, wichtige Vorkommen an Edelmetallen auszubeuten.

1890 bis 1892:
Iranische Nationalisten und Ajatollahs schüren einen Volksaufstand und zwingen Schah Nasir ad Din, seinen Vertrag mit den Briten über das Tabakmonopol zu annullieren.

Dieser Sieg des Volkes über ihren König wird als Beginn der Demokratiebewegung im Iran gesehen

1896:
Schah Nasir ad Din wird von einem persischen Nationalisten erschossen.

1901:
Zu einem Spottpreis vergibt Schah Muzaffar ad Din die Konzession für die Bohrung und die Bergung und den Verkauf von Erdöl an die Briten. Der Vertrag ist auf sechzig Jahre abgeschlossen und bezieht sich auf beinah das gesamte Land

Eskandar wird in einem der ungezählten Dörfer ohne Namen im Süden des Landes geboren

1905/1906:
Das Volk wehrt sich, gegen den korrupten und käuflichen König. Sie wollen den Ausverkauf ihres Landes verhindern. Ihre Proteste enden in einer Revolution. Die Nationalsten wollen die Einführung eines Parlaments und eine Verfassung. Beidem muss Schah Muzaffar ad Din zustimmen, zudem willigt er ein, seine Macht auf die einer konstitutionellen Monarchie zu reduzieren

Im Dorf ohne Namen bleibt das Wasser gänzlich aus, als kaum noch jemand lebt, klettert Eskandar über den verbotenen Berg und geht zu den Briten

1908:
Schah Mohammed Ali löst das Parlament auf und befiehlt, seine Führer hinzurichten. Den darauf folgenden Volksaufstand lässt er blutig niederschlagen, russische Truppen helfen ihm.
Es gibt erste Erdölfunde

1909:
Die Anglo Persian Oil Company wird gegründet; Nationalisten zwingen Achmed Schah, das Parlament wieder einzusetzen, er regiert (bis 1925) in einer konstitutionellen Monarchie

1911:
Das iranische Parlament löst das Justizministerium auf, das unter geistlichem Einfluss steht. Ein bürgerliches Gesetzbuch nach französischem Vorbild wird ausgearbeitet

1918:
Nach dem Ende des Ersten Weltkriegs nimmt der englische Einfluss weiter zu, nun wird die Wirtschaft vollständig von den Briten kontrolliert

1919:
Die iranische Regierung veranlasst gegen scharfen Protest der Geistlichkeit die Einführung von Mädchenschulen

1921:
Reza Khan, ein Kosakenoffizier, stürzt durch einen Militärputsch die Regierung in Teheran; formell bleibt Achmed Schah im Amt, tatsächlich aber regiert Reza Khan

1923:
Reza Khan wird Premierminister, Achmed Schah hält sich »zur Kur« in Europa auf und kehrt nicht mehr in den Iran zurück

1925:
Reza Khan erklärt Achmed Schah für abgesetzt. Damit beendet er die Kadscharen-Dynastie. Reza Khan besteigt als Schah Reza Pahlewi den Thron und regiert absolut. Das Parlament besteht formell weiter, darf aber keine demokratische Kontrolle mehr ausüben.

1925:
Die islamische Zeitrechnung, in Mondjahren gerechnet, wird durch eine Rechnung nach Sonnenjahren ersetzt, Aus-

gangspunkt bleibt aber Mohammeds Flucht von Mekka nach Medima (622. n. Chr.)

1934:
Der Schah weist die Universität von Teheran an, auch Studentinnen aufzunehmen

1935:
Reza Pahlewi lässt die amtliche Bezeichnung »Persia« durch »Iran« ersetzen. Im Iran selber wurde das Land immer nur Iran genannt. Die Bezeichnung Persien wurde durch Alexander den Großen eingeführt und seither im Ausland verwendet

1936:
Der Schah verbietet gegen den heftigen Widerstand der Geistlichen die Verschleierung der Frau. Eine Maßnahme, die viele Frauen zwingt, der Öffentlichkeit fernzubleiben. Sein Sohn hebt 1941 das Verbot auf Druck konservativer Kreise wieder auf

1941:
Großbritannien und die Sowjetunion besetzen den Iran. Reza Pahlewi muss aufgrund seiner Parteinahme für die Deutschen im Zweiten Weltkrieg abdanken und seinem Sohn Mohammed Reza Pahlewi den Thron überlassen

1949:
Die neue Verfassung ermächtigt den Schah, das Parlament »im Notfall« aufzulösen

1951 bis 1953:
Premierminister ist Mohammed Mossadegh. Er verstaatlicht die Ölindustrie. Als die Briten den Entschluss des Parlamentes nicht akzeptieren, müssen sie den Iran verlassen

1953:
Der Schah muss fliehen, kann jedoch zurückkehren, nachdem loyale Truppen – mit Hilfe des amerikanischen Geheimdienstes CIA, mit der Operation TP Ajax den Premierminister Mossadegh stürzen. Die Ölindustrie bleibt verstaatlicht, Großbritanniens Einfluss ist nun begrenzt, die USA erlangen dagegen durch gezielte Wirtschaftshilfe nachhaltigen Einfluss

1957:
Die gefürchtete Geheimpolizei SAVAK wird aufgebaut

1962:
Zusammen mit anderen Maßnahmen, führt der Schah abermals eine Bodenreform durch. Die »Weisse Revolution« treibt viele Bauern in die endgültige Verelendung. Studenten, Geistliche, Intellektuelle und Händler aus dem Basar lehnen seine Maßnahmen ab

1963:
Der Schah führt das Wahlrecht für Frauen ein und stößt abermals auf heftigen Widerstand der Geistlichen. Im Juni kommt es zu schweren Unruhen, der Schah lässt den Aufstand mit brutaler Härte niederschlagen

1964:
Der Schah verbannt Khomeini wegen seiner politischen Aktivitäten ins Ausland

1971:
Der Schah feiert mit Staatsgästen aus aller Welt bei Persepolis das »2500. Jahr der iranischen Monarchie«

1976:
Der Schah verkündet per Gesetz eine »iranische Zeitrechnung« die mit Kyros dem Großen beginnt. Deswegen kommt es zu landesweiten Volksunruhen, die von der Geistlichkeit angeführt werden und den Schah zwingen, zur islamischen Zeitrechnung zurückzukehren

1978:
Die Unruhen sind heftiger denn je, sie richten sich vor allem gegen die brutale Herrschaft des Königs und seiner Geheimpolizei dem SAVAK

1979:
Schah Mohammed Reza Pahlewi flieht am 16. Januar aus dem Iran, damit endet die Dynastie der Pahlewi. Khomeini kehrt am 1. Februar in den Iran zurück. Nach einer Volksabstimmung im März wird am 1. April die »Islamische Republik Iran« eingeführt

1979:
Im November besetzen Studenten die amerikanische Botschaft in Teheran und nehmen 63 Botschaftsangehörige als Geiseln. Weil sie einen zweiten Staatsreich fürchten, mit dem die USA den König, abermals auf den Thron hieven, fordern die Studenten die Auslieferung des Schah. Die »Geiselaffäre« dauert 444 Tage.

Im Dezember wird die Verfassung der »Islamischen Republik« durch eine Volksabstimmung legitimiert. Die politischen Richtlinien gehen nun offiziell allein von geistlichen Führern aus.

1980:
Saddam Hussein greift den Iran an, der Krieg dauert acht Jahre

1982:
Khomeini entmachtet seinen größten geistlichen Widersacher, Ajatollah Schariat Madari. Auch jegliche weitere Opposition wird ausgeschaltet

1983:
Der Irak bombardiert zivile Ziele im Iran, besonders in Teheran. Zuerst mit Flugzeugen, dann mit Raketen

1990:
Saddam Hussein besetzt im August Kuwait und beginnt den zweiten Golfkrieg, der im Januar 1991 durch einen Sieg der Amerikaner beendet wird

1992:
Hungerunruhen erschüttern im Sommer eine Reihe iranischer Städte

2002:
Der amerikanische Präsident Bush bezichtigt am 9. Januar den Iran, Irak und Nordkorea eine »Achse des Bösen« zu bilden

2008:
Im Iran wird der 30. Jahrestag der Revolution begangen

Glossar

Zwar erklären die meisten Begriffe sich von selbst, aber hier sind sie für alle Fälle noch mal aufgelistet

Agha	höfliche und respektvolle Anrede für Männer
Ahay	Hey, Hallo
Akhund	im Volkmund das gleiche wie Mullah
Arbab	Besitzer, hier von Land, Dörfern, Menschen; bis weit in die Mitte des letzten Jahrhundert hat es das System des Raiyati einer Art Feudalherrschaft im Iran gegeben.
Ashura	Religiöses Trauerfest für den Tod des Emam-Hossein
Ashs	persische traditionelle Suppe
Batshe-Harumzade	Uneheliches Kind
be-esme-allah	Im Namen Gottes
Div	Ungeheuer
Djub	Wasserlauf zu beiden Seiten von Gassen und Straßen, die das Wasser aus den Bergen bringen
Emam, Emame	englische Aussprache übernommen und im Deutschen Imam geschrieben; vergleichbar den Jüngern; zwölf heilige Männer im Gefolge des Propheten Mohammad; später werden auch Vorbeter oder hochrangige heilige Männer

	Emam genannt, z. B. der Emam-Djomeh, der Vorbeter des Freitagsgebetes
Engelissi	Engländer
Eskandar	Alexander
faack	(englisch) fuck
Farangestan	Ausland
Farangi	allgemein Ausländer, da die ersten Ausländer Franzosen Waren, nimmt man an, das Wort Farangi heißt eigentlich Farancawi, Franzosen
goshne	hungrig
Hedjab	islamische Verhüllung u. a. für Frauen
Jinn	böse Geister
Kadjeh	erste Frau des Propheten Mohammad
Kafar	Ungläubige
kaffan	Ungläubig
Khan	Titel für wohlhabenden Mann mit gehobener Position; heute nur noch Höflichkeitstitel der an Namen angehängt wird, um einen Mann aufzuwerten
Khanoum	höfliche und respektvolle Anrede für Frau
Hakim	Heiler
Haram	Harem
Kadkhoda	Dorfältester
Khob, Khub	Gut, in Ordnung, okay
Khoreshts	Soße, meist aus Gemüse und Fleisch und zu weißem Reis
Morad-kadjen	Morad der Krumme
Moteardjem	Übersetzer
Naft	Petroleum
najess	unrein im islamischen Sinn
Namuss	Ehre des Mannes, die über die Frauen seiner Familie definiert wird

Purdah	Vorhang; wird auch im Sinn von Hedjab benutzt
Ra'iati	Leibeigene
Russi	Russen; wird auch nach der Entstehung der Sowjetunion benutzt
Sophre	Tischtuch
Saheb	Besitzer, aus dem kolonialen Indien übernommener Begriff für Ausländische Besitzer von Sklaven, Arbeitern usw.
Pahlewan	Helden, Meister im traditionellen iranischen Kraft- und Kampftraining; traditionell sind Pahlewan Ehrenmänner, die sich für Nachbarn, Freunde und Verwandte stark machen
Schah-nameh	Buch der Könige, persischer. Dichter Ferdowssi (939 bis 1020)
SAVAK	Geheimdienst zu Zeiten von Mohammad-Resa-Schah
Zartosht	Zarathustra

SIBA SHAKIB

Zur Autorin

Siba Shakib wurde im Iran geboren, wuchs in Teheran auf und besuchte dort die deutsche Schule. Seit vielen Jahren arbeitet sie als Autorin und Filmemacherin. Ihr erstes Buch »Nach Afghanistan kommt Gott nur noch zum Weinen« war Nummer 1 der Spiegel-Bestsellerliste und wurde in 16 Länder verkauft. Siba Shakib lebt abwechselnd in Deutschland, New York und Italien.

Interview mit Siba Shakib

Was hat sie zum Schreiben des Buches inspiriert?

Ich war auf der Suche nach einem Buch, in dem ich auf einfache und zusammenhängende Weise, anhand der Schicksale von Menschen, die Geschichte meiner Heimat Iran hätte lesen können. Aber alles was ich gefunden habe, waren immer nur Fragmente: Die Geschichte des Öls, die der Könige, die des Islam. Und es waren immer eher wissenschaftliche Abhandlungen.

So habe ich recherchiert und schließlich die Geschichte meiner eigenen Familie aufgeschrieben. Auf diese Weise ist der Roman entstanden, den ich gerne hätte lesen wollen. Vier Jahre harte, aber für mich persönlich lohnende Arbeit.

Gab es Eskandar wirklich?

Ja, ein Mann in meiner Familie hat Modell gestanden. Er ist ein liebenswerter, ganz normaler Mensch gewesen, mit Stärken, aber auch vielen Schwächen.

Ist Eskandar Ihre Lieblingsfigur?

Ganz, ganz ehrlich – das kann ich nicht sagen. Allein für sich, ohne seine beiden Frauen, seine Tochter, seine Liebe zu Roxana, würde er ja nicht existieren, nicht fühlen. Alle Menschen in meinem Roman sind ja mehr oder weniger echte Menschen, die mal gut und mal weniger gut sind. Wie richtige Menschen haben sie Liebenswertes und nicht so Liebenswertes an sich.

Es gibt verschiedene interessante Frauenfiguren in Ihrem Roman, nicht nur die Mutter, sondern auch die reiche Geliebte. Spiegeln sie die Stellung der Frau in der iranischen Gesellschaft zu dieser Zeit?

Ja, zu dieser Zeit und auch heute. Wie in jedem Land sind auch im Iran die Frauen sehr unterschiedlich. Doch wie in jedem Land gibt es auch Gemeinsamkeiten oder Ähnlichkeiten. Im Iran ist es zwangsläufig die Notwendigkeit, Widerstand zu leisten. Gegen die Willkür einer von Männern beherrschten Welt.

Wie ist die Situation der Frau im Iran heute?

Am Anfang der Revolution wurde die Frau – im Übrigen gegen alle vorausgegangenen Versprechen und wie bereits so oft in der Geschichte des Iran – aus dem öffentlichen Leben verbannt. Dann hat man gemerkt, dass die Gesellschaft, das öffentliche Leben, aber vor allem die Wirtschaft ohne Frauen nicht auskommen kann, und sie wurden Schritt für Schritt wieder in der Öffentlichkeit zugelassen.

Heute ist die iranische Frau in allen Bereichen sichtbar und aktiv. Verallgemeinerungen sind natürlich nur bedingt richtig, aber wenn ich hier eine wagen darf, dann diese: Iranische Frauen geben entweder vollkommen auf und fügen sich oder sie sind Kämpferinnen und lassen sich durch nichts und niemand aufhalten – manchmal nicht einmal durch den Tod. Denn dann leben ihr Werk und ihr Geist weiter. So wie Neda, die im Sommer 2009 in Teheran auf offener Straße erschossen wurde. Oder wie Sahra, die Tochter von Eskandar, in meinem Roman.

Sehen Sie sich als Stimme Irans in Deutschland?

Unbedingt und absolut. Eine von vielen Stimmen. Denn ich bin nicht allein, wir sind viele. Leider sind Tausende und Abertausende von uns gezwungen, außerhalb des Iran zu leben. Aber wir sind verbunden: Durch unseren ungebrochenen Willen, eines Tages im Iran derartige Verhältnisse zu schaffen, dass wir dort in Freiheit und Frieden leben können.

Hintergründe zur Grünen Bewegung im Iran

Ein Abriss

Der Kampf für eine gerechtere Gesellschaft und damit für Freiheit und Demokratie im Iran begann vor über 100 Jahren, als vor allem Männer, die meisten von ihnen Großgrundbesitzer, zu Tausenden nach Teheran ritten, um dem damaligen alleinherrschenden König eine Verfassung und ein Parlament abzutrotzen. Bei diesen Ereignissen war auch der Held meines Romans, Eskandar, damals ein Junge, dabei. Als Wasserschlepper, als Diener und schließlich als Geschichtenerzähler.

50 Jahre später hat das iranische Volk sich hinter seinen damaligen, ersten frei und demokratisch gewählten Premier Mohammad Mossadegh gestellt. Auf königlichen Befehl sind Panzer und Soldaten gegen das Volk ins Feld gezogen. Wie bereits 50 Jahre zuvor haben viele ihr Leben verloren, und die Straßen des Landes waren rot getränkt mit ihrem Blut.

Über die Jahrzehnte haben die herrschenden Könige Tausende und Abertausende Menschen verhaftet, verschleppt, vergewaltigt, in ihren Gefängnissen gefoltert und brutal ermordet. Dass es zum Sturz der Monarchie kommen würde, war konsequenterweise keine Frage des ob, sondern allenfalls des wann.

Vor 30 Jahren war es dann so weit: Schah Reza Pahlewi wurde im Zuge der sogenannten Islamischen Revolution gestürzt und der königlichen Herrschaft im Iran ein Ende bereitet.

Seit Anbeginn hatte sich der Klerus im Kampf gegen die herrschenden Könige beteiligt, denn seine eigene Macht war stets bedroht und nahm stetig ab. Da jedwede politische Aktivität und Organisation vom Schah im Keim erstickt worden war, war die Religion der einzige Ort, die einzige Möglichkeit für das Volk, sich zu organisieren. Die Absichten der religiösen Führer waren dabei jedoch andere als die eines Großteils der Bevölkerung. Das zeigte sich deutlich, als die religiösen Machthaber nach dem Sturz des Schah mit brutaler Gewalt jeden eliminierten, der nicht in die gleiche Richtung ging wie sie.

Die Schließung politischer Einrichtungen und das Verbot von politischen Aktivitäten, Zensur und Verbot von Zeitungen, Publikationen, Filmen, Theaterstücken sowie dem Spielen jeglicher Musik waren die Folge. Ein Zuwiderhandeln wurde brutal bestraft. Frauen durften keine öffentlichen Ämter bekleiden oder gar an einem nichtstaatlichen Arbeitsplatz arbeiten. Wenn sie am öffentlichen Leben teilnehmen wollten, mussten sie sich von Kopf bis Fuß verhüllen.

Natürlich lehnte ein Großteil der Bevölkerung sich gegen diese unmenschlichen Repressionen auf. Doch diesem Aufbegehren wurde von Seiten der neuen Führung mit hemmungsloser Gewalt begegnet: Verhaftungen, Folter, Vergewaltigung und Mord waren erneut an der Tagesordnung. Zwischen 1981 und 1989, den Jahren, in denen Hossein Mussawi iranischer Premierminister war, sind Tausende Gegner der islamischen Regierung in den Gefängnissen ermordet und hingerichtet worden.

Dennoch stimmten viele Iraner bei den Präsidentschaftswahlen im Sommer vergangenen Jahres für Mussawi, die meisten wohl aus dem Grund, da er einer der wenigen vom Wächterrat zugelassenen Gegenkandidaten zu Mahmud Ahmadinedschad war. Hossein Mussawi zu wählen, bedeutete vor allem gegen die Herrschenden und deren Kandidat Ahmadinedschad zu stimmen.

Als Ahmadinedschad mit überwältigender Mehrheit im Amt bestätigt wurde, gingen allein in Teheran zwei Millionen Menschen auf die Straße und forderten Neuwahlen – zu offensichtlich war der massive und skrupellose Wahlbetrug. Grün wurde die Farbe dieser Protestbewegung, Grün als Symbol der Hoffnung auf einen politischen Wandel.

Am dritten Freitag nach dem Wahldebakel verletzten Schergen der Regierung beim Freitagsgebet Aktivisten mit Messerstichen. Frauen und Männer wurden verschleppt, getötet oder sind noch immer verschollen oder in Haft.

Erneut waren die Menschen auf der Straße und umstellten das Gebäude des staatlichen Fernsehsenders, das berühmt-berüchtigte Evin-Gefängnis, die Universität sowie andere wichtige Einrichtungen.

Es wäre ein Leichtes gewesen, an diesem Tag wichtige Schaltstellen der Machtzentrale zu besetzen und unter Kontrolle zu bekommen. Dass dies nicht geschehen ist und die Demonstranten sich wieder zurückgezogen haben, ist eine neue Qualität des politischen Kampfes im Iran und der Grünen Bewegung. Alle Erfahrungen mit Umstürzen und Revolutionen, vor allem der Islamischen Revolution vor 30 Jahren, haben uns Iraner gelehrt, dass die Ergreifung der Macht eines ganzen Landes nicht an einem Tag und nicht spontan geschehen sollte, wenn man wirklich etwas verändern möchte.

Statt also das Land wieder einmal in völliges Chaos zu stürzen und einen unsicheren Ausgang der Ereignisse zu riskieren, haben die Menschen dieses Mal den politischen und sozialen Weg der langsamen und Schritt für Schritt Umgestaltung der Gesellschaft gewählt.

Ein Jahr ist seit dem Wahlbetrug und der Machtdemonstration des Volkes nun vergangen. Aus der Ferne betrachtet mag es so aussehen, als sei der richtige Augenblick verpasst. Doch in Wahrheit ist zum ersten Mal seit 30 Jahren die scheinbar unumstößliche Macht der islamischen Herrschenden ins Wanken geraten, und nichts ist mehr, wie es gewesen ist. Und sicher ist auch: Der Klerus und die religiösen Machthaber werden nie wieder dieselbe gesicherte Position einnehmen, wie sie sie vor dem 12. Juni 2009 innehatten.

Der Zusammenhalt innerhalb der iranischen Bevölkerung, ob nun im Iran selbst oder auch im Ausland, ist einzigartig in der Geschichte des Landes.

Der andere existenziell wichtige und neue Faktor der Grünen Bewegung ist die Solidarität rund um den Globus. In der ganzen Welt schließen sich Iraner, aber auch Nichtiraner, dieser Bewegung an und unterstützen sie tatkräftig. Auch gegenüber ihren eigenen Regierungen, die den Iran oftmals auf das Land reduzieren wollen, von dem eine atomare Bedrohung ausgeht.

Die Grüne Bewegung hat mit der neuen Qualität der Solidarität und dem Bemühen, den Umsturz mit demokratischen Strukturen zu erreichen, alle Chancen, dieses Mal eine wirkliche Demokratie im Iran zu erreichen.

Oder um es mit den Worten meine Figur Eskandar zu sagen: »Bis zum heutigen Tag hat es zu allen Zeiten immer mutige Menschen gegeben, für die Freiheit einen höheren Wert gehabt hat als alles andere. Sie haben gekämpft, und sie haben ihr Leben gegeben. (…) Solange es in unserem Land und in der Welt Menschen gibt, die nur leben können, wenn ihr Leben in Freiheit ist, gibt es Hoffnung.«

Siba Shakib

Zur Diskussion

Eskandar ist die Titelfigur des Romans. Seine Lebensgeschichte bewegt sich im Spannungsfeld zwischen Naivität – Bildung – Lebenserfahrung.

? Wie entwickelt sich Eskandars Betrachtungsweise auf das Leben? Worin besteht seine Bildung? Ist er ein politischer Mensch? Kann man ihn als religiösen oder gläubigen Menschen bezeichnen?

Frauen spielen erst relativ spät eine Rolle in Eskandars Leben. Als kleiner Junge sagt er zu seiner Mutter die überkommene Floskel »Schließlich bist du nur eine Frau«. Im Interview mit seiner Enkelin Aftab am Ende seines langen Lebens kann er fein ironisierend auf politische Inhalte Bezug nehmen.

? Welche unterschiedliche Bedeutung haben Mahrokh, die erste Geliebte, und Aftab, die Ehefrau, für Eskandar? Welche Rolle fällt Roxana zu?

? Die zwei Frauen, die Eskandar geliebt hat, sind auf unterschiedliche Weise »starke« Frauen. Würden Sie sie als emanzipiert bezeichnen? Was macht ihre Stärke aus? Kann man auch Sahra, Eskandars Mutter, außergewöhnlich nennen?

? Warum ist Aftab, die selbst Lehrerin wird, gegen das Verschleierungsverbot, das der Schah 1936 erlässt? Lässt sich das Verbot im Iran von 1936 mit dem aktuellen Verbot der Verschleierung in westeuropäischen Staaten vergleichen?

Der Roman ist von einer Frau geschrieben. Der Titel weist auf eine männliche Hauptfigur hin, und doch scheint Eskandar häufig der Spiegel für die Frauen zu sein, die ihn umgeben.

? Wie wird »die Frau« beschrieben, wie ihre Rolle zur Lebenszeit Eskandars? Ändert sie sich im Lauf der Zeit? Lässt sich aus der Summe der in diesem Roman stark präsenten Frauen ein »Frauenbild« formulieren? Wenn ja, ist es realistisch oder bleibt es ein Wunschbild?

Der Roman schildert über fast ein Jahrhundert hinweg unterschiedlichste Orte, Begebenheiten und persönliche Empfindungen.

? Inwiefern spiegelt Eskandars Geschichte die historische Entwicklung wider? Ist Eskandar ein distanzierter Dokumentarist? Welche Rolle spielen die Taten von Individuen und stellen sie vielleicht den Hauptanteil an den »Erinnerungen«?

? Wie sieht Eskandar die »Mächtigen«, die in seinem Land wirken? Beurteilt er sie? Welche Bedeutung hat das Volk in der Darstellung dieses Romans, welche seine Führer? Wie werden die Ausländer beschrieben? Wird hier ein differenziertes Bild des Iran gezeichnet?

Eskandar bekommt mehrfach den Auftrag sich zu erinnern, Dinge aufzuschreiben. Er schreibt, »damit die Erinnerung nicht verloren geht«.

? Welche Bedeutung kommt dem »Lesen und Schreiben« in diesem Roman zu? Verändert sich die Rolle des »Geschichtenerzählers« vom Unterhalter und Chronisten (Eskandar) zu einem aktiven Faktor (Eskandars Enkelin, die Dokumentarfilmerin Aftab), der möglicherweise eine Rolle bei der Gestaltung von Gesellschaftsstrukturen spielt? Tritt Aftab in diesem Sinne Eskandars Erbe an?